Walter Hönigsberger
Clos Gethseman

Walter Hönigsberger

CLOS GETHSEMAN

Roman

Osburg Verlag

Erste Auflage 2018

www.osburgverlag.de

Lektorat: Bernd Henninger, Heidelberg
Umschlaggestaltung: Judith Hilgenstöhler, Hamburg
Satz: Hans-Jürgen Paasch, Oeste
Druck und Bindung: CPI books GmbH, Leck
Printed in Germany
ISBN 978-3-95510-151-0

KARL

Der Wein hat Europa stärker verändert als das Schwert.
Ernst Jünger

1

So also fühlt sich ein Schuss an, dachte Karl Breitenstein. Ein Schuss aus nächster Nähe. Er spürte keinen Schmerz, fand keine Zeit zu erschrecken, sondern lauschte erstaunt dem vielstimmigen Echo hinterher, das die Plötzlichkeit des harten Knalls in eine langsam abschwellende Klangfolge von fast erhabener Schönheit verwandelte.

Der Mann, der geschossen hatte, stand nur wenige Meter von ihm entfernt vor seinem Haus, das Gewehr lässig in einer Hand, den Kolben in die Hüfte gestemmt, den Lauf so gerichtet, dass die Kugel eher einen der nahen Berggipfel als Karl getroffen hätte. Der Mann sagte: »Nichts für ungut. Kommen Sie herein.«

Es war spät am Nachmittag. Die letzte Strecke zu dem Haus und dem Mann, der ihn soeben vermutlich landestypisch begrüßt hatte, war ein jäher und zäher Aufstieg gewesen, der nicht enden zu wollen schien. Sechs Stunden war er durch dunklen Wald gegangen, feuchten, triefnassen Wald. Er hatte schweren Atem gekeucht, ungeübt als Bergwanderer und obendrein beschwert mit einem massigen Körper.

Als er den Wald hinter sich gelassen hatte, war Karl stehen geblieben, die Hände auf die Knie gestützt. Wie zu einer ersten Begrüßung ließen tiefe Wolken ein wenig Blau sehen. Vor ihm lag eine überschaubare Senke. Nach Nordwesten stieg sie leicht an, unregelmäßig, mal energischer, mal gemächlicher. Den Hintergrund bildete eine steile Wand. Ein Haus mit mehreren Nebengebäuden duckte sich an den grauen Fels. Die Sonne legte kurz ein hartes Licht auf das nasse, schwarze Dach.

Er sah, dass er da war. Der Anstieg der Senke war kultiviert. Schmale rechteckige Flecken. Ihre Lage war nach Schräge und Himmelsrichtung gewählt. Sieben waren es und Karl wusste, was er sah. Hier, weit entfernt von aller kultivierenden Tätigkeit und einige hundert Meter näher dem Himmel, wurde Wein angebaut. Noch war kein Mensch zu sehen. Er war weitergegangen.

Immer, wenn er später an Jakob dachte, hatte er dieses Bild vor sich. Der schwere Balken über dem Eingang, graues unbearbeitetes Holz. Der Mann, der aus dem Haus vor die Tür getreten war, hager und alt. Hochgewachsen und aufrecht, mit langen Armen, großen Händen. Mit wilden kurzen grauen Locken, die über den Ohren ein wenig büscheliger wucherten. Das Gesicht war schmal und lang, die Wangenknochen traten deutlich hervor, zwei riesige Furchen kerbten darunter, dazwischen ragte ein großer Nasenhaken hervor. Die Hände mit ihren langen Fingern und den knotigen Gelenken umschlossen das Gewehr. Es lag ganz leicht und schräg vor dem Körper des Mannes. Karl hob die Hände zur Geste der Friedfertigkeit.

»Wer sind Sie?« Das Gewehr war jetzt auf ihn gerichtet und Karl sah, dass der Finger am Abzug lag. »Verstehen Sie mich nicht falsch«, sagte der alte Mann, »es ist einsam hier.« Erst jetzt wurde Karl bewusst, dass er auf Deutsch angesprochen worden war. Ein eigenartig gefärbtes Deutsch. Es war hart und kantig in den Konsonanten, gerundet und weich in den Vokalen und auf eine südländische Art melodiös. Sein eigenes Deutsch ließ den gebürtigen Wiener erahnen: »Mein Name ist Breitenstein, Karl Breitenstein. Und Sie müssen Jakob Jünger sein. Ich bin wegen Ihres Weines hier. Und außerdem unbewaffnet.« Seine Hände waren immer noch oben.

Dann krachte der Schuss. Der Alte ging ins Haus. Karl folgte ihm.

Es gab keinen Vorraum, man war sofort im Haus. Ein großer, hoher Raum. Ein riesiger Tisch, dunkel glänzend und leer bis auf eine Schale mit Trauben, eine Eckbank, vier Stühle. An der gegenüberliegenden Wand ein hohes Regal mit Büchern. An der Stirnseite ein Herd, darüber eine Esse, von deren Rand Pfannen, Töpfe und Kochgeschirr hingen. Es war warm, ein Duft von Rauch und Holz und feuchter Wolle hing in dem Raum. Und der von Kaffee. Der Alte nahm die Kanne vom Herd, stellte zwei Becher auf den Tisch und einen Krug Milch. Dann verschwand er durch eine Tür neben dem Herd, vor der ein schwerer brauner Vorhang hing.

Karl hängte seine Jacke auf den Stuhl neben dem Kamin und ging zum Bücherregal. Die Rücken der Bücher waren braun, grau, fleckig und an vielen Stellen zerfleddert. Karl griff nach einem Band. Der Untertitel lautete: »Ein Buch für freie Geister.« Darunter stand, etwas kleiner gesetzt: »Dem Andenken Voltaire's geweiht zur Gedächtniss-Feier seines Todestages, des 30. Mai 1778«. Erschienen war das Werk in Chemnitz im Jahr 1878. Karl stellte Friedrich Nietzsches »Menschliches, Allzumenschliches« in das Regal zurück und dachte: »Die Erstausgabe – mein lieber Mann.«

Der Alte war zurückgekommen mit schwarzer Jacke und Hose, dicken Socken und einem Leinenhemd. »Sie sollten das wechseln. Und den Kaffee trinken, solange er warm ist.«

Sie saßen am Tisch. Karl hielt den Becher in beiden Händen und wärmte von Zeit zu Zeit seine Wangen daran. Das Gewehr hing mit dem Lauf nach unten neben der Tür nach draußen, neben Hut und schwarzem Mantel. Es war dunkel geworden und tief über dem Tisch hing eine Petroleumlampe. Der Herd glühte ein wenig. Neben dem Vorhang verbreitete eine Kerze ein schwaches Licht. Vieles war nur zu erahnen. »Sie werden die Nacht hier verbringen müssen. Ich mach uns ein kleines Nachtmahl und Sie können sechs Weine probieren. Morgen früh möchte ich, dass Sie gehen.« Das war freundlich und schroff zugleich. Karl sah dem Alten nach, wie er zum Herd ging.

Zwei Stunden später war er leicht betrunken. Angetrunken auf eine Art, von der er wusste, dass er sie stundenlang durchhalten konnte. Er war jetzt Ende Vierzig und kannte sich aus mit dem Trinken. Vor einigen Jahren hatten zwei Ereignisse seinem Leben eine Wendung gegeben. Zum einen hatte er geerbt. Die 90-jährige Lieblings-Tante war verstorben und hatte eine Wohnung und eine Menge Geld hinterlassen. Karl beendigte ein mäßig interessantes Berufsleben in Deutschland und kehrte nach Wien zurück, die Stadt, in der er groß geworden war. Er zog in die Wohnung der Tante am Drasche-Park und privatisierte.

Das zweite Ereignis hing mit dem ersten eng zusammen. Die Tante hinterließ zu all dem vielen Geld obendrein an die vierhundert Flaschen Wein. Wenige Tage nach ihrem Hinscheiden begann er die Hinterlassenschaften zu ordnen, setzte sich an den Biedermeier-Sekretär und öffnete neugierig eine fünfundzwanzig Jahre alte, dramatisch angestaubte Flasche aus Bordeaux, auf deren Etikett in feiner Federzeichnung ein Schlösschen abgebildet war, das allem Anschein nach »Château Lafite-Rothschild« hieß, füllte ein Glas bis an den Rand, trank drei schnelle Schlucke und änderte daraufhin sein Leben.

Eine langjährige Karriere als Biertrinker war beendet. Das Geld der Tante wurde in großen Teilen zu Wein. Seinen Geheimnissen nachzuspüren wurde für Karl zu einer Art Lebensaufgabe. Er sah das sportlich, veranstaltete Länderspiele in Sachen Wein, Österreich gegen Ungarn beispielsweise oder Frankreich gegen Italien, kontinentale Wettbewerbe zwischen Südamerika und Australien. Man konnte nationale, regionale oder sogar Stadtmeisterschaften austragen, jüngere Jahrgänge gegen ältere antreten lassen. Er überprüfte, ob teure Einkäufe ihn weiterbrachten, ein preiswerter Geheimtipp aus der Regionalliga oder gar ein Talent aus der Bezirksklasse. Alles in allem lernte er auf diese Weise die Welt kennen, er vermochte zu unterscheiden, ohne seine wichtigste Maxime aufzugeben. Und die hieß niedermachen, wegtrinken, sich durchsaufen. Ohne Ansehen von Rang und Namen. Einem ehrlichen Schankwein war die gleiche Chance zu geben wie einem Hochgewächs aus Weißgottwoher.

Sie hatten einen Weißwein getrunken, einen Grünen Veltliner mutmaßte Karl. Dicke Brotscheiben dazu, Speck und einen alten Käse. Dann gab es Nudeln mit braunen Knoblauchzehen und einen weiteren Weißwein, vermutlich ein Riesling. Karl trank. Dann den dritten Weißen, nur so. Karl war glücklich. Der erste Rote war ein leichter gewesen, der zweite schon voluminöser und jetzt saßen sie an einem schwereren Rotwein. Die Flaschen waren Halbliterflaschen, Karl hatte solche noch nie gesehen, bauchig mit kurzem Hals. Das Etikett, eher ein kleiner, aufgeklebter Zettel, zeigte eine Ziffer und den Jahrgang. Vor »6/2007« saßen sie jetzt, und er war unbeschreiblich gut. Karl ging es ebenso.

Im Herd knisterte es. Sie hatten wenig gesprochen und wenn, Belangloses. Über das Wetter, den Herbst, der früh war in diesem Jahr. Über den Weg, den Karl genommen hatte und den er abwärts nicht wieder wählen sollte, der Kniegelenke wegen. Über den Tisch, an dem sie saßen, dreieinhalb Meter lang und anderthalb Meter breit, schwerer, dunkler Nussbaum, getragen von stabilen Beinen, in die an den außenliegenden Seiten feine Lamellen geschnitzt waren. Am südöstlichen Bein, gleich unter der Platte, hatte Karl eine kaum sichtbare Kerbung entdeckt. *JJ fecit*, stand da in der Manier alter Dombaumeister direkt über einem Astansatz, der eigenartigerweise nicht sauber gehobelt war, sondern im Gegenteil fast knospend herausragte. Eine Jahreszahl, 1848, schwer lesbar, darunter. Über die Weine wollte der Alte nicht reden: »Trinken Sie. Entweder es schmeckt einem, oder eben nicht. Durch's drüber Reden werden sie nicht besser.«

Einmal, beim Roten, der an Blauen Zweigelt erinnerte, hatte Karl nach der Nietzsche-Ausgabe aus Jakobs Bücherschrank gefragt: »Sammeln Sie Erstausgaben? Muss ein Vermögen gekostet haben.« Jakob hatte den Kopf ein wenig schief gelegt, sogar die Andeutung eines Lächelns war zu sehen: »Nein, nein, den hat … mein … mein Großvater damals für meinen Vater gekauft, ein paar Kreuzer schätze ich.« Und dann, etwas leiser: »Ist auch schon über hundert Jahre her.«

Jakob hatte sein Glas abgesetzt, die Hände mitsamt den Unterarmen auf den Tisch gelegt. »Warum sind Sie hier? Doch nicht bloß wegen meines Weins? Oder alter Nietzsche-Ausgaben?«

Wegen des Weines war er schon hier, in erster Linie aber wegen des Mannes. Ein halbes Jahr war es jetzt her, dass er zum ersten Mal den Namen gehört hatte und seither in Dinge verwickelt worden war, die sich nicht entwirren lassen wollten. Es war bei einer Weinprobe gewesen, die sein Freund Bodo organisiert hatte. Bodo fuhr Taxi, handelte ein bisschen mit Kunst und ab und zu auch mit Wein. Dadurch kannte er eine Menge Leute und zu den Weinproben lud er denjenigen Teil ein, der auch nach einem Liter Rotwein noch vernünftige Unterhaltungen zustande brachte. Oder erst dann. Karl steuerte meistens auch etwas bei, Wein zum Probieren und Geschichten zum Anhören.

Das Geschichtenerzählen war fester, ja elementarer Bestandteil von Bodos Weinproben und der Gastgeber war der ungekrönte König des Genres. In letzter Zeit war Karl allerdings aufgefallen, dass in Bodos Geschichten sich eine Vorliebe für das kleine Wörtchen »weil« zu entwickeln begann. Bodo sprach über irgendetwas, über Gott und die Welt zum Beispiel, und irgendwann tauchte mit sturer Zwangsläufigkeit ein *weil* auf, ein Kitt, mit dessen Hilfe Bodo kleine Welterklärungsmodelle bastelte. Weil Hitler Vegetarier war, wollte er die Juden ausrotten. Weil Kreisky Jude war, unterstützte er die Palästinenser. Weil Einstein schlecht in der Schule war, wurde er genial. Weil Jesus den Jüngern nach Ostern erschien, kann er an Karfreitag nicht gestorben sein. Karl versuchte, alternativ das noch kleinere Wörtchen »und« ins Spiel zu bringen, aber gegen Bodos weil-haltige Welt war schwer anzukommen. Dramatisch wurde es, als Bodo immer häufiger seine Geschichten aus dem Internet bezog. Weil dort alles rumlag und verfügbar war, brauchte Bodo nur ein wenig »weil« darauf zu träufeln, um dem Chaos einen Sinn zu geben.

Einmal spazierten Karl und Bodo von der Oper den Ring entlang Richtung Schwarzenbergplatz und vor dem Hotel Imperial stand eine graue Limousine mit schwarzem Dach. »Du weißt schon, warum da RR vorne drauf steht? Und sag jetzt nicht: Rolls Royce«, meinte Bodo.

»Rock 'n' Roll, nehm ich an. Aber sieh dir das an, Baujahr 56, schätz ich mal. Ist der nicht schön?« Karl strich sanft über den Kotflügel.

»Rock 'n' Roll. Auch nicht schlecht. Aber ahnungslos wie immer. Überleg doch: Lange Zeit das teuerste Auto der Welt. Nur für viel Geld zu haben. Geld, das große Geld. R und R. Und? Dämmert's? Ist doch logisch: Rockefeller und Rothschild. R und R. Alte Welt, Neue Welt. Das erste gemeinsame Projekt der reichsten Familien der Welt. Weil Zusammenschluss natürlich immer besser ist als Krieg. Das beste Auto für die reichsten Leute. War natürlich streng geheim. Deshalb der Tarnname Rolls Royce. Kann man heute überall nachlesen. Zuerst sind sie nur selbst damit gefahren und ihresgleichen. Dann haben sie damit richtig abgesahnt die Rs. Ich schwör's dir.«

Bodos Weinproben waren von ähnlich ausuferndem Ausmaß. Schauplatz war eine Hinterhofgarage in Favoriten, nicht weit vom Böhmischen Prater, wo die Stadt langsam ausfranst. Dort hatte Karl zum ersten Mal Jakobs Name gehört. Ein Sandler, alterslos bis auf das angegraute Haar, hatte ein halbes Glas dunklen Rotwein im Maul und ein wissendes Lächeln auf den Lippen: »Der und dann noch der vom Jakob. Dann sterben.«

Später waren sie an einer Mauer gelehnt ins Gespräch gekommen. »Der Jakob ist ein Freund. Wann er in Wien ist, kommt er her und bringt mir ein paar Flascherln mit. Sagt wenig, trinkt mit mir ein paar Schluck und geht. Vom 99er hab ich noch zwei. Magst? Bringst morgen dafür was mit.« Sie gingen Richtung Simmering hinunter ins Halbdunkel der Peripherie, an Gleisen entlang, über die Gleise, vorbei an müden Gestalten, die ihre Hände an schwachen Feuern wärmten, an Knäueln aus Schlafsäcken und Decken, aus denen Husten und Schnarchen drang, bis sie endlich zur Villa zwischen den Gleisen gelangten. Ein paar zusammengenagelte Bretter, Schlafsack, Kocher, eine Kiste mit Tellern, Bechern, Büchsen und Büchern. Der Sandler – »sag Salem zu mir« – ging hinter seine Villa, wo ein Erdloch von einem Brett bedeckt war. »Nicht grad vorschriftsmäßig, aber oberirdisch wird's zu warm für die guten Sachen.« Karl hatte zwei Gläser in der Kiste gefunden und sich aufs Gleis gesetzt. Salem brachte die Flasche, setzte sich neben ihn, streckte die Beine aus, fand in der Manteltasche einen Korkenzieher und öffnete. Goss ein. Karl steckte gewohnheitsmäßig die Nase ins Glas. Das roch. Das roch trotz Abwesenheit teurer Degustierkelche sogar verdammt stark. Felsig, moosmodernd. Und nach etwas ganz Ungewohntem: nach Kindheit, nach Spielzeugautos auf dem Fußboden und Rockschößen in Augenhöhe. Er roch einen Hauch von Linoleum.

Sie tranken die Flasche leer, während ein fahler, schmaler Mond sich gegen den Lichtschein der nahen Großstadt zu behaupten versuchte.

Salem erzählte von seinen Kollegen, Versicherungsvertretern, Adligen, Staatsanwaltssöhnen und den von Haus aus Gestrandeten. Von sich nichts. »Weißt, jetzt bin ich hier. Früher war ich wer anders. Aber es interessiert niemand. Mich am wenigsten. Nimm noch einen Schluck. Nicht schlecht, dem Jakob sein Zeug, oder?« Salem sagte »Dschakob«, wenn er von Jakob sprach, was verwirrend war für Karl, denn Dschakob konnte aus halb Europa stammen und aus Salem war nichts Genaueres herauszubekommen. Wer dieser Jakob denn sei, wo er sein Weingut betreibe, ob man ihn aufsuchen könne, immer wieder stocherte Karl, mal direkt, mal hintenherum, aber Salem beließ es bei »na joh«, »waas net«, »weama schaun«. Und schließlich: »Komm, lass es. Trinken wir lieber noch einen.«

Wenige Tage später, an Christi Himmelfahrt, wallfahrte Karl wie jedes Jahr ins elsässische Guebwiller. Die Elsässer nutzen den Feiertag für ihre größte Weinmesse. Eine Verbindung aus christlicher Religiosität und Vinophilie, die Karl nicht unsympathisch war. Eine Feiertagsmesse für den Wein. Schließlich war bei jenem Abendmahl Wein getrunken worden, nicht Wasser. Und vor allem in einen noch heiligeren Saft verwandelt worden. Am Eingang der Kirche des Dominikanerklosters erhält man für fünf Euro ein Probierglas. Karl hatte das immer als eine Art Ablass empfunden, denn im Innern der Kirche werden die Augen nicht ehrfürchtig, wie von den Erbauern gewollt, nach oben gezogen, wo Fresken aus dem 15. Jahrhundert den Gläubigen erfreuen könnten, der Blick schweift vielmehr horizontal über Tische und Theken, die zur Verkostung von circa 500 einheimischen Gewächsen einladen. Im Chor haben wir Hattstatt, im linken Seitenschiff Gueberschwihr, Soultz und Pfaffenheim, das rechte Seitenschiff wird beherrscht von Guebwiller selbst, es schließen sich Westhalten, Rouffach und Bergholtz an und auf der Empore treffen wir – schon jubilierend – auf Wuenheim, Orschwihr und Thann.

Diesmal war er früh gekommen, die Kirche war noch fast leer, einige wenige Gastronomen, Weinhändler und ein paar Touristen waren in ihre Gläser vertieft. Am Nachmittag war hier immer ein Geschiebe und Gedränge, ein Volksbesäufnis mit Pfützen am Boden und Jahrmarkt auf dem Vorplatz. Einen richtigen Rausch zu bekommen war verbunden mit erheblichem Aufwand, der kleinen Schlucke wegen, die man an den Ständen bekam. Pünktlich zur Nona trat Karl durch eine kleine Seitenpforte in den sonnendurchfluteten Kreuzgang. Ermattet lagerten um diese Mittagszeit im Schatten des Kreuzrippengewölbes schon etliche Zecher, Opfer des Stunden währenden, zeremoniellen Trinkens. Er setzte sich zwischen zwei zierlichen Säulen auf den weißen Stein und der Sonne aus, einen zweitletzten Schluck der Nummer 91 schlürfend, dem berühmten Pfingstberg-Riesling von Lucien Albrecht, wohlig blinzelnd, den Kopf an kühlem Marmor.

»176 hat ein bisschen Linoleum. Das würde Jakob interessieren.« Eine hohe, stark näselnde Männerstimme mit österreichischer Färbung. Das Jakob hatte wie »Dschakob« geklungen. Karl beugte sich nach vorne und sah in der Nachbarnische einen dünnen Mann sitzen, in der weißen Kutte und dem schwarzen Überhang der Zisterzienser. Neben ihm eine ältere Dame, dezent geschminkt, elegant gekleidet, die hochgesteckten Haare vornehm ergraut. Karl überlegte nicht lange, stand auf, stellte sich vor, entschuldigte sich für sein unfreiwilliges Lauschen und sagte: »Dieser Jakob, Dschakob, von dem Sie gerade sprachen, ich bin mir natürlich nicht sicher, aber glaube, ihn zu kennen. Beziehungsweise ihn kenne ich eigentlich nicht, nur seinen Wein. Kennen Sie ihn denn?« Der Pater reagierte mit einem feinen, freundlichen Lächeln und einer wohlwollenden Neigung des Kopfes. »Setzen Sie sich zu uns. Bevor ich Ihnen antworte, müssen Sie Ihren Jakob vorstellen. Meiner bleibt gern im Hintergrund.«

So war Karl Breitenstein zum ersten Mal Pater Maurus begegnet. Und wie sich bald herausstellte, in der Tat zum zweiten Mal auf denselben Jakob gestoßen. Der Pater und seine Begleiterin hörten Karl aufmerksam zu. Als er bei Salem angekommen war, warfen sich seine beiden Zuhörer einen schnellen Blick zu. Kurz danach waren die beiden Jakobs eine Person und Pater Maurus erzählte seinerseits. Er war die Seele und der Motor des Stiftes Heiligenkreuz im Süden von Wien. Er war Bibliothekar, Leiter der Hochschule, in der Österreichs angehende Zisterzienser und andere Kleriker ausgebildet wurden, er war Verwalter der landwirtschaftlichen Besitztümer und natürlich der Kellermeister des Klosters. Deswegen war er in Guebwiller. Die Dame war Frau von Marczinsky, eine verwitwete Gräfin, die das Kloster großzügig an ihrem Erbe teilhaben ließ.

Pater Maurus hätte mit seinen Interessen und Fähigkeiten auch der verantwortliche Manager eines weltlichen Unternehmens sein können. Sein Reich war ganz von dieser Welt, es vermehrte sich, warf Gelder ab für aufwändige Sanierungen der Klosterorgel oder der berühmten Glasmalereien der Stiftskirche. Man konnte nur ahnen, wie er das machte, er redete nicht davon, es war ihm eine Selbstverständlichkeit, dass die Dinge so liefen, wie sie es taten. Lieber redete er über Wein und über seinen Orden, den Wein-Orden, dessen eine wesentliche Kulturleistung im hohen Mittelalter die Verbreitung des Weinbaus von Burgund aus in zahlreiche Regionen Mitteleuropas gewesen war. Auf diesem Umweg waren sie wieder auf Jakob zu sprechen gekommen. »Sein Weinberg ist ein Wunder. Er produziert Weine, die mit nichts auf der Welt zu vergleichen sind. Vor allem der eine, der mit dem …« – »… Linoleum«, ergänzte Karl. Die spitze Nase des Paters leuchtete und er lachte aus kleinen, tiefen, grauen Augen.

Von Maurus erfuhr Jakob wenigstens einen Nachnamen: Jakob Jünger. Mehr aber auch nicht: »Sie können den Namen gern im Internet suchen. Aber Sie werden wenig finden. Jakob ist datenlos. Kein Eintrag, keine Adresse, ich nehme an, er hat nicht einmal eine Geburtsurkunde.«

»Ein Phantom.«

»Nun ja, er ist schon real und seine Weine sind es ohnehin. Aber er hat sich der Welt irgendwann entzogen. Der Jüngste ist er auch nicht mehr. Er will seine Ruhe haben. Das sollten wir respektieren.« Karl nickte, während er das Gegenteil dachte. Die Nachmittagssonne stand hoch über der Kreuzgangnische, ein paar Schweißperlen glänzten auf seiner Stirn und diese ganze Geheimnistuerei ging ihm langsam auf die Nerven. Mein Gott, ein Winzer, ein Wein, und die paar Kunden machen ein Gewese darum, als ob es um den heiligen Gral ginge. Riecht irgendwie nach Marketingtrick, Verknappung, Begehrlichkeit wecken, solche Dinge.

Die Gräfin schaltete sich ein: »Sie wissen eigentlich schon viel zu viel von Jakob. Mehr wäre nicht gut. Er ist da ein wenig eigen. Sie verstehen. Auf der anderen Seite …« Karl war für andere Seiten immer zu haben, andere Seiten waren in der Regel das Salz in der Suppe, dachte er und spitzte die Ohren.

»Jakob hat Freunde. Einige wenige, da ist er wählerisch. Erzählen Sie doch ein bisschen von sich, junger Mann. Sie interessieren mich, sehr sogar.«

Das klang vielversprechend, diese andere Seite, die, andererseits und unter anderen Umständen auch als zudringliche Aufforderung zu interpretieren gewesen wäre, zumal da das Gespräch fast schon verhörartige Züge annahm. Die beiden wollten wissen, mit wem er seine Tage verbringe, beispielsweise insistierte Maurus, wer denn sonst noch so verkehre bei den von Bodo organisierten Zusammenkünften, ob da die Hochfinanz, die Politik, der höhere Klerus, der Adel gar vertreten sei, was Karl einigermaßen lustig fand, wenn er sich Bodos Vorliebe für menschliches Strandgut jedweder Provenienz und Couleur vorstellte, was Banker, Minister, Priester oder Habsburger nicht zwangsläufig ausschloss. Da hätte er sogar Beispiele nennen können, aber das ließ er, er sagte bloß: »Der Bodo hat meines Wissens immer noch einen KPÖ-Ausweis«, was nicht stimmte, denn er wusste natürlich nichts von irgendwelchen Partei-Mitgliedschaften seines Freundes Bodo, auf der anderen Seite hätte es aber stimmen können, Bodo war so einiges zuzutrauen, und vor allem waren damit seine beiden Gegenüber, was das soziale Umfeld in Bodos Hinterhofgarage anbelangte, ganz offensichtlich beruhigt.

Dies war eine Art Bewerbungsgespräch, das wurde Karl schnell klar, und so versuchte er, einen guten Eindruck zu machen. »Ich sitze gern im Kaffeehaus«, solche Dinge sagte er und dass Arbeit »im herkömmlichen Sinne« ihn nicht besonders interessiere, was in seinem Falle auf das Bekenntnis zu einer Existenz des »interessierten Müßiggangs« hinausliefe. Der Gesichtsausdruck der Gräfin war schwer zu deuten gewesen, Verachtung wäre zu viel gesagt, Belustigung auf der anderen Seite zu grob, sodass Karl sich für verhaltene Amüsiertheit entschied, sicher war er sich aber nicht. Der Vizeabt war noch schwerer einzuschätzen, ab und an wiegte er den Kopf, hob die Augenbrauen, senkte die Mundwinkel, was bei ihm eigenartigerweise wie ein Lächeln aussah. Unterbrach Karl jedenfalls nicht, ließ ihn reden, schwadronieren darüber, dass in unserer Gesellschaft der Output fatalerweise dem Input radikal vorgezogen werde, dass es aber, seiner Meinung nach, auch eine Produktivität der Aufnahme gebe, »das weibliche Prinzip, charmant«, vermerkte die Gräfin an dieser Stelle, wo also der Input die Oberhand gewänne, das jedenfalls schwebe ihm vor, eine aktive Passivität, eine beteiligte Zuschauerrolle. Und in diesen Zusammenhang des Aufnehmens gehöre natürlich jenes, zugegebenermaßen zweckgerichtete Interesse, das notwendigerweise und ausschließlich nur ein aufnehmendes sein könne, die exzessive und intensive Weinerforschung nämlich.

»Verstehen Sie mich richtig, mein junger Freund«, unterbrach ihn Maurus an dieser Stelle, »auch unser Herr Jesus Christus wurde als Trinker und Säufer bezeichnet, sogar in der Bibel. Sind Sie ein solcher?«

»Ich? Weiß nicht. Sie?« Karl wollte noch etwas Schlaues hinterherschieben, als er sah, dass Maurus sein Glas hob und ihm zuprostete. »Wein ist Leben. Ich bin der Weinstock, sagt der Herr, und ihr seid die Reben«, erklärte der Priester und erhob sich. Karl erhielt eine Zisterzienser-Visitenkarte. »Vielleicht sehen wir uns wieder«, meinte Maurus, und verabschiedet sich. Bei der Gräfin versuchte Karl zum Abschied eine Art Handkuss. Sie trug einen Ring mit einem kleinen rubinroten Stein, dessen Fassung wie ein knospendes Stück Ast an einem Rebstock aussah. Ihren schönen Kopf legte sie wohlwollend zur Seite. Karl ging zurück in die Kirche und probierte von der Nummer 176. Das Linoleum war allenfalls zu erahnen, wahrscheinlich war es nur eine Erinnerung an die näselnde Stimme eines Mönchs.

Jakob wartete. Die Frage, was Karl von ihm wolle, lag nun seit Längerem in der Luft. Karl sagte: »Darf ich rauchen?« Das war einerseits Zeitgewinn, auf der anderen Seite ein mittlerweile drängendes Bedürfnis. Jakob stand wortlos auf und brachte einen Aschenbecher.

Karl dachte an seine dritte Begegnung mit Jakob. Es war im Café Bräunerhof in Wien. In einem Antiquariat ein paar Ecken weiter hatte er ein Buch gekauft. Das Buch hieß »Die Situation des Weines in Europa«, war 1875 in Heidelberg erschienen und beschrieb eine Katastrophe. Karl saß in der Nische links neben dem Eingang des Cafés mit Blick auf die Straße, wo junge Pakistani die Abendzeitungen verkauften, in denen Viehfutter aus Rumänien Schlagzeilen machte. Große Teile des europäischen Schweinefleisches waren zu einer tödlichen Gefahr geworden. Europa erging sich in Ausrottungsphantasien.

1875 war Europas Wein kurz davor, vernichtet zu werden. Die Reblaus war drauf und dran, ihn aufzufressen. Das kleine Tier war aus Amerika gekommen. Die schneller gewordenen Schiffe sicherten ihm ein komfortables Überleben, und einmal angelangt, machte es es sich in den Rebstöcken gemütlich und veranlasste die schockierten Wurzeln der europäischen Reben zum Selbstmord. Die Bilanz war schauderhaft. Frankreich war bis auf Ausnahmen in der Champagne infiziert, in großen Teilen bereits ruiniert, in Italien und Spanien, in ganz Mitteleuropa inklusive Deutschland und Österreich begann das Tier sich auszubreiten und seinen Vernichtungsfeldzug voranzutreiben. Osteuropa, die Krim, Georgien, Bulgarien und Rumänien waren eher glimpflich davongekommen.

Karl, hin- und hergerissen zwischen Schweinewahnsinn da draußen und Reblauskatastrophe hier drinnen, war auf eine Landkarte gestoßen, die am Ende des Buches eingeklebt war. Die Karte war mehrfach und kunstvoll gefalzt, die Kanten brüchig und an einigen Stellen bereits gerissen. Vorsichtig faltete er sie auseinander, Europas Weinregionen erschienen, verschiedenfarbig gekennzeichnet nach dem Grad ihrer Zerstörung. Als er das letzte Blatt umschlug, Griechenland und das östliche Mittelmeer fehlten noch, lag da ein dünnes Stück Papier, nicht größer als eine Postkarte, einmal gefaltet. Ein halber Bogen Briefpapier, am Kopf mit dem aufgedruckten Namen des Besitzers. Jakob Jünger, stand da, daneben handschriftlich ein Datum: 27.11.1876.

Im Mai hatte Karl mit Salem Jakobs Wein getrunken, im Juni im Elsass den Zisterzienser kennengelernt. Jetzt war es ein warmer Septemberabend in einem Wiener Kaffeehaus. Drei Begegnungen mit Jakob Jünger oder besser: dem Namen Jakob Jünger in kurzer Zeit und Karl hatte feuchte Hände. Er schwitzte ein wenig und gleichzeitig fror er. Der Nebentisch war nicht besetzt, einen Tisch weiter saß ein Paar, beide lasen in angestrengter Haltung Zeitung. Er faltete die Karte zusammen, legte den Brief obenauf, klappte das Buch zu und schob es von sich. Er winkte dem Ober und bestellte ein Achtel Roten. Der Wein tat gut. Er nahm das Blatt wieder in die Hand und begann zu lesen. Es war eine ins Lateinisch geschwungene Kurrentschrift, zudem war die Schrift schön und deutlich: »Liebe Freundin, seien Sie unbesorgt. Zur Vorsicht habe ich meinen Sohn auf eine größere Reise geschickt. Franzl führt alles mit sich, was wir brauchen. Der 7/1875 kommt im Mai in die Flaschen. Er wird Sie freuen. Ergebenst, Jakob Jünger.«

Nach allem, was Maurus und Salem über Jakob Jünger erzählt hatten, stellte Karl sich ihn als rüstigen älteren Herrn jenseits der siebzig vor. Jahrgang 1935 in etwa. Der Jakob Jünger, der den Brief vor mehr als hundert Jahren geschrieben hatte, wäre dann der Groß- oder Urgroßvater seines heutigen Namensvetters, der Sohn Franzl, je nach dem, Vater oder Großvater. Adressatin des Briefes war offensichtlich eine besorgte Kundin, die sich aller Wahrscheinlichkeit nach mittels dieses Buches über die Reblauskrise informiert und eine Nachricht zum Thema hier aufbewahrt und vergessen hatte. Was aber führte der Sohn mit sich? Und was war in der Vorstellung des damaligen Jakob Jünger eine große Reise? Nach Turin, nach Rom? Über die Alpen? Zu Fuß, per Kutsche oder per Bahn oder gar mit dem Schiff? Karl steckte den Brief zurück in das Buch.

Eine Dame betrat das Café. Karl bemerkte sie nicht, er rechnete Generationenabfolgen nach. Sie trug ein schlichtes graues Kostüm, ein dunkelblaues Kopftuch, das locker genug geschlungen war, um ein paar hellgraue Haarsträhnen hervortreten zu lassen, und eine große Sonnenbrille. Sie ging zum Zeitungstisch, nahm ein österreichisches und ein deutsches Blatt, sah sich um, stutzte und trat an Karls Tisch: »Was für ein schöner Zufall.«

Karl, aus dem Jahr 1848 gerissen, das er sich gerade behelfsmäßig als Geburtsjahr von Jakob Jünger dem Älteren imaginiert hatte, blickte erschrocken auf: »Bitte?« Die Dame nahm ihre Sonnenbrille ab: »Ich hoffe doch, Herr Breitenstein, wenigstens ein wenig Eindruck bei Ihnen hinterlassen zu haben. Darf ich mich setzen?«

Erfreut sprang Karl auf: »Gräfin! Ich bitte um … entschuldigen Sie. Die Sonnenbrille. Bitte, setzen Sie sich«, er bot ihr den Platz auf der Bank an, »das ist wirklich ein Zufall, das ist …, das ist ja fast eine Fügung.« Gräfin Marczinsky setzte sich, nahm das Tuch ab, sah Karl mit sehr hellen blauen Augen an, die ihm bei ihrer ersten Begegnung gar nicht aufgefallen waren und ihr etwas Mädchenhaftes verliehen, und sagte mit Nachdruck: »Bleiben wir beim Zufall. Eine Fügung setzt immer jemanden voraus, der etwas fügt.« Sie sah sich verschwörerisch um: »Ich sehe hier niemanden. Sie?«

»Dann eben Fatum. Oder Schicksal.« Karl war ein wenig aufgeregt: »Irgendetwas, das nach mehr klingt, als nach Zufall. Der ist bloß blind. Dass Sie gerade, jetzt, in diesem Augenblick hier auftauchen, das ist eine schicksalhafte Fügung, mindestens. Ich muss Ihnen etwas zeigen.« Der Gräfin war die Unterbrechung durch den Ober nicht unwillkommen, sie bestellte ein Achtel Weißwein. »Nun sagen Sie mir doch zuerst, wie es Ihnen geht. Haben Sie Guebwiller gut überstanden?« – »Ja sicher, wie immer, kein Problem. Bitte sehen Sie sich das an.«

Mit einem milden Ausdruck der Verzweiflung entnahm Gräfin Marczinsky ihrer Handtasche ein Etui, öffnete es, setzte sich die Lesebrille auf, lehnte sich zurück und nahm von Karl den Brief Jakob Jüngers entgegen.

Was hatte Karl erwartet? Mit Sicherheit nicht das Folgende: Gräfin Gerda von Marczinsky erstarrte. Erstarrte erst und erzitterte dann. Das ging ganz schnell. Sie hatte noch nicht zu lesen begonnen, sondern das Blatt sozusagen als Ganzes wahrgenommen, als Schriftstück und Dokument, als Botschaft aus einer lange vergangenen Zeit, als Flaschenpost aus einer anderen Welt und dies allein reichte aus, um für einen Moment zur Statue zu versteinern – die im nächsten Moment Risse bekam. Keine heftigen, aber an den Händen, die das Blatt hielten, an den Mundwinkeln, den Augenlidern, den Schultern, überall war das vornehme Gleichgewicht aus den Fugen geraten. Um Nuancen nur, sodass Karl überlegte, ob das Wort Schauder angebracht sei. Sie sagte leise und sogar die Stimme zitterte: »Woher haben Sie das?« Karl antwortete nur: »So lesen Sie doch.«

Das tat sie, wie es schien flüchtig, nahm die Lesebrille ab und wiederholte: »Woher haben Sie das? Ich muss das wissen.« Karl schob ihr das Buch über den Tisch und bevor er erklären konnte, war da ein leises Lächeln im Gesicht der Gräfin zu sehen, sie strich fast zärtlich über den geprägten Deckel des Buches und sprach, mehr zu sich: »Die Reblaus-Katastrophe. Mein Gott, das hab ich … das hat meiner Großmutter gehört. Lang ist's her.« Karl schlug die Seite mit der Karte auf: »Hier, hier hinten steckte der Brief. Dann war Ihre Großmutter, war sie die Adressatin?«

Frau von Marczinsky lehnte sich zurück und sah zum Fenster hinaus. Sie schwieg. Lange. Karl regte sich nicht, er nahm nicht einmal einen Schluck Wein. Er wartete. Draußen hielt ein Fiaker, der Kutscher beugte sich nach hinten zu seinen Gästen und deutete mit dem Finger auf das Fenster des Bräunerhofes, hinter dem Karl auf eine Antwort der Gräfin wartete. Sie drehte sich zu ihm, sah ihn ernst aus hellen blauen Augen an: »Wie war das noch mal mit Ihrer Unterscheidung von Zufall und Fügung? Der Zufall, der immer blind ist? Vielleicht ist Fügung nur das Wort für den seltsamen Zufall. Der Einäugige unter den Blinden. Interessant, was dann das Schicksal wäre.« Sie winkte dem Kellner und verlangte die Rechnung. »Wissen Sie was, lieber Karl, ich darf Sie doch so nennen, dieser Brief gehört Jakob. Schon allein wegen der Erinnerung an Franzl …« – »Ja genau«, unterbrach Karl, »ist dieser Franzl nun der Vater, der Großvater oder was auch immer von unserem Jakob Jünger? Das frag ich mich schon die ganze Zeit.« – »Sehen Sie, ich meine, das sollten Sie Jakob selber fragen. Schreiben Sie mir Ihre Mail-Adresse auf. Ich schicke Ihnen alles, was Sie für den Weg zu ihm brauchen.«

Sie hatte darauf bestanden, die ganze Rechnung zu bezahlen, Karl leistete Widerstand, doch gegen das »Schweigen Sie, Karl« war kein Kraut gewachsen. Dann war sie entschwunden mit kunstvoll geschwungenem Kopftuch und glamouröser Sonnenbrille und Karl war zurückgeblieben in einer Stimmung zwischen erwartungsfroher Erregung und tiefer Ratlosigkeit. Er trank drei Achtel, was jedoch wenig änderte. Am nächsten Tag fand er eine Wegbeschreibung in seinem E-Mail-Eingang, zwei Wochen später stand er schwer keuchend vor dem Haus von Jakob Jünger.

Karl zog tief an seiner Zigarette. Weshalb war er hier? Er war das gefragt worden und eine Antwort hatte er immer noch nicht gegeben. Er sagte: »Linoleum, Herr Jünger, vielleicht ist es das Linoleum. Aber ich hab Ihnen etwas mitgebracht.« Der alte Mann schien einen kleinen Augenblick lang durch Karl hindurch zu blicken, um ihn dann umso schärfer zu fixieren: »Wie kommen Sie auf Linoleum?«

Statt einer Antwort ging Karl zum Ofen, wo seine Jacke hing. Er holte aus der Brustasche die Karte des Zisterziensers und fühlte den Umschlag mit seiner zweiten Trumpfkarte. »Mit den besten Grüßen von Ihrem Freund Pater Maurus. Den lernte ich übrigens erst durch das Wort Linoleum kennen.« Jakob nahm die Karte entgegen wie eine diplomatische Depesche. Ob Kriegserklärung oder Friedensangebot ließ er offen. Karl erzählte von seiner Begegnung in Guebwiller und ihrer Voraussetzung, dem Abend mit Salem.

Jakob hatte sich, ohne zu fragen, während Karls Erzählung eine Zigarette genommen und rauchte sie wie einer, der seit Jahren auf einen solchen Genuss gewartet hat. Er hatte den Stuhl zurückgeschoben, die Beine übereinandergeschlagen und eine Hand in der Hosentasche. Er war zur Freundlichkeit verändert und Karl sagte: »Das war ja alles vorzüglich, Herr Jünger, was ich bis jetzt probiert habe. Aber den Wein, den ich mit Salem getrunken habe, den haben Sie mir bis jetzt vorenthalten, stimmt's?« Jakob nahm die Flasche mit der Sechs und goss beiden nach. »Eins nach dem anderen. Ich hab Sie zu sechs Weinen eingeladen. Der Siebener ist, wie sollen Sie das verstehen, er ist ein

Freundschaftswein, ein Wein, den ich für wenige gute Freunde mache, eine Auslese, wenn Sie so wollen. Der Salem hätte Ihnen eigentlich nicht davon geben dürfen. Das gehört zu den Spielregeln.« Karl erinnerte sich plötzlich daran, dass Salem das Etikett der Flasche immer verdeckt gehalten hatte. Einmal hatte er an einer Ecke eine kleine Zeichnung gesehen, wie ein Logo, eine Art Firmensignet des Winzers. Es war ein Stückchen Holz mit einer Knospe gewesen. »Gehört die Gräfin Marczinsky auch zu diesem – diesem Kreis?«

Noch einmal ging eine Veränderung mit Jakob Jünger vor. Die Augen blickten ganz weit in die Ferne, der Kopf nickte ganz leicht und bevor er antwortete, atmete er tief einmal ein und aus: »Ja, sehr lange sogar. Sehr, sehr lang.« Dann schwieg er eine Weile. »Das mit dem Linoleum ist übrigens einfach erklärt. Die Rotweine bleiben 15 Monate im Holzfass. Und das Holz ist mit Leinöl behandelt, was bekanntlich auch im Linoleum ist.« Er stand auf, verschwand hinter dem Vorhang und kam mit einer Flasche zurück. Eine verschnörkelte Sieben. Der Ast mit der Knospe. Die Jahreszahl 1997. »Wenn schon, denn schon«, lachte er. »Besser war nur der 49er. Und der 85er. Im letzten Jahrhundert.«

Fast andächtig entkorkte er die Flasche. Holte zwei frische Gläser und eine Karaffe. Goss behutsam den Wein in sein neues Gefäß. Er leuchtete. Ein dunkles kraftvolles Rot. »Lassen Sie uns noch zehn Minuten warten. Er hat lange geschlafen. Muss sich erst an die neue Luft gewöhnen.« Sie sprachen nichts in den zehn Minuten. Dann füllte der Alte die Gläser halb voll. Es schien, als ob er dabei die Lippen bewegte. Sie steckten die Nase hinein. Karl nahm einen Schluck, hieb seine Zähne in die kühle Flüssigkeit und eine Explosion an Aromen erschütterte seinen Gaumen. Das Feuerwerk schien nicht enden zu wollen. Zum Schluss detonierte das Linoleum. Fast eine Minute tobte der Wein, Karl sah Jakob an und sagte: »Wahnsinn.«

Er nahm den nächsten Schluck. Den übernächsten. Jeder brachte neue Überraschungen, Moosdüfte, Felsgerüche, Wiesenaromen. Jeder Schluck war wie ein Blitzlichtgewitter, wie ein Bombardement aus schweren Wasserschläuchen. Karl setze sein Glas ab. Er war erhitzt, euphorisiert, völlig überdreht. »Hieß eigentlich Ihr Vater oder Ihr Großvater Franz?«

Jakob hatte gerade sein Glas zum Mund geführt. Eine winzige Sekunde lang schien alle Bewegung in dem Mann wie erloschen. Dann fiel der Arm schlaff herab, Wein schwappte aus dem Glas auf den Tisch. Er blickte Karl an, die Augen weit aufgerissen, der Mund ganz schmal. Und er sprach leise, was die Sache für Karl furchterregend machte: »Was weißt du von Franz? Wer bist du? Wer hat dich hergeschickt?« Eine Hand wollte nach Karl greifen aber dann ließ er sich nach hinten fallen, schwer atmend, das Gesicht in den Händen verbergend. »Bitte erklären Sie mir das. Entschuldigen Sie.«

Karl holte den Umschlag und schob den Brief von 1876 über den Tisch. Jakob gab die Augen frei und sah vorsichtig auf das Blatt. Dann rückte er näher, nahm es und las. Legte es auf den Tisch zurück, lehnte sich zurück und fragte in diesem unnachahmlich gefärbten Deutsch: »Woher hast du das? Ich bleib jetzt beim Du.«

Karl erzählte. Rechnete auch seine Frage vor, indem er Jakob auf Mitte siebzig schätzte. Jakob hörte nur halb zu. »Es ist spät. Nimm den Rest der Flasche mit. Von Franz erzähle ich dir morgen.«

Hinter dem Vorhang führte eine Holztreppe ins Obergeschoss. Karl bekam eine kleine Kammer. Er saß auf dem Bett und trank weiter. Halbzeit. Halbzeit des Lebens, so fühlte er sich. Der da unten, wo war der angelangt? Schwer zu sagen. Du glaubst, es sei Halbzeit, und schon wird abgepfiffen. Du wirst geboren und schon bist du todgeweiht. Geburt ist eine Verheißung, deren Erfüllung der Tod ist. Von wem war das noch mal? Muss unbedingt wieder was machen, körperlich meine ich. Wegen der Blutkörperchen, der roten. Muss ja nicht ewig sein, das Leben, aber lange. So lange wie's geht. Sollen die doch da mal was machen, gentechnisch oder so. Irgendeiner hat gesagt, es kostet ein ganzes Leben, um sich von der Geburt zu erholen. Erholung. Das ist das Leben.

Der Alte schien unten noch aufzuräumen. Als die Flasche leer war, zog Karl sich bis auf die Unterwäsche aus. Er löschte die Lampe. Der Fußboden bestand aus Dielen, zwischen zweien, ganz nahe am Bett, war eine Fuge. Licht schien hindurch. Karl musste sich nur aus dem Bett herausbeugen, um sein Auge ganz nah an die Spalte zu bringen. Er sah Jakob unten am Tisch sitzen, das Gesicht in die Hände gestützt, die Schultern heftig bewegt. Weinte der alte Mann? Auf dem Tisch stand eine neue Flasche. Karl konnte das Etikett genau erkennen. Es waren drei Astknospen drauf. Und eine Ziffer, diesmal die Acht. Aus Karls Blickwinkel schien sie zu liegen.

Als er aufwachte, stellte Karl fest, dass der Wein keine Folgen angerichtet hatte. Im Gegenteil, er fühlte sich frisch und ausgeschlafen. Für seine Verhältnisse geradezu schwungvoll trat er ans Fenster. Viele neue rote Blutkörperchen, dachte er zufrieden. Ganz unten in der Senke arbeitete Jakob im Weinberg. Das große Lesefass mit dem breiten abgeschrägten Rand stand neben ihm. Über den gegenüberliegenden Bergkamm schob sich herbstlich mild die Sonne. Das Wasser aus der Kanne auf der Kommode war weich und kalt. Er genoss alles, zog sich an und ging hinunter.

Kaffee stand auf dem Herd, Brot, Wurst und Marmelade auf dem Tisch, ein Zettel lag neben dem Teller: »Um 12 essen wir zu Mittag. Vertreib dir die Zeit. Ich muss noch einmal mit dir reden.« Geschrieben in einer ins Lateinisch geschwungenen Kurrentschrift.

Das erste Nebengebäude war keine Überraschung. Mostpresse, zwei Gärbehälter aus Holz, Kühlaggregate, Schläuche und in einer Ecke ein Zuber mit frischen Trauben. Im nächsten Raum sieben Barriques für den Ausbau. Karl zählte noch einmal. Im dritten Raum ein langes Regal mit leeren Flaschen, eine Verkorkungsmaschine und ein großer Korb mit frischen Korken. Ein Tisch mit unbeschrifteten Etiketten. Daneben ein kleinerer Stapel mit aufgedruckten Knospen. Einer Knospe, nicht drei. Ein Tuscheglas und ein Federkiel. Karl trat in den nächsten Raum.

Das Licht war diffuser, der Raum staubiger. Geräte hingen an der Wand, ein Leiterwagen und eine Schubkarre standen in der Ecke, unter den fast blinden Fenstern eine Werkbank. Karl nahm dies alles nur am Rande wahr, denn neben der Werkbank lehnte ein Bilderrahmen. Vielleicht anderthalb Meter hoch, nur wenig breiter.

Graubraunes Leinen und eine Kreuzverstrebung. Vorsichtig nahm Karl das Gemälde in die Hand und drehte es um.

Eine Frau sitzend am Strand. Das rechte Bein angewinkelt, beide Hände umfassen das Knie. Das andere Bein liegt anmutig geschwungen auf dem Sand. Ein großer, entblößter Busen, langes Haar bis auf den Boden. Das Gesicht ist reduziert auf den Mund, Ober- und Unterkiefer mit ihren starken Zähnen sind um 90 Grad gedreht und bilden einen furchterregenden Ring wie die Scharniere einer bösartigen Tierfalle. Und dennoch lächelt diese Frau Karl an. Mehr noch: sie spricht, sie plappert geradezu los *Weissdu ich liiebe diesen Strand und Pierre war heute Morgen wieder soo süß er hat die schönsten Rotbarben in Antibes und extra für mich eine draufgelegt und Max kommt auch heute Abend du weißt schon dieser Exzentriker aber achte mal auf seine Augen* und Karl hätte sich am liebsten dazugesetzt und ihr endlos zugehört. Es war dieses Licht, drei flächige Farben für Himmel, Wasser und Strand. Zweimal Blau, einmal Ocker. Eine einzige Einladung, Shorts anzuziehen und mit ihr ein Glas Weißwein zu trinken. Sie selbst war auseinandergenommen und wieder zusammengesetzt aus kantigen und weichen Elementen, erst zerstört und dann neu geformt.

Karl musste nicht auf die Signatur schauen, um zu wissen, was er da in den Händen hielt. Zusätzlich war es datiert auf den 27. Januar 1930. Hinter ihm stand plötzlich Jakob. Vor sich hatte er einen Picasso.

»Gefällt es dir? Pablito hatte es übrig. Er hatte immer was übrig von seinem Zeug. Da hinten stehen noch mehr.«

In der dunkelsten Ecke des Schuppens lehnten drei Bilder, auch sie mit dem Gesicht zur Wand. Nacheinander trug Karl sie ans fahle Licht. Ein Kuss, der nur aus Lippen und Augen zu bestehen schien, ein rebenumrankter Satyr mit zwei üppigen nackten Schönheiten im Arm und einem Weinpokal in der Hand sowie ein Mann mit Gewehr. »Das bist du, hat er gesagt. Na, ich weiß nicht. Komm wir essen was.«

Als sie hinausgingen aus der wertvollsten Privatsammlung, die er je gesehen hatte, blieb er noch einmal stehen. Neben der Tür lehnte ein zierliches Spazierstöckchen. Darüber hing eine schwarze Melone.

Das Mittagessen bestand aus Bratkartoffeln mit Speck und einer Flasche mit der Nummer Zwei.

»Herr Jünger …«

»Sag Jakob zu mir. Ich weiß, was du sagen willst. Ich versteck's ja auch deswegen. Wirbelt einfach zu viel Staub auf.«

»Aber wissen Sie eigentlich …«

Jakob drehte sich mit der Pfanne in der Hand herum. Hielt sie wie ein Florett. Kam auf Karl zu. »Was soll ich wissen? Dass das Zeug was wert ist? Wolltest du das fragen? Du hältst mich ein bisschen für von gestern, stimmt's? Du hast keine Ahnung. Iss lieber.«

Sie aßen und schwiegen. Tranken die Flasche leer. Jakob kam mit einer Nummer Drei zurück.

»Wer kriegt eigentlich den Siebener?«

Jakob beugte sich leicht nach vorne und hackte mit seinem Zeigefinger in Richtung Karl: »Indem ich dich aussuche, mein Lieber. Und sag endlich du zu mir.«

»Und wen oder wie suchen Sie …, suchst du aus?«

»Nach Gusto, Sympathie. Keine Ahnung. Der Heesters hat was bekommen und Charlie Chaplin. Der Jünger Ernstl und der Gadamer, weiß nicht, kennst du den? Der alte Cousteau, der Taucher. Die Katherine Hepburn, Frauen sind weniger dabei, die Rose Kennedy, mir waren die Söhne mal sympathisch. Das sind jetzt halt die Prominenten, viele andere, die kennst du gar nicht, muss man auch nicht kennen, soll man nicht kennen.«

»Alles Siebener-Kunden?«

»Alles Siebener-Kunden.«

»Alle sehr alt. Oder alt geworden.«

»Wie man's nimmt.«

»Wegen des Siebeners?«

»Wegen des Siebeners? Vielleicht. Vielleicht Zufall. Vielleicht Vorliebe für meine Generation.«

»Picasso? Deine Generation?«

»Na ja, ungefähr schon.«

»Und Achter-Kunden?

Nach dieser Frage verging die Zeit sehr langsam. Antwort kam keine mehr. Eine unangenehme Stille lag im Raum. Jakob schaute irgendwohin, stand dann langsam auf und schaute aus dem Fenster, nirgendwohin.

»Wie alt bist du, Jakob? Ist Franzl dein Sohn?«

Diesmal drehte sich Jakob wie ein alter Mann müde zu Karl um: »Das ist privat. Du brauchst nicht alles zu wissen. Geh jetzt.«

Karl nahm den anderen Weg, der Kniegelenke wegen. Sein Rucksack war beschwert mit drei Flaschen Siebener.

2

»Dreist: Reben-Raub in Traiskirchen«, hackte Marion Drygalski in ihren Rechner und dachte: Das ist doch schon mal eine gute Überschrift.

Sie waren in der Nacht gekommen, unauffällig im späten Oktober zur Lesezeit, wenn die Weinbauern selbst nachts unterwegs sind, um die Trauben zu ernten. Mit einem Traubenvollernter waren sie durch die Rebstockreihen gefahren, eine Stunde vielleicht, mit zweieinhalb Tonnen reifer Weintrauben als Beute. Blaufränkischer vom Traiskirchener Schlossberg, beste Lage des Weingutes Dr. Belphart, aus deren Reben die berühmte »Cuvée Alte Trauben« erzeugt wird, die Flasche für 38 Euro. Die erste Reihe der Reben hatten sie stehen gelassen, gute Tarnung, so war von der Straße her der Diebstahl nur schwer zu erkennen. Der Gesamtschaden belief sich auf circa 100 000 Euro.

Eigentlich eine gute Geschichte, dachte Marion und googelte »Braud«, den Hersteller der Erntemaschinen, die von den Weinbauern in der Thermenregion südlich von Wien eingesetzt werden. Dass alle Winzer auf diese acht Tonnen schwere Maschinen schwören, sie sich die Traktoren gegenseitig ausleihen, alle die gleichen Reifen verwenden, machte die Sache für die Polizei nicht einfacher. Die Reifenspuren im Weinberg waren der einzige Anhaltspunkt, und der war so gesehen völlig wertlos.

Marion grinste. Sie kannte Dr. Belphart flüchtig, eigentlich nur vom Namen her. Einer der neuen jungen Winzer mit akademischer Ausbildung und internationaler Erfahrung. Sah eher aus wie ein Sektionsrat aus dem Unterrichtsministerium, nicht wie ein Weinbauer aus Niederösterreich. Das alte Weingut seiner Eltern und Großeltern hatte er in wenigen Jahren zu einem modernen Vorzeigebetrieb umgewandelt. Stahltanks, Kühlräume auf dem neuesten Stand, Kellereibetrieb auf wissenschaftlichem Niveau. Die Ergebnisse konnten sich sehen lassen: Winzer des Jahres, Preise auf den großen Weinmessen, Anerkennung bei internationalen Verkostungen. Dr. Peter Belphart war ein Star in der österreichischen Weinszene. Einer seiner kommerziell erfolgreichsten Coups war es, die Trauben aus den Weinbergen des Stifts Heiligenkreuz in seinem Keller auszubauen. Der »Heiligenkreuzer Stiftswein« war neben den Gregorianischen Chorälen des Mönchschors der Verkaufsschlager des Klosters und für Dr. Belphart eine Cashcow, die ihm das Experimentieren mit den eigenen Weinen erleichterte. Und jetzt war das beste Material für seine Experimentierfreude weg, einfach gestohlen und das auf äußerst dreiste Weise.

Marion schrieb das alles auf, rückte den Artikel als Aufmacher in die Landesnachrichten des »Echo«, machte das Licht im Großraumbüro der Redaktion aus und fuhr nach Hause in die Arbeitergasse im 5. Bezirk. Die ORF-Nachrichten brachten nichts über einen dreisten Raub in Traiskirchen, sie sah und hörte nicht richtig hin, während sie sich ein Schnittlauchbrot zubereitete. Das Zimmer von Michael, genannt Micky, war verlassen, der Sohn war bis Sonntagabend bei seinem Vater. Sie klappte seinen Laptop zu, nahm einen Pullover vom Boden und warf ihn auf das ungemachte Bett, löschte das Licht, ging ins Schlafzimmer und begann sich umzuziehen.

Um halb neun war sie verabredet. Mit ihrem Ex, was in ihrem Sprachgebrauch nicht den Vater von Micky bezeichnete, sondern seinen Nachfolger. Den Vorgänger hatte sie ein halbes Jahr vor Mickys Geburt geheiratet und anderthalb Jahre danach wieder verlassen. Inklusive Scheidung, die ein Gemenge aus Besuchszeiten, Unterhaltszahlungen und Mitspracheregelungen hervorbrachte. Der Nachfolger, gleichzeitig der beste Freund des Vorgängers, hatte sich in dieser Zeit als Tröster bewährt, bei dem sich Marion ausweinen konnte, und schließlich zog er bei Micky und Marion ein.

Es war nicht die jäh auflodernde Flamme der romantischen Verliebtheit, die Marion mit dem Nachfolger dauerhaft zusammengebracht hatte. Aus Trost und Verständnis war ein in Maßen leidenschaftliches Bündnis geworden, ein Zweckbündnis insofern, als Marion im Nachfolger die erhoffte Unterstützung und Ergänzung bei der Erziehung ihres Sohnes gefunden hatte, ein Bedürfnis, das die Leidenschaftlichkeit ihrer Liebesempfindungen deutlich in den Hintergrund drängte.

Micky wusste wenig von den undurchsichtigen Arbeitsverhältnissen seines Vaters, noch weniger von den unregelmäßigen Einkommensverhältnissen, er war ja noch ein Kind und bewunderte seinen Vater, sah in ihm einen irgendwie schrägen Kumpel. Das allein war Anlass häufiger häuslicher Konflikte, noch verhängnisvoller aber war die fortwährende Freundschaft von Vorgänger und Nachfolger. Der Stabwechsel zwischen den beiden war seinerzeit zwar nicht völlig reibungslos vonstattengegangen, aber nachdem sie kräftig einen zusammen getrunken hatten, war zwischen ihnen alles wieder gut. Marion sah sich umzingelt von männerbündlerischen Konstellationen und der Gipfel, der letzte Anlass, der das Fass endgültig zum Überlaufen brachte, war eine Idee, ein vages Konzept, das nur dem Hirn des Ex-Gatten entsprungen sein konnte, ihr aber der Nachfolger, eher beiläufig und nebenher, bei einem Spaziergang an der Alten Donau eröffnete. Dass es nämlich doch sinnvoll sei und an der Zeit, den Jungen, bevor er dies unkontrolliert, unbeaufsichtigt oder gar unter schlechtem Einfluss ohnehin tue, besser den Händen von verständigen und erfahrenen Erwachsenen, also der beiden Freunde, zu überlassen und ihn behutsam und sozusagen pädagogisch wertvoll in die sonst und insbesondere heutzutage viel zu gefährliche Welt von Sex and Drugs and Rock 'n' Roll einzuführen. Wobei das mit dem Rock 'n' Roll noch das Wenigste wäre.

Es wurde sehr laut an diesem Nachmittag an der Alten Donau, Marion schwang ihre Fäuste, drohte mit der Polizei und am Abend packte der Gefährte seine Sachen. Nicht ohne zu beteuern, allen Einfluss auf seinen Freund geltend zu machen, dass aus dem Vorhaben nichts würde, das ohnehin nicht allen Ernstes gemeint gewesen wäre. Dies bestätigte sich in der folgenden Zeit, zumindest soweit das Marion beurteilen konnte, und so kam es, dass sie nun zwar einen weiteren Ex hatte, aber wenigstens einen, mit dem sie nach wie vor leidlich auskam.

Sie machte sich frisch im Badezimmer und was sie im Spiegel sah, war ansehbar. Die kleinen Falten um die Augen und diejenigen unterhalb der Mundwinkel störten sie nicht, im Gegenteil, sie war froh, dass das Wonneproppenhafte in gewissen Partien ihrer Gesichtszüge sich ausgewachsen hatte. Sie war jetzt Ende Mitte vierzig, eine Frau im besten Alter, wie sie sich sagte, und dies korrespondierte mit ihrem Gefühl, wieder bereit zu sein für den einen oder anderen Erkundungsgang in die Welt der Liebe oder wenigstens der erotischen Leidenschaften, nicht zuletzt da Micky nun aus dem Gröbsten heraus war. Eine robuste Körperlichkeit blickte ihr aus dem Spiegel entgegen, mit der sie durchaus zufrieden war, höchstens von den Hüften abwärts wäre korrigierenderweise einzugreifen bei Gelegenheit zu überdenken gewesen. Sie legte den Kopf ein wenig schief, was sie immer tat, wenn sie in den Spiegel sah, zupfte die Bluse am Bund der Jeans zurecht, was legerer aussah, und musste lachen. Dieses Kopf-zur-Seite-Legen vor dem Spiegel war ein Tick, den der Ex gern nachgeahmt hatte und während es bei ihr kokett, spielerisch und erträglich selbstverliebt aussah, war die Parodie des Freundes natürlich ein boshafter Kommentar am Ewig-Weiblichen. In einer Mischung aus uneingestandener Vorfreude, Nervosität und aufkommender Gereiztheit zog sie den Lippenstift nach, um gut auszusehen bei ihrem Treffen im Café Industrie am Margaretengürtel mit ihrem Ex.

Das Industrie war gut gefüllt. Mit dem, was vom einstmals Roten Wien übrig geblieben war. Pensionierte Austromarxisten, grauhaarige Ex-Revolutionäre, Klein- und Lebenskünstler, Jungmenschen aus der Alternativszene, dazu ein paar Zwielichtige und Abstürzende, dazwischen Halbschlafende und Diskutanten. Karl Breitenstein lehnte an der Theke, ein Achtel Roten in der Hand. Als Marion hereinkam, füllte sie das Lokal sofort aus. Schal abnehmen, Mantel aufknöpfen, die Nässe aus den Haaren schütteln, waren eine Bewegung und mit einem energischen Winkel zwischen Kinn und Kehle steuerte sie zielsicher auf ihn zu.

»Hast du gewartet? Komm wir setzen uns. Du schaust müde aus. Ein Seidel, ja. Hier stinkt es wie immer. Pass auf, lies einfach das einmal.« Er musste lachen: »Und wie geht's dir sonst so? Ein Kuss?«

»Lass das, Charlie, später vielleicht. Du musst mir helfen. Was macht ein Dieb mit drei Tonnen Spitzentrauben?«

»Hab schon gehört. Ziemlich dreist. Und dann noch in Traiskirchen. Das ist doch eine Überschrift, Marion: Dreister Raub in Traiskirchen. Schenk ich dir.«

»Danke. Reben-Raub. Dreister Reben-Raub in Traiskirchen. Ist noch besser. Und von mir, nur mal so. Aber weiter: Was machen die jetzt damit?«

»Ja, du liebe Zeit, keine Ahnung. Wenn das irgendein Nullachtfünfzehn-Winzer war, der aus seinem Fusel was ganz Tolles machen will, das fällt doch sofort auf. Eher andersherum: Ein guter Winzer mit wenig Ertrag hat jetzt viel Ertrag. Aber auch nicht ganz ungefährlich. Die kennen sich doch alle untereinander. Wenn da ein 10-Hektar-Winzer auf einmal doppelt so viel Menge auf den Markt wirft, das riecht doch sofort verdächtig. Vielleicht ist es ja auch bloß ein Nadelstich gegen den Dr. Belphart. Mögen tun den ja nicht alle. Ich übrigens schon, der macht klasse Weine.«

Karl winkte ein weiteres Achtel mit einer Geste herbei, die ein zweites Seidel für Marion einschloss. Sie stürzte ihr erstes herunter. »Und wenn es Italiener waren. Oder Griechen, Rumänen, Georgier, was weiß ich?«

»Du wieder. Der sublime Rassismus des Piefkes. Ach was, der Traktor, dieser Vollernter, der spricht doch eher für Einheimische. Der macht 25 die Stunde, fahr damit mal von Tiflis nach Traiskirchen. Apropos, da flieg ich morgen hin.«

»Was? Wohin? Nach Traiskirchen?«

»Nein, nach Tiflis, Hauptstadt von Georgien, was wiederum die Wiege der europäischen Weinkultur ist.«

»Schön. Typisch. Einen Traktor könnte man aber auf einem Lkw transportieren. Oder vor Ort einfach klauen. Dreist waren die ja.«

»Krieg das raus, Marion, deine Chance. Die Schnarchnasen von der Polizei da unten kannst du vergessen. Die machen einen Vorgang daraus, einen Akt, und der schläft dann vor sich hin. Und sonst? Was macht der Micky?«

»Ist bis Sonntag bei seinem Vater. Danach brauch ich wieder drei Tage, bis er sich runterfährt.«

»Dafür hat er aber wieder mal die Welt erklärt bekommen.«

»Sag ich doch. Jedesmal googelt er wie ein Verrückter nach irgendwelchem obskuren Zeug, das ihm sein Vater ins Hirn verpflanzt hat.«

»So ist er halt, der Bodo. Aber lieb.«

»Lieb? Weißt du, wie viel der mir schuldet, wann der zum letzten Mal was gezahlt hat? Schlechte Geschäfte, sagt er. Wegen dem manipulierten Ölpreis. Da fällt dir nichts mehr ein.«

»Brauchst du Geld? Sag's ruhig, kein Problem.«

»Ach was, ich komm schon zurecht. Ums Geld an sich geht's auch gar nicht. Es ist alles nur so nervig. Nur mal ein Beispiel: Kürzlich war ich in der Schule, bei Mickys Lehrerin, eine Vorladung gewissermaßen. Er hat einer Mitschülerin auf den Arsch gelangt. An den Po gegriffen, sagte die Lehrerin.«

»Respekt. Dreizehn ist er jetzt, oder?«

»Wird vierzehn. Pubertiert ohne Ende. Flecken im Laken inklusive. Jedenfalls die Lehrerin redet von sexuellem Übergriff, Respekt, genderneutraler Erziehung, das ganze Programm, blabla. Wäre alles gar nicht schlimm, wenn du nicht zwischen den Tönen hören würdest: eigentlich bist du schuld, alleinerziehende Mutter, nichts im Griff, zerrüttete Ehe, unklare Verhältnisse. Selbst das wäre mir noch egal, aber dann.« Marion winkte nach einem Seidel, Karl nickte hinterher und bekam sein Achtel.

»Dann taucht Bodo zwei Tage später in der Schule auf. Weiß gar nicht, woher er von der Angelegenheit wusste, von Micky wahrscheinlich. Passt die Lehrerin im Treppenhaus ab, baut sich vor ihr auf und brüllt herum. Ob sie schon mal was von sexueller Revolution gehört habe, von frühkindlichen Bedürfnissen, er würde seinen Sohn libertär erziehen, ob es schon wieder so weit sei mit der Unterdrückung, mit Domestizierung, lauter so unausgegorener Kinderladen-Scheiß. Und knallt der armen Frau Havilczek dieses gelbe Buch mit der roten Schrift vor die Brust, Sexfront, das solle sie mal lesen.«

Karl musste grinsen. Bodo war einsfünfundneunzig, meistens unrasiert, trug das Haar als graumelierten Pferdeschwanz und hatte meistens eine Lederjacke mit Fransen an. Und brüllen, das wusste Karl, konnte er gut.

»Ja, du lachst. Aber wer muss das jetzt ausbaden? Ich. Und vor allem Micky. Er nervt einfach nur, dein Freund Bodo, glaub mir das.«

»Weiß ich doch. Aber ich muss dir etwas erzählen.« Und dann erzählte Karl von seiner Begegnung mit Jakob auf dem Berg. Nicht alles erzählte er, das meiste sogar ließ er weg. Nichts von den Bildern im Schuppen, nichts von dem Brief eines Jakob an eine Dame und einen Franzl und dessen Reisepläne. Nichts davon, aber viel von dem Mann. »Und morgen flieg ich nach Tiflis und irgendwie ahne ich, dass es dort so weitergehen wird. Ich geh dann mal. Muss früh raus. Nicht ohne einen Kuss.«

Er ging zu Fuß, der Regen hatte aufgehört. An der Reinprechtsdorferstraße, die in diesem Bezirk wie ein tiefer, reißender Fluss das vormals Rote Wien vom vormals bürgerlichen Wien abgrenzt, winkte er in das Café Siebenbrunnen hinein und eine große, blonde Bedienung winkte zurück. Als er die Wiedener Hauptstraße überquerte, grinste er in sich hinein. Den Abschiedskuss hatte er bekommen, wenn er auch ein bisschen unterkühlt geschmeckt hatte. »Was willst du denn bloß in Tiflis? O Gott, du bist einfach grauenvoll.« Er fühlte sich gut, drückte das Kreuz durch, dachte an rote Blutkörperchen, machte die Andeutung eines Zwischenschrittes und überprüfte das Ganze angesichts einhundertzehn Kilo Lebendgewichts in dem um diese Zeit stockdunklen Schaufenster einer Bäckerei.

Am nächsten Morgen, als Karl Breitenstein noch tief seinem Flug nach Tiflis entgegenschlief, hatte Marion Drygalski bereits zum vierten Mal ihren Wecker zum Schweigen gebracht. Sie hasste das Aufstehen.

Jeden Morgen verfluchte sie eine Welt, die von Kindern verlangte, um 7.15 Uhr lernbereit zu sein. Heute war Micky nicht da, das bedeutete zwei Stunden länger Schlaf, was in ihren Augen viel zu wenig war. Zu allem Überfluss war sie nicht nur keine Frühaufsteherin, sondern auch keine Schnellaufsteherin, und so träumte sie mehr oder weniger ungestört mit einem leichten Lächeln und der Melodie des Gloria-Gaynor-Hits »I Will Survive« in den Ohren weiter.

»I Will Survive« war das Telefon. Aus gutem Grund lag das Gerät nicht im Schlafzimmer.

Bevor sie sich melden konnte, legte der Anrufer schon los. »Haben gnädige Frau gut geschlafen, sind wir wach, ja? Na, sehr gut, dann kommen's doch schnell zur Arbeit, Gnädigste, ich hab was sehr Interessantes für Sie.« Es war Ferdinand Simonowitsch, der Redakteur vom Frühdienst, und sogar in diesem Moment konnte sie ihn gut leiden. »Marion, hörst, zieh dich an und tu mir die Freud.«

»Ja, natürlich Ferdi, wie viel Uhr ist es denn, ich hab mir doch den Wecker gestellt, verdammt noch mal, der hat wieder nicht geläutet.« – »Na, dafür hast doch den Ferdi. Jetzt geh' und schick' dich ein bisserl.«

Als Marion das Büro betrat, sah sie schon von Weitem Ferdis Glatze vor dem Bildschirm leuchten. Er reichte ihr über die Schulter einen Zettel: »Hier, den solltest du mal ausfragen. Ein Weinhändler, bisschen dubioser Typ. Macht wohl öfter krumme Geschäfte. Vielleicht weiß der was.«

Marion war nicht ganz auf der Höhe ihrer Einsatzfähigkeit: »Och, kannst du das nicht machen, Ferdi?« – »Erstens: deine Geschichte. Und zweitens ist das wohl so eine Art Frauentyp. Da erreichst du sowieso mehr als unsereiner. Außerdem habe ich dich schon angekündigt. Er spricht mit dir, er kennt dich sogar.« Gaston Mugeaux stand auf dem Zettel, Neuer Markt 14. Nie gehört, dachte Marion. »Das ist gleich neben der Kapuzinergruft«, rief Ferdi ihr nach. »Das findest sogar du.«

Seit den 80er Jahren war Marion in der Branche eine kleine Bekanntheit. Damals hatte sie beim Koblenzer Stadtanzeiger gearbeitet, von einem sehr verliebten Angestellten eines Weinhandelshauses einen Tipp bekommen und dann in mehreren Artikeln die Glykolaffäre losgetreten. Deutsche Winzer und Händler hatten österreichischen Wein aufgekauft und wundersame Spät- und Auslesen damit kreiert. Neun Millionen Liter waren für fast 140 Millionen Mark in den Handel geraten, die deutschen Konsumenten waren auf das süße Zeug ganz versessen gewesen, bis dann klar wurde, dass größtenteils ordinäres Frostschutzmittel in ihren Römerkelchen und Henkelgläsern gefunkelt hatte.

Marion hatte damals intensiv in den österreichischen Weinbaugebieten recherchiert, mit vielen Winzern gesprochen und sehr schnell die Spreu vom Weizen zu unterscheiden gelernt. Gegen Ende der Affäre hatten ihre Artikel immer mehr die Liaison zwischen krimineller Energie und deutschem Publikumsgeschmack zum Thema und die damit korrespondierende Marktorientiertheit, wie die rheinischen Weinhändler ihre Skrupellosigkeit nannten. Koblenz winkte das eine und andere Mal ab, und zum Schluss erschienen ihre Recherchen nur mehr in österreichischen Blättern. Eines mit vielen Bildern und großen Überschriften bot ihr eine Festanstellung an, sie war nach Wien gezogen, wo erst Bodo, später dann Micky und Karl auf der Bildfläche erschienen.

Bodo hatte sich an der Theke des Café Industrie, nachdem sie ein Achtel Zweigelt bestellt hatte, mit der Bemerkung vorgestellt: »Nehmen's doch einen Ganzen.« Bei dem hinterher geschobenen »Zweigelt mein Name, Bodo Zweigelt. Wie der Wein, aber wir können beide nichts dafür«, hatte sie lachen müssen. Bodo Zweigelt, so hieß er wirklich. Wie sich herausstellte, war er über ein paar Ecken mit Dr. Fritz Zweigelt verwandt, ehemals Leiter der Weinbauschule in Klosterneuburg. »Und jetzt verrat mir einmal, warum diese Idioten den schönen alten Rotburger in Zweigelt umbenannt haben? Und? Warum? Ich sag dir's. Weil der Zweigelt-Onkel ein Nazi war, ein übler Drecksnazi, ich schwör's dir.«

Marion überschlug kurz, dass sie in ihrem Weintrinkerleben bislang grob gerechnet achtundzwanzig Liter Nazi-Wein getrunken hatte und antwortete: »Echt?«

»Wenn ich's dir doch sag. Ein Nazi. Hat Schüler, jüdische Schüler bei der Gestapo denunziert. Ein Drecksack, der Dr. Zweigelt. Jede Ecke, über die ich mit dem verwandt bin, ist eine zu viel. Und dann kommt der Lenz Moser daher, der mächtigste Weinhersteller von ganz Österreich, und setzt durch, dass der Rotburger zu Nazi-Ehren Zweigelt heißt. So wie ich. Prost.«

Wenige Wochen später auf dem Standesamt hatte sie sich geweigert, ihren Nachnamen zu ändern. Sie wollte Enthüllungen über Weinskandale nicht mit Marion Zweigelt unterzeichnen. Als sie eine Geschichte über Bodos Nazi-Onkel veröffentlichte, erwies sich diese Entscheidung als besonders weitsichtig. Marion blieb in der Branche die Drygalski und ihr Ruf war der einer seriösen und hartnäckig recherchierenden Journalistin.

Das Geschäft am Neuen Markt gleich gegenüber dem Donner-Brunnen sah von außen so dezent und elegant aus, dass sie unwillkürlich stehen blieb und erst einmal schaute. Zwei große Fenster und eine etwas höhere Glastür beherrschten die Fassade. Etwa zwei Drittel der Flächen bestanden bis über Augenhöhe aus Milchglas, das am oberen Rand von einer schmalen, grauen Bordüre eingefasst wurde. In das Glas der Türe war der Name Gaston Mugeaux eingraviert, darunter stand in einer extravaganten Schreibschrift, kaum zu entziffern »Rare Wines«. Sie trat ein.

Ein einziger hoher großer Raum, weiß getüncht mit sparsamem Stuck an der Decke, einige wenige gerahmte Schwarz-Weiß-Fotografien an den Wänden, gegenstandslose, diffuse Stimmungen in bewegten Grauabstufungen, falls der erste flüchtige Blick sie nicht trog. In der einen Ecke ein Tisch mit zwei Sesseln in dunkelrotem Leder, auf dem Tisch standen ein paar Flaschen Wein, Probiergläser, eine Schale mit kleinen Scheiben dunklen Brots. In der anderen Ecke ein Schreibtisch mit Glasplatte, einem Laptop und einem Mann. Er hatte ihr exakt so viel Zeit gelassen, wie sie brauchte, um sich grob orientieren zu können. Jetzt erhob er sich.

Gaston Mugeaux ging ein paar Schritte auf sie zu, ergriff ihre Hand mit einer leichten Verbeugung, neigte den Kopf und sagte wieder aufblickend: »Gaston Mugeaux. Und Sie müssen Marion Drygalski sein. Ich freue mich sehr.« Eine reibeisige Stimme sprach da, allerdings mit jener zarten Beimischung französischen Wohlklangs, die eigentlich bei jedem deutschen Hörer auf sympathisierende Zustimmung trifft, Marion nicht ausgenommen. Der Mann selbst war nicht groß, fast schon zierlich, eher wohl ein Südfranzose, mit einem kräftig gebogenen Haken als Nase, links und rechts davon zwei dunkle Augen, strubbeligen grauen Haaren, die um die Ohren und im Nacken wuschelig wucherten. Die gute und gesunde Bräune des Gesichtes wäre beinahe unverschämt zu nennen gewesen, wäre sie nicht gemildert und abgeschwächt worden durch eine gegenläufige Eigenschaft. Ohne diese hätte der Mann etwas Zuhälterisches vorgestellt, eine dem Alter unnatürlich abgetrotzte Jugendlichkeit. Das Gesicht nämlich, ohnehin scharf und kantig geschnitten, war ein einziges Faltengebirge. Tiefe Kerben furchten quer die Stirn, von den Augen zu den Schläfen mäanderten lustige Seitentäler mit kräftigen Hügeln, unter den Augen lagerten dunkle Böschungen, um die Backen am Mundwinkel entlang bis hinunter zum Kinn klafften Schluchten, deren Lage und Tiefe sich beim Sprechen und Lächeln dramatisch veränderten. Die ganze Faltenlandschaft war dabei keineswegs von runzeliger Greisenart, sondern strahlte eine exzessive Vitalität aus. Ein Leben hatte hier Spuren hinterlassen und Marion dachte sofort an eines der wilden und ausschweifenden Art, wobei ihr klar wurde, dass dazu nicht unerheblich die Lippen des Mannes beitrugen, die schön geschwungen, voll und fleischfarben waren und sie an die verchromte Kühlerfront alter Straßenkreuzer erinnerte. Sie grübelte über das Alter des Mannes nach, kam aber auf keinen grünen Zweig. Er wirkte auf sie, und gleichzeitig spürte sie, dass der Mann von seiner Ausstrahlung wusste, und wie zur Unterstreichung trug Mugeaux zu einem sündhaft teuren Anzug und dem offenen Hemd knallrote Turnschuhe. Ein struppiger Straßenköter, der sich in Schale geworfen hatte.

Marion blickte dank halbhoher Stiefeletten auf den Franzosen herab. Seine angedeutete Verbeugung wehte einige wenige Moleküle eines Männerdufts an ihre Nase, der Erinnerungssynapsen kurzschloss und ihr gefiel. Sie versuchte, etwas Mädchenhaftes in ihre Stimme zu legen: »Och, das ist aber schön, dass Sie meinen Namen wissen. Woher kennen Sie mich? Sind wir uns schon mal begegnet? Nicht wirklich, oder?« – »Madame, Sie sind eine der wenigen Journalisten, die etwas von Wein verstehen. Das ist mir aufgefallen in den letzten Jahren und ich glaube, auch ich verstehe ein bisschen davon. Aber ich gestehe: Ihr Kollege hat sie angekündigt. Sie möchten mit mir über Wein sprechen?« – »Na ja, das eigentlich nicht. Oder doch, auch. Mehr über einen Diebstahl, einen Raub, einen Reben-Raub genauer gesagt.« – »In Traiskirchen. Ich habe davon gehört.«

Marion überlegte. Mit Gesäusel um den Brei herum und wieder zurück, war hier wenig auszurichten. In diesen Dingen war sie ohnehin schlecht und ihr Gegenüber ganz offensichtlich gut. Also lieber loslegen: »Wissen Sie mehr darüber?« – »Wie meinen Sie das? Nein, nur das, was heute Morgen in der Zeitung stand. In Ihrer Zeitung.« – »Schade. Ich dachte, Sie kennen sich aus in solchen Dingen.« – »In welchen Dingen? Ich bin Weinhändler, Madame. Kein Weinräuber.« – »Ja, ja, Weinhändler, ich weiß. Ein Weinhändler könnte aber hinter der Sache stecken.« – »Ja sicherlich. Oder ein Kaugummihändler. Oder die Russenmafia. Wer weiß? Kommen Sie, lassen Sie uns einen Schluck Wein nehmen. Ich habe gerade etwas offen, das kriegen Sie nicht alle Tage. Einen georgischen Aju Dag.«

Marion dachte an Karl. Einerseits wegen Georgien, andererseits: »Kann es nicht sein, dass ein Weinhändler sich aus den gestohlenen Trauben einen Wein machen lässt, den er teuer deklariert und damit eine super Spanne erzielt? Er hat ja fast keine Unkosten.«

Sie gingen zum Tisch mit den roten Sesseln. Mugeaux schenkte aus einer dreiviertelvollen Flasche ein, ließ sein Glas kreisen, steckte die Nase hinein und sagte andächtig: »Das ist eine Traube, die es nur im Kaukasus und an der Krim gibt, die Aleatiko. Der Aju Dag war gewissermaßen der Hauswein am Zarenhof. Sehr alte Rebstöcke. Schmeckt irgendwie nach frisch umgegrabener Erde, finden Sie nicht? Sie haben schon recht, ich kenne Kollegen, die da manchmal in Versuchung geraten können. Da gibt es plötzlich eine Riesennachfrage nach irgendeinem Modewein, irgendein selbsternannter Weinpapst hat irgendwo eine Bemerkung fallen gelassen, meine Güte, dann auf der Angebotsseite ein bisschen nachbessern, da kann man schon darüber nachdenken. Mir persönlich wäre Ihr Fall in Traiskirchen aber viel zu aufwendig. Ich muss die Akteure bezahlen, ich muss den Wein herstellen und abfüllen und eine Geschichte für ihn erfinden. Umetikettieren ist einfacher.« – »Umetikettieren?« – »Ja klar. Wissen Sie, in dieser mittleren Preiskategorie, sagen wir zwischen 8 und 20 Euro, da gibt es heutzutage unsagbar viel Einheitsbrühe. Also runter mit dem Achteuroetikett, drauf das Achtzehneuroetikett, vorausgesetzt, dafür gibt es gerade einen Markt, Weinpapst, Sie wissen schon, und Sie haben schnell und gut verdient. Für die Erzeuger schwierig, die werden wenigstens ab und zu kontrolliert, für den Händler relativ einfach.«

Umetikettieren. Marion war ein wenig ratlos und dementsprechend sprachlos, was ihr selten passierte. Sie startete einen weiteren Versuch, dessen unprofessionelle Umstandslosigkeit ihr selbst sofort deutlich wurde, ihr jedoch entschuldbar vorkam, wenn nicht sogar egal war: »Ja, aber wer um Gottes willen hat dann Traiskirchen veranstaltet?« – «Ich weiß es nicht, Madame. Ich kann gerne meine georgischen Freunde fragen, die bewegen sich in anderen Milieus, vielleicht wissen die etwas. Noch einen Schluck?«

Marion resignierte: »Warum nicht. Ich frage mich die ganze Zeit: Was sind eigentlich ›rare wines‹?« – »Eh bien, Madame, jetzt gefallen Sie mir! Willkommen in meiner Welt. Eine kleine Welt, aber selten und kostbar. Darum geht es doch im Leben.« Mugeaux sagte das in einem Ton, der Marion glauben ließ, sie selbst sei eine Rarität. »Darf ich einen Blick auf Ihre Hände werfen, Madame?« – »Meine Hände?« – »Die Linien, nur die Linien. Sie interessieren mich, sehr sogar.«

Marion streckte ihre Arme aus, die Handflächen nach oben gekehrt. Mugeaux legte stützend seine Fingerspitzen darunter und beugte sich darüber: »Wunderbar, ich dachte es mir. Sie müssen eine sehr mutige Frau sein. Couragiert. Ich spüre das.« Er richtete sich auf und Marion sagte in sein lächelndes Gesicht: »Ich halte rein gar nichts von diesem Quatsch.«

Mugeaux griff nach der Flasche, schenkte nach, vermied den Augenkontakt: »Ich auch nicht, Madame, überhaupt nichts. Ich gebe zu, es war nur ein Vorwand, ein Kompliment loszuwerden.« Marion kam sich im nächsten Moment blöde vor, denn sie sagte: »Danke.« Es klang nachdenklich, verwundert.

Mugeaux hatte sich gesetzt. »Die kleine Welt, von der ich sprach, sie liegt ein wenig jenseits von Traiskirchen. Die Diebe dort, die haben nur an der Oberfläche gekratzt. Die Welt, von der ich spreche, reicht tiefer. Tiefer in die Vergangenheit, tiefer in die Geheimnisse des Weins, in seine Mysterien und seine Mythen. Tiefer als Traiskirchen.« Marion hatte den Eindruck, als ob Mugeaux' Augen runder geworden wären, weicher. Sie sagte nichts.

»Haben Sie etwas Zeit mitgebracht? Ich möchte Ihnen etwas zeigen, kommen Sie. Es geht in die Tiefe, hinunter in die Unterwelt.«

Er schloss vorne die Eingangstür ab, öffnete die rückwärtige Tür und führte sie durch einen Gang zu einer weiteren Tür. All dies war schnell und für Marion überraschend geschehen, sie ließ es sich schweigend gefallen. Mugeaux machte dabei den Eindruck, dass Einwände oder Vorbehalte nicht vorgesehen seien, ein Eindruck, der allein schon durch die Art wie er sich bewegte, nämlich federnd und leichtfüßig, unterstrichen wurde. Der Mann war eitel auf eine selbstgewisse und zielsichere Art, die Marion nicht einmal unsympathisch finden konnte. Hinzu kam, dass Mugeaux es ganz offensichtlich genoss, sich ins Interessante und Geheimnisvolle zu inszenieren. Er spielte subtil und souverän auf der Klaviatur der Annäherung. Und Marion behagte dies.

Eine schmale, leicht geschwungene Steintreppe mit ausgetretenen Stufen führte tiefer und immer tiefer. Sie endete in einem dunklen Kellergang, der sich verzweigte, der immer dunkler, schwärzer und gewölbemäßiger wurde. Manchmal sah sie Verschläge an der Seite, kleine Kammern, katakombenartige Räume. Er ging voran, an jeder Ecke, um die er sie führte, leuchtete automatisch schwaches Licht auf. »Die Eingeweide der Inneren Stadt«, sagte er einmal, »das kennen Sie sicherlich.« Plötzlich endete der Gang vor einer Tür, die aus nichts zu bestehen schien als einer schweren Stahlplatte, gut zwei Meter hoch und fast genau so breit. Mugeaux tippte eine Ziffernkombination in den Kasten neben der Tür, ein Display leuchtete grünlich auf, durchkreuzt von zwei rötlich schimmernden Diagonalen. Er drehte leicht den Kopf und brachte ein Auge in die Nähe des Displays, das wie zur Bestätigung dreimal flackerte und jetzt blaue Diagonalen zeigte. Mugeaux legte den Zeigefinger auf deren Kreuzung, wieder flackerte das Display, ein Feld unter der Zifferntastatur leuchtete grün, er berührte es und der Stahl verschwand leise sirrend in der Wand.

Marion war beeindruckt: »Fort Knox ist ja nichts dagegen.« Er blieb in der Tür stehen: »Zifferncodes sind grundsätzlich knackbar. Aber für den Rest müsste man mir schon ein Auge ausstechen und zusätzlich noch den Finger abhacken. Wobei der Sensor auch auf Wärme reagiert. So ein einzelner Finger wird ja doch schnell kalt.«

Vier Räume taten sich auf. Drei im vorderen Bereich durch schmale Durchgänge verbunden, ein großer im hinteren über die gesamte Breite der anderen drei. Mugeaux deutete dorthin: »Hinter dieser Wand liegt die Kapuzinergruft, wir sind Nachbarn hier unten. Auch ein gewisser Sicherheitsfaktor. Hinter meterdicken Mauern nichts als Särge der glorreichen Habsburger. Manchmal stelle ich mir das vor: ein paar dunkle Gestalten in der Nacht da drüben in der Kaisergruft mit einem riesigen Bohrer und seinem Krach. Arme Maria Theresia, arme Sisi, sie war ja so empfindlich. Auf jeden Fall, das gäbe dann ein ziemliches, ein großes Schlamassel.«

Er sah, dass Marion lächelte und lachte: »Das ist mein Lieblingswort im Deutschen, Schlamassel, das klingt so fröhlich, wie Kindersprache.« Auf der letzten Silbe betont, dachte Marion, wird das auch mein Lieblingswort.

Die Wände waren vollständig mit rötlich-braunen Tonröhren bestückt, was bei Marion augenblicklich den Eindruck hervorrief, in einen riesigen Bienenstock geraten zu sein. Von der Decke hingen blanke Glühbirnen, die mit wenigen Watt gedämpftes, warmes Licht verbreitete. In jeder der Röhren lag eine Weinflasche, alle mit dem Hals nach vorne, alle ganz leicht nach unten geneigt. Sie fühlte sich umzingelt, tausende Mündungen auf sich gerichtet. »Rutschen die nicht raus?«, fragte sie zaghaft. »Keine Angst«, lachte er, »der Ton ist rau und porös. Aber Sie haben schon recht. Oft lagert man alten Wein andersherum, dann stoßen sie höchstens gegen die Rückwand. Mir gefällt das so besser. Es sieht irgendwie martialischer aus, finden Sie nicht?«

Marion versuchte zu zählen. Gab schnell auf: »Wie viele sind das denn ungefähr?« – »Knapp fünftausend. Interessant ist aber nur ein Zehntel davon. Der Rest ist relativ belanglos, Bordeaux, Burgund aus den letzten drei oder vier Jahrzehnten, die bekommen Sie eigentlich bei jedem gut sortierten Händler.« Er ging an eine der Wände und nahm aus einer der Röhren eine Flasche heraus. Mit beiden Händen hielt er sie wie ein Baby vor ihre Augen. Sie erkannte ein Etikett, schwarzer Grund mit zwei schmalen goldenen Streifen am oberen und unteren Rand. Drei Ovale, ein größeres, das die beiden kleineren überlappte, alle drei filigran ornamentiert in etwas verblasstem Gold. Das große Oval war umgeben von einem feingliedrigen Strahlenkranz, das Innere der Fläche frei gehalten für einen Schriftzug, wiederum golden auf Schwarz. Die Schrift besagte »Château Lafite«.

»Das hier ist schon ein wenig interessanter. Mitte des 19. Jahrhunderts, bevor die Familie Rothschild das Gut erwarb«, erklärte Mugeaux, »damals verwendete Lafite für wenige Jahre diese Etiketten. Gestaltet hat sie übrigens ein deutscher Lithograph, Simon Treis aus dem Rheinland, aus Koblenz, um genau zu sein. Der Jahrgang wurde damals per Hand auf den Hals geschrieben, das ist verblasst. Ich habe gute Gründe, sie auf 1848 zu datieren, schon allein wegen des Barrikadengeruchs.«

150 Jahre, dachte Marion, die Familie Treis gibt es immer noch in Koblenz, aber wie duften eigentlich Barrikaden? Sie fragte: »Kann man den noch trinken?« – »Höchstwahrscheinlich. Das entscheidet sich immer erst, wenn man die Flasche öffnet. Das Potenzial aber haben solche Weine. Es gibt noch ältere trinkbare. Wenn Sie sehr brav sind, trinken wir mal eine zusammen.«

Frechheit, dachte Marion. Und dachte gleichzeitig undeutlich Dinge wie Sommerabend, Terrasse, Kerzenschimmer, uralter Wein in schönen Gläsern. »Alte Weine erzählen Geschichten«, fuhr Mugeaux fort: »Und der Wein als solcher erzählt eine der ältesten Geschichten.« Er griff in seine Hosentasche, ein zierliches Klappmesser tauchte in seiner Hand auf, er ließ die Klinge hervorspringen und ritzte sich mit der Spitze in den Zeigefinger. Ein winziger Blutstropfen perlte heraus. Das alles war blitzschnell gegangen, Marion sah ihn entgeistert an: »Was soll das, sind Sie verrückt geworden?«

Mugeaux streckte ihr den Finger entgegen: »Was sehen Sie? Blut? Oder Wein? Vielleicht das Blut der Traube? Traubenblut? Möchten Sie probieren?« Sie drehte den Kopf zur Seite und lachend leckte Mugeaux den Tropfen auf. »Im Alten Testament kommt der Begriff Traubenblut ständig vor. Ein herrliches Wort. Die Traube leidet ja, wenn sie gepresst wird. Wie das Korn, wenn es gedroschen und gemahlen wird. Das Blut der Trauben, diese Verbindung von Blut und Wein finden Sie bei nahezu allen alten Völkern. Das Blut war der Sitz der Seele, das Elixier des Lebens. Dem Wein, diesem dunklen, tiefroten Saft, wurden die gleichen Eigenschaften zugeordnet. In der Schrift der Sumerer, einer der ältesten überhaupt, ist das Zeichen für Leben das dreiblättrige Weinblatt. Oder nehmen Sie die alten Griechen. Die Toten bekamen auf ihre Reise ins Jenseits unverdünnten Wein. Ein Privileg und nur zu verstehen als eine Art Ersatzblut, ein Zweitleben, wenn man so will.«

Marion fand es an der Zeit, auch etwas Bedeutsames zu sagen: »Die hatten ja auch einen extra Weingott, die Griechen, den Dionysos.« Mugeaux lachte: »Importware. Die Georgier sagen, er sei einer von ihnen. Die Bulgaren übrigens auch. Orte oder Berge, die Nysi, Nyssos, Nissi oder so ähnlich heißen oder einmal geheißen haben, finden Sie am Schwarzen Meer eine ganze Menge. Von irgendwo dorther ist er gekommen, der Bauerngott. Die Griechen haben bloß das Dio davor gesetzt, damit er hineinpasste in ihren Götterkosmos. Der Gott aus Nysos, Sohn des Zeus. Aber Sie haben recht: Richtig Karriere machte er erst bei den Griechen.«

Marion nickte, ließ ihren Blick schweifen, um anzudeuten, dass sie sich eigentlich weit mehr für weitere Kostbarkeiten aus der

Schatzkammer Gaston Mugeaux' interessiert hätte. Mugeaux schien das zu bemerken: »Ich sehe schon, das Spirituelle ist nicht ihr Ding. Schade eigentlich. Dionysos war immer auch ein Frauengott. Der Gott der Verzückung und des Sinnenrausches.«

Marion lachte. »Sie legen sich ja wirklich ins Zeug, Mugeaux: erst Blut, dann der Gott der Leidenschaft. Was kommt jetzt?« – »Gehen wir wieder nach oben.«

Oben im roten Ledersessel saß sie ganz tief. Durch die offene Eingangstür wehte frische Herbstluft herein. Sie saßen eine Weile schweigend. »Und was«, begann sie, »müsste ich für eine Flasche da unten bezahlen?? – »Sag ich Ihnen nicht. Nur eine kleine Faustregel: Jahrgänge mit einer 19 vierstellig, das Jahrhundert mit der 18 fünfstellig, vor 1800 nach oben offen.«

Marion versuchte zu rechnen, zu überschlagen. Sie scheiterte und rettete sich ins Ungefähre: »Dann liegen da unten ja Millionen.« Mugeaux hob die Augenbrauen, senkte die Lider und leerte die Flasche aus Georgien in ihre Gläser. »Und woher bekommen Sie diese Weine? Ich meine, die findet man ja nicht bei eBay.« – »Todesanzeigen. Ich lese mit Vorliebe Todesanzeigen. Wenn alter Adel stirbt. Die Jungen sind ja meistens Betriebswirte heutzutage oder Consultants. Dann verkaufen sie auch gerne ihre Schlösser oder ihre Stadtpalais. Wenn es heißt ›inklusive Inventar‹, werde ich hellhörig. Wobei: Im Westen ist es eng geworden, da findet man kaum noch etwas. Aber der Osten, der ganze ehemalige Ostblock. Die hatten ja auch ihre Zaren und Könige und Herrschergeschlechter. Die Schlösser waren in der Sowjetzeit gerne Erholungsheime für die führenden Kader oder Kommandanturen oder sonst irgendwas. Und in den Kellern schlummerte der Wein vor sich hin. Da gibt es noch einiges zu holen.«

Mugeaux hatte sich zurückgelehnt, den letzten Schluck Wein genommen und blickte ins Nirgendwo. Dann beugte er sich vor, kam auf diese Weise Marion etwas näher und sagte leise: »Und manchmal der Meeresboden. Versunkene Schiffe. Das ist eigentlich mein Spezialgebiet.«

Marion hatte in den letzten Minuten die Bilder an den Wänden genauer inspiziert. Jetzt ging ihr ein Licht auf. Das waren

Unterwasseraufnahmen. Die Undurchdringlichkeit der Tiefe, so rückte sie sich das Gezeigte, von dem sie keinen blassen Schimmer hatte, versuchsweise zurecht, diese Undurchdringlichkeit war, nun ja, undurchdringlich dargestellt. Grau, diffus, durchsetzt mit winzigen, faserigen Partikeln, die matt eine Lichtquelle reflektierten und wohl das Plankton in den Tiefen der Meere repräsentierten. »Sie tauchen? Dorthin?« Letzteres war begleitet von einem Heben des Kopfes in Richtung Bilder.

Marion war nicht allein von der Vielgestaltigkeit des Unheimlichen verwirrt, auch der Mann begann sie zu irritieren. Seit seiner Bemerkung über seine Spezialität, die versunkenen Schiffe, hatte Mugeaux etwas Verschlagenes angenommen, etwas Lauerndes, von dem sie auf der anderen Seite nicht hätte sagen können, woran es genau lag. Waren die Augen etwas kleiner geworden, waren die Täler der Lachfalten an den Schläfen flacher geworden oder hielt er nur einfach seinen Kopf seither in einer kaum merklichen Schieflage? Sie wäre am liebsten aufgestanden und gegangen. Aber sie hatte eine Frage gestellt.

»Die Fotos haben etwas Mysteriöses, finden Sie nicht. Ja, ich tauche, seit vielen Jahren schon. Ich hatte einen großen Lehrmeister. Und seit einiger Zeit verbinde ich meine beiden Leidenschaften. Andere suchen da unten Gold und Geschmeide. Ich suche Wein. Das ist gar nicht so abenteuerlich, wie Sie sich das vorstellen. Handelsschiffe operierten ja oft in Küstennähe. Und um nun endlich zum Punkt zu kommen und um Ihnen begreiflich zu machen, warum ich Ihre Zeit schon so lange in Anspruch genommen habe, ohne Ihnen, nebenbei bemerkt, bei Ihren Recherchen über den Reben-Raub behilflich gewesen zu sein: In drei Wochen laufe ich aus. Von Marseille in Richtung afrikanische Westküste. Ein neues Tauchprojekt auf Grund eines sehr vielversprechenden Tipps. Und ich möchte, dass Sie mich begleiten.« – »Ich? Ich kann nicht mal schwimmen.«

Was wollte der Mann? Marion war jetzt völlig hin- und hergerissen. Zu Beginn hatte sie ihn amüsant, ja charmant gefunden, er hatte was. Die alten Weine, das war zwar sehr übertrieben, aber sie hatte den Eindruck, dass da nicht allein Geschäftemacherei dahintersteckte, sondern eine echte Passion. Dann aber dieser unheimliche Zug um seine Augen beim Thema Schatzsuche im tiefen, tiefen Meer. Und jetzt plötzlich nach einer knappen halben Stunde eine Einladung zu einer wohl ziemlich exklusiven Schiffsreise. Noch dazu an eine ihm doch nahezu völlig Unbekannte. Sie spürte zu ihrem gar nicht so großen Erstaunen, dass gewisse jagdhundhafte Instinkte in ihr aufstiegen. »Ich meine, was soll ich denn dabei? Bei einer solchen Reise?« – »Madame, Sie sind Journalistin, keine schlechte, wie ich finde. Ich biete Ihnen ganz einfach eine Story an. Exklusiv. Was ich dort suche und zu finden hoffe, ist Wein von einem Schiff, das vor über 100 Jahre gesunken ist. Damals schon wertvoller Wein, heute fast unbezahlbar. Ihre Story. Ein bisschen spannender als geklaute Reben in Traiskirchen.« – »Und was haben Sie davon, dass ich mitkomme und darüber schreibe? Falls ich mitkomme.« – »Sie schreiben meine Geschichte. Ich selber kann das nicht. Ich weiß, das kommt Ihnen alles wie ein Überfall vor. Vielleicht können wir die Sache abmildern. Übermorgen fahre ich zurück nach Frankreich, in mein Haus in der Provence. Sie und Micky kommen mit und machen dort ein paar Tage Urlaub. Es wird Ihnen gefallen, ein altes Weingut auf dem Land. Mit einer interessanten Geschichte übrigens, vielleicht auch eine Story für Sie. In diesen Tagen können Sie in Ruhe überlegen, ob Sie mich begleiten. Und vielleicht braucht Micky danach keine Nachhilfestunden mehr in Französisch.«

Woher wusste der Mann, dass Mickys Versetzung gefährdet war, wegen Französisch? Woher wusste er überhaupt von Micky? Woher sollte sie wissen, dass dies alles nicht irgendetwas Heimtückisches war, eine Falle, ein Hinterhalt, zumindest einigermaßen unnormal?

Marion erhob sich. »Ich muss darüber schlafen. Ich melde mich morgen.« Als sie an der Kapuzinergruft vorbei Richtung Oper ging, rief sie Simonowitsch in der Redaktion an: »Weißt du, wie viel Resturlaub ich noch habe? Und ist der Perschl zu sprechen? Er muss mir zwei Wochen Auslandsrecherche bewilligen. – Nicht wegen Traiskirchen, wegen ... Ist er da, ja? Stell mich einfach durch.«

3

In den seligen Zeiten, als jener empfindlichen Sisi Angetrauter als Kaiser Franz Joseph I. Österreich regierte und Ungarn obendrein, nebst halb Europa bis in den Balkan hinein, durch den die Donau sich zum Schwarzen Meer vorarbeitet, an dessen jenseitigem Ufer Georgien liegt, in diesen Zeiten erstreckte sich dessen Reich sogar bis an die Küsten des Mittelmeeres. Genauer gesagt beherrschte selbiges Kakanien die nördlichen und östlichen Gestade des adriatischen Meerbusens, was einen strategisch wichtigen Zugang zu allem einschloss, was sonst auf der Welt über die Weiten der Ozeane zu erreichen war. Die Rede ist von Triest.

Dort, an einem Abend in jenen Zeiten, saß ein Mann im Caffè degli Specchi in der Nähe des Hafens. Draußen hüllten dicke Schneeflocken nach und nach Vorplatz, Straßen und Mole in dichte Watte. Pferde schnaubten heißen Atem, quadratisch gebaute Männer wuchteten Ballen auf die Ladeflächen riesiger Kräne, die ihre Hälse in die Nacht streckten. Im Hafenbecken lagen drei Schiffe mächtig unter Kohle, fauchten grauen Dampf gegen die weiße Pracht. Auf den Kais wuselte viel Volk herum, Jackenkragen hochgestellt, Mützen tief ins Gesicht gezogen. Eine große Dame im Pelz, eingehakt in ihren Begleiter mit Zylinder und schwarzem, pelzbesetztem Mantel, stolzierte quer über den Platz vor dem Café.

Der Mann im Café zündete sich eine Zigarre an. Ihm gegenüber saß der Kapitän des Schiffes, mit dem er in einer Stunde Richtung Südafrika auslaufen sollte. Franz Jünger war groß und schlank mit kräftigen, kurzen, hellen Locken. Er trug schwarze Hosen, eine schwarze Weste und ein offenes weißes Leinenhemd. Hut, Wetterjacke und Schal lagen neben ihm. Die Dame im Pelz mit ihrem schwarzbemantelten Begleiter trat ein, die Kälte mit ihnen. Im Hintergrund, am friedlich vor sich hin bollernden Ofen saß ein Trupp Dragoner, angeführt von einem goldbetressten Leutnant. Sie soffen und schwadronierten. Im vorderen Teil drängten sich die Menschen, Seeleute vor allem, Hafenarbeiter, Taglöhner, alle mit Gläsern, die meisten gefüllt mit Absinth oder billigem Wein. Das Stimmengewirr war laut und es war international, man hörte deutsche, italienische, kroatische, griechische Stimmen, ein betrunkener Russe hielt sich am Tresen fest. Am letzten freien Tisch nahmen die Dame im Pelz und ihr Herr Platz.

»Es ist vieles wichtig an dieser Reise«, flüsterte Franz dem Kapitän zu, »aber das Wichtigste ist, keiner darf etwas wissen. Weder von mir, noch weniger von meiner Ladung. Nichts, nicht, wohin ich fahre, nicht, wer ich bin.« Vor dem Fenster, an dem sie saßen, rumpelte ein Pferdewagen vorbei. Der Kapitän hatte ein dickes, rotes Gesicht, einen blonden Bart und zwei kleine Knopfaugen, aus denen er Franz fröhlich anlachte. »Sie haben einen guten Preis gezahlt. Der Rest ist selbstverständlich.«

Die Dame war allem Anschein nach nicht unbekannt in diesem Lokal. Immer wieder lüftete der eine oder andere Gast seinen Hut oder die Seemannsmütze und grüßte mit einem Nicken oder einem ehrerbietigen »Buona sera, Signora Castelli« in ihre Richtung. Ein großer Bärtiger kam an ihren Tisch und deutete einen Handkuss an, ein Kahlkopf mit dicken Muskeln an den Armen legte sogar kurz den Arm auf ihre Schulter. Sie selbst ließ alles mit gleichbleibender Freundlichkeit geschehen, grüßte hie und da zurück, lachte den Kahlkopf freundlich an. Ihr Begleiter schien amüsiert.

Franz legte einen Gulden auf den Tisch. Die Seite mit dem vom Backenbart und Lorbeerkranz umwölkten Antlitz des jugendlichen Imperators Austriae lag oben. Sie standen auf und machten Anstalten zu gehen. Auch die Dame und der Herr im schwarzen Mantel erhoben sich und strebten Richtung Ausgang. Um als wirklich vornehm zu erscheinen, dachte Franz, war die Dame eine Spur zu grell geschminkt. Er ging zur Tür, auch der Kapitän zwängte sich an dem Paar vorbei. Ein besserer Beobachter als Franz hätte registriert, dass der Kapitän die Hand von Signora Castelli ergriff, seinen Kopf sehr nahe an ihr Ohr brachte und ihr, dem Gesichtsausdruck und den Mundbewegungen nach zu urteilen, wenige, aber wichtige Worte in den Pelzkragen flüsterte.

Franz war viel herumgekommen in den letzten Wochen und Monaten. Der Vater hatte ihn auf eine Inspektionsreise geschickt. Zuerst hatte er die Champagne aufgesucht, war dann nach Süden durch Burgund und das obere Rhonetal geritten. In Avignon blieb er einige Tage und erkundete die Gegenden an den Ufern der Rhone und in der Provence. In der Nähe von Avignon war die Plage zwölf Jahre zuvor zum ersten Mal beobachtet worden. Mittlerweile waren die Lagen im Rhonetal, in weiten Teilen der Provence und bis hinein ins Languedoc flächendeckend vernichtet. Als er genug gesehen hatte, nahm er die Kutsche und war zwei Tage später in Bordeaux. Am späten Nachmittag ritt er nach Norden. Zu seiner Rechten floss träge die Gironde, zur Linken stiegen sanft die berühmten Lagen des Haut-Médoc den flachen Hang hinauf. Der Anblick war verwirrend. Es war Herbst und zwischen den Mannigfaltigkeiten der Farben Gelb und Braun waren Flächen zu sehen, die nichts aufwiesen als kahle schwarze Gerippe. Am Horizont loderten Feuer, ein unerträglicher Geruch lag in der Luft. Er stieg ab. Dicht am Weg stand eine Gruppe Männer. Ein älterer Herr, weißer Kinnbart, wache Augen, umfasste gerade einen Rebstock mit einer Hand. Er zog, und ohne große Kraftanstrengung hing die tote Pflanze in seiner Hand. Anstelle der Wurzeln war ein dicker Pelz wie mit gelben Lack überzogen zu sehen. Der Mann nahm eine Lupe aus seiner Rocktasche und untersuchte den Pelz. Wie zu sich selbst sagte er nur ein einziges Wort: »Selbstmord.«

Franz stellte sich vor. Wenig später saß er mit dem Forscher vom Wegrand an einem Tisch eines kleinen Gasthauses in Pauillac. Sein Gegenüber war Arzt, Naturforscher, Biologe, sein Name war Louis Pasteur. »Wir wissen noch sehr wenig. Der Schädling jedenfalls ist eine Laus. Wir haben sie Phylloxera vastatrix, die verwüstende Laus, genannt. Höchstwahrscheinlich ist sie aus Amerika gekommen. Mit Zierpflanzen«, ergänzte Pasteur verächtlich. »Professor Planchon aus Montpellier hat sie vor einigen Jahren identifiziert und ihren Lebensrhythmus rekonstruiert. Dadurch sind wir schon ein Stück weiter. Viel weiter als die langen Jahre, in denen wir nicht einmal wussten, was unseren Wein zerstörte. Aber immer noch haben wir kein Gegenmittel gefunden. Diesmal werden wir versuchen, sie zu ersäufen.« Er deutete in Richtung Gironde-Ufer, wo Schläuche zu sehen waren, die aus dem Fluss bis in die flach gelegenen Rebenlagen reichten. Dort hatte man niedrige Dämme errichtet, die das Wasser festhalten sollten. »Alles ist einen Versuch wert. Der hier scheitert schon in den Lagen, die hügelaufwärts liegen.« Pasteur ergriff die Flasche auf dem Tisch. »Hier, nehmen Sie einen Schluck. Ein 70er von Lafite. Die Rothschilds haben das Gut zwei Jahre zuvor gekauft. Der erste Jahrgang unter ihrer Regie und einer der letzten gesunden Jahrgänge vor der Reblaus.« Franz trank. Das war ein Wein. Mächtig, muskulös und feinnervig, klar gegliedert mit differenzierten Geschmacksnoten. Komplexer sogar als die eigenen Weine vom Berg. Pasteur klang verzweifelt: »Das ist die eigentliche Katastrophe. Natürlich ist die wirtschaftliche verheerend, nicht so sehr für die Rothschilds, die werden es überleben. Hier gehen Existenzen zugrunde, Familien verlieren ihren Lebensrückhalt, Frankreich einen seiner wichtigsten Exportartikel. Nein, was möglicherweise unwiederbringlich verloren geht, sind die großen Bordeaux. Vielleicht mit das Schönste, was der Mensch je geschaffen hat. Kommen Sie, ich mache Sie mit Baron Rothschild bekannt.«

Der Weg führte durch Wein. Die Trauben hingen satt und fest an den Ästen. »Noch ist es hier nicht so weit wie im Midi«, sagte Pasteur, »aber so manchen Todgeweihten sieht man ihr Schicksal nicht an.« Er deutete auf ein niedriges Gebäude, das sich rechter Hand zwischen die Weinlagen duckte: »Château Mouton. Der kleine Bruder von Lafite. Gehört auch den Rothschilds, allerdings dem englischen Zweig der Familie. Der Hügel, den Sie vor uns sehen, heißt Carruades. Er liefert die besten Trauben. Ein ständiger Zankapfel zwischen den beiden

Familien. Im Moment gehört er zu Lafite. Aber die Moutons geben nicht auf. Sie glauben nicht, welche Summen da im Spiel sind. Für ein Stück Land, das die Reblaus vermutlich schon in ihren Fängen hat.«

Auf dem Hof von Château Lafite sprach Pasteur einen Arbeiter an und kurz danach erschien ein groß gewachsener Mann mit einem blonden Backenbart. Franz wurde vorgestellt und deutete seinerseits eine leichte Verbeugung an. Der Mann mit Backenbart war Baron Edmond de Rothschild. Er bat sie nach drinnen und sie nahmen in einem vornehm ausgestatteten Herrenzimmer Platz. Man besprach die Lage im Bordelais und Franz musste von seinen Reiseerfahrungen aus den südfranzösischen Weinbaugebieten erzählen. Die Provence interessierte den Baron augenscheinlich ganz besonders und als Franz den Winzer Pierre Gilles erwähnte, den er in der Nähe von Saint-Rémy kennengelernt hatte, beugte sich der Baron zu ihm und sagte: »Sie sind Monsieur Gilles begegnet? Erzählen Sie. Was spricht er?« Franz berichtete vom verzweifelten Kampf des Winzers gegen die Reblaus, von seinem Optimismus wenigstens eine, seine beste Lage zu retten. »Sie kennen den Mann?«, fragte er abschließend. Der Baron nickte, er wirkte geistesabwesend: »Ja, ja. Wir kooperieren, wir tauschen uns aus. Ein kleines Privatvergnügen von mir, gewissermaßen. Ich hoffe, dass er es schafft. Sehr sogar.« Dann straffte er sich und fuhr fort: »Wissen Sie, Lafite ist etwas anderes. Ein Nationalheiligtum. Mit Lafite steht und fällt die Ehre des französischen Weines. Warten Sie, ich möchte Ihnen etwas zeigen.« Er ging an das Bücherregal und holte einen kleinen Band heraus. »Das sind die Erinnerungen des dritten Herzogs von Richelieu, ein Großneffe des berühmten Kardinals. Er berichtet darin, wie er nach einem langen Aufenthalt als Gouverneur von Guyenne an den Hof Ludwigs XV. nach Versailles zurückkehrt und dieser hellauf erstaunt ist, wie jung und vital der damals bereits über sechzig Jahre zählende Herzog auf ihn wirkt. Richelieu antwortet, und das darf ich Ihnen vorlesen: ›Weiß Ihre Majestät nicht, dass ich den berühmten Jungbrunnen gefunden habe? Ich habe entdeckt, dass der Wein des Château Lafite ein edles Stärkungsmittel ist, köstlich und dem Ambrosium der Götter des Olymps vergleichbar.‹ Lassen wir

Richelieus Urteil so stehen«, fuhr der Baron fort und klappte das Buch wieder zu, »eine der üblichen Übertreibungen der Zeit. Die Folge war jedoch, dass Lafite zum Wein des Königs wurde und, was wahrscheinlich noch wichtiger war, Madame Pompadour und Madame Dubarry an ihren Tischen nichts anderes mehr zuließen. Höhere Ehren konnte man im Frankreich des 18. Jahrhunderts nicht erringen.«

Franz hatte gespannt und zunehmend amüsiert zugehört. Nur zu gern hätte er dem Baron von den Weinen oder besser: von dem einen Wein seines Vaters erzählt, aber dies war ihm nicht erlaubt und zudem hatte der Baron noch nicht zu Ende gesprochen: »Sie werden vielleicht nun verstehen, warum unsere Familie, mein Vater James in Sonderheit, alles in ihren Kräften Stehende unternahm, um dieses Weingut zu erwerben. Lafite hat schwere Zeiten durchgemacht und wir Rothschilds fühlen uns berufen, es in alter Glorie wieder auferstehen zu lassen. Zur Ehre Frankreichs, wenn Sie so wollen. Und jetzt dies. Ein kleines vermaledeites Biest. Aber vielleicht muss das so sein. Per aspera ad astra.« Er war aufgestanden. »Ich danke für Ihren Besuch. Halten Sie mich auf dem Laufenden, was Ihre Erkundungen anbelangt. Sie auch natürlich, Professor Pasteur.« Zu Franz sagte er beim letzten Händedruck: »Grüßen Sie Pierre Gilles von mir, falls Sie ihm noch einmal begegnen. Und wünschen Sie ihm alles Gute.«

Franz setzte seine Reise fort. Im Elsass, der Schweiz und in Deutschland hatte man von der verwüstenden Reblaus gehört, war allem Anschein nach aber bislang von ihr verschont geblieben. In Regensburg nahm er ein Schiff und fuhr die Donau hinab, um von Wien aus ins Stift Heiligenkreuz zu gelangen, für das er ein Empfehlungsschreiben seines Vaters mitführte. In Dürnstein in der Wachau machte er Zwischenhalt, sah sich die Zelle an, in der Richard Löwenherz auf dem Rückweg vom dritten Kreuzzug vom Babenberger Herzog gefangen gehalten worden war, und wanderte danach die zwei Kilometer flussabwärts nach Unterloiben. Im Manninger-Hof quartierte er sich ein.

Es war später Herbst geworden, sechs Wochen später sollte Franz in Triest in See stechen. Die Manninger-Familie, die seit Generationen den Hof bewirtschaftete, war erst am Abend von der Arbeit in den

Weinbergen zurückgekommen. Die dicken Mauern des Innenhofes hielten die letzte milde Oktober-Wärme fest, unter dem alten Nussbaum war es angenehm zu sitzen und man aß zu Abend. Es gab Brot, Käse, Wurst und Speck, Gurken und den eigenen Veltliner. Die Manningers waren eine gut genährte, rundköpfige Bauernfamilie, Vater Leopold ein in sich gekehrter Schweiger, der gelegentlich tiefschürfende Lebensweisheiten von sich gab, die Mutter Anna, eine zupackende und lebhafte Natur, die sich am liebsten um alles und jeden kümmerte, der Sohn Georg, der trotz seiner jungen Jahre die familiär bedingte Rundlichkeit bereits bestens repräsentierte und in diese niederösterreichische Familie eine gewisse Weltläufigkeit gebrachte hatte, war er doch mit seinen 28 Jahren schon in Wien, in Linz und in München gewesen, und schließlich die Tochter Marie, etwas verträumt und ansonsten überall rund und weich. Franz erzählte von seiner Reise, von den Problemen der Franzosen, von den ersten Versuchen mit amerikanischen Rebstöcken als Unterbau für einheimische Sorten. »Ein Aufbauprogramm von den Yankees. Jetzt wird Europa endgültig zur Alten Welt«, bemerkte Leopold Manninger an dieser Stelle. »In Klosterneuburg, kurz vor Wien, soll es auch schon Reblaus-Schäden gegeben haben«, berichtete Georg. Franz erzählte von seinen Plänen, im Stift Heiligenkreuz ein paar Wochen der Einkehr und des Studiums zu halten, um dann irgendwann eine größere Reise zu unternehmen. Genaueres sagte er nicht. Georg war hingerissen, Marie legte verträumt den Kopf zur Seite. Als aufgeräumt wurde und alle zu Bett gegangen waren, saß Franz noch als Letzter auf der Bank an der Hauswand. Marie löschte das Licht auf dem Tisch, nahm die Lampe und sagte ins Dunkel hinein: »Sie erzählen so schön, Herr Jünger, ich könnte Ihnen stundenlang zuhören. Gute Nacht.«

Am nächsten Morgen, es war ein Sonntag, besuchte Franz nach dem Frühstück mit der Familie Manninger in der Dorfkirche die Hl. Messe. Danach gingen die beiden Manninger-Männer ins Wirtshaus zum Kartenspielen, Mutter Manninger bereitete den Sonntagsbraten und Marie erbot sich, dem Gast die Weinberge zu zeigen. Unterloiben ist das letzte Dorf der Wachau, bevor sich das Tal der Donau ab Krems wieder weitet. Anders als in den flussaufwärts gelegenen Teilen der Wachau, wo der Wein hinter den zwischen Fluss und Berg geschmiegten Dörfern schon bald in Steillagen angebaut wird, erstrecken sich in Unter- wie im nahen Oberloiben vermehrt Flachlagen, deren einige den Manningers gehörten. Dort, wo es den Hang hinaufging, wurden die Manninger-Parzellen seltener, hier hatten die reichen Nachbar-Familien Tuschek und Pölzl ihre Besitztümer. »Das ist das Problem vom Papa«, erklärte Marie, »die Nachbarn machen eigentlich auch keinen anderen Wein wie wir, aber die werden in Wien getrunken, sogar in Deutschland. Unsere eigentlich nur von den Einheimischen.« Der Weg war immer steiler geworden, die Reben waren überall abgeerntet, Traubenreste lagen zwischen den Stöcken und die Oktobersonne warf ein klares Licht auf das gelblich-rote Blattwerk. Unversehens waren sie vor der Burgruine Dürnstein angekommen, sie traten in den Burghof und fanden eine niedrige, halb verwitterte Mauer, auf der sie sich niederließen und mit einem Blick belohnt wurden, den Franz nicht anders als »kolossal« bezeichnen konnte.

Die Donau beschrieb hier ein weites, für einen Fluss dieses Kalibers aber eigentlich eng bemessenes S. Unter ihnen, jeden Quadratmeter Fläche zwischen Fluss und Berg nutzend, lag der Ort Dürnstein mit Kirche, Kloster und einigen Bürgerhäusern, an dem gut zwanzig Jahre zuvor ein festlich geschmücktes Schiff mit einer blutjungen, so empfind- wie furchtsamen bayerischen Prinzessin an Bord auf Brautfahrt an den Kaiserhof zu Wien vorbeigezogen war. Auf ihrer Seite des Flusses sahen sie links und rechts weinbepflanzte Hänge soweit das Auge reichte, auf der anderen Seite Wiesen mit Obstbäumen und waldbestandene Hügel, weich und rund geformt. Sie schauten und schwiegen gemeinsam.

»In vier Wochen ist Verlobung. Ich bin so unruhig«, durchbrach Marie die Stille. »Sie sind verlobt?« Franzens Gegenfrage kam mit einiger Verzögerung. Und so erzählte Marie von dem neuen Junglehrer, der seit einem Dreivierteljahr an der Volksschule in Dürnstein unterrichtete. Am Johannisfest hatten sie sich kennengelernt, er hatte getanzt mit ihr, ihr eine Weile den Hof gemacht und vor drei Wochen den Vater um ihre Hand gebeten. Sie selbst war auch gefragt worden, mit einem richtigen Nein hatte sie nicht geantwortet, ein eindeutiges Ja war es aber auch nicht gewesen. Das ihres Vaters war umso entschiedener. Ein Lehrer war nun zwar keine Riesenpartie, aber der Junge hatte studiert, er kam aus einer angesehenen Familie in Wien und wer weiß, was aus ihm noch werden könnte. Für einen kleinen Wachauer Weinbauern war so gesehen die Sache klar. Für seine Tochter weniger, aber Marie war neben vielem anderem, das ihren Vater erfreute, vor allem gehorsam.

»Sind Sie eigentlich schon vergeben?« Das war gerade heraus gefragt, aber Franz schüttelte nur leicht den Kopf, leicht genug, dass sie es sehen konnte, und fragte lieber, wo denn der Richard, so hieß der glückliche Junglehrer, denn eigentlich sei, an diesem herrlichen Sonntag im Oktober. In Wien war er, bei seiner Familie, wie fast jeden Sonntag, und das sei ja eines der Probleme, dass sie ihn ja noch gar nicht richtig kenne, so einen schönen Spaziergang zum Beispiel wie heute habe sie noch gar nie mit ihm gemacht. Sie legte träumerisch den Kopf etwas schief, sodass er zwangsläufig seine Schulter berührte. Franz zog die Uhr aus der Westentasche: »Wir müssen zurück. Ihre Mutter wartet.«

Der Nachtisch des Mittagessens hatte aus Marillen bestanden, kleinen, runden, weichen Früchten mit einer Längskerbung und Franz hatte mit Daumen und Zeigefinger die zart-raue Haut gefühlt, unter der sich fleischige Süße verbarg. Von der besonderen Güte der Wachauer Marillen sprach die ganze Familie in höchsten Tönen, sie waren, neben dem Wein, das zweite Geschenk der Natur an diesen Landstrich und Marie versprach ihm zum Abendessen Palatschinken mit ihrer selbst gemachten Marillen-Marmelade, der besten weit und breit, wie der Bruder schmunzelnd beteuerte.

Am Nachmittag entdeckte er ein Boot am Ufer und ruderte bis hinauf nach Weißenstein, wo er ihr im Kaffeehaus Donaublick eine Sachertorte mit Schlagobers spendierte. Zurück konnte er das Boot treiben lassen, musste nur ab und zu mit dem Ruder den Kurs halten, sie saß im Heck, blickte in die Sonne und lächelte. Auf halber Strecke fanden sie eine Sandbank, er schob das Boot darauf, sie zogen Schuhe und Strümpfe aus und standen eine ganze Weile im flachen Wasser des großen Stroms. Als er sie mit ein paar Wasserspritzern zu necken versuchte, um das Zeichen zum Aufbruch zu geben, klatschte sie in die Hände und lachte hell auf.

Nach dem Abendessen mit Palatschinken und Marillen-Marmelade, die er nicht aufhörte zu loben, zog Franz sich bald zurück, er müsse noch packen und das erste Schiff nach Wien gehe schon um sieben Uhr ab Dürnstein. Als er im Bett lag, in jener bilderreichen Zwischenwelt nach den letzten wachen Gedanken und vor dem Abtauchen in die Tiefen der Träume, glaubte er, ein Geräusch von der Türe her zu hören. Ein schwacher Luftzug wehte durchs Zimmer, die Bettdecke wurde angehoben und dann spürte er es warm, rund und weich in seinem Bett.

Franziska, auf diesen Namen wurde sie getauft, kam starke neun Monate nach jenem Sonntag zur Welt. Richard Kopfensteiner, der Junglehrer, seit einem halben Jahr mit Marie verheiratet, quittierte das Ereignis mit einem leichten Stirnrunzeln, war dem kleinen Wurm, der heranwuchs, zur jungen Frau und später selbst zur Mutter wurde, aber stets ein liebevoller Vater. Marie sah Franz nie wieder, erst kurz vor ihrem Tode erzählte sie ihrer Tochter die wahre Geschichte.

Von diesen Folgen seiner Reise wusste Franz nichts und erzählte es infolgedessen auch nicht, als er nach halbjähriger Abwesenheit zum Vater zurück auf den Berg kam. Was er erzählte, waren seine Eindrücke von Europas Weinbauregionen. Der Vater war besorgt, das sah man ihm an. Nicht besser wurde seine Stimmung, als Franz ihm von seinem Aufenthalt in Heiligenkreuz berichtete. Die Zisterzienser verfügten über ein dichtes Korrespondentennetz in ganz Europa, Klöster des Ordens gab es eigentlich überall dort, wo Wein angebaut wurde. Ihre Schlussfolgerungen waren verheerend, besorgniserregend auch für den Berg der Jüngers. Und, was Pasteur schon angedeutet und Franz durch die Erfahrungen seiner Reise nur bestätigen konnte, eine wirksame Rettung war nicht in Aussicht, die Reblaus wütete weiter, überall und unbehelligt.

Drei Tage später nahmen sie Abschied. Der Vater ging noch ein paar Schritte neben dem Fuhrwerk her. Zwei riesige Kisten standen darauf, die Fugen mit Pech abgedichtet. Sie enthielten Rebstöcke. Fast zwei Meter tief hatten sie gegraben, die schweren Erdballen in die Kisten gewuchtet. In den Kisten waren Wasserkanister befestigt, die mit einem Gittersystem aus verbundenen Röhren die Erde feucht hielten. Drei Wochen lang würde dies ausreichen. Dann war Südafrika längst erreicht.

Zwei kleinere Kisten enthielten je zehn Schösslinge, nach der nämlichen Methode mit Wasser versorgt. Und schließlich hatte der Vater aus den letzten zehn Jahrgängen jeweils zwei 12er-Kiste dazugegeben, 240 Flaschen Wein. »Es wird dauern, bis du Erträge hast und später wirst du vergleichen müssen. Und wer weiß, wann du zurückkommen wirst.«

Franz kam nicht zurück. Er kam nicht einmal an. Die geologischen Gegebenheiten des Südatlantikgrabens hatten beschlossen, dass einer der zahlreichen schlummernden Vulkane des Meeresbodens ein Lebenszeichen von sich zu geben habe. Die oberflächliche Folge war eine von Südsüdwest gegen die Westküste Afrikas rollende Welle. Sie war etwa 15 Meter hoch, stürzte auf einer Breite von 120 Kilometern fast zwei Kilometer tief in die friedlichen Palmenhaine und weniger friedlichen Ansiedlungen der europäischen Kolonisten des 19. Jahrhunderts. Zuvor hatte Franz Jünger staunend eine schwarze Wand auf sich zukommen sehen, mit glitzernder Gischt auf der Krone, worin sich das Mondlicht in einem Anfall von bizarrer Schönheit spiegelte, und dann war er sehr schnell tot. Der Kapitän mit seinem blonden Backenbart und den lustigen Augen natürlich auch, denn das Schiff drehte eine halbe Schraube und gleichzeitig eine halbe Drehung nach hinten, ganz leicht und anmutig, und verschwand plötzlich und völlig von der Bildfläche. Mit Mann und Maus, wie die Seefahrer zu jenen Zeiten sagten, und mit allem, was darauf geladen war.

Ziemlich genau 100 Jahre später, in den siebziger Jahren des 20. Jahrhunderts, blickte Jacques-Yves Cousteau nachdenklich seinem jungen

Assistenten hinterher, der im Hafen von Marseille soeben in den Gassen der Altstadt verschwand. Cousteau war jetzt fast siebzig, hatte mehr Meeresboden gesehen als jeder andere Sterbliche, aber diese Fahrt vor die Küste Westafrikas war anders gewesen als alle anderen. Ein einziger Assistent, ein Franzose namens Gaston Mugeaux, hatte ihn begleitet, ungewöhnlich für eine so lange und weite Fahrt, aber der ausdrückliche Wunsch seines Auftraggebers. Wobei der Begriff Auftraggeber nicht präzise war. Cousteau kannte Jakob Jünger seit über vierzig Jahren, bekam von ihm jedes Jahr einige Dutzend Flaschen Wein, auf deren Etikett eine verschnörkelte Sieben zu sehen war, und irgendwann hatte Jakob angefangen zu erzählen von einem Franz aus seiner Familie und dessen letzter Fahrt im Jahre 1876 mit dem Ziel Südafrika. Es war nicht recht klargeworden, ob dieser Franz der Vater, der Großvater oder ein Onkel von Jakob gewesen war, die alte Geschichte ging Jakob Jünger aber immer noch sehr nahe.

Cousteau war Meeresforscher, nicht Schatzsucher und dennoch ließ ihn die Geschichte nicht los. Er studierte alte Schifffahrtsrouten und Reiseberichte, er konnte den Weg, den die verheerende Welle vom Winter 1876 genommen hatte, präzise nachvollziehen. Er recherchierte Schiffe und ihre Routen, die damals dem Chaos mit knapper Not entgangen waren und aus all diesen Linien ergab sich auf seiner Seekarte eine Fläche von einer knappen Seemeile im Quadrat, wo, Strömungen eingerechnet, Franz zu finden sein musste. Er machte Jakob ein Angebot. Der alte Mann dachte lange nach. »Bringen Sie mir irgendetwas von ihm, ein Andenken. Aber lassen Sie seine Ladung ruhen. Und nehmen Sie möglichst wenige Menschen mit. Und dann nur solche, die schweigen können.«

Jacques-Yves Cousteau, der berühmteste Taucher seiner Zeit, fand das Schiff tief unten am Meeresboden. Er sah die Überreste der Rebstöcke, die Behältnisse für die Schösslinge waren am stärksten zerstört und leer. Die Weinkisten waren in keinem guten Zustand, die Flaschen jedoch offensichtlich unversehrt. In einer Kabine fand er schließlich, was er suchte. Am algenbewachsenen Metallpfosten eines halbverrosteten Bettes hing eine Halskette mit einem kleinen Amulett. »FJ«

stand da eingraviert. Als er auftauchte, sagte er zu seinem Assistenten: »Vergessen Sie dieses Schiff, vergessen Sie diese Stelle, Mugeaux. Und glauben Sie bloß nicht an Gold oder Silber oder irgendetwas in dieser Richtung. Da unten ist nichts, nichts was von Interesse wäre.« Gaston Mugeaux nickte. Ein paar Tage später, zurück in Marseille, trennten sich ihre Wege.

4

Zur gleichen Zeit als Marion Drygalski eine überraschende Einladung zur Erkundung der Tiefen des Meeres erhalten hatte, befand sich Karl Breitenstein auf etwa 11 000 Meter Höhe über demselben und dies in der Obhut der Austrian Airlines, Linienflug via Istanbul nach Tiflis, Hauptstadt der Republik Georgien. Das Einchecken in Schwechat hatte er unausgeschlafen über sich ergehen lassen, der Wein, den er jetzt vor sich hatte, war belanglos, gerade gut genug, um zwei Kopfschmerztabletten hinunterzuspülen.

Karl Breitensteins Georgienidee war ursprünglich die folgende gewesen: Georgien ist eine Kaukasusrepublik. Im Kaukasus leben bekanntlich die ältesten Menschen Europas, 100, 110 wenn nicht 120 Jahre alt. Das hatte er jedenfalls vor langer Zeit einmal irgendwo gelesen, im *Guten Kameraden* wahrscheinlich oder möglicherweise im *Neuen Universum*. Georgien ist andererseits eine Wiege des Weines. Wein ist erwiesenermaßen der Gesundheit förderlich. Verantwortlich dafür sind nach neuesten wissenschaftlichen Erkenntnissen die Polyphenole, aromatische Verbindungen, die bewirken, dass Pflanzen streng riechen oder gut schmecken. Je nachdem. Forscher hatten nachgewiesen, dass eine Unterart der Polyphenole, das Procyanidin, der Arterienverkalkung beim Menschen entgegenwirkt, indem es ein gefäßverengendes Eiweiß, das Endothelin-1, unterdrückt, also mehr oder weniger verspeist. Experten hatten dies bestätigt. Internationale und interdisziplinäre Forscherteams hatten mit computergestützten Analyseverfahren herausgefunden, dass 50 Prozent der im Wein enthaltenen Polyphenole Procyanidine sind, was Karl nicht verwundert hatte. In langen Feldforschungen konnte der Nachweis erbracht werden, dass die Eiweißfresser vor allem dann ihr segensreiches Tun entfalten, wenn althergebracht gekeltert wird, Schale und Kerne der Trauben also möglichst lange mitvergoren werden. Ein hochkarätiges Expertenteam der Queen Mary University in London hatte darüber hinaus eine signifikante Korrelation zwischen dem Anbau besonders tanninhaltiger Rebsorten, wie zum Beispiel der seltenen und alten Sorte Tannat, die nur in eng begrenzten Gebieten in Südwestfrankreich und auf Sardinien in nennenswertem Umfang angebaut und verarbeitet wird, und dem Lebensalter der dortigen Bevölkerung festgestellt. Der Experte in Karl vermutete, dass dieser Sachverhalt in Georgien, einem Anbaugebiet alter und tanninreicher Rebsorten, das lange von den internationalen Märkten abgeschnitten war und insofern auch nicht im Fokus der internationalen wissenschaftlichen Welt gelegen hatte, ebenfalls korrelativ zu beobachten sein müsste: alte Menschen also, die in erheblichem Maße adstringierenden Wein in sich reinschütteten. Anzumerken bleibt und war Karl natürlich nicht verborgen geblieben: Die medizinische Zunft, und nicht nur sie, war sich bis in einflussreiche Kreise der Weltgesundheitsbehörde WHO einig, dass selbstverständlich nur maßvoller Konsum die gesundheitsfördernde Wirkung der unter dem einschlägigen Verdacht stehenden Rotweine hervorrufen könne. Ein Schoppen am Tag für den Mann, ein halber für die Frau.

Karl hatte sich an dieser Stelle seiner Recherchen vorgenommen, sein Leben ganz der Wissenschaft zu widmen, sich also erstens den Prüfungen eines Selbstversuchs zu unterziehen und zweitens die in vielen anderen Fällen bewährte und empirisch abgesicherte Methode »viel hilft viel« zu erproben und gewissermaßen ad hominem zu verifizieren. Die Georgienreise diente also dem Zweck, dort auf weitere praktizierende und mit langjähriger Erfahrung gesegnete Anhänger seiner Theorie zu treffen. Er nahm einen kräftigen Schluck aus dem Pappbecher, in dem die Austrian Airlines offerierte, was sie ihrerseits für Rotwein hielt.

Von dem rein wissenschaftlichen Interesse abgesehen, spürte Karl, dass er ein Gepäck an schwer zu beantwortenden Fragen, wirren Vermutungen und obskuren Ahnungen mit sich trug. Beispielsweise fragte er sich, ob in Kaukasien vielleicht zufällig ein Jakob Jünger bekannt sei. Ob dort möglicherweise Siebener-Kunden lebten, die kubistische Jahrhundertgemälde malten. Oder schriftstellerten. Künftige Präsidenten großzogen. Baute Jakob Jünger eventuell siebenwandige Tannat-Trauben an mit neunfach vervielfältigten Kernen, die einer zwölfmonatigen Gärung ausgesetzt wurden, die noch die letzten Procyterminatoren, oder wie die hießen, in sein Blut pumpten. Karl sah am Horizont schneebedeckte Gipfel, das steil aufragende Massiv des Kaukasus-Gebirges. Der Landeanflug auf Georgien hatte begonnen, dort, wo vor 8000 Jahren der Mensch zum ersten Mal den Wein kultivierte.

Irgendwo hatte er gelesen, dass Tiflis die Perle des Kaukasus sei, aber entweder lag es am Oktober oder aber an einer generellen Eintrübung der Verhältnisse, dass er den Glanz dieser Perle nicht wahrnahm. Er ließ sich mit einem Taxi zum Busbahnhof bringen, wo er feststellte, dass der Bus in den Osten des Landes in fünf Stunden losfahren sollte und weitere vier bis zu seinem Ziel brauchen würde. Er suchte ein weiteres Taxi, radebrechte, verhandelte, akzeptierte schließlich einen, wie er fand, akzeptablen Preis und stieg ein. Bis nach Lordi, wo sein Freund Josip lebte, waren es rund 200 Kilometer.

Die Straße war gut, das Taxi komfortabel, der Fahrer gesprächig. Den englischen, russischen und wohl georgischen Brocken konnte er entnehmen, dass zu sowjetischen Zeiten alles besser gewesen sei, die Bergvölker im und jenseits des Kaukasus Ruhe geben hätten, die Nachbarn im Westen, die Abchaser, alle Verbrecher seien, was allerdings für Staat, Verwaltung, Gerichte und Polizei in Georgien selbst auch gelte. An dieser Stelle der Ausführungen verließen sie die letzten Außenbezirke von Tiflis, an einem verfallenen Fabrikgebäude lächelte der berühmteste Georgier, Väterchen Stalin, mit seinem buschigen Schnauzbart nur wenig verwittert von der Hauswand. 100 Kilometer weiter gabelte sich die Straße, sie hielten sich links und die Wegweiser verheißen Gurdjaani, Telavi, und Kvareli, was für osteuropäische Ohren in etwa so klingt, wie Saint-Émilion, Montepulciano und Napa Valley für westliche. Die Straße verlief am Hang, unterhalb breitete sich die Ebene des Alasani-Flusses aus und auf der anderen Seite begrenzten die Schneeberge des Großen Kaukasus den Horizont, die in der klaren, frischen Luft ganz nah erschienen. Dazwischen erstreckte sich, jetzt in dieser Jahreszeit mit einem Feuerwerk an Braun- und Rot-Tönen prunkend, nichts als Wein.

Kurz hinter Kvareli stieg Karl aus. Die letzten zwei Kilometer ging er zu Fuß. Aus Gründen, die ihm selbst nicht ganz klar waren, wollte er nicht, dass der Taxifahrer sein eigentliches Ziel kannte. Die tief stehende Sonne zielte auf den höchsten Gipfel der Schneeberge, der wie ein Diamant im Sonnenlicht glitzerte. Das war der Kasbek, der König des Kaukasus, gar nicht einmal der höchste Gipfel, der ist dem Elbrus reserviert, aber derjenige, an den Zeus den Prometheus kettete, weil dieser den Menschen das Feuer gebracht hatte. Wie zur Bestätigung züngelte die Sonne mit letzten Strahlen einen Feuerkranz um das weiß bedeckte Haupt des kaukasischen Königs.

Josips Tankstelle lag ein paar Hundert Meter vor dem Ortseingang von Lordi. Karl sah sich erst einmal um. Zwei Tanksäulen, darüber ein Dach, dahinter ein niedriges Haus, das eher an einen Schuppen erinnerte, vorne mit einer Tür zu einer Art Kassenraum. Links vom Schuppen alte Autoreifen, rechts vom Schuppen zwei Autowracks. Eine richtige Tankstelle, dachte Karl, kein Supermarkt mit Waschsalon. Die Tür des Schuppens ging auf.

Heraus kam Josip, breit, bärtig, das Hemd am Kragen und am Nabel offen. Karl roch ihn schon aus der Entfernung, Kohl, Schweiß, Alkohol und Knoblauch und dazu mindestens sämtliche Düfte des Orients, aber was er vor allem wahrnahm, waren zwei ausgebreitete Arme, ein röhrendes Lachen und eine wohlvertraute Stimme: »Karoly, mein Freund, Towarisch, lass uns nehmen einen tiefen Schluck Begrüßung.« Abgesehen von seiner Tiefe lag der Reiz dieses Organs im Sound: der wohl einmalige Fall eines georgisch gefärbten Deutsch mit deutlichen Anleihen aus dem Wienerischen.

Josip hatte die ruhm- und weniger ruhmreiche Geschichte der Sowjetunion auf seine Weise mitgeschrieben. Als junger Mann war er aus einem Unterseeboot der Eismeerflotte an die Wiener Botschaft versetzt worden und fuhr fortan in wechselnden Modellen der Marke Wolga ununterbrochen die Gesandten Chruschtschows, Breschnews, Andropows und Gorbatschows über den Ring, über den Gürtel und wieder zurück in die Residenz in der Reisnerstraße. Natürlich war er beim KGB, und mit dem lachenden Geständnis auf eine dementsprechende Frage hatte ihn Karl kennengelernt. Im Café Ansari am Karmelitermarkt im II. Bezirk. »Du bist netter Mann, Towarisch, wie Gorbatschow. Aber er macht ganze schöne Sowjetunion kaputt.«

Sie saßen vor dem Schuppen in der Abendsonne. Josip entkorkte eine Flasche. Sie stießen an. »Trink, Towarisch, du bist mir die größte Freude seit fünf Jahren. Das ist gutes Zeug. Echter grusinischer Rotwein. Hab ich gewartet damit, bis du kommst.« Wenn Karl Breitenstein einen Wein vorgesetzt bekam, den er noch nicht kannte, war er hellwach und konzentriert. Er hatte gelernt, dass ein Wein nur alles geben kann, wenn der Trinker bereit ist zu nehmen. Der Wein, den er jetzt vor sich hatte, lag dunkelrot in seinem Glas. Er nahm den ersten Schluck wie gewohnt mundvoll und hieb seine Zähne hinein. Der Kampf begann, der Wein sollte zeigen, wozu er fähig sei. Karl ließ ihn durch die Mundhöhle kreisen, die Wangenwände benetzen, unter der Zunge hindurchfluten. Ganz langsam zog er den Stöpsel des Rachens und mit peristaltischen Verzögerungen rann die Flüssigkeit hinab. Er zählte langsam. Sieben Sekunden hielt der Geschmack an. Er stellte das Glas ab und schaute sich um. Wenn er das Auge auf nah stellte, sah er die Tanksäulen und die Straße. Dann kam der Wein, unterbrochen von Obstbäumen, Aprikosen wohl, und ab und an von einer Zypresse. Die weiteste Sicht war das Kaukasusgebirge. So schmeckte der Wein. Nicht nur erdig, auch nach Gestein. Er nahm den zweiten Schluck, eine kleinere Dosis. Die Überprüfung des Versprechens des ersten. Er hatte das Gefühl, einen Wein von ganz unten zu trinken. Kalk, Sand, Schwefel, schwere Geschmäcker. Nichts von oben, wo Früchte gedeihen. Ein schwerer Laster kämpfte sich vorbei. Diesel und Staub blieben minutenlang in der Luft.

Nach der zweiten Flasche besprachen sie die Fahrt Richtung Berge. Morgen, am späten Vormittag. »Wenn du richtigen kaukasischen Wein lernen willst, dann müssen wir zu den Mugaschwili. Nach Nisi. Reiche Leute. Zeige ich dir alles. Tankstelle bleibt zu zwei Tage. Egal. Sollen mich alle einmal.«

Am nächsten Morgen saß Karl wieder vor dem Schuppen. Er schaute, wartete auf Josip und zählte Autos. Als Kind hatte er das gerne gemacht, vom Küchenfenster auf die Straße schauen und Autos zählen, sortieren nach von rechts und von links, nach Marken, nach Farben und nach Sorten: Pkw, Bus, Kleinlaster und richtiger Laster und dazwischen immer wieder der 13er Autobus. Ein schwarzer Mercedes bremste und hielt staubaufwirbelnd vor der Tanksäule. Karl sah zwei Männer auf den Vordersitzen, die den sicheren Eindruck erweckten, nie im Leben eine Tanksäule selber bedienen zu wollen. Karl kannte mittlerweile die Gewohnheiten seines Gastgebers und sank ein paar Zentimeter tiefer in seinen Plastiksessel.

Dort, wo rechts die Straße steil zum Ort hinab führte, bewegten sich zwei lange Ohren. Langsam kroch ein Kopf, ein Körper, ein Esel herauf. Genauso langsam kam Josip aus seiner Tür, blieb erst mal stehen, rülpste und sah zum Mercedes. Der Esel mitsamt seinem Herrn hatte die Kuppe der Straße erreicht und blieb dort stehen, Josip schlurfte zum Mercedes. Ein Laster kam von links um die Kurve. Da es eine Rechtskurve war, wich der Lastwagenfahrer wohl instinktiv dem Eseltreiber mit einer Linksbewegung des Lenkrades aus. Dort standen die Tanksäulen. Der Mercedes davor. Dahinter Josip, der damit beschäftigt war, die hängenden Hosenträger zu schultern. Alles schob sich sehr schnell ineinander, der Laster verrichtete halbe Arbeit, die andere Hälfte besorgten die Explosion und die Flammen. Karl fiel von seinem Stuhl. Er spürte, wie die Hitze sich über ihn hinwälzte, was ihn veranlasste, sich zunächst wie ein Embryo an die Bretterwand zu drücken, um sich in dieser Stellung seitwärts zu rollen. Hinter ihm flammte es laut, es stank nach brennendem Benzin und inmitten des brodelnden Infernos schrie leise ein Esel. Von seinem Herrn war nichts zu sehen.

Aus dem Mercedes war ein Aktenkoffer herausgeschleudert worden, zwei Meter von ihm entfernt lag er. Zwei Meter, die einige Grad heißer waren als seine jetzige Position. Aber irgendwie schien es Karl wichtig, einen Beleg für das, was er soeben erlebt hatte, mitzunehmen. Er zog den Ausschnitt des Hemdes über Mund und Nase und robbte sich flach und geduckt mit abgewendetem Gesicht vorwärts. Der Griff war verbogen und verdammt heiß, mit leichten Schlägen bugsierte er den Koffer aus der gefährlichen Zone. Die Flammen züngelten vor sich hin, Metall knirschte, ein Reifen platzte, der Esel war still. An einer Ecke der Bretterwand begann es zu brennen, da, wo noch Farbe gewesen war, bildeten sich kleine Blasen. Hinter dem kompakten Feuer, das Tanksäule, Mercedes und Lastwagen noch immer abgaben, stand Josips Lada. Zumindest brannte er nicht. Karl schrie auf, als er den Griff der Fahrertür berührte. Er zog sein Hemd aus, öffnete damit die Tür, warf den Aktenkoffer nach hinten. Als er sich umdrehte, stand hinter ihm Josip.

Schwer keuchend, blutverschmiert, die Hosenträger hingen noch immer herab, das Gesicht war geschwärzt, aus der Hose rann auf Höhe des Oberschenkels aus einem langen Riss Blut. »Heilige Mutter Gottes«, schnaufte der Ex-KGB-Agent, »was war das denn?« Er legte eine Hand auf Karls Schulter und hustete Schleim und Blut.

Karl ließ ihn erst einmal stehen und ging zurück. Die Männer im Mercedes hingen verkrümmt in den Sitzen, die Köpfe abgeknickt nach vorne. Der Lkw war mit seiner flachen Front nach unten gesunken, beugte sich wie beschützend über den zermalmten Mercedes, im Führerhaus züngelten noch Flammen, der Fahrer war nur noch ein Klumpen aus verkohltem Fleisch. Der Esel und sein Herr waren verschwunden. Josip stand inzwischen am Lada gelehnt und rauchte. »Hau ab«, meinte er hustend, »eh alles kaputt. Nimm den Koffer mit und den Lada. Polizei ist bald da, kann mich mal.« Karl brachte Josip in den rückwärtigen Teil des Schuppens, der unversehrt war. Sie säuberten die Wunde, Josip krallte seine Hand in Karls Schulter. Er wickelte eine ganze Mullbinde um das Bein und als er fertig war, sagte er: »Wenn du ein normaler Tankstellenbesitzer wärst, einer der sich so richtig zügig um seine Kunden kümmert …« – »Dann wär ich jetzt tot«, ergänzte Josip. Karl versprach, auf dem Rückweg wieder vorbei zu kommen. Im Rückspiegel sah er ein Zelt aus schwarzem Rauch.

Maulwurfshügel waren das Nächste, was Karl wieder richtig wahrnahm. Zwei Stunden war er durch menschenleere Landschaft auf grobem Schotter gefahren. Das Tal des Alasani war enger geworden, die Hänge fielen steiler ab. Es war immer sanft nach oben gegangen, die Abzweigung nach Nisi hätte er beinahe verpasst. Die Straße war noch ein wenig schmaler, aber die vom Tal her so schroff anzusehende Schlucht weitete sich wieder. Nach zwei Kilometern gelangte er auf eine Hochebene. Ein Aul lag im Herbstdunst vor ihm, ein kachetisches Dorf, umgeben von einer Gartenlandschaft mit Maulbeerbäumen, Zypressen, Obstbäumen und dem alles beherrschenden Wein. Und überall wie ein pickeliger Ausschlag die Maulwurfshügel.

Karl hielt an und stieg aus. Die Luft tat gut, frisch, klar und rein. Zwei Stunden lang hatte er versucht, die Ereignisse der letzten Stunden zu ordnen. Immer wieder sah er Josips blutverschmiertes Gesicht, immer wieder sah er schwarzen Rauch und hörte das Röcheln des Esels. Was für ein Chaos das alles, dachte er, und ich weiß nicht mal, ob das alles zusammenhängt oder bloß Zufall ist. Und seit drei Stunden habe ich keinen Schluck Wein getrunken. Den letzten Gedanken hatten die Maulwurfshügel ausgelöst und ihn aussteigen lassen. Karl wusste, was das war. Auch deswegen war er hierhergekommen. Das war der Ursprung, Ursprung der Weinkultur. Mercedes, Rauch, Esel, Koffer waren auf einmal weit weg, er war da.

Unter jedem Maulwurfshügel befand sich ein Kwevri. Riesige Tonkrüge, in denen der Wein, umgeben von gebranntem Stein und geborgen in der kachetischen Erde, seiner Vollendung entgegenreift. Vorher haben die Weinbauer die Maische, die sie hier Mandschari nennen, mit bloßen Füßen in einem Bottich namens Marani gestampft. Nach der ersten, heftigen Gärung wird im Frühjahr der junge Wein umgefüllt. Die Kwevri werden mit Maishülsen gereinigt, abgefüllt, mit einem Eichenholzstöpsel verschlossen und einem Erdhaufen bedeckt. Die älteste bekannte und noch gebräuchliche Weise der Weinherstellung. Karl hörte Schritte. Auch das noch, dachte er, als er sich umdrehte.

Die Frau war groß, sie war breitschultrig, breithüftig und breitbusig. Karl dachte, einen Inbegriff des Weiblichen vor sich zu haben, die kräftigen Backenknochen, das hochgesteckte braune Haar, den strotzend gesunden Teint. Sie trug ein dunkelblaues Kleid aus schwerem Stoff, eine noch dunklere Schürze, ein Tuch um den Hals und Basketballschuhe amerikanischer Provenienz. Sie schien wütend. Der Maulwurfshügel, vor dem er kniete, schien ihr zu gehören. Seine Hand steckte immer noch tief in der Erde und er sog einen Duft ein, der nach Reife, nach Fülle und Opulenz roch.

Es klang auch wütend. Es klang schon wieder nach Schwierigkeiten und er war sofort eingeschüchtert. Den Reflexen des Fremdlings gehorchend zeigte er Gesten der Friedfertigkeit. Stammelte auf Englisch Dinge wie sorry und no problem. Die letzten beiden Worte wiederholte sie. Laut und höhnisch. Noch viel lauter folgten Verwünschungen in der Landessprache, heftige Bewegungen in seine Richtung und sodann ein Straucheln, denn Karls Hügel war in einer Senke gelegen, ein Stolpern, ein Umknicken und ein Schrei. Karl war sogleich zur Stelle.

Als sie auf der Rückbank des Ladas saß, mit prächtig geschwollenem Knöchel, entpuppte sie sich als Irina und des Englischen in einer raukehligen Version mächtig. So wurde nicht nur der Dorfplatz gefunden, sondern exakt vor einem einstöckigen Gebäude geparkt, das ihm wie ein Feldlazarett vorkam. Karl fühlte sich irgendwie im Einsatz, wie ein Barfußarzt, dritteweltmäßig. Die Knöchelgeschwollene wurde von einer alten Frau in Empfang genommen. Kinder umringten den Lada, alte Männer schritten heran, einer sprach ihn auf Englisch an. Willkommen in Nisi. Wir freuen uns immer, wenn Freunde uns besuchen. Ein großer schlanker Mann. Grauschwarze Bartstoppeln in einem lederbraun faltigen, wachen Gesicht. Karl versuchte das Alter zu schätzen. Die Haut war über achtzig, der Blick, die Haltung und die Stimme unter siebzig. »Ich hoffe, Irina war freundlich zu Ihnen, sie kann manchmal sehr heftig sein. Sie schauen müde aus.« Karl bat um etwas zu trinken, er verbesserte sich und sagte, ein Schluck Wein wäre schön.

Der Raum war groß, aber niedrig. Er schien Dorfkneipe, Rathaus, Versammlungsort in einem zu sein. Zwei mächtige Holzbalken trugen die Decke, ein riesiger Kanonenofen stand in der Ecke. In der Mitte der Längswand, gegenüber der Tür hing ein Foto von Schewardnadse. Der Tisch erinnerte ihn an Arbeiterbegegnungsstätten aus dem 10. Bezirk, Resopalzweckmäßigkeit. Darauf standen jetzt ein Literkrug aus Ton und eine flache irdene Trinkschale. Auf dem Teller lagen ein Stück Schafskäse, eine Wurst, ein in Öl gebackener Eierkuchen, Aprikosen und winzige Birnen. Dazu ein halber Laib Cörek, das einheimische Fladenbrot. Der Wein, soweit er das in der Tonschale erkennen konnte, war rostbraun, er schmeckte stark und scharf, fast wie ein Brandy. Karl war allein, der Alte hatte ihn hereingeführt und war wortlos verschwunden. Eine kleine Frau hatte ihm Essen und Trinken gebracht, ohne ein Wort zu sagen oder auch nur die Augen zu heben.

Als Irina hereinkam, hatte er den Krug halb geleert. Sie kam auf Krücken, der rechte Fuß war unbeturnschuht und dick verbunden. Karl stand auf, sie setzte sich, lehnte die Krücken an den Tisch und es gelang ihm gerade noch, ihr einen Stuhl so hinzuschieben, dass sie ihr Bein darauflegen und Danke sagen konnte. »Danke überhaupt«, fügte sie etwas leiser hinzu. Er schenkte die Schale voll und schob sie in ihre Richtung: »Sie müssen sich nicht bedanken. Immerhin war es meine Schuld.«

Sie sah ihn direkt an, streng und ohne Regung: »Da haben Sie recht.« Die Schale schob sie zurück. »Das ist Ihr Wein, der Wein für Gäste. Wir trinken ihn nur bei der Keipi. Großvater lädt heute Abend zu einer ein. Sie sind der Anlass. Für uns Kacheten sind Gäste immer Gesandte Gottes. Aber wenn Sie mich fragen ...« Sie sprach nicht weiter, sondern griff nach den Krücken. Ein bisschen zu hastig erhob sich Karl. »Willkommen in Nisi«, sagte sie, als er ihr die Tür aufmachte. Den leicht zur Seite geneigten Kopf empfand er als Spott. Zumindest als leichten.

Sein Zimmer, das ihm die kleine Frau zeigte, lag über dem Versammlungsraum. Als er zum Lada zurückging, um seine Tasche zu holen, erinnerte er sich an den Aktenkoffer. Er lag unberührt auf dem Rücksitz. Im Zimmer sah er ihn sich näher an. Die Schlösser waren von der Hitze verbogen. Selbst im Normalzustand hätten sie einen sicheren Eindruck gemacht, jetzt aber ließen sie sich überhaupt nicht mehr öffnen. Der Koffer war eine harte Schale, ein Wichtigkeit ausstrahlendes Stück Hartplastik. Karl holte sein Taschenmesser und stocherte halbherzig an den Schlössern herum. Was sollte er mit diesem fremden Ding, aber da es nun einmal da war und sich so abweisend gab, regte sich Neugier und immer mehr Zorn. Nach zehn Minuten schob er ihn ungeöffnet unter das Bett und legte sich auf die Decke. Er wusste, was auf ihn zukam. Die Keipi, das jahrhunderte-, wenn nicht jahrtausendealte Trinkgelage der Kaukasier.

Nach dem zehnten Trinkspruch spürte Karl die Wirkung des Weines. An die zwanzig Männer saßen seit zweieinhalb Stunden um den Tisch, an der Stirnseite Irinas Großvater, der Mann, der ihn auf dem Dorfplatz begrüßt hatte. In der Mitte, genau unter dem Konterfei Schewardnadses, war Karl und neben ihm als einzige Frau Irina platziert worden. Die anderen Frauen waren in einem fort damit beschäftigt, Platten herein- und herauszutragen, neue Krüge zu reichen und in ihren wenigen Pausen sich kurz hinzusetzen, von den Platten zu probieren und den Moment des Trinkens zu erwischen. Denn getrunken wurde nur nach einem Trinkspruch. Der Großvater dirigierte wie ein Zeremonienmeister die Abfolge. Dann erhob sich einer der Männer und redete lange. Die Sprache gefiel Karl, sie klang rau und melodiös und das wenige, was ihm Irina dolmetschte, ließ ihn begreifen, dass Georgien ein ebenso stolzes wie geschundenes Land war. Und endlich mal eines, das kleiner als Österreich war. Fast jeder Redner spannte einen historischen Bogen, erwähnte lange zurückliegende Unterdrückung durch Perser oder Türken, rühmte das georgische Volk, seine Frauen und seinen Wein, um dann den deutschen Gast (Karl nahm sich vor, dies bei Gelegenheit zu korrigieren) zu begrüßen, ihm wahlweise langes Leben, Gesundheit, Wohlstand, eine gute Frau oder viele Kinder zu wünschen. Dann wurde lauthals »Gaumardschos!« gerufen und die Schalen in einem Zuge geleert, nicht bis zum letzten Tropfen, das wusste Karl, sondern mit einem kleinen Rest, der mit der rechten Hand über die linke Schulter ausgeschüttet wurde. Jeder Tropfen, der so vergossen wurde, stand für einen Feind. Zu viele sind tödlich, zu wenige der Ehre eines Mannes nicht würdig.

Zwischen den Reden und dem einen langen Schluck aßen die Männer, sie sangen, klatschten dazu in die Hände, stritten quer über den Tisch, lachten, spotteten, bis der alte Mann an der Stirnseite die Hand hob, auf einen deutete und – laut Irina – sagte: »Jetzt du.«

Karls Befinden war ohne Übertreibung behaglich zu nennen. Er saß, er trank, er hörte Irinas Übersetzungen zu, atmete ihren starken, herben Geruch ein, der sich bei jeder ihrer vielen Bewegungen wie eine warme Brise über ihn senkte. Er aß scharf gebratenes Fleisch, Teigtaschen, die wie Frauenbrüste geformt waren und Khinkali hießen, gefüllte Fladen, die ihm Irina als Kwereli und Khachapuri vorstellte, von Öl triefende Paprika, getrocknete Tomaten mit einer Dschandschali-Paste, er war jetzt bei der Muraba angelangt, einem Kompott aus Feigen, Quitte, Walnuss und gedörrten Pflaumen. Er fühlte sich wohl, war der Anlass des Festes, doch in keiner Weise der bestaunte Mittelpunkt. Das Einzige, was ihn störte, waren die langen Pausen zwischen den Reden und der Möglichkeit zu trinken. Der Alte hatte einen völlig undurchsichtigen Rhythmus und jetzt wurde es langsam mal wieder Zeit.

»Jetzt du!« Der Befehl, der von den beiden Worten in der fremden Sprache ausging, war seinem Ohr schon vertraut. Er blickte auf. Die Hand des Alten zeigte auf ihn. »Jetzt du«, wiederholte Irina leise und überflüssigerweise. Natürlich hatte er längst damit gerechnet, dann aber doch wieder gehofft, der Kelch würde an ihm vorübergehen. Plötzlich spürte er die Hitze im Raum, er nahm den Zigarettenrauch wahr und die Stille, die sich aus den versiegenden Stimmen herausschälte. Karl sah Irina an. Ihre undurchdringlichen, regungslosen Augen. Aber sie blickten ihn fest an und später erinnerte er sich daran als eine Art sympathisierende Zustimmung. Er stand auf und sagte: »Liebe Freunde!« Seine Stimme erschien ihm krächzend und tonlos und ihm fehlte jetzt der Griff zum Glas, der ihm und seinem Organ

Halt gegeben hätte. »Georgien ist ein kleines und stolzes Land. Genau wie das Land, aus dem ich komme.« Er spürte Irinas Hand an seinem Arm. Sie wollte übersetzen. Sofort bemerkte er die Chance, die diese Pausen boten. Denn in dem Moment, als er dem kleinen Österreich ausgerechnet die Eigenschaft des Stolzes andichten wollte, war ihm klar, dass dies eine Falle war, aus der man nur schwer entkommen konnte. »Es gibt noch mehr Gemeinsamkeiten zwischen Georgien und Österreich.« Er machte sogleich die Übersetzungspause, denn eigentlich wollte er jetzt historisch werden, das schien ein Formprinzip dieser Trinkreden zu sein, aber rechtzeitig wurde ihm bewusst, dass sowohl die ältere als auch die jüngere Geschichte in puncto gemeinsamer, vor allem positiv besetzter Erfahrungen herzlich wenig hergaben. »Nicht die geringste darunter ist der Wein.« Er war selbst erstaunt, dass er diese grammatikalisch einigermaßen komplizierte Wendung aus seinem Englischvorrat abrufen konnte. Inhaltlich versank er vor Scham. Irina machte daraus eine Übersetzung, die ihm wenig Zeit zum Nachdenken ließ. »Wir Österreicher trinken gern Wein«, er sank tiefer, »wir bauen ehrlichen Wein an«, kein Halt zu spüren, »aber hier in Georgien habe ich den Ursprung des Weines gesucht und gefunden.« Die Pause war nicht nur als solche eine Erleichterung, mit dem letzten Satz hatte er irgendwie das Gefühl, die Kurve gekratzt zu haben. »Was ihr, liebe Freunde, und natürlich vor allem eure Vorfahren vor vielen tausend Jahren, der Welt geschenkt habt, ist allenfalls mit dem Feuer, dem Rad oder der Schrift zu vergleichen.« Das war jetzt aber gut gesagt, fand er. Die einzige Reaktion der Männer und auch der Frauen, die nun fast alle dabeisaßen oder standen, war bislang eine Art Tenniseffekt gewesen. Von Karl zu Irina und wieder zu ihm gingen die Blicke. Ganz hinten aus der dunkelsten Ecke, hörte er jetzt so etwas wie ein beifälliges Gemurmel. Er konnte nicht erkennen, von wem das kam. »Und ich muss sagen, er schmeckt heute so gut wie damals.« Diesmal also wieder ein bescheuerter Satz, aber entweder übersetzte Irina, wie es ihr gefiel, oder man anerkannte stillschweigend sein profundes weinhistorisches Wissen. Irina blickte ihn erwartungsfroh an. »Es gibt noch eine weitere Gemeinsamkeit zwischen dem schönen Georgien und dem glücklichen Österreich.« Seltsamerweise hatte er diesmal einen Plan, ja fast eine Eingebung. »Es sind die Frauen. Bisher dachte ich, die schönsten und besten Frauen seien die österreichischen.« Karl spürte, dass Irina erkannte, worauf er zusteuerte. Die Übersetzung wurde etwas flauer im Ausdruck. »Aber ich habe mich getäuscht. Georgiens Frauen sind ebenso schön und ebenso gut. Vor allem die Frauen aus Nisi. Vor allem aber du, Irina.«

Den letzten Satz hatte er etwas leiser gesprochen, jedoch nicht so, dass er nicht für die Übersetzung freigegeben gewesen wäre. Aber Irina reagierte fast panisch. Sie stand ruckartig auf, sagte drei vier Worte und dann die Formel, die er schon zehnmal zuvor gehört hatte. Er nahm die Schale, hielt sie hoch über den Kopf, brüllte »Gaumardschos« und auf Deutsch »Prost, Genossen«, legte die freie rechte Hand um Irinas Schulter und drückte ihr einen überschwänglichen Kuss auf die Wange. Die Männer und Frauen reagierten wie elektrisiert. Alle standen auf, gestikulierten, klatschten in die Hände, johlten und jauchzten, lachten, prosteten ihm zu und tranken. Beinahe hätte Karl vergessen, den letzten Schluck dem Boden zu schenken. Aber doch nur beinahe. Der Feinde etwa sieben an der Zahl, ein männliches Ergebnis, tropften zu Boden und anschließend fiel er lachend auf seinen Stuhl zurück, er lachte und lachte, sah Irina an, die überhaupt nicht lachte, sondern ihn nicht einmal regungslos und undurchdringlich, sondern blitzend und wütend anblickte, und in diesem allgemeinen Durcheinander von Lachen und Blicken ertönte eine alte Stimme, alt und hoch, und die Stimme kam aus der dunklen Ecke und sie sagte in einem kichernden Tonfall: »Du hast gut gesprochen, Österreicher.« Karl hörte nur mit halben Ohr hin und so nahm er gar nicht wahr und es fiel ihm auch nicht weiter auf, dass die alte Stimme den kleinen Satz auf Deutsch gesagt hatte.

Wie es ihm gelungen war, Irinas blitzende Augen in sanftmütigere zu verwandeln, daran konnte er sich später nicht mehr erinnern. Karl hatte zu reden begonnen, von Wien erzählt, von den Ausflügen seiner Kindheit ins Waldviertel, er hatte Landschaften geschildert und auf einmal von seinem Großvater erzählt, der mit neunzig Jahren aus seinem Dorf in die Hauptstadt gezogen war, die ganze Stadt zu Fuß erkundete, jeden Abend sein Glas Rotwein trank und schließlich mit achtundneunzig verstarb. »Wie alt ist eigentlich dein Großvater«, fragte er unvermittelt. Sie blies den Rauch ihrer Zigarette heftig heraus. Karl hatte ihr immer wieder von seinen angeboten, aber erst als er von seinem Großvater zu erzählen begann, hatte sie zu der Packung gegriffen und sich eine angesteckt. »Schwer zu sagen, als die Bolschewiki hier zum ersten Mal auftauchten, nach der Revolution, war er jedenfalls ein junger Mann, um die zwanzig.« 1917 war Karl ein vertrauter Jahrgang, aber das bisschen Arithmetik ließ ihn erschauern. »Dann muss dieser Mann ja fast, ja so um die hundert sein. Das gibt es doch nicht.« Sie schien gelangweilt, zog an der Zigarette. »Wieso, Urgroßvater ist noch viel älter.« Karl erinnerte sich plötzlich an die Stimme aus der dunklen Ecke. »Dann müsste er etwa hundertzwanzig, hundertdreißig sein.« »Ja, wahrscheinlich. Er ist sehr klug, er hat viel von der Welt gesehen.«

Karl fühlte sich benommen. Einerseits hatte er diese Reise unternommen, weil er alte, weintrinkende Männer sehen wollte. Andererseits war er hochgradig angetrunken und die Realität war ein Hundertjähriger, der erheblich jenseits des Rentenalters sein Dorf wie ein Fürst regierte, und ein Hundertdreißigjähriger, der zumindest Österreich von Deutschland zu unterscheiden wusste. Und das sogar auf Deutsch.

»Und wo ist eigentlich dein Vater?«

Irina schwieg düster, zog an der Zigarette, schwieg ausgiebig und rauchte. »Ist er tot?« Karl war sich nicht sicher, ob er weiter fragen sollte. Irina nickte leise, rauchte und schwieg. »Seit wann?« Irinas Zigarette war soweit abgeraucht, dass Karl ihr fast schon zu Hilfe eilen wollte. Sie drückte sie aus, blies den Rauch mit einem tiefen Seufzer aus. »1943 wahrscheinlich, beim Rückzug der Deutschen. Man hat es nie genau erfahren.«

Karl war verwirrt. Schon klar, dachte er, Achtzig ist das neue Sechzig und Sechzig ist das neue Vierzig und so weiter. Das mag ja alles sein, aber die Frau, die ihm gegenübersaß, konnte nicht die Tochter eines Anno 43 Gefallenen sein. Dann wäre sie weit über sechzig, mindestens, und was ihm die kaukasischen Männer vorgaukeln konnten, das konnte ihm eine Frau, gleich welcher Herkunft, nie und nimmer vormachen: Diese Frau war eine reife Frau, sie war keine Zwanzigjährige mehr, aber sie war, bei allem Respekt, auch nicht in dem Alter, in dem seine Mutter noch vor gar nicht langer Zeit gewesen war.

»Dein Vater ist 43 gefallen. Wie alt bist du?« Seine Frage schien ihm einen Grad zu unverschämt, zu intim und inquisitorisch. »Dreiundvierzig.« In die Schatten der Augen lagerte sich eine große Müdigkeit ein. »Du kannst das nicht verstehen. Der Mann meiner Mutter war ein Mugaschwili. Sein Vater war ein Mugaschwili. Die Mugaschwili sind das älteste und angesehenste Geschlecht in Nisi. Und in der ganzen Gegend. Meine Mutter hat immer getrauert. Immer. Getrauert und geträumt, einen Mugaschwili zu gebären. Und Großvater verlangte es. Er hat die Sache wohl selbst in die Hand genommen. Man weiß es nicht so genau, wie auch immer, das Ergebnis bin ich. Sie haben es mir vor dreißig Jahren erzählt. Der, der mein Vater werden sollte, liegt da irgendwo draußen in den Wäldern Russlands. Großvater war immer Großvater für mich und wird es bleiben. Ich glaube nicht, dass ich ihn hasse. Er ist zu stark. Ich bin eine Frau, die ein Mann werden sollte. Ich habe alles versucht, ihnen den Mann zu geben, den sie wollten. Aber, verstehst du, es gibt da eine Grenze. Da, wo es um das Geschlecht geht, die Familie, das Fortleben des Namens. Verstehst du?« Sie war immer leiser geworden. »Und wenn ein Mann kam, der mich zur Frau nehmen wollte, dann war es ihm auch nicht recht. Manchmal ist es nicht leicht.«

Sie waren beinahe die Letzten. Einige Frauen räumten auf. Karl sagte: »Ich bring dich nach Hause.«

Die Nacht war klar und herbstfeucht. Es war nicht weit zu dem einstöckigen, weißen Haus, aber Irina ging auf Krücken. Karl hatte eine Zigarette angezündet und machte Pausen, damit sie einen Zug nehmen konnte. Sie redeten lange nichts, ein Hund kläffte kurz. »Großvater will dir morgen die Rebstöcke zeigen. Du musst früh da sein. Er geht jeden Morgen um sieben in den Wein.« Sie waren da. Karl schaute über ihre Schulter, zu Boden, auf die Seite. Er legte seine Hand auf die Faust, die den Griff der Krücke umschloss. »Gute Nacht, Irina.«

Er war schnell eingeschlafen und ganz gegen seine Gewohnheit um halb sieben aufgewacht. Im Versammlungsraum stand Kaffee, ein halbes Fladenbrot, Butter, Nüsse und Honig. Daneben ein kleiner Krug Wein und eine halbe, geschälte Zwiebel. Karl nahm von allem reichlich, die Zwiebel verschmähte er. Um punkt sieben stand er vor dem weißen Haus.

»Hat Ihnen unser kleines Symposium gestern gefallen?« Der Hundertjährige legte ein zügiges Tempo vor. »Ja, natürlich, ganz großartig, wirklich, aber wieso Symposium?« Der Alte hielt abrupt an. »Symposium heißt wörtlich ›miteinander trinken‹. Auch die Griechen redeten gern und tranken dazu. Eine schöne Gewohnheit. Sie stammten ja ursprünglich aus diesen Breiten. Den Wein und die Beredsamkeit werden sie mitgenommen haben. Bei heutigen Symposien fehlt die eine Hälfte. Dementsprechend ist die andere.« Es war Viertel nach sieben und Karl fühlte sich leicht überfordert. Der Wein war allgegenwärtig. Er schlängelte sich am Bach entlang, wuchs zwischen und unter den Obstbäumen, rankte zwischen den Zypressen und wucherte in die Gärten und an den Wänden der immer vereinzelter stehenden Häuser. »Unser Wort für den Wein ist ›ghvino‹. Ein altes Wort aus einer alten Sprache, viel älter als das alte Griechisch. Dionysos ist ein Urenkel dieses Wortes. Ursprünglich stammt er von hier. Man hört darin das ›oinos‹, mit dem die Griechen ihren Wein benannten. Und hören Sie darin auch ›ano‹? Das ist baskisch und heißt natürlich auch Wein. Eine der wenigen europäischen Sprachen, die sich an Alter mit der unseren messen kann. Ano ist übrigens auch ein Held der baskischen Sagen. Ein Seemann, der einen Weinstock in seinem Boot mitführte, als er sich vor einer großen Flutkatastrophe in Sicherheit bringt. Wie Noah. Gar nicht weit von hier, am Ararat, soll er mit seiner Arche gestrandet sein. Als Erstes pflanzte er nach der Sintflut einen Weinstock. Und wurde, wie man weiß, gleich fürchterlich betrunken. Der zweite Sündenfall. Versuchung und schon wieder schwach. Lassen Sie uns hier abbiegen. Ich nehme an, mit Abbiegungen kennen Sie sich aus. Oder sind Sie auf geradem Weg zu uns gekommen?«

Mit der letzten Bemerkung konnte Karl wenig anfangen und so zwängten sie sich wortlos durch ein Gebüsch. Ein Pfad führte zu einem Bach, beide umsäumt von Reben. Die Weinstöcke waren kräftiger, der Rückschnitt gab ihnen an den Spitzen ein bizarres Aussehen. Längst gelesen streckten sich die kahlen Triebe wie wirres Haar. Karl hatte lange Luft geholt: »Ganz zu schweigen von Gilgamesch.« – »Richtig, die 11. Tafel.« Was für Karl sich zu einem Symposium entwickelte, zumindest einem halben, schien dem Alten eine lässige Plauderei. »Und die 10. Wieder so eine Sintflut-Version. Diesmal aber mit der Unsterblichkeits-Variante. Gilgamesch im Reich der Sonne. Und was ist dort? Ein verzauberter Weinstock mit der Verheißung des ewigen Lebens. Die Legende der Legenden. Wussten Sie übrigens, dass auch nicht weit von hier, in Kolchis, das Goldene Vlies beheimatet war? Jason und seine Argonauten sind ja auch Suchende. Eine Nummer kleiner, wenn man so will, das Goldene Vlies, das sie nach Hause bringen, ist ja nur Reichtum in Anführungszeichen, aber mit Medea kommt dann noch das Element Weib und das Ideal Schönheit hinzu. Die Griechen haben ihre Mythen gerne bei uns spielen lassen, schließlich stammen sie ja von hier, denken sie nur an ihre Leib-und-Magen-Sage über den Unglücksraben Prometheus, den Berg werden Sie auf der Fahrt hierher gesehen haben. Alle Mythen erzählen das Gleiche. Auch bei euch im Westen mit dem ganzen Parzival-Komplex und seiner ewigen Suche nach dem heiligen Gral. Und was ist dieser Gral? Ein Kelch, und was macht man mit einem Kelch? Man füllt ihn und zwar mit dem Gleichen, mit dem Jesus beim Abendmahl seinen Kelch füllte: mit Wein, Traubenblut, also Blut. Womit wir wieder beim versprochenen ewigen Leben, vulgo der Unsterblichkeit wären. Als ob es nichts Wichtigeres gebe. Was ist Ihnen wichtig?«

Karl wusste immer weniger, was er von dem Mann halten sollte. Anfangs, am gestrigen Nachmittag auf dem Dorfplatz, war er ihm wie ein Inbegriff an Alterswürde erschienen. Dann später, während der Keipi, war er ihm herrisch vorgekommen mit seinem »Jetzt du« und unberechenbar, als der Finger auf ihn selbst gezeigt hatte. Dann war da ein noch Älterer aufgetaucht, schemenhaft nur, aber deutlich genug, um die Stellung des Alten zu relativieren. Aus Irinas Erzählung hatte sich schließlich ein Familiendespot herausgeschält. Er hatte etwas Lauerndes und Indirektes und Karl hatte ständig das Gefühl, er dürfe sich keine Blöße geben, obwohl doch da gar nichts zu verbergen war. Er fühlte sich unbehaglich und insofern war es ihm nicht unrecht, als das morgendliche Gespräch in Belanglosigkeiten überging. Karl erfuhr etwas über Rebsorten, Hektarerträge und Bodenbeschaffenheit. Er fragte pflichtschuldig nach den Ausbaumethoden, wie lange die Maische gäre, ob Kerne und Schale dazu beitragen, er erkundigte sich nach autochthonen Rebsorten, all diese Dinge, derentwegen er eigentlich gekommen war. In der Art unterhielten sie sich, wie eben Winzer und interessierte Besucher sich gegenseitig bei Laune halten. Die Antworten waren im Übrigen so gewesen, wie er sich es ohnehin schon gedacht hatte, sie interessierten ihn nur noch am Rande.

Am späten Vormittag verabschiedete sich der Alte, er habe im Dorf zu tun, sagte er. Karl blieb noch, die Sonne hatte sich über den Kamm der Berge hochgeschoben und wärmte ihn. Er stand am oberen Rand der Weinlagen, unter ihm lag das Dorf Nisi, fünfzehn, höchstens zwanzig vereinzelte Häuser, und hinter ihm erstreckten sich Wiesen, in die Felsen gestreut waren und in denen ein paar traurige Nadelhölzer vor sich hin kümmerten. Er entdeckte einen schmalen Trampelpfad, der nach Norden und aufwärts führte, dorthin, wo das Grün in grauen, steilen, unwegsamen Fels überging. Er beschloss, ein wenig spazieren zu gehen. Sich die Dinge von weiter oben anzusehen.

Der Pfad schlängelte sich, vermied heftige Steigungen und so kam Karl, wenn auch langsam, so doch stetig voran. Der Weg machte nicht den Eindruck, oft benutzt zu werden, manchmal verschwand er unter hohem Gras oder dichtem Gestrüpp, verlor sich zwischen den Felsen, um dann plötzlich wieder deutlich vor ihm zu liegen. Nach einer Stunde, so schätzte er, war er durstig, fragte sich, was er hier eigentlich mache, und war froh, ein kleines Plateau erreicht zu haben, an dessen Rand ein paar Steine in Sitzhöhe lagen. Er wunderte sich über die Höhenmeter, die er überwunden hatte, denn das Dorf lag jetzt winzig unter ihm und er wurde sich bewusst, dass Nisi doch sehr weit vom Schuss lag, keine weitere menschliche Ansiedlung war weit und breit zu sehen, obwohl die Aussicht bei dieser klaren Luft ganz ausgezeichnet war. Karl schüttelte den Kopf. Auch ohne klare Luft, so dachte er, liegt Nisi weit vom Schuss. Bei Nebel liegt es genauso weit vom Schuss wie bei klarer Sicht. Der Unterschied besteht nur darin, dass ich mir bei klarer Sicht sicher bin, während es bei Nebel lediglich eine Vermutung wäre. Die Dinge sind wie sie sind, Nebel oder klare Sicht beeinflussen nur mein Wissen über die Dinge, den Grad der Stichhaltigkeit meiner Vermutungen. Das sollte man auseinanderhalten, dachte er. Weit hinten im Tal auf der Landstraße, die er gestern gekommen war, sah er ein Auto. Es war kleiner als ein Spielzeugauto und dennoch meinte er zu erkennen, dass es nicht in das Tal und sein Dorf gehörte. Er dachte an Josips brennende Tankstelle und den Geldkoffer in seinem Zimmer, aber hier oben in der klaren Luft und weit über den Dingen, empfand er wenig Anlass und keine Lust, daraus etwas Bedrohliches zu konstruieren.

Er setzte sich. Neben ihm sonnte sich eine Eidechse ungerührt weiter. Es war still, weit oben am Himmel kreisten lautlos zwei große schwarze Vögel. Er stellte sich vor, dass Irina ihn beobachtet hätte, wie er den Trampelpfad genommen hatte, und dass sie ihm nachgegangen wäre und jetzt auftauchen könnte an der Kante seines Plateaus und sich neben ihn setzen würde. Das dachte er minutenlang und lauschte sogar nach unten, ob dort jemand käme, aber es blieb still und er verfluchte sich, denn er hätte sie ja einfach fragen können, ob sie mit ihm zusammen einen Spaziergang machen möchte nach oben in die Berge hinein, aber auf der anderen Seite wäre sie natürlich noch nicht genügend gut zu Fuß gewesen mit ihrem verstauchten Knöchel und so ließ er das mit dem sich selbst Verfluchen wieder bleiben.

Sein Plateau war nicht groß, fünf auf fünf Meter vielleicht, wie mein Wohnzimmer, dachte er und im selben Moment fiel ihm auf, dass die Steine, die das Plateau zum Hang hin begrenzten, regelmäßige Formen hatten und auch ihre Anordnung gewählt erschien. Steine und Lücken wiesen nahezu das gleiche Maß auf. Zwölf Steine zählte er und als er den letzten ins Visier genommen hatte, blieb sein Blick an der Rückwand des Plateaus hängen, einer grauen Felswand, vielleicht drei Meter hoch und nahezu senkrecht ansteigend, überwuchert von Ästen und Zweigen, die sich an jeder Kante und Falte des Steins festklammerten und von einem Stamm ausgingen, der etwa einen halben Meter vor der Wand aus dem Boden wuchs. Ein fester, dickrindiger Stamm, der fast so etwas wie Würde und Ehrwürdigkeit ausstrahlte, und als Karl nähertrat, war er sich sicher, eine uralte Wildrebe vor sich zu haben. Er strich mit der Hand über das Holz, es war kalt und glatt, rau und rissig zugleich.

Er setzte sich wieder, diesmal mit dem Rücken zum Tal, Wand und Rebe vor sich. Je länger er darauf starrte, desto mehr wurde im klar, dass auch die alte Rebe, so wie sie dastand, gemacht, nicht geworden war. Jemand hatte Hand an sie gelegt, sie war wild nur ihrer Herkunft nach, ihr Zustand jedoch war geformt und kultiviert. Die Wand nämlich, an der ihr Geäst mäanderte, war Norden, den Süden, der Sonne entgegen, hatte ihr irgendjemand verwehrt. Das war seltsam und Karl ordnete seine Gedanken zu zwei einfachen Fragen: Wie und warum?

Er trat wieder näher. Es gab keine Haken, keine Schlingen, keine Anzeichen, wie das Wachstum der Pflanze in die falsche Richtung gelenkt worden wäre. Es musste vor sehr langer Zeit passiert sein und schließlich hatte die Rebe sich wohl in ihr Schicksal gefügt und die Kultur hatte ihre Natur besiegt. So legte er sich das zurecht, hakte das Wie damit ab und wandte sich dem Warum zu.

Dass hier jemand seiner gärtnerischen Neigung nachgegangen war und ein paar Quadratmeter nackten Fels verzieren wollte, das schloss er aus. Obwohl, dachte er, Gärtner kommen manchmal auf die absonderlichsten Ideen und die völlig zweckfreien sind darunter oft die schönsten. Dennoch konnte er sich mit der Vorstellung eines freigeistigen kaukasischen Felsengärtners nicht recht anfreunden. Seine aktuelle Gemütsverfassung lenkte ihn in eine andere Richtung, die ihm weitaus logischer erschien. Der Rebenwildwuchs, der scheinbare Wildwuchs, korrigierte er sich, sollte etwas verbergen. Das musste es sein, ein Geheimnis, ein Rätsel. Karl begann, welkes Laub wegzureißen, vertrocknete Zweige abzubrechen, er wühlte mit seinen Händen durch das Gestrüpp, entblätterte die Rebe. Der Fels darunter war grau, mit gelben Flechten bedeckt, faltig und kantig, rissig, brüchig, staubig, wie Fels eben ist, dachte Karl enttäuscht. Ein erschrockener Käfer huschte über den Stein und war plötzlich verschwunden.

Der Spalt war mit bloßem Auge nicht zu erkennen. Dort, wo der Käfer sich in Nichts aufgelöst hatte, begann Karl mit den Fingern zu graben, dann nahm er ein Stück Ast, schließlich den Hausschlüssel von der Wiener Wohnung. Es war eine Heidenarbeit, am Ende traute er seinen Augen nicht. Die Spalte ritzte in den Felsen eine gut erkennbare Form, die eines vollständigen Zapfens, oben spitz zulaufend, unten bauchig. Die Spitze ging ihm bis zur Brust, der Bauch war etwa einen Meter breit. Als er die Fläche von Flechten, Moos und Geäst säuberte, entdeckte er feine Kerbungen auf dem Stein und wirklich war nicht nur die Form eines Pinien- oder Kiefernzapfens nachgebildet, sondern auch die Musterung. An der Unterseite, dort, wo die Form fast den Boden berührte, legte er eine kleine Öffnung frei, wie geschaffen, um einen Hebel anzusetzen. Er sah sich um, spürte, dass er schwitzte, durstig war und hungrig obendrein.

Äste, die als Werkzeug hätten dienen können, lagen keine herum. Aber da war ja noch die Rebe. Er zerrte an den dickeren Ästen, versuchte sie zu brechen, aber das war völlig aussichtslos. Die Rebe war nicht nur alt, sie war auch stark und lebendig. Er wollte schon aufgeben, stützte sich resigniert an einem Ast ab – und hatte plötzlich ein Stück Holz in der Hand. Ein falscher Ast, der kunstvoll in den Stamm gesteckt war, schwer zu erkennen, aber ganz leicht herauszulösen. Das verdünnte Ende passte perfekt in die Öffnung am Fuße des Felszapfens. Er war verblüfft, er war jetzt sogar richtig aufgeregt.

Er setzte sich, zündete sich eine Zigarette an und besah sein Werk. Ein Menschenwerk ganz offensichtlich, ein Tor in den Berg. Mit einer uralten Wildrebe als Torwächter, die den Türöffner praktischerweise bereithielt. Er konzentrierte sich auf den Gedanken, dass er hier in Georgien war, im Kaukasus und nicht bei einer Schnitzeljagd oder einer Schatzsuche auf dem Abenteuerspielplatz. Das hier war etwas anderes, es war größer, mysteriöser, in gewisser Hinsicht feierlich und auf alle Fälle unheimlich. Dieser letzte Begriff ließ ihn zögern, den Hebel anzusetzen und zu versuchen, das Tor zu öffnen. Wenn es ein Grab war? Er hatte keine Ahnung, mit welchen Zeichen antike Kaukasier ihre Grabmäler schmückten, ob Pinienzapfen dazugehörten, und er fürchtete sich, hinter dem Tor auf Totenschädel und Skelette zu stoßen. Auf der anderen Seite: Er war neugierig. Und er sagte sich, dass er bereits eine Menge Zeit und Schweiß geopfert hatte. »Leck mich«, murmelte er, drückte die Zigarette aus, stand auf und packte das Holz.

Es ging erstaunlich leicht. Der Pinienzapfen war kein Stein mit voluminöser Tiefe, sondern eine Platte, die sich knirschend nach außen drehen ließ. Ein modrig-kühler Lufthauch wehte ihn an. Als die Öffnung ihm groß genug erschien, zwängte er sich hindurch. Es roch nach feuchtem Stein, die Luft schien schwerer zu sein hier drinnen und legte sich auf ihn, umfing ihn wie ein unsichtbarer Schleier. Es war stockdunkel, der Türspalt warf nur ein schmales Licht auf vier grobe Steinstufen, die nach unten führten. Karl machte sein Feuerzeug an, eines der praktischen mit Benzin und Docht. Helligkeit war das nicht zu nennen, aber er konnte sich orientieren. Ursprünglich war dies wohl eine natürliche Höhle gewesen, die dann bearbeitet worden war und sich jetzt als ein aus dem Fels gehauener Raum darbot mit fast lotrechten Wänden, alles in allem nur wenig kleiner als das Plateau vor der Tür. Undeutlich nahm er war, dass die Rückwand gegenüber der Tür verziert oder bemalt war und eine nischenförmige Einbuchtung aufwies, in der irgendjemand oder irgendetwas stand. Beherrscht wurde der Raum von einem massiven Steinblock, etwa einen Meter hoch, genau so tief und doppelt so breit. Die Seitenflächen waren verziert und als Karl sein Feuerzeug näherbrachte, sah er, dass an jeder Seite üppige Weintrauben aus dem Stein gemeißelt worden waren. Die Platte des steinernen Tisches war wie von langem Gebrauch muldenartig vertieft. Und während der ganze Block in einem verwitterten Dunkelgrau erschien, war die Oberseite mit großen, unregelmäßigen Flecken bedeckt, die im Licht der kleinen Flamme dunkel und rostrot schimmerten.

Karl ging um den Block herum, um die Rückwand in Augenschein zu nehmen, als er plötzlich spürte, dass etwas nicht stimmte. Er drehte sich um, die Tür war verschlossen. Ihm fiel vor Schreck das Feuerzeug aus der Hand, aber dennoch erkannte er, dass die Tür nicht verschlossen war, sondern dass etwas, jemand sich in den Spalt der Tür gezwängt hatte, etwas Schwarzes, Kleines, Lebendes und dieses sprach: »Da bist du ja, Österreicher! Respekt. Hier war seit Jahren niemand mehr, Jahrzehnten, wenn ich mich recht erinnere. Die Flecken da auf dem Opferstein sind übrigens Menschenblut. Zum Teil wenigstens, der Rest ist von Ochs und Esel.« Dann kicherte der alte Mann in sich hinein und drehte sich nach draußen: »Ich warte hier in der Sonne auf dich. Wasser und Wein hab ich auch dabei. Und Käse.«

Draußen, nachdem sie sich auf zwei Steine gelagert hatten, tranken und aßen sie in der Nachmittagssonne und der Urgroßvater, viel kleiner als sein Sohn, ein dünnes Männchen mit faltigem Hals, schütteren Haaren und verschmitzten Augen, plauderte: »Das da unten ist Nisi, das weißt du ja schon. Die Griechen sagten Nysos dazu. Und da hinten in der Höhle ist er geboren, der Gott aus Nysos, der Dionysos. Für die Griechen war dieser Platz ungefähr das, was für die Christen der Stall von Bethlehem ist. Dort haben sie jahrhundertelang dem Dionysos geopfert. Das mit dem Menschenblut war ein kleiner Joke von mir, von den Griechen ist so etwas eigentlich nicht bekannt. Aber man weiß ja nie.«

Karl war ganz still. Er wusste nicht genau, wie er das benennen sollte, was in ihm vorging. Neugier war das Eine, aber langsam wurde ihm auch ein wenig unheimlich. Was war das bloß für eine Gegend hier, dieses Kaukasien? Er hätte gerne alles eine Nummer kleiner gehabt und aus dieser nüchternen Betrachtungsweise resultierte wahrscheinlich seine schüchterne Zwischenfrage: »Dann ist das alles wohl sehr alt, da hinten?«

»Zweitausend, dreitausend Jahre, so um den Dreh. Müsste man mal genau untersuchen lassen. Ich bin ja dagegen. Mein Sohn dafür. Der will hier alles groß aufziehen. Touristen und der ganze Kram. Nicht mein Ding. Ist halt ein Generationenproblem.« Ach ja, die

Generationenfrage, dachte Karl. Schon wieder. Diesmal in der Version zweier Hundertjähriger, auch nicht schlecht. Und dieser kleine Überhundertjährige redet zu allem Überfluss in einem Stil wie ein Mitzwanziger. Die Frage nach dem exakten Alter des Urgroßvaters lag Karl naturgemäß auf der Zunge. Aber erstens hätte er das als impertinent empfunden und zweitens waren jetzt andere Dinge zu besprechen: »Die Weintrauben an dem Opferstock verstehe ich dann ja. Dionysos, der Weingott. Aber was soll denn dieser Kiefernzapfen an der Tür. Als Tür sogar?«

»Pinienzapfen, junger Mann, Pinie, nicht Kiefer. Du bist Österreicher, da kann man das entschuldigen. Mit dem Harz der Pinie machte man in der Antike den Wein haltbar. Wie das geschmeckt hat, ich weiß ja nicht, hast du schon mal Retsina probiert? Aber die Pinie war damit geheiligt. Sie verlängerte Leben, noch dazu das des Lebenssaftes Wein. Das Christentum hat sich auch da bedient: Vor der alten Petrus-Basilika in Rom, also der Vorgängerkirche des heutigen Petersdoms, stand ein riesiger Pinienzapfen. Im Aachener Münster heute noch. Und wenn du dir die Tiara ansiehst, die Mütze der Päpste, mit ein wenig Phantasie tragen die einen Pinienzapfen auf dem Haupt, die Frucht, mit der die Griechen den Heidengott Dionysos verehrt haben. Schon seltsam manchmal die Dinge. Ich zeig dir nachher noch mehr davon.«

Karl folgte den Worten mit den Augen: »Und bewacht wird das Ganze von einer Rebe. Das ist doch eine Wildrebe, oder?«

»Aber sicher, Karl. Du heißt doch Karl? Mich nennen hier alle Nestor. Eine Wildrebe, in der Tat. Da gibt es noch eine gute Geschichte. Hier in unserer Gegend wimmelt es ja nur so von Geschichten. Die Arche ist hier gestrandet, die Argonauten kamen und klauten das Goldene Vlies, der Prometheus wurde an den Berg genagelt und der Dionysos hier geboren. Ja, und dann erinnerst du dich vielleicht an das Alte Testament, gleich zu Beginn, die Vertreibung aus dem Paradies und der Baum der Erkenntnis, von dem die beiden, Adam und Eva, sich bedienen, was sie nicht sollten. Auf alten Darstellungen der Szenerie sieht man das noch, der Baum gleicht einer Schlingpflanze, die sich nach oben windet, das ist natürlich die Rebe, und der Baum der Erkenntnis wäre dann die Weinrebe. Und noch interessanter wird das Ganze, wenn man den alten Sinn von Erkenntnis bedenkt. Wenn ein Mann in der Bibel, aber auch in all den anderen alten Schriften des Ostens, eine Frau erkennt, dann heißt das ganz einfach, dass sie es miteinander haben. Also richtig. Schnackseln, wie ihr Österreicher so schön sagt. Dann wäre der Baum der Erkenntnis, die Rebe also, die Quelle von Leben und Lebenskraft, von Rausch und Ekstase, von Sexualität und Erotik und gleichzeitig die Ursache für die Vertreibung aus dem Paradies. Darüber hätte mal dein Landsmann aus der Berggasse in Wien nachdenken sollen. Jedenfalls, die Rebe, die du dort drüben siehst, sie soll jener Baum gewesen sein und wenn ich dich bitten dürfte, deinen Blick in die Umgebung schweifen zu lassen, dann ist das schon klar, oder? Hier war das Paradies.«

»Kein Wunder, dass hier der Wein erfunden wurde.« Nestor machte eine kleine Pause, bevor er antwortete: »Das ist richtig. Das ist sogar sehr richtig.« Die Sonne stand jetzt schon etwas tiefer, unten im Tal leuchtete es rot und braun und gelb, es sah wirklich ein wenig wie das Paradies aus und Nestor sagte: »Unser Wein, der Wein der Familie Mugaschwili, stammt von diesem Rebstock. So heißt es zumindest, so erzählen wir es uns seit Generationen. Seit vielen Generationen. Deswegen verstehen wir uns auch als die Hüter von Dionysos und seiner Höhle. Irgendeinen Grund muss es ja geben, warum unser Wein so besonders ist.« Noch ein langer Blick auf das Paradies: »Und besonders ist er. Davon erzähl ich dir vielleicht ein andermal. Jetzt zeig ich dir noch ein paar Rätsel, die uns der Weingott aufgibt. Komm.«

Am Fuß der Stufen, die in die Höhle führten, lagen Fackeln. Es dauerte, bis Karl sie entflammt hatte, sie waren wohl lange nicht mehr in Gebrauch gewesen, aber dann erleuchteten sie den Raum mit einem warmen, flackernden Licht. Karl ging ganz vorsichtig um den Steinblock herum, denn er hatte heiligen Boden betreten, so kam es ihm vor, er war kunstvoll gestaltet, ein einziges mäanderndes Rankengewächs aus Rebenzweigen, Trauben und Blattwerk, das aus winzigen Mosaiksteinchen geformt war. Das setzte sich fort an den Seitenwänden, wuchs dort bis auf halbe Höhe, hob sich an der Rückwand empor und überwölbte und bekränzte die mannshohe Nische wie eine Weinlaube. Überall zwischen die Reben waren Tiere gestreut, solche mit Geweih oder einem Horn, es gab Raubkatzen und Rindvieh, Vögel und Fische. Der oder die Künstler hatten die Unregelmäßigkeiten des Steines ausgenutzt, eine Wölbung wurde zum Hinterteil eines Stieres, ein Vorsprung zum Kopf eines Panthers. Das alles hatte die Jahrtausende erstaunlich gut überdauert, die Kontraste waren nicht mehr ganz so scharf, aber vielleicht lag das auch am Licht der Fackeln.

Die ganze wuchernde Fauna und Flora lenkte die Schritte und Blicke zur Nische, vor der Karl jetzt stand: »Was macht denn Jesus hier?«, fragte er leise. Er blickte zu einem Mann auf, eine fast lebensgroße Statue, die aus der Rückwand geschlagen schien, jedenfalls an Schulter und Rücken fest mit ihr verbunden war. Angetan war die Gestalt mit einem einfachen Umhang, der eine Schulter frei ließ und knapp über den Knien endete. In der einen Hand hielt er einen langen Stab, auf dem Arm trug er ein Tier, ein kleines, junges. Er war bärtig, das Gesicht war unbeholfen und wenig individuell geformt, der Kopf mit einer Art Krone aus zum Kranz geflochtenen Zweigen bedeckt und zusätzlich überwölbt von einer halbkreisförmigen Scheibe, die nicht mehr zur Statue gehörte, sondern dahinter und darüber aus goldfarbenen Steinchen geformt war, was die krönende Wirkung noch verstärkte. »Knapp daneben«, sagte Nestor, »das ist natürlich Dionysos, aber man kann ihn schon verwechseln, das gebe ich zu. Er war ja auch so ein Wiederkommer und Auferstehender, der Heiligenschein, den man da oben gerade noch erkennen kann, soll das symbolisieren. So machte man das immer schon hier in dieser Gegend, lange vor den Christen.«

Mein Gott, dachte Karl, wo bin ich hier? Er faltete unwillkürlich die Hände und viel hätte nicht gefehlt und er hätte die Knie gebeugt und sich bekreuzigt. Der Opfertisch kam ihm vor wie ein Altar, und es hätte ihn nicht gewundert, wenn dort eine Monstranz gefunkelt hätte oder wenigstens ein Kreuz erschienen wäre, dabei war dies doch eine Schlachtstätte, auf der Opfertiere ihr Leben ausgehaucht hatten für einen der heidnischsten der Heidengötter überhaupt. Und der Uralte neben ihm, der so locker daher plauderte, war ja in Wahrheit fast so etwas wie der Opferpriester oder der Tempelwächter oder wie man das nennen sollte. Er fühlte, wie ihn etwas ergriff, das er noch nie erlebt hatte und das er nicht anders denn als Ehrfurcht zu bezeichnen wusste. Es wehte ihn etwas an, von dem er spürte, dass es größer war als sein eigenes kleines persönliches Empfinden und er ahnte, dass damit das Religiöse schlechthin bei ihm Einlass begehrte. Es war eine Ehrfurcht, die zum einen aus dem herrührte, was ihn hier so unmittelbar und körperlich umgab und von erhabenem Alter war, mehr noch aber von der Einsicht, dass hier das Leben gefeiert und der Tod zelebriert worden war, das Leben, wie es sich immer wieder erneuert und jedem Alter und dem Tod widersteht, aber vielleicht waren das Ehrfurchtgebietende und das Kultische an diesem Ort ohnehin ein und dasselbe. Und gleichzeitig war es genau diese Ehrfurcht und das ganze Erhabene und Ehrwürdige, das ihn sagen ließ: »Ich glaube, mir reicht's. Ich brauch frische Luft.« Draußen war es kühl geworden und es dämmerte.

Wenig später war er wieder unten im Dorf und suchte nach Irina. Er klopfte an der Tür des Hauses, zu dem er sie in der Nacht zuvor begleitet hatte, aber da war niemand. Ziemlich planlos streifte er zwischen den Häusern, kein Mensch war zu sehen. Am wenigsten Irina. Er suchte weiter. Er nannte es Suchen, aber es war eher ein An-sie-Denken, ein Herbei-Denken, so als ob seine Gedanken an sie ihre Gestalt materialisieren könnten. Auf dem Dorfplatz parkte das Spielzeugauto, das er vom Berg oben herankommen gesehen hatte, es war ein breiter schwarzer BMW mit einem italienischen Kennzeichen. Im unteren Geschoss des Hauses, in dem gestern die Keipi veranstaltet worden war, brannte Licht und durch die Fester konnte er sehen, dass mehrere Männer dort saßen, der Großvater in ihrer Mitte. Er nahm den Hintereingang und die Treppe zu seinem Zimmer. Vielleicht hatte Irina ja eine ähnliche Idee, dachte er sich, vielleicht möchte sie ja, genau wie ich, einfach mit mir zusammensitzen und ein bisschen reden. Obwohl, dachte er noch, als es klopfte. Es war Nestor. Bewaffnet mit zwei Flaschen Wein.

Der kleine alte Mann mit der dünnen Stimme sagte: »Es ist wie im Krieg.«

Der Satz blieb erst mal eine Weile im Raum hängen. Nestor hatte sich auf die Bettkante gesetzt und die erste Flasche entkorkt: »Einer unserer älteren Jahrgänge, die man noch trinken kann«, sagte der Urgroßvater Irinas, »einundsechzig.«

»Also 1861, wenn …«

»Logisch. Die letzten Flaschen.«

Urgroßvater wischte mit dem Zeigefinger ein paar Korkreste vom Rand und goss ein. Karl konzentrierte sich. 1861. Der älteste Wein, den er bisher getrunken hatte, war ein 49er, zwanzigstes Jahrhundert allerdings. Meine Güte. Er hob das Glas. Dunkel, undurchdringlich, nahe an geronnenem Blut. Er roch. Schwere Düfte, Teer, Tabak. Dazwischen schob sich etwas ganz anderes, nämlich Meer, Pinien, Dünen. Er trank. Irgendjemand hatte da einen Obstgarten hineingepflanzt: Zwetschgen, Aprikosen, schwarze Johannisbeeren, die intensiven Aromen. Und dann war er plötzlich im Krämerladen seiner Kindheit: Karamell, Vanille, Schokolade und der Mokka für die Eltern. Alles war augenblicklich und mit voller Wucht da und nebeneinander und hintereinander und dauerte jetzt schon fast zehn Sekunden. Zu den Geschmacksexplosionen kam etwas wie Würde hinzu, etwas fast Alttestamentarisches. Karl hatte das Gefühl, den Urvater aller Weine zu trinken. Er nahm den nächsten Schluck.

»Und? Gut?«

»– – –«

»Wir bewahren von jedem Jahrgang ein paar Dutzend Flaschen. Um herauszufinden, wie er sich entwickelt. Da lernt man einiges.«

»Was?«

»Langsamkeit. Geduld. Nuancen. Das Peu à peu. Dass eigentlich vieles gleich bleibt. Ich sag dir, wenn jemand unendlich viel Zeit hat, dann ist es die Zeit. Die Zeit rast nicht, die Zeit ist eine Schnecke. Und wer weiß schon, wohin sie kriecht, in welche Richtung. Nimm bloß diesen Wein. Ist er besser geworden, schlechter? Ich weiß es nicht. Was ich weiß, dass jetzt wieder Krieg beginnt. Wieder mal, wie 1861, wie 1914 und 1919, wie 1942, wie so oft. Diesmal Italiener.«

»Italiener? Hier?«

»Sie wollen aus Nisi eine Mischung aus Rüdesheim und Capri machen. Mit Weinlokalen und Grotte und dem ganzen Kram. Und Geldwäsche natürlich.«

»Italiener? Also Mafia. Oder Camorra. Oder diese anderen aus Kalabrien, die kein Mensch aussprechen kann.«

»Keine Ahnung. Möglich. Wahrscheinlich. Sie kommen jedenfalls mit dicken Dollar-Bündeln. In schwarzen Aktenkoffern. Sie wollen alles, das ganze Land, den ganzen Wein. Es ist wie im Krieg.«

»Wieso Krieg? Land gegen Geld. Das sind Geschäfte. Große Geschäfte, gebe ich zu, wenn sie euren ganzen Besitz wollen. Aber was ist daran Krieg?«

»Du redest wie mein Sohn. Kennst du Tolstoi?«

»Tolstoi, sicher, aber …« Karl hatte ein bisschen zu schnell geantwortet. Er nahm einen Schluck Mugaschwili-Wein, 1861.

»Als ich ihn kennenlernte, war ich siebzehn und er war hier in unserer Gegend, hat sich umgesehen, so wie du, und schrieb später darüber. Das Buch heißt ›Hadschi Murat‹. Mein Sohn hat es nie gelesen.«

»Du bist Tolstoi begegnet? Persönlich?«

»Sag ich doch. Er hatte was. Russe zwar. Aber gebildet. Guter Trinker übrigens. Apropos: Was willst du eigentlich hier bei uns, Österreicher?«

Karl wurde plötzlich klar, dass ihm diese Frage bislang noch nicht gestellt worden war. Eine naheliegende Frage, die schlagartig die Bilder vom Inferno an der Tankstelle heraufbeschworen und den Koffer aus dem verbrannten Auto, der hier in seinem Zimmer lag unter dem Bett, auf dem Nestor jetzt saß. Seltsamerweise stieg auch die Erinnerung an Jakob Jünger hoch. Mit diesem uralten Mugaschwili schienen wieder die Zeiten durcheinander zu geraten, die Ebenen, das Wohlgeordnete. Hier ein Zeitzeuge Tolstois, dort ein Freund Picassos, beide alterslos. Was sollte er antworten?

»Wein. Ich interessiere mich für Wein. Für seine Geschichte, seine Mythen, nicht zuletzt, wie er schmeckt. Deshalb bin ich hier.«

»Das sagen die Italiener auch.«

»Ich bin Österreicher.«

»Deswegen rede ich auch mit dir. Sagt dir der Name Jakob Jünger etwas?«

Bevor Karl antworten konnte, klopfte es an der Tür. Nestor stand auf und öffnete. Ein Mann kam herein mit Wollmütze, dichtem schwarzem Vollbart und einem langen Militärmantel. Er flüsterte Nestor etwas ins Ohr, es dauerte bald eine Minute. Urgroßvater nickte. Der junge Mann ging.

Zeit genug für Karl, sich eine Antwort auf die letzte Frage zu überlegen. Aber das, was ihm da kreuz und quer durch den Kopf schoss, war kaum Überlegung zu nennen. Nicht einmal Erstaunen, eher Verwirrung, Chaos, Tohuwabohu. Als Nestor sich wieder gesetzt hatte, hörte er sich sagen: «Nein, wer sollte das sein?»

Der Älteste aller Mugaschwili sah in kurz an, Karl sah zwei dunkle Augen in tiefen Höhlen, die fast ein wenig traurig blickten: »Ein Freund. Egal. Ich dachte nur. Magst du Irina?«

Diesmal antwortete Karl wahrheitsgemäß: »Ja.«

»Gut. Dann sind wir schon ein entscheidendes Stück weiter. Mein Sohn ist verrückt geworden. Er will den wichtigsten Teil Kachetiens an die Italiener verkaufen. Vielleicht kannst du mir helfen.«

Dies hier war Kachetien. Die Weinstraße Georgiens. Das älteste Weinbaugebiet der Welt. Nisi war einer der kleineren und unbekannteren Orte an dieser Straße. Es gab hier eine Irina, einen undurchsichtigen Großvater, der wohl eigentlich ihr Vater war, einen uralten Zeitgenossen Tolstois mit den letzten Flaschen des Familienweines, Jahrgang 1861, die Geburtsgrotte des Dionysos und jetzt zu allem Überfluss Krieg mit dubiosen Italienern.

»Pass auf. Hör mir gut zu. Hier in Nisi ist alles anders. Wir Mugaschwili produzieren Wein. Wie alle in der Gegend. Aber wir haben eine Lage. Eine besondere. Sie ist unbezahlbar. Seit Jahrhunderten lebt unsere Familie davon. Dieser Wein, er macht, er macht, wie soll ich sagen …«

»Älter.«

»Ja. Und Nein. Er verzögert alles. Du bleibst nicht zwanzig. Aber alles dehnt sich, das Leben verteilt sich auf eine längere Spanne. Ein paar gute Gene brauchst du natürlich trotzdem. Bei uns Mugaschwili sind sie besonders ausgeprägt.«

Karl musste unwillkürlich an Jakob Jünger denken, während der Alte weitersprach: »Wir haben immer wenig produziert von diesem besonderen Wein. Von den anderen, den normalen Lagen natürlich mehr, sechs-, siebentausend Flaschen im Jahr. Vom Speziellen 400, 500 Flaschen. Mehr gibt die Lage nicht her. Für uns selbst ist das genug. Für gute Freunde, für befreundete Familien. In früheren Zeiten ein bisschen für die Zaren. Das konnte nicht schaden, so hatten wir immer unsere Ruhe. Viel gebracht hat es dieser bluterverseuchten Sippe nicht.«

Die Romanows, dachte Karl, richtig, da war doch etwas gewesen mit diesen Kronprinzen, die nie richtig spielen durften, immer in weichen Betten lagen, geschützt vor der kleinsten Verletzung. Nestor erzählte weiter, er hatte sich warm geredet. Nach den Zaren waren die neuen Zaren an der Reihe, wie er die Bolschewiki nannte, mit Lenin, den er einen asketischen Ignoranten nannte und Trotzki, diesem Schachspieler aus dem Café Central in Wien. Am Wein und besonders dem der Mugaschwili hätten sie wenig Interesse gezeigt, diese erste Generation der Bolschewiki.

»Sagt dir Alexander Bogdanow etwas?«, fuhr er in diesem Kapitel der Geschichte Russlands fort. Karl verneinte, der Name war ihm unbekannt, obwohl er seit der Bekanntschaft mit Josip mit der bolschewistischen Nomenklatura einigermaßen vertraut war. »Ein Verrückter eigentlich, aber auf eine sehr eigene Art. Er war Schriftsteller und Arzt und in den 20er Jahren begann er in einem Moskauer Institut mit roten Blutkörperchen zu experimentieren. Das Ziel war höchstwahrscheinlich, ihre Aufnahmefähigkeit für Sauerstoff zu erhöhen und damit die Lebensdauer der menschlichen Zellen zu verlängern. Heute nennt man das Doping. Wir waren einmal eingeladen bei ihm, mein Vater und ich.« – »Lebt der auch noch, dein Vater?«, entfuhr es Karl. »Nein, der ist schon seit einigen Jahren tot. Wir müssen alle einmal sterben. Aber er ist Rekordhalter in unserer Familie, bis jetzt. Ich bin ihm auf den Fersen, einige Jährchen noch, dann hab ich ihn. Bogdanow also lud uns ein nach Moskau und zapfte uns Blut ab, mehrmals, über Wochen hinweg. Zwei Wochen lang durften wir nichts trinken von unserem Wein und danach füllte er uns ab mit drei Flaschen für jeden. Das war lustig, so viel gelacht habe ich mit meinem Vater nie wieder. Bogdanow bekam natürlich rein gar nichts heraus. Er war besessen vom neuen Menschen, den die Bolschewiki propagierten, und das nahm er ganz biologisch, während es bei den Revolutionären eher kulturell und sozial gemeint war. Na ja, zumindest im Prinzip. Bogdanow experimentierte dann mit Bluttransfusionen, unseres hat er auch verwendet, aber dann starb er an einem Selbstversuch. Und in diesen Wochen bei Bogdanow waren wir dann einmal im Politbüro eingeladen, im Kreml, Trotzki war schon in Ungnade, aber Sinowjew, Kamenew und Bucharin waren dabei. Noch, muss man sagen, denn ein paar Wochen später schon war es vorbei mit Politbüro und Macht und Einfluss, und nach ein paar Jahren standen sie vor Stalins Gericht. Sinowjew hat mich in die Wange gezwickt und »na, Väterchen« gemurmelt, ein ganz weicher, fast schon flüssiger Mann. Der Freundlichste war Bucharin, der interessierte sich für Weinbau und kannte natürlich ›Hadschi Murat‹ und lachte über meine Tolstoi-Geschichten. Stalin war nicht dabei, Landsleute waren ihm unheimlich.«

Dann kamen die Großen Säuberungen, die Prozesse, die Hungersnöte, dann kam Hitler und der Große Vaterländische Krieg und Nestor vermutete, dass Stalin und seine neuen Männer wohl Wichtigeres zu tun gehabt hätten, als sich um ein paar georgische Weinbauern zu kümmern. »Ich will dich nicht langweilen, wie es dann weiterging unter Chruschtschow und Breschnew, mit Gorbatschow und Jelzin. Denn jetzt haben wir Putin. Der Wein ist ihm egal. Er führt lieber Krieg mit Georgien, den Abtrünnigen. Reine Großmannssucht, wie immer bei den Russen. Großes Russland, kleines Georgien, das wäre doch gelacht. Einen richtigen Krieg allerdings, einen mit Panzern und Flugzeugen und einmarschierenden Truppen, traute er sich dann doch nicht zu. Holte lieber einen anderen großen Hammer heraus: das Weinembargo gegen Georgien. Verstehst du, Georgien hat schon immer von seinem Weinexport nach Russland gelebt, ob dort Zaren,

Bolschewiken, Jelzin oder ein Putin an der Macht waren. Und Letzterer dreht uns den Hals ab, schnürt uns die Kehle zu, erdrosselt halb Georgien. Uns Mugaschwili auch. Wir müssen schließlich auch leben. Rein ökonomisch. Aber dann kam Lewan.«

Karl hatte schon Mühe gehabt, dem Alten in alle Winkel der Geschichte Russlands, der Sowjetunion, Georgiens und der kaukasischen Bergvölker zu folgen. Wer zum Teufel aber war Lewan? »Ich nenne ihn für dich einfach Lewan, den Nachnamen Galaschwadurniladadse kannst du dir doch nicht merken. Lewan ist ein typischer Emporkömmling der postsowjetischen Zeit, ach, was sage ich, er ist der Emporkömmling, der georgische Oligarch schlechthin. Womit macht in Russland ein Oligarch sein Geld? Richtig, mit Öl oder mit Gas. Und einer aus Georgien? Nicht schwer zu erraten: mit Wein. Lewan hatte schon vor dem Putin-Embargo praktisch die ganze georgische Weinwirtschaft an sich gerissen. Alles aufgekauft, modernisiert, zu großen Teilen auch verbessert, das muss man ihm lassen. Uns hat er jahrelang in Frieden gelassen. Aber seit dem Embargo arbeiten wir auch mit ihm zusammen. Er ist unser Vertriebspartner, hat neue Absatzmärkte erschlossen, alles läuft ganz ausgezeichnet. Für die bestimmte Lage, du verstehst, interessiert er sich überhaupt nicht. Er ist ein mächtiger Mann, mittlerweile auch politisch in unserem Land, er ist ein undurchsichtiger Mann, er hat all die unguten Eigenschaften, die unsere Oligarchen auszeichnen, aber wir haben keine Probleme mit ihm. Bis jetzt.«

»Bis die Italiener auftauchten«, verstand Karl. »Genau. Denn das wird sich Lewan nicht gefallen lassen. Und seit er mit den Rothschilds zusammenarbeitet, ist er noch mächtiger. Da bekommt er erstklassiges Wein-Know-how direkt aus Bordeaux und Geld haben die immer noch mehr als genug. Wer glaubt, das sei ein Finanz-Imperium von gestern, hat keine Ahnung.«

Rothschild, dachte Karl, wo waren die Rothschilds ihm kürzlich begegnet? Er kam nicht drauf, und Nestor sprudelte schon weiter: »Von uns bekommt Lewan den besten Wein ganz Kachetiens. Das sind die Flaschen, die er für 100 Dollar oder mehr in China oder in Singapur verkaufen kann. Und mit denen er das Renommee des georgischen Weins auf der ganzen Welt anheben kann. Wir sind sein Goldesel. Wenn er den verliert, dann gibt es Krieg. Denn die Italiener wollen alles. Keine 7000 Flaschen im Jahr, sondern alles, das Land, die Rebstöcke. Und mein Sohn soll eine Art Geschäftsführer werden. Der oberste Tourismus-Manager Wein-Kachetiens. Er ist verrückt geworden. Er glaubt, er sei modern, westlich. Dorf, Familie, Tradition – er pfeift darauf. Er sagt, die Mugaschwili hätten keine direkten männlichen Nachkommen mehr. Irina zählt nicht. Der Keller und 100 Flaschen jeder neuen Ernte für ihn und mich, das reiche völlig. Er ist gerade mal hundert und stur wie ein Alter. Und Prospekte liegen jetzt bei ihm rum. Florida und die Bahamas. Florida! Da ist er dann unter sich mit diesen Greisen.«

Unten auf dem Vorplatz waren die Geräusche eines Autos zu hören. Karl blickte aus dem Fenster. Neben dem BMW hatte ein noch größeres und breiteres Auto geparkt. Ein freundlich wirkender Mann in den Vierzigern stieg aus. Karl nahm ein kleines Wohlstandsbäuchlein, dünne blonde Haare und eine randlose Brille wahr. »Das ist Lewan«, flüsterte Nestor, »wenn man vom Teufel spricht.« Sieht gar nicht gefährlich aus, dachte Karl, wahrscheinlich ist er heimtückisch. Seine drei Begleiter waren groß und durchtrainiert und trugen weiße Sommeranzüge mit schwarzen Hemden darunter. Sehen fast aus wie Zisterzienser, stellte Karl fest, mit der schwarzen Brust und dem Weiß darüber. »Das wird jetzt interessant«, sagte Nestor, als sie sich vom Fenster abwandten, »Lewan, die Italiener und mein Sohn in einem Zimmer. Ich sag's ja: Krieg.« Showdown, dachte Karl.

Als sie sich wieder gesetzt hatten, unternahm Karl einen Versuch, etwas zur Klärung beizutragen: »Was ich mich frage: Lange Zeit wollte niemand etwas von euch wissen. Obwohl so ein Wein doch, wie soll ich sagen, Begehrlichkeiten wecken muss. Und jetzt plötzlich stehen die Italiener vor der Tür? Woher wissen die von euch?« Nestor nickte: »Wer hat sich früher aus dem Westen schon für Georgien interessiert? Ein paar Abenteurer, ein paar Reisende. Dann kam die Sowjetzeit und wir waren erst recht abgeschnitten und abgeschieden. Als Georgien dann unabhängig wurde und seit es hier langsam aufwärtsgeht, kommen die Touristen. Unten im Tal, die Georgische Weinstraße, da sieht man schon ganze Busladungen mit Fotoapparaten und kurzen Hosen. Dort unten gibt es auch viele alte Menschen, der georgische Wein ist generell sehr reich an Procyanidinen, kennst du die Untersuchung der Queen Mary University in London, deren Genetiker waren auch schon hier. Haben Trauben mitgenommen, Erde, einen ganzen Rebstock. Die werden übrigens von der Rockefeller-Foundation finanziert, wusstest du das?«

»Rolls-Royce«, stieß Karl entgeistert hervor. Bodos Theorie. Rockefeller und Rothschild. R und R. Und die mischten jetzt beide hier im Kaukasus mit. Und Italiener. Und Lewan. Bodo würde begeistert sein, das ahnte Karl. Nestor hatte Karls Bemerkung überhört, er fuhr ungerührt fort: »Und dann wird geredet: Dort oben leben die Alten vom Berg und damit sind wir, die Mugaschwili gemeint. Dann kommen die Leute und bestaunen uns und fragen uns aus und fotografieren uns. Nicht dass wir ihnen die volle Wahrheit erzählen würden, dass mein Sohn auf die 110 zugeht und ich, na ja, lassen wir das. Aber all das spricht sich heutzutage wohl herum im Internet als vages Gerücht, als geheimnisvoller Insider-Tipp. So werden die Italiener auf uns aufmerksam geworden sein. Und der Kardinal wahrscheinlich auch.« Das Lachen klang diesmal nachdenklich.

»Der wer?« Karl fühlte sich überfordert und Nestor selbst schien seinerseits allmählich die Sache über den Kopf zu wachsen: »Ein Kardinal, genau. Ein weiterer Faktor in diesem Krieg und von dem ich überhaupt noch nicht weiß, was ich davon halten soll. Ich kenne ihn nicht, er hat mir bisher nur geschrieben, zwei E-Mails. Ein Ire. Sean O'Hara. Hat wohl irgendetwas mit der Vatikanbank zu tun, eine Art Vize-Chef. Er will auch unseren Wein.«

»Das habe ich mir fast gedacht.« Karl tat so, als ob die Fronten des kaukasischen Weinkrieges für ihn klar auf der Hand lägen.

»Das Verblüffende am Kardinal ist: Er ist nur an unserer speziellen Lage interessiert. Woher er sie kennt, hat er nur sehr nebulös angedeutet. Gut informiert, seriöse Quellen, zuverlässige Informanten, solches

Zeug. Und dann aber: Der Preis, den er bietet für 1000 Flaschen im Jahr, deutet darauf hin, dass er weiß, wovon er spricht.«

»Wie viel?« Karl klammerte sich an einfache Fragen.

»Eine Million. Gut 1000 Euro die Flasche. Nicht schlecht, oder?« Unten war das nächste Auto vorgefahren. Die Nacht der dicken Autos, dachte Karl, die werden bald Parkplatzprobleme bekommen. Diesmal war es ein vergleichsweise ziviles Gefährt, ein Mercedes, allerdings Oberklasse. Drei Männer und eine Frau stiegen aus. »Sieh mal an«, sagte Nestor, »das ist ja die Genetik-Professorin aus London, Margret Osborne heißt die, und der große schlanke ist der Dr. Bridgewater von der Rockefeller-Foundation. Was wollen die denn jetzt hier? Die anderen beiden kenne ich nicht.« – »Sehen aus wie katholische Priester mit ihren weißen Kragen«, meinte Karl, »vielleicht dein Kardinal?« – »Das glaub ich nicht. Kardinäle sind älter.«

Die vier Neuankömmlinge waren stehen geblieben, denn aus dem Haus waren zwei Männer herausgekommen. Der eine war ein kleiner, runder Mann in einem verbeulten Anzug, dessen Hose fünf Zentimeter über den Schuhen endete und oben bis knapp unter die Achseln reichte. Dazwischen wölbte sich ein fester Bauch und darüber halslos ein haarloser Schädel. Der andere war der Großvater, der seinen Kontrahenten um gut zwei Köpfe überragte. Die beiden stritten. Der Kleine war der angriffslustigere, er fuchtelte mit den Armen, trippelte im Kreis, wandte sich abrupt ab, um im nächsten Moment drohend mit breiten Beinen zum Stillstand zu kommen. Großvater war allem Anschein nach in der Defensive, was einen merkwürdigen Kontrast zu dem Größenverhältnis der beiden ergab. Hinter dem Kugelkopf hatten sich inzwischen zwei kräftige Männer in schwarzen Anzügen und dunklen Sonnenbrillen aufgebaut, ganz augenscheinlich Beschützer ihres Herrn.

Karl sah, dass der Großvater die neu angekommene Delegation bemerkt hatte, von weit oben begütigend eine Hand auf die Schulter des Kleinen legte und zur Begrüßung der Wissenschaftler in Richtung Mercedes schritt. Aus dem Haus trat jetzt Lewan mit seinen drei Begleitern und hinter ihnen vier weitere Männer, die Karl bei der Keipi gesehen hatte. Das war ganz offensichtlich die Schutztruppe des Großvaters, allesamt dunkelbärtig, in militärischer Montur und mit geschulterten Kalaschnikows. Wie von unsichtbaren Schnüren gezogen, ordnete sich sehr schnell das Bild und so standen sich auf dem Dorfplatz Nisis im fahlen Licht einer einsamen Laterne alsbald drei Armeen gegenüber: ein kachetischer Commandante mit vier Guerilleros in Olivgrün, ein georgischer General mit drei Soldaten in Weiß-Schwarz und ein italienischer Maresciallo mit zwei Kriegern ganz in Schwarz. Dazwischen gewissermaßen als UN-Friedenstruppe die beiden Wissenschaftler und die beiden Priester. Unnötig zu erwähnen, dass Lewans Männer und die des Kleinen die jeweils rechte Hand unter das Sakko geschoben hatten, während Großvaters Kacheten die Maschinenpistolen bereits von der Schulter genommen hatten. Einzig die drei Anführer schienen unbewaffnet, die Friedenstruppe ohnehin.

Showdown, dachte Karl erneut, als er hörte, wie leise die Tür des Zimmers geöffnet wurde. Verärgert über die Belästigung drehte er nur halb den Kopf und sah aus dem Augenwinkel, dass Irina hereingekommen war. Sie blieb an der Tür stehen, Karl bemerkte, dass sie ein schlichtes dunkelblaues Kleid trug. Er versuchte ein Lächeln, sagte leise »Hallo«. Irina hob eine Hand und lächelte zurück. Es lag viel Fragendes in ihrem Blick und Karl wollte etwas sagen oder noch besser antworten, aber bevor er dies tun konnte, ging Nestor auf seine Urenkelin zu, nahm sie bei der Hand und führte sie behutsam an die Kante des Bettes. Karl sah ihnen zu, er konnte seine Blicke nicht von ihr abwenden und erst als sie saß, fiel ihm wieder der Showdown ein. Er drehte sich zum Fenster und der Dorfplatz war leer.

»Friedensgespräche«, sagte Nestor fröhlich, »das wäre jetzt auch zu schön gewesen, eine Riesenschießerei in unserem beschaulichen Nisi. Komm her Österreicher, setz dich zu uns, wir müssen Kriegsrat halten. Was ist eigentlich in diesem Koffer unter dem Bett?« Karl antwortete nicht, er setzte sich. »Irina hat mir von dem Koffer erzählt, heute Morgen. Sie war in deinem Zimmer. Wo hast du ihn her? Er passt gar nicht zu dir. Und er sieht ziemlich ramponiert aus, oder?«

Karl erzählte in kurzen Worten, was auf der Herfahrt an Josips Tankstelle passiert war. »Keine Ahnung, was drin ist. Bislang hab ich ihn nicht aufgekriegt.« Der Urgroßvater konnte mit Karls Taschenmesser besser umgehen. Nach einer Minute war der Koffer offen. Eine einfache dunkelblaue Mappe lag darin. Darunter Euro, bündelweise. Sie öffneten die Mappe. Sie enthielt einen Plan, ein Messtischblatt 1:25 000. »Unser Wein«, sagte der alte Mugaschwili leise. Die Grenzen eines Gebietes, das fast die ganze Fläche des Planes ausfüllte, waren mit blauem Filzstift markiert, ein kleineres Stück, vielleicht ein Zehntel des größeren, mit Rot. »Blau sind die normalen Lagen, das rote Stück ist der Besondere.« Karl nahm die Geldbündel aus dem Koffer, zählte: »Das hier sind hunderttausend Euro.« Als ob sie Feuer gefangen hätten, warf Karl die Scheine zurück in den Koffer: »Ich glaube, mir wird schlecht.«

»Hm«, sagte Nestor, »kein guter Zeitpunkt, jetzt schlapp zu machen. Das Problem ist, dass wir nicht wissen, wem das Geld gehört. Aber ich bin mir sicher: Einer von den Parteien da unten. Das waren Geldbriefträger in deinem verbrannten Mercedes. Also haben wir entweder Lewans Rothschild-Geld oder Rockefeller-Geld oder Mafia-Geld oder, wenn das wirklich Priester sind, Geld aus der Vatikanbank.« Nestor machte eine kleine Pause und sah Karl ernst an: »Besser du verschwindest. Am besten mit dem Geld.«

Karl starrte ihn an: »Mit dem Geld?« – »Hast du eine bessere Idee? Soll ich es vergraben? Verbrennen? Vielleicht oben in der Höhle des Dionysos, als kleine Opfergabe? Oder sollen wir da runtergehen und einfach mal fragen, ob irgendjemand zufällig hunderttausend Euro fehlen? Nein, du verschwindest. Mit dem Geld. Und mit Irina.«

Irina saß da mit großen fragenden Augen und Karl wusste nicht, was er sagen sollte. Nestor bemerkte seine Unschlüssigkeit: »Sie will weg von hier. Schon lange. Jetzt ist eine gute Gelegenheit. Besser sie geht mit dir als mit irgendjemand anderem. Oder allein.« Irina senkte die Lider und nickte. Karl hatte das Gefühl, als ob ihm jemand den Arm um die Schulter legte. Ihn wurde ganz weich zumute und warm und er sagte nur: »Ja. Gut. Schnell.«

Nach einer Viertelstunde kam Nestor mit Irina zurück. Sie hatte nur eine Sporttasche dabei. »Im Lada ist Proviant und eine Kiste Wein. Vom ganz speziellen«, erklärte Nestor lächelnd. »Und ein kleines, besonderes Geschenk von mir. Wir telefonieren. Oder mailen. Und jetzt hau ab.« Karl sagte nichts, er fasste den alten Mann an den Schultern und versuchte eine Umarmung. Der Alte schob ihn weg. »Los jetzt.« Irina hatte die ganze Zeit am Bett gestanden, ohne etwas zu sagen. Sie ging auf ihren Urgroßvater zu und umarmte ihn. Lange. Dann drückte Nestor sie sanft von sich weg, wischte sich über die Augen und wandte sich ein letztes Mal Karl zu: »Pass auf sie auf, sie ist mein Alles.«

Wenige Stunde später waren sie in Lordi an der Tankstelle. Karl war gefahren, was der Lada hergab. Die beiden Tanksäulen ragten schwarzverkohlt in die Luft, das Dach darüber war abgetragen. Das Wrack des Mercedes stand bei den anderen Autoleichen, der Laster war verschwunden. Josip saß vor dem, was von seinem Schuppen übrig geblieben war, ein Bein hatte er hochgelegt, in der Hand ein Glas Wein, in der anderen eine Zigarette. »Wird Zeit, mein Freund, dass du kommst. Erst kam Polizei, egal. Dann kommen schlechte Menschen. Fragen und fragen, durchsuchen Mercedes. Sie fragen, wo ist Koffer, wo ist dein Auto. Ich sag nur Lada weg, keine Ahnung, egal. Guten Tag, Frau, ich bin Josip.« Die letzten Worte hatte er auf Georgisch zu Irina gesagt. Sie gab ihm die Hand und sagte ihren Namen.

»Josip, ich muss raus aus Georgien. Mit Irina. Und zwar schnell. Mit dem Flugzeug wäre keine gute Idee. Hast du eine?« Josip erhob sich gemächlich, zog noch einmal an der Zigarette und schnippte sie in hohem Bogen Richtung Tanksäulenreste. »Raus aus Georgien? Ein Mann und eine Frau?« Er blickte die beiden abwechselnd und vielsagend an: »Meine Spezialität. Wir fahren nach Poti, Schwarzmeerküste. Dann sehen wir weiter. Ich komme mit. Hier eh alles kaputt, können mich alle mal.«

In Poti lag eine Fähre nach Illitschiwsk, das war Ukraine, quer über das ganze Meer, von dort wiederum ging ein Schiff Richtung Süden nach Derice im Marmarameer mit Halt in Istanbul. »Ukraine ist nicht schlecht«, meinte Karl, »aber das dauert ja ewig.« Josip sah das auch so und verschwand. Nach zwei Stunden kam er zurück. »Wir haben Schiff, wir haben Kapitän. Direkt nach Istanbul. Aber ohne Lada. Geht eh schneller.«

In Istanbul kaufte Karl einen gebrauchten Toyota zu einem Mondpreis, der einer Zulassung mit griechischem EU-Kennzeichen geschuldet war. Zwischen Thessaloniki und Veria bezahlten sie wegen einer geringfügigen Geschwindigkeitsübertretung eine größere Summe, immerhin aber gegen die Zusage der sofortigen Weiterfahrt. Über Mazedonien reisten sie nach Albanien ein, was bei den dortigen Grenzbehörden ein Stirnrunzeln hervorrief, das sich glättete, als ein spontan festgelegter Einreisetarif in Höhe mehrerer Jahresgehälter des Grenzpersonals klaglos bezahlt wurde. In Tirana erzielte Josip beim Hütchenspiel in einer Seitengasse nach anfänglichen Gewinnen ein eklatantes Minusergebnis, über dessen genauen Umfang er sich in Schweigen hüllte. Kurz hinter Podgorica in Montenegro stand ein Lieferwagen quer auf der Landstraße, der sich als ebenso temporäre wie kostspielige Mautstelle entpuppte. In Goražde stellte Karl nach einem ausgezeichneten Reisfleisch in einem malerischen Altstadt-Restaurant fest, dass ihm die Brieftasche fehlte. In Novi Sad kaufte er einen Škoda, da der Toyota über Nacht verschwunden war. In Szeged riss eine jugendliche Vespafahrerin Irina die Handtasche von der Schulter, in der Karl vorsichtshalber ein Viertel der Reisekasse aus dem Alukoffer deponiert hatte. Ansonsten verlief die Reise durch das Land der Skipetaren und die Schluchten des Balkans ereignislos. Nach einer Woche waren sie in Wien. Karl hatte eine SMS auf seinem Handy: »Ich bin weg. Wo bist du. LG Marion.«

5

Micky hatte keine Lust auf Abendessen, Micky schaute Maita zu. Maita hatte den Ball in die Luft geworfen, ihn auf dem Knie landen und von dort lässig auf den linken Fuß fallen lassen, dann auf den rechten und wieder zurück auf den linken jongliert, mit dem sie ihm noch einmal Höhe gab, um ihn dreimal mit der Stirn in der Luft zu halten, wobei sie leicht in die Knie ging. Ein letzter Stoß mit dem Kopf, ein kleiner Schritt nach vorn, und der Ball landete sanft auf ihrem rechten Fuß. Dort lag er kurz, sie lupfte ihn leicht an und mit dem linken Spann schoss sie Micky den Ball in die Arme. Er lachte, sie senkte ernst den Kopf, ging ins Haus und Micky trottete hinterher. Den Ball am Fuß, aber richtig gehorchen wollte ihm der nicht.

Seit drei Tagen lebten Micky und Marion in Mugeaux' Haus in der Provence und somit unter einem Dach mit Maita und ihrer Mutter Isabelle. Marion gefiel es hier und auch Micky hatte seine anfängliche Skepsis abgelegt. Bei ihm lag dies in erster Linie an Maita, was er natürlich niemals zugegeben hätte. Sie war ein Jahr jünger als er, aber in vielerlei Hinsicht, nicht nur in fußballerischer, ein Stück weiter als er.

Das ehemalige Weingut bestand aus einem Geviert, das von einem mächtigen, zweigeschossigen Herrenhaus aus grauem Stein beherrscht wurde mit großen Fenstern im Erdgeschoss, die fast bis zum Boden reichten. Rechts und links vom Hauptgebäude gruppierten sich niedrigere Bauten, die einstmals als Lager, Werkstätten und Wohnungen für die Bediensteten gedient hatten. Nach vorne zur Straße hin begrenzte das Anwesen eine einfache Mauer mit einem großen Tor in der Mitte. Der Innenhof mit drei alten, dickstämmigen Platanen war zu großen Teilen mit feinem Schotter bedeckt, an einigen Stellen gab es festgetrampelte Erde mit farblosen Grasresten. Wie geschaffen für einen kleinen Kick vor dem Abendessen.

Isabelle hatte ein Omelette mit Pilzen gemacht und eine große Schüssel Salat. Dazu gab es Pastete und Salami, Käse, eine Schale Oliven und Brot mit einer dunklen Kruste. Isabelle war eine kleine zierliche Frau mit vielen kleinen Falten im Gesicht und grauem Kurzhaargekräusel über dem kreolischen Teint. Ihre Tochter Maita war ein schlankes Mädchen mit langen, dunklen, ein wenig verfilzten Haaren. Ihr Zimmer im Obergeschoss war tapeziert mit Fotos von Zinedine Zidane.

In Wien war alles sehr schnell gegangen. Als Marion ihre Dienstreise auf einer Privatyacht an die Küste Westafrikas bei ihrem Chefredakteur beantragte mit einer Begründung, die ihr selbst nicht besonders plausibel erschien und noch dazu verbunden mit einem Kurzurlaub in der Provence, hatte Dr. Ignaz Perschl zunächst matt geantwortet: »Und wer bleibt an Traiskirchen dran?« Dann hatte er seinen Stuhl um 180 Grad gedreht, die Beine auf das Fensterbrett gelegt, war etwas nach unten gerutscht, sodass nur noch ein Kranz dünnen Haares über der Rückenlehne zu sehen war. Ein paar lange Sekunden war es sehr still im Raum. Dann wirbelte der massige Mann zurück, legte die Arme schwer auf den Schreibtisch, beugte sich vor und sagte gefährlich leise: »Also gut, meine Dame, acht Tage. Drei davon ziehe ich Ihnen vom Urlaub ab. Sie haben Glück, dass uns das Ganze nichts kostet. Und wenn Sie nichts mitbringen von ihrer geheimnisvollen Reise, dann möchte ich binnen 24 Stunden eine Reportage von Ihnen. Mit viel Lokalkolorit. Hurenmörder in Floridsdorf, Wiener Großmütter als Vergewaltigungsopfer. In dieser Art, wenn Sie verstehen, was ich meine.«

Marion hatte darauf bestanden, in ihrem eigenen Auto zu fahren, worauf Mugeaux mit leichtem Spott geantwortet hatte: »Wann darf ich Sie dann erwarten?« Es wurde eine entspannte Fahrt mit ihrem Sohn durch die Steiermark, Slowenien und Oberitalien. Am Gardasee übernachteten sie und am nächsten Tag ging es über Genua die ligurische Küste entlang. Sie hatten Musik im Auto, spielten Personenraten und ab Grasse fuhren sie auf Landstraßen und rochen den Lavendel. Mugeaux war natürlich schon da, als sie spät abends ankamen, mit seinem Porsche hatte er die fast fünfzehnhundert Kilometer in elf Stunden geschafft. Er stellte ihnen Isabelle als seine Haushälterin vor und seitdem hatte er sich rargemacht.

Marion hatte seither die Tage in Eygalières verbracht, dem Dorf, das drei Kilometer vom Weingut entfernt lag. Dort gab es die »Bar Central« und die »Bar du Sport« und hier saß sie und las in ihrem Buch. Micky, das wusste sie, war bei Isabelle und vor allem Maita gut aufgehoben. Das Buch war das einzige auf Deutsch in dem kleinen Bücherschrank in Mugeaux' Wohnzimmer gewesen. Es war ein Ritterroman von einem deutschen Autor namens Niebelschütz, von dem sie noch nie gehört hatte. Der Roman spielte im tiefsten Mittelalter in der hiesigen Gegend, und das war natürlich interessant. Einen knappen Kilometer südlich von Mugeaux' Weingut beispielsweise zackte aus der Ebene jäh ein schrundig zerklüftetes Felsmassiv hervor, Les Alpilles, und das hieß in dem Buch, das Marion in der »Bar du Sport« bei einem Glas leichten Rosé-Weines las, »Schulter des Satans« und dies fand sie mehr als schlüssig. Mugeaux hatte ihr empfohlen, mit Micky nach Les Baux zu fahren, der berühmten Bergfeste am Südhang der Alpilles, die im Roman Ortaffa genannt und dort als grau silbrige, meilenlange Steinwand beschrieben wurde, die wie schwimmender Dunst über dem Horizont auf der Schulter des Satans liege.

Das war das eine Mal gewesen, dass sie Mugeaux zu Gesicht bekommen hatte. Er frühstückte mit ihnen und gab Ausflugstipps zu den nahe gelegenen Sehenswürdigkeiten der Provence. Fontaine de Vaucluse und Kloster Sénanque im Osten, Avignon, Arles und eben Les Baux ganz in der Nähe. Allesamt unter anderen Namen auch Schauplätze des Niebelschütz-Romans, und vorläufig gab Marion der Entdeckungsreise im Roman den Vorzug vor der Realität.

Das zweite Mal war an einem milden Herbstabend im Hof des Weingutes. Mugeaux hatte eine Flasche Rotwein aufgemacht, »nichts

Besonderes, guter Wein aus der Gegend«, auf dem schmiedeeisernen Tischchen lagen in einer Schale Pinienzapfen, die einen leisen Duft verströmten, eine Zikade war zu hören und so hatte Marion sich das vorgestellt. Sie war in eine Decke gewickelt und hörte Mugeaux zu: »Es ist lange her, dass dieses Haus ein Weingut war. Der letzte Winzer auf dem Gut beging 1879 Selbstmord. Das kam damals öfter vor bei den kleinen Winzern, die unter der Reblaus-Katastrophe zu leiden hatten. Die verloren buchstäblich ihre Lebensgrundlage. Bei unserem Mann, Pierre Gilles hieß er, muss es besonders schlimm gewesen sein. Er hatte eine besondere Lage mit dem seltsamen Namen Clos Gethseman und produzierte daraus einen legendären Wein. Die Reblaus hat sie vollständig vernichtet und alles, was er danach ausprobierte, hat nie wieder auch nur annähernd die Qualität der Vorreblauszeit erzielt. Seine Verzweiflung darüber war wohl so groß, dass er sich eines Tages in seinem eigenen Weinkeller, umgeben von seinen Weinen, erschossen hat. Die Nachkommen haben Mais angebaut und irgendwann hat sich auch das nicht mehr gelohnt und sie haben das ganze Anwesen vor einem Jahr an mich verkauft.«

Marion dachte, hoffentlich spukt es nicht in diesem Haus und hoffentlich kommt Mugeaux nicht wieder auf seltsame Ideen, von denen er meint, sie könnten mich gruseln. Aber sie sagte nichts und hörte weiter zu. »Dieser Wein, den Gilles hergestellt hat, der wäre ein Schatz. Aber es gibt nichts mehr davon. Ich habe alles abgesucht, das ganze Haus, die Nebengebäude, vor allem natürlich die Keller, nichts. Und auf dem Markt ist er auch nie aufgetaucht, kein Sammler hat ihn jemals angeboten. Ein Phantom, diese Clos Gethseman.« Um den Mond hatte sich ein Schleier gebildet, in den Platanen raschelten die Blätter, Marion zog die Decke fester um die Schultern. Mugeaux stand auf: »Es wird Mistral geben. Schade. Trotzdem eine gute Nacht.«

Am nächsten Morgen heulte der Wind. Draußen beugten die Bäume ihre Häupter, der Himmel war von einem kranken Graublau, sogar das kurze Gras zitterte. Selbst im Haus war er zu spüren, es surrte und zischte durch alle Fugen. »Mange-fange«, sagte Isabelle beim

Frühstück, »drei Tage mindestens. Oder sechs. Oder neun. Man weiß nie.« Im Dorf war niemand auf den Straßen zu sehen, die Terrassen der Cafés waren menschenleer und drinnen hatten sich alle in ihre Jacken und Schals verkrochen. Marion hatte Zeit, in ihrem Buch weiter zu lesen und selbst darin blies der Mistral, dort »Schlammfresser« genannt, was eine treffende Übersetzung von Isabelles »Mange-fange« war, wie sie fand, denn spürbar war, dass der Mistral alles Nass gründlich auftrocknet, bis die Erde zerrissen zurückbleibt.

Micky und Maita spielten auch während des Mistrals weiter Fußball, allerdings auf der Playstation in Maitas Zimmer. Der Verbesserung von Mickys Französischkenntnissen kam dies weniger zugute, zumal Maita wenig sprach. Immerhin hatte sie sich dazu bequemt, die Worte langsam und deutlich auszusprechen und ihr nasallos dahingequetschtes Südfranzösisch zu vermeiden, spärlich blieben die französischen Vokabeln aus ihrem Munde dennoch. Überhaupt konnte man den Eindruck gewinnen, dass Micky eher geduldet wurde, denn begeistert als neuer Gefährte in Maitas Leben aufgenommen worden zu sein. Dass er eigentlich keine Ahnung von Fußball hatte und sein Interesse nur vorgab, um in Maitas Nähe bleiben zu können, nahm Marion amüsiert zur Kenntnis, und Maita selbst war dies mit Sicherheit nach der ersten Ballberührung von Micky klar geworden, aber ihr war das egal, als besserer Balljunge war der schlaksige Österreicher durchaus brauchbar und für Bewunderung sogar sie empfänglich. Natürlich gewann sie an der Playstation haushoch.

Schon nach zwei Tagen ging dem Schlammfresser die Puste aus und Marion entdeckte St. Sixte. Wenn jemand sie gefragt hätte, sie hätte sofort gestanden, sich in die kleine Kirche verliebt zu haben. Schlicht und wuchtig, klar und hart, abweisend und einladend zugleich hatte im 12. Jahrhundert, in der Zeit also, in dem Marions Lektüre spielte, ein mittelalterlicher Baumeister die Kapelle auf den karstigen Hügel gestellt und dort stand sie jetzt, einsam und allein, nur von ein paar wenigen Zypressen bewacht. Einladend war die kleine Vorhalle, die sich vor den ohnehin nicht großen Hauptbau duckte und mit zwei Bögen nach Süden und Westen öffnete, während die Nordseite, diejenige also, von der her der Schlammfresser zu toben pflegte, sich mit einem abweisenden, nackten und meterdicken Mauerwerk dem Wind entgegenstemmte. Der Hügel mit der Kapelle bildete mit dem Weingut und dem Dorf ein Dreieck von etwa zwei Kilometern Seitenlänge, das Marion sofort zu ihrem rituellen Spaziergang erkor: Nach dem Frühstück in die Bar du Sport, mittags zur Kapelle hinaus und am späten Nachmittag, wenn die Sonne im Westen stand und ein rötliches Goldlicht auf die Fassade der Kirche warf, zurück zum Weingut und Isabelles Abendessen.

An ihrem ersten Nachmittag in St. Sixte las sie im Roman, bequem an die warme Wand der Vorhalle gelehnt, wie der Held in der provencalischen Erde eine Monstranz, die er von den Mauren gerettet hat, unter einer Zypresse vergräbt und einen Schwur leistet: Erst wenn Zypresse und Wurzelerde die Monstranz wieder frei geben würden, könne er sterben. Am zweiten Nachmittag stieg sie den Hügel hinauf und sah neben der Mauer, die hinter der Kirche einen alten, längst aufgelassenen Friedhof umschloss, Maita leblos auf der blanken Erde liegen. Micky kauerte an der Mauer und kotzte.

Das Mädchen schlief, es schnarchte sogar leise. Was Marion sofort bemerkte, war die Fahne, der intensive Geruch von Alkohol. Und als Micky sich matt zu ihr umdrehte, sah sie in glasige Augen. »Habt ihr gesoffen?«, fragte sie ungläubig und griff nach der leeren Flasche, die auf der Erde lag. Sie war verstaubt, bauchiger als die Weinflaschen, die sie kannte, und das Etikett war angerissen, vergilbt und verwittert. Mit einiger Mühe konnte sie am unteren Rand die Aufschrift »Mis en Bouteille par Pierre Gilles pour Baron Edmond de Rothschild« entziffern. Darunter stand die Jahreszahl 1868 und darüber in einer schlichten, altertümlichen Schreibschrift »Clos Gethseman«.

Sie hatten Fußball gespielt an der Friedhofsmauer, so erzählte es Micky später, und ein verunglückter Schuss von Micky war jenseits der Mauer gelandet, im Innern des Friedhofes. Sie hatten sich gegenseitig über die Mauer geholfen, wobei es nicht zu vermeiden war, dass Micky Maita berührte, aber als sie sich im Friedhof umsahen, war der Ball nicht zu finden. Überall wucherte Gestrüpp mit kräftigen Dornen, nur dicht an der Kirchenwand, wo eine Zypresse im Schatten des Mistrals sich an das Gemäuer schmiegte, hatte jemand meterhoch Brennholz gestapelt, wahrscheinlich um auch im Winter die Kirche benutzbar zu machen. Dort, hinter dem Holzstapel und halb verborgen unter einer Wurzel der Zypresse, lag der Ball eingeklemmt und als Micky ihn befreite, merkte er, dass mit dem untersten Stein der Kirchenwand etwas nicht stimmte. Zum einen waren zwei Buchstaben in den Stein geritzt, Micky plädierte für C und G, während Maita ein O und ein E zu erkennen glaubte. Diese Diskussion führten sie nicht weiter, denn bedeutsamer erschien ihnen, dass der Stein seltsam schräg in der Wand verankert war. Als sie das Moos auf der überstehenden Kante weggekratzt hatten, sahen sie zudem, dass die Fuge nicht hart vermörtelt war, sondern mit Erde, wenn auch fester, gefüllt war. Mit der gleichen Methode, die Karl wenige Tage zuvor im fernen Nisi angewandt hatte, legten sie den Stein frei, eine Arbeit, bei der ihre Köpfe sehr nah beieinander waren, und schließlich, anders als Karl auf dem Berg bei Nisi, konnten sie mit ihren bloßen vier Händen den Stein aus der Wand herauswuchten. Ein dunkles Loch tat sich ihnen auf, aber es war hell genug, um zu erkennen, dass in der Tiefe der Kirchenwand eine größere Höhlung vorhanden sein musste und dass diese gefüllt war mit nichts als Flaschen. Maita zog eine heraus und Micky hatte von seinen drei Erziehungsberechtigten im Laufe der Zeit zumindest so viel mitbekommen, dass er sofort wusste, dass es sich nur um Wein handeln konnte. Sehr alten Wein. Woraufhin der kleine Angeber in Micky zum Vorschein kam, er mit dem Daumen den Korken in die Flasche drückte, was erstaunlich leicht gelang, einen ersten Schluck nahm, bei dem er das Gesicht verzog, und dann Maita die Flasche reichte. Eine halbe Stunde später fand Marion die beiden vor der Friedhofsmauer.

Die Geschichte hatte unterschiedliche Konsequenzen. Maita bekam von Isabelle drei Tage Hausarrest, genauer gesagt Zimmerarrest. Marion hätte das mit Micky liberaler gehandhabt, aber dieser erklärte sich solidarisch, wenn seine wahren Gründe auch andere waren. Die beiden verschwanden in Maitas Zimmer in die Obhut von Playstation und Zinedine Zidane.

Am meisten beeindruckt war natürlich Mugeaux. Als es dunkel geworden war, fuhr er mit seinem Land Rover hinaus nach St. Sixte und räumte das Weinversteck leer. Als er die Ausbeute auf dem Esstisch aufgestellt hatte, zählten sie 199 Flaschen, je zwanzig aus den Jahrgängen 1859 bis 1867, neunzehn vom Jahrgang 1868. »Die letzten zehn Jahrgänge, bevor die Reblaus zuschlug«, sagte er ehrfürchtig. »Clever, der alte Pierre Gilles. Bei der Kirche hätte ich nie gesucht. Wir müssen uns einen Finderlohn für Maita und Micky überlegen. Haben Sie eine Idee?« – »Sie wollen den Wein behalten? Gehört er Ihnen überhaupt?« Marion hatte aus Mugeaux' Worten etwas herausgehört, das ihr unangenehm war. »Das ist eine Grauzone, da haben Sie recht. Ich hab das Gut von der Familie Gilles mit allem Inventar gekauft. Ob man diese Flaschen dazuzählen darf? Aber wem gehören Sie dann? Dem Staat? Der Kirche? Der Menschheit? Dann doch besser mir. Uns.« Das letzte Wort hatte er mit einer ausladenden Armbewegung unterstrichen, die Maitas Zimmer im Obergeschoss einschloss. »Was die Sache übrigens noch komplizierter macht, ist die Tatsache, dass Gilles für Rothschild abgefüllt hat. Vielleicht bestehen da noch Ansprüche. Und die haben gute Anwälte.« Er ging um den Tisch herum und sah sich jede seiner Flaschen ganz genau an. »Die Rothschilds sind damals ins Weingeschäft eingestiegen. 1853 haben sie Mouton-Rothschild gekauft und 1868 Lafite. Schon damals zwei der besten Weingüter der Welt. Was wollten sie bloß von Pierre Gilles und seinem Wein? Nichts gegen ihn, aber als provencalischer Weinbauer kannst du mit Bordeaux niemals mithalten. Auch nicht im 19. Jahrhundert. Oder vielleicht doch?«

Mugeaux hatte eine Flasche ergriffen, Marion sah aus dem Augenwinkel, dass es der Jahrgang 1861 war. Er holte ein Korkenziehermesser aus der Hosentasche, öffnete die Flasche und roch am Korken. »Schon mal gut. War ja auch gut gelagert über die Jahre.« Eine halbe Stunde später saßen sie im Hof und Marion hatte etwas im Mund, das 150 Jahre alt war. Erst wollte sie ja nichts sagen, aber dann brach es doch aus ihr heraus: »Schmeckt auch so. Ich meine, irgendwie enttäuschend. Ich will ja nicht sagen: muffig. Aber wenn ich ehrlich bin: doch, muffig.« Mugeaux sagte nichts, nahm noch einen Schluck, lachte: »Ungewohnt, gebe ich zu. Vielleicht sollten wir noch ein wenig warten. Oder es ist nur diese eine Flasche. Oder ich werde eben Mythen verkaufen müssen. So läuft das ohnehin.« Da war wieder dieser Unterton, der Marion nicht behagte und so überraschte es sie selbst, als sie übergangslos fragte: »Wann geht sie eigentlich los, unsere Schiffsreise?« Mugeaux goss nach, hob sein Glas und sagte: »Das ist ein Wort. Morgen, wenn Sie möchten.«

In Marseille am nächsten Tag hatte sie Micky ins Flugzeug nach Wien gesetzt, er sah ein wenig schwermütig aus, was sie von ihm gar nicht kannte. Aber er tippte schon Nachrichten auf seinem Smartphone, das war beruhigend.

Im Vieux Port von Marseille war die »Tamara« nicht die größte unter den Yachten, die hier lagen, sie schien aber eine der schnellsten zu sein, ziemlich schnittig, dachte Marion. An Bord empfing sie Tahar, ein gertenschlanker junger Marokkaner, der ihr als Mädchen für alles vorgestellt wurde. Am Abend liefen sie aus, nicht bevor das Unterseeboot, wie Marion es spontan taufte in der Gewissheit, dass es sicherlich einen fachmännischeren Ausdruck dafür gab, ans Heck gehängt worden war. Es war etwa drei Meter lang, sah aus wie eine überdimensionierte Zigarre, weißglänzend, mit Bullaugen, zwei dicken Scheinwerfern an der vorderen Unterseite und gleich dahinter zwei Greifarmen, die dem Ganzen wiederum etwas gänzlich Unzigarrenmäßiges verliehen.

Die Fahrt war ruhig. Gibraltar passierten sie in der ersten Nacht und der Atlantik am nächsten Morgen empfing Marion mit offenen Armen. Sie gewöhnte sich an das leichte Schlingern, an das Brummen der Motoren, an die Mischung aus Seeluft und Dieselgestank. Sie verfolgte das Sinken der Sonne ins Meer, das Heraufziehen der Dämmerung, das plötzliche Einsetzen der sternenhellen Dunkelheit. Hoch stand der Nachthimmel, sehr viele Lichter funkelten da oben. Ab und an kräuselte sich eine kleine Welle und das Mondlicht glitzerte auf schnell verschwindender Gischt. Die Luft war lau und würzig. Sie saß auf dem Vorderdeck in einem bequemen Liegestuhl, ein Glas

Wein neben sich. Aus dem Lautsprecher neben ihr kam leise Musik. Die näselnde Stimme schaukelte sie im Dreivierteltakt durch die Wellen: »The night was black with starlight / The seas were sharp and clear / Moving through the shadows / The promised hour was near.« Der Meister persönlich, dachte sie, einen guten Musikgeschmack hat er, dieser Mugeaux.

Warum war sie eigentlich hier? Wenn sie unaufmerksam zu sich selbst war, und solche Zustände gab es durchaus, dann konnte sie das Ganze als komfortable Auslandsrecherche verbuchen. Wenn sie jedoch ein wenig genauer in sich hineinhörte, dann wurde ihr seltsam zumute. Sie und ein wesentlicher älterer Mann. Mehr oder weniger allein auf einem Schiff. In der Provence hatten solche Gedanken keinerlei Raum gefunden, im Gegenteil. Dort war es auf eine angenehme Art unangestrengt gewesen, sie hatte Maita, Isabelle und Micky um sich gehabt. Jetzt aber, hier auf dem Schiff, umgeben von nicht als Wasser, bekamen Vorbehalte und Einwände die Oberhand. Sie versuchte, sie zu verscheuchen, und dachte konzentriert an etwas anderes.

71 Prozent der Erdoberfläche sind mit Wasser bedeckt. Das sind immerhin 362 Millionen Quadratkilometer. Befahren werden die Weltmeere schon lange, die Phönizier waren es wohl, die zum ersten Mal durch die Straße von Gibraltar gelangten, vor 3500 Jahren ungefähr. Untergegangen sind Schiffe naturgemäß ebenso lange und nimmt man einen durchschnittlichen Wert von 100 derartigen Vorgängen pro Jahr, was niedrig gegriffen ist, so liegen um die 350 000 Schiffsleichen begraben im tiefsten und feuchtesten Friedhof der Erde. Was wiederum bedeutet, dass rein statistisch alle 1000 Quadratkilometer ein Grab nebst Leiche zu finden sein müsste, eine quadratische Fläche von etwa 33 Kilometer Kantenlänge. »Das kann ja heiter werden«, dachte Marion, als Gaston Mugeaux auf dem Deck erschien.

»Darf ich mich setzen? Ich muss um Vergebung bitten, dass ich mich bisher so ungenügend um Sie gekümmert habe. Aber der Fluch der Technik. Man ist rund um die Uhr erreichbar, selbst auf diesem Schiff. Dafür habe ich Ihnen einen schönen Wein mitgebracht. Möchten Sie?« Marion sah auf das Etikett. Ein dunkelblauer Nachthimmel mit Mond und Sternen war da zu sehen, der Kopf einer jungen Frau, eine Villa mit einer Palme im Garten und der Name des Weins und des Weingutes: Mille e una notte, Donnafugata. »Aus Sizilien«, fuhr Mugeaux fort, »und mit einer interessanten Geschichte. Nicht aus Tausendundeiner Nacht, aber immerhin. Die Traube, die Sie hier schmecken, ist die Nero d'Avola, ein bisschen Tannat ist auch noch dabei. Zusammen mit der Nero Cappuccio und der Pignatello wächst sie nur in Sizilien und in einigen wenigen Gegenden Apuliens und Kalabriens. Auf ihr Wohl.«

Marion nahm einen Schluck. Zunächst war der Wein einfach schwer, sie glaubte plötzlich, ihr Gaumen, die Zunge, ja der ganze Kopf bestehe nur noch aus hypersensiblen Geschmacksnerven. Sie schmeckte frisch geschnittenes Gras und assoziierte gleichzeitig eine fröhlich plätschernde Kuh. Da waren Moos und Herbstlaub und lehmiger Boden, was in der Seeluft sich wie erdige Erinnerungen an Land, Hügel und festen Boden anfühlte. Mugeaux beobachtete sie. »Von Donnafugata, dem Weingut, erzählt man sich übrigens viele Geschichten. Legenden zwar, aber auch typisch für die Sizilianer. Früher hieß Donnafugata Corleone. Wie so vieles in Sizilien. Die Corleones bauten einen der berühmtesten Weine an. Belieferten den Vatikan unter anderem. Und dann kam die Reblaus. In Sizilien später als zum Beispiel in Frankreich, aber sie kam. Und fraß den Corleones die Weinstöcke kaputt. Ein einziger war noch gesund. Die jüngste Tochter des Don ging hin, hat ihn ausgegraben und ist dann spurlos mit ihm verschwunden. Die Corleones haben neue Weinstöcke gepflanzt und ihren Wein dann ›Donnafugata‹ genannt, nach ihr, der verschwundenen Frau. In einer Geschichte landet die Donnafugata übrigens auf einem Schiff. Das geht dann natürlich schrecklich unter mit Mann und Maus. Und der Rebstock schlägt Wurzeln im Meeresgrund und einmal im Jahr kommt die Donna, längst mit Fischunterleib, liest die Trauben und keltert einen legendären Wein in einer unterirdischen Grotte, der die Männer fürchterlich betrunken macht, und so weiter und so fort. Tut mir leid, aber ich muss hier draußen immerzu an diese Geschichte denken.«

Der Wein tat seine Wirkung. »Ich glaube, Sie sind ein Schlitzohr, Mugeaux. Schlitzohren sind gute Erzähler. Also schließe ich jetzt die Augen und höre. Bittebitte noch eine Geschichte, eine schlitzohrige, kommen Sie Mugeaux. Ich bin ganz Ohr.« Ein Schluck auf die Entstehung der Koketterie beim Reden.

»Vielleicht interessiert es sie ja, wohin wir eigentlich fahren. Ich war schon einmal da, vor vielen Jahren. Mit Yves Cousteau, dem großen Taucher. Damals tauchte er allein, aus irgendeinem sentimentalen Grund. Und sagte mir, ich solle das Schiff da unten vergessen. Uninteressant, nichts von Belang. Das tat ich dann wirklich, seltsamerweise, über viele Jahre hinweg. Bis ich Madame Castelli traf, vor ein paar Wochen. In Marseille.«

»Zufällig.« – »Ja, wie der Zufall so spielt. Oder das Schicksal, die Vorsehung. Nein, es war wirklich ein Zufall. Madame Castelli ist etwa achtzig Jahre alt, eine Institution im Hafen von Marseille. Eine Prinzipalin, eine Dame, fein, hochgebildet, großherzig. Am liebsten erzählte sie von ihrer Großmutter, die das gleiche Gewerbe in Triest betrieben hat im vorigen Jahrhundert. Von ihr hat sie alles gelernt.« – »Gewerbe? Sie meinen …«

»Nicht unbedingt exakt das, was Sie jetzt denken. Madame Castelli verkauft nicht sich. Sie verkauft Träume, erfüllt Sehnsüchte, verstehen Sie, sie verwandelte den Hafen für Männer auf See zu einer wirklichen Rückkehr, zu einer Ankunft. Aber zurück zur Großmutter, die war der eigentliche Zufall. Oder besser der Großvater.«

»Eine verheiratete Hure?«

»Marion, ich bitte Sie. Wie phantasielos. Nein, es war ganz offensichtlich eine große Liebe. Und eine tragische dazu. Ein deutscher Kapitän. Signora Castelli in Triest war mit der Mutter von meiner Madame Castelli aus Marseille schwanger, als dieser Kapitän seine letzte Fahrt antrat. Das Schiff hatte keine Chance. Eine dieser Jahrhundertwellen. Sie ahnen, wo es sank.«

Marion zog sich die warme Decke fester um die Schultern. Der Wein aus Sizilien wärmte von innen. Mugeaux fuhr fort; »Es war eine ganz eigenartige Fahrt, die der Kapitän unternehmen sollte. Kurt

Unger hieß er. Einen einzigen Passagier sollte er mitnehmen, dafür aber einige Kisten Gepäck. Der Passagier zahlte einen für die damaligen Verhältnisse überaus großzügigen Preis. Nur damit er allein war auf dem Schiff. Außerdem wohl eine Art Schweigegeld. Das alles hatte der Kapitän Unger seiner Geliebten, der Triester Signora Castelli, erzählt. Und kurz vor der Abreise haben sie sich anscheinend noch einmal kurz gesehen. Und der Kapitän flüsterte ihr etwas zu, seine letzten Worte sozusagen.«

»Ich liebe dich.« Marion war wie gebannt von dieser tragischen Liebesgeschichte aus dem 19. Jahrhundert. Gaston lachte leise.

»Ja, vielleicht, wollen wir es hoffen. Aber daraus wäre nicht mein Zufall geworden. Nein, der Kapitän sagte zu seiner Signora Castelli, es gehe um Rebstöcke und ein paar Kisten Wein. Und alles sei fürchterlich wertvoll. Und meine Madame Castelli in Marseille wiederholte die Worte ihrer Großmutter ›Wegen Wein, wegen ein paar Kisten Wein ist er gestorben, ist das nicht ein schreckliches Unglück?‹ Verstehen Sie? Was Cousteau damals gefunden hatte, war ein gesunkenes Schiff aus dem 19. Jahrhundert mit Kisten voller Wein. Warum er daraus solch ein Geheimnis machte, ist mir ein Rätsel. Auf alle Fälle: 150 Jahre alter Wein! Bestens gelagert.«

»Im Meer?«

»Natürlich. Ich habe das schon mehrmals erlebt. Gleichbleibende Temperatur, Dunkelheit, absolute Ruhe. Die Kapseln der Korken sind die Schwachstelle, aber wenn die unversehrt sind, dann ist dort unten ein Schatz. Weniger im materiellen Sinn, das auch, aber vor allem liegt dort etwas sehr Seltenes, etwas sehr Schönes. Morgen Nachmittag sind wir da.« Das Schiff schwankt, dachte Marion, als sie aufstand: »Dann gehe ich jetzt schlafen, gute Nacht Mugeaux. Schöne Geschichten.«

Am nächsten Tag sollte sie tauchen. Nicht so wie im Schwimmbad, Kopf voraus, zwei, drei Züge und dann den Kopf wieder raus in die Luft. Nein, achthundert Meter tief, ganz nach unten, in die unendlichen Tiefen des Atlantiks. Am Morgen hatte Mugeaux ganz beiläufig bemerkt: »Es hat zwei Plätze, ich denke, Sie sollten sich das nicht entgehen lassen, das Wrack da unten. Wir haben es im Echolot, bloß 800 Meter tief.«

»Soll ich? Darf ich? Muss ich?«

»Sie sollten, Sie müssten eigentlich bei Ihrem Beruf. Dürfen sowieso. Wollen Sie?«

»Nein. Niemals. Danke. Ein andermal.« Am Nachmittag wurde die Zigarre zu Wasser gelassen.

Der Monitor war etwas größer als ein Stück Briefpapier. Er zeigte Suppe, Nudelsuppe aus der Sicht einer Nudel. Minuten ging das schon so. Mugeaux' dicke Scheinwerfer ergaben gerade mal ein bis zwei Meter Sichtweite. Sie legten ein bisschen Schimmer in die Suppe, irgendwelche Kleintierchen schwammen da, allerlei Gemüse, also eher Minestrone, dachte Marion und die Fotos in Mugeaux' Laden am Neuen Markt fielen ihr wieder ein. Dann wieder ein Schwarm Kleinstfische, heftig und militärisch zuckend im Scheinwerferlicht. Dass es abwärts ging, war nur an einem Display festzumachen, das im Moment auf 634 stand. Meter? Meilen, Fuß, Seemeilen? Neben dem Monitor waren zwei Lautsprecher, aus denen eine verzerrte Stimme krächzte, die dennoch unverkennbar französelnd diejenige Mugeaux' war: »Alles o.k. da oben? Gute Sicht?« Und Tahar, der neben Marion stand, sagte nur: »Alles o.k.« Es war alles o.k., und vor dem Monitor eher ereignisarm, ja sogar langweilig. Und unheimlich, endlos, unergründlich. Die Scheinwerfer reflektierten etwas. Das Bild auf dem Monitor wurde noch undeutlicher, wolkiger. »Staub«, dachte Marion und korrigierte sich sogleich, da unten war es wahrscheinlich ein wenig zu feucht für Staub. Dann krächzte die Stimme: »Kontakt!«

Das Bild klarer zu nennen, ist übertrieben. Aber wenigstens ist jetzt ein Anhaltspunkt da. Der Meeresboden. Sandig ist er hier, er wirbelt auf. Und zerklüftet, das sieht man, als die Sicht wieder klarer wird, und es steil nach unten geht. Die Zahlen des Displays führen einen wilden Tanz auf, weil Mugeaux offensichtlich immer tiefer sinkt. Marion nimmt die Zahl 943 wahr, dann wird sie vierstellig: 1067. Licht bricht sich an Felskanten, ein runder, träger Fisch gähnt, eine Tentakel ist kurz zu sehen, ein Stern huscht vorbei. Dann wieder nichts. 1483.

Nichts aus den Lautsprechern. Dann irgendwie scheint die Zigarre zu bremsen. Leises Krächzen: »Marion? Marion! Ich bin da.« Sie sieht im Monitor einen Schornstein. Schräg gelegt. Das dazugehörige Schiff in der Mitte zerbrochen, der vordere Teil tief eingegraben in den Meeresgrund. Überwuchert. Hundert Jahre unberührt. Flausige Flechten wie ein weicher Pelz. Grünlichgrau im Monitor. Die Kamera stellt auf nah. Ein schönes Schiff. Da war mal gedrechseltes Holz, geschmiedetes Metall. Hängt da an der Reling schwarzer Stoff, letzte Fetzen einer Verzweiflung? Die Zigarre interessiert sich für andere Dinge. Für eine der geborstenen Öffnungen, die auf ein Inneres hindeuten. Sie fährt hindurch. Ist das der Laderaum? Kümmerliche Reste von Kisten, grotesk verfallen, morsch, zusammengebrochen. Zwei ehemals riesengroße, zerfleddert von der See und der Zeit, aus denen traurig bemuschelte Äste kragen, kaum noch wahrnehmbar, die Schultern gesenkt. Die Kamera, die Scheinwerfer, sie suchen, schwenken nach oben und unten, nach allen Seiten, alles dreht sich, dann ein Zucken, ein Rucken, das Bild erstarrt. Hat die Zigarre sich jetzt verhakt, steckt sie fest, muss sie Mugeaux jetzt retten, kopfüber hinein in die Unheimlichkeit? »Ich hab den Wein! Direkt vor mir. 200 Flaschen schätzungsweise, alle unversehrt. Dann wollen wir mal einladen.« Der Lautsprecher kann den leisen Jubel, der da zu hören ist, nicht überkrächzen.

Das Bild ist kurz dunkel, dann zeigt es die Flaschen. »Das ist die Kamera im Heck«, murmelt Tahar. Sie liegen auf einer schiefen Ebene gegen eine Wand gerollt, ordentlich für diese Verhältnisse, muss man sagen, gestapelt. Ein Greifarm fährt aus, behutsam nimmt er die oberste Flasche, fährt nach oben und dann zurück Richtung Zigarre und dann nach unten, sodass sie aus dem Bild verschwindet.

Drei Stunden später, Mugeaux war wohlbehalten aufgetaucht, die Flaschen, 223 Stück, waren verstaut, stand Marion an der Reling und übergab sich. Zum dritten Mal bereits. Der Atlantik schien Rache nehmen zu wollen an diesem Eingriff in seine Eingeweide. Er türmte sich auf, er rülpste Wellenberge, die von allen Seiten kamen, er hatte über sich einen schwarzen Himmel aufgetürmt, aus dem es brauste und Wasser herabfiel. Das Schiff fuhr steile Wellen hinauf, der Bug reckte sich mutig nach oben und platschte dann krachend hinunter ins Wellental. Das war die eine Bewegungsrichtung, die andere vollzog sich in der Längsachse, es neigte sich nach hier und dann wieder nach dort. Zu viel für Marion. Beim ersten Brecher war sie sofort unter Deck gegangen. Aber dort, ohne Anhaltspunkte für das Auge, war es sofort noch schlimmer geworden. Jetzt hing sie angeseilt im Heck und kotzte zum vierten Mal. Mugeaux und Tahar sah sie vor sich, oben auf der Brücke. So wie sie dastanden, schien die Rache des Atlantik ihnen wenig anzuhaben. Kerzengerade standen sie da und trotzten den Elementen.

Zwei Stunden später, der Atlantik hatte es sich anders überlegt und von weiteren Racheakten Abstand genommen, lag Marion, bleich, müde und erledigt, in dem schmalen Bett in ihrer Kabine. Der Mond leuchtete wieder ganz friedlich durch das runde Fenster, Tahar hatte ihr Tee und Tabletten gegen die Übelkeit gebracht. Sie wollte nur schlafen, als es klopfte. Es war Mugeaux.

»Ich hoffe, Sie haben dieses kleine Unwetter überstanden. Sehr ungewöhnlich für diese Breiten in dieser Jahreszeit. Schlafen Sie. Die Tabletten werden helfen.« – »Eine Geschichte noch Mugeaux, eine kleine zum Einschlafen.« – »Lassen Sie's gut sein, Marion, schlafen Sie lieber. Sie kriegen noch eine Geschichte, eine längere sogar. Aber erst morgen, wenn es Ihnen wieder besser geht. Ich hab sie noch niemandem erzählt, aber Sie brauchen ja ein wenig Stoff für Ihre große Story. Bis morgen also. Die Geschichte beginnt, so viel verrate ich Ihnen schon fürs Einschlafen, in Georgien in meiner Heimat, in einem kleinen Dorf. Es heißt Nisi. Gute Nacht.«

6

»Russen!«

»Ja was jetzt, Karl. Russen oder Georgier oder Kaukasier, von was redest du?«

»Russen! Lauter Russen.«

»Karl, Kacheten von mir aus. Aber keine Russen. Das beleidigt die.«

»Kacheten? Das sind Pfarrer. Ich red' von Russen. Oder Gorgen. Egal. Saubande.«

Salem gab es auf. Er winkte und eine neue Literflasche Rotwein stand auf dem Tisch. Karl goss mit Schwung ein. Bodo seufzte und schob ihm sein Glas hin. Dann stützte er seinen Kopf wieder in die Hände und blickte starr geradeaus.

»Der Russ. Will mir was von Noah erzählen. Mir. MIR! Sssssssssh.« Karls Hand ahmte ein Flugobjekt nach, der Zeigefinger landete gestreckt im Glas. Mit dem feuchten Finger malte er ein großes rotes I auf den Resopaltisch. »Angefangen hat alles, dass die Irina gesprochen hat mit mir. Die hat gesprochen! Mit mir. Die Russin. Die, die …«

»Die was?«

»Die … Russengöttin … Rubensgöttin. Und schwanger wird sie jetzt werden, wahrscheinlich. Von mir. Ein Halbruss. Ein halber Russe. Oder Russin, vielleicht. Aber halb. Halbgott. Und ich bin Göttervater. Zeuseuseuseus. Mei, ist mir schlecht.«

Salem stand auf und holte am Tresen ein Päckchen Salzstangen. Karl nahm, versuchte, ein Salzstängel quer in den Mund zu befördern, was fast gelang, aber nur fast, goss kräftig nach und rülpste leicht.

»Überhaupt. Du bist schuld. Du mit deinem Jakob.« Noch mal Salzstangen-Querversuch, Wein, Rülpsen. »Jetzt hab ich einen Aktenkoffer gehabt, da waren mal hundert Riesen drin, o.k. jetzt sind's bloß noch vierundzwanzig. Fahr du mal durch Skipetanien. Und eine schwangere Russin daheim. Und durchblicken tu ich gar nicht mehr. Der Wein ist auch Scheiße.«

Draußen fiel leise Schnee, der liegen blieb. Der 48er Bus ratterte die Burggasse stadteinwärts, man sah die Flocken im Scheinwerferlicht tanzen und Salem rüttelte an Karls Schulter, weil der bedenklich nach vorne gesunken war. Andere Gäste schliefen schon an ihren Tischen. Karl kam wieder hoch. »Alle saufen's. Verstehst du? Der Noah, der Gilgamesch, der Dionysos, der Jesus wahrscheinlich auch. Saufen wie die Deppen und schreiben Geschichte. Und ich? Sauf mit euch. Komm, wir schreiben jetzt Geschichte. Wir zünden was an. Die Oper. Oder uns. Aber wir brennen nicht, so voll, wie wir sind. Jetzt sag doch mal, was ich mit dem Halbruss machen soll. Und mit der restlichen Kohle. Ach so, die ist ja auch weg. Sag doch. Und mit dieser blöden Pflanze.«

»Pflanze? Was für eine Pflanze?«

»Russischer Wein. Russenwein. Ja, ja, ist ja schon gut, eigentlich kaukasischer Wein. Also jetzt nicht so in der Flasche wie hier, sondern als Pflanze, als Rebstock, verstehst. Was ganz was Besonderes. Sagt der Ultrarusse, äh, Uraltrusse wollte ich sagen, der Nestor, haha. So wie dein Jakobszeug. So ähnlich. Steht jetzt auf dem Balkon bei mir. Nein, stimmt gar nicht, ist ja ins Kloster gegangen. Klosterwein. Trinken wir noch einen?«

»Mensch Karl, ich glaube, es reicht allmählich. Geh lieber nach Hause und schlaf deinen Rausch aus.«

»Einen Scheiß mach ich. Da werd ich abgemurkst bestenfalls.« Karl schenkte sich wieder ein. »Hunderttausend hab ich mitgehen lassen. Ich weiß nicht mal, wem genau ich das geklaut habe. Irgendeinem irren Bischof. Oder den Italienern. Oder beiden und dem Rothschild obendrein. Oder dem Rockefeller, was weiß ich.« Bodo mischte sich müde ein: »Das wird böse enden.« Karl nickte: »Genau. Böse. Gemein.

Verstehst du. Da draußen kann jeder, der mir entgegenkommt, einen Haufen Geld vermissen. Und die Russin ist schwanger und die Marion macht mit einem Franzosen rum. Das ist kein Leben nicht. Ich muss glaub pissen.« Bodo sah ihn entgeistert an, legte die Arme auf den Tisch und bettete seinen Kopf darauf.

Karl schwankte Richtung Klo, Salem ging zum Tresen wegen der nächsten Packung Salzstangen. Ein kalter Wind fegte herein, weil neue Gäste das Beisl betraten. Salem sah sie im Spiegel über dem Regal mit den Schnapsflaschen: zwei schwarze Mäntel mit Kapuzen, kurze Haare, rote Wangen. Und Knöpfe im Ohr mit einem Draht daran, der sich im Mantel verlor. Salem blieb am Tresen, als Karl wieder hereinschlurfte und sich dickleibig auf seinen Stuhl fallen ließ, in den Gastraum stierte, sein Glas leeren wollte, dazu aber nicht mehr kam, weil die beiden Mäntel ihn blitzschnell mit seinen eigenen Armen an den Stuhl fesselten, ihn mitsamt diesem hochhoben, zur Tür hinaus trugen, hinten in einem Lieferwagen verstauten, welcher sofort und leise eine Abschiedsspur in den frischen Schnee zog. Das ging so schnell, fast geräuschlos und präzise, dass keiner der Zecher, nicht einmal Bodo, auch nur den Kopf gehoben hätte. Salem drehte sich um. Draußen trieb Schnee.

»Russen«, dachte Karl, »oder Italiener«, als er auf Schulter und Hüfte schmerzlichen Kontakt mit dem Lieferwagenboden aufnahm. »Auf alle Fälle Arschlöcher«, korrigierte er sich und dachte vage Dinge wie »wegen Hunderttausend stirbt man in der Regel nicht« und »Halbrussen«. Und schlief ein. Die beiden Männer vorne, Zisterzienserpater aus dem Stift Heiligenkreuz, brachten ihn in ihr Kloster im Süden von Wien, ins Kirchenasyl.

*

Als Karl mit Irina und Josip aus Georgien nach Wien zurückgekehrt war, schliefen sie erst einmal aus. Am nächsten Morgen begann das Sortieren. Irina inspizierte die Wohnung. Als sie im kleinsten Zimmer stand, das Karl eigentlich nie benutzte, fragte sie: »Kann ich hier bleiben?« Eine alte Liege stand da, eine Kommode und zwei mit dunkelrotem Kunstleder bespannte Metallstühle. »Aber du kannst doch …«, wollte Karl erwidern, hob aber, als er sie ansah, nur resignierend die Schultern. Josip lag auf der Couch im Esszimmer: »Musst du keine Sorge haben, mein Freund. Ich bleibe ein, zwei Tage, nicht länger. Muss viele alte Freunde besuchen.«

Karl sortierte zunächst seinen Wein. Im Keller legte er zu den drei Flaschen Siebener von Jakob die sechs, die er von Nestor bekommen hatte. Dann nahm er alle neun wieder aus dem Regal und verteilte sie zwischen die anderen Flaschen. Das Geschenk, das Nestor in eine längliche Holzkiste verstaut hatte, entpuppte sich als Topfpflanze mit einem winzigen Stamm und zwei grünen Blättern. »Ein Schössling von unserer besten Lage«, klärte Irina ihn auf. Er kramte einen Stadtplan für sie aus einer Schublade und steckte ein paar Scheine aus der Reisekasse dazu. Den Zweitschlüssel nahm sie mit den Worten entgegen: »Heute Abend bin ich zurück. Ich muss Besorgungen machen.« Josip war schon gegangen, auch er wollte gegen Abend wieder da sein: »Mach ich uns Gulasch, Kalb oder Rind, egal.« Karl stand allein im Flur. Er zog seine Jacke an und ging ins Kaffeehaus.

Ins Goldegg war es nicht weit von der Wohnung am Drasche-Park. Karl setzte sich gleich rechts in die erste Nische am Fenster und bestellte einen großen Braunen und ein Achtel Roten. Wenn er ins Goldegg ging, saß er immer hier. Er sinnierte. Das Kaffeehaus war für ihn der ideale Ort zum Sinnieren, Sinnieren war für ihn der eigentliche Zweck des Kaffeehauses. Er hielt sich für einen guten Sinnierer. Sinnieren war etwas völlig anderes als Nachdenken. Sinnieren war Freiheit, während Nachdenken Ordnung bedeutete. Am Nebentisch hatte eine junge Mutter mit ihrem quengelnden Kleinkind Platz genommen. So etwas kann einen beim Nachdenken stören, beim Sinnieren nicht, dachte er. Sinnieren ist insofern sozial verträglicher als Nachdenken, der, der nachdenkt, muss sich ja abschotten, sonst scheitert er beim Nachdenken, während der, der sinniert, gar nicht scheitern kann. Beim Sinnieren nimmt man das quengelnde Kleinkind einfach als Input auf, so ein Kind hat ja auch seine Rechte.

Wien ist die ideale Stadt für ein Studium in Müßiggang, dachte Karl. Nur in Wien lässt sich der Müßiggang studieren, nur in Wien, dachte Karl, ist Müßiggang als ordentliches Studienfach überhaupt denkbar, nur die Wiener und natürlich die Wienerinnen bringen die nötige Geisteshaltung quasi von Geburt an mit, um ihr ganzes Leben, ihre ganze Existenz, ja sogar ihre ganze ideale Stadt dem Müßiggang zu verschreiben. In Wien ist alles weich und warm, Wien ist eigentlich die Hauptstadt einer W.u.W. Monarchie, während in Deutschland alles viereckig, hart und eiskalt ist. In Wien, überlegte Karl, sagen sie zu ihrer Straßenbahnlinie Jeh-Wagen, in Deutschland wäre das die Linie Jott. In Wien ist es gemütlich und in Deutschland ungemütlich. In Deutschland regiert das Tiefsinnsgewäsch, während in Wien die Melancholie an der Macht ist. Und die Nekrophilie. Die vita activa ist Deutschland und die vita contemplativa ist Wien.

Der letzte Gedanke veranlasste ihn, in seinem Adressbuch zu blättern. Das war ein uraltes zerfleddertes kleines Büchlein und er suchte zuerst bei P wie Prohaska, dann bei H für Hermine, aber er fand nicht das, was er suchte. Auch unter D wie Doktor oder K wie Klassenkameraden war nicht der gewünschte Eintrag, erst bei M wie Mitzi wurde er fündig. Er wählte die Nummer und lehnte sich zurück. Frau Dr. Hermine Prohaska, genannt Mitzi, war das einzige Mädchen aus seiner Klasse gewesen, die Naturwissenschaften studiert hatte. Während der Schulzeit war Bodo wohl kurzzeitig in sie verliebt gewesen, hatte sie möglicherweise sogar geküsst, ein Schicksal, das sie mit etlichen ihrer Klassenkameradinnen teilte. Beim letzten Klassentreffen, daran erinnerte er sich deutlich, hatte sie erzählt, sie sei Genetikerin geworden und bei irgendeinem Institut in Köln mit Zellforschung, dem Genom beschäftigt, solchen für Karl mysteriösen Dingen. Aus dem Hörer bellte ihn ein ungeduldiges »Ja bitte?« an. »Mitzi?«, antwortete er schüchtern und fügte ein »Spreche ich mit Frau Dr. Prohaska?« hinzu.

»Mensch, Breitenstein. Entschuldige, ich dachte … egal. Das ist ja eine nette Überraschung. Von wo aus rufst du an? Bist du etwa in Köln?« Karl war beruhigt, der bellende Ton hatte nicht ihm gegolten. »Nein, ich bin im Goldegg, also in Wien, im Kaffeehaus.«

»Oh wie schön, das Goldegg. Gibt's das noch?«

»Ja, klar. Ich rufe an wegen: Mir ist da gerade ein Gedanke durch den Kopf geschossen, eine Frage vielmehr, hast du ein paar Minuten Zeit?«

»Nein, überhaupt nicht. Schieß los.«

»Also, das hängt mit einer Reise in den Kaukasus zusammen und mit einem neuen Bekannten von mir, Jakob heißt der, meine Frage wäre eigentlich, an dich als Expertin gewissermaßen: Wie alt wird der Mensch? Also Obergrenze, wie alt kann er werden, maximal? Gibt's da Erkenntnisse, eurerseits, wissenschaftlich?«

»Hundertzwanzig. Derzeit. Nimmt man an.«

»Ja schon, klar. Aber meine Frage ist eher: Kann man das ändern? Ich meine genetisch oder sonst wie?«

»Gut, dass du mich das heute fragst. Heute sage ich dir: Nein. Aber vielleicht erscheint morgen in ›Nature‹ oder ›Science‹ ein Artikel und alles sieht wieder anders aus.«

»Verstehe. Also grundsätzlich ist da was zu machen. Und da wird auch was gemacht.«

»Ja, logisch. Aller medizinische Fortschritt ist letztlich Lebensverlängerung. Die durchschnittliche Lebenserwartung hat sich in den letzten paar Tausend Jahren beim Menschen verdoppelt, verdreifacht, so was um den Dreh. Und das wird natürlich weitergehen. Bis wohin? Aus heutiger Sicht: keine Ahnung. Unsterblichkeit allerdings würde ich ausschließen. Aus heutiger Sicht.«

»Und da bist du dran? An der Lebensverlängerung. Mit Procyanidinen wahrscheinlich.«

»Ah, der Herr Weinexperte. Französisches Paradoxon. Viel Rotwein saufen und länger leben. Ist ein alter Hut mittlerweile. Der neueste Renner ist Resveratrol. Da gibt es bereits sensationelle Erfolge. Dreißig Prozent Lebensverlängerung. Würde beim Menschen schlagartig den Level auf plusminus Hundertsechzig hochtreiben. Wir sind allerdings noch bei den Fadenwürmern. Aber wir steigern uns. Als Nächstes sind die Mäuse dran. Bei denen tritt der gleiche Effekt übrigens bei Gewichtsreduktion ein. Das nur nebenbei, Herr Breitenstein.«

Karl hatte die Anspielung natürlich verstanden. Gleichzeitig spürte er, wie alles in ihm nach Kalbsgulasch mit Nockerln rief. Er ging weder auf die Anspielung noch auf seinen Appetit ein: »Hundertsechzig, mannomann. Und wie heißt das noch mal, Reis...«

»Resveratrol. Kommt übrigens, das wird dich freuen, ebenfalls gehäuft im Rotwein vor. Eigentlich schützt es die Pflanze vor Schädlingen, Pilzen und solchem Zeug. Kommt deshalb besonders in Weinen vor, die unter schwierigen Bedingungen wachsen müssen.«

»Wie im Kaukasus.«

»Keine Ahnung: Bin ich die Weinexpertin? Was hast du bloß ständig mit deinem Kaukasus?«

»Ist jetzt nicht wichtig. Erzähl weiter.«

»Nun ja, vom Resveratrol nimmt man an, dass es die Reproduktionsfähigkeit der Zellen unterstützt. Um es mal ganz allgemein und allgemeinverständlich zu sagen. Die Zellteilung ist das Entscheidende. Keine Zellteilung mehr, dann aus die Maus.«

»Verstehe. Resveratrol. Hab ich mir aufgeschrieben. Kann ich googeln. Sag mal, mir fällt gerade ein: Ich hab da ein paar Flaschen Wein, einige davon aus dem Kaukasus, die sind etwas ganz Besonderes, könntest du die untersuchen? Den Gehalt an Resveratrol bestimmen? So etwas könnt ihr doch sicher in eurem Institut.«

»Ja, klar. Warum nicht. Komm einfach in Köln vorbei und bring deine Flaschen mit. Ich brauch nicht viel, einen Fingerhut, den Rest könnte man ja vielleicht trinken. Zusammen, meine ich.« Karl wollte schon begeistert zustimmen, aber dann zögerte er, denn eigentlich wollte er jetzt nicht weg aus Wien, weg von Irina. »Gute Idee. Ich überleg es mir und melde mich dann. Demnächst, versprochen.« Und plötzlich, in ihr verhaltenes Schweigen hinein, hörte er sich sagen: »Noch eine ganz andere Frage: Euer Institut in Köln, von wem werdet ihr eigentlich finanziert? Hat da die Rockefeller-Foundation ihre Finger drin?«

Mitzi schwieg. Dann sagte sie in einem Tonfall, der Karl merklich distanzierter vorkam: »Warum willst du das denn wissen?«

»Ich hab da jemand kennengelernt, Margret Osborne heißt die, eine Genetikerin aus London. Und einen Dr. Bridgewater von der

Rockefeller-Foundation. Im Kaukasus übrigens. Die interessieren sich für Wein.«

»Ach, sieh mal an«, Mitzi klang wieder normal, »die Osborne und der Bridgewater. Ich darf dir das eigentlich nicht sagen, aber die gehen hier aus und ein. Was sie genau machen, darf ich dir natürlich auch nicht sagen. Aber wenn du schon fragst: Unser wichtigster Geldgeber ist wirklich Rockefeller. Davor war es Rothschild. Die Rothschild-Holding in Paris. Lustig eigentlich, findest du nicht? Rothschild und Rockefeller. Klingt irgendwie nach neunzehntem Jahrhundert. Dabei ist Google neuerdings der große Player in diesem Spiel. Die investieren Wahnsinnssummen in Lebensverlängerung. Ich finde, du solltest wirklich nach Köln kommen. Dann könnten wir ein bisschen plaudern.«

Karl bedankte sich, versprach alles Mögliche und verabschiedete sich. Google, dachte er, das auch noch. Bin mal gespannt, was man über Google googeln kann. Zum ersten Mal in seinem Leben bedauerte er, dass er seinen Laptop nicht im Kaffeehaus dabei hatte. Zum ersten Mal bemerkte er im Goldegg das Schild »Kostenfreies WLAN«. Er zahlte und ging.

Zur Bushaltestelle des 13ers an der Ecke Kolschitzky-/Favoritenstraße war es nicht weit. Der 13er war nach Karls Auffassung eine der besten Erfindungen der Wiener Verkehrsbetriebe und wie geschaffen für ihn. Im Gegensatz zu den Radiallinien, die aus den Vorstädten sternförmig in die Innere Stadt führen, war der 13er gewissermaßen ein Quertreiber, er mäanderte durch die Bezirke zwischen Ring und Gürtel. Als der Bus kam, stieg Karl vorne ein, ein anderer Fahrgast hinten. Ecke Kirchberggasse stieg er aus und ging die Burggasse Richtung Gürtel hinauf. Er freute sich auf das Gulasch im Schilling. Endlich wieder Wiener Küche nach einer Woche Südosteuropa. Kalbsgulasch war aus, er nahm Schnitzel.

Dass der andere Fahrgast an der gleichen Haltestelle ausgestiegen war, hatte Karl nicht bemerkt. Auch als er das Schilling verließ und beschloss, zu Fuß nach Hause zu gehen, registrierte er nicht, dass der andere, ein junger Mann mit schief sitzender Kappe und grauem Kapuzenpullover, sein ständiger Begleiter war. Durch die Stadt zu stromern, war eine Fortbewegungsart, die dem Sinnieren und Schwadronieren in ihrer Planlosigkeit verwandt war. Sinnieren, Schwadronieren und Stromern waren allesamt mäandernde Existenzweisen, einmal im Kopf, einmal auf den Lippen und zuletzt auf der Straße. Sein Lieblingszitat zu dem Thema ging ihm durch den Kopf, das kannte er in- und auswendig und platzierte es oft bei einschlägigen Gesprächen als unschlagbaren Beweis, bestrahlt von der Glorie des Hammer-Philosophen: »Aus Mangel an Ruhe läuft unsere Zivilisation in eine neue Barbarei aus. Zu keiner Zeit haben die Tätigen, das heißt die Ruhelosen, mehr gegolten. Es gehört deshalb zu den notwendigen Korrekturen, welche man am Charakter der Menschheit vornehmen muss, das beschauliche Element in großem Maße zu verstärken.« Wobei er sich sicher war, dass man bei Nietzsche an irgendeiner Stelle auch das gerade Gegenteil finden würde. Beim Überqueren der Mariahilfer Straße grinste Karl in sich hinein, denn meistens pflegte er bei solchen Anlässen, um die kleine Angeberei auf die Spitze zu treiben, sogleich Gedanken des anderen Philosophen nachzuschieben, desjenigen mit Hammer und Sichel gewissermaßen, und seine Zuhörer dann mit Karl Marx zu verblüffen. Dass eine wirklich freie Tätigkeit des Menschen darin bestehe, heute dies, morgen jenes zu tun, morgens zu jagen, nachmittags zu fischen, abends Viehzucht zu treiben und nach dem Essen zu kritisieren. So etwas kam immer gut, wenn die Leistungsethiker, die Erfolgsfanatiker und die Arbeitsenthusiasten mal wieder zu laut wurden.

Als er die Pilgrambrücke überquerte, erwog er kurz, im Rüdigerhof noch ein Achtel zu trinken, was er aber unterließ, weil er an Irina dachte, die möglicherweise schon zu Hause sein könnte.

Irina. Er war nicht schlau aus ihr geworden auf der Flucht aus Kaukasien und der Reise durch den Balkan nach Wien. Sie war freundlich zu ihm, aber auf eine unnahbare und distanzierte Weise. Wie eine Königstochter, dachte Karl, die erst noch erobert werden will. Eine, für die erst noch eine Heldentat erbracht, ein Rätsel gelöst oder wenigstens eine lange Wartezeit durchlitten werden musste. Ein Versprechen, aber ein aufgeschobenes. Karl irritierte diese aufgezwungene und unausgesprochene Rolle, gleichzeitig hatte er keine Ahnung und wusste auch keinen Weg, wie er direkter zum Ziel gelangen sollte. Er war ungeübt und ungeschickt in diesen Dingen und unterließ lieber alles, was keinen guten Ausgang hätte erbringen können.

Es war wenig gesprochen worden auf den langen Autofahrten durch Südosteuropa, meistens stellte Josip einen lokalen Radiosender ein, und aus den Lautsprechern tönte landestypischer Balkan-Pop. Entweder war es Irina zu anstrengend oder sie hatte einfach keine Lust, sich ständig auf Englisch mit Karl zu unterhalten. Lieber sprach sie mit Josip georgisch und Karl musste stumm und ausgeschlossen der fremden schönen Sprache lauschen. Manchmal ließ Josip dann seine Pranke auf Karls Schulter krachen und prustete hervor: »Gute Frau, deine Irina, gute Geschichten«, oder »ganz schwierige Frau, deine Irina, aber egal.« Das besitzanzeigende Fürwort in diesen Äußerungen versöhnten Karl einigermaßen mit der Situation. Josip hatte während der gesamten Reise immer die Verhandlungen an den Hotel-Rezeptionen geführt, die diversen südslawischen Dialekte machten ihm keine Schwierigkeiten, und immer waren, auf Irinas Wusch, so vermutete Karl, drei Einzelzimmer dabei herausgesprungen. Nur einmal, in Montenegro, war wohl lediglich ein Dreibettzimmer verfügbar und an jenem Morgen, als Irina mit einem Handtuch umschlungen aus der Dusche kam, ließ ein verstohlener Blick in Karl die Überzeugung reifen, dass bei ihrer Erschaffung wohl Rubens die Hand im Spiel gehabt haben musste. Vielleicht war es dieses kleine Ereignis gewesen, ganz sicher aber das völlig in sich ruhende Wesen und die erhabene Erscheinung, er fand dafür kein besseres Wort, die bewirkten, dass Karl zunehmend Begriffe wie Göttin oder Königstochter verwendete, wenn er sie ansah oder auch nur an sie dachte. Josips Possessivpronomen eingeschlossen.

Als er nach Hause kam, roch es nach Rindsgulasch. Auch Irina war zurück und hatte auf dem Wohnzimmertisch ihre Einkäufe zur Besichtigung ausgelegt. Ein gesticktes Deckchen für die Kommode in ihrem Zimmer, ein Paar dunkelrote Pumps, robuste Winterstiefel und dunkelblaue Sneakers, einen eleganten Hosenanzug, einen Blazer und einen Rock. Als Karl die Einkäufe kommentieren wollte, rief Josip zum Essen. Vier Stunden hatte das Gulasch geköchelt, es war warm und weich, sie langten zu und mittendrin klingelte es an der Tür.

»Ein Paket für Herrn Breitenstein«, hörte Karl aus der Gegensprechanlage. Er drückte den Öffner. Irina holte ihr neues Küchenmesser, Josip nahm hinter der Tür Aufstellung, Karl machte sie auf. Der Paketbote trug eine schief sitzende Kappe und einen grauen Kapuzenpullover und hatte ein kleines Paket in der Hand. Karl bestätigte den Empfang und sah sich den Jungen an. Einer dieser Vorstadttypen, die entweder Verbrecher werden oder Nationalratsabgeordnete. Er schloss die Tür, der Junge hatte kein Wort gesagt.

Im Paket zwischen zerknülltem Zeitungspapier lag ein Umschlag. Er enthielt zwei Blatt Papier, ein größeres und ein kleineres. Auf dem großen lasen sie: »Karl Breitenstein. Wir wissen, wer du bist. Wir wissen, wer bei dir ist. Wir wissen, wo du bist. Wir wollen unser Geld zurück. Treffpunkt siehe Anlage. Komm allein, Polizei ist für einen Dieb wie dich keine gute Idee.« Das kleinere Stück Papier war eine Eintrittskarte. Wiener Ernst-Happel-Stadion, Fußball-Qualifikationsspiel zur WM zwischen Österreich und Deutschland. Karl wusste sofort, dass das schon am nächsten Abend war. Die kennen mich wirklich, dachte er. Auf der anderen Seite: Warum kommen die nicht einfach her mit gezückten Maschinenpistolen und holen sich, was ihnen gehört? Wer auch immer die sein sollten.

Als Erstes machten sie Kassensturz. Dreiundzwanzigtausend Euro waren noch übrig. Das erforderte einen Plan. Am nächsten Tag, Irina war schon ganz früh aus dem Haus gegangen, erstand Josip durch Inanspruchnahme von Kanälen, über die er kein Wort verlor, eine weitere Eintrittskarte für das längst ausverkaufte Spiel. Der Platz befand sich ziemlich genau gegenüber von demjenigen, der auf der Karte aus dem Paket angegeben war. Karl besorgte sich in der Favoritenstraße einen handlichen Feldstecher. Am späten Nachmittag machte er sich auf, nutzte diverse Linien der Wiener Verkehrsbetriebe, fuhr kreuz und quer durch die Stadt, stieg aus einem Wagen hinten aus, um gleich vorne wieder einzusteigen, landete schließlich am Praterstern und lief die letzten zwei Kilometer zu Fuß zum Stadion.

Der berühmte Wiener Prater, in dem das Ernst-Happel-Stadion liegt, kam Karl gerade recht, denn er bot Möglichkeiten, sich zwischen Büschen zu verstecken, sich hinter dickleibigen alten Bäumen zu ducken, unterhalb anmutiger Kuppen plötzlich die Richtung zu wechseln und andere indianerhafte Manöver auszuführen. Ein unbedarfter Beobachter hätte dieses Verhalten, auch das schon vorher in und zwischen den Straßenbahnen, als etwas seltsam, wenn nicht sogar kindisch empfunden. Verfolgt wurde Karl diesmal nicht. Als er schlussendlich den Platz, den ihm Josips Karte zuwies, eingenommen hatte, beobachtete er durch den Feldstecher das Treiben auf der Tribüne gegenüber. Ein Platz in den dicht gefüllten Reihen war frei, links davon saß der Paketbote, rechts davon ein weiterer junger Mann, der sich mit dem Paketboten lebhaft unterhielt. Ab und zu sahen sie auf die Uhr, drehten sich um, standen auf. Zwei Zuschauer, ratlos unter dem Fußballoval. Das Spiel hatte begonnen.

Neben Karl saß ein älterer Herr, der einen weiten Ball eines deutschen Abwehrspielers in die Arme des österreichischen Torwarts mit einer verächtlichen Geste kommentierte. Karl wandte sich ihm zu: »Sie mögen diese Art Fußball nicht?« – »Nein, wirklich nicht. Ein Rückfall, ein Relikt aus dem deutschen Fußball, wie er vor 10, 20 Jahren gespielt wurde. Dieser Rumpel-Fußball damals, dieser, entschuldigen Sie den Ausdruck, Nazi-Fußball. Erstaunlich, wie sich das geändert hat.« Das war ganz beiläufig gesagt, fast melancholisch. Wie auf Kommando schoss der Mittelstürmer der Deutschen nach einer rhapsodischen Kombination mit einem Fersler, wie Karl anerkennend feststellte, das 0:1. Karl hatte lange geschwiegen: »Finden Sie das nicht ein bisschen hart? Nazi-Fußball?« – »Hart? Es war lange Zeit die Wahrheit. Es speiste sich aus den gleichen Quellen. Ordnung. Härte. Kompromisslosigkeit. Und aus den gleichen Defiziten: uninspiriert, humorlos, dumpf. Umso verblüffender dieser Wandel. Als ob den Deutschen eine neue Melodie vorgespielt worden wäre. Menuett statt Marsch. Und ganz viel Rock 'n' Roll und Samba und Reggae noch obendrauf. Da werden es unsere Walzerkönige da unten schwer haben.« Bei der letzten Bemerkung lächelte der ältere Herr verhalten und wandte sich seinerseits zu Karl, musterte ihn aufmerksam: »Ach, nehmen Sie das Gewäsch eines alten Mannes nicht so ernst. So sind wir halt. Ich liebe dieses Spiel, wissen Sie. Vor allem seine ästhetischen, seine spielerischen Elemente, aber auch den, wie soll ich sagen, Anteil des Kriegerischen. Da unten auf diesem Rasen verbinden sich zwei ganz gegensätzliche Wesenszüge des Menschen, die Freude am aller Zwecke entledigten freien Spiel und das Zweckhafte in seiner reinsten Form, dem Gewinnen, Besiegen. Der homo ludens und der homo bellicus. Aber ich will Sie nicht weiter stören.« Karl hatte noch eine Frage: »Haben Sie eigentlich selbst aktiv gespielt?« – »Ich bitte Sie: Maccabi Tiflis, Vizemeister der georgischen Regionalliga in den Dreißigern. Meister durften wir nie werden. Das wurde immer Dynamo. Rechter Läufer, so hieß das damals. «

In der zweiten Halbzeit wurde das Spiel von den Deutschen nur noch lustlos zu Ende gespielt, die Österreicher gewannen ein wenig Oberwasser. Kurz vor Schluss beugte der Herr sich noch einmal zu Karl: »Vielleicht reden wir mal irgendwann weiter. Hier meine Karte.«

Karl las: »Dr. Igor Kobiaschwili, Universal(un)gelehrter, St. Ulrichsplatz 2, Wien VII.« Was ihn aber noch viel mehr beeindruckte, war der Ring, den der Doktor trug. Ein kleiner rubinroter Stein, dessen Fassung wie eine Knospe aussah. Dr. Kobiaschwili lüftete zum Abschied seinen Hut: »Hat mich sehr gefreut. Vielleicht auf ein nächstes Mal. Habe die Ehre.«

Auf dem Nachhauseweg in der Straßenbahn musste Karl stehen, die Bahn war voller Fans mit rot-weiß-roten Schals und Armbändern, mit Kappen, auf denen der Habsburger Doppeladler prangte, und Joppen mit dem Bild von Che Guevara und der Aufschrift »Sempre Austria«. Die Stimmung ist eher trüb, Karl dagegen bester Laune und nimmt sich vor, den Fußballgelehrten demnächst aufzusuchen. Er schiebt es erst auf die Enge im Wagen, dass er sich nicht mehr bewegen kann. Dann dreht er den Kopf nach rechts und nach links, erkennt aus dem Augenwinkel den Paketboten auf der einen Seite und dessen Gefährten von der Gegentribüne auf der anderen. Gleichzeitig spürt er deutlich, dass er an den Armen festgehalten wird. Ziemlich fest sogar. Und im Rücken, ist das jetzt ein Zeigefinger oder wirklich der Lauf einer Knarre? Der Griff wird härter und er wird langsam zur Tür gezerrt. Das ist nicht nur unangenehm, das ist schon bedrohlich. Das tut weh. Das macht Angst. Das mobilisiert aber auch ungeahnte Fähigkeiten. Karl fängt in die trübe Stimmung hinein einfach an zu grölen: »Immer wieder, immer wieder, immer wieder Österreich.« Die Fans sehen ihn fassungslos an, spinnt der, gerade gegen den Erzfeind verloren, aber schon bei der zweiten Strophe macht sich eine neue Stimmung breit, nach dem Spiel ist vor dem Spiel, und beim dritten Mal feiert der ganze Straßenbahnwagen in Erwartung neuer großer Siege mit. Bevor sie zum vierten Mal ansetzen, nimmt Karl sein ganzes Vorstadtwienerisch zusammen und schreit in die Menge: »Heats Burschn, i glab, de zwa do san Piefke-Oaschlöcher und de damma grod weh!« Bittere Rache nimmt Österreichs geschundene Seele, und die Aufforderung Karls, »schmeiss mas aussi«, wird an der nächsten Haltestelle in die Tat umgesetzt. Der Preis, den Karl zahlen musste, war lauwarmes Bier aus Büchsen, mit dem er begeistert übergossen wurde, zahlreiche Schläge auf die Schultern und eine heisere Stimme.

Wieder fuhr er kreuz und quer durch Wien. Landete schließlich ganz weit im Süden, wo kurz vor den Bürotürmen, den Gartencentern, Möbelhäusern und Factory-Outlets die letzten Wohnblöcke stehen, in einer kleinen leeren Wohnung, in der Josip und Irina schon auf ihn warteten. »Hier sind wir sicher«, begrüßte ihn Josip, »gehört russische Botschaft. Haben wir früher Überläufer verhört oder gegnerische Agenten gefoltert, egal.« Irina hatte Essen mitgebracht, genügend Wein aus Karls Keller war auch da. Sie lachten und feierten und fühlten sich erst einmal sicher. Am nächsten Morgen war Irina schon wieder weg und Karl am Nachmittag mit Marion verabredet.

Zuerst hatte er das Eiles in der Josefstadt vorgeschlagen. Inzwischen war ihm das zu gefährlich, seine Lieblingsorte schienen ihm mittlerweile allesamt zu gefährdet und so wollten sie sich an der Alten Donau treffen, wo sie sich beide auskannten. Gutes Gelände, ein Spazierweg am Ufer entlang, Fluchtmöglichkeiten über das Wasser, freie Sicht, kaum Gelegenheiten, unbemerkt verfolgt zu werden.

Beim Umsteigen in die U1 am Reumannplatz kaufte sich Karl eine Zeitung. Auf der dritten Seite war ein langer Artikel platziert mit der Überschrift »Der Schatz, der aus der Tiefe kam«. Darunter etwas kleiner: »Von unserer Chefreporterin Marion Drygalski«.

Als Karl fertiggelesen hatte, starrte er zum Fenster hinaus. Was als dreister Rebenraub in Traiskirchen begonnen hatte, war zu einer Geschichte geworden, von der er zu ahnen glaubte, dass sie mit seinen Erlebnissen der letzten Zeit eng verwoben war und deren letzte Konsequenzen im Artikel nicht einmal erwähnt waren. Dort erfuhr er nur, dass Mugeaux, der im Artikel Jacques Trudeau hieß und als Sammler und Händler alter Weine vorgestellt wurde, aber ohne Adresse und Ortsangabe, eine Fahrt mit unbestimmtem Ziel unternommen hatte. Dass Mugeaux dabei Franz Jüngers letzte Fahrt nachvollzogen hatte und dessen Wein gehoben hatte, wurde ihm erst im letzten Absatz von Marions Reportage klar. Dort schilderte sie, wie sie und Mugeaux nach ihrer Rückkehr an einem nicht näher bezeichneten Ort eine erste Flasche des gehobenen Schatzes öffnen und verkosten. Ausführlich berichtet sie von der erstaunlichen Trinkbarkeit des Weines, beschreibt Geschmacksnuancen, um damit zu enden, im Abgang sei unverkennbar ein Hauch von Linoleum zu erahnen. Karl wurde ein wenig schwindelig. Nicht auszudenken, er hätte von all dem gewusst, was in Marions Artikel gar nicht zu Wort gekommen war.

An dem Morgen auf See nach dem Sturm war Marion wieder bei Kräften. Sie aß Toast mit Erdbeermarmelade und trank starken Kaffee. Mugeaux, sichtlich guter Laune, setzte sich zu ihr.

»Sie sind mir noch eine Geschichte schuldig, Mugeaux«, flötete Marion: »Sie haben es versprochen. Und Georgien und wie hieß das noch einmal, Risi oder Pisi, das interessiert mich sehr.« Letzteres war nicht einmal gelogen, denn sie wusste ja, dass Karl zur gleichen Zeit in Georgien den Ursprüngen des Weines hinterher forschte. Oder hinterher trank, korrigierte sie sich, amüsiert die Stirn runzelnd. Mugeaux schenkte sich Kaffee ein. »Nisi, ein kleiner Ort an der georgischen Weinstraße. Dort beginnt meine Geschichte. In einer Sache allerdings muss ich mich korrigieren. Ich möchte nicht, dass Sie diese Geschichte in Ihrer Story verwenden. Das müssen Sie mir versprechen.« – »Und warum wollen Sie mir die Geschichte dann erzählen?« – »Das erkläre ich Ihnen, wenn ich fertig bin.«

Mugeaux hatte am Kaffee nur genippt. Auf dem Tisch stand eine Flasche Donnafugata. Fragend hielt er sie hoch, Marion nickte. Einschenkend wurde seine Stimme dunkler, der Fluss der Worte langsamer: »Ich hieß nicht immer Mugeaux. Ich war nicht immer Franzose. Früher war ich Georgier, ein Kachete. Was ich bewahrte, waren die ersten drei Buchstaben. Früher, da war ich ein Mugaschwili.«

Dieses »Früher« setzte in Mugeaux' Erzählung im Jahr 1942 ein. Die Nennung der Jahreszahl bewirkte, dass Marion sofort zu rechnen begann und die Faltengebirge in Mugeaux' Gesicht mit einer Mischung aus Fassungslosigkeit und Bewunderung musterte. Sein Vater hatte ihn gemeldet bei der Militärkommandantur der Roten Armee und nicht versteckt vor den Aushebungskommandos, wie es sein Großvater wollte, der genügend Wege und Hütten und Höhlen kannte weiter oben in den Bergen. Als er dann Abschied nahm von seiner Verlobten, die ganz steif dastand und ein wenig zitterte und verweinte, rote Augenränder hatte, und der Hauptmann der Roten Armee schon ungeduldig auf den riesigen Militärlastwagen zeigte, auf dem junge Rekruten froren, die nie wieder ihre Heimat sehen sollten, da hatte der Großvater ihm ins Ohr geflüstert, auf Deutsch: »Pass auf dich auf. Ich werde auf deine Tamara aufpassen. Versprochen.«

Danach hatte er hat viele Menschen sterben sehen. Der Krieg der Deutschen gegen die Sowjetunion war von Anfang an eine Orgie der Verwüstung und Vernichtung. Das Land wurde niedergebrannt, die Menschen niedergemetzelt. Von seiner Kompanie war er der einzige, der in Gefangenschaft geriet. Der Rest war verreckt. Zuletzt war sein Hauptmann an der Reihe gewesen. Ein deutscher Major drückte ab,

Genickschuss. Als dann die Reihe an ihm war, blickte er dem Major fest in die Augen: »Vielleicht kann ich Ihnen noch nützlich sein, Herr Major«, und wahrscheinlich war es sein gutes Deutsch, vom Großvater gelernt, das ihm das Leben rettete.

Wenig später war der junge Georgier als namenloser Kriegsgefangener beim Arbeitseinsatz im Westen. 1943 baute er den Atlantikwall in Südwestfrankreich. Das heißt, er ließ bauen, denn längst war er der Kapo im Lager der russischen Zwangsarbeiter. Er konnte Deutsch, er konnte Russisch und das bisschen Französisch war schnell gelernt.

Im Sommer 1944, als die Niederlage Nazi-Deutschlands absehbar und Frankreich im Begriff war, befreit zu werden, war es das kleinere Problem, den Deutschen auf Nimmerwiedersehen zu sagen. Das größere war, Mugaschwili zu heißen. Für die Russen war er ein Überläufer, auf den Sibirien, wenn nicht die Todesstrafe wartete, für die Franzosen ein Kollaborateur. Er floh, schlug sich durch, schlich durch die Wälder, schlief in Erdhöhlen, stahl Eier, die er roh trank. Im Herbst 1944 wurde er von Bauern in der Provence aufgenommen, schlief die folgenden Tage zum ersten Mal seit Langem wieder in einem warmen Bett. Dem Bürgermeister des Dorfes erzählte er eine lange Geschichte und wenige Tage später fand die Geburtsstunde des Gaston Mugeaux statt. Eine Einheit des Generals de Gaulle nahm ihn auf und die letzten Monate des Krieges erlebte er in der Uniform der französischen Armee.

Marion hatte an dieser Stelle der Erzählung ein ungutes Gefühl. Irgendetwas fehlte hier. Als ob da eine dunkle Stelle sei, von der Mugeaux nicht reden wollte. Aber sie sagte nichts. Und als ob er ihre Bedenken erahnt hätte, beharrte er noch einmal darauf, dass solche Identitätswechsel damals nichts Ungewöhnliches gewesen seien, Gestalten wie ihn, Angeschwemmte aus den Lagern Europas, Deserteure aus den Armeen aller Nationen, ohne Papiere aber mit glaubhaften Legenden, gab es zuhauf.

Nach dem Krieg ging es als Gaston Mugeaux aufwärts mit ihm. Dann entdeckte er den Wein, die alten Weine, und er zog sich aus allen anderen Geschäften zurück.

Bis dahin hatte Mugeaux in einem beiläufigen Plauderton erzählt. Dann blickte er Marion lange an: »Wenn ich schon dabei bin: Ich möchte, dass Sie verstehen, was es bedeutet, ein Mugaschwili zu sein.« Was folgte, kam langsam und stockend. Es war die Nacht auf seinen sechzehnten Geburtstag. Sein Vater stand plötzlich über ihm mit funkelnden Augen und schüttelte ihn. »Heute wirst du erwachsen werden, Sohn.« Und dann wurde er hochgerissen aus seinem warmen Bett und eine dicke, stinkende, kalte Decke über ihn geworfen. Fast eine Stunde stolperte er in der schwarzen Nacht den Berg hinauf, der Vater stieß ihn nach vorne. Als sie endlich auf einem Plateau angelangt waren, nahm er einen Lichtschein wahr, der aus einer Öffnung im Fels drang. Hinein musste er in die Höhle, sieben Kerzen brannten dort und warfen ein Licht auf eine mannsgroße Statue an der Rückwand. Das einzig Beruhigende war, dass der Großvater in einer Ecke stand. Der Vater drückte ihn auf einen steinernen Klotz in der Mitte der Höhle, riss im das Nachthemd vom Leib, drehte sich um und stand mit einem riesigen Messer vor ihm: »Du bist ein Mugaschwili. Weißt du, was das bedeutet.« Der Vater schrie dabei nicht, er zischte nur und hob das Messer. Der Großvater stand lässig zwei Meter entfernt und sagte nichts.

Ohne eine Antwort abzuwarten, schnitt ihm der Vater zwei Mal tief in den Oberarm. Goss Wein auf die klaffenden Wunden. Und legte dann begütigend beide Hände auf die Schultern seines Sohnes. Sie weihten ihn ein, der Vater und der Großvater. In den Wein der Mugaschwili. Der ihren Wohlstand begründete. Und der ihm ein längeres Leben garantierte als den meisten Sterblichen. Beim Hinausgehen aus der siebenkerzigen Höhle sagte der Großvater zu ihm, natürlich auf Deutsch: »Merk dir eines mein Kleiner. Die Mugaschwili haben den besten Wein der Welt. Mit einer Ausnahme. Das ist der Wein von Jakob Jünger. Merk dir diesen Namen. Vielleicht brauchst du ihn noch einmal.«

Gaston Mugeaux stand auf. Er war müde vom vielen Reden geworden. Marion sagte nichts, blickte zu ihm hinauf. »Eine letzte Episode noch, vielleicht die wichtigste. Es war kurz bevor mich mein Vater der Roten Armee auslieferte. An einem verregneten Oktobertag, ich erinnerte mich genau, kam ich aus dem Weinberg zurück. Es war ein harter Tag Arbeit gewesen, ich setzte mich in der Küche ans Feuer. Plötzlich kam von oben, die Treppe herab mein Vater gepoltert, torkelnd mit offenem Gürtel, das Hemd hing ihm heraus. Er packte mich mit beiden Händen an den Schultern.«

Stockend redete Mugeaux weiter. Er erzählte, wie sein Vater ihm zuraunte: »Jetzt ist sie eine Mugaschwili. So ist das, Sohn. Vergiss das nicht.« Er, der junge Mugaschwili, hastete die Treppe hinauf und in dem Raum, der für sie beide vorbestimmt war, liegt auf dem zerwühlten Bett ein wimmerndes Stück Mensch. Er deckt sie mit seinem Körper zu, er flüstert zärtlich, aber sie schweigt ihn aus großen grauen Augen an. Es dauerte Wochen bis Tamara es wieder ertrug, von ihm berührt zu werden.

Marion hatte feuchte Augen, als Mugeaux geendet hatte. Sie sagte lange nichts, sie trank nicht mal einen Schluck Wein. Mugeaux blickte über das Wasser, hinter den Horizont. Schließlich begann Marion leise: »Zwei Fragen habe ich Gaston. Warum sind Sie nie zurückgekehrt nach Nisi? Und warum erzählen Sie das alles ausgerechnet mir und noch dazu mir als …« – »Als Privatperson, wollen Sie sagen, nicht als Journalistin.« Mugeaux' Stimme war wieder fest: »Ich bin ein alter Mann. So viele Menschen habe ich nicht und meine Geschichte kennt niemand. Sie sind, darf ich das einfach so sagen, mir sehr sympathisch. Sie können zuhören, Sie haben etwas Vertrauenerweckendes. Genügt Ihnen das? Die andere Frage ist schwieriger zu beantworten. Während der Sowjetzeit, ich sagte es schon, war ich Überläufer, Vaterlandsverräter, Kollaborateur, nennen Sie es, wie Sie wollen. Nach dem Zusammenbruch der Sowjetunion war das alles kein Thema mehr, aber es waren so viele Jahre vergangen und ich wollte vorsichtig sein. Ich schickte jemanden, der verlässlich war, nach Nisi. Auf diesem Weg habe ich erfahren, dass Tamara, meine Verlobte, meine damals zukünftige Frau, längst gestorben war. Sie hat eine Tochter hinterlassen, die lange nach dem Krieg zur Welt kam. Diese Tochter kann definitiv nicht von mir sein, sondern ist aller Wahrscheinlichkeit nach von meinem Vater. Der lebt noch und ist tyrannischer denn je. Auch mein Großvater lebt noch, Nestor sagen sie jetzt zu ihm, aber er ist im Dauerkonflikt mit seinem Sohn. Was also sollte ich dort? Rache nehmen an meinem Vater? Wiedersehen feiern mit meinem Großvater? Oder jene Irina kennen lernen, deren Anblick mir wahrscheinlich das Herz zerbrechen würde? Ich habe entschieden, das alles nicht zu tun. Vorläufig jedenfalls nicht, vorläufig.«

Zwei Tage später waren sie zurück in der Provence. Marion schrieb an ihrem Artikel und auf dem großen Tisch im Esszimmer standen sie nun, 223 Flaschen aus den Tiefen des Atlantiks, und ihnen gegenüber wie eine zweite Armee die 198 Flaschen Clos Gethseman aus der Höhlung unter St. Sixte. Zwei uralte Weine mit je eigener Herkunft und Geschichte, deren Wege sich auf diesem Tisch mit einem Mal gekreuzt hatten. Irgendetwas schien ihnen gemeinsam zu sein und wenn es nur das Geschmackserlebnis war, das Marion nach dem ersten Schluck Atlantik-Wein ähnlich enttäuschend fand wie zuvor bei Pierre Gilles' Clos Gethseman: »Nicht muffig, aber leblos. Wie alter Fußboden.« Woraus dann in ihrem Artikel jenes Linoleum wurde, das Karl in Schwindel versetzte, war es doch für ihn der Hinweis, dass Mugeaux nichts anderes als Franz Jüngers Wein gefunden hatte. Nicht wissen konnte er, wer Mugeaux eigentlich war und wie er den Wein entdeckte hatte. Während Mugeaux nichts wusste von Franz, von seiner Familie und also auch nicht von Jakob Jünger. Wissen und Nichtwissen, Ahnungslosigkeit und dämmernde Erkenntnisse waren gerecht verteilt.

Karl starrte immer noch auf das Fenster der U-Bahn. An der Haltestelle Alte Donau stieg er aus. Marion wartete auf der anderen Seite der Brücke. »Was soll denn diese Geheimnistuerei, du spinnst doch schon wieder komplett«, war ihre Begrüßung. Zur Bestätigung packte er sie am Arm, sah sich nach allen Seiten um und zog sie zur Treppe, die zum Uferweg hinab führte. »Ich weiß, wem euer Wein aus dem Atlantik einmal gehört hat. Und ich hab zu Hause drei Flaschen Wein, die im Abgang auch nach Linoleum schmecken. Und außerdem hab ich Schwierigkeiten.«

Für den knappen Kilometer bis zum ersten Gasthof am Ufer brauchten sie fast eine Stunde. Aus Karl sprudelte es nur so heraus. Noch einmal rekapitulierte er, was er ihr schon einmal über Jakob geschildert hatte, diesmal aber die vollständige Geschichte mit den Picassos im Nebenhaus. Und mit dem Brief, in dem Franzls Reise angekündigt wurde. »Verstehst du! Dieser Franzl Jünger ist der Passagier, den der Kapitän Unger damals mitgenommen hat. Von dem dein Trudeau über diese Madame Castelli und ihre Enkelin erfahren hat.« – »Der heißt übrigens Mugeaux in Wirklichkeit, nicht Trudeau.« – »Mugeaux? Der Weinhändler vom Neuen Markt? Den kenn ich, da hab ich schon mal eingekauft. Da schau her.«

Alles, was er in Georgien erlebt hatte, erzählte er ihr. Als er zum ersten Mal den Namen Mugaschwili und den Ort Nisi erwähnte, blieb Marion stehen und starrte ihn an. »Was ist denn jetzt los?«, fragte Karl. »Ach nichts, Mugaschwili, komischer Name.« Karl überging die Unterbrechung, er war bei seinen Erzählungen schon wieder zurück in Wien und bei dem Erlebnis in der Straßenbahn nach dem Fußballspiel, das Gespräch mit Dr. Kobiaschwili erwähnte er nicht, das hätte jetzt wirklich zu weit geführt. Während er erzählte, war in Marion ein Entschluss gereift. Sie hatte Mugeaux auf dem Schiff versprochen, seine Lebensgeschichte nicht nur nicht in ihrer Zeitungsstory zu verwenden, sondern sie überhaupt für sich zu behalten. Zu niemandem davon ein Sterbenswörtchen zu sagen. Er hatte ihr dabei tief in die Augen gesehen, daran erinnerte sie sich jetzt lebhaft und sie beschloss, ihr Versprechen nicht zu brechen. Auch Karl gegenüber nicht, obwohl der ihr weiß Gott gerade eine ganze Menge anvertraut hatte. »Und deine Irina ist also jetzt in Wien?« Schon wieder dieses besitzergreifende Fürwort, dachte Karl und nickte heftig.

Sie saßen mittlerweile im Gasthof am Ufer mit Blick über die Alte Donau und einer schon fast leeren Flasche Riesling aus dem Kamptal vor sich. Karl bestellte eine zweite, er fand es um zwölf Uhr zu früh und in der Oktobersonne zu warm für einen Rotwein. Immer wieder sah er sich um. Marion beruhigte ihn: »Das sind alles Rentner hier, Pensionisten und ein paar Touristen. Pass auf, Charlie, ich hab eine Idee.

Ich würde gerne deine Irina kennenlernen und du solltest mit meinem Mugeaux das Gleiche tun. Wir treffen uns und trinken gemütlich ein Glas Wein. Oder zwei. Und den Josip bring bitte auch mit, den find ich lustig.« Karl war natürlich aufgefallen, dass Marion das Possessivpronomen auch bei Mugeaux verwendet hatte, im Prinzip fand er das aber eine gute Idee: »Bloß wo? Meine Beisln und Cafés sind alle viel zu gefährlich. Da warten die nur auf mich. Ich muss untergetaucht bleiben, inkognito, verstehst du. Und Irina auch.« – »Dann gehen wir zu Mugeaux in den Keller. Da gibt es super Wein. Und da bist du sicher wie in Abrahams Schoß.« – »Klingt gut. Wann?« – »Ich ruf dich an.«

Marion ging. Karl blieb noch. Zuerst rief er im Stift Heiligenkreuz an. Es dauerte zunächst, aber als er insistierte »Pater Maurus kennt mich, sagen Sie ihm nur meinen Namen« war der Zisterzienser schnell am Apparat. Karl sprach viel zu schnell: »Haben Sie heute die Zeitung schon gelesen? Ich war ja bei Jakob, das wissen Sie. Und Franzl, seinen Wein, man hat ihn gefunden. Kennen Sie einen Kardinal O'Hara? Von der Vatikanbank, den müssen Sie doch kennen. Der verfolgt mich. Und der Glatzkopf aus Italien. Oder dieser Lewan. Oder alle drei. Im Happel-Stadion.« Maurus hatte ihn ausreden lassen: »Wir sollten uns sehen. Ich bin morgen in Wien, ich hab zu tun im Heiligkreuzerhof. Gehen wir Mittagessen. Ins Café Engländer, das ist nicht weit. Morgen um Zwölf. Gott zum Gruß.« Daraufhin, etwas beruhigt, bezahlte Karl und ging. Es war schon gegen Abend, als er in der russischen Agentenwohnung ankam. Auf dem Tisch lag ein Zettel von Josip: »Komme heute nicht. Muss erledigen.«

Kurz danach hörte er das vereinbarte Klopfzeichen, öffnete und Irina kam herein. Ihm war unbehaglich zu Mute, als er in Erwartung eines wort- und freudlosen Abends zu zweit mit ihr am Küchentisch saß. Sie sagte: »Guten Abend, Karl, schön dich zu sehen. Wie geht es dir? Hattest du einen angenehmen Tag? Mein Tag war anstrengend. Ich möchte einen Schluck Wein trinken.«

Das war nun kaum als Einleitung zu einer inspirierten Abendunterhaltung zu bewerten und dennoch starrte Karl Irina an, als ob ihm eine Erscheinung begegnet sei, eine Offenbarung zuteilgeworden wäre: »Woher … Wieso kannst du … Du sprichst ja Deutsch!« Irina lächelte. Und lachte. Und freute sich wie ein kleines Kind. Sie begann zu erzählen, sie wechselte natürlich ständig wieder ins Englische, aber bemühte sich und suchte und fand die deutschen Worte: »Sagt man so?«

Schon am ersten Tag in Wien war Irina in die Gegend des Mexiko-Platzes gefahren. Ein Stück Osteuropa mitten in Wien. Irina ging spazieren, grüßte dicke Frauen mit Kopftüchern und sommersprossigen Kindern, betrat Läden in Souterraingeschossen, fing Gespräche mit alten Männern auf ihren Stühlen an Straßenecken an. Sie war eine auffällige Erscheinung und schon am zweiten Tag wurde sie gegrüßt, sie wurde eingeladen auf ein Glas Tee und hereingebeten in die Läden mit unklarem Geschäftszweck.

Dort hatte sie auch eine Adresse bekommen, wo sie sich zur Mittagsstunde pünktlich einfand und vier Stunden blieb. Intensive vier Stunden. »Mein Deutschlehrer«, erzählte sie jauchzend und klatschte dabei in die Hände: »Ein alter Jude. Aus Tiflis. Jetzt lebt er in der Nähe des Spittelbergs und gibt Deutschunterricht. Wahrscheinlich den besten der Welt.« Karl nahm sich vor, bei Gelegenheit darauf zurückzukommen, aber Irina war wie ausgewechselt, sie plapperte und radebrechte und erzählte und wurde auf einmal ganz ernst: »Weißt du, ich kann einen Mann nur lieben, wenn ich seine Sprache spreche.« Karl beugte sich schüchtern nach vorn und wollte etwas sagen oder sie vielleicht sogar küssen, aber sie reißt ihn bei den Armen hoch: »Komm wir tanzen.« Sie singt und tanzt und führt ihn dabei, der Gesang wird leiser und langsamer, sie schmiegt sich an ihn und flüstert ihm ins Ohr: »Ich möchte, dass wir heute Nacht einen kleinen Mugaschwili machen. Oder eine kleine Breitenstein. Egal.« Beim letzten Wort reißt sie sich los und fragt besorgt: »Wo ist Josip?« Karl beruhigt sie, zeigt ihr den Zettel und dann wechseln sie aus der Küche in eines der Zimmer, wo nichts als eine Matratze liegt. Und weil sie ihr Kleid ausgezogen hat und weil auf der gegenüberliegenden Straßenseite ein Hotel in blauer Leuchtschrift »Hotel« schreibt, steht sie im bläulichen Gegenlicht, und weil sie eine von Rubens geschaffene Kaukasierin ist, wirkt sie in diesem Licht wie eine Göttin. Oder Königin? Denkt Karl. Wenig später denkt er nicht mehr. Sondern macht. Und in weniger als einer Millisekunde entscheidet es sich, ob es ein kleiner Breitenstein wird oder eine kleine Mugaschwili.

Am nächsten Morgen betrat Karl Punkt zwölf das Engländer. In einer Nische mit den grünen Polsterbezügen, gottseidank, dachte Karl, Raucherbereich, saß Pater Maurus. Auf seinem Tisch lag die Zeitung vom Vortag, aufgeschlagen die Seite mit Marions Artikel.

Karl setzte sich, deutete auf den Artikel und begann zu erzählen, hektisch, unsystematisch, mit Fragen durchsetzt. Dem Kellner warf er, ohne aufzublicken ein »Schnitzel. Und Veltliner« entgegen, so dass Maurus begütigend seine Hand auf Karls Arm legte und eine ordentliche Bestellung aufgab: zweimal Wiener Schnitzel und zwei Achtel Veltliner.

Maurus hörte konzentriert zu, als das Schnitzel kam, faltete er kurz die Hände und begann zu murmeln. Karl fiel auf, dass er innerhalb von vierundzwanzig Stunden jetzt zum zweiten Mal seine Geschichte erzählte und seine Erlebnisse im Kaukasus kamen ihm immer mehr wie eine Räuberpistole vor. Zum Schluss, als er mit dem Finger auf Marions Geschichte in der Zeitung deutete, sprudelte eine letzte Kaskade an Fragen aus ihm heraus: »Wer ist Jakob eigentlich? Franzls Sohn oder Enkel? Oder Franzls Vater, ich glaube ja mittlerweile alles! Wer sind diese Leute da draußen? Was soll dieser Kardinal? Die Vatikanbank? Die Mafia? Mein Gott, ich werde noch wahnsinnig?« Als ob er erhört worden wäre, stand ein zweites Achtel vor ihm, guter Schankwein, der Pater lehnte dankend ab. »Nun mal der Reihe nach und in aller Ruhe, mein Sohn.« Maurus formte die Worte weit vorne in seinem Mund, die Lippen spitzten sich ab und zu und in Verbindung mit dem näselnden Tonfall hatte Karl das Gefühl, eine sakrale Botschaft zu hören. Wie im Beichtstuhl, dachte er.

»Jakob ist sehr alt, das dürfen Sie mir glauben. Ob er so alt ist, dass er sogar Franzls Vater sein könnte, das lassen wir einmal dahingestellt. Dass er so alt ist, wie er ist, hängt natürlich mit seinem Wein zusammen. Aber auch mit seinen Genen. Nicht jeder, der von seinem Siebener trinkt, wird steinalt. Schon gar nicht unsterblich. Die Unsterblichkeit, da dürfen Sie einem Mann der Kirche vertrauen, ist noch einmal ein ganz anderes Thema. Um zu Ihrer nächsten Frage zu kommen: Ich habe Ihnen etwas mitgebracht.« Aus seiner Hosentasche fingerte Maurus eine kleine Schatulle. Er öffnete sie und reichte sie über den Tisch. Karl sah einen Ring darin mit einem kleinen rubinroten Stein, dessen Fassung wie ein knospendes Stück Ast an einem Rebstock geformt war. »Sie gehören jetzt dazu. Zu Jakobs Kunden oder, wie wir lieber sagen, zu seinen Freunden.« Wie die Gräfin Marczinsky, dachte Karl, des Paters Begleiterin in Guebwiller. »Sie fragen sich, warum sie dazu gehören. Ganz einfach. Weil ich Sie vorgeschlagen habe und weil sie die kleine Aufnahmeprüfung oben auf dem Berg bei Jakob bestanden haben. Er mag Sie.« – »Mehr nicht?« – »Nun, das ist doch schon eine Menge. Wir beide mögen Sie und wir finden Ihre Lebenseinstellung bemerkenswert. Sie hat, was mir persönlich sehr sympathisch ist, viel Subversives. Sie sollten den Müßiggang allerdings noch etwas vertiefen. Gedanklich und natürlich ganz praktisch. Aber da wird Ihnen der Wein helfen. Und ein paar unserer Siebener-Freunde. Besuchen Sie ruhig einmal den Dr. Kobiaschwili, meinen Freund Kobi, das ist ein höchst inspirierender Gesprächspartner.«

Karl erinnerte sich an den Ring am Finger des gelehrten Universalungelehrten. »Der gehört also auch dazu«, sagte er ehrfürchtig: »Und wer noch? Außer Chaplin und Picasso und Ernst Jünger? Und Salem. Warum eigentlich der?« Maurus lehnte sich zurück: »Salem ist eine lange Geschichte. Die erzähle ich Ihnen ein andermal. Vielleicht ja auch er selbst. Viele gehören dazu und doch wenige. Wie man es nimmt. Es müssen außergewöhnliche Menschen sein, Menschen, die etwas geben. Schließlich bekommen sie etwas von uns. Einmal im Jahr treffen wir uns, Jakob und ich. Und dann gehen wir meine Vorschläge durch. Drei oder vier bleiben übrig und die nimmt dann Jakob selbst unter die Lupe.« Jetzt war Karl neugierig geworden: «Und wer ist demnächst dran bei Ihrer Casting-Show?« Maurus lächelte und beugte sich verschwörerisch nach vorne: »Stones oder Beatles?«

Zum ersten Mal seit der Nacht zuvor musste Karl lachen. Er wog in Gedanken Jagger/Richards/Watts gegen McCartney/Starr ab und antwortete: »Na, wenn schon, dann Bob Dylan.« Jetzt lachte Maurus: »Auch keine schlechte Idee. Eine sehr gute Idee sogar. Muss ich drüber nachdenken. Jakob hat sogar ein paar Platten von ihm.« Karl bestellte ein drittes Achtel, Maurus nahm nun doch ein zweites.

»So, lieber Karl, nun aber zu Ihren aktuellen Schwierigkeiten. Ich bin einerseits ein wenig ratlos, auf der anderen Seite habe ich den einen oder anderen Verdacht. Um mit dem Kardinal anzufangen. Wissen Sie, der Zisterzienserorden und die Vatikanbank, das ist ungefähr so, als ob Sie einen CIA-Agenten fragen, was gerade beim FBI los ist. Das ist eine undurchsichtige Institution und ich hoffe nur, dass der Papst dies endlich bald ähnlich sieht. Mit diesem georgischen Lewan fange ich, ehrlich gesagt, überhaupt nichts an, dass da Rothschild mit dabei ist, macht die Sache allerdings bedenkenswert. Ihr italienischer Glatzkopf und seine Truppe scheinen mir eher aus der zweiten Reihe zu stammen. Das ändert natürlich wenig an Ihren Schwierigkeiten. Ich würde vorschlagen, wir suchen zunächst mal Ihre Wohnung auf und bringen das restliche Geld in Sicherheit. Das haben Sie doch hoffentlich gut versteckt. Dann sehen wir weiter.« Karl war das gar nicht recht, aber Maurus beruhigte ihn: »Ich bin Priester und ich sehe aus wie ein Priester. Am helllichten Tag wird uns in Wien schon nichts passieren. Kommen Sie.«

Die Tür zur Wohnung am Drasche-Park war angelehnt. Als sie eintraten, Karl mit einem schon mulmigen Gefühl, fragte der Zisterzienser: »Sieht es hier immer so aus?« Das blanke Chaos blickte ihnen entgegen. Bücher lagen am Boden, Schränke standen schief, das Sofa war zerlegt und stand quer im Wohnzimmer, im Schlafzimmer ragte die Matratze hochkant zur Decke, Bilder lagen herum, ein einziger Jammer. Karl sah sofort, dass der Aktenkoffer weg war. Die kleine Rebpflanze stand unversehrt auf dem Balkon. Er nahm sich einen Stuhl, stellte ihn wieder aufrecht hin, setzte sich und sagte nur: »Na bravo.«

Maurus schien die Ruhe selbst zu sein: »Lieber Karl, wir machen jetzt Folgendes. Sie nehmen Ihre Irina und unseren Freund Josip und kommen nach Heiligenkreuz. Im Stift sind Sie sicher. Das ist wie in früheren Zeiten: Kirchenasyl.« Karl widersprach, und zwar vehement: »Bei allem Respekt, Pater Maurus, das ist nichts für mich. Und für Irina und Josip schon gar nicht. Das wäre mir zu – klösterlich. Wenn Sie verstehen. Wir bleiben untergetaucht. Das Geld haben sie ja zurück. Vielleicht lassen sie uns jetzt in Ruhe. Nehmen Sie den Rebstock mit, ich kann mich hier nicht um ihn kümmern. Ich halte Sie auf dem Laufenden, ich verspreche es.«

Am nächsten Tag wollte Karl Irina Wien von seiner schönsten Seite zeigen. Sie fuhren zusammen mit Josip zum Cobenzl hinauf. Wien lag ihnen zu Füßen, die Luft war klar, Stephansdom und Riesenrad, die Burg und die Karlskirche waren deutlich zu erkennen. Sie spazierten um den Cobenzl herum, kehrten im Ausflugslokal ein und nahmen dann den Fußweg in Richtung Grinzing. Auf halber Höhe inmitten der Weinberge hatte ein Heuriger geöffnet. Sie bestellten Aufschnittplatte und Käseaufstrich, Karl haute kräftig rein, Irina war ganz begeistert und Josip brummte: »Heuriger ist immer gut, Wurst, Käse, Wein, egal.«

Von der Seite, also von Westen her schob sich nach und nach eine Wolkenwand heran. Es wurde dunkel und merklich kühler. Die Wand, die eigentlich eine horizontal gelegte schwarze Decke zu sein schien, hüllte Wien ein. Erst die westlichen Vororte, dann wanderte sie über den Gürtel und die Vorstädte zur Innenstadt, zum Donaukanal, zur Donau bis alles unter einer tiefschwarzen Wolkenschicht begraben war. Nur die Spitze des Stephansdoms ragte noch heraus. Es wurde kalt. Regen setzte ein, schlagartig. Aus dem Regen wurde Hagel, sie flüchteten unters Vordach des Heurigen. Jetzt war auch die Kirchturmspitze nicht mehr zu sehen, eigentlich war gar nichts mehr zu sehen. Nach einer Viertelstunde war der Hagel vorbei und in einen nassen Schneeregen übergegangen. Das Thermometer war innerhalb einer halben Stunde um fast zwanzig Grad gefallen. Sie beschlossen, nach Grinzing hinunterzugehen.

Nach zweihundert Metern wurde der Weg zum Hohlweg. Unten, am Ausgang des Hohlweges etwa zehn Meter entfernt, stehen drei

Männer. Ein großer mit Militärhose und kurzärmeligem Armee-T-Shirt, man sieht die Bizepsgebirge. Ein kleinerer – Karl glaubt, den Paketboten wiederzuerkennen – in schwarzem Anzug und wunderlicherweise bei diesen Sichtverhältnissen mit Sonnenbrille. Der Dritte ist von mittlerer Größe, trägt einen völlig durchnässten hellen Sommeranzug und ein schwarzes Hemd darunter. Die vereinigten kaukasischen Streitkräfte, denkt Karl. Alle drei scheinen zu frieren, sie haben die Schultern nach oben gezogen, der Armeehosentyp dafür aber einen Baseball-Schläger in der Hand, die beiden anderen greifen furchteinflößend unter ihr Sakko. Karl denkt, das ist das Ende.

Dann passierte etwas, das für Karl völlig unerwartet kam und insofern für seine Wahrnehmung auch viel zu schnell geschah. Josip stieß einen Schrei aus, rannte röhrend die paar Meter auf die Männer zu und hechtete, den Rücken krümmend und mit diesem voraus auf das Bizepsgebirge. Der torkelte, fiel und beide, Josip und Bizeps, brachten den Paketboten zum Straucheln. Neben ihm stand sofort Irina und gab ihm mit einem Schlag der Handkante unterhalb des Ohres den Rest. Der Sommeranzug zog eine Pistole und richtete sie auf Josip, der gerade dabei war, sich aufzurappeln. Karl hörte das bellende Knallen eines Schusses und fast gleichzeitig ein böses Pfeifen an seinem linken Ohr, denn der Schuss ging in seine Richtung, weil Irina dem Sommeranzug einen Schlag auf den Arm versetzt hatte. Josip hatte sich inzwischen den Baseball-Schläger gegriffen und donnerte ihn dem Sommeranzug in die Kniekehlen und anschließend auf den Hinterkopf. Irina trat dem Bizepsgebirge, das auf einem Knie gestützt sich den Brustkorb abtastete, fachmännisch unters Kinn. Die drei Angreifer waren erledigt, drei Gefallene, über die Karl wie ein Triumphator schritt, obwohl ihm ganz anders zumute war.

Sie liefen nach Grinzing und waren eine halbe Stunde später in der geheimen Wohnung. Karl ließ sich auf einen Stuhl fallen: »Ich muss jetzt was trinken. Aber richtig.« Wenig später saß er im Adlerhof mit Salem und Bodo, draußen hatte jetzt, Ende Oktober, der erste Schnee zu fallen begonnen. Irina rief Pater Maurus an und bat um Kirchenasyl. »Aber Sie müssen Karl holen. Freiwillig kommt er nicht.«

Als in der Nacht der Lieferwagen in den Klosterhof von Stift Heiligenkreuz einbog, warteten Irina und Pater Maurus schon. Karl, noch immer sturzbetrunken, fiel mehr, als dass er aus dem Laderaum stieg. Irina stützte ihn von der einen Seite, Maurus von der anderen. Sie brachten ihn in eine Klosterzelle. Irina küsste ihn auf die Stirn: »Hier sind wir sicher, mein Lieber. Schlaf gut.«

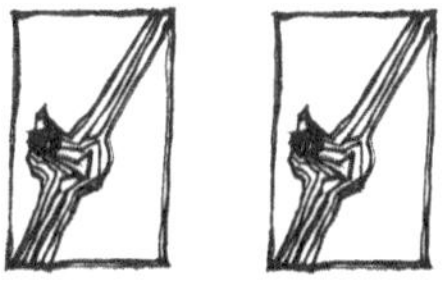

MAURUS

Se non è vero, è molto ben trovato.
Wenn es nicht wahr ist, ist es doch gut erfunden.
Giordano Bruno

7

»Sie sind da. Sie sind Gott verdammt noch mal da. Einmarschiert wie eine Armee des Todes.«

Zum Beweis hielt Pierre Gilles eine Pflanze hoch. Es war ein Rebstock, nach Stärke und Wuchs des Schaftes zu urteilen sicherlich an die ehrwürdige einhundert Jahre alt. Dunkelgrau gefurchte Rinde umgab festes Holz, aus dem ahnungslos neue Triebe gewachsen waren, erwartungsvoll ein Versprechen abgebend, das sie nie einlösen würden können: die Blätter kleinwüchsig in sich gerollt, porös und faltig wie früh gealtert und von einer kranken Bräune. Dort, wo Trauben in satten Stauden zu denken waren, schrumpelten runzelige Einzelgänger vor sich hin. Ein trauriger Anblick, der ins absurd Monströse sich auswuchs bei dem, was unterhalb der Erdlinie zu erwarten war und als Kraftquelle der Weinrebe zu deuten ist, als ihre eigentlich bessere Hälfte, die Verbindung nämlich zu Mutter Erde, ihre buchstäbliche Verwurzeltheit im Boden des Landes, den Mineralien, den Nährstoffen, dem ganzen Urgrund jeden spezifischen Weines. Dasjenige also, was als Wurzel so harmlos bezeichnet wird und in Wahrheit die elementarsten Charakteristika und feinsten Geschmacksnuancen eines jeden Weines heraufzubefördern vermag, war zutiefst zerschunden und verwüstet. Es war mehr oder minder nicht mehr vorhanden. In flusig dünnen, weißlich wässernden Fäden, die vom knorrigen Stamm herab mäanderten, allenfalls als Andeutung noch zu erahnen.

Pierre Gilles setzte sich auf die Holzbank vor seinem Haus. Er war ein alter Mann, an die siebzig, und man sah es ihm an, jetzt, wo er vor sich hinsprach. Das runde Gesicht war müde geworden, die Wetterbräune ungesund vergilbt, die blauen Augen wässrig. Er hatte zu sich selbst gesprochen, niemand hörte ihm zu. Den verräterischen Rebstock, denn um nichts weniger als heimtückischen Verrat an seiner Winzerehre handelte es sich, hatte er in die Büsche geworfen, Kienspan daruntergelegt und jener loderte jetzt sein letztes Leben.

Immer noch sprach er vor sich hin, den Kopf nach hinten geworfen, tonlos und leise: »Wir haben einen Krieg verloren. Einen langen, langen Krieg. Gegen die Armee des Todes. Ich schwöre bei meinem Gott, dass ich alles versucht habe. Aber jetzt ist es vorbei. Es ist mehr als ein verlorener Krieg. Eine Epoche geht zu Ende. Es ist das Ende. Ein Unrühmliches. Ein Endgültiges.«

Die Sonne stand nachmittagsträg an diesem Spätsommertag in der Provence im Jahr 1877. Ein Mann kam auf den Hof geschritten. Er war anders gekleidet als die Einheimischen, viel zu warm für die Zeit und den Ort. Ein schwarzer Anzug mit einer hochgeschlossenen Weste darunter, an der ein Knopfloch durch eine Margeritenblüte geziert wurde. Den Kragen des steifleinenen Hemdes wenigstens hatte er geöffnet und mit einem Sacktuch tupfte er sich den Schweiß von der Stirn, während die andere Hand mit einem Strohhut der neuesten Mode dem erhitzten Gesicht Luft zufächelte. Die erwähnte Stirn war hoch, kurze Haare bedeckten den ausgeprägten Hinterkopf und gingen an den Wangen in einen vollen, rotblonden Backenbart über. Am eindrucksvollsten aber war seine Nase, was damit zusammenhing, dass gleich nach der Wurzel eine zentimeterlange, nur behutsam geknickte Höckerung das Organ gleichsam nach vorne schob. Der Einschub war wie ein Hochplateau geformt, trapezförmig, glatt und glänzend und an den Seiten jäh abfallend, um dann auf die angenehmste Art in die Hügel der Nasenwölbung überzugehen.

Just in dem Moment, als der Fremde, augenscheinlich ein Herr, sich zur Bank am Haus wandte, auf der Gilles mutlos, ja nichts weniger als verzweifelt sein Lebenswerk betrauerte, wurde das Hochplateau zum Landeplatz. Von Süden war es gekommen, aus der Gegend der

Weinberge, hatte sich mühsam durch die fette Luft gekämpft und war ermattet auf der Nase des Fremden gelandet. Ein Flügeltier, so klein und leicht, dass die Sensoren der Nase nicht anschlugen. Ein vergleichsweise weiter Weg lag hinter dem Tier, den es mittels vier zarter Flügel zurückgelegt hatte. Nun aber, beim Ruhen, lagen die Flügel ausgestreckt über dem Rücken. Der Name des Tierchens ist Phylloxera vastatrix, was so viel wie »verwüstende Blättertrocknerin« heißt. Den schönen Namen hatte Jules-Emile Planchon, Professor der Botanik in Montpellier, geprägt, als er 1868 nach Saint-Rémy bei Avignon gerufen worden war, um die Ursachen des Weinsterbens in der Provence und im Rhonetal zu erforschen. Neun Jahre später also macht es sich ein Exemplar der Phylloxera vastatrix bequem auf dem Sattel der Nase des fremden Herrn in Pierre Gilles' mehr und mehr rauchgeschwängertem Hof. Die Armee des Todes machte Pause.

In Gestalt eines Exemplars allerdings, das in der Armee des Todes eine ganz besondere Rolle spielt. Die Vorhut, wenn man so will, das Mobile Einsatzkommando, die Todesschwadron. Mit dem gemeinen Individuum, dem Soldat in der Etappe dieser Armee, verhält es sich dem gegenüber folgendermaßen: Mit ihren Stechborsten saugen sie sich an den Wurzeln der Pflanzen fest. Auf diese Weise entstehen an den feinen Haarwurzeln, welche die gemeinen Soldaten mit besonderer Vorliebe aufsuchen, die charakteristischen Verdickungen: Tausende von gelben kleinen Punkten, die sich unter der Lupe als Ansammlung von ausgewachsenen, kurzbeinigen, trächtigen Tieren entpuppen. Schon nach 3 bis 4 Wochen und mehrmaligen Häutungen ist das Tier wieder und zwar ohne Befruchtung trächtig, setzt sich an saftigen Wurzeln fest und beginnt selbst Eier zu legen. Während eines Sommers können in klimatischen Zonen wie in der Provence sechs Generationen aufeinander folgen und wenn wir pro Individuum auch nur 20 Eier per Generation annehmen, erhalten wir eine Zahl von 64 Millionen. Von einem einzigen Muttertier. Eine unersättliche Armee, die sich teils unter, teils auf der Erde ausbreitet und benachbarte, gesunde Pflanzen angreift. Die Vorwärtsbewegung beträgt dabei ca. 10 bis 15 Meter im Jahr. Eine ebenso gewaltige wie langsame Armee. Wenn da nicht die mobilen Einsatzkräfte über der Erde wären. Ein Exemplar dieser Todesengel ruhte auf der Nase des fremden Herrn.

Gegen Ende Juli treten zwischen den gedrungenen Individuen, von denen soeben die Rede war, schlanker geformte, orangegelbe Tiere auf. Mit vier zarten, langen, häutigen Flügeln. Ein weiteres Fächeln des Hutes bewirkte, dass das Flugtier, denn um ein solches Exemplar handelte es sich auf der Nase des fremden Herrn, in diesem Moment sich von seinem Landeplatz erhob, in die Lüfte entschwebte, seinem Zweck entgegen. Dieser besteht darin, den Legionen, die an den Wurzeln bleiben, ein komfortables Auskommen in der Fläche zu garantieren, die Art also in die weite Ferne zu zerstreuen und die Bildung neuer Infektionsherde zu befördern. Dies geschieht in der Weise, dass das geflügelte Insekt nach kurzer Zeit seine Eier an die Blätter der Pflanze legt oder an den Stamm oder auch der Einfachheit halber schlicht auf die Erde. Während des ganzen Winters bleibt es unverändert. Es ist also ein eigentliches Winterei, ein Keim, der dazu bestimmt ist, der Art über die Unbilden und den Mangel an Nahrung im Winter hinweg zu helfen. Im Frühjahr schlüpfen aus allen Wintereiern unter einander vollkommen gleichartige Individuen, 150 bis 500 an der Zahl, welche nun zu den Wurzeln hinabsteigen und sich dort nach der oben angegebenen Weise vermehren.

Aufwärts und vorwärts strebend war Phylloxera vastatrix, mobile Version, jetzt unterwegs. Die Rhone hinauf. Mit, nach den Gesetzen der niederen Arithmetik leicht zu errechnenden 30 Milliarden Phylloxera vastatrix, gemeine Version, als Potenzial im Gepäck. Die Armee des Todes, die Reblaus. Mit einer mehr resignierten als einladenden Handbewegung platzierte Gilles den Fremden neben sich auf die Bank. Er hatte Angst.

»Zigarette?«, begann Gilles. Der Fremde war zwar seinem Habitus nach ein solcher, für Gilles hingegen alles andere als ein Unbekannter. »Ja, warum nicht. Und vielleicht ein wenig Wein?«, war die Antwort und ein spöttischer Unterton nicht zu überhören. »Aber vielleicht ist das derzeit ein deplatziertes Ansinnen, Monsieur. Sie scheinen Ihre

Rebstöcke ja lieber zu verbrennen.« Gilles erhob sich schwerfällig: »Gehen wir in den Keller. Man muss uns nicht zuhören.«

Dort, im Keller, war es kühl. Gilles hatte eine Öllampe angezündet und auf den kleinen Tisch in der Mitte des Gewölbes gestellt. Ihr Schein reichte nicht weit, die Flaschen, Fässer, Kisten, die den Raum ausfüllten, waren im Halbdunkel kaum zu erkennen. Das Licht flackerte, der Docht rußte und Gilles goss zwei Gläser halb voll: »Er wird als der Letzte vor der Katastrophe berühmt werden. Zu viel Ehre eigentlich. Kein besonderes Jahr.« Sie ließen die Gläser kreisen, rochen und tranken. Vorreblauswein, streng, widerborstig und hart. »Nun berichten Sie mal«, sagte der Fremde, »und machen Sie bloß ein anderes Gesicht, mein Freund. Ich bitte Sie. Wir haben noch immer einen Weg gefunden. Und immer heißt in diesem Fall wirklich immer. Eine sehr lange Zeit jedenfalls.«

Alte Männer können lange schweigen. Gilles trank einen langen Schluck und dann noch einen und er kroch mit jedem Schluck in seinen Wein hinein, er krallte sich fest an diesem warmen Geschmack, an der aufsteigenden Hitze, er ließ den Wein wirken, arbeiten, schenkte nach und sagte: »Es ist anders diesmal. Endgültig. Keine Rettung. Aus. Vorbei.« Wieder schwieg er. Dann stand er auf und es war ein verzweifeltes Flüstern, das aus seinem schweren Mund kam: »Sie glauben mir nicht? Sie glauben, es gibt immer einen Weg? So wie seit ewigen Zeiten. So wie immer? Dann kommen Sie mit mir, Baron, kommen Sie mit mir zu dem, was übrig geblieben ist. Übrig geblieben von der Kultur und dem Geist und der Herrlichkeit und dem ganzen anderen Dreck des Abendlandes. Ich zeig es Ihnen.«

Auf ihrem Weg kamen sie an der Kirche vorbei, einem mächtigen Bau am Ende des Dorfplatzes. In der Vorhalle hingen Glockenseile herab, die ein Windstoß träge bewegte. Ohne ein Wort zu verlieren gingen sie hinein. Im Chor blieben sie vor einer gewaltigen Grabplatte stehen, das Schwert, der einzige riesige Schmuck der Platte, trat deutlich hervor. Sie standen stumm davor, die Häupter wie betend gesenkt, bis der Fremde, der Baron, sich zu Gilles wandte: »Ein großer Mann, zweifellos. Einer, der uns sehr nützlich war. Und der doch letztlich scheiterte. Soll vorkommen.«

Der Dorfplatz, in dessen gelbes Licht sie heraus traten, war menschenleer. Ein Hund lag flach, die Schnauze weit vorgereckt unter einer Tür. Grober Sand wirbelte gegen sein Fell. Die beiden Männer spürten den Wind. Sie gingen weiter. Die Sonne stand mittlerweile kraftlos im Westen, ein Schleier hatte sich um sie gebildet, sodass das Gegenbild im Osten, eine mächtige schwarze Front, nicht im gebührenden Licht zu erscheinen vermochte. Die beiden Männer, sturmerprobt, gingen hinaus aus dem Ort ins offene Land, abgeernteter Mais stand hier, sie gingen wortlos durch eine Senke, die ein Weg kreuzt, dann den Hügel hinauf, auf dessen Kuppe sich eine Kapelle duckte, umgeben von abgefressenem Gras, braun jetzt zu dieser Jahreszeit.

Drei hohe Zypressen fassen das Kirchlein ein, das schlicht, wuchtig, klar und hart gebaut ist, lassen es eher noch niedriger erscheinen mit seinem Glockentürmchen, das die nach Südwesten gerichtete Fassade krönt, die jetzt krank aussah, was an der absterbenden Sonne lag mit ihrem diesigen Flor, die ein fahles Licht aussandte, während hinten im Osten es pittoresk dunkel wurde, böse und undurchdringlich.

Vor die Fassade war ein Vorraum gebaut, ein schlichtes Werk, vielleicht sechs Meter lang und vier Meter breit, mit großen offenen Bögen an einer Seite und an der Front. Ein trotz der Schwere seiner Mauern heiteres, luftiges Entree in den dunklen, schmucklosen Kirchenraum, den die beiden Männer betraten. Sie beugten die Knie und bekreuzigten sich. Das Kirchlein hat ein halbkreisförmiges Seitenschiff, an dessen Wand ein Fresko zu sehen ist. Es zeigt Maria mit dem Jesuskind. Maria ist im nordischen Stil gemalt mit orangefarbenen Haaren, einem weißen Kopftuch, dünnem Mund und zarter, blasser Haut. Das Kind ist unbeholfen ausgeführt, mit zu großen Gliedmaßen und ausgebildeten Muskeln. Die beiden Männer musterten die Szenerie, in der Gottesmutter und Gottessohn dargestellt sind: Maria und ihr Kind sitzen in einer Weinlaube. Volle Reben und herbstlich gefärbtes Laub umranken die beiden. Und zu Marias Füßen ist in lateinischen Minuskeln eine Inschrift eingefügt, deren Übersetzung in den Worten Luthers lautet: »Ich bin der wahre Weinstock, ihr seid die Reben.«

Die beiden hatten sich in der Vorhalle auf eine Bank aus blankem Stein gesetzt. Eine kluge Entscheidung, windgeschützt mit freiem Blick. Hinüber zu den Stätten des Desasters. Im Osten begann es leise zu donnern.

Die Rebhänge gegenüber lagen jetzt im Schatten. Die schwarze Wand hatte sich wie eine Decke über sie gezogen, der Saum war fast genau über ihnen. Letzte Sonnenstrahlen setzten dem Saum glutgelbe Fransen in das Abenddunkel. »Es wird Regen geben«, sagte Gilles und bekreuzigte sich erneut. »Das da drüben ist Clos Gethseman. Sehen Sie die verfaulten Blätter? Die schrumpeligen Reben, ach was Reben, ein Nichts, nicht mal gut genug für Schweinefutter. Ich habe um sie gekämpft wie eine Glucke um ihre Küken, für sie gesorgt wie ein Vater für seinen Sohn. Ich habe Gräben gezogen, um sie zu schützen, ich habe gedüngt, gespritzt, junge Reben als Köder zwischen die Reihen gepflanzt. Aber vor einem Jahr fing es auch hier an. Das letzte Stück, das sich die Todesarmee vornahm. Nachdem sie in sechs Jahren alles vernichtet hat hier im Süden. Diese Armee ist unbesiegbar. Sie schreitet fort. Unaufhörlich.«

Ein Blitz unterstrich, was Gilles gesagt hatte und zeigen wollte. Ein lautes Licht, schlagartig einsetzend und den Hügel gegenüber sekundenschnell illuminierend. Was dem Hügel eine ästhetische Würde verlieh, dem der wirkliche Zustand in keiner Weise standhalten konnte. Erste Tropfen, dick und lässig, fielen in den Staub und bildeten kleine Kuhlen. Langsam wurde es lauter. Das Prasseln setzte ein. Der Staub dampfte. Und dann, begleitet von einem noch lauterem Licht, das den ganzen Horizont erleuchtete, einem kurzen, die Ohren betäubenden Knalleffekt, öffnete sich der Himmel, um sich allen Wassers, das in ihm war, zu entleeren. Und es war viel an Wasser, das sich in diesen Tagen des Spätsommers 1877 in der Atmosphäre angesammelt hatte. Es entlud sich mit einer Wucht, mit einer Gewalt, mit einer Gemeinheit, die diese Gegend lange nicht erlebt hatte. Gilles zog den Baron in die hinterste Ecke der Vorhalle: »Das passt.«

Der Baron schlug den Kragen hoch und seine Stimme klang nicht mehr so spöttisch und selbstbewusst: »Was schreibt denn ihr Hecker.

Weiß er einen Rat?« Gilles seufzte nur, schwieg eine Weile, strich sich über den Schnurrbart und sagte: »Ja, vielleicht, lesen Sie selbst.«

Pierre zog mehrfach gefaltete Blätter aus seiner Westentasche und reichte sie seinem Gesprächspartner. Dieser setzte ein Monokel auf und las:

»Summerfield, St. Clair Co., Illinois, July 28, 1877

Mein lieber Herr und Freund!

Wir haben dieses Jahr infolge der Dürre und der Insektenplage ein schlechtes Jahr, was Mais, Hafer Heu, Kartoffel angeht, dagegen ein sehr reiches Obst- und Weinjahr. Der Most meiner Trauben wog: Virginia Seedling 105°, Clinton 92°, Concord 87°, Maxatawney, Martha, Cunningham, Rulander: alle über 100° Öchsle.

Es ist bedauerlich, dass Frankreich wie auch das Deutsche Reich den Import hiesiger Reben nach dorten verbot. Schnittlinge wären gefahrlos, besonders, da man sie mikroskopisch untersuchen könnte, und überdies das Verbot doch nichts helfen wird, da ja das Phylloxera-Insekt bereits in der Schweiz eingedrungen ist und sicher weiterzieht.

Ich bin ohnehin überzeugt, dass, wenn diese Pest nicht von selbst wieder drüben ausstirbt, man in Europa keine andere Wahl haben wird, als die hiesigen kraftvollen, den Verwüstungen des Insekts Widerstand leistenden Rebsorten einzuführen und dass in einem Menschenalter die amerikanischen feineren Rebsorten eure Weinberge füllen werden, weil sie eben eine Vitalität und Widerstandkraft gegen klimatische und andere schädliche Einflüsse besitzen, welche der Vitis vinifera der alten Welt abgehen.

Wenn gewisse Geologen recht haben, die Amerika für den ältesten dem Meere entstiegenen Kontinent halten, so wäre dies das Mutterland der Rebe. Ich erstaune mich oft über die hochmütige Unkenntnis der europäischen Gelehrtenwelt bezüglich unserer Gelehrten und Forscher. Nur Virchow und einer oder der andere machen eine rühmliche Ausnahme. Die militärische Glorie absorbiert eben alles und wirkt drüben, wie sie aller Orten und Zeiten des Imperialismus gewirkt hat. Doch da gerate ich auf ein Feld, auf das ich nicht wollte.

Nun leben Sie wohl und behalten Sie in gutem Andenken
Ihren aufrichtig ergebenen
Friedrich Hecker«

»Noch immer der alte Revolutionär«, murmelte der Baron und sah Pierre fragend an. »Verstehe ich das richtig? Amerikanische Reben als Rettung? Dann wäre die alte Welt nicht nur die alte, sondern die entkräftete, die verlorene, die abgestorbene?«

»Professor Planchon schlägt etwas Ähnliches vor. Nicht einfach den Austausch unserer Rebstöcke gegen amerikanische. Sondern die Kombination. Amerikanische Unterreben, darauf europäische Edelreise gepfropft. Widerstandsfähigkeit von unten, Geschmack, Fülle, Sortenspezifik von oben. Friedrich Hecker hat das vor drei Jahren schon einmal erwähnt, beiläufig, ich schenkte dem damals keine große Beachtung. Aber er ist und bleibt eben ein Mensch mit revolutionären Ansichten und Methoden.«

Pierre Gilles hatte Friedrich Hecker vor Jahren kennengelernt. An einem Abend im Sommer des Jahres 1849 war der Mann aufgetaucht, auf der Durchreise von Deutschland in Richtung Marseille. Er fragte, ob er eine Nacht bleiben dürfe, woraus schließlich drei Nächte wurden, und auch die Durchreise entpuppte sich mehr und mehr als eine eigentliche Flucht. Hecker war einer der Anführer der Revolution in Deutschland gewesen. Aus Baden, wo er den Aufstand geleitet hatte, war er nach seiner militärischen Niederlage gegen die Truppen des Deutschen Bundes über Basel nach Straßburg geflohen. Aber auch das nachrevolutionäre Frankreich drohte ihm mit Ausweisung, sodass er jetzt auf dem Weg nach Marseille war, um in die Vereinigten Staaten zu emigrieren. Sie hatten sich angefreundet in diesen drei Tagen, der Revolutionär aus Deutschland und der Winzer aus der Provence, und schon ein Jahr später kam der erste Brief aus Übersee. Hecker hatte sich in Illinois eine Farm gekauft und betrieb Viehzucht, Ackerbau und Weinbau.

Er experimentierte viel mit einheimischen Wildreben, nachdem auch er festgestellt hatte, dass die importierten Reben aus Europa in der ganzen Weite der Neuen Welt von der Ostküste bis an die Rocky Mountains keine Überlebenschance hatten. Friedrich Hecker zog daraus den Schluss, dass diesseits des Felsengebirges nur die einheimischen Rebarten eine Chance hatten. Die Vitis labrusca beispielsweise, deretwegen die Wikinger dieses Land in schon ganz frühen Zeiten Vineland getauft hatten. Diese Art hatte keine Schwierigkeiten, sie zeigte sich tüchtig, strebsam, rundherum gesund und ergiebig, sie schmeckte nur etwas eigenartig. »Foxy« nannten die feineren Nasen den modrig-dumpfen Beigeschmack, »Katzenpisse« war der treffende Ausdruck dafür.

Lange bevor die Armee des Todes zu ihrer Invasion Europas aufgebrochen war, auch das erfuhr Pierre von Friedrich Hecker, hatte der amerikanische Entomologe Asa Fitsch an den Blättern der einheimischen Weinstöcke im Osten des Felsengebirges kleine Gallen und hohle Warzen entdeckt. Harmlose Zeugnisse einer Jahrhunderte währenden Anpassung der alten halbwilden und wilden Arten des Weins in Amerika an die kleine Laus. Amerikas Wein war, wenn nicht immun, so doch weitgehend resistent gegen die Verwüstungen, die als Potenzial in dem Tier schlummerten. Die Phylloxera vastatrix war, wenn man so wollte und Friedrich Hecker wollte es mit grimmiger Ironie durchaus so sehen, die Rache der Inkas und der Azteken, der Irokesen und der Apachen an ihren weißen Eroberern, die einst andere kleine Tierchen, Krankheitserreger mit tödlicher Wirkung, nach Amerika eingeschleppt hatten.

»Man müsste Heckers Idee ausprobieren«, nahm Gilles den Faden wieder auf: »Im Midi ernten sie bereits den zweiten Jahrgang von gepfropften Wein, den ersten konnte man trinken, aber das Midi war noch nie ein Maßstab. Im Prinzip scheint es zu funktionieren, was wir aber nicht wissen, ob es in unserem speziellen Fall funktioniert. Ob Schösslinge aus Clos Gethseman auf fremden Unterreben den gleichen Wein mit derselben Wirkung hervorbringen. Oder nur einen ordinären Côte de Provence. Das werden wir erst in zwei, drei Jahren wissen.«

Der Regen hatte aufgehört. Pierre stand im Portal der Vorhalle, die Hände tief in den Hosentaschen vergraben. Er blickte ins Abendrot, wo es hie und da noch wetterleuchtete. Die Luft war rein. Langsam drehte er sich um: »Eines sollten Sie noch wissen, Baron. Bevor die Reblaus zum ersten Mal in einem richtigen Weinberg zuschlug, drüben auf der anderen Seite der Rhone bei meinem armen Freund Jean Borty, vierzehn Jahre ist das jetzt her, da war sie schon da in Europa. Unerkannt, unbekannt, noch auf der Lauer, ihr Vernichtungswerk zu beginnen. Ein Einfallstor war London und ein anderes Genf. Und seither wissen wir, wem wir die Reblaus verdanken. Wem die größte Katastrophe, die jemals über Frankreich hereinbrach, und ich rechne die Engländer und die Deutschen, die Muselmanen und wenn Sie wollen sogar den Caesar dazu, wem also der Ruin der französischen Weinkultur und nicht zuletzt die Vernichtung Ihrer Clos Gethseman zu verdanken ist.«

Der Baron spürte Zorn in der Stimme Pierre Gilles, der die nächsten Worte mit leiser Wut und tödlichem Spott herausschleuderte: »Ihnen, Baron Rothschild, Ihnen und Ihresgleichen. Einem luxuriösen Spleen der Aristokratie. In Ihrem Gewächshaus in Genf war sie schon, die Allesvernichterin, bevor sie nach Roquemaure zu Borty kam. Amerikanische Reben für ein staunendes Publikum. Wie weltgewandt, wie superb! Um den reichen Damen etwas Exotisches zu bieten, eine Ästimierung der feinen Nerven. Ich, mein Herr, bin ein einfacher Mann, der morgens aufsteht und seine Arbeit verrichtet und abends Gott dankt, wenn sie wohl geraten ist. Unsereins achtet die Natur, so wie wir sie von unserem Schöpfer geschenkt bekommen haben. Sie Baron, Sie verstehen davon rein gar nichts. Lassen Sie uns zurückgehen.«

Pierre war ein Mann der Wurzeln, der Erde, des heimatlichen Terroirs. Diese Welt war im Begriff, lebensgefährlich bedroht zu werden. Sein Ausbruch gegenüber dem Baron war insofern verständlich, wenn auch ungerecht. Denn Gewächshäuser wie dasjenige der Rothschilds in Genf waren nur einer der Brückenköpfe der Invasionsarmee. Die Einfallstore für die Armee des Todes waren in der Mitte des 19. Jahrhunderts in Europa überall weit geöffnet worden. Winzer mit großen Anbauflächen waren auf der Suche nach Rebsorten mit höheren Ertragschancen und experimentierten mit importierten

Weinstöcken aus Amerika. Private Gewächshäuser und botanische Gärten wetteiferten in der Präsentation exotischer Pflanzen aus aller Herren Länder. Die Dampfschiffe einer neuen Generation überquerten den Atlantik in weniger als zehn Tagen, kurz genug, um einer Menge begehrter und einer Unmenge unerwünschter Lebewesen das Überleben auf See zu ermöglichen. Nathaniel Bagshaw Ward hatte zu allem Überfluss den nach ihm benannten ›Ward-Case‹ erfunden, einen Glasballon, der Pflanzen mit ausreichend CO_2 versorgte und sie vor Seewasser, Wind und Regengüssen schützte. Die Invasionsarmee reiste komfortabel und unerkannt an den Wurzeln und Blättern amerikanischer Weinstöcke nach Europa ein.

Pierre erinnerte sich an die Versammlung der Assemblée d'Agriculture de Vignobles de Côtes du Rhône (AAVCR), die er im August 1868 in Avignon besucht hatte. Die Berichte der Kollegen waren niederschmetternd. Côte du Rhône Villages hatte ein Drittel der Ernte verloren, Lirac und Tavel ein Viertel, Hermitage und Crozes-Hermitage auch schon beinahe ein Viertel, nur die nördlichen Lagen wie Côte-Rôtie oder Château Grillet waren noch einigermaßen verschont geblieben. Überall das gleiche Bild: verhärmte Weinberge, schlaffe Blätter, Trauben, die wie Tränen an den Stöcken hingen, Weinstöcke, deren Wurzeln gleichsam Selbstmord begonnen hatten. Die Stimmen in der Versammlung gingen hoch her. Einer, der den antiken Autor Plinius gelesen hatte, riet, Kröten in die Weinberge zu platzieren. Ein anderer empfahl, verbranntes Leder von Rindern als Düngung. Ein Dritter schlug vor, den Urin von Mensch und Tier zu sammeln und großflächig in die betroffenen Gebiete zu injizieren. Alles und noch viel mehr wurde beschlossen und praktiziert. Nichts half.

Pierre dachte an den Tag, als er Professor Planchon kennengelernt hatte, kurz nach dem Kongress der Ahnungslosen in Avignon. Ein großer Mann mit Gehrock und Zylinder stapfte durch die Weinberge, bewaffnet mit Schaufel und Lupe. War es Zufall oder wissenschaftliche Neugier, auf alle Fälle war Planchon der erste, der auch gesunde Rebstöcke und ihre Wurzeln unter die Lupe nahm, nicht nur die bereits kranken und totgefressenen. Diesem Umstand und dem Mikroskop verdankte er die Entdeckung der Ursache der Katastrophe. Ihre mikroskopische Winzigkeit hatte es der Laus erlaubt, jahrelang unentdeckt ihr Unwesen zu treiben. Mit Planchons Identifizierung begann die zweite Phase der Reblauskrise. Der Gegner war erkannt, es galt, ihn zu töten. Mehr noch: ihn zu vernichten, auszurotten, für immer unschädlich zu machen. Ein Vernichtungsfeldzug begann, der sich der verschiedenartigsten Methoden bediente. Eine davon, die rabiateste, war Tod durch Ersäufen. Hunderte und Aberhunderte Hektar der französischen Weingärten wurden unter Wasser gesetzt. Abgesehen davon, dass über die benötigten Wassermengen und die Dauer der Flutung Uneinigkeit bestand, konnte dies gut nur in der Ebene funktionieren, in Hanglagen war es schon schwieriger.

Der naturwissenschaftlich inspirierte Geist des Zeitalters rief die Chemiker auf den Plan. Man spritzte, was an Giften aufzutreiben war: Arsenik und Operment, Kupfer- und Quecksilbersalze, Schwefelcalcium, Carbolsäure, schwefelige Säure, Phosphor-Wasserstoffe, Wacholderöl in Urin gelöst, Benzin, Naphtalin, Erdöl, Schiefer, Glycerin. Nichts half. Sandige Böden, so stellte sich heraus, waren schweres Geläuf für das Fortkommen der Laus, in Südfrankreich wurde der Weinbau bis nah an die Küstenlinie ausgedehnt. Eine weitere Methode war Schwefelkohlenstoff, der mit aufwändigen Spritzenapparaturen unter die Erde gebracht wurde, aber Beschaffung des Mittels und der Geräte sowie die Bezahlung der Arbeitskräfte war nur für große Erzeuger bezahlbar. Abgesehen davon, dass mit der Laus auch die Reben oftmals ihr Leben aushauchten und aufgrund der leichten Entflammbarkeit des Kohlenstoffsulfids auch so mancher Arbeiter im Weinberg seines Herrn.

Der französische Kaiser Napoleon III. setzte eine Prämie von 200 000 Louisdors für Erfolg versprechende Vorschläge zur Bekämpfung der Seuche aus. Louis Pasteur wurde an die Spitze einer staatlichen Kommission gestellt, die die Vorschläge, 700 an der Zahl, bewerten sollte. Keiner hatte Erfolg. Kulturpessimisten machten die degenerierte europäische Kultur und erschöpfte Böden verantwortlich, Politiker schlossen die Grenzen und verhängten Einfuhrverbote.

Im Rhonetal, im Languedoc und im Roussillon sank die Weinerzeugung auf ein Viertel des Standes von 1860. Viele, vor allem kleine Winzer gaben auf, zogen einen letzten Nutzen aus ihren Weinbergen, indem sie die Stöcke als Brennmaterial verkauften und forthin Rüben züchteten. 1869 wurden die ersten Fälle in der Nähe von Bordeaux gemeldet, wenig später waren Burgund, die Loire und Cognac befallen. Acht Millionen Franzosen lebten vom Wein, ein Drittel des nationalen Einkommens stammte aus seiner Produktion. 1874 waren von 2,2 Mio. Hektar Rebland 400 000 Hektar zerstört, weitere 300 000 infiziert und der Rest stand unter Verdacht. In Portugal, Österreich und der Schweiz, dann auch in Spanien und Deutschland mehrten sich die befallenen Flächen. Nahezu der gesamte Weinbau in Europa war betroffen, die Ernteerträge dramatisch gesunken, ganze Regionen gaben den Weinbau vollständig auf. Nicht nur bei Pierre Gilles und seinen Kollegen, in der ganzen europäischen Weinwelt machte die apokalyptische Vorstellung vom unumkehrbaren Ende und Untergang der alteingesessenen Weinkultur die Runde.

Wie Friedrich Hecker hatte Professor Planchon, der Entdecker der Laus, auf amerikanische Unterlagsreben als einzige Rettung gesetzt. Lange Zeit schlossen sich nur wenige seiner Auffassung an. Wie Prophetie klangen Pierre Gilles noch seine Worte im Ohr: »Wenn wir nicht ohne Reblaus Wein produzieren können, dann müssen wir es mit ihr tun.« Fünf Jahre lang hatte die Armee des Todes unerkannt und im Geheimen gewütet. Fünf weitere Jahre hatte ein zwar bekannter, aber unbesiegbarer Gegner Europa weiterhin in Angst und Schrecken versetzt. Zehn Jahre also dauerte es, bis die Armee des Todes endlich mit Mitteln bekämpft wurde, die sie zwar nicht besiegen konnten, sie aber gleichsam ins Leere laufen ließen. Der uralten Weinkultur Europas, nahezu vernichtet durch einen Eindringling aus der Neuen Welt, erwuchs Rettung aus eben dieser Neuen Welt. Es sollte noch Jahrzehnte dauern, bis Rebstöcke aus Amerika flächendeckend die Böden Europas bedeckten und mit einheimischen Pfropfungen wieder Erträge ermöglichten, die den Weinbauern das Überleben sicherten.

All dies lag für Pierre Gilles noch in einer ungewissen Zukunft, als sich Baron Edmond de Rothschild von ihm verabschiedete. Sie waren schweigend zurückgegangen in klarer Luft auf triefend nassen Wegen. Der Baron gab Pierre im Hof des Gutes die Hand: »Ich verreise. Mehrere Wochen, vielleicht Monate sogar. Ich habe Land in Palästina gekauft. Die letzten gesunden Schösslinge aus der Clos Gethseman vom letzten Jahr nehme ich mit. Vielleicht erreichen wir dort etwas. Zurück zu den Ursprüngen, das war schon oft ein gangbarer Weg. Vor allem für uns Rothschilds.«

Pierre hatte noch zu tun. Er holte seinen Gaul aus dem Stall, schirrte den Wagen an und lud Flaschen auf. Er zählte nicht, er nahm alles, was ihm gehörte von den letzten Jahrgängen der Clos Gethseman. Langsam zogen sie hinauf zur Kapelle, der Gaul dampfte, die Räder quälten sich durch trägen Schlamm. An der Kirchenwand legte Gilles eine Höhlung frei und stapelte die Flaschen hinein. Nachdem er alles sorgfältig verschlossen und seine Spuren getilgt hatte, ging er in die Kapelle und betete.

Auf dem Heimweg traf Pierre am Ortsrand den Pfarrer, sie grüßten sich und wechselten ein paar Worte. Der Pfarrer hatte sich schon abgewendet, als Pierre sich noch einmal zu ihm umdrehte. Diesmal sprach er lange, mit gesenktem Haupt. Einmal schüttelte der Pfarrer leicht seinen Kopf, einmal legte er ihm die Hand auf die Schulter. Dann kniete Pierre nieder und der Pfarrer segnete ihn. Pierre stand auf, dankte und machte sich auf den Weg nach Hause. Niemand sah es, niemand war Zeuge, dass Pierre Gilles leise weinte.

8

Als Karl aufwachte in seiner Klosterzelle im Stift Heiligenkreuz, sah er draußen vor dem Fenster Zisterzienser fliegen.

Das lag nicht am Restalkohol, das lag daran, dass im Klosterhof Schwalben nisteten. Für Karl schon immer ein spezieller Fall des Henne-Ei-Problems. Die Frage nämlich, ob denn nun das schwarze Deckgefieder der Schwalben in Verbindung mit ihrem weiß getönten Bauch eine göttlich inspirierte Mimikry der Kleidung ihrer klösterlichen Herbergsväter sei, oder aber der Mönchshabit mit weißer Tunika und dem schwarzen Skapulier sich seinerseits Gottes derart gefiederte Geschöpfe zum Vorbild genommen habe. Wie auch immer, jedenfalls sahen Zisterzienser aus wie flugunfähige Schwalben auf zwei Beinen und Schwalben wie Zisterzienser, die fliegen.

Wandelnde Zisterzienser kreuzten den Stiftshof, schritten unter alten Bäumen an der Dreifaltigkeitssäule vorbei. Zu dieser frühen Zeit war der Hof noch nicht von Touristen und Gläubigen gefüllt, eine feierliche Ruhe lag über dem Ort. In Karls Klosterzelle hing neben dem schlichten Kruzifix als einziger Wandschmuck ein Bildnis des Ordensheiligen Bernhard von Clairvaux. Ein feines, durchgeistigtes Gesicht blickte Karl an, das so gar nicht zu dem energischen und tatkräftigen Ruf des Mannes passen wollte. Karl betrachtete lange das Portrait des eigentlichen Begründers der Zisterzienser im 12. Jahrhundert und des Spiritus rector der Kreuzzüge ins Heilige Land. Dann stand er auf, er brauchte dringend ein Aspirin.

Den Vormittag verbrachte er, indem er durch die Klosteranlage spazierte auf der Suche nach Irina, die aber nirgends zu finden war. Er las Broschüren über die Geschichte des Stifts, des Ordens und seiner Gründer. Im Klostergasthof nahm er vorsichtig und lediglich ein Paar Frankfurter zu sich, die er mit zwei sparsamen Achteln hauseigenen Klosterweins veredelte. Nach der Mittagszeit setzte er sich in eine Nische des Kreuzganges, seinem Lieblingsplatz in allen Klosteranlagen dieser Welt. Jahrhunderte altes Gemäuer stützte seinen Rücken, von oben schien die Sonne. Karl schloss die Augen.

Wenig später kann Josip um die Ecke, um den Bauch spannte sich eine weiße, etwas befleckte Schürze, auf dem Kopf trug er ein verknotetes Tuch. »Karl, mein Freund, bist du wieder bei den Lebendigen. Hast du gesoffen gestern wie ein tschetschenischer Bauer, ohne mich, leider, egal. Kloster ist gut, habe gekocht heute für alle Brüder, georgisches Reisfleisch mit viel Knoblauch. Hat Irina geerntet, sie ist im Garten da hinten, ganzen Tag schon. Viel labora hier, ora weniger gut für Mann wie mich, egal.« – »Servus Josip. Bei mir ist es eher umgekehrt. Wo, sagst du, finde ich Irina? Auf alle Fälle heute Abend Klostergasthof, du kommst doch auch? Da kann man gut sitzen.«

Sie sprang, als sie ihn im Klostergarten kommen sah, sofort auf aus dem Kräuterbeet, in dem sie mit einer Harke Unkraut entfernte, wischte sich die Hände an einer großen blauen Schürze ab, die sie kleidete, und fiel ihm um den Hals. »Da bist du ja endlich. Wo warst du denn? Geht es dir wieder gut?« Sie plauderten, sie fühlte sich wohl hier, sie wollte ein paar Tage bleiben, obwohl, im Kloster, ein gemeinsames Zimmer würden sie wohl nicht bekommen, und dann am besten verreisen, nach Rom vielleicht. »Wir könnten auch ein paar Tage bei meiner Mutter unterkommen«, meinte Karl, »das ist gar nicht weit von hier.« Irina sah in ernst an. »Ja, das wäre schön.« – »Aber vorher müssen wir noch einmal nach Wien zurück. Marion möchte unbedingt, dass ich, dass wir diesen Mugeaux kennenlernen. Und ich will den Mann auch sehen. Das ist mir sogar sehr wichtig.« Ein junger Klosterbruder in der weißen Tracht der Novizen kam auf dem Kiesweg herangeeilt. »Sie müssen Karl Breitenstein sein. Ich soll Ihnen ausrichten, dass Pater Maurus Sie sprechen möchte. Am besten jetzt gleich.« Karl vertröstete Irina auf den Abend. »Im Klostergasthof, Josip kommt auch.« Dann folgte er dem Novizen.

Als er eintrat in das Arbeitszimmer des Vizeabts, hörte er laute Musik. Geigen, einen Chor »The mighty Lord« jubilierend. »Händel, Messias«, sagte Maurus anstatt einer Begrüßung. »Ist es nicht verblüffend, dass alle, Mozart, Bach, Händel, alle Großen immer mit der Jesus-Geschichte Großes schaffen? Sie ist eine der erstaunlichsten Erzählungen der Weltliteratur, perfekt konstruiert, voller Dramatik, großer Emotionen, mit drastischen Bildern und nicht zuletzt einem tragischen, schmerzensreichen Helden. Wie geschaffen für Musiker mit Herz und Phantasie. Und jetzt drehen wir diesem Händel den Saft ab. Sie sind ja nicht wegen der Musik hier. Ein Glas Wein? Oder noch nicht wieder so weit?« Die Frage des Mönches beantwortete er mit einem Nicken. Dann fragte er schüchtern: »Die Evangelien sind für Sie – Erzählungen?«

»Wir müssen froh sein, dass wir vier so göttliche Erzähler haben: Matthäus, Markus, Lukas und Johannes. Exzellente Fabulierer, wenn Sie so wollen. Die drei Ersteren wirken auf mich immer sehr modern. Kurze Striche, lakonische Darstellungen, sparsame, aber umso prägnantere Handlung. Sie lassen die Dinge sich entwickeln und am Ende haben wir den Gottessohn. Bei Johannes ist es eher umgekehrt. Er hat von Anfang an die Idee der Gottesgleichheit dieses Jesus, und aus dieser Idee heraus erzählt er den ganzen Rest. Die einen kommen von unten, er kommt von oben.«

Karl wollte und konnte das nicht so stehen lassen. »Sie tun gerade so, als ob die vier Evangelisten sich das einfach ausgedacht haben, jeder gerade so wie er wollte. Aber das sind doch die Heiligen Schriften, das Wort Gottes. So habe ich das jedenfalls gelernt.« – »Sie sind Künder der frohen Botschaft, keine Frage. Aber natürlich sind sie vier Männer aus Fleisch und Blut, die aufgeschrieben haben, was damals in den Christengemeinden erzählt und diskutiert wurde. Ein paar Zeitzeugen gab es ja noch. Und Sie wissen ja, wie das mit Zeugen so ist: Jeder hat seine persönliche Sichtweise und seine eigene Interpretation.

Und dann darf man nicht vergessen, dass die vier selbstverständlich ihr Publikum vor Augen hatten, das ist bei jedem guten Erzähler so.«

Karl hatte den Eindruck, einer Schlange bei ihrer Häutung zuzusehen. Mit jedem Satz streifte Maurus eine Schicht seiner priesterlichen Entrücktheit ab und wurde immer normaler, weltlicher, profaner. Das war sogar der Stimme und der Sprechweise anzumerken. Das Näselnde, das immer gleich sehr sakral nach Gebet und Predigt geklungen hatte, verlor sich, wurde gleichsam irdisch, erdgebundener, bodenständig. »Die vier Evangelisten wählen aus, filtern, selektieren, setzen Schwerpunkte. Das macht jeder, der eine Geschichte erzählt. Und bei ihnen kommen handfeste Interessen hinzu, sie arbeiten an der Durchsetzung ihrer Sichtweise.«

Er entkorkte eine Flasche Rotwein. »Zur Feier des Tages, Clos Vauguet aus dem Burgund. Von dem Hügel in der Nähe unseres Mutterklosters in Citeaux. Dort begannen die Zisterzienser mit ihrer Erneuerung des Weinbaus und des Kellereihandwerks. Vor über 800 Jahren. Die Revolution hat unsere Brüder dann enteignet, die Reblaus 1882 den Rest besorgt. Der Wein ist aber immer noch gut. Auf Ihr Wohl, mein Lieber.«

Der Wein war zehn Jahre alt, Karl wieder in Form und beide freundeten sich sofort an. Eine Frage allerdings lag ihm trotz der opulent sich entfaltenden Konkurrenz auf der Zunge: »Aber wenn die Evangelien so großartige Erzählungen sind, wie Sie sagen, dann stellt sich doch automatisch die Frage …«

»… ob Jesus wirklich gelebt hat. Natürlich, die naheliegende Frage. Wir glauben das. Die bessere Frage übrigens, diejenige, die ein wenig hartnäckiger ist, lautet: Hat Jesus so gelebt, wie seine vier Biographen es erzählen? Hat er selbst von sich geglaubt, der jüdische Messias zu sein oder sogar der welterlösende Gottessohn? Da streiten sich Theologen, Historiker, Archäologen und Legionen anderer Gelehrter seit Jahrhunderten. Das ist ein weites Feld, mein Lieber, wir sollten besser überlegen, was wir mit Ihnen und Ihren Gefährten anstellen nach ihren Abenteuern in Wien. Ich würde vorschlagen: Zunächst einmal bleiben Sie hier. Und dann sehen wir weiter. Schenken Sie sich ruhig nach.«

Das tat Karl gerne und sofort. Im uralten Wettstreit zwischen Bordeaux und Burgund um die Krone des Rotweins sah er zwar das Bordelais leicht im Vorteil, dieser hier, der vormalige Zisterzienserwein aus Burgund, machte aber gerade kräftig Punkte für seine Seite. »Vielen Dank, Pater Maurus, Ihr Angebot nehme ich gerne an. Auch im Namen meiner Fr… Freundin.« Maurus lächelte und seine Stimme bekam wieder den näselnden Zug: »Sie wissen, wir sind ein Kloster. An unserem Klosterleben können sie gerne teilhaben, Sie müssen natürlich nicht. Wir stehen allerdings um fünf Uhr auf und gehen um zehn zu Bett. Und ab neun Uhr abends ist Schweigegebot. Gelebtes ora et labora. Vielleicht doch nichts für Sie.« – »Labora sicherlich nicht, Sie kennen ja meine Haltung. Und ora? Gebetet habe ich, ehrlich gesagt, schon lange nicht mehr. Mein Glaube, wie soll ich sagen, er schlummert, er ruht.« – »Stand-by-Modus, ich verstehe. Dann sind Sie hier ja genau richtig, um ihn aufzuwecken. Auch übrigens, was Ihr Müßiggang-Projekt anbelangt. Nicht dass wir ein Ort des Müßiggangs wären, Gott bewahre, aber ein Ort der Muße, der Kontemplation im tieferen Sinn des Wortes sind wir allemal.«

Bei den letzten Worten hatte Maurus die Gläser noch einmal vollgeschenkt und trank das seine zügig aus. Dann brachen sie auf.

Über eine Stiege und einen breiten Gang gelangten sie in einen langgestreckten Saal mit spitzen Gewölben und stämmigen Säulen. »Die Fraterie«, bemerkte Maurus, der ein beträchtliches Tempo vorlegte, »hier war früher das labora zu Hause, Tischlerei, Schneiderei, Schusterei. Und gleich hier nebenan das Skriptorium, wo die Handschriften hergestellt wurden. Die vielleicht folgenreichste Tätigkeit der mittelalterlichen Mönche.« Außer dem Weinbau, ergänzte Karl in Gedanken.

Der nächste Raum war klein, schmal und dunkel. Drei Skelette blickten Karl aus leeren Augenhöhlen an. »Unsere Totenkapelle. Ich bin hier nicht gern. Kommen Sie weiter.« Der nächste Raum war quadratisch, wieder mit Gewölben, deren Strebebögen aus den kurz geratenen Säulen entsprangen. »Was in Wien die Kapuzinergruft für die Habsburger ist, das ist dieser Raum für die Babenberger.« Jetzt war Karl wieder auf einigermaßen sicherem Terrain angekommen. Die Babenberger, Herrschergeschlecht aus Bamberg, regierten das, was damals im hohen Mittelalter Ostarrichi genannt wurde, und das nicht einmal schlecht. 1241 stirbt der letzte von ihnen, Friedrich der Streitbare. Wenige Jahre später übernehmen die Habsburger das Zepter, vergrößern, wie Karl bei seinem Stöbern durch die Weltgeschichte erfahren hatte, mit einer gefälschten Urkunde ihre Herrschaftsansprüche und sind bald darauf deutsche Kaiser.

»Hier liegt er, Friedrich der Letzte«, flüsterte Maurus und deutete auf das einzige Hochgrab im Raum. »Und hier an den Wänden all die anderen. Das waren nüchterne, schlaue, bedächtige Herrscher, die Babenberger, eigentlich nur gescheite Bauern aus Bayern, die ihr Land wie einen Meierhof verwalteten.« Er bekreuzigte sich und nahm Karl beim Arm: »Und jetzt zur Kreuzreliquie.«

Dafür mussten sie durch den Kreuzgang. An einer der zahllosen Grabplatten blieb Maurus plötzlich stehen: »Hier liegt Otto von Haslau, ein bemerkenswerter Mann. Wenn irgendwann der Begriff Haudegen angebracht war, dann bei ihm. Gestorben 1289 oder 1287. Mit fast 100 Jahren. Als 90-Jähriger stach er bei einem Turnier seinen eigenen Urenkel aus dem Sattel.« Karl lag eine Frage auf den Lippen, aber Maurus kam ihm zuvor: »Jetzt glauben Sie bloß nicht, dass Jakob seine Finger im Spiel gehabt hätte. Nein, in diesem Fall ausnahmsweise einmal nicht. Kreuzgänge sind wunderbar, nicht? Verstehen Sie jetzt, was ich vorhin mit Kontemplation meinte?« Bevor Karl abermals nicken konnte, plärrte an der nächsten Ecke ein Kleinkind aus einer Touristengruppe.

Maurus schloss eine Tür auf, sie gelangten ins Langhaus der Stiftskirche, gingen nach rechts ins Querhaus und von dort ein paar Treppen hinab in die Kreuzkirche. Schummrig war es hier, nur ganz vorne in der Rundung war eine kleine Monstranz angeleuchtet mit einem dunklen Doppelkreuz im Strahlenkranz. Der obere Querbalken war vielleicht sieben Zentimeter lang, darunter der etwas längere etwa zehn. Auf einer Bank davor knieten drei Frauen und beteten. Maurus und Karl traten näher, bekreuzigten sich, auch Karl tat dies unwillkürlich, und

Maurus flüsterte ihm zu: »Ein Stück vom Kreuz, an dem unser Herr gelitten hat und gestorben ist. Nehmen Sie das Bild in sich auf. Dann gehen wir, ich will hier nicht stören. Auf ein Glas in den Gasthof?« Karl bestätigte mit einer kaum merklichen Neigung des Kopfes.

»Darf ich ehrlich sein, Pater?« Sie hatten sich in einer Nische des Stiftsgasthofes niedergelassen, einen Teller Gulasch und eine Flasche Zweigelt auf einer rotkarierten Tischdecke vor sich, über ihnen diverse Geweihe, um sie herum dunkel getäfeltes Holz. Die letzten Touristen verließen an diesem Spätnachmittag den Ort, dicke Kellnerinnen sanken erschöpft auf die Bank neben dem Tresen, Karl und Pater Maurus waren fast allein. »Diese Reliquien«, fuhr Karl zögerlich fort, »ich weiß nicht recht. Es gibt doch Radiocarbonanalysen und dann ist es doch gleich vorbei mit Holz aus der Zeit um Christi Geburt.«

»Ach ja? Interessanter Einwand. Wir haben hier in Heiligenkreuz auch noch einen Dorn aus der Dornenkrone. Den zeigen wir aber nur einmal im Jahr. Um Ihnen das zu verdeutlichen: Ludwig der Heilige, das war der französische König, der zusammen mit Bernhard von Clairvaux zum zweiten Kreuzzug aufrief, kaufte in Konstantinopel die komplette Dornenkrone. Sie haben richtig gehört: Diese Dinge waren damals frei verfügbare Handelsgüter. Die Lanze, die der Legionär Longinus Jesus in die Seite stieß, hat er gleich auch noch gekauft und das sogenannte wahre Kreuz, von dem Sie ein Teilstück soeben gesehen haben. Aber jetzt passen Sie auf: Für die Krone selbst verlangten die Byzantiner 130 000 Pfund. Das Reliquiar für die Dornenkrone, das Kästchen also, in dem sie aufbewahrt wird, kostete noch einmal 100 000 Pfund. Und dann brauchte er noch eine Kirche für seine Reliquien. Also ließ Ludwig die Sainte-Chapelle bauen. Und was kostete die? Vergleichsweise schmale 40 000 Pfund. Ganz abgesehen von den absoluten Beträgen, die sind schon hoch genug und waren selbst für die Staatskasse eines Königs eigentlich ruinös, interessant sind doch diese Relationen. Eine Reliquie nebst Reliquiar kostet das Sechsfache eines ganzen Kirchenbaus. Und das beantwortet wenigstens in Teilen Ihre skeptische Frage. Reliquien haben ihre eigene Macht und ihr eigenes Recht, eine Glaubensmacht jenseits von Radiocarbonanalysen.«

Kleinlaut nahm Karl einen Schluck Zweigelt: »Ja schon. Aber sie erzählen doch Geschichten aus dem finsteren Mittelalter. Da verstehe ich das ja noch, da gab es eben noch keine naturwissenschaftlichen Beweise. Aber heute? Das ist doch alles purer Aberglaube.« Maurus beugte sich zu ihm: »Glaube braucht Glaubensgewissheiten. Immer schon. Auch heute. Glaubende Menschen brauchen etwas, woran Sie sich festhalten können. Und zwar hier, im Diesseits. Deshalb haben wir eine so lebendige Vorstellung vom Leben und Sterben des Jesus Christus. Vom Kreuz, von der Dornenkrone. Deshalb gibt es Reliquien und übrigens auch die Heiligen oder unsre Wallfahrten. Credo, quia absurdum, ich glaube nicht nur obwohl, sondern gerade weil es absurd ist. Ungereimt, unpassend, wenig plausibel könnte man auch sagen. Paulus sagt töricht, das ist vielleicht noch treffender.«

Mit einem leichten Heben des Kopfes bestellte der Pater eine neue Flasche Wein. Karl trank schweigend, umso aufmerksamer zuhörend. »Auf der anderen Seite: Vieles, was das Neue Testament uns zu glauben zumutet, ist natürlich schwere Kost. Kennen Sie die Smith-Sisters?« Karl schüttelte den Kopf, erwartungsfroh. Dinge von der anderen Seite waren angekündigt. »Zwei Schwestern aus England, Zwillinge und für das 19. Jahrhundert erstaunlich aktiv, gebildet und wissenshungrig. Ihr Vater versprach ihnen Reisen in alle Länder, deren Sprachen sie erlernen würden. So landeten sie 1892 auf der Halbinsel Sinai. Sie hatten Syrisch gelernt.« Maurus erzählte mit Schwung und sichtlichem Vergnügen. »Dort steht am Fuße des Berges Sinai, dort also, wo Moses die Gesetzestafeln von Gott erhielt, das Katharinen-Kloster aus dem 5. Jahrhundert, in dem einige Jahre zuvor eine fast vollständige Handschrift des Alten und des Neuen Testaments gefunden worden war. In den Basaren von Kairo tauchten in jener Zeit immer wieder Fragmente auf, kleine Pergament-Fetzen, die von den Beduinen für schmales Geld verhökert wurden. Die Smith-Sisters aber waren an die Quelle gereist. Und sie wurden fündig. In einem kleinen dunklen Raum, hinter einem Ofen. Ein Bündel Pergamente, vielfach überschrieben, übermalt, aber darunter, in der untersten Schicht, Teile der Evangelien in syrischer Sprache. Das meiste so wie wir es kennen, die eine oder andere Abweichung oder Lesart. Interessant aber ist eine Stelle aus dem Matthäus-Evangelium, gleich am Anfang, erstes Kapitel. Und wissen Sie, was dort geschrieben steht, auf dem Pergament aus den Tiefen des Katharinen-Klosters zu Füßen des Berges, auf den Moses stieg, um von Gott das Gesetz zu erhalten? Eine kleine Sprengladung, gelegt an die Fundamente unseres christlichen Glaubens. Ein kurzer, einfacher Satz: ›Und Joseph, dem die Jungfrau Mirjam verlobt war, zeugte Jesus.‹ Verstehen Sie?«

So schnell verstand Karl nicht. Joseph, Maria und das Jesus-Kind, die Heilige Familie. Plötzlich war ihm sein Kindheitsglaube wieder präsent. Die gefalteten Hände über der Bettdecke vor dem Einschlafen, das »Müde bin ich, geh' zur Ruh«, sein geständiges Murmeln im Beichtstuhl, dass er unkeusch gewesen sei in Gedanken und dass er genascht habe, das »Ego te absolvo« und das befreite Gefühl nach drei Vaterunser und fünf Ave-Maria. Die Kommunionsoblate, die am Gaumen klebte an jedem Sonntagvormittag, weil man sie nicht zerbeißen durfte, das hätte ihm weh getan, dem Leib Christi. Das Krippenspiel an Weihnachten in der Schule, wo er einmal den Herbergsvater geben durfte: »Wer klopfet an?«, und die schöne Marianne als Maria ihm mit ihrer glockenhellen Stimme geantwortet hatte: »Ein Weib mit ihrem Mann.« Er selbst also praktisch Teil der Geschichte der Heiligen Familie und diese jetzt ein Sprengsatz? Maurus lächelte ihn triumphierend an: »Joseph ist der Vater von Jesus, nicht der Heilige Geist. Bei Matthäus steht in der Fassung, die wir kennen und akzeptieren, dass Maria ein Kind erwartete – durch das Wirken des Heiligen Geistes. Die unbefleckte Empfängnis, verstehst du.« Bei diesen Worten stieß Maurus die gehobenen Gläser an, was Karl sogleich als Unterstreichung des Du-Angebots interpretierte. »Und die unbefleckte Empfängnis ist der Anfang der Göttlichkeit des Jesus von Nazareth, so wie die Auferstehung ihr Endpunkt. Im klassischen Matthäus soll Jesus von Anfang an göttlich sein, ein Halbgott. Göttlicher Vater, menschliche Mutter. An so etwas waren die Menschen der Antike gewöhnt, nichts Außergewöhnliches, denk nur an Herakles, an Achilles oder an Dionysos. Im Matthäus der

Smith-Sisters ist er ein Mensch wie du und ich, Vater Joseph, Mutter Maria. Das ist schon ein gewisser Unterschied.«

Karl sah zum Fenster hinaus. »Ich weiß nicht. Ist es denn echt, dieses Dokument von Ihren Smith-Sisters? Bewiesen, verifiziert, anerkannt? Ich mein ja nur. Ständig soll die Geschichte umgeschrieben werden und dann ist es doch bloß wieder ein Fake. Kennt man, gab's schon öfter.« – »Keine Sorge, der Syrus Sianiticus ist anerkannt, er wird benutzt von den Bibelforschern der ganzen Welt. Die haben eher ein generelles Problem. Die wichtigsten Handschriften, die wir von den vier Evangelien und den Paulus-Briefen haben, stammen aus dem 4. und 5. Jahrhundert. Geschrieben wurden die Sachen Mitte und Ende des 1. Jahrhunderts. Dazwischen wurde jahrhundertelang abgeschrieben, umgeschrieben, oft auch verschrieben, es wurde hin übersetzt und wieder her, viele gaben ihren Senf dazu oder ließen etwas weg. Was Matthäus selbst um das Jahr 80 nach Christi Geburt über dieses Ereignis berichtet hat, werden wir nie genau erfahren, ganz abgesehen davon, dass auch er nur aufschrieb, was man damals so erzählte, die meisten Ohren- und Augenzeugen längst tot waren und er auch nur aus zweiter oder sogar dritter Hand informiert war. Und vor allem abgesehen davon, dass allen damaligen Berichterstattern Paulus im Nacken saß. Der spiritus rector von allem und allen.«

Maurus bestellte eine weitere Flasche, Karl dachte nach. Hatte er jemals eines der vier Evangelien komplett gelesen? Eher nicht. Mal hier eine Episode gehört, mal dort ein Stück vorgetragen bekommen und dennoch hatte er ein ziemlich genaues Bild von diesem Jesus von Nazareth. Am Karfreitag vor seiner Erstkommunion war er eingeteilt zur Wache am Grab des Herrn und da hatte er drei Stunden lang bei völligem Stillstehen mit gefalteten Händen intensiv nachgedacht über den toten Mann in seinem steinernen Grab. Er hatte Mitleid empfunden, aber auch Hochachtung für seinen Mut und für das, was er ausgehalten hatte, die Dornenkrone und die Geißelung und angespuckt zu werden und das riesige Kreuz dann noch auf den Schultern den Berg hinauf. Die Kreuzigung fand er gemein und unfair, aber auch nicht richtig zum Heulen, denn drei Tage später war ja alles schon wieder gut. Der Neunjährige, der er damals war, zweifelte keinen Augenblick an all dem, was der Kaplan Asenkerschbaumer seinen Erstkommunikanten über Jesus erzählte.

»Also entweder«, hörte sich Karl mit Nachdruck sagen, »ist Jesus von Gott gezeugt, dann aber kaum ein Mensch von Fleisch und Blut, sondern eher eine Romanfigur wie Achilles oder Dionysos. Oder aber von Joseph gezeugt, dann hat Jesus wirklich gelebt, aber nicht als Gottessohn. Richtig?« – »Die heutigen Theologen würden dir zustimmen mit der Einschränkung, dass du aus deinem Entweder-oder ein Sowohl-als-auch machen solltest. Es gibt sowohl den Jesus bis zum Karfreitag, den irdischen, als auch den auferstandenen Jesus ab Ostern, den himmlischen. Ein bisschen sehr tricky, wie ich finde, aber so sind sie nun mal. Paulus ist für sie in dieser Angelegenheit das Vorbild. Der schreibt fast keine Zeile über den irdischen Jesus, den interessiert nur der himmlische und seine Botschaft.«

Dabei sah er Karl fest an, die Nase glänzte, die grauen Augen, die ein wenig getrübt erschienen, lagen tief in den Höhlen und an den Backen war die Haut leicht gerötet, durchsetzt mit feinen veilchenfarbenen Äderchen. Unvermittelt fragte er: »Apropos. Sagt dir Judas Ischariot etwas?«

»Der mit den dreißig Silberlingen?«

»Der genau. Auch so einer, über den man dieses und jenes denken kann. Meistens nur dieses: der Jesus-Verräter. Jenes allerdings ist um einiges spannender.«

Karl schlug die Beine übereinander, goss nach und dachte: Aha. Judas.

»Judas Ischariot war der einzige politische Kopf unter den Jüngern. Eine leise Ahnung davon ist sogar in den Evangelien übrig geblieben. Da wird es so dargestellt, als wolle er den Aufstand der Juden gegen die Römer. Mit einem Messias an der Spitze. Wie so viele Strömungen im Judentum damals in dieser von Messiashoffnungen erfüllten Zeit. Der Messias, den die Juden immer schon erwarteten, war ja plötzlich eminent politisch aufgeladen. Messias gleich Befreiung der Juden von den Römern. Und Jesus war durchaus ein ernst zu nehmender Anwärter auf diesen Posten. Hatte vieles bewirkt, Kranke geheilt, Wunder getan, war nicht unbekannt. Das Kalkül von Judas sollte also sein: Erst Verrat an Jesus und dann die Verhaftung Jesu als Initialzündung für eine jüdische Massenerhebung. So könnte man zumindest unsere großen Fabulierer, die Evangelisten, in Sachen Judas interpretieren. So sahen es auch manche Interpreten Jahrhunderte später. Ein bisschen revoluzzermäßige Genugtuung für den großen Verräter.«

Maurus nahm einen Schluck und seine Stimme wurde leiser. »Was für eine groteske Unterschätzung des Judas Ischariot. Er hätte nach dieser Lesart ein freies jüdisches Volk bekommen mit einem neuen König. Eine Fußnote der Weltgeschichte, eine Kleingeisterei im Asterix-Format. Nein, die dreißig Silberlinge sind weitaus ironischer zu verstehen.«

Maurus trank noch einen Schluck, die Nase leuchtete, er lächelte. »Dreißig Silberlinge für die Macht über die Welt, das nenne ich einen guten Preis. Und was noch weitaus besser daran ist: Er tilgt damit seine Spur. Mit dieser Verratsgeschichte. Er wird die Unperson schlechthin, der Verräter par excellence. Und mit einer grandiosen Idee erfindet er sich neu. Die eigentliche Auferstehung in diesen Zeiten. Obwohl, die andere war auch nicht schlecht gemacht.«

Karl musste sich heftig konzentrieren. So bibelfest war er allemal: Ischariot war der Selbstmörder. Erst der Verräter und dann der Selbstmörder am Karfreitag. Gruseliger Typ dieser Judas, Schrecken seines Religionsunterrichts, Inkarnation des Bösen, so Kaplan Asenkerschbaumer.

»Du kennst Paulus. Der eigentliche Religionsstifter. Der, der gegen Petrus und Jakobus die Heidenmission durchsetzte. Also aus einer rein innerjüdischen Angelegenheit eine universelle, eine unbegrenzte machte. Das Weltprogramm. Darüber streiten sie unendlich lang, die ersten Chefs der christlichen Bewegung. Darf nur ein Jude Christ werden? Also seinen, nur für ihn bestimmten Messias erkennen? Oder auch ein Heide, ein Nichtjude. Die Jesus-Botschaft war ursprünglich ganz klein, judenbezogen. Aber dieser Paulus macht etwas völlig anderes daraus, eine Weltreligion. Und folgerichtig eine Weltmission. Alle sollen nach seiner Vorstellung an diesen Jesus glauben können, alle.

Das kühnste Projekt in der Weltgeschichte, unglaublich. Niemand im Horizont der damaligen Antike wäre auf eine solche Idee gekommen. Staaten erobern, Kriege gewinnen, Gewalt über fremde Völker ausüben – alles o. k. Aber alle diese Völker geistig und religiös gleichschalten unter einem einzigen Gott und seinem Mensch gewordenen Sohn? Anderen sagen, was sie zu glauben und wie sie zu denken hätten? Das ist in dieser Zeit völlig neu. Und das ist die alles entscheidende Idee des Paulus.«

Karl dachte jetzt nicht mehr »aha«, sondern eher in die Richtung »sapperlot« oder »ach, du heilige Scheiße«.

»Und wie macht er das? Durch die Kraft der Erzählung. Diese Jesus-Geschichte ist brillant. Sie wirkt. Solche Sachen wie Wunder, Opfertod, Auferstehung, das hatte was. Die Legionen von Märtyrern, die das alles noch einmal vor- und ausleben, werden ihr Übriges tun. Und er selbst, der Paulus, legt noch einen drauf: Zuerst erklärt er sich zum Geläuterten – Saulus wird Paulus. Das war ja schon immer irgendwie gut. Eine saubere Denkfigur. Aus schlecht wird gut, aus ungläubig gläubig. Hat die Mission und den Kinderglauben ungeheuer beflügelt. Nach dem Motto: So will ich auch werden.«

Jetzt steigerte sich die Stimme Pater Maurus ins Flüsterhafte. »Aber was wäre, wenn diese gut gemeinte und gut erzählte Geschichte nur die halbe Wahrheit wäre, nicht mal die halbe, sondern eine einzige inszenierte Lüge? Und die wirkliche Wahrheit wäre die folgende, die, die alles uminterpretiert und die natürlich niemand wissen darf: Saulus ist nur die eine Vorläufer-Identität dieses Paulus, die andere, die viel wichtiger ist – Judas Ischariot.«

Die letzten beiden Worte hatte Maurus seltsam hingehaucht. Er war erschöpft. Und ganz leise nahm er noch einmal Anlauf: »Stell dir bitte vor: Aus einem kleinen rebellischen Juden, eben diesem Judas Ischariot, wird der Gründer einer Weltmacht, eben dieser Apostel Paulus. Einen kleinen Hinweis darauf liefern sogar die Schriften des Neuen Testaments. Dort wird Paulus der zwölfte Apostel genannt. Obwohl er als Paulus mit Sicherheit Jesus zu dessen Lebzeiten nicht gesehen hat, von ihm demzufolge nicht als Jünger berufen worden sein kann.

Das hat Jesus mit Judas Ischariot gemacht. Aber der macht aus der magischen Zwölferzahl durch seinen Verrat und seinen angeblichen Selbstmord eine Elf.«

Karl dachte kurz darüber nach, ob die Tatsache, dass Fußball mit einer Mannschaft aus elf Mann gespielt wird, damit etwas zu tun habe. Maurus fuhr fort: »Elf Apostel geht also aus Gründen der Zahlenmagie nicht. Also muss aufgefüllt und Paulus kurzerhand zum zwölften gemacht werden. Dass sie ein und dieselbe Person sind, der verschwundene Judas und der neu erschaffene Paulus, verschweigt natürlich das Neue Testament. Aber vor allem: In Judas steckt schon der ganze Paulus. In den dreißig Silberlingen ist schon der ganze Gedanke an die Usurpation Roms und damit der damaligen Welt enthalten. Dieser Verrat an Jesus ist wahrscheinlich der größte Gedanke, der jemals gedacht wurde.«

Karl hatte das Gefühl, etwas einwenden zu müssen. Er versuchte es und in seiner Erregung wählte er automatisch das Sie: »Aber der Selbstmord! Pater Maurus, entschuldigen Sie. Judas Ischariot ist doch der Selbstmörder. Am Karfreitagnachmittag. Der ist doch tot. Tot gewesen damals.«

»Na, das war ja das wenigste. Mit dem Scheintod hatten sie ja schon erfolgreich experimentiert, damals mit Lazarus. Und Joseph von Arimathäa, der Onkel, du weißt doch, der Onkel Jesu hatte natürlich gute Beziehungen zu den besten Medizinern Judäas. Die kannten sich aus mit Gesichtschirurgie. Hier ein bisschen was weg, dort etwas dazu. Und so ein paar Narben im Gesicht eines ehemaligen römischen Söldners waren der Legende ja eher zuträglich. Nein, glaube mir, dass Judas sich mit dem Zwischenschritt Saulus als Paulus neu erfindet, das ist brillant, das macht ihm so schnell keiner nach.«

»Pater, ich bitte Sie, was reden Sie da. Sie sind Priester, Sie sind, wie soll ich sagen, ein Mann der Kirche, ein Zisterzienser, das sind doch Räuberpistolen, das ist doch …« Karl wusste nicht mehr weiter. Kopfschüttelnd griff er nach seinem Glas. »Und jetzt sagen Sie mir wahrscheinlich noch, dass das alles mit Wein zu tun hat. Und mit Jakob Jünger. Und den Mugaschwili.«

»Gelobt sei Jesus Christus, mein Sohn. Um auf deine erste Bemerkung zu antworten. Aber komm. Ich möchte dir etwas zeigen.« Er nahm Karl beim Arm, nickte der Kellnerin zu, die etwas in ihren Block schrieb, und zerrte Karl aus der Gaststube.

Sie gingen über den menschenleeren Parkplatz zurück ins Kloster. Im Hof nach links, der Mönch schloss das Portal zur Kirche auf. Ein paar Meter durch das Längsschiff und dann rechts durch eine kleine Pforte in den Kreuzgang. Karl konnte dem anderen kaum folgen, der durch erhöhtes Schritttempo ein drohendes Schwanken zu überspielen schien, was den Bewegungen etwas durchaus Beschwingtes verlieh. An der südöstlichen Ecke des Kreuzganges steckte Maurus einen Schlüssel in ein kaum wahrzunehmendes Loch. Er drückte gegen den Stein und eine schwere Tür öffnete sich nach innen. Sie stiegen eine steile Treppe hinunter, liefen durch niedrige Gänge, spärlich von bloßen Glühbirnen beleuchtet. Links, rechts, rechts links. Karl kam es vor, als sollte er in die Irre geführt werden. Dann eine Sackgasse. Maurus rieb mit einem Finger einen Spalt frei, steckte eine Plastikkarte hinein und mit einem leisen Surren öffnete sich eine Tür. Neonröhren flackerten automatisch auf und tauchten den Raum in ein weißes Licht. An der Stirnseite stand ein Metallschrank mit Zahlenschloss. Maurus gab eine Kombination ein, im Innern des Schrankes war ein Computer installiert. Der Pater schaltete ihn ein und nach kurzer Zeit und einigen Klicks sah Karl in Farbe und originalgetreu ein altes Schriftstück.

»Qumran«, sagte Pater Maurus, »oder genauer gesagt Höhle 4. Dieses Dokument wurde zehn Jahre nach den ersten schon ziemlich sensationellen Dokumenten gefunden. Frater Joslin aus unserem Bruderkloster Sénanque in der Provence war der Grabungsleiter. Er hat es fotografiert, bevor es in den unergründlichen Tiefen der Tel Aviver Zentralbibliothek verschwand. Die Daten der Radiocarbonanalyse«, Maurus kicherte ein wenig, »ja, ja, manchmal ist so etwas schon sehr hilfreich, die Daten haben wir: 30 Jahre nach dem Beginn unserer Zeitrechnung. Der Autor nennt mehrmals den Beginn des Passahfestes als Tag, an dem er dies schrieb. Adressat ist Joseph von Arimathäa, also der Onkel von Jesus. Beinahe unglaublich ist, dass er so etwas wie eine Durchschrift erwähnt. Sie geht an Jakobus, einen der leiblichen Brüder des Jesus.«

Karl unterbrach, ihm war schon wieder etwas eingefallen: »Der Jakob vom Jakobsweg. Der in Compostela begraben liegt. Richtig?« – »Nein, die werden oft und gern verwechselt. Der Jakob von Compostela ist einer der Apostel, einer der Zwölf und einer der wichtigsten sogar. Der Jakobus, von dem hier die Rede ist, war einer der vier leiblichen Brüder des Jesus, alles Kinder von Maria und Joseph.«

»Wie bitte? Jesus hatte Geschwister? Jetzt hör doch auf. Der Sohn Gottes mit Brüderchen und Schwesterchen. Na, bravo. Die heilige Familie mit fünf plärrenden Kindern. Schöne Vorstellung. Zu schön, um wahr zu sein.«

»Immer langsam, lieber Karl. Steht alles in der Bibel. Gott hat natürlich nur einen Sohn, Maria aber mehrere. Jakobus war der älteste und stieß erst nach Tod und Auferstehung seines kleinen Bruders zur Christengemeinde. Behauptet jedenfalls die Apostelgeschichte. Mein Brief hier weiß etwas anderes. Der Onkel und Jakobus, der ältere Bruder, sind die Empfänger. Der Absender nennt sich noch Judas Ischariot. Das einzig bekannte private Schreiben also des späteren Paulus. Um übrigens eine deiner Fragen von vorhin zu beantworten: Du wirst dich wundern, wie oft hier der Begriff Wein auftaucht. Und noch mehr würdest du dich wundern, wie minutiös das Karfreitagsgeschehen wenige Tage später, die Auferstehung und das, was im Allgemeinen als Himmelfahrt geglaubt wird, beschrieben ist. Ein perfektes Drehbuch. Mit einem charismatischen Hauptdarsteller, der sein Happy End finden soll. Bei der Beschreibung der sogenannten Himmelfahrt lernen wir, dass Ischariot bereits Kenntnisse von so etwas Ähnlichem wie Schwarzpulver gehabt haben muss. Ein Riesenfeuerwerk jedenfalls. Und was er glasklar erkennt, ist, dass der Auferstehungsmythos ein Pfund ist, mit dem er wuchern wird können. Fast noch genialer ist, dass er schon jetzt beginnt, die Grundlage dieses Erfolgsrezeptes raffiniert in den Mythos einzuweben. Du ahnst es schon, der Wein. Der Wein, der im Abendmahl dann eine gewisse Rolle spielt.«

»Nehmet hin und trinket alle daraus, denn das ist mein Blut ...«, murmelte Karl. »Richtig«, ergänzte Maurus, »so bei Matthäus und ähnlich bei Lukas und Markus. Johannes wiederum schreibt in diesem Zusammenhang, dass Jesus gesagt habe, ich bin der wahre Weinstock, was aber wieder einer der üblichen Übersetzungsfehler ist und eigentlich heißen muss, ich habe oder pflege oder bewahre den wahren Weinstock. Der jugendliche Jesus nämlich, schon immer nicht nur ein guter, sondern auch ein interessierter Zecher, hatte von einer seiner Reisen einen Rebstock mitgebracht. Der Onkel war eher der praktische Typ und legte damit einen kleinen Weingarten im Jordantal an. Tja, und das war dann sozusagen die Geburtsstunde des Ostermysteriums. Einzigartiger Wein eben. Macht unter anderem Tote lebendig. Oder vielmehr scheinbar Tote nicht richtig tot. Hier, diese Stelle ist besonders aufschlussreich. Da schreibt Ischariot: ›Seht, ich enthülle euch ein Geheimnis. Wir werden nicht alle entschlafen, denn wir werden verwandelt werden. Tod, wo ist dein Stachel?‹ Das taucht dann im ersten Korintherbrief des Paulus fast wörtlich wieder auf.«

»Und wohin ging damals diese Reise des jungen Jesus?«

»Von Palästina aus nach Norden.«

»Weit nach Norden?«

»Für die damaligen Verhältnisse sehr weit.«

»Übers Schwarze Meer?«

»Übers Schwarze Meer.«

»Nach Kaukasien?«

»Exakt. Cis-Kaukasien, südlicher Kaukasus. Das war schließlich die führende Weingegend der damaligen Zeit. Jesus kannte sich aus.«

Karl hatte das Gefühl zu schwanken. Er dachte an das Symposium des Großvaters in den Weinbergen Kaukasiens. War nicht da schon von Wein und Blut Jesu und ewigem Leben die Rede gewesen? Karl musste sich setzen.

»Und was ist aus diesem Wein geworden, aus diesem – Jesus-Wein?«

Der Pater beugte sich zu ihm herunter: »Das, mein Lieber, ist eine andere Geschichte. Eine sehr lange und komplizierte, die niemand so richtig und vollständig kennt. Jahrhundertelang war dieser Wein immer im Besitz der Kirche oder ihr nahestehender Kreise. Dann kam die Reblaus, und das war das Ende. Alles änderte sich. Sie mussten umdenken, sich neu orientieren, was vielen sehr schwerfiel. Vor allem der Kirche, der Kurie, Rom, dem Zentrum der Macht. Die Beweise lagern hier. Beweise, die die Fundamente der Römischen Kirche erschüttern würden. Ein Beweis, der die Menschen nicht vom Glauben abfallen lassen wird, aber vom Glauben an ihre Kirche. Beweise, die irgendwann einmal, wenn es angebracht sein sollte, ihren Dienst verrichten werden. Irgendwann einmal, wenn es nötig wird. Ich bin kein Luther, verstehst du, ich bin ein Mann der Kirche. Ich will sie erneuern, reinigen, nicht zerstören. Aber das liegt nicht an mir, das liegt an ihr, der Kirche selbst. Und somit, wenn man so will, in den Händen Gottes. Genug für heute. Ein andermal mehr. Gehen wir zurück.«

Wie benommen ging Karl an der Seite von Maurus den Weg zurück in den Wohntrakt des Klosters. Als sie sich verabschiedeten, war es ihm ein Bedürfnis, über normalere Angelegenheiten zu sprechen: »Weiß Jakob eigentlich schon von Mugeaux und seinem Fund? Ich meine, das wird ihn doch sicherlich interessieren.«

»Gut, dass du das ansprichst. Jakob wird in drei Tagen hier sein. Er reist zwar nicht mehr so gerne, aber ich habe ein paar Andeutungen gemacht. Keine Bange: Nichts von Mugeaux und nichts von dem Wein aus dem Meer, ein bisschen Überraschung muss ja noch sein. Ich freue mich schon auf sein Gesicht, wenn er diese Flaschen sieht oder sogar einen Schluck davon trinkt. Ja, er kommt, aber er weiß noch rein gar nichts.« Karl glaubte, die Gelegenheit beim Schopf ergreifen zu müssen: »Jetzt sagen Sie doch endlich, ist er Franzls Vater? Oder Sohn? Oder Onkel, Vetter, was weiß ich?« – »Schluss! Nein!«, Maurus konnte auch resolut sein: »Hören Sie endlich auf damit!« So resolut, dass sogar das Sie wieder benutzt wurde, dachte Karl. »Entweder er erzählt es Ihnen selbst. Oder er beauftragt mich. Außerdem ist es nicht wichtig, begreifen Sie das endlich.« Und schlagartig wieder freundlich: »Du hast doch gesagt, dass Frau Drygalski dir Mugeaux vorstellen will. Das könnte man doch verbinden. Und wenn du erlaubst, ich wäre, ehrlich gesagt, auch gerne dabei. Vielleicht kannst du etwas arrangieren. In drei oder vier Tagen.« – »In Wien?« – »Keine Sorge, natürlich in Wien. Wir bringen dich hin, wir sind dabei, Jakob und ich, und nicht nur wir, das verspreche ich dir. Keinerlei Gefahr.« Karl erinnerte sich an die beiden Ordensbrüder, die ihn aus dem Adlerhof entführt hatten, und nickte: »O. k., ich rufe Marion an.«

Den Abend verbrachte Karl mit Irina allein im Klostergasthof, Josip war nicht gekommen. Auch am nächsten Tag war er nicht zu sehen. Am dritten Tag tauchte er abends auf, Irina und Karl saßen bei einer Flasche Wein. Er grinste: »Muss ich euch etwas erzählen. Und habe ich eine Idee oder Plan, egal.«

9

Endlich wieder in Wien. Nach einer knappen Woche klösterlichen Lebens lehnten Karl und Irina am Beckenrand des Donnerbrunnens am Neuen Markt, eine milde nachmittägliche Herbstsonne schien auf die beiden herab und mehr als am Beckenrand lehnten sie aneinander. Auf der anderen Straßenseite, genau gegenüber und nur wenige Meter entfernt, waren zwei Eingänge zu sehen, eine Tür und ein Tor. Die Tür gehörte zu Gaston Mugeaux' Weinhandlung, das Tor, gleich daneben, führte in die Kapuzinergruft. Hinter der Tür sollte am Abend Mugeaux' Weinprobe stattfinden, durch das Tor wollten sie jetzt. Nicht gleich, denn zuvor musste Irina alles erfahren, was Karl über die Kapuzinergruft zu erzählen wusste. »Dort unten liegen die Habsburger, viele unwichtige, aber auch die berühmten, die Maria Theresia, ihr Sohn Joseph, dann der Franz Joseph mit seiner Sisi und ihrem unglücklichen Thronfolger Rudolf. Und der Bruder vom Franz Joseph, der Kaiser von Mexiko.«

Neben dem Tor zur Kapuzinergruft sprang ein Generator an. Dicke Kabel deuteten darauf hin, dass er Baumaschinen im Innern des Gebäudes mit Strom versorgen sollte. Karl musste ein wenig lauter reden. »Das Beste ist ja, wie es zugeht, wenn hier ein toter Habsburger ankommt. Ich war zweimal dabei. Bei der Zita und erst kürzlich beim Otto, ihrem Sohn.« Zwei Bauarbeiter kamen aus der Kapuzinergruft, augenscheinlich um Zigarettenpause zu machen.

Ganz nah am Ohr Irinas erzählte Karl das Folgende: »1989 ist die Zita gestorben mit fast 97 Jahren. Sie war die letzte Kaiserin, die

Gemahlin des Kaisers Karl, der 1918 abdanken musste und Österreich verließ. Starb 1922 auf Madeira. 1989 also die Zita. Sie wurde aus der Schweiz, wo sie zuletzt gelebt hatte, hierhergebracht. Und nach alter Sitte klopft der Zeremonienmeister, der dem Sarg vorangeht, an die Pforte der Kapuziner. Von innen antwortet eine Stimme: ›Wer begehrt Einlass?‹ Und dann antwortet der Zeremonienmeister mit allen Titeln des verstorbenen Habsburgers.«

Die beiden Bauarbeiter hatten fertig geraucht und verschwanden im Innern der Kapuzinergruft. Karl las aus der Broschüre vor, die er kurz zuvor zusammen mit zwei Eintrittskarten gekauft hatte: »Ihre Majestät Zita, von Gottes Gnaden Kaiserin von Österreich, Königin von Ungarn, Königin von Böhmen, von Dalmatien, Kroatien, Slowenien, Galizien, Lodomerien und Illyrien, Königin von Jerusalem, Erzherzogin von Österreich, Großherzogin der Toskana und Krakau, Herzogin von Lothringen und Salzburg, Steyr, Kärnten, Krain und der Bukowina; Großfürstin von Siebenbürgen, Markgräfin von Mähren; Herzogin von Ober- und Niederschlesien, von Modena, Parma, Piacenza und Guastalla, von Auschwitz und Zator, von Teschen, Friaul, Ragusa und Zara; gefürstete Gräfin von Habsburg und Tirol, von Kyburg, Görz und Gradiska; Fürstin von Trient und Brixen; Markgräfin von Ober- und Nieder-Lausitz und in Istrien, Gräfin von Hohenems, Feldkirch, Bregenz, Sonnenberg; Herrin von Triest, von Catarro und auf der Windischen Mark, Großwojwod der Wojwodschaft Serbien und so weiter.«

Karl war außer Atem geraten und blickte Irina beifallheischend an: »Königin von Jerusalem und Herzogin von Auschwitz. Das muss man sich mal geben. So etwas bekamen nur die Habsburger hin. Aber weiter in der Zeremonie: Denn was sagt der Kapuziner nach der ganzen Titel-Litanei durch die geschlossene Tür? ›Wir kennen sie nicht.‹ Interessant war übrigens gut zwanzig Jahre nach Zitas Begräbnis der Fall ihres Sohnes Otto, der auch da unten liegt. Der Kronprinz also, der nie regierte. Neunundneunzig ist er geworden, auch ein schönes Alter. Da gab es Riesenaufregung hier in Wien, ob die Kapelle des Bundesheeres spielen dürfe bei seinem Begräbnis, schließlich sind wir eine Republik und der ganze Adel, nicht nur die Habsburger, zumindest formal entmachtet.«

Ein Fiaker fuhr vorbei. Karl sah ihm nach und sein Blick blieb am Baustellenschild hängen, das neben dem Eingang zur Kapuzinergruft aufgestellt war. Unter der Überschrift »Prima Klima für das Österreichische Kaiserhaus« stand dort: »Die Kapuzinergruft erhält eine neue Belüftungsanlage. Der Betrieb für Besucher geht unverändert fort.« Karl wandte sich wieder Irina zu: »Der Witz beim Otto war, dass sie dann sogar die Kaiserhymne gespielt haben und die ganzen deutschen Touristen sich erstaunt ansahen, als da plötzlich ihre bundesdeutsche Hymne beim Begräbnis eines Habsburgers erklang. Aber was ich sagen wollte: Auch beim Otto kam zuerst die ganze Aufzählung, die republikanische Version, wenn man so will.«

Karl blätterte in der Broschüre eine Seite weiter und las vor: »›Dr. Otto von Habsburg, Präsident und Ehrenpräsident der Paneuropa-Union, Mitglied und Alterspräsident des Europäischen Parlaments, Ehrendoktor zahlreicher Universitäten und Ehrenbürger vieler Gemeinden in Mitteleuropa, Mitglied ehrwürdiger Akademien und Institute, Träger hoher und höchster staatlicher und kirchlicher Auszeichnungen, Orden und Ehrungen, Großmeister des Heiligen Ordens vom Goldenen Vlies.‹ Auch nicht viel kürzer als bei der Zita. Und natürlich auch bei ihm die Antwort von innen: ›Wir kennen ihn nicht.‹ Der Zeremonienmeister klopft ein zweites Mal, wieder wird gefragt ›Wer begehrt Einlass‹, ein zweites Mal werden die Titel heruntergebetet, diesmal in einer verkürzten Fassung. Und wieder sagt der Kapuziner auch bei diesem zweiten Mal: ›Wir kennen ihn nicht.‹ Jetzt klopft der Zeremonienmeister zum dritten Mal, wieder fragt es von innen ›Wer begehrt Einlass‹ und die dritte Antwort ist diesmal, bei der Zita, beim Otto und bei allen Habsburgern in all den Jahrhunderten: ›Ein sterblicher, sündiger Mensch.‹ Und erst jetzt heißt es nun von innen: ›So komme er herein.‹«

Heraus aus dem Tor der Kapuzinergruft kamen in diesem Moment Josip und Salem. Sie traten zu den beiden am Donnerbrunnen. Josip nahm die Mütze ab und kratzte sich am Kopf: »Alles klar, Plan müsste funktionieren. Ist schwierig, aber egal.« Salem grinste und sagte: »Passt.« Karl und Irina überquerten die Straße und betraten das Totenreich der Familie Habsburg. Kein Sightseeing durch Wien ohne Kapuzinergruft.

Nebenan, hinter der Tür der Weinhandlung »Rare Wines«, überlegte Gaston Mugeaux zur gleichen Zeit, ob er für seine Gäste am Abend einen 49er oder einen 45er Mouton Rothschild öffnen sollte. Eigentlich sollte es an diesem Abend um seine beiden neuesten Errungenschaften gehen, Pierres Gilles' Clos Gethseman und den Wein aus den Tiefen des Atlantiks. Aber warum nicht die Gelegenheit nutzen, ein bisschen anzugeben mit den Schätzen des Mugeaux'schen Kellers. Bei Marion sowieso, gegenüber ihrem Ex-Freund Karl erst recht, und dass dessen neue Freundin angeblich aus Georgien stammte, war ein zusätzlicher Grund, ein wenig zu renommieren. Ganz abgesehen davon, dass er selbst Lust hatte, ein paar seiner alten Weine zu probieren. Er entschied sich für den 45er, während Marion die Gläser auf dem Tisch in Mugeaux' Keller von Zweierreihe in Dreierreihe umformatierte.

Heute war Dienstag. An den morgigen Mittwoch dachte Gaston mit gemischten Gefühlen. Der Tag der Versteigerung. Der Tag, an dem Clos Gethseman und der Franzl-Wein versilbert werden sollten. Der Geschäftsmann in ihm rechnete mit Millionen. Noch in der Provence hatte er auf seiner Website unter »Aktuelles« eine Meldung platziert: »Sensationelle Gelegenheit für Liebhaber. Die Weinhandlung ›Rare Wines‹ lädt ein zur Teilnahme an der Versteigerung zweier Chargen außergewöhnlicher Raritäten. Charge A: 180 Flaschen ›Clos Gethseman‹, je 18 aus den Jahrgängen 1859 bis 1868. Vorreblauswein, den der Winzer Pierres Gilles in der Provence für das Haus Rothschild erzeugte. Charge B: 180 Flaschen ›Aus den Tiefen des Atlantiks‹. Vorreblauswein aus einem ca. 1875 gesunkenen Schiff, Provenienz unbekannt. Mindestgebot pro Bouteille Charge A € 5000, Charge B € 4000. Vorabgebote nur schriftlich an untenstehende Postanschrift in Wien.«

Marion las das, begann zu rechnen und flüsterte ergriffen: »Das sind ja fast zwei Millionen – meine Herren!« – »Mindestgebot. Der

Erlös liegt erfahrungsgemäß drei- bis viermal so hoch. Mindestens. Kommt darauf an.« – »Und warum dann nur jeweils 180 Flaschen? Ich meine ja nur, bei dem Preis.« Marion kam sich selbst ein bisschen geldgierig vor. Mugeaux lächelte souverän: »Für mich. Für dich. Für Freunde. Ich bitte dich, Marion, Geld ist nicht alles.« Das sah Marion natürlich genauso. Mugeaux lächelte weiter, eine Spur ernster: »Und übrigens: Ich zahle Steuern, ich hatte Unkosten. Aber zugegeben: ein gutes Geschäft. Bin gespannt, wer da anbeißt.«

Als er zwei Tage später nach Wien zurückgekehrt war und von der Oper über den Albertinaplatz Richtung Neuer Markt ging, wunderte er sich über die Baustelle vor der Kapuzinergruft. Er musste ein paar Absperrungen umgehen und machte sich dabei die Schuhe schmutzig. Im Briefkasten hatte sich eine Menge angesammelt, darunter einige Angebote von Weinliebhabern aus aller Welt, die geringfügig über dem Einstiegspreis lagen. Vier Briefe wirkten so, als ob sie wichtig seien. Er setzte sich und war gespannt.

Der erste Brief war auf teurem Büttenpapier geschrieben. Oben prangten die berühmten fünf farbigen Ringe, darunter standen in einem vornehmen Grau die drei Buchstaben »IOC«. Er las:

»Sehr geehrter Monsieur Gaston Mugeaux,
am 24. Mai d.k.J. trifft sich das Internationale Olympische Komitee in Singapur zu seiner 124. Session. Wichtigster Tagesordnungspunkt wird die Vergabe der Spiele der XXXII. Olympiade sein.

Als Vorsitzender des IOC und im Namen des Executive Boards möchte ich Sie, sehr geehrter, lieber Herr Mugeaux, als Ehrengast zu dieser Session einladen. Der Grund für diese für Sie sicherlich unverhoffte Ehre ist ein Wein, ein sehr spezieller Wein.

Wie wir aus Ihrer Mitteilung erfahren, verfügen Sie über Bestände der legendären Clos Gethseman. Die Weine dieser Lage gehören zur großen, weitgehend unbekannten Tradition der Olympischen Bewegung. Pierre de Coubertin, der Begründer der Olympischen Spiele der Neuzeit, besaß große Mengen dieses Weines und pflegte jedes von ihm persönlich ernannte neue Mitglied des IOC mit einer Kiste Clos

Gethseman zu begrüßen. Leider ist diese schöne Tradition schon seit vielen Jahren zum Erliegen gekommen.

Ihre neu entdeckten Bestände dieses alten Weines wären daher nirgendwo besser aufgehoben als im Schoße des IOC. Selbstverständlich sind wir uns des Wertes Ihres Schatzes bewusst. Details über Ihre Preisvorstellungen regeln Sie bitte mit meinem Generalsekretär. Ich weise jedoch ausdrücklich darauf hin, dass – sollten sich andere Interessenten bei Ihnen einstellen – das IOC jederzeit in der Lage ist, jeden gebotenen Preis zu überbieten. Wir sind mit 600 Mrd. Jahresumsatz eine der finanzstärksten Organisationen der Welt und in unserem Finanzgebaren niemandem verantwortlich.

Zum Schluss darf ich Ihnen mitteilen, dass das Executive Board des IOC einstimmig beschlossen hat, Sie, Monsieur Mugeaux, im Falle eines Vertragsabschlusses auf der kommenden Session als vollwertiges Mitglied unseres exklusiven Kreises aufzunehmen inklusive der Inanspruchnahme aller weltweiten Privilegien.

Ich grüße Sie in der Hoffnung, alsbald Ihre persönliche Bekanntschaft zu machen.

Der Präsident des IOC«

Das Papier des zweiten Briefes wirkte noch vornehmer, an seinem Kopf befanden sich eine Prägung, die den Hut des Bischofs von Rom andeutete, sowie zwei große gekreuzte Schlüssel darunter. Grau schien die bevorzugte Farbe in diesen Kreisen zu sein, diesmal lautete der Absender »La Santa Sede«.

»Gott zum Gruß, verehrter Signore Mugeaux,
der Heilige Vater hat mich gebeten, Ihnen in der gebotenen Kürze ein Anliegen von höchster Dringlichkeit vorzutragen.

Der Stuhl Petri ruht auf einem Fels, der nun schon zweitausend Jahre unerschütterlich in der Geschichte verankert ist. Traditionen sind der Kirche heilig und eine dieser Traditionen, sehr verehrter Signore Mugeaux, ist der Wein aus der Lage Clos Gethseman auf dem Gebiet unserer ehemaligen avignonesischen Besitztümer. Ich verhehle nicht, dass diese Tradition auch ihre dunklen Seiten hat und dass es Zeiten gab, in denen sich auch die Hl. Römische Kirche der Sünde der Maßlosigkeit hingegeben hat. Gleichwohl ist dieser Wein nicht erst seit den Tagen des avignonesischen Exils der Päpste in gewisser Hinsicht der Hauswein der Kurie und durch diesen Umstand auf besondere Weise geheiligt.

Es ist dem Heiligen Vater nun kürzlich zu Ohren gekommen, dass Sie, werter Signore Mugeaux, als einer der letzten Sterblichen über nennenswerte Bestände dieses seligmachenden Weines verfügen. Als gehorsamer Sohn der Kirche werden Sie verstehen, dass der Heilige Stuhl auf die Restituierung dieses Kontingents bestehen muss. Nun ist dem Heiligen Vater wohl bewusst, dass wir in einer Zeit leben, in der irdische Entgelte den reinen Gotteslohn weitgehend ersetzt haben. In seinem Namen biete ich Ihnen daher eine materielle Entschädigung an, die Ihre Ansprüche mehr als befriedigen dürften – die liquiden Bestände des päpstlichen Bankhauses IOR sind durchaus erquicklich. Darüber hinaus bietet Ihnen der Heilige Vater kraft seiner apostolischen Befugnis und unter Außerkraftsetzung entsprechender Regularien des Kirchenrechtes an, unmittelbar nach Ihrem Ableben den Prozess der Seligsprechung einzuleiten.

Wir bitten Sie, bei Ihrer Entscheidungsfindung dem Heiligen Geist zu vertrauen.

Gelobt sei Jesus Christus, Gott segne Sie.

Salvatore Scrambella, Kardinalstaatssekretär«

Mugeaux hatte gar nicht bemerkt, dass Marion eingetreten war, seit einigen Minuten hinter ihm stand und interessiert mitlas. Sie konnte ein Lachen nicht unterdrücken: »Glückwunsch Mugeaux! Das erste IOC-Mitglied, das seliggesprochen wird. Ach was, heilig! Und was haben wir noch? Schon wieder ein Wappen.« Das Wappen war gelbgrundig und zeigte links einen roten Löwen, rechts ein schräges Band mit drei Adlern und in der Mitte die Farben Rot-Weiß-Rot. Darunter stand, überraschenderweise in Grau, »Das Haus Habsburg-Lothringen«. Auch die noch, dachte Marion, und beide lasen:

»Sehr geehrter Herr Mugeaux,
als Oberhaupt des Hauses Habsburg-Lothringen wende ich mich heute vertrauensvoll an Sie. Wie Ihnen vielleicht bekannt sein dürfte, war bis 1918 der Österreichische Kaiser immer in Personalunion auch Großmeister des Ordens vom Heiligen Vlies. Diesen Ehrentitel nehme auch ich in meiner Person noch heute wahr.

Wie Sie sicherlich wissen, war und ist das Ziel des Ordens die Erhaltung des katholischen Glaubens, der Schutz der Kirche und die Wahrung der unbefleckten Ehre des Rittertums. Durch seine Zusammensetzung aus ranghohen und einflussreichen Mitgliedern des europäischen Hochadels ist der Einfluss des Ordens auf die Geschichte unseres Kontinents nicht hoch genug einzuordnen. Ich erinnere nur daran, dass ohne die Zustimmung der anderen Ritter das Oberhaupt des Ordens keinen Krieg beginnen konnte. Auch heute noch wirkt der Orden, wenn auch im Verborgenen, in maßgeblicher Weise an der Gestaltung des politischen, wirtschaftlichen und sozialen Lebens mit.

Zu den herausragenden Aufgaben des Ordens gehörten seit Jahrhunderten der Schutz und die Fürsorge für den Heiligen Wein der Clos Gethseman in der Provence. Wir Ordensbrüder vom Goldenen Vlies haben diese Aufgabe in direkter Nachfolge des Templerordens übernommen, ungeachtet dessen, welch vordergründigen Besitzverhältnisse auf der Clos Gethseman im Laufe der Zeit herrschten.

Dies alles, lieber Herr Mugeaux, als Vorrede zu meinem eigentlichen Anliegen. Clos Gethseman, unsere Schutzbefohlene, wurde in den 70er Jahren des 19. Jahrhunderts von der Reblaus vernichtet. Sie, Gaston Mugeaux, verfügen nach Informationen, die Uns zugetragen wurde, über die letzten Bestände aus der Vorreblauszeit. Sie werden verstehen, dass Wir, als Großmeister des Ordens vom Heiligen Vlies, aber auch als Oberhaupt des Hauses Habsburg-Lothringen, dessen Ansprüche an die Kaiserkrone derzeit ruhen, den dringenden Wunsch hegen, diese Bestände Unserer geliebten Clos Gethseman wieder unter Unseren Schutz zu stellen.

Ihr Schade soll dies nicht sein. Als Weinhändler sind Sie über die pekuniären Verhältnisse in diesem Markt besser unterrichtet als Wir.

Der Orden und schon gar nicht das Kaiserhaus verfügen zwar nicht über die Mittel aus früheren Zeiten, jedoch sind Wir sicher, Ihre Ansprüche zufrieden stellen zu können.

Eines jedoch können Wir Ihm anbieten und Er möge dies als besonderen Beweis Unserer Gunst bewerten. Die Mitgliedschaft im Orden vom Heiligen Vlies ist den vornehmsten Familien des alteuropäischen Adels vorbehalten. Jedoch erinnere Er sich: Bella gerant alii, tu felix Austria nube, was auf Deutsch auch heute noch bedeutet, dass andere die Kriege führen mögen, das glückliche Haus Österreich aber heiratet. Drei meiner Töchter befinden sich im heiratsfähigen Alter und Er würde Uns eine Ehre erweisen, sie dereinst genauer in Augenschein zu nehmen und zu begutachten.

Ich versichere Sie meiner Huld, werter Herr Mugeaux, und bedenken Sie: Auch wir sind nur ein Mensch.

Karl Habsburg-Lothringen«

Marion sah Mugeaux an, Mugeaux sah Marion an. Das alte Spiel, wer lacht zuerst. Es war Marion, die grinsend ihren Kopf neigte, einen Knicks andeutete und »Ihre Dienerin, Kaiserliche Hoheit« hervorprustete. Mugeaux schüttelte den Kopf und öffnete den vierten Brief. Die Aufmachung des Briefpapiers war nüchtern, ganz oben war HAKOPRUMCA & P zu lesen, was das bedeutete stand unten, serifenlos, zweizeilig: »Kanzlei Horvath, Antler, Kriechbaumer, Omedal, Prall, Ravelli, Uridil, de Michelis, Czychon, Armstrong & Partner«. Dann folgten wenige Zeilen:

»Sehr geehrter Herr Mugeaux,
unsere Kanzlei vertritt die Group Paris-Orléans sarl. und ihren Mehrheitseigner Baron de Rothschild. Wir haben beim Landesgericht Wien im Auftrag unseres Mandanten Antrag auf

Einstweilige Untersagung

Ihrer annoncierten Versteigerungsaktion »Sensationelle Gelegenheit für Liebhaber« gestellt, in Sonderheit »Charge A, Clos Gethseman«. Der Entscheid des Landesgerichts geht Ihnen binnen 24 Stunden zu.

Unser Antrag beinhaltet bei Zuwiderhandlung eine Konventionalstrafe von 20 Mio. (in Worten: zwanzig Millionen) Euro.

Vorsorglich weisen wir darauf hin, dass sich unser Mandant eine Klage wegen Diebstahls und unberechtigter Veräußerung fremden Eigentums vorbehält.

Mit freundlichen Grüßen

De Michelis (nach Diktat verreist)«

Marion sah auf den Brief, als ob da vielleicht noch eine Fortsetzung käme, eine Verlängerung, eine glückliche Wendung in letzter Minute, als ob man nur lange genug warten müsse, aber dann resignierte sie: »Und jetzt?« Mugeaux streckte die Beine aus und massierte sich den Nacken: »Seltsam. Der Atlantik-Wein interessiert kein Schwein. Nur diese Clos Gethseman. Die scheint ein Wespennest zu sein. Na gut, mit dieser Hydra von Kanzlei soll sich Dr. Kreidler auseinandersetzen. Der kennt den Landesgerichtspräsidenten. Das ist alles das kleinere Problem. Sorgen macht mir dieser schwarze Lieferwagen da draußen und die beiden Gestalten daneben, die seit einer Stunde nichts tun außer rauchen und uns beobachten.«

Daher also die gemischten Gefühle bei Mugeaux an diesem frühen Abend des Dienstags in Erwartung der Versteigerung am Mittwoch. Dr. Kreidler hatte zwar gute Arbeit geleistet, das Landgericht hatte den Antrag der vielköpfigen Kanzlei inklusive Partner abgeschmettert. »Ah, geh«, hatte der Landesgerichtspräsident Horvaczek beim dritten Glas Zweigelt gemeint, als Dr. Kreidler ihm auseinandersetzte, dass Paris-Orléans in gewissem Sinne die Nachfolgeorganisation des Rothschild-Imperiums sei, und er wisse doch und überhaupt. Für die zwei Flascherln aus dem Bestand der in Frage stehenden Versteigerung bedankte sich der Landesgerichtspräsident und bekräftigte dies, als ob es sich gewissermaßen um den Leitspruch der österreichischen Jurisdiktion handele, mit einem erneuten »Ah, geh.«

Der schwarze Lieferwagen hingegen war nicht verschwunden in den letzten Tagen, die Besatzung, rauchend, schweigend, äugend, hatte gewechselt und das empfand Mugeaux keineswegs als weniger bedrohlich. Aber dann läutete es an der Tür der Weinhandlung »Rare Wines«, die Gäste standen vor der Tür und Karl Breitenstein und Gaston Mugeaux schüttelten sich die Hand.

Das eine Klischee besagt, dass zwei Männer, welche dieselbe Frau begehren oder begehrt haben, sich nicht ausstehen können. Naturgeschichtlich nachvollziehbar. Das andere erzählt die Geschichte genau andersherum: die beiden Männer können sich gut leiden. Mit ein paar biologistischen Verrenkungen ebenfalls begründbar. Karl und Gaston jedenfalls musterten sich – und verschoben etwaige Sympathie- oder Antipathiereflexe auf später. Marion bekam einen Kuss auf die Backe, Karl stellte Pater Maurus vor: »ich hatte Sie ja schon vorgewarnt«, um dann zur Seite zu treten und einem großen, schlanken, alten Mann Platz zu machen, der in einem zeitlos gut geschnittenen, schwarzen Cord-Anzug aus dem Halbdunkel trat. »Und wir haben uns erlaubt, einen weiteren Gast mitzubringen. Dies ist unser Freund Jakob, selber ein Winzer von hohen Graden aus … aus den Bergen.«

Inmitten der allgemeinen Begrüßungszeremonien packte Marion Karl am Arm und nahm ihn zur Seite: »Wo ist denn Irina? Und Josip? Ohne Irina funktioniert der ganze Abend hier nicht!« Karl versuchte, sie zu beruhigen, »die kommen später, müssen noch was erledigen, so sind die Georgier halt«, aber Marion hatte jetzt schlechte Laune: »Wann denn? Unpünktlichkeit, wie ich das hasse!« – »Jetzt beruhige dich doch, die kommen schon noch, versprochen«, und dann gingen sie hinunter, Mugeaux und Marion voraus, Karl, Jakob und Maurus hinterher, in den Weinkeller, der angrenzte an das altehrwürdige Gemäuer der Grabesgruft der Habsburger.

Karl war schon ziemlich angesäuselt und auch Mugeaux hatte einiges intus, als dieser etwa eine Stunde später sein Glas erhob und »tief ist der Brunnen der Vergangenheit. Sollte man ihn nicht unergründlich nennen?« von sich gab. In Verbindung mit dem französelnden Akzent ergab dies eine Melodie, die Marion augenblicklich dahinschmelzen ließ. Zum Niederknien, so hätte sie es wahrscheinlich ausgedrückt, wenn sie nicht nach wie vor erheblich gereizt gewesen wäre: »Wo bleibt Irina«, fuhr sie immer wieder Karl an, »das ist doch nicht zu glauben.«

Neun ehrwürdig anzusehende Flaschen Wein hatten als Zeugen der Vergangenheit fungiert. Das erste Drittel war bereits Geschichte, insofern sie ausgetrunken waren, die anderen brannten darauf, ihre Geschichten zu erzählen. Mugeaux goss den Inhalt einer weiteren Flasche in die Gläser. »So. Um nicht zusagen: voilà. Jetzt sind wir in der Mitte des zwanzigsten Jahrhunderts, keine gute Zeit, wenn Sie mich fragen. Aber es hilft ja nichts, wir gehen Schritt für Schritt zurück in den Räumen der Zeiten, abwärts, hinunter, tiefer, immer weiter.« – »Genau. Weiter, immer weiter.« Dies war, wie unschwer zu erraten, die Stimme Karls. »Das hier«, fuhr Mugeaux fort, »ist eigentlich nichts Besonderes, aber als Vergleichsmaßstab gut geeignet, denn der Jahrgang 1945 gilt als einer der Jahrhundertjahrgänge schlechthin und das besonders im Bordelais. Mouton Rothschild hatte damals die Idee …«, »… oder Plan, egal …«, unterbrach Karl, »… Künstler die Etiketten entwerfen zu lassen und ein gewisser Philippe Jullian, der mir offen gestanden gar nichts sagt, hat 1945 ein V integriert, V für Victoire.«

»Kriegsende. Sieg über die Nazis. Verstehe. Kann ich gut verstehen, Mugeaux! Diese Flasche auf den Frieden. Deutsch-französische Freundschaft. Nie wieder Krieg!« Karl erntete einen erneuten bösen Blick von Marion: »Kannst du einfach mal die Klappe halten. Und auf deutsch-französische Freundschaft stoße ich mit Gaston an, nicht du.« Sie sah beseelt Mugeaux an, der jedoch stärker an seinem Wein interessiert war: »Als geerntet wurde, war der Krieg schon ein halbes Jahr zu Ende. Am 1. Mai, einen Tag nachdem Hitler sich umgebracht hatte, war in Bordeaux Schnee gefallen und am Tag darauf gab es kräftigen Frost. Dadurch hat sich die Erntemenge von selbst reduziert. Auch so entstehen manchmal Jahrhundertweine.«

Sie griffen zu den Gläsern und steckten die Nasen hinein. Das spitze Exemplar von Pater Maurus kam als Erstes wieder hervor: »Eine kleine Ergänzung, Monsieur Mugeaux. Am 5. Mai 1945, nur wenige Tage nach diesem Maienschnee in Bordeaux, rückte ein kleiner Trupp französischer Soldaten in das halb verlassene Berchtesgaden ein. Sie stiegen auf den Berg, wo Hitler und seine innerste Führung ihren

Adlerhorst hatten errichten lassen. Unterhalb des Gipfels entdeckten sie einen geheimen Bunker. Als sie die Türe gesprengt hatten, fanden sie dahinter eine halbe Million Flaschen der besten Weine Frankreichs. Göring und Goebbels hatten diesen Schatz in ganz Frankreich zusammengestohlen.« – »Im Stehlen waren sie gut, die Nazis«, antwortete Mugeaux, »da könnte ich noch viel erzählen.«

»Wenn das der Führer gewusst hätte, dieser Wassertrinker.« Karl murmelte vor sich hin, denn mehr als an Geschichten über den Wein war er natürlich am Wein selbst interessiert.

Der hier war für sein Alter extrem lebendig, intensiv, kraftvoll, toll in Form. Der ließ die Muskeln spielen und dachte gar nicht daran, sich seinem Alter gemäß gesetzt und distinguiert zu verhalten. Karl hatte unwillkürlich einen pechschwarzen Araberhengst vor Augen, der unruhig tänzelte und die Nüstern blähte, während Mugeaux berichtete, dass da am Anfang massig Kaffee zu schmecken war, danach intensiv feine Minze, Eukalyptus und das Ganze in einer irren Dichte und Konzentration, die ewig lang am Gaumen blieb und in einem endlosen Abgang nachhallte, was Karl nur bestätigen konnte. »Da hat man fast ein Gefühl von Unsterblichkeit«, fasste Mugeaux seinen Eindruck zusammen, mehr zu sich gesagt, als in die Runde. Karl schenkte sich schnell nach, bei fünf Personen pro Flasche musste man sehen, wo man bleibt.

Die 45er Flasche Mouton hatte sich schnell geleert. Als Nächstes kam der Jahrgang 1900 dran, wieder ein Bordeaux, diesmal aus dem Château Margaux. Mugeaux beschrieb den Margaux aus diesem Jahr als eine Legende, ein Weinmonument, bei dem Winzer von Weltruf und die weltberühmtesten Weinverkoster schon Tränen in die Augen bekommen hatten. Jetzt fielen wirklich die ersten »unglaublich« und »sensationell«, selbst Jakob, der bisher schweigend in kleinen Schlucken getrunken hatte, abseits an den Türstock gelehnt, das Spielbein lässig vor das Standbein gekreuzt und die Hände tief in den Hosentaschen, murmelte etwas wie »Einhundert Jahre. Kraft wie ein Büffel«. Karl überlegte laut, wie man Unsterblichkeit steigern könne, beendete diesen Gedanken jedoch, da man bereits zum nächsten Wein schritt.

Maurus bestärkte ihn darin, indem er darauf hinwies, dass nach den Regeln der inneren Dramatik einer Weinprobe er wahrscheinlich gleich über die Steigerung der Steigerung von Unsterblichkeit nachdenken müsse.

Man war im Jahr 1887 angelangt und Mugeaux entkorkte andächtig: »Die erste Ernte im Bordelais nach der Reblaus-Krise, die etwas taugte. Zumindest bei Lafite-Rothschild und ich hoffe, dass diese Flasche mich nicht Lügen strafen wird. Man kann über Jahrgänge hin und her philosophieren, entscheidend ist immer, was aus der jeweiligen Flasche kommt. Potenzial haben die großen Bordeaux auch in diesem Alter noch. Aber wer will schon Potenzial trinken? Diese hier hat jetzt über 120 Jahre auf dem Buckel, da kann schon auch mal die eine oder andere kleine Altersschwäche vorkommen. Der Korken ist gut, sehen Sie, jetzt soll sie mal zeigen, die alte Dame, was sie noch draufhat.« Sie hielten ihre Nasen in die Gläser. »Staubig«, sagte Marion, »muffig«, meinte Maurus, »modrig« kam von Karl, während Jakob ein wenig wartete und ein »normal« hören ließ. »Lassen sie ihr ein paar Minuten, die muss sich erst an uns gewöhnen. Ich glaube, sie wird uns nicht enttäuschen.« Mugeaux pflichtete dem Alten zu: »Jakob hat recht. Nach 120 Jahren sollten wir ein wenig Geduld haben.«

»Und?« Karl spürte Marions Ellenbogen in seinen Rippen. »Au«, sagte er und »jetzt warte halt ab.« Sie zog hörbar die Luft durch die Nase und zischte: »Typisch. Wenn ich mich einmal auf dich verlasse. Außerdem trinkst du zu schnell.« Karl hob sein Glas in ihre Richtung und deutete eine Verbeugung an: »Sie kommen. Ich schwör's. Irina macht sich nicht so viel aus Wein. Aber sie kommt. Sie hat es mir versprochen.« Marion funkelte ihn dermaßen an, als ob er für alle Unpünktlichkeit dieser Welt verantwortlich sei.

Um der Dame aus dem Jahre 1887 gebührend Zeit zu lassen, wechselten sie in den hinteren Raum des Kellers. Marion glaubte, ein leichtes Grollen, eher ein Sirren oder Surren zu hören, ein Blick in die Runde belehrte sie, dass sie sich wohl getäuscht hatte. Karl klopfte an die Wand: »Hallo ihr alten Schlawiner, hört ihr mich? Lauter tote Habsburger hinter dieser Wand. Irgendwie schon beruhigend. Mein

Liebling ist ja der Maximilian, der letzte Ritter. War schon Kaiser und wollte auch noch Papst werden. Gutes Projekt. Ein Habsburger halt.«

Marion hob den Kopf und griff sich ans Ohr: »Sagt mal, hört ihr das nicht?« Sie erntete fragende Blicke. »Da ist so ein Grummeln und Brummen. Oder ist das schon der Alkohol bei mir?« Mugeaux legte ihr eine Hand auf die Schulter: »Manchmal hört man die U1 hier unten. Wenn sie die alten Waggons einsetzen. Dann rumpelt es in diesen uralten Gemäuern. Kommen Sie, lassen wir uns mal ansehen, was aus der alten Dame geworden ist.«

Ein Wunder war geschehen. Sie war erblüht. Sie zeigte die ganze Schönheit einer alten Dame, generös, fein, vornehm und ein klein wenig kokett. Selbst Karl musste zugeben, dass da Kräuter zu schmecken waren, die vielbeschworene Lakritze und dann so etwas wie ein Fernet, was dem Ganzen einen Anstrich ins Hustensaftige gab, nicht aber ohne Reize war. »Bloß gut, dass wir vorgewarnt sind«, erklärte Mugeaux, »sonst wüssten wir wenig damit anzufangen. Aber wenn man weiß, was wir hier trinken, dann kann man schon andächtig werden. Das hat eine Großvätergeneration produziert, ein lebendiges Naturprodukt, das zwei Jahrhundertwenden überdauert hat.« In die allgemeine Andacht hinein sagte Jakob: »Alter ist relativ. Und häufig überschätzt.«

Während Marion weiter in Richtung Gemäuer lauschte, hatte sich Karl mehrmals nachgeschenkt, ihm ging die Sache zu langsam voran: »Und was haben wir jetzt noch, Gaston? Hier, was hat es damit auf sich?« Er hielt eine der alten Flaschen in die Höhe und sah selbst nach, was auf dem Etikett noch zu erkennen war. »Ach nein, bitte nicht. TJ auf dem Etikett und 1789 als Jahrgang. Die alte Thomas-Jefferson-Story. Gaston, Sie enttäuschen mich. Das ist doch die Fälschung aller Fälschungen, das weiß doch jeder.« Mugeaux nahm ihm die Flasche aus der Hand: »Langsam, Breitenstein, immer langsam. Die Flaschen mit dem TJ-Monogramm aus dem Keller im Pariser Marais, wo Thomas Jefferson als amerikanischer Botschafter in der Revolutionszeit lebte, diese Geschichte war in der Tat schon immer ziemlich unglaubwürdig. Vor allem: Warum sollte der Weinkenner und Weinliebhaber Thomas

Jefferson seinen Wein in Paris zurücklassen, als er in die USA zurückkehrte, wo er dann der dritte Präsident der Vereinigten Staaten wurde? Nein, wenn man an solch einen Wein glaubt, und ich glaube daran, dass Jefferson sich Weine mit seinen Initialen liefern ließ, das war gar nicht so ungewöhnlich damals, dann sollte man doch besser in den USA danach suchen. Und das habe ich getan.«

»Und wo?« Karl klang so, als ob er die Antwort ohnehin nicht glauben wollte. »Na, wo würden Sie suchen, wenn Sie nach den privaten Weinvorräten eines amerikanischen Präsidenten suchen?« – »Keine Ahnung. Im Fort Knox? Nein, im … Ah, ich verstehe, im …« – »Genau. Im Weißen Haus. Im Keller. Einer der am besten sortierten Weinkeller, die ich kenne. Und den jungen Mann, der diesen Keller verwaltet, kenne ich auch. Mittlerweile jedenfalls.«

Thomas Jeffersons Privatwein war keine Enttäuschung, sondern ungenießbar. »Kann vorkommen«, meinte Mugeaux. Karl fragte, ob er Cola dahabe, dann könne man aus dem Jefferson ein Korea machen. »Assemblage americaine«, kicherte er, »nur mal als Versuch.«

Zwei ungeöffnete Flaschen standen noch auf dem Tisch. Mugeaux wandte sich ihnen zu. »Machen wir weiter«, sagte er, »und kommen wir endlich zu dem eigentlichen Anlass dieser kleinen Raritätenprobe. Das hier«, und bei diesen Worten griff er nach der Flasche Clos Gethseman, »ist ein Fund, von dem ich selber noch nicht genau weiß, was ich davon halten soll. Sicher ist: Er scheint nicht ganz unbekannt zu sein und er weckt Begehrlichkeiten. Bei ganz unterschiedlichen Interessenten, Kennern, Liebhabern, wie immer man diese Kräfte auch bezeichnen möchte. Der Wein heißt Clos Gethseman …«

»Clos Gethseman aus der Provence, aus der Nähe von Avignon?« Alle drehten sich zu Jakob um, denn dieser hatte gesprochen, laut für seine Verhältnisse, mit einer Mischung aus Schärfe und Unglauben. Jakob trat dicht an Mugeaux heran, nahm ihm die Flasche aus der Hand und begutachtete das Etikett. Kopfschüttelnd reichte er die Flasche an Pater Maurus weiter. Auch der sah Gaston fragend an: »Wie kommen Sie an diesen Wein? Den gibt es nicht mehr, den dürfte es eigentlich gar nicht mehr geben.«

Mugeaux berichtete. Von seinem Hauskauf in der Provence, von Pierre Gilles, seinem Selbstmord, von den Legenden, die er gehört hatte, von seiner Suche nach Restbeständen und schließlich von Micky und Maita, wie sie die 200 Flaschen unter der Kirche gefunden hatten. »Ich nehme an, dass es sich um den besagten Lieblingswein des Pierre Gilles handeln muss, denn sehen Sie hier auf das Etikett, oder das, was noch übrig geblieben ist, er hat diesen Wein für Baron Rothschild abgefüllt.« Auch Karl hatte nun die Flasche in der Hand und konnte mit einiger Mühe am unteren Rand die Aufschrift »Mis en Bouteille par Pierre Gilles pour Baron Edmond de Rothschild« erkennen. Mugeaux fuhr fort: »Aus meiner Sicht ist die Geschichte doch einigermaßen seltsam: Warum hat Gilles ihn nicht selbst verkauft? Unter dem Namen seines Gutes? Was machte Baron Rothschild mit diesem Wein? Ich glaube nicht, dass er ihn weiter vermarkten wollte. Es sieht eher aus wie eine Edition für den Privatgebrauch. Aber wenn Sie davon ausgehen, dass in Gilles' Versteck sein eigenes Privatkontingent von diesem Wein überlebt hat, dann können Sie ungefähr die Gesamtmenge hochrechnen. Das werden schon ein paar Tausend Flaschen pro Jahr gewesen sein. Ein bisschen viel für den Privatverbrauch, selbst eines Barons, finden Sie nicht? Das würde auch die drei Briefe erklären, die ich bekommen habe.« Er erzählte von den Briefen des IOC, des Heiligen Stuhls und des Oberhauptes der Familie Habsburg-Lothringen, Marion steuerte kichernd aus dem Gedächtnis ein paar wörtliche Zitate bei. Karl lauschte mit offenem Mund, das Ende des Berichts quittierte er mit einem inbrünstigen: »Echt?«

Jakob legte Mugeaux eine Hand auf die Schulter: »Das mag in Ihren Ohren alles ein wenig skurril klingen. Aber passen Sie gut auf, Monsieur Mugeaux, auf Ihre Flaschen in der Provence. Das war einmal ein sehr begehrter Wein in Europa, ein wenig kenne ich seine Geschichte. Das wenige, das ich kenne, erzähle ich Ihnen gerne einmal. Irgendwann einmal, bei einer anderen Gelegenheit.« Jakobs Einatmen klang wie ein Seufzer: »Leider eine sehr lange Geschichte, Monsieur. Ein andermal, ein andermal.« Dann drehte er sich der letzten verbliebenen Flasche auf dem Tisch zu und fragte mit provokanter Heiterkeit in der

Stimme: »Und was haben wir noch, Monsieur Mugeaux? Den krönenden Abschluss? Auf diese Geschichte bin ich besonders gespannt.« Mit diesen Worten reichte er den Franzl-Wein an Mugeaux weiter. Mugeaux hatte den Unterton bemerkt, er klang unsicher, fast verzagt: »Einer meiner überraschendsten Funde, das muss ich zugeben. Und ich kann Ihnen diesmal nicht einmal genau sagen, aus welchem Jahr er stammt, Sie sehen, es ist kein Etikett vorhanden. Ich nehme an, etwa 150 Jahre alt, gefunden vor der Westküste Afrikas. Aber das wissen die meisten von Ihnen längst aus Marions Artikel.«

»Vielleicht kann ich Ihnen ja weiterhelfen.« Jakob klang immer noch vergnügt und nahm Mugeaux die Flasche aus der Hand. »Geerntet 1873, ein miserables Jahr, abgefüllt im Frühjahr 1874. Der passt schon in Ihre heutige Präsentation, lieber Gaston. Vielleicht sollten wir über die Besitzverhältnisse reden. Er gehörte nämlich meinem … er gehörte Franz Jünger, einem sehr nahen Verwandten von mir.« Maurus und Karl sahen Jakob verblüfft an. Mugeaux hielt sich mit einer Hand am Tisch fest: »Dann sind Sie … dann ist Ihr vollständiger Name Jakob Jünger?« Jakob deutete eine zustimmende Verbeugung an und fuhr ungerührt fort, der ironisch-heitere Unterton war verschwunden. »Ein junger Mann, dieser Franz Jünger. Voller Hoffnung, voller Zuversicht, der Stolz seiner Eltern. Sein Vater schickte ihn auf eine Reise ans Ende der damaligen Welt. Um den Familienwein in Sicherheit zu bringen. Aus Angst vor der Reblaus. In Wahrheit schickte der Vater den Sohn in den Tod. Ertrunken vor der Westküste Afrikas. Das, was Sie, liebe Marion, in Ihrer Zeitung geschrieben haben, stimmt mit dem, was in unserer Familie über das Schicksal Franz Jüngers bekannt ist, erstaunlich überein. Insofern ist meine Überraschung, besser gesagt: mein Schock schon ein paar Tage alt. Ich wusste, was mich hier erwartet. Aber ich will Sie alle nicht mit meiner Wiedersehensfreude behelligen, die eher eine Wiedersehenstrauer ist. Trinken wir lieber ein Glas auf den gehobenen Schatz. Maurus und Karl werden Ihnen übrigens sehr schnell bestätigen, dass es mein … dass es der Wein aus meiner Familie ist.«

In diesem Augenblick fing es an. Es rumorte. Es rumpelte. Die Wände zitterten. Drei leere Gläser, die auf dem Tisch standen, klirrten heftig aneinander. Das Rumpeln und Rumoren wurde überlagert, übertönt von einem anschwellenden Kreischen und Sirren, unüberhörbar für alle. Das klang gefährlich, das klang nach Anschlag und Angriff, es war ein gemeines, nach Verderben, nach Zerstörung und Vernichtung klingendes Geräusch. Es kam überdeutlich von daher, wo die Toten in ihren Särgen zu denken waren, von jenseits der Mauern, aus den Tiefen der Kapuzinergruft.

Karl sprang auf: »Huah, die Habsburger kehren zurück! In einer alten U-Bahn! Auf sie, folgt mir, zu den Waffen! Zurück in eure Grüften, ihr dunklen Gestalten!« Er griff sich zwei leere Flaschen, führte sie wie zwei Degen, baute sich vor der Habsburger-Wand auf und focht gegen imaginäre Gegner: »Nieder mit der Monarchie! Der Restauration keine Chance! Apage satanas! No paseran! In den Staub mit allen Feinden Österreichs! La lotta continua! Wir sind das Volk! Patria o muerte!« In die allgemeine Fassungslosigkeit, die den ersten Schrecken über den Lärm abgelöst hatte, zischte Marion: »Jetzt halt doch mal dein Maul, du Idiot, man hört ja gar nichts mehr.« Man hörte wirklich nichts mehr. Das Brummen, Knirschen, Sirren und Surren war vorbei, die Gläser standen still und sogar Karl war verstummt. Zu Mugeaux, der schon sein Handy am Ohr hielt, sagte Marion, die jetzt offenbar das Kommando übernommen hatte: »Lass das, Gaston, deine Freunde brauchen wir nicht. Ist doch alles wieder ruhig, alles in Ordnung.«

Karl setzte sich wieder: »Puh, ich glaube, jetzt brauch ich einen Schluck. Haben Sie auch was Normales, Gaston?« Wortlos holte Mugeaux eine Flasche aus seinen Regalen, die sich als 89er Château Pétrus herausstellte. Karl nahm zügig große Schlucke, direkt aus der Flasche. »Hör mal«, wies Marion ihn zurecht, »das ist keine Limonade, das ist ein Tausend-Euro-Wein.« – »Nehmen Sie Platz, gnädige Frau. Der Ruhm gehört den Furchtlosen. Schmeckt nicht schlecht, das Zeug. Hssn.« Er grinste. Marion drehte sich resignierend weg. Mugeaux nahm Karl die Flasche aus der Hand und schenkte sich selbst ein Glas voll. »Möchte bloß wissen, was das eben war. Die U1 jedenfalls nicht. Und eines der berühmten Wiener Erdbeben auch nicht. Ich habe einen ganz anderen Verdacht.« Und dann erzählte er von dem vierten, dem letzten Brief aus der Kanzlei mit den vielen Namen und von dem schwarzen Lieferwagen. Als der Name Rothschild fiel, dachte Karl kurz an Bodo und an Rockefeller und an seine Schulfreundin Mitzi in Köln. Er wollte gerade sagen »ein Rothschild bohrt sich doch nicht durch die Kapuzinergruft«, aber der nächste Geräuschüberfall verhinderte dies.

Diesmal war es die Lampe über der Eingangstür des Kellers, die heftig und rötlich blinkte, begleitet von einem unangenehmen Tuten. »Das ist oben an der Eingangstür«, erklärte Mugeaux, »wahrscheinlich die Polizei. Oder meine georgischen Freunde.« Er öffnete die Tür, was von innen schneller ging als von außen, hastete durch die Gänge, stürmte nach oben, Karl und Marion hinter ihm her. Maurus und Jakob folgten gemessenen Schritts.

Als Mugeaux oben die Eingangstür des Geschäfts aufsperrte, sahen sie drei Gestalten. Eine Frau und zwei Männer. Die Frau hatte ihre langen Haare zu einem kunstvollen Kranz gebunden, der mit funkelnden Steinen verziert war. Sie trug ein langes weißes Gewand. Auch die beiden Männer waren in lange weiße Gewänder gehüllt. Die drei schienen etwas außer Atem, einer der Männer war in die Hocke gegangen und lehnte an der Hauswand am Boden, die Frau hatte eine Hand auf seine Schulter gelegt, der Dritte wischte sich Tränen aus den Augen.

Das alles war auffällig in der Nacht mitten in Wien am Neuen Markt. Karl ging auf die drei zu und reckte fragend einen Daumen in die Höhe. Josip, das war der Mann, der kauerte, hob bestätigend den seinen. Salem und Irina, denn das waren die anderen beiden Gestalten, konnten nicht mehr und fingen an zu lachen und Karl war der Erste, der sich anstecken ließ. Auch Marion musste grinsen und im Hintergrund lächelten Jakob und Maurus still vor sich hin. Nur einer lachte nicht, lächelte nicht, bewegte die Mundwinkel keinen Millimeter nach oben. Sondern starrte mit erschreckten, erstaunten, weit geöffneten Augen auf die Frau mit dem braunen Haarkranz und dem weißen Gewand. Der, der so starrte, war Gaston Mugeaux.

*

Die Idee oder der Plan, wie Josip sich ausgedrückt hatte, war drei Tage zuvor entstanden. Trotz seiner verdienstvollen Tätigkeit in der Küche des Stifts Heiligenkreuz, war es ihm schnell langweilig geworden im Kloster. Er band seine Schürze ab, bedankte sich bei allen in der Klosterküche und bestellte ein Taxi nach Wien. Vor den Kontrahenten am Cobenzl – »Italiener, Russen, egal« –war ihm nicht bange, sie hatten es ganz offensichtlich in erster Linie auf Karl abgesehen und erschienen einem alten KGB-Haudegen wie ihm auch nicht als ebenbürtige Gegner. Er verabredete sich mit einem alten Kollegen im Hotel Ambassador und als er sich nach zwei, drei Wodkas verabschiedete und den rückwärtigen Ausgang zum Neuen Markt nahm, bemerkte er gegenüber vor der Kapuzinergruft die Schilder, Geräte und Absperrungen einer Baustelle.

Nichts Ungewöhnliches eigentlich, bemerkenswert erschien ihm allerdings, dass einer der Bauarbeiter verdächtig nach dem kleinen Paketboten aussah, der auch im Hohlweg am Cobenzl dabei gewesen war. Und da war ja auch der Bizepsberg, sein Lieblingsgegner vom Hohlweg, der jetzt wie sein Kollege einen dunkelroten Firmenoverall trug und sich mit einem Werkzeugkasten wichtigmachte. Josip zog die Mütze tiefer ins Gesicht, wartete einen günstigen Moment ab und betrat den Eingangsraum der Kaisergruft. Auf seine Frage, ob denn geschlossen sei, antwortete der Kapuziner hinter der Kassa: «Nein, nein, wir haben ganz regulär geöffnet. Die Arbeiten, die den Betrieb stören würden, werden nachts gemacht.« – »Was wird denn gemacht?« – »Eine neue Klimaanlage.« – »Ah, Klimaanlage. Gut für Habsburger. Kenn ich mich aus, bin vom Bau. Was für Firma? Schwierige Arbeit nämlich in altem Gebäude.« – »Aus Italien. Spezialisten. Die waren zuletzt in der Sixtinischen Kapelle tätig. Wegen der Michelangelo-Fresken. Möchten Sie jetzt eine Eintrittskarte?« – »Nein, zu spät heute. Komm ich morgen, übermorgen, egal.«

Aha, dachte sich Josip. Italienische Firma baut Klimaanlage in einem österreichischen Nationalheiligtum. Und das gleich nebenan von Mugeaux' Keller, in den er mit Karl und Irina zwei Tage später eingeladen war. In dem Schätze lagerten, materieller und immaterieller

Natur. Am Abend traf er sich mit Salem am Karmelitermarkt in Wien, am nächsten Abend mit Karl und Irina in Heiligenkreuz. Sie waren sich einig: »Müssen wir machen einen Plan.« Josip pendelte von da an nach Wien, organisierte dies, besorgte jenes und immer, wenn er im Klostergasthof von seinen Fortschritten erzählte, grinsten die Mitverschwörer sich eins. Salem in Wien, so hörten sie, sei eingeweiht und spiele eine tragende Rolle im Plan, bei der Idee, im Drehbuch, so hieß es mittlerweile.

An jenem Nachmittag, an dem Karl mit Irina am Donnerbrunnen lehnte, inspizierten erst Josip und Salem die Kapuzinergruft, danach Karl und Irina. In zwei Schließfächern deponierten sie große Taschen. Kurz vor Einlassende lösten Irina, Josip und Salem erneut drei Eintrittskarten. In der Toilette zog Salem seine leuchtend rote Schneekehrerjacke an. Er betrat die Karlsgruft und steckte prüfend seine Finger in die Augenhöhlen des bekrönten Totenschädels am Sarkophag des Kaisers Karl VI., durchquerte die Maria-Theresia-Gruft mit dem barocken Prunksarkophag für die Kaiserin und ihren lothringischen Gatten, hatte keinen Blick für den schmucklosen Sarg ihres Sohnes Joseph II. Er wandte sich nach rechts in die Franzensgruft, ging weiter durch die Ferdinandsgruft in die Neue Gruft, bog noch einmal rechts ab und betrat die Franz-Josephs-Gruft. In allen Räumen mit all ihren Särgen und den allgegenwärtigen Totenschädeln, die die Vergänglichkeit auch des blaublütigen Lebens symbolisierten, waren Bodenplatten entlang der Absperrgitter herausgerissen, an fast allen Wänden hingen blaue Bauplanen herab. An einigen Stellen sah man, dass Maschinen und Material dahinter verborgen war. In der Toskana-Gruft, die für das Publikum nur einsehbar ist, aber nicht betreten werden kann, standen ein paar besonders große und schwere Baumaschinen. In der Franz-Josephs-Gruft, wo Irina und Josip unauffällig zwischen den Sarkophagen von Franz Joseph I., seiner Sisi und ihrem Kronprinzen Rudolph wandelten, passte Salem einen Moment ab, als niemand sonst sich in der Gruft aufhielt, und spannte ein rot-weiß-rotes Absperrband in den Zugang zur Neuen Gruft. Eine letzte Besuchergruppe näherte sich, um Sisi und ihre Familie aufzusuchen, aber Salem verwies auf das Band und entschied: »Leider schon geschlossen. Bitte gehen Sie zurück zum Ausgang.« Wenige Minuten später hatten die letzten Besucher die Kaisergruft verlassen.

An der Wand hinter dem Sarg der Kaiserin Elisabeth hing eine Plane von der Decke bis zum Boden herab mit genügend Abstand zur Mauer. Dahinter versteckten sie sich. Sie warteten. Zwei Kapuziner kontrollierten die Räume. Dann kehrte Ruhe ein in die Gruften der Habsburger. Aus ihren Taschen holten sie ihre Gewänder und zogen sich um.

Drei Stunden später hörten sie Schritte. Josip hatte einen kleinen Spiegel an einer Teleskopstange befestigt, mit dem sie um die Ecke in die Neue Gruft blicken konnten. Vier Männer im Overall waren es, darunter die drei vom Hohlweg, sowie ein kleiner, schmaler, älterer Mann in Zivil, der die Oberaufsicht zu führen schien. Sie beseitigten die Plane von der Rückwand der Neuen Gruft, zwei der Männer verschwanden und kamen mit einer schweren Maschine auf Rädern samt Kompressor zurück. »Normal für Tunnelbau«, flüsterte Josip, während die Maschine vor der Wand in Stellung gebracht wurde. »Und genau an der Stelle, von der Karl gesprochen hat«, ergänzte Salem. Das Gerät stand neben dem Sarg von Maximilian, dem Bruder von Franz Joseph, der als Kaiser von Mexiko von den Revolutionären unter Benito Juarez hingerichtet worden war.

Die Männer zogen Schutzbrillen auf. Der Muskelmann legte einen Schalter um und das Ungetüm begann zu brüllen. Nicht lange, dann schien es die Lust verloren zu haben, ratterte kurz und stand still. Die Männer wirkten ratlos. Sie steckten die Köpfe zusammen und blätterten in einem kleinen Heft. Bizepsberg schien eine Erleuchtung zu haben, legte erneut einen Schalter um und drückte auf einen zweiten. Das Ungetüm brüllte erneut. Es hörte nicht auf zu brüllen. Langsam schob es sein Maul zur Wand. Als die Zähne der Fräse auf den Stein trafen, kreischte der Beton vor Schmerz, Funken stoben, Steinpartikel flogen, Staub wolkte. Nach einigen Sekunden schaltete Bizepsgebirge ab, die Männer traten an die Wand, um ihr Werk zu begutachten.

»Unser Einsatz«, flüsterte Josip und brachte seine erste Waffe in Anschlag. Ein Ventilator, auf den er eine Art Trichter befestigt hatte, und der jetzt lautlos Luft in die Neue Gruft blies. Mit ein wenig Verzögerung erreichte der Hauch in der Gruft die Italiener. Sie blickten sich um, sie blickten sich an, der Mann in Zivil legte einen Finger auf den Mund. Auf den Hauch des Todes folgte ein Geräusch, das unvermittelt die große Halle der neuen Gruft erfüllte, von den Wänden unheimlich zurückhallte und das pure Entsetzen in die Gesichter der Männer trieb. Es war ein Knarzen, ein Quietschen und Knirschen, ins Endlose gedehnt, als ob eine uralte Tür nach Jahrhunderten langsam geöffnet würde. Josip hatte lange gefeilt, bis er im Tonstudio der russischen Botschaft den gewünschten Sound hinbekommen hatte. Den Einwand der Freunde, dass die Grabplatten der Habsburger-Sarkophage aus Stein, Marmor oder bestenfalls aus Bronze, nicht jedoch aus Holz seien, wischte er beiseite: »Ist unheimlicher. Macht besser Schrecken.« Er hatte recht behalten. Die Männer wichen zurück, duckten sich gegen ihre Maschine, als ob diese Schutz gewähren könne, sie fassten sich gegenseitig an, die Augen geweitet. Doch was jetzt kam, versetzte sie ins blanke Entsetzen. Eine Gestalt kam auf sie zugeschwebt, weiß gewandet, mit einem braunen Haarkranz, in dem Diamanten funkelten, in jeder Hand eine flackernde Kerze, die das pupillenlose Weiß der Augen hervorhoben. Hinter ihr tanzten zwei dicke Geister, umhüllt von langen weißen Tüchern. Die schwebende Gestalt rief in einem fort, leise und schmerzerfüllt, »Franzl, Franzl, wo bist du?«, während das eine Gespenst »A-E-I-O-U« intonierte und das andere mit »HuihBuh, HuihBuh, HuihBuh« antwortete.

Die Männer flüchteten. Sie stolperten, stießen sich, rannten wie von Furien verfolgt durch die dunklen Gruftkammern zum Ausgang. Aus den Augenhöhlen des Totenkopfes am Sarkophag des Kaisers Karl schimmerte ein bläuliches Licht. Verhallend hörten sie noch ein »Franzl«, ein «HuihBuh« und dann waren sie in der Sicherheit der Nacht. Einzig der kleine Mann in Zivil reagierte besonnener. Er lief nicht, er ging seinen Gefährten hinterher, blickte immer wieder kopfschüttelnd zu dem Spektakel hinter sich, klatschte höhnisch Applaus. Dann war auch er verschwunden.

*

Mugeaux starrte immer noch. Das Lachen war verebbt. Zögernd bewegte er sich auf Irina zu, den Kopf vorgereckt, als ob er so besser sehen könne. Und dann brach aus ihm ein Wort heraus, das wie ein Röcheln klang, wie der letzte Laut eines Ertrinkenden, und diesmal war kein charmanter französischer Akzent zu hören, sondern die gutturale Manier der Kaukasier: »Tamara?«

Marion, die als Einzige der Anwesenden diesen Moment erwartet, ja fast herbeigesehnt hatte aus einer berufsbedingten Neugier auf außergewöhnliche Ereignisse, hatte nur Irina im Auge. Die Kaukasierin blickte Mugeaux fassungslos an, dann Karl hilfesuchend. Dann sagte sie auf Georgisch ein kurzes Wort, das wohl »ja« bedeuten musste und aus dem man ein Fragezeichen heraushören konnte. Mugeaux stieß »Tamara Mugaschwili« hervor, mühsam noch, ein wenig gefestigter. Irina ergriff Karls Hand. Mugeaux sprach weiter, georgisch, und Karl spürte wie Irinas Hand die seine immer fester umklammerte. Sie drückte sich an ihn, legte die andere Hand auf ihren Mund. Mugeaux sprach weiter, Irina antwortete hie und da mit kurzen, leise gesprochenen Worten. Josip hatte sich zwischen den beiden aufgebaut und verfolgte ihren Wortwechsel, den Kopf mal zur einen Seite, mal zur anderen wendend. Dann breitete er die Arme aus und forderte mit dieser Geste alle auf, zurück in das Haus zu gehen: »Müssen wir allein lassen die beiden. Wahnsinnige Geschichte, kaum zu glauben.«

Mugeaux und Irina blieben vor der Tür, die anderen versammelten sich in der Weinhandlung, ratlos. Karl fragte in die Runde: »Was war das denn?« Marion kam Josip zuvor: »Mugeaux ist ein Mugaschwili. Alle haben ihn für gefallen gehalten im Krieg. Aber er ist Irinas …, nein natürlich nicht ihr Vater. Aber er war der Mann von Irinas Mutter Tamara. Und ich hab mir fast gedacht, dass sie aussieht wie ihre Mutter. Deswegen, nicht nur deswegen, aber auch deswegen, habe ich euch eingeladen heute Abend. Aber jetzt mal andersherum: Was war das denn da draußen? Der Aufzug der drei, das Gelächter?«

Karl wusste nicht, ob er zuerst nachfragen sollte zu Mugeaux und zu Mugaschwili und zu Irina oder antworten sollte auf Marions Frage, aber als er sah, dass alle ihn auffordernd ansahen, erzählte er die Geschichte, die sich eben in der Kapuzinergruft zugetragen hatte. Das Lachen setzte bald wieder ein. Irina und Mugeaux kamen herein. Stumm beide, in sich gekehrt.

Mugeaux ging in den Keller und brachte die beiden Flaschen, derenthalben sie sich versammelt hatten, nach oben. Sie tranken schweigend, ohne Kommentare. Irina ließ Karls Hand nicht mehr los. Maurus brach das Schweigen: »Das war ein Angriff auf Ihren Wein, Mugeaux, auf die Clos Gethseman. Und morgen ist Ihre Versteigerung. Was wollen Sie jetzt machen?« Mugeaux zuckte mit den Schultern: »Nichts. Abwarten. Der Wein ist ja auch nicht in Wien, ich zeige morgen nur jeweils drei Flaschen zu Demonstrationszwecken. Insofern, dieser Angriff war doch völlig absurd.« Jakob schaltete sich ein: »Auf den ersten Blick, ja, Aber glauben Sie mir, für die Clos Gethseman wurden schon ganz andere Dinge veranstaltet. Bleiben Sie vorsichtig, sagen Sie zu niemandem ein Wort, wo sie ihn lagern.«

Niemand außer Irina bemerkte, dass Karl von beiden Flaschen einen Rest in zwei kleine Apothekerfläschchen abfüllte. Irina blieb nachdenklich an Karls Seite und registrierte hin und wieder Mugeaux' verstohlene Blicke. Irgendwann lachte Salem los: »Das hätte ich ja beinahe vergessen. Wir haben Fotos gemacht, zum Schluss, als sie davonliefen wie die Hasen. Das müsst ihr euch ansehen.« Viel war in der Dunkelheit der Gruft nicht zu sehen, Rückenansichten, unscharfe Bewegungen. Plötzlich war ein Gesicht klar zu erkennen, der kleine Mann in Zivil, als er sich ein letztes Mal umgedreht hatte. Maurus ließ sich die Kamera geben, um besser sehen zu können: »Den kenn ich. Das ist Sean O'Hara, der Kardinal der Vatikanbank.«

10

Die U1 war fast menschenleer spät in der Nacht, als sie Karl und Irina nach Hause brachte. Ein paar Sitze weiter saß ein einsamer älterer Herr im Steireranzug, der mit dem Schirm auf den Boden stampfte, mit der anderen Hand herumfuchtelte und immer wieder »Eine Frechheit! Eine Frechheit ist das!« vor sich hin brummte.

Irina und Karl saßen nebeneinander, ihr Kopf lehnte an seiner Schulter. Karl sah zum Fenster hinaus, wo nichts zu sehen war, nur ein schwaches Bild von ihm selbst. »Er ist mir so fremd«, sagte Irina leise. Karl wandte sich zu ihr: »Mugeaux ist dein Halbbruder, rein biologisch, ihr habt denselben Vater. Moralisch allerdings, moralisch ist er irgendwie dein Vater.« Sie seufzte tief. »Meine Mutter hat viel von ihm erzählt. Von ihrem Grischa. Und immer geweint dabei. Er ist so anders, dieser Gaston.« – »Gaston ist einfach älter als Grischa. Sehr viel älter sogar. Das macht viel aus. Und bei diesem Gaston besonders. Vermute ich wenigstens.« – »Ich bin froh, dass du dabei warst. Ich glaube, du bist mein Grischa.« Karl küsste ihre Haare. Der Steirer-Anzug monologisierte etwas, das wie »Oasch leckn« klang.

Zu Hause versuchte Karl das Gespräch auf andere Themen zu lenken: »Mein Gott, war das eine Hetz in der Kapuzinergruft. Bin bloß gespannt, was jetzt als Nächstes kommt. Der Kardinal lässt nicht locker, da wette ich. Der ist hinter diesen Weinen her, wie der Teufel hinter der armen Seele. Erst mischt er sich in Nisi ein und jetzt will er sich Mugeaux' alten Wein aus der Provence unter den Nagel reißen. Wahrscheinlich hat er auch schon herausbekommen, dass Gaston den

Wein vom Franzl gehoben hat. Maurus weiß sicher mehr, ich soll morgen Abend zu ihm hinaus kommen nach Heiligenkreuz. Wir müssen reden, hat er vorhin zum Abschied gesagt. Noch einen Gute-Nacht-Schluck?«

Irina schüttelte den Kopf, aber Karl goss sich ein Glas voll und nahm einen kräftigen Schluck. »Morgen Mittag geh ich zum Kobiaschwili, meinem Fußballfreund aus dem Stadion, an den habe ich jede Menge Fragen.« Irina lächelte zum ersten Mal wieder seit langer Zeit: »Da komm ich mit.« – »Ja klar, wenn du möchtest. Verstehe, er stammt ja aus Tiflis. Aber ich sag dir gleich, der ist so eine Art Philosoph, das kann auch langweilig werden.« – »Eben deshalb.«

Am nächsten Morgen öffnete Karl eine Flasche Siebener von Jakob und eine der Flaschen, die Nestor ihm in Nisi mitgegeben hatte. Aus beiden füllte er eine Probe in zwei Apothekerfläschchen von der gleichen Art, wie er sie am Abend zuvor bei Mugeaux verwendet hatte. Alle vier Flaschen bekamen kleine Etiketten, auf denen jeweils nur ein Buchstabe stand: G für Clos Gethseman, F für den Franzl-Wein, M für den Wein der Mugaschwili und J für Jakobs Siebener. Er legte die Flaschen in eine Schachtel, polsterte sie gründlich mit zerknülltem Zeitungspapier aus und adressierte das Paket an Frau Dr. Hermine Prohaska, Max-Planck-Institut für Biologie des Alterns in Köln. Dann setzte er sich an seinen Rechner und schrieb eine Mail an seine Schulfreundin Mitzi:

»Liebe Mitzi, ich denke, du erinnerst dich an unser Telefongespräch von vor ein paar Tagen. Diese Weingeschichte wird immer verrückter und ich brauche jetzt wirklich deine Hilfe. Heute schicke ich dir in einem Paket vier Weinproben. Wäre es dir möglich, diese zu untersuchen nach allen Regeln deiner Kunst, also genetisch, resveratrol-mäßig, Procyanidinen, das ganze Programm? Es wäre mir sehr wichtig und es wäre vor allem sehr dringlich. Und außerdem: Mach das, wenn es irgendwie geht, ohne dass jemand etwas davon mitbekommt. Vor allem keine einschlägig interessierten Geldgeber, wenn du verstehst, was ich meine ;-) Schon jetzt herzlichen Dank und liebe Grüße aus Wien. Karl.«

In der Eingangspost lag eine Mail von Nestor. Karl hatte ihm gleich nach ihrer Rückkehr aus Georgien geschrieben, von der Reise berichtet, dass es Irina gut gehe und dergleichen mehr. Und natürlich hatte er die Frage gestellt, wie sich die Dinge in Nisi weiterentwickelt hätten. Nestors Antwort kam sehr schnell zur Sache: »Ich habe dir doch von Tolstois Hadschi Murat erzählt. Dort gibt es am Ende die Stelle, wo Hadschi Murat getötet wird. Erst wird mit einem langen Dolch sein halbes Gesicht abgetrennt und danach der Kopf vom Rumpf. Ganz auf diese Weise hat Lewan den Krieg hier um unseren Wein und die gute Lage nicht beendet, aber doch auf georgische Art. Jedenfalls sind die ›Italiener‹ geflüchtet wie die Hühner.« Karl konnte an dieser Stelle das charakteristische Kichern des Alten förmlich hören. »Lewan arbeitet mit meinem Sohn zusammen und mein Sohn mit Lewan. Vom Kardinal habe ich nichts mehr gehört, wahrscheinlich haben ihm die Italiener von Lewans Methoden berichtet. Küsse meine kleine Irina von mir. LG Nestor.«

Der 13er brachte sie kurz danach zur Haltestelle Kellermanngasse im 7. Bezirk. Sie gingen die paar Schritte den Hügel hinauf, auf dem die St. Ulrichskirche steht. Karl hakte sich bei Irina ein: »Da bin ich als Kind Schlitten gefahren.« Die Hausnummer 2 des Ulrichsplatzes hatte im Gegensatz zu den meisten Häusern hier in der Gegend nur ein Obergeschoss, war ganz im Habsburger-Gelb gehalten, die Fassade reich verziert. Sie läuteten, es summte und sie öffneten die Tür des Tores. Ein breiter dunkler Durchgang führte in einen Garten mit einem rot gefärbten Ahorn, an dessen Fuß ein Salettl sich schmiegte, ein kleiner Pavillon mit Bänken und einem schmiedeeisernen Tisch, auf dem Laub glänzte.

Dr. Kobiaschwili kam aus dem Eingang zum Stiegenhaus und stutzte kurz. Dann ging er freudestrahlend auf Irina zu und ergriff ihre Hände: »Irina! Was für eine schöne Überraschung. Das freut mich sehr, wie geht es Ihnen?« Irina lächelte zufrieden, es bereitete ihr sichtlich Freude, die Männer bekannt zu machen: »Karl, darf ich dir vorstellen: Dr. Kobiaschwili, mein Deutschlehrer. Karl Breitenstein kennen Sie ja bereits.« Karl wollte etwas Verdutztes sagen, aber der alte Gelehrte kam ihm zuvor: »Meine beste Schülerin. Seit Langem. Sie hören es ja selbst. Wie schön, Sie beide hier zu sehen.«

Ein Zwergerl, dachte Karl unwillkürlich, denn in der Tat war Dr. Kobiaschwili ein kleiner Mann, was Karl auf den Sitzplätzen im Stadion gar nicht aufgefallen war. Die Altmännerhose, unten eineinhalb Zentimeter zu kurz, erstreckte sich dafür oben bis nahe an die Achseln und wurde von schwarzen Hosenträgern gehalten. Das blütenweiße Hemd war aus starkem Stoff und reichte am Ärmelende nahe an die Knöchel der Finger. Er trug eine dunkelrote Fliege, was den Gelehrtenstatus fast mehr unterstrich als der große Schädel mit dem nach hinten gewellten Haar, das bis auf ein paar wenige hellgelbe Streifen vollständig weiß war.

»Schön haben Sie es hier«, sagte Karl und deutete in den Garten. »Ja, eines der wenigen erhaltenen Wohnhäuser aus der Barockzeit. Oben am Spittelberg stehen noch ein paar. Der Garten allerdings ist schon sehr besonders. Früher stand das Tor immer offen. Aber wenn ein Tor offen ist, dann ist gleich Tür und Tor geöffnet. Verrostete Fahrräder, Müllsäcke und Menschen, die es nicht mehr bis zur nächsten Toilette schaffen. Jetzt ist immer geschlossen. Eigentlich schade, viele, die reinschauten, wussten gar nicht, dass hier eine Szene des Dritten Mannes gedreht wurde. Fünf Sekunden nur, aber immerhin. Kommen Sie, trinken wir eine Tasse Tee.«

Eine Treppe höher waren sie in Kobiaschwilis Wohnung. Nicht besonders hohe Räume, nicht besonders große, dafür auf den ersten Blick recht viele, die alle ineinander übergingen, was nicht allein der Architektur geschuldet war, sondern vor allem dem Inhalt, dem Zweck, dem diese Räume dienten und zwar alle, das eine wie das andere: Sie waren voll mit Büchern. Jede Wand, jede Nische, jede nur kleinste Fläche über den Türstöcken oder zwischen zwei Fenstern war aus- und angefüllt mit Regalen voller Bücher. Sie stapelten sich zusätzlich auf Beistelltischen, in den Ecken der Sofas, am Boden. Karl war hingerissen: »Wie viele sind das denn um Gottes Willen?« – »Keine Ahnung. Viele. Eigentlich zu viele. Und Sie sehen ja, ich stoße an meine Grenzen. Ein Zugang bedeutet in der Regel einen Abgang. Das E-Book ist wirklich ein Segen.« Die schwarze Katze, zusammengerollt in der Ecke eines Sofas, hob zum ersten Mal erstaunt ihren Kopf.

Sie setzten sich im größten Raum der Wohnung, der eine Art Mittelpunkt darstellte. Auf einem kleinen Tisch war Tee serviert. Karl war das um diese Uhrzeit zur Abwechslung auch mal recht und er griff nach der Tasse. Kobiaschwili setzte die seine so abrupt ab, dass der Inhalt überschwappte. »Der Ring! Karl, Sie tragen ja den Ring. Das wusste ich nicht, das konnte ich nicht wissen. Im Stadion hatten Sie ihn noch nicht, da bin ich mir sicher. Jakob hat Sie auserwählt? Erstaunlich. Dann sind Sie mit Abstand der Jüngste in diesem Kreis. Glückwunsch.« Der alte Mann war ganz aufgeregt, eine Eigenschaft, die ihn augenscheinlich selbst in Erstaunen setzte. »Und das ändert natürlich alles. Dann müssen wir eine Flasche Jakob-Wein trinken. Und Irina – Irina wird einfach eingemeindet.« Er stand auf und sagte einige Worte auf Georgisch zu Irina. Sie lachte nur und wedelte mit den Händen. Als Kobiaschwili fort war, den Wein zu holen, wollte Karl fragen, aber sie legte nur einen Finger auf den Mund.

»Darf ich Sie fragen, Dr. Kobiaschwili, wie alt Sie sind?« Der Doktor war soeben zurückgekommen und hatte die Flasche mit der vertrauten Sieben und dem knospenden Stück Holz noch ungeöffnet in den Händen. »Sagen Sie Igor zu mir, das spart uns viel Zeit. Und fragen dürfen Sie natürlich. Sie bekommen auch eine Antwort, ein vage allerdings. Ich bin ein alter Mann, ein sehr alter sogar. Aber Alter ist relativ. Und wird gern überschätzt. Und jetzt trinken wir ein Glas.«

»Dann erlaube ich mir noch eine Frage, Igor? Wer gehört denn nun alles zum Kreis, zu den Jüngern von Jakob Jünger?« – »Sie sind neugierig, Karl, das gefällt mir. Ohne Neugier bestünde diese Bibliothek hier aus drei, vier Büchern, der Bibel, der Thora und dem Koran. Und ein paar Kommentaren dazu. Also pflegen Sie Ihre Neugierde. Und ihren Zwillingsbruder, den Zweifel. Was war noch mal Ihre Frage? Der Kreis des Jakob Jünger, stimmt's? Wie sagt man gern zu Kindern: Sei nicht so neugierig. Da können Sie mal sehen, wie unsere moderne Erziehung mit einer der Grundkonstanten des Menschseins umgeht.

In der Grundfertigkeit Zweifeln sind Kinder übrigens auch großartig. Apropos Kinder. Ist Ihnen aufgefallen, dass das bevorzugte Spielgerät fast aller Kinder dieser Welt der Ball ist?«

»Stimmt!«, rief Irina und Karl ergänzte: »Der Ball ist eben rund. Und weich.«

»Deshalb hüpft und springt er auch, der Ball«, fuhr Kobiaschwili fort, »ein ungemein fröhliches Seelenleben, wie ich finde. Übrigens: Weil der Ball rund ist und weil der menschliche Fuß nicht greifen kann, ist dem Spiel etwas in die Seele eingeschrieben, das ich mindestens so liebe wie den Ball selbst.«

»Sie meinen den Zufall, stimmt's?«

»Genau. Beim Fußball kämpfen obendrein und gemeinerweise zwei Seiten um den gleichen Ball. Das potenziert den Zufall und schreit nach Gegenmaßnahmen, nach Planung. Sie soll dem Zufall den Garaus machen. Wie im richtigen Leben. Da regiert auch der Zufall und niemand will das glauben.«

»Beispielsweise, dass der Deutschlehrer meiner Freundin im Stadion unter 50 000 anderen Menschen genau neben mir sitzt.«

»Ein besonders schöner Fall von Zufall, finden Sie nicht? Und was denn auch sonst? Wer sollte so etwas steuern, planen oder nur sich einfallen lassen? Ich kenne niemanden, wozu allerdings auch beiträgt, dass ich keine intensive Bekanntschaft pflege mit einem Herrn namens Gott. Der, wie Kollege Einstein meint, nicht würfelt und dabei übersieht, dass man Gott, wenn man ihn ernst nimmt, seine Vorlieben nicht vorschreiben sollte.«

Karl wollte zustimmen, beziehungsweise etwas einwenden, wenigstens etwas sagen, schon allein Irinas wegen. Der Professor war jedoch nicht zu bremsen: «Es gibt ja zwei große Profiteure des Zufalls. Den Planer und den Priester. Der Planer möchte der Welt weismachen, man müsse nur ihre Gesetzmäßigkeiten kennen, dann sei der Zufall auszuschalten. Die Ergebnisse kennen wir, sie sind lächerlich. Die Planer sind die Idioten des Zufalls. Die anderen, die Priester, nicht weniger. Wollen ihm Sinn geben. Auch sehr verständlich, alles im Leben soll ja irgendeinen Sinn haben. Wenn aber etwas völlig Sinnfreies wie der Zufall Sinn bekommen soll, dann wird die Sache sakral. Deswegen ist er auch unausrottbar, der Sakralbedarf des Menschen.«

»Sakralbedarf?« Karl kapitulierte innerlich. »Ja, Sakralbedarf. Eine Grundkonstante. Dagegen ist nichts zu machen. Die Leute brauchen das. Niemand kapituliert gerne vor der Sinnlosigkeit, niemand lässt es sich gefallen, dass etwas ohne Sinn ist. Deshalb hat er auch so viele Namen, der kleine große Weltbeweger: Folge ohne Grund, Glück oder Pech, Fatum, Schicksal oder gar göttliche Fügung. Die Wissenschaft vom Zufall hingegen, zu deren Vertretern ich mich zähle, steckt weitgehend in ihren Anfängen. Was wiederum kein Zufall ist, wenn Sie mir den flauen Witz erlauben. Und ich bleibe skeptisch. Man wird dem Zufall sein Geheimnis nicht entreißen können. Er mischt überall mit, nistet sich überall ein. Er ist einfach da, aus Abermillionen Möglichkeiten der eine Fall, der der Fall ist. Ich liebe ihn.«

Irina klatschte vergnügt in die Hände. Die Katze sprang erschrocken vom Sofa und streifte mit ihrem Schwanz einen Bücherstapel. Der wankte, schwankte, stürzte und fiel. Die Katze rettete sich mit einem Sprung in des Professors Schoß. Irina stand lachend auf und sagte: »Ich mach das schon, Herr Professor, einen Moment.« Sie sammelte die Bücher auf und stapelte sie neben dem Sofa. Als sie das letzte vom Boden aufnahm, stutzte sie und reichte es Karl: »Sieh mal, Urgroßvaters Lieblingsbuch.« Karl sah auf den Titel und las: Hadschi Murat von Leo Tolstoi. Der Professor nahm ihm das Buch aus der Hand: »Ich bin nicht ganz zufrieden mit der deutschen Übersetzung. Aber noch ein Wort zum Zufall ...«

Wie auf Kommando läutete das Telefon. Igor entschuldigte sich und als er zurückkam, wirkte er nachdenklich: »Das war Pater Maurus. Die Hofburg brennt.«

Schwarzer Rauch quoll aus dem Dach über den Redoutensälen, rotgelbe Flammen züngelten am Dachgestühl. Sie standen vor Kobiaschwilis Fernsehgerät und sahen, wie erschreckte Lippizaner aus der Stallburg evakuiert wurden, Polizisten stapelweise alte Folianten aus der Nationalbibliothek trugen, Feuerwehrmänner auf steil aufragenden Leitern Wasser auf das Haupt des Prachtbaus der Habsburger spritzten. »Ich soll schön grüßen«, kommentierte Kobiaschwili den Bilderreigen, »und Sie sollen sich keine Sorgen machen. Wieso Sie sich Sorgen machen sollten, wenn die Hofburg brennt, verstehe ich zwar nicht, aber das soll ich ausrichten von Maurus.«

»Ein Flascherl geht noch, oder? Und jetzt plaudern wir ein bisschen. Die Hofburg wird es überleben. Wie hat Ihnen Georgien gefallen, Karl?«

Karl hatte andere Pläne: »Sehr schön, interessant. Aber ich habe da noch eine Frage. Sie kennen Pater Maurus ja sicherlich schon lange und gut. Haben Sie sich mit ihm jemals über die Bibel unterhalten. Ich meine, das Neue Testament und was wirklich drinsteht?«

Der Doktor schmunzelte: »Ein alter Jude und ein katholischer Priester unterhalten sich über Jesus. Fängt beinahe an wie ein Witz. Ist ja auch eine absurde Konstellation. Die Katholischen sahen in uns jahrhundertelang die Jesusmörder und haben die Juden drangsaliert und gemordet, obwohl ohne seinen Tod es ja logischerweise keine Auferstehung hätte geben können und das Ganze irgendwie verpufft wäre. Und die Juden fangen mit ihrem Landsmann eigentlich recht wenig an, obwohl er nun wirklich der berühmteste Jude aller Zeiten ist. Das Judentum des Jesus von Nazareth, dass er eben ganz und gar in der jüdischen Tradition verwurzelt war, im damaligen jüdischen Leben, das akzeptieren die meisten christlichen Theologen mittlerweile. Die Göttlichkeit Jesu hingegen, dass er also nicht nur der Rabbi aus Nazareth mit messianischen Anwandlungen, sondern der eingeborene Sohn Gottes war und ist, dem werden wir Juden niemals zustimmen können. Das wäre Blasphemie.«

Derweil in der Hofburg die Dachbalken im Redoutentrakt funkenstiebend und prasselnd in sich zusammenkrachten, ließ Karl nicht locker: »Ja schon, alles sonnenklar. Mir geht es um etwas anderes. Ich meine, hat Maurus Ihnen seine Theorie, seine sehr spezielle Sichtweise auf Paulus geschildert.« – »Dass Jesus kein Christ war? Dass Paulus der eigentliche Religionsgründer ist? « – »Genau. Marx war ja auch kein Marxist.« – »Eben. Paulus als erster Christ ist eigentlich ein alter Hut. Deswegen aber nicht weniger wahr. Wenn Jesus der berühmteste

Jude aller Zeiten war, dann Paulus der wirkmächtigste. Zusammen mit Moses vielleicht. Ohne Paulus wären wir alle noch Heiden und würden morgen in den kleinen Tempel im Volksgarten gehen und dem Sonnengott einen Stier opfern. Und auf unseren Weingläsern hier wäre ein kleiner Dionysos abgebildet. Wussten Sie, dass Jesus sehr gerne Wein getrunken hat? Von seinen Gegnern wurde Jesus sogar als Weinsäufer tituliert.«

Inzwischen hatte sich eine gewaltige Rauchwolke über der Inneren Stadt gebildet, die das Schreckensszenario rings um die Hofburg in ein gräuliches Dämmerlicht hüllte. Dr. Kobiaschwili war aufgestanden und umkreiste Karl und Irina, die Hände am Rücken gefaltet. »Aber zurück zu Ihrem Paulus. Unangenehmer Typ. Aufbrausend, unduldsam, oft verletzend, vor allem zu Petrus und zu Jakobus, dem leiblichen Bruder des Jesus, der immerhin Vorsteher der Christengemeinde in Jerusalem war. Die beiden hatten Jesus ja noch persönlich gekannt und erlebt, während er, Paulus, erst später dazu stieß. Ein Makel, an dem er sein Leben lang zu beißen hatte.«

Während in der Hofburg der letzte Lippizaner gerettet wurde, die rosa Nüstern vor Schreck weit geöffnet, hatte Kobiaschwili sich wieder gesetzt: »Ein kleingewachsener Mann, dieser Paulus, kurze Säbelbeine, die dunklen Augenbrauen an der Nasenwurzel dicht zusammengewachsen, Narben im Gesicht. Wir Physiognomiker kennen diesen Typus, er bleibt oft ehelos in seiner Sinnenfeindlichkeit. Reden konnte er nicht besonders, fatal eigentlich für einen Prediger, dafür umso besser schreiben. Und obendrein ist er Epileptiker, der Arme, von Sinnen mitunter, wie er es selbst beschreibt. Da steht er in einer Reihe mit Alexander, Caesar, Mohammed, Napoleon und Lenin. Und da gehört er auch hin.«

Als im Redoutensaal der Hofburg die wertvollen Gemälde und die Einrichtung aus der Barockzeit ein Raub der immer heftiger tobenden, wenigstens aber auf diesen Gebäudetrakt begrenzten Flammen wurden und das Löschwasser das Seinige dazu beitrug, blieb Karl hartnäckig: »Und Judas, Judas Ischariot, was halten Sie von dem? Haben Sie über ihn mit Maurus geredet? Von der, wie soll ich sagen, Beziehung zwischen Judas und Paulus.« – »Beziehung? Ich weiß nicht. Wir sind uns einig, wie die meisten, die sich mit diesen Dingen beschäftigen, dass Judas ganz zu Unrecht zum Bad Boy der christlichen Tradition wurde. Seine Tat ist ja Bestandteil, mehr noch: Auslöser und Impulsgeber des göttlichen Heilsplans. Alles, was sich da an finaler Dramaturgie in Jerusalem von Karfreitag bis Ostersonntag abspielt, ist ohne ihn gar nicht denkbar. Und Paulus steht sozusagen am anderen Ende. Der Auslöser und der Vollender, Judas spielt den entscheidenden Pass, Paulus vollstreckt. Der Ball wäre in diesem Bild Jesus. Wenn Sie oder Maurus das mit Beziehung meinen, bitte sehr.«

Unterdessen war der Brand in der Hofburg soweit unter Kontrolle, dass die Insignien der Römischen Kaiser Deutscher Nation in der Schatzkammer nicht länger in Gefahr waren. Karl streckte die Waffen: »Ich verstehe. Da muss ich wohl etwas falsch verstanden haben. Oder Maurus hat sich übertrieben ausgedrückt.« – »Tja, Paulus. Er hat schon immer die Gemüter erregt und die Phantasien beflügelt. Irgendwann im 4. Jahrhundert hat man einen Briefwechsel entdeckt zwischen ihm und Seneca, dem römischen Philosophen der Stoa. Lag eigentlich auf der Hand, dass die beiden sich eine Menge zu sagen hatten, und wenn es nur das Lotterleben und die Lasterhaftigkeit Roms war. Senecas Ethik bereitet für Paulus das Terrain. Da fällt mir etwas ein. Das möchte ich Ihnen zeigen. Irina, ich hoffe, wir langweilen Sie nicht.«

Dr. Igor Kobiaschwili kam mit einem alten Koffer in das Zimmer zurück. Sein Gesichtsausdruck changierte ins Listige, eine kindliche Freude war ihm anzumerken: »Wie ich zu diesem Koffer gekommen bin, das ist eine lange Geschichte, die würde jetzt zu weit führen. Nur so viel: Er stammt aus London von einem Dachboden und bis vor Kurzem, als er in meine Hände geriet, hat seinen Inhalt niemand so richtig wahrgenommen.« Er öffnete vorsichtig das Schloss, behielt den Koffer aber auf seinem Schoß. »Es sind ja auch nur ein paar alte Zettel, von Hand beschriftet. Ein Briefwechsel. Und wenn Sie bitte hier die eine Anrede ansehen, »Lieber Fritz« steht hier, und da auf dem nächsten Blatt die andere Anrede, die da lautet »Lieber Mohr«, dann dämmert es vielleicht bei Ihnen? Nein?«

Und während neben dem Redoutentrakt der Wiener Hofburg in der Nationalbibliothek die letzten und wertvollsten Bücher aus der Privatbibliothek des Prinzen Eugen gerettet wurden, verkündete der Universalungelehrte mit unüberhörbarem Triumph in seiner Stimme: »Das ist die wahrscheinlich größte Sensation der jüngeren Philosophiegeschichte: Ein nie für möglich gehaltener Briefwechsel zwischen den beiden größten Geistern des 19. Jahrhunderts, Karl Marx und Friedrich Nietzsche.« Ermattet ließ er sich in den Sessel zurückfallen und ergriff über den Koffer hinweg sein Glas Wein.

Auch das noch, dachte Karl, und Irina sagte: »Karl Marx hatten wir in der Schule. Wer ist Friedrich Nietzsche?«

Karl nahm sich zusammen und kam dem Doktor zuvor: »Gott ist tot. Sein berühmtester Satz. Und dass es jenseits von Gut und Böse erst so richtig los geht mit dem Menschlichen und Allzumenschlichen. Toller Philosoph. Du schlägst irgendeine Seite auf, lässt den Finger kreisen und zuschnappen und schon hast du einen bedenkenswerten Satz.« Kobiaschwili lächelte sanft: »Nietzsche, liebe Irina, ist der Philosoph der Überschreitung. Alles, was uns unsere Schulweisheit lehrt, vor allem natürlich die Schulweisheit seines 19. Jahrhunderts, ist für ihn banal, das Werk von vernünftelnden Banausen. Darüber muss man hinaus. Und dann landet er am Ende und logischerweise beim Übermenschen, in den englischen Übersetzungen ist das übrigens ›Superman‹. Begonnen hat er bei Dionysos, beim Rausch, beim Wahn, bei der Maßlosigkeit, der Ausschweifung. Dazwischen, zwischen dem Gott des Weins und der Vergötterung des Übermenschen liegt die Kunst, die Legitimierung des Künstlers als dem einzigen und eigentlichen Überschreiter. Dass man über das Bestehende hinausmuss, auf welchen Wegen und mit welchen Mitteln auch immer, darin berührt er sich mit Marx.«

Karl ertappte sich dabei, in Gedanken abzuschweifen. Ein Briefwechsel zwischen Marx und Nietzsche also. Seneca und Paulus hatten wir ja schon. Was könnte noch kommen? Kolumbus und Luther? Shakespeare und Cervantes, die ja sogar am gleichen Tag im gleichen Jahr starben?

Der Doktor erzählte weiter »Fast zwölf Jahre lang haben sie korrespondiert, bis kurz vor Marxens Tod. Das letzte Schreiben von Nietzsche datiert vom Februar 1883, ein paar Tage später war Marx tot. Bei seinem Begräbnis waren ja nur zehn, zwölf Personen anwesend, man hat sie alle identifiziert bis auf einen, den großen Unbekannten vom Highgate-Friedhof. Hier lesen Sie das.« Es war nur ein kurzes Schreiben, wenige Zeilen: »Lieber Nietzsche, haben Sie meinen innigen Dank, dass Sie unserem verstorbenen Freund die letzte Ehre in Highgate erwiesen haben. Er hat in seinen letzten Tagen oft von Ihnen gesprochen. ›Den letzten Tritt bekommt die Bourgeoisie von ihm, nicht von uns‹, in dieser Art äußerte er sich. Bewahren Sie sein Andenken und leben Sie wohl. In alter Verbundenheit, Engels.«

Karl konzentrierte sich: »Lieber, hoch verehrter Doktor, das muss doch alles an die Öffentlichkeit. Wieso liegt das noch hier in Ihrem Koffer.« Kobiaschwili winkte müde ab: »Erinnern Sie sich an die Hitler-Tagebücher vor einigen Jahren? Man ist sensibel geworden seither. Und dieses Material ist für gewisse Kreise fast noch brisanter. Die Geisteswelt ist ja genau genommen gespalten in Nachfahren von Marx und Erben von Nietzsche. Feindlicher als dort geht es nirgendwo zu. Und jetzt das. Hier, sehen Sie sich nur diesen kleinen Absatz an, den Nietzsche 1881 schreibt.«

Kobiaschwili deutet auf eine Stelle eines weiteren Blattes und Karl las: »Wenn Ihre Proletarier sich aufrichten würden, werter Marx, wenn ein freier Geist begänne in ihnen zu strahlen, das edel Kriegerische, das vornehm Hochherzige, dann meinethalben sei ihnen die historische Mission zugestanden, die Sie in Ihrem Heilsplan für sie vorsehen. Wenn aber der Arbeitsmann in erbärmlicher Christenmanier fortfährt am Boden zu kriechen, um Brosamen unter den Tischen der Mächtigen aufzusammeln, um das eine oder andere Kuchenstück vielleicht sogar aus Mitleid zu erheischen, ohne Mut und Ehrgefühl, dann sollen sie mir gestohlen bleiben wie alle Mickerlinge und Duckmäuseriche.«

Der Professor strahlte: »Na, merken Sie was? Da klingt der gute Nietzsche fast ein wenig wie Lenin, oder? Selbstbewusstsein, also

Klassenbewusstsein fordert er vom Proletariat. Nietzsche! Die Marxisten werden vor Schreck in Ohnmacht fallen und den Nietzscheanern wird das Herz in die Hose rutschen. Alle anderen, die wenigen, die dann noch übrig bleiben, werden sich totlachen. Sie streiten sich ja in ihren Briefen, die beiden. Wie verrückt sogar. Marx hatte in London einen Weinlieferanten, Master James nennt er ihn, und schwärmt Nietzsche vor, dass dieser Wein sein Denken regelrecht befeuern und beflügeln würde. Mehrmals bietet er seinem Briefpartner an, ihm ein paar Flaschen vom Wein dieses James Younger zukommen zu lassen. Da stößt er bei Nietzsche jedoch auf Granit, der will vom Wein rein gar nichts wissen, trotz Dionysos, seinem Säulenheiligen. Möglicherweise mit einer, umso erstaunlicheren Ausnahme. Hier, lesen Sie.«

Igor reichte ihm eine schmale Karte und Karl las: »Marx!!! Ich singe! Ich künde! Verdammtes Zeug, das ihr mir geschickt habt. Der Master aus London sei verflucht und geheiligt. Ich träume! Ich fliege!« Kobi hatte ihm über die Schulter gesehen: »Der Master könnte natürlich jener James Younger aus London sein und das ›Zeug‹ dessen Wein. November 1882, sehen Sie die Datierung hier auf der Rückseite, begann Nietzsche übrigens mit dem ›Zarathustra‹. Und wenn er irgendwo singt und kündet, dann dort.«

Was in diesem Moment sang und kündete, war das Telefon. Kobiaschwili reichte Karl den Hörer: »Schon wieder Pater Maurus. Er will Sie sprechen.«

Der Pater sprach schnell, er war außer sich: »Sie haben die Kapuzinergruft gesprengt. Eine Bombe, mitten in Wien. Der Brand in der Hofburg war nur ein Ablenkungsmanöver, wie es scheint. Mach den Fernseher an oder schau dir die Bilder im Netz an. Sie drehen durch, ich habe es geahnt. Ich muss Schlimmeres verhüten. Ich melde mich später noch einmal. Gott zum Gruß.«

Auf Kobiaschwilis Fernseher sahen sie die ersten Bilder, Touristen hatten mit ihren Handykameras die Explosion festgehalten, die Filmschnipsel waren auf allen Nachrichtenportalen in Endlosschlaufen zu sehen. Zuerst zitterte die Kapuzinerkirche, dann entlud sich aus dem Eingang zur Gruft eine Staubwolke mit aller Gewalt, wälzte sich auf den Platz, erfasste Menschen, Fahrräder, ein paar Autos und schleuderte sie durch die Luft. Die rechte Wand der Kirche sackte zusammen, das ganze Gebäude wankte und zitterte, schwankte, schien zusammenzustürzen, fiel aber nicht. Der Staub kroch auf den Betrachter zu, die Bilder wackelten, ruckelten, zuckten, alles verwischte und erstarb.

Karl nahm Irina bei der Hand. »Wir müssen da hin! Entschuldigen Sie, Igor, wir müssen nach Marion und nach Mugeaux sehen, womöglich ist ihnen etwas passiert. Auf Wiedersehen, vielen Dank, bis bald.«

Sie wollten über den Heldenplatz durch die Burg zum Neuen Markt. Alles war abgesperrt. Bereits auf dem Heldenplatz standen dutzende Polizeiwagen, Sanitätsautos, Feuerwehr, Militär. Über der Hofburg rauchte letzter grauer Qualm, Feuerwehrleitern ragten über das Dach in den Abendhimmel, Brandgeruch lag in der Luft. Hubschrauber kreisten, Sirenen kreischten. Sie liefen über den Ring zur Oper. Schon beim Hotel Sacher war kaum ein Durchkommen, Absperrgitter, Menschenmassen. Die Kärtnerstraße war voll von hastenden Menschen, dazwischen drängten sich Rettungswagen, kleine Trupps von schwer bewaffneten Polizeikräften, wild gestikulierende Zivilisten mit Drähten im Ohr und Sonnenbrillen auf der Nase.

Seit sie Kobiaschwili verlassen hatten, hatte Karl Irinas Hand nicht mehr losgelassen. Jetzt zwängte er sich und sie durch die Menge Richtung Hotel Ambassador. Der Eingang war verschlossen, hinter der Glastür wachte ein finster blickender Portier mit Mütze und Hoteluniform. Karl deutete auf den Bauch von Irina, malte mit den Händen eine Rundung vor seinen Bauch und hob sie zur Geste der Bitte. Der Portier blickte weniger finster, sah sich verstohlen um, drückte einen Knopf und die Tür öffnete sich. »Meine Frau ist schwanger. Sie braucht dringend Ruhe. Lassen Sie nur, ich finde schon etwas.« Karl wollte zum anderen Ausgang des Hotels, demjenigen, der zum Neuen Markt führte. Da fiel ihm etwas ein: »Was hat Kobi eigentlich vorhin zu dir auf Georgisch gesagt? Ganz am Anfang, als er den Wein holte?« Irina lachte: »Er hat gefragt, ob ich schwanger sei. Und ob ich überhaupt Wein wolle.«

Auch der rückwärtige Ausgang war versperrt. Draußen standen Polizisten vor der Tür, drinnen Hotelpersonal. Karl klopfte an die

Glastür, wollte die Aufmerksamkeit der Polizisten auf sich lenken. Er deutete wie wild auf den Donnerbrunnen und auf sich. Am Fuße des Brunnens saßen Marion und Mugeaux, zwei Sanitäter und eine Polizistin waren bei ihnen. Ein Polizist vor der Tür reagierte. Er machte einem der Hotelangestellten ein Zeichen und die Tür öffnete sich einen Spalt. »Was wollen Sie?« – »Da, dort, am Brunnen, das ist meine …, mein Vater, also mein Schwiegervater und seine Tochter. Nein, die Tochter ist hier, das dort ist … Egal, ich muss zu ihnen. Oder sie zu mir. Geht das?« Der Polizist rief der Beamtin am Brunnen etwas zu, tastete Karl von oben bis unten ab, ließ Irina in Ruhe und die beiden wurden auf den Neuen Markt entlassen.

»Karl, Irina! Was macht ihr denn hier?« Marion schien unverletzt, während Mugeaux' Hemd aufgeschnitten war und ein dicker, weißer Verband die rechte Schulter bedeckte. »Maurus hat mich angerufen. Wie geht's Ihnen, Gaston? Alles klar?« – »Wir waren oben im Laden. Drei Stunden vor der Versteigerung. Die Druckwelle hat den Schreibtisch gegen mich geschleudert. Mein Gott, was waren das für Dilettanten! Wann kann ich denn in meinen Keller?« Die letzte Frage war an die Polizistin gerichtet. »Das wird noch ein paar Stunden dauern. Spurensicherung, das ganze Programm. Das braucht seine Zeit.« – »Und mehr wissen Sie auch nicht?«, fragte Karl. »Plastiksprengstoff, ziemlich hohe Dosis in der Neuen Gruft. Die Särge der Habsburger haben wohl alle überlebt. Bis auf einen, der vom Kaiser Maximilian von Mexiko. Der stand genau neben der Sprengladung.« Karl blickte Mugeaux vielsagend an. Der winkte nur ab, Marion strich ihm über den Kopf.

Es wurde Nacht, bis sie wieder in Mugeaux' Keller hinab durften. Die Stunden zuvor hatten sie in der Lobby des Hotels gewartet, im Fernsehen jagte eine Sondersendung die andere. Es wurde heftig spekuliert über Zusammenhänge zwischen dem Brand in der Hofburg und der Sprengung der Kapuzinergruft. Die üblichen Verdächtigen, islamische Terroristen, Rechts- wie Linksradikale, Tschetschenen, Iren, Basken, alle wurden aufgefahren. Ein Motiv war nirgendwo zu erkennen, Bekennerschreiben gab es nicht. Polizei und Geheimdienste tappten im Dunkeln, Politiker gaben sich betroffen, die Medien befragten Experten, das Innenministerium hatte einen Krisenstab gebildet, das Internet quoll über. Sie saßen eng beieinander und Karl murmelte einmal: »Maurus weiß mehr. Er nimmt das persönlich. Keine Ahnung, worauf das hinausläuft.«

Als Mugeaux Stunden später in den Resten seines Kellers stand, lachte er vor Verzweiflung kurz auf. Ein riesiges Loch klaffte in der Wand zur Kapuzinergruft, der Raum davor war mit Scherben übersät und es roch intensiv nach Wein. In den anderen drei Räumen sah es nicht viel besser aus, die Tonröhren waren in großen Teilen zu Boden gestürzt, die Flaschen zerborsten, nur vereinzelt hatten ein paar überlebt. Ein gemütlicher Polizeioffizier erklärte ihnen die Lage: »Nach allem, was wir wissen, waren nach der Explosion noch Menschen in diesen Räumen. Zwei, vielleicht drei. Schwer zu sagen bei diesem Chaos, ob sie etwas mitgenommen haben. Es gibt hier keine Überwachungskameras und wenn, wären sie auch hinüber. Mal sehen, ob oben irgendjemand etwas gefilmt hat. Ist heutzutage ja immer was dabei. Bis jetzt aber Fehlanzeige. Ehrlich gesagt, sowieso Nebensache. Die Staatssicherheit hat das Oberkommando, die suchen was Politisches, keine dreisten Weinräuber. Sind Sie versichert, Herr Mugeaux?« – »Glauben Sie, irgendjemand versichert alten Wein? Lassen Sie mich doch in Ruhe mit Ihren Nebensachen.«

Leiser sagte Mugeaux zu Karl: «Sie haben nichts erreicht. Außer, dass die Versteigerung ausfällt. Die sechs Clos-Gethseman-Flaschen und die von Franzl Jünger liegen oben in meinem Tresor. Unversehrt. Der ganze große Rest ist in der Provence, nach wie vor.« Bevor Karl antworten konnte, klingelte sein Telefon. Er hörte lange zu, sprach nichts. Zum Schluss ein kurzes »Gut. O.k.« Irina, Marion und Mugeaux sahen ihn gespannt an. »Das war wieder Maurus. Er hat mit seinem Generalabt in Rom gesprochen. Er will alles riskieren, sagt er, alles auf eine Karte setzen. Morgen Nachmittag hat er eine Privataudienz. Beim Papst. Ich soll mit. Keine Ahnung, wieso.«

11

Der graue Mann mit der Kapuze, die sein Gesicht in nachtschwarzes Dunkel hüllte, stand steinern da, die Hände gekreuzt, sie hielten ein Buch. Exkommuniziert erst von Katholiken, dann Calvinisten und Lutheranern, zerbrochen an Seele und Körper in siebenjähriger Kerkerhaft, ungebrochen in seiner Standhaftigkeit, die Gottessohnschaft des Jesus von Nazareth zu verleugnen, war er vor über 400 Jahren den Flammen des Scheiterhaufens eines römischen Richters übergeben worden.

Unter dem Standbild des Giordano Bruno, das die italienischen Freimaurer der Loge Grande Oriente d'Italia dreihundert Jahre nach seiner Hinrichtung als antipapistisches Fanal auf dem Campo de' Fiori in Rom errichtet hatten, saßen in oktoberklarer Luft Karl und Maurus in einem Café und tranken Rotwein. Die Zeitungen am Kiosk brüllten »Inferno a Vienna« und »La seconda morte degli Absburgo«, sie spuckten eine Bilderflut an Staub, Trümmern, Flammen und schwarzem Rauch. Eine milde Wärme lag in der römischen Luft, die Fassaden der Häuser ringsum leuchteten Ocker und Umbra und Karl blickte Maurus erwartungsvoll an. Sie hatten wenig gesprochen seit ihrer Abreise aus Wien, der Pater hatte Karls Drängen immer mit »später, später« erwidert, »wenn wir Zeit und Ruhe haben«. Jetzt hatten sie Zeit, jetzt senkte sich mittägliche Ruhe über den Platz, jetzt wollte Karl es wissen.

»Ein demokratiefreundliches Wetter heute. Wie alt möchtest du einmal werden, Karl?«, begann Pater Maurus. Karl hatte zwar etwas anderes erwartet, aber gut, dachte er, darum geht es ja ohnehin schon die ganze Zeit: »Hundert. Der erste Breitenstein, soweit ich weiß, der hundert Jahre alt werden würde. Da habe ich fast einen sportlichen Ehrgeiz. Bei geistiger und körperlicher Frische versteht sich. Obwohl, wenn ich mir Jakob oder die Mugaschwili so ansehe, hundertfünf darf's auch werden oder hundertzehn.«

»Ein begreiflicher Wunsch. Ein verführerischer. Und ein hochbrisanter mitunter. Einer, der in der Lage ist, Geschichte zu schreiben. Schon immer und gerade wieder. Das ist es auch, was ich dem Papst heute Nachmittag erzählen werde. Unter anderem«

Und Maurus sprach und erzählte und erzählte und sprach. Über eine Stunde lang. Dann übergab er Karl einen USB-Stick: »Da ist alles gespeichert. Falls mir etwas zustößt. Verlier ihn nicht. Oder deponier ihn in einem Schließfach. Aber dann verlier den Schlüssel nicht. Und falls mir etwas zustößt: Besprich dich mit Marion. Dann muss alles an die Öffentlichkeit. Sie wird wissen, wie man das am besten macht.« Schließlich sagte Maurus: »Ich muss los. Den Papst sollte man nicht warten lassen.«

Karl hatte lange zugehört, gespannt, gebannt, staunend, zweifelnd, verwirrt. Der Pater ging. Karl Breitenstein sah zu dem grauen Mann auf seinem Sockel empor und glaubte Flammen zu sehen, die an seinem Mantel züngelten, aber es waren bloß die Strahlen der tiefer stehenden Sonne, die Giordano Bruno dramatisch illuminierten, der Zweifler erst, der Denker dann, der Ketzer schließlich auf seinem Scheiterhaufen, geschichtet wie alles auf der Welt und in der Zeit, hier in Rom ganz besonders, da schichtet sich die Weltgeschichte auf Schritt und Tritt, aber jetzt wäre es schön, wenn der Kellner endlich zum Bezahlen käme, wo bleibt der denn, heiter bleiben, Breitenstein, immer heiter und gelassen bleiben, der Südländer entschleunigt eben, das liegt in seiner Natur, der saugt den Müßiggang praktisch mit der Muttermilch auf, der Südländer mit seinem schönen blauen Himmel, der zum Ratschen und Tratschen einlädt, zum Dinge regeln in der Sonne im Freien zwischen Säulen unter Arkaden, aber auf dem Campo hier will ich jetzt zahlen scusi per favore grazie tante ciao Giordano arrivederci Bruno. Er ging.

Jesus-Wein, Paulus-Wein, Wein regiert die Welt, Maurus lässt nichts aus. Bodo wäre begeistert, welthistorisches Format, kein Vergleich mit dieser R&R-Kleingeisterei, Verschwörungstheorie in Cinemascope. Da hinten am Tiber, da war das Ghetto der Juden, die ihn erfunden haben den einen einzigen Gott, den ungnädigen Gnädigen, den zürnenden, geifernden, überallmächtigen lieben Gott. Den Paulus verkündete mitsamt Sohn und Heiligem Geist, einer als drei, drei als einer. Eines muss man ihm lassen, das ewige Leben versprechen ist gutes Marketing. Jetzt neu im Angebot: ewiges Leben für alle. Und Luther setzt einen drauf: bei uns sogar kostenlos. Das Beste ist das Logo, das Kreuz. Einfach, klar und dann noch Doppelsinn, immer gut. Todeszeichen einerseits, Erlösungszeichen andererseits. Perfekt. Jesus hat seinen Wein nur getrunken, sehr sympathisch, Paulus hat mehr daraus gemacht. Seine Bedeutung erkannt. Das Potenzial, das in ihm steckt, Glaubenspotenzial. Wie alt wurde Paulus eigentlich? Gestorben jedenfalls hier in Rom, heißt es wenigstens. Wie Petrus angeblich. Rom war der Schlüssel für das Narbengesicht. Den hat er dem Petrus in die Hand gedrückt, der den gar nicht wollte. Auf diesem Felsen will ich meine Kirche bauen. Lässt Paulus sagen. Und Petrus sagt, ach nö, lieber nicht. Sagt Maurus. Hast du Rom, hast du die Welt. Das geht osmotisch vor sich, diffundiert, die vornehmen römischen Damen in ihren Villen lesen die kleinen neuen Bücher, lesen sich gegenseitig vor, was der Paulus sich ausgedacht hat über die Glückseligkeit in alle Ewigkeit, fürchtet euch nicht, Tod, wo ist dein Stachel. Ohne Glaube geht es nicht, Sakralbedarf, sagt Dr. Kobi. Es gibt einen Bedarf und es gibt ein Angebot. Und das himmlische Ministerium für religiöse Angelegenheiten regelt Angebot und Nachfrage. Minister Paulus dekretiert: Die Religion für die Weiber und für die Männer die Macht. Die einen beten, die anderen regieren. Weil sie den Wein haben, der sie länger leben lässt. Den sie hüten wie ihren Augapfel, streng geheim, Weitergabe nur an ihresgleichen. Sie? Wer? Hat er nicht gesagt, der zisterziensische Verschwörungstheoretiker, nicht genau, nicht explizit, nicht definitiv. Vielleicht weiß er es selber nicht, wer weiß? Die Drei? Die Zwölf? Die 24 Auserwählten? Die 36 Gerechten? 99 Reine,

148 Erleuchtete? Freimaurer, Illuminaten, Rosenkreuzler? Der Orden vom Goldenen Vlies, der vom Hosenband oder der wider den tierischen Ernst? Auf alle Fälle die Tempelritter, die sind immer dabei. Die Zisterzienser und die Templer, von den gleichen Familien gegründet. Die einen zuständig für die Kultur, die anderen für den Kampf. Wort und Blut. Die Kreuzzüge, hat Maurus gesagt, denk an die Kreuzzüge. Glaubst du, Tausende von Rittern und Adligen und Klerikern werden ins Heilige Land geschickt, in Tod und Verderben, um dort ein paar Pilger zu beschützen? Die Heiligen Stätten von den Muselmanen zu befreien? Nein, hat er gesagt, vergiss es, es ging um den Wein, um den Jesus-Wein, und sonst nichts. Der ist es, der zurück erobert werden muss auf Teufel komm raus, beschützt werden, gerettet werden. Gegen die Muselmanen, die Sarazenen, die Araber, die Mohammedaner. Auftritt Tempelritter. Die Saufbrüder, Hurenbeglücker, Teufelsanbeter. Und Gralsretter. Gral gleich Kelch gleich Wein gleich Blut. Rebenblut. Hat schon der alte Mugaschwili gewusst. Ist was dran an den alten Geschichten. Sogar der Papst war machtlos gegen das kleine Viech, die Laus, das Krabbeltierchen, auch noch aus Amerika, aus der neuen Welt ausgerechnet. Frisst den Weinberg des Herrn kahl. Die ganze Glorie der alten Welt. Eine Zeitlang reichen die Vorräte noch, ein paar Kisten Wein. Aus der Zeit vor der Reblaus. Aber dann bricht Panik aus. Dann werden Kriege angezettelt, Feldzüge geführt. Der reine Wahnsinn. Die Reblaus-Katastrophe zeugt das Katastrophen-Jahrhundert. Sagt Maurus. Und mit Paulus fing alles an. Sagt Maurus. O'Hara, der Kardinal von der Vatikanbank, meint Maurus, sei nur ein Handlanger, ein Ausführender, ein durchgeknallter obendrein, da stünden ganz andere dahinter, mit ganz anderen Möglichkeiten, weniger mit Bomben gegen Habsburgergrüfte, sondern mit Hirn und Verstand und Wissenschaft und Technik und all dem. Eine Stunde noch, dann ist er fertig mit dem Papst. Und was wird er sagen der Papst? Hört er überhaupt zu? Maurus kann dem Papst ja schlecht erzählen, dass seine Kirche auf Wein gebaut ist. Du bist Petrus die Weintraube und auf dieser Traube will ich meine Kirche bauen. Diese Vespas machen mich noch wahnsinnig. Rasen stundenlang rund ums Pantheon, bloß weil es so schön

rund ist. Und wie rund! Wieso hat eigentlich niemand zweikuppelig gebaut. Wie die weibliche Brust, wie ein stolz aufragender Busen mit gewaltigen Brustwarzen. Pantheon und Petersdom, die straffen Titten Roms. Mörtel statt Silikon. Die Römer und ihr Mörtel. Hält eine Ewigkeit. Ohne Mörtel keine ewige Stadt. Ohne Mörtel keine Kirchen und auch keine Kirche. Die meisten Kirchen waren früher Tempel. Wie die da, Santa Maria sopra Minerva, Maria über die Minerva gestülpt. Erst römisches Heiligtum, dann katholisches, erst Minerva, dann Maria. So richtig umgewöhnen mussten die Römer sich gar nicht. Hat er alles bedacht der dreifache Paulus. JudasSaulusPaulus. Judas Ischariot ist wörtlich Judas Sichelmann. Und Paulus hatte Sichelbeine, aber was für welche! Na also, würde Bodo sagen. Die kleben hier ihre Plakate aber auch überall hin. Berlusconi, ich fass es nicht, gibt es den auch noch? Auch so ein Sichelma… ahhauaa!

Das Nächste, was Karl wahrnahm, waren zwei Füße, die in dunkelbraunen Wildlederschuhen steckten. Die Hose darüber war grau und aus gutem Stoff. Er spürte eine leichte Berührung an der Schulter und hörte: »Sind Sie verletzt? Alles in Ordnung? Es tut mir wirklich leid.« Karl versuchte aufzustehen. Es ging. Der Oberschenkel schmerzte, wie nach einem Pferdekuss. Vor ihm stand eine schwarze Limousine, ein Mann mit einer Mütze saß regungslos am Steuer, und neben ihm stand ein groß gewachsener Mann, Mitte fünfzig schätzte Karl, in einem eleganten grauen Anzug, das volle Haar akkurat nach hinten gebürstet, die Augen hell, die Nase markant geformt. »Mein Fahrer ist einer der umsichtigsten überhaupt, aber Sie waren wohl in Gedanken und unser Wagen ist leider sehr leise. Ist Ihnen wirklich nichts passiert? Sollen wir die Polizei holen? Oder einen Krankenwagen rufen?«

Karl schüttelte den Kopf: »Bloß nicht, bloß keine Polizei. Kein Krankenwagen. Nein, bitte nicht.« Er wunderte sich plötzlich, dass er mitten in Rom mit einem Fremden Deutsch sprach, fand aber, dass das jetzt nicht so wichtig sei. »Nein, nein, alles in Ordnung, ich bin wohl eher gestolpert. Obwohl …« Er griff sich an den Oberschenkel. Der Fremde legte eine Hand auf seine Schulter: »Belasten Sie bitte nur dieses Bein, so, ja. Geht das? Kein stechender Schmerz? Gut, dann ist wenigstens nichts gebrochen. Ehrlich gesagt, ist es mir auch lieber, wir regeln das ohne Polizei. Kommen Sie, setzten wir uns.«

Zwei Stühle auf dem Platz vor dem Pantheon waren frei. »Mein Name ist Nicolas. Ich bin Geschäftsmann aus Paris« – »Breitenstein, Karl Breitenstein aus Wien, sehr erfreut. Oder besser gesagt: mäßig erfreut.« – »Ich verstehe Sie vollkommen, Monsieur Breitenstein, wie gesagt, die Schuld liegt ganz bei uns. Darf ich sie mit einem kleinen Schmerzensgeld begleichen? Das dürfen Sie mir nicht verwehren.« Er griff in die Brusttasche. Karl reagierte reflexartig: »Nein, um Himmels willen nein. Kein Geld, bitte. Das macht die Sache nur noch schlimmer. Beziehungsweise, so schlimm ist sie ja gar nicht.« – »Wirklich nicht? Irgendetwas aber müssen Sie mir erlauben. Darf ich Sie zu einem Glas Wein einladen. Oder kann Sie mein Fahrer irgendwo hinbringen?« Karl sah auf die Uhr und sagte: »Ach das ist eine gute Idee. Den Wein ein andermal. Ich habe mich ein bisschen verspätet. In einer Viertelstunde sollte ich im Vatikan sein.« Herr Nicolas lächelte: »Eine gute Adresse. Die beste eigentlich in Rom. Guido bringt sie hin, kein Problem.«

Der Fahrer hatte sich von seinem kleinen Schock erholt und öffnete die hintere Tür. Man verabschiedete sich. »Es hat mich gefreut, Sie kennenzulernen, Monsieur Breitenstein. Wenn auch unter diesen etwas misslichen Umständen. Schade, aber vielleicht ergibt sich noch einmal die Gelegenheit, das Glas Wein nachzuholen. Man weiß nie.« Karl drückte ihm die Hand, sagte nur »Wiedersehen«, deutete ein leichtes Hinken an und ließ sich in den Ledersitz fallen.

Komischer Typ, nein nicht komisch, distinguiert, vornehm bis zur Halskrause, mein lieber Mann. Unfall in Rom, hat mir gerade noch gefehlt. Ist noch mal gut gegangen und das Auto ist nicht schlecht, so was von leise, gleitet dahin, sehr angenehm. Geschäftsmann also, sicher ein hohes Tier. Hätte mir eigentlich seine Visitenkarte geben können, falls doch was gebrochen ist. Wenn das stimmt mit dieser ganzen maurischen Verschwörungstheorie, dann ist das schlecht für Mugeaux und seine Clos Gethseman. Ob der was hat mit Marion? Zutrauen würde ich es ihm. Ihr sowieso. Der ganze schöne Wein lagert noch in der Provence, da kommen die über kurz oder lang auch noch dahinter. Und die Mugaschwilis sind auch noch nicht am sicheren Ufer. Diesem Lewan trau ich nicht. Gegen die Paulus-Bruderschaft oder wie immer die auch heißen hat der keine Chance, das sind Weltbeherrscher, er bloß ein Regionalgangster. Wenn Sie da vorne bitte anhalten, danke, merci bien, ciao.

Auf dem Petersplatz direkt unter dem Obelisken wartete Maurus. Erschöpft, müde und schweigsam. Auf dem Weg zur Bushaltestelle in der Via della Conciliazione blieb er stehen und legte eine Hand auf Karls Schulter: »O'Hara ist erledigt. Der Papst hat ihn entlassen. Er will ein Konzil einberufen. Aber ich habe kein gutes Gefühl.« Im Bus sagte er lange nichts, den Blick starr und geradeaus. Dann hörte Karl ein kleines, verhaltenes Lachen und der Pater sah ihn an: »Hast du Aktien? Wenn du Aktien hast, verkauf sie. Jetzt, heute noch, spätestens morgen. Ich mein ja nur.«

12

Als Karl am nächsten Tag gegen Mittag das Café Eiles in der Josefstadt betrat, herrschte dort, obwohl es gut gefüllt war, eine eigenartige Ruhe.

Am Abend zuvor war er aus Rom zurückgekehrt. Irina hatte gekocht, sie gingen früh zu Bett. »Und jetzt richtig sterben«, war sein letzter Gedanke vor dem Einschlafen. Am Morgen hatte sie zeitig das Haus verlassen, auf dem Weg zu Dr. Kobiaschwilis Deutschstunde. Karl schlief lange, duschte ausgiebig und nahm den 13er, der in der Esterhazygasse und der Amerlingstraße Richtung Mariahilferstraße die diluvialen Schotterschichten, die hier die Hänge des Wien-Tales bilden, angestrengter als sonst hinauf keuchte. Am Theater in der Josefstadt stieg er aus und ging die Josefstädterstraße hinunter, deren leichtes Gefälle die allerletzten Ausläufer des Wienerwaldes verraten, bevor dieser sich in das Wiener Becken erstreckt. Seine Entstehung verdankt diese weite Ebene im Osten und Süden von Wien einer tektonischen Schwachzone der Erdkruste, wodurch der gesamte Alpen-Karpaten-Corpus großflächig absank. Wien steht seit über siebzehn Millionen Jahren auf weichem Grund, der es letztlich erst ermöglichte, dass die Donau hier einen Weg zwischen Alpen und Karpaten fand und in Jahrmillionen Jahren Schichten für Schichten ablagerte, welche die für Wien so typische mehrstufig terrassierte Landschaft formten, auf deren tiefster Ebene, im Grund, wie die Vorstadtwiener sagen, die Innere Stadt erbaut ist mit dem Stephansdom in ihrem Zentrum, den Karl somit auf seinem kurzen Weg von der 13er Haltestelle zum Café Eiles ständig vor Augen hatte.

Als er am Gasthaus zur Stadt Paris vorbei ging, wo im ersten Stock Heimito von Doderer gelebt hatte, überholte ihn der J-Wagen, der, erdgeschichtliche Terrassen überwindend, aus Ottakring kam und weiter unten am Ende der Stadiongasse mit vernehmbarem Kreischen auf den Ring einbog, den Fliehkräften geschuldet, die bei den älteren Modellen aus den 70er Jahren für lautstarke Reibung der Räder an den Schienen sorgen, was mitunter sogar den einen oder anderen kleinen Funken erzeugen kann.

Zuerst begriff er es gar nicht. Dann aber registrierte er, dass das Eiles zwar gut, das heißt drei viertel gefüllt war, kaum aber jemand redete. Der übliche Geräuschpegel aus leisen Gesprächen, halblautem Lachen, aus Dialogen mit dem Personal und dem Geklapper des Geschirrs, er fehlte völlig. In der Nische gleich rechts vom Eingang, wo Hofrat Bauer, Sektionschef Oberleitner und Frau Dr. Sczmelnik ihr Mittagsmahl unter lautstarken Diskussionen über die neuesten Entwicklungen in den diversen Abteilungen des nahen Rathauses einzunehmen pflegten, herrschte Ruhe und die gedämpfte Anspannung Zeitung lesender Menschen. An den Tischen der Theaterleute, die sich ansonsten gar nicht einkriegen konnten vor Palaver, Klatsch und Tratsch, regierten die Smartphones. Die Angestellten der umliegenden Firmen, die Beamten der nahen Behörden, junge Kreative, die etwas mit Medien zu tun hatten oder auch nicht, waren über ihre Bildschirme gebeugt, eine zwar auch sonst hier zu beobachtende Praxis, diesmal jedoch anders, konzentrierter. Die Damen, die ihre Hüte aufbehalten hatten, lasen schweigend Zeitung, was sehr ungewöhnlich war, die Touristen-Paare sowieso.

Das Eiles war sein Wiener Lieblingskaffeehaus, was allein schon an seiner schieren Größe und Höhe, dem U-förmigen Grundriss und der in Jahrzehnten vom Nikotinqualm graugelb grundierten Atmosphäre lag. Hinzu kamen die unterschiedlichen, unter strategischen Gesichtspunkten wählbaren Blickwinkel, die sich dem Gast durch die Anordnung und Einfassung der Tische boten; offener im linken, kürzeren Schenkel des U, abgeschlossener im rechten, längeren, an der Wandseite fast ins Separeehafte übergehend.

Die Auffassung, dass das Wiener Kaffeehaus, wenn man es recht betrachte, eine Weltanschauung sei, deren innerster Inhalt darin bestehe, die Welt nicht anzuschauen, hatte Karl für sich insofern abgewandelt, als er das Kaffeehaus als ideales Medium seiner Weltanschauung empfand, die Welt nur anzuschauen. Anschauen und sinnieren. Mehr nicht. Er suchte nicht, um zu finden, er stöberte, um zu staunen. Das Eiles war der Ort dafür, ein Zufluchtsort luxuriöser Zweckenthobenheit. Die Welt dort draußen, sie konnte vergehen oder aufblühen, versinken oder emporsteigen, stille stehen oder in Turbulenzen geraten oder aber auch nichts dergleichen tun. Das war zu akzeptieren. Sogar Trotzki spielte im Kaffeehaus nur Schach.

Trog ihn der Eindruck, dass der Zeitungstisch, das wichtigste Medium, mittels dessen im Kaffeehaus die Welt angeschaut werden konnte, spärlicher belegt war als gewohnt? Aus den wenigen verbliebenen Exemplaren schrien die Schlagzeilen dafür heute umso lauter. Er griff sich das kleine österreichische Boulevardblatt, das große deutsche und zwei der vernünftigeren Blätter. Selbst diese Letzteren hatten ihre Überschriften doppelt so groß gesetzt wie üblich. Er las parallel, er las gebannt, er las nicht mehr, er verschlang. Die häufigsten Begriffe waren Drama, Tragödie, Katastrophe, Abgrund, Zusammenbruch, Chaos, Horror, Grauen, Ende und Aus. Das Millionenblatt aus Deutschland hatte die ganze Titelseite frei geräumt für eine einzige Frage: Ende oder Anfang vom Ende? Der kleine Bruder aus Wien wurde schon konkreter: Papst tot. Kardinal tot. Börse mausetot. Die Intelligenzblätter versuchten, Struktur in das Ganze zu bringen: Überraschender Tod des Papstes löst weltweite Kettenreaktion aus. Chef der Vatikanbank zum Selbstmord gezwungen? Kardinalstaatsekretär bestialisch ermordet. Internationale Börsen reagieren panisch auf Krise in Rom. Wallstreet beklagt Jahrhunderttief. Hinscheiden des Papstes reißt Kirche in den Abgrund. Machtkampf im Vatikan – Endkampf der Finanzmärkte?

Die vorläufigen Fakten, das begriff Karl schnell, waren die folgenden: Der Papst, nicht mehr ganz jung, aber rüstig, lebensfroh und gesund, war am Morgen friedlich entschlafen von seinem Kammerdiener aufgefunden worden. Nach ersten ärztlichen Untersuchungen sei ein Fremdverschulden mit an Sicherheit grenzender Wahrscheinlichkeit auszuschließen. Schon in der Nacht hatten Polizeistreifen ein Auto unter einer Tiberbrücke mit der Leiche des Kardinals Sean O'Hara aufgefunden. Schläuche vom Auspuff ins Wageninnere deuteten auf Selbstmord hin, wohingegen der Umstand, dass der Kardinal nackt im Auto saß, Rätsel aufgab. Der Kardinalstaatsekretär war mittig geteilt in zwei größeren Reisetaschen in einem Schließfach des Römischen Bahnhofs aufgefunden worden, der eine Teil immerhin wenigstens, genau genommen jedoch lediglich mit einer Priesterstola bekleidet und zusätzlich versehen mit sieben tiefen Messerstichen in der Gegend des Herzens. Der Präsident der Päpstlichen Kommission und die neun Präfekten der Kongregationen waren zurückgetreten, der wichtige für die Glaubenslehre kurz darauf einem Herzschlag erlegen. Drei internationale Hedgefonds, einer davon mit substanziellen Einlagen der Vatikanbank, die beiden anderen mit erheblichen, hatten simultan an der New Yorker und der Tokioer Börse Blitzverkäufe getätigt, woraufhin amerikanische und chinesische Investmentbanken nachzogen, was beinahe den Chef der amerikanischen Notenbank zum Eingreifen veranlasst hätte, aber nur beinahe, weil er ebenso wie der amerikanische Vize-Präsident und der Vorsitzende des Obersten Gerichtshofes zu diesem Zeitpunkt schon zurückgetreten war, die beiden Letzteren hielten sich mittlerweile in der brasilianischen Botschaft in Washington auf, wo sie um politisches Asyl ersucht hatten.

Karl hatte inzwischen längst sein Smartphone in der Hand und scrollte wie verrückt. Die Ereignisse, die von Legionen von selbst ernannten Barfuß-Reportern im Nachrichtendienst Twitter verbreitet wurden, überschlugen sich. Wallstreet meldete mehrere Selbstmorde in den Chefetagen von Privat- und Investmentbanken sowie einen Mord, die englische Königin hatte die Regierung entlassen und den Thronfolger als Prime Minister eingesetzt, in Deutschland waren Aufsichtsräte von Siemens, Deutsche Bank und Thyssen-Krupp im Frankfurter Flughafen verhaftet worden, der Chef der Arbeitgeberverbände, gleichzeitig Präsident eines abstiegsbedrohten Bundesliga-Clubs, schoss sich vor laufender Kamera zur besten Sendezeit eine Kugel durch den Kopf. In der Schweiz brachte sich der Chef des Hauses Habsburg als europäischen Stabilitätsfaktor ins Spiel, in Paris zogen etwa einhunderttausend Demonstranten mit dem Staatspräsidenten an der Spitze über die Champs-Élysées. Durch das Fenster des Eiles sah Karl, wie sich auf der gegenüberliegenden Straßenseite eine lange Schlange vor einem Bankomaten gebildet hatte. In einem Mailänder Hochsicherheitstrakt war der einsitzende Capo dei Capi der sizilianischen Mafia erwürgt aufgefunden worden. Beherzte Nonnen hatten ein Feuer im Geheimarchiv des Vatikans mit Decken und Kopftüchern gelöscht. Lachen musste Karl, als er auf einer Sportseite das Konterfei des Rundschädels aus Nisi entdeckte, der soeben als Drahtzieher eines Wett- und Bestechungsskandals in der italienischen Seria A festgenommen worden war. Der italienische Staatspräsident hatte die Wahlen für kommenden Sonntag ausgesetzt, die Regierung sich in ein Kloster in den Abruzzen zurückgezogen. In Brüssel tagten die Regierungschefs der EU, soweit sie noch im Amt waren und lebendig, in Permanenz und unter scharfer Bewachung bewaffneter Einsatzkommandos, in Berlin die Finanzminister. Die Generaläbte von Jesuiten, Dominikanern, Benediktinern, Franziskanern, Zisterziensern, Augustinern, Trappisten und Prämonstratensern hatten sich im Palazzo des Opus Dei in Rom zum Gebet versammelt. Im Nahen Osten war es ruhig, Japan hingegen hatte aus Furcht vor Terroranschlägen alle Atomkraftwerke abgeschaltet, der Tenno speiste bei Kerzenlicht. Im Trading-Saal der New Yorker Börse war es zu einem zunächst kaum beachteten Zwischenfall gekommen. Ein Broker hatte Silvester-Raketen gezündet. Erst Stunden später stellte sich heraus, dass damit ein Nervengift versprüht worden war, 27 Tote, 234 Schwerverletzte. Der Vorsitzende der Deutschen Bischofskonferenz war bei einem Autounfall unter mysteriösen Umständen ums Leben gekommen, während der Wiener Erzbischof und Kardinal in flagranti mit einem 12-Jährigen erwischt worden war. Das NATO-Hauptquartier war kurzfristig auf ein im Atlantik kreuzendes U-Boot verlegt worden, Air Force One umrundete mit für die Lage angemessener Besatzung die Erde. Türkische Christen hielten die Hagia Sophia besetzt und aus dem Weltraum näherte sich ein gewaltiger Meteorit der Erde. Experten in aller Welt rechneten fieberhaft nach, ob im Maya-Kalender, in altjüdischen Aufzeichnungen oder dem chinesischen Horoskop der Tag des Weltuntergangs beziehungsweise des Armageddons mit dem aktuellen Datum übereinstimmte. Mehrere Explosionen hatten sich ereignet, kleinere und größere, im Kreml, im tiefen Gewölbe von Balmoral Castle in Schottland, beim Deutschen Bundesnachrichtendienst in Pullach, der allerdings schon längst nach Berlin umgezogen war, und beim Government Communication Headquarter GCHQ in Cheltenham, in der Weinversuchsanstalt Geisenheim im malerischen Rheingau, im Max-Planck-Institut für Biologie des Alterns in Köln und die größte in der Avenue de Messine in Paris am Hauptsitz von Paris-Orléans, Finanzholding der Rothschild-Gruppe. Der Pariser Erzbischof, der das Gebäude zu diesem Zeitpunkt verließ, lag im Krankenhaus. Der Sprengstoff hatte ihm den Arm mitsamt dem Aktenkoffer, den er fest in der Hand gehalten hatte, oberhalb des Ellenbogens abgerissen.

Kurzum, es war einiges los auf der Welt und Karl rief Maurus an. Der war ganz ruhig: »Hast du deine Aktien verkauft? Gut. Das Einzige, womit ich etwas zu tun habe und das auch nur sehr indirekt, ist der Selbstmord O'Haras. Der restliche Weltkuddelmuddel liegt an der grundsätzlichen Neigung von Systemen zur Instabilität. Vulgo am Zufall. Goldig ist ja der Habsburger. Wobei er irgendwie und irgendwo auch recht hat. Die garantierten schließlich lange Zeit ein stabiles System. Das Wichtigste aber: Wir müssen uns um Mugeaux kümmern. An dieser Front ist die Lage nämlich nach wie vor instabil, wenn du verstehst, was ich meine.« Karl verstand und legte auf.

»Warum sitzt du hier und nicht dort, Charlie?« Das war Irina, die sich nach ihrer Deutschstunde mit Karl hier im Eiles verabredet und sogleich seinen Tisch im linken U-Knick angesteuert hatte. Sie deutete auf eine Nische im rechten U-Schenkel, wo eine Frau aufgestanden war und winkte. Karl erkannte Marion. »Seit ihr schon lange hier?«, fragte er, als er sie und Mugeaux begrüßt hatte. »Seit über einer Stunde«, antwortete Marion und Karl bewunderte im Stillen wieder einmal das verwinkelte Nischengewirr des Eiles. Man besprach die Lage. Marions Zeigefinger zeichnete auf einem Display die absurd abwärts zeigende Linie der Börsenkurse nach und meinte spöttisch, zu Karl gewandt, »jetzt bist du ruiniert, oder?«, aber Karl konterte mit einem gelassenen »Im Gegenteil, Insidertipp«. Irina war froh, dass in Georgien nichts passiert war, vorläufig jedenfalls, Mugeaux äußerte sich anerkennend über den französischen Staatspräsidenten und abfällig über den russischen, der ungerührt zusammen mit dem spanischen König ostsibirische Bären jagte. Karl bestellte Wein.

Bei der zweiten Flasche, der Hauswein im Eiles war ein ansprechender einfacher Veltliner von den Weingärtnern aus Dürnstein, steuerte Karl auf die provencalischen Weinkisten von Mugeaux zu. Er kam nicht von weit her, nicht aus den Tiefen der neutestamentarischen Geschichte, nicht aus der Zeit der Kreuzzüge und der Templeraktionen und auch nicht aus der Zeit, als die Reblaus über Europa herfiel. Er blieb im Hier und Heute: »Ihre Kisten, Gaston, Ihr Fund aus dem Keller von Pierre Gilles und obendrein jetzt noch die Flaschen aus dem Meer, da sollten Sie, da sollten wir alle jetzt sehr vorsichtig sein. Maurus meint das auch.« Mugeaux machte nicht den Eindruck der Ahnungslosigkeit: »Bien sure. Ich habe Vorkehrungen getroffen. Gute Freunde aktiviert, Kontakte gepflegt, Sie wissen schon. Hundertprozentige Sicherheit gibt es nie.«

Das Eiles leerte sich, neue Zeitungen, Extrablätter, Sonderausgaben wurden auf dem Zeitungstisch aufgeschichtet. Karl dehnte den Rücken: »Und was machen wir jetzt? Hat jemand Lust auf Kino? Im Tuchlauben läuft die Verfilmung eines dieser Schmöker von Dan Brown. Darauf hätte ich jetzt Lust.« Marion entschuldigte sich mit Arbeit, Mugeaux mit Telefonaten, Irina war dabei. Sie zahlten.

Es ergibt sich folgende Konstellation. Karl, Irina, Marion und Gaston treten aus dem Eiles. Die tektonische Schwachstelle der Erdkruste im Wiener Becken, verantwortlich für die chronische Weichheit der Gesamtlage Groß-Wiens, fährt fort zu tun, was sie seit etwa 17 Millionen Jahren zu tun pflegt: sich ungeachtet oberirdischer Vorgänge um ein bis zwei Millimeter pro Jahr zu senken.

Karl hätte gesagt, wo etwas sinkt, muss anderes steigen.

Marion knöpft sich umständlich ihren Mantel zu, die anderen drei überqueren die Josefstädterstraße, es ist gerade Grün, und warten an der Haltestelle des J-Wagens stadteinwärts. Der Eingang des Eiles ist für sie jetzt genau gegenüber, wo Marion ungeduldig wird, denn es ist wieder rot. Karl schaut gewohnheitsgemäß nach links und sieht einen J-Wagen auf Höhe der Langen Gasse aus Ottakring kommen. Keine dreihundert Meter noch. Er macht eine bestätigende Geste zu Gaston, was so viel bedeuten soll wie: die Wiener Verkehrsbetriebe sind die pünktlichsten und schnellsten und zuverlässigsten der Welt, und winkt Marion gegenüber, sie solle sich beeilen herüberzukommen.

Eile ist den tektonischen Gegebenheiten im Wiener Becken völlig fremd. Vielmehr nimmt es eine gewisse Zeit in Anspruch, bis sich entlang der Störungslinie zwischen dem harten Untergrund der Ostalpen und dem ständig sinkenden des Wiener Beckens eine Spannung aufbaut, die auch als dynamische Instabilität gekennzeichnet werden kann. Die Störungslinie zwischen den tektonischen Ungleichheiten in etwa sechs Kilometer Tiefe, die tiefe Trennlinie zwischen hart und weich gewissermaßen, ist an der Oberfläche in grober Ausrichtung von Süden nach Norden als Landschaftsformation deutlich wahrnehmbar. Sie führt entlang der Abhänge des Wienerwaldes, wo sie die Ebene der Thermenregion begrenzen, am Weinort Traiskirchen vorbei bis in den Wiener Norden, wo sie an der Wiener Pforte endet. Im Stadtgebiet wird die Störungslinie von den Wienern als solche selten empfunden, im Gegenteil, die Strudlhofstiege beispielsweise, die im 9. Bezirk das oberirdische Gefälle des unterirdischen Sedimentbruches als Grundlage ihrer Existenzberechtigung auf das Anmutigste ausnutzt, wird Fremden unter Hinweis auf einen gleichnamigen Roman gerne gezeigt.

Karl, Gaston und Irina beobachten, wie auf der gegenüberliegenden Seite in diesem Moment zwei ältere, beleibte Herren leicht schwankend das Eiles verlassen und vor dem Eingang auf Marion treffen. Es handelt sich um Josip und Salem. Großes Hallo, Überraschung, Gewinke, Begrüßung. Karl sieht also jetzt die drei, Marion, Josip und Salem, vor dem Eiles, verflucht augenblicklich das verwinkelte Nischengewirr des Eiles (wo waren die denn die ganze Zeit?), ruft ihnen zu, schnell, der J-Wagen kommt. Obwohl die Fußgängerampel Rot zeigt, hakt sich Marion bei Josip und Salem ein, nimmt die beiden Männer also zwischen sich und zerrt sie auf die Straße. Im selben Moment rauscht eine schwarze Limousine aus der Seitenstraße rechts vom Eiles heraus, mit quietschenden Reifen, Karl denkt, ja spinnt denn der? Marion reißt sich erschrocken los, Salem und Josip bleiben stehen und glotzen aus großen Augen das schwarze Auto an, das gebremst hat und genau vor ihnen und mit knapper Not zum Stehen kommt. Karl meint, im Auto Verschwörungspraktiker mit Sonnenbrillen zu erkennen, er glaubt sogar, aus dem Augenwinkel das Mündungsrohr einer Pistole wahrgenommen zu haben.

In geophysikalischer Hinsicht bedeutet das Breitenstein'sche Axiom, demzufolge dort, wo etwas sinke, anderes steigen müsse, den Abbau von Spannung durch Umwandlung in Bewegungsenergie. Das heißt, die Erde bebt. Nach all dem Gesagten verwundert es nicht, dass dies in Wien nicht selten und dann mehr oder weniger heftig geschieht. Größere Schäden hatte zum letzten Mal das Beben am 15. September 1590 angerichtet, bei dem zahlreiche Gebäude zum Teil erheblich beschädigt wurden, ein Turm der Michaelerkirche komplett, der von St. Stephan zum Teil einstürzten. Diesmal verläuft die Angelegenheit glimpflicher, der Zufall will es jedoch, dass am Ausgang der Josefstädter Straße die seismologischen Wellen auf unsachgemäß ausgeführte Straßenarbeiten aus den 60er Jahren treffen, wodurch sich auf Höhe der Haltestelle Café Eiles die Erde mitsamt den auf ihr verlegten Straßenbahnschienen zwar geringfügig, für ein lokales Desaster jedoch ausreichend heben, der Straßenbahnfahrer dies durch eine Vollbremsung auszugleichen versucht, die verformten Schienen der Bahn jedoch keinen Halt mehr bieten, sodass der vordere Teil des Zuges aus den Gleisen bricht und nahezu ungebremst mit hässlichem Knirschen über den Asphalt schleift.

Schwarze Autos, Sonnenbrillen, Mündungsrohre sind für Karl jetzt ganz nebensächlich, denn alles um ihn herum zittert und rumpelt und zu allem Überfluss ist Marion jetzt auf den Gleisen, wo sie zu diesem

Zeitpunkt überhaupt nicht hingehört, denn der J-Wagen ist da, knirschend, schleifend, laut und schnell, ungezielt und ungebremst. Karl erkennt die Situation, Mugeaux das Schlamassel, beide hechten wie Fußballtorwarte in Richtung Marion, hören etwa gleichzeitig etwas, das wie Schüsse aus Richtung schwarzem Auto klingt, das verzweifelte Schlingern des J-Wagen und dann das dumpfe, hässliche Geräusch, wenn schweres Metall auf den menschlichen Körper trifft.

»Jetzt sammeln wir mal auf.« Karl nimmt die Protokollaufnahme des Rote-Kreuz-Fahrers wie durch Watte wahr. »Zwei ältere Herren, einer leichter Schock, der zweite mit Hautabschürfungen zur ambulanten Versorgung beim Hausarzt entlassen. Ein etwa 50-Jähriger, unverletzt, schwerer Schock, total verwirrt, Überstellung ins AKH. Ebenso der Trambahnführer, empfehle dringendst psychologische Betreuung. Ein etwa 75-jähriger Mann, französischer Herkunft, zerquetschte linke Hand, ambulante Versorgung im AKH. Frau, ca. 45, glatte Abtrennung des rechten Beines, 10 cm oberhalb des Knies. Versorgung in Intensivstation AKH erfolgt.«

Irina taucht im Protokoll nicht auf. Irina war weg.

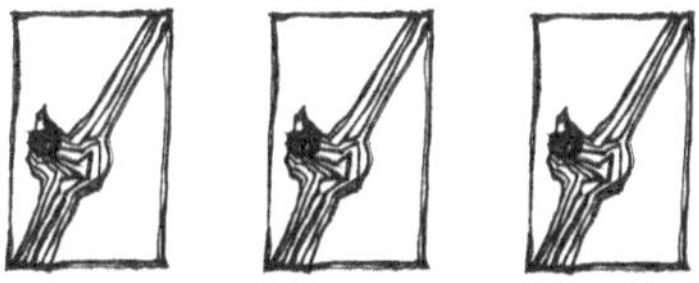

JAKOB

That long black cloud is comin' down
I feel I'm knockin' on heaven's door.
Bob Dylan

13

Der Platz leerte sich. Zwei Blumenmädchen in langen bauschigen Röcken fegten die Reste dessen, was sie in den Morgenstunden zum Kauf angeboten hatten, in den Rinnstein. In einer Ecke traktierten drei Jungen, nicht älter als sechs oder sieben, mit ihren Füßen ein Knäuel aus Lumpen.

Er stand in der Mitte des Platzes, die Hände tief in den Taschen seiner schwarzen Hose vergraben, und blinzelte in die Oktobersonne. Lange war er nicht mehr hier gewesen und doch war ihm die alte Stadt, die sogar die ewige genannt wurde, in allen ihren Plätzen und Straßen, ihren Farben und Gerüchen vertraut wie seit jeher. Eines der Blumenmädchen winkte ihm zu: »Va bene, Giacomo?« Lächelnd winkte er zurück.

Eine sehr lange Zeit war vergangen, seit er zum letzten Mal in Rom gewesen war. In jenen Zeiten, als der Augustiner-Mönch aus Wittenberg und der Sultan der Osmanen vor Wien das ganze christliche Abendland in ein Weltkuddelmuddel verwandelten, hatte er in der Hauptstadt der Päpste den alten Künstler kennengelernt, der gerade den gewichtigsten Auftrag seines Lebens erhalten hatte. Der Künstler selbst sah es zähneknirschend jedenfalls so, denn er war nicht nur glücklich darüber. Sein Rücken war gekrümmt und zerschunden von den Anstrengungen, die ihm das Deckengemälde in der unter Papst Sixtus erbauten Kapelle bereitet hatten. Sein Gemüt und sein Geist waren malträtiert von den Zumutungen seiner Auftraggeber, die das Riesenfresko an der Stirnwand mit seinen nackten Heiligen und den monströsen Ungeheuerlichkeiten nur schwer ertragen konnten. Und eben diese Auftraggeber wollten nun, dass die Kirche der Päpste über dem Grab des Heiligen Petrus in neuem Glanz erstrahlen sollte. Eine Kirche, die sich auf den Fundamenten der alten Basilika aus Constantins Zeiten erheben würde und an der sich seit Jahrzehnten die besten seiner Kollegen versucht hatten, darunter der alte und gleichzeitig jüngste Rivale, der viel zu früh seinen Platz im Pantheon bekommen hatte. Er selbst fühlte sich alt, fast siebzig war er, müde, deprimiert und ausgelaugt von den Kämpfen, den Intrigen und den Eitelkeiten der römischen Kurie.

Sie hatten Gefallen aneinander gefunden, der alte Künstler und der Unbekannte, der sich schon damals Giacomo nannte und der sich jetzt, lange Zeit später, auf dem Campo de' Fiori in der Oktobersonne an jene lang zurückliegenden Begegnungen erinnerte. Der Künstler hatte einen Blick für ihn gehabt, er hatte ein Auge für Männerkörper und Giacomo war ein groß gewachsener, schlanker Mann. Ein paar Mal musste er ihm Modell stehen und in diesem letzten Werk, der allerletzten Pietà des alten Künstlers, in der nur die Beine des Jesuskörpers nach der Natur gemeißelt waren, während der restliche Körper des Gekreuzigten eine Unfertigkeit zeigt, die schon ans Übernatürliche und Entmaterialisierte grenzt, ebenso wie der seiner Mutter, die den Sohn, ganz gegen die übliche Manier, in aufrechter Haltung in ihren Armen hält, als ob sie Schwerkraft und Tod gleichzeitig überwinden könne, in diesem letzten Werk glaubte Giacomo, zumindest was die untere, naturalistische Partie des Standbildes anbelangte, sich selbst portraitiert zu sehen.

Da waren sie schon vertraut miteinander, es war die Zeit, in der das größte Gotteshaus der Christenheit emporwuchs, überkrönt von der Kuppel, bei deren Planung der Meister sich um ganze achtzig Zentimeter vertan hatte, sodass die angestrebte Doppelung durch Gleichheit mit der altehrwürdigen Kuppel des Pantheons knapp verfehlt wurde. Nichtsdestotrotz war der Künstler wieder auf der Höhe seiner Schaffenskraft, sein Selbstbewusstsein und die Gewissheit über die eigenen Fähigkeiten waren neu entfacht, er war glücklich und er war seinem neuen Freund dankbar, wusste er doch, dass all dies nicht zuletzt dem »sette« zu verdanken war, den Giacomo in diesen Jahren regelmäßig »aus den Bergen«, wie er sich ausdrückte, vorbeibrachte. Er trank ihn gern, diesen kraftstrotzenden Rotwein und er roch das Leinöl heraus, das er ja selbst für die Bindung seiner Ölfarben verwendete. Das Aroma des Weines bestätigte und bekräftigte den Geruch der Werkstatt, in der er sich verjüngt fühlte, selber kraftstrotzend und bereit, es der Welt noch einmal zu zeigen. Dabei war das, was er zeigen wollte, immer er selbst, und das bevorzugte Material, von dem ihn der Bau der Kirche nur ablenkte, der Stein. Eine seiner steinernen Figuren, die so viel Leben verkörperten, hatte er Giacomo geschenkt. Eine Vorarbeit, ein Übungsstück zu einer Skulptur, die er in ganz jungen Jahren für den Kardinal Raffaele Riario geschaffen hatte. »Der Kardinal hielt es für antik«, erzählte er lachend, »ein Werk des Praxiteles oder des Lysipp. Dass in unseren modernen Zeiten einer den Bacchus darstellt, noch dazu von allen Seiten, das mochte er nicht glauben. Und um ihn zu bestärken in seinem Glauben, hab ich dem Heidengott den Arm abgeschlagen und den Schwengel gleich obendrein. Sah wirklich sehr antik aus.« Am Exemplar, das Giacomo nun besaß, war alles dran, der Schwengel war sogar besonders fein in all seiner natürlichen Pracht gearbeitet. Der Gott des Weines mit feminin gewölbten Bauch und einem Mund, der zu lallen schien, stand ein wenig unsicher, ein Satyr musste seine Standfestigkeit unterstützen. Giacomo liebte seinen Bacchus und wenn er dieses zarte Jugendwerk mit den düsteren Schlägen verglich, mit denen der Künstler sein letztes Werk, seine Leidensszene unter dem Kreuz traktierte, da sah er ein langes Leben an sich vorbeiziehen. »Eigentlich kann ich nichts anderes mehr meißeln, als mein eigenes Leid«, sagte der Meister einmal spät in der Nacht in einer Osteria zu Giacomo, »die Kunst rettet die Schönheit für spätere Zeiten, verschafft ihr Dauer, und allein das macht mich froh. Spätere Jahrhunderte werden mich verstehen.« Er war weit über achtzig damals, ging auf die neunzig zu, als er in dieser Nacht aus der Taverne an der Via della Corda ganz in der Nähe des alten Theaters des Marcellus gebeugt und kaum fähig, den Kopf noch zu heben, zu seiner letzten Pietà zurückkehrte in seine Werkstatt, um weiter zu meißeln an einem Stein, in dem Lust und Leid in grazil-muskulösen Schenkeln verborgen lagen. Zehn Tage später war er tot. Sein Leichnam zeigte selbst vier Wochen danach keinerlei Spuren von Verwesung.

An all dies aus lange vergangenen Zeiten dachte und erinnerte sich Giacomo, als er aus der Oktobersonne des Jahres 1787 in eben jene Osteria eintrat, die immer noch ein Treffpunkt der einfachen Leute von Rom war, nur wenige Schritte entfernt vom Campo de' Fiori, dort, wo der Vicolo del Giglio auf die Via della Corda mündet. Über der Tür hing eine goldene Glocke, die auf den Namen der Lokalität anspielte, die Osteria della Campana. Sie war gut gefüllt an diesem frühen Nachmittag, der Raum war erfüllt vom Lärmen Dutzender Männer, die sich dicht um die wenigen Tische drängten und immer wieder nach Wein verlangten. In einer Ecke zupfte einer die Saiten und ein paar Mädchen, die Hände an den Röcken, wiegten sich im Takt. Der Wirt hob die Hand zum Gruß und Giacomo lüpfte den Hut. An einem der Tische, gleich neben dem Eingang, wurde Deutsch gesprochen. Er setzte sich grüßend hinzu.

Es war eine Runde deutscher Maler, die hier in Rom lebten, zu denen Giacomo sich gesellt hatte. Drei von ihnen, die sich als Wilhelm Tischbein, Johann Schütz und Friedrich Bury vorstellten, lebten schon lange in der Stadt. Der Vierte, wie die anderen nach Künstlermanier nachlässig gekleidet mit offenem Hemd und Tuch um den Hals, war der hübscheste. Ein Mann Mitte dreißig von hohem Wuchs, mit großen dunklen Augen, einem fein geschwungenen Mund und einer markanten Nase. Er gab sich als Johann Philipp Möller aus dem Hessischen zu erkennen und im Gegensatz zu den anderen dreien war er erst seit einem Jahr in der ewigen Stadt, unterbrochen von einem längeren Aufenthalt in Neapel und auf Sizilien. Rom, Italien hatten ihn erweckt. Seine Wangen glühten, seine Stimme bebte, als er erkannte, dass Giacomo kein Einheimischer, ja nicht einmal Italiener war und sich somit Gelegenheit fand, seiner Begeisterung Ausdruck, wenn auch hessisch gefärbt, zu verleihen. »Es ist nichts Kleines hier, manchmal Scheltenswertes und Abgeschmacktes, gewiss, aber alles hat Teil an der Großheit des Ganzen genommen. Eine Existenz von 2000 Jahren, mannigfaltig und mitunter von Grund auf verändert, das gebe ich zu, aber immer noch derselbe Boden, derselbe Hügel, auf denen Cicero gewandelt, ja oft dieselbe Säule oder Mauer, die schon Cäsar gesehen. Und im Volke noch die Spuren des alten Charakters. An diesen Ort knüpft sich die ganze Geschichte der Welt an und ich versichere Sie, Signore Giacomo, ich zähle einen zweiten Geburtstag, eine wahre Wiedergeburt von dem Tage an, da ich Rom betrat.« So sprach er und so hörte er nicht auf zu sprechen. Giacomo spürte, dass hier etwas sehr Eigentümliches vorlag. Rom war seit Jahrhunderten ein Anziehungspunkt gewesen, für Pilger zu allererst, aber auch für Gebildete, für Kunstliebende, für Abenteurer, für Aufschneider und Aufsteigende, für solche, die einfach eine Arbeit suchten, und für solche, die ohne Arbeit waren und ohne Aussichten. Viele blieben, die meisten jedoch waren Zugvögel, wie Möller sich ausdrückte, die kamen, sahen und gingen. Dieser hier, der Maler Möller mit dem hessischen Akzent, war von anderer Natur. Er schien sich, so kam es Giacomo vor, die Stadt einverleiben zu wollen, er hatte sie mit der Seele gesucht und in ihr etwas gefunden, das seinen Geist und seine Persönlichkeit zum Schwingen brachte. Die Begeisterung war echt, aber sie war nicht das bloße naive Staunen vor großen und alten Monumenten, sie schien tiefer zu gehen in Bereiche einer Seelenverwandtschaft, die etwas Befreiendes für den Mann haben musste, etwas lang Gesuchtes und endlich Gefundenes. Für viele, eigentlich für alle, die Rom besuchten, war die Stadt wie ein Buch, in dem jeder lesen konnte, der eine mehr, der andere weniger, jener dies, der andere jenes. Möller hingegen schien dieses Buch, seine Italienische Reise, selbst schreiben zu wollen, zumindest wollte er sein persönliches Rom dem wirklichen ebenbürtig zur Seite stellen. Seine Begeisterung war die eines Lernenden und er konnte sie ausdrücken: »Meine Übung, alle Dinge wie sie sind zu sehen und zu lesen, machen mich hier im Stillen glücklich. Heute habe ich die Rennbahn des Caracalla besucht, die zerstörten Grabstätten längs der Via Appia und das Grab der Metella, das einem erst einen Begriff von solidem Mauerwerk gibt. Diese Menschen arbeiteten für die Ewigkeit, es war auf alles kalkuliert, nur auf den Unsinn der Verwüster nicht, dem alles weichen musste.«

Giacomo lachte: »Sie sollten Dichter werden. Was und wie Sie malen, das kenne ich nicht. Aber wenn es halbwegs so plastisch ist, wie Sie sprechen, dann muss es vorzüglich sein.« Tischbein mischte sich ein: »Er ist ein Dilettant, unser Freund Möller, aber ein genialischer. Ein richtiger Maler wird nicht mehr aus ihm. Nicht in diesem Leben.« Dabei stieß er Möller freundschaftlich in die Seite: »Vielleicht solltest du es wirklich mal mit dem Dichten probieren, Filippo. Ist doch nicht so schwer.« Die anderen kicherten und Filippo Möller schmollte. Plötzlich brach es wieder aus ihm heraus: »Kommen Sie mit, Signore Giacomo. In unsere kleinen Stübchen oben am Corso. Wir wohnen gleich an der Piazza del Popolo, gemeinsam, aber jeder für sich. Das ist ein Heidenspaß, das sage ich Ihnen. Spaßiger als zu Hause.« Die letzten Worte hatte er leise vor sich hingesagt.

Der Corso war berstend voll. Kutschen und Fuhrwerke versuchten, sich durch die Menschenmenge zu drängen. Vor die Häuser wurden Stühle und Bänke getragen in Erwartung des Pferderennens am Abend. Die vier jungen Begleiter Giacomos waren völlig aufgedreht. An keiner jungen Frau kamen sie ohne tiefe Verbeugung vorbei, kein jüngerer Mann konnte sich ihrer gespielten Dreistigkeiten erwehren. Sie stolzierten, sie tänzelten, sie imitierten Vorübergehende und Tischbein und Möller stibitzten zu guter Letzt einem würdigen älteren Herrn den Umhang, warfen ihn johlend sich gegenseitig zu, um ihn dann schließlich unter übertriebenen Demutsbezeugungen dem Manne wieder zurückzugeben. Der Corso war ein Laufsteg ihrer Unbekümmertheit und der, der es am tollsten trieb, war der Hesse.

Sie hatten die Via del Vantaggio gekreuzt, als Möller plötzlich stehen blieb. »Geht schon voraus, ich möchte Signore Giacomo etwas zeigen.« Er nahm Giacomo am Arm, ging ein paar Schritte weiter und klopfte an das Tor eines im modernen Stil erbauten prächtigen Stadthauses. »Der Palazzo des Marchese Rondanini. Unser Nachbar gewissermaßen. Und einer der kenntnisreichsten Kunstsammler der Stadt.« Das Tor ging auf, ein alter Diener öffnete ihnen: »Signore Filippo, Barone …« Giacomos Begleiter unterbrach die Begrüßung des Alten. »Schon gut, schon gut, Marcello, dürfen wir uns ein wenig im Hof umsehen?«

Ohne eine Antwort abzuwarten, zog er Giacomo in den Innenhof. Die Nachmittagssonne beschien nur noch die oberen Stockwerke, die weißen Wände des Erdgeschosses lagen schon in einem matten Grau. Der Grund des Hofes schien zu strahlen, er war aus feinem weißen Marmor, durchsetzt und ornamentiert von farbigen Steinen. Die vier Fronten waren annähernd gleich lang und wurden jeweils durch drei Nischen gegliedert, in deren jeder marmorne Statuen standen. Eine einzige Nische, diejenige dem Eingang gegenüber, schien leer. Auf diese steuerte Möller zu. Ganz hinten, an der Rückwand hing ein steinernes, nur etwa vierzig Zentimeter umfassendes Frauenbildnis. Ein ebenmäßiges Antlitz mit leicht geöffnetem Mund, das aus blinden Augen nach unten sah. »Deswegen bin ich nach Rom gekommen.« Möller flüsterte. »Die Medusa des Phidias. 450 vor Christi.« Unter dem Kinn der Frau waren zwei Schlangen verschlungen, deren Köpfe aus ihren Haaren züngelten. »Ein wundersames Werk. Sehen Sie diesen Zwiespalt zwischen Leben und Tod, zwischen Schmerz und Wollust? Es übt einen unnennbaren Reiz auf mich aus.« Er schwieg. »Winckelmann, als er vor Jahren hier war, hat sie glatt übersehen. Er hatte nur Augen für jenes dort.« Sie querten den Hof und gingen auf die zentral gelegene Nische zu. Giacomo erkannte sofort, was er dort sah, er fühlte, wie sein Blut schneller zu pulsieren begann und blieb unvermittelt stehen, mit einer Hand hielt er seinen Begleiter zurück. »Hier also ist sie gelandet.« Es war mehr zu sich gesagt, als zu Philipp Möller.

Die Pietà seines alten Freundes wirkte ganz anders als in der Werkstatt des Künstlers, wo er sie zum letzten Mal gesehen hatte, lange Zeit war das her. Der Körper des Menschensohnes mit den fein und glatt gemeißelten Beinen – seinen Beinen! – erschien ihm hinfälliger, leidender. Gleichzeitig aber, wahrscheinlich hervorgerufen durch die aufrechte Position, schien hier das letzte Wort noch nicht gesprochen, die Auferstehung war gleichsam in das Sterben mit hineingedacht worden. Auch Maria schien ihren Sohn weniger niederzulegen, denn aufzurichten, es war ein unwirklicher Grenzbereich zwischen Leben und Tod betreten, wo Schmerz und Erlösung, Leiden und Rettung sich ununterscheidbar nahegekommen waren. Giacomo hatte das Werk oft genug in der Werkstatt aus der Nähe betrachtet und jetzt glaubte er die letzten Kerben und Schläge zu erkennen, die der Meister wenige Tage vor seinem Tod dem Stein noch zugefügt hatte. Er hatte plötzlich das greise Gesicht des alten Meisters vor sich und die Stimme, die davon sprach, dass erst spätere Jahrhunderte ihn wirklich verstehen würden.

So weit war es noch nicht. Giacomo hörte kaum hin, was der andere sprach: »Man hat den Eindruck, als ob der Block schon verdorben war und er dennoch mit aller Macht die Gestalten herauszwingen wollte. Es ist unfertig, unvollendet, non finito, wie sie hier sagen, aber das infinito, das Unendliche, das darin ja oft enthalten ist oder wenigstens das Scheitern daran, was ja auch Größe bedeuten kann, das verbirgt sich mir hier. Obwohl jeder Meißelschlag vom Meister der Sixtina stammt. Ich möchte fast sagen: leider.« Giacomo schüttelte den Kopf: »Sie sind jung und naseweis, lieber Filippo, das ist das Werk eines alten Mannes, ein Alterswerk, das nur er vollbringen konnte unter besonderen Umständen, die nicht jeder kennt. Die Lebenden triumphieren über die Toten. Allein weil sie Überlebende sind. Am abgeschmacktesten sind die jungen Überlebenden, die noch nicht einmal nichts überlebt haben.« Und dann begann er leise jene Worte zu rezitieren, die ihm der alte Meister einst aus seinem kleinen Schreibheft vorgelesen hatte:

Negli anni molti e nelle molte pruove,
cercando, il saggio al buon concetto arriva
d'un'immagine viva,
vicino a morte, in pietra alpestra e dura;
c'all'alte cose nuove
tardi si viene, e poco poi si dura.*

---

* In vielen Jahren sucht, in viel Misslingen,
der Meister, bis er in dem Wurf, der gilt,
lebendiges Bild,
am Tode nah, aus festem Fels erzwang.
Zu hohen neuen Dingen
gelangt spät man, und bleibt dann nicht mehr lang.

Er legte einen Arm auf Filippos Schultern: »Vielleicht werden Sie es verstehen, wenn Sie selbst in den Achtzigern stehen und kurz davor sind, von diesem Erdball abzuspazieren. Dann unterhalten wir uns noch einmal darüber.«

Der Jüngere sah seinen neuen Freund, den er auf Anfang sechzig schätzte, verwundert an, sagte aber nichts. Sie verließen den Palazzo Rondanini und betraten das Haus gegenüber, in dem die Freunde zwei Etagen gemeinsam bewohnten. Möllers Zimmer lag im zweiten Stock. Es war kärglich möbliert, ein paar Stühle, eine Kommode mit einer Waschschüssel, ein Tischchen mit Blumen und einer Öllampe, einige Bücherborde, auf denen gipserne Kopien antiker Büsten standen. Unübersehbar eine über einen Meter hohe Juno, die Möller sogleich als Juno Ludovisi vorstellte, daneben ein Jupiter-Kopf und dazwischen natürlich eine Nachbildung der eben gesehenen Medusa Rondanini. Beherrschend allerdings in dem Raum war das breite Bett, in dem bequem zwei Personen Ruhe finden konnten. Zwei Kissen lagen am Kopfende auf der Tagesdecke.

Während Giacomo die Büsten betrachtete, war Möller ans Fenster getreten, hatte einen Flügel geöffnet, sich auf das Fensterbrett gestützt. Ein letzter Sonnenstrahl setzte ein warmes Licht auf das Dach gegenüber in der Via della Fontanella. Er sah hinaus. Dabei beugte er sich ein wenig nach vorne, offensichtlich hatte er draußen etwas entdeckt, das linke Bein verlieh ihm Standfestigkeit, das rechte sorgte als Spielbein für das nötige Gleichgewicht, das Becken und die Hinterbacken gerieten um Nuancen aus der Horizontalen. Ein festes Schweben, das aus den Beinen nach oben strahlte, wie auf einem Bild, das dem Körper des Menschen Ruhe und Dynamik gleichzeitig zu verleihen scheint.

Möller drehte sich um. »Auf diesen Kissen träume ich oft von Küssen.« Er war nahe an Giacomo herangetreten. »Wie ein bedächtiger Mann betrachte ich hier in Rom Kirchen und Paläste, Ruinen und Säulen. Es ist alles beseelt in diesen heiligen Mauern, aber oft kommt es mir vor, als ob mir alles noch schweiget, alles so still. Eine Welt zwar ist Rom, doch ohne die Liebe wäre die Welt nicht die Welt – wäre denn

Rom auch nicht Rom?« Die letzten Worte waren fragend geflüstert und Filippo sah Giacomo aus großen dunklen Augen traurig an.

Giacomo drückte ihm die Hand und ging. Einen Stock tiefer klopfte er bei Tischbein. »Sagen Sie Ihrem Freund, er soll morgen um sechs in die Osteria kommen. Allein.«

Es war schon Nacht, die Osteria hatte sich geleert und Giacomo warf dem Wirt einen Blick zu, der bedeuten sollte, dass auch sie sogleich gehen würden. Stunden hatten sie miteinander geredet, das heißt, vor allem der seltsame Deutsche hatte erzählt, und jetzt, nach einem langen Abend, war Giacomo klar, dass der Mann ein Problem hatte. Mehrere sogar. Das noch Geringste darunter war, dass Johann Philipp Möller in Wahrheit gar nicht so hieß und auch kein Maler war, sondern vielmehr inkognito reiste aus Gründen, die Giacomo vorerst nicht recht nachzuvollziehen vermochte. Es war da viel die Rede von der Freimaurerei und den Illuminaten, die in Italien derzeit strikt verboten waren, es kam andererseits aber auch ein Buch zur Sprache, das Filippo – Giacomo blieb einstweilen bei dieser Anrede – vor Jahren in Deutschland veröffentlicht hatte. Eine tragische Liebesgeschichte, das Leiden eines jungen Mannes, das schließlich im Selbstmord endete. Das Buch hatte ihm rasch einen gewissen Ruhm verschafft, es wurde zu einer Art Bibel der jüngeren Generation, aber gleichzeitig hatte es ihm einen Stempel aufgedrückt, den von sich abzustreifen er im Begriff war. Filippo wollte nicht länger als lebender Zeuge der Empfindsamkeit gelten und als ihr Künder durch die Salons gereicht werden. Auch deshalb das Inkognito. Die Probleme allerdings reichten viel weiter und weitaus tiefer, sie betrafen, mit einem Wort, die Liebe und das Leben.

Denn nicht nur kein Maler war er und auch nicht allein ein Dichter, die letzten Jahre vielmehr hatten ihn in die Politik verschlagen. Er war zu einer Art Minister in einem kleinen Fürstentum im Thüringischen aufgestiegen, verantwortlich dort für das Militär, für die Finanzen, für die Ertragsquellen und nicht zuletzt das seelische Wohl des fast gleich alten Herzogs. Dies alles und darüber hinaus der Umstand, dass Politik naturgemäß höfische Politik bedeutete mit all ihren Konventionen,

Rankünen, Ritualen und ständischem Dünkel, hatten in ihm ein tiefsitzendes Gefühl der Langeweile, der vergeudeten Lebenszeit hervorgebracht. Er wollte wieder Künstler sein und seine Hoffnung, dass der Süden, dass Italien und in Sonderheit Rom diese Saiten seiner Existenz wieder zum Schwingen bringen würden, hatte ihn nicht getrogen. Was ihm jedoch gleichzeitig nur allzu schmerzlich bewusst war, waren die materiellen Bedingungen seiner Existenz. Er übte seit über einem Jahr gewissermaßen den Status eines bezahlten Urlaubers aus, die Bezüge durch den Herzog flossen kräftig und regelmäßig in der Erwartung, nach seiner Rückkehr mit neu gewonnenen Kräften dem Herzog an herausgehobener Stelle aktiv und tätig wieder zu dienen. Genau dies aber konnte sich Filippo überhaupt nicht vorstellen. Zum wiederholten Mal hatte er seine Rückkehr deshalb schon hinausgeschoben, jetzt allerdings schien das Maß der Geduld seines Geldgebers erschöpft. Er war ratlos, er war verzweifelt, er sah keinen Schimmer am dunklen Horizont.

Mit der Liebe nun verhielt es sich möglicherweise noch komplizierter. Den Frauen war er durchaus zugetan und diese dem schönen jungen Mann nicht minder. Im Laufe der Jahre hatte sich so eine hübsche Ansammlung an Liebschaften angehäuft, meist jedoch mit sehr jungen, schon vergebenen oder beide Kennzeichen tragenden Damen. Da waren durchaus verliebte Tändeleien dabei, mitunter tiefer gehende Gefühle, oft sogar sich gewaltig auswachsende, bis ans Tragische grenzende Verhältnisse, deren eine es als literarische Verarbeitung dann sogar zu einiger Berühmtheit gebrachte hatte. In den letzten Jahren hatte die Situation sich insofern gewandelt, als sein Herz hingebungsvoll einer einzigen galt, die jedoch, sieben Jahre älter als er, verheiratet und mit Kindern gesegnet, obendrein eine Hofdame von Rang, eine Liebe der rein geistigen Art mit ihm pflegte. Filippo schwärmte geradezu von dieser Frau, er nannte die Briefe, die sie wechselten, und die Gespräche, die sie geführt hatten, einen der größten Schätze seines Daseins, es kam jedoch, wie es kommen musste, der Stachel des Fleisches ließ keine Ruh. Denn, dies war das Fazit dieses Teils von Filippos Bericht, den Giacomo mit heimlicher Bestürzung zur Kenntnis nahm:

Der gute Mann war im stolzen Alter von fast vierzig Jahren immer noch im Stande des Äquivalents einer Jungfrau. Hinzu kam, und dies bekannte Filippo freimütig, dass die Sonne des Südens, die Schönheit der Statuen, das studentische Leben mit seinen Gefährten und die heiter ausgelassene Allgegenwärtigkeit des weiblichen Teils des römischen Volkes in ihm einen Wunsch hatte keimen lassen, den er mit dem schlichten Wort Rammelei mehr als deutlich bezeichnete.

Giacomo hatte viel geschwiegen an diesem Abend, umso aufmerksamer zugehört und nicht minder intensiv nachgedacht, wie er dem armen Manne helfen könne. Auf dem lebenspraktischen Felde riet er Filippo, dem Herzog in Weimar einen beherzten Brief zu schreiben, in dem er seine Situation ganz offen darlege, und, die interessengeleitete Sichtweise seines Brotgebers einnehmend, diesem die Vorteile einer reduzierten, gleichzeitig gehobenen Stellung Filippos an seinem Hofe entwickele. Ein innerlich gefestigter, der Zukunft sicherer und seinen Neigungen frei nachgehender Geheimer Rat – dies war wohl die öffentliche Position, die Filippo bekleidete – könne dem Fürstentum doch viel nützlicher sein, als ein in alltäglichen Pflichten und biedern Zwecken verstrickter Höfling. Zumal der unabweisbare Rang der Dichtkunst Filippos dem kleinen Fürstentum mehr Glanz verleihen könne, vor allem wenn man an künftige Generationen denke, als ein tüchtiger Beamter und kundiger Minister. »Schreiben Sie ihm, dass Sie denken, forschen, dichten und gestalten wollen und dass das, was sie denken, forschen, dichten und gestalten werden, die Deutschen mehr beeindrucken wird, als die 160 Musketen des Herzogs.« Filippo hatte ihn mit seinen großen Augen nachdenklich angesehen und bedächtig genickt. »Dass er nur noch 160 Soldaten besoldet, statt mehrere Hundert, das war ja meine Idee. Aber Sie haben schon recht. Er soll sich nicht so zieren. Ich schreibe den Brief.«

Zu den Liebesdingen sagte Giacomo vorläufig nichts. Sie gaben sich die Hände. Die Tochter des Wirts löschte die Lichter.

Am nächsten Tag ging Giacomo zum Kloster San Silvestro auf dem Quirinal. Seit den Jahren mit dem alten Meister hatten ihm die Theatiner-Fratres hier einen Kellerraum überlassen, in dem er seinen

Wein lagern konnte. Giacomo steckte drei Flaschen seines »Sette« in den Lederbeutel und zur Mittagszeit war er wieder in der Osteria della Campagna. Er wollte mit Graziella sprechen.

Graziella, die Tochter des Wirts, war nicht schön wie ein Engel, aber sie hatte ein freundliches Gesicht mit dunklen Augen und dem Mund einer Römerin, ein herzliches Lachen, einen vollen, dunkel gelockten Haarschopf, der sich an einen schlanken Hals schmiegte. Sie war nicht groß gewachsen, dabei alles andere als zierlich, dafür jedoch lebhaft und flink. Die Mutter war schon lange gestorben und so half sie in all ihrer Tüchtigkeit dem Vater in der Küche und oft auch im Gastraum, vor allem abends, wenn die Geschäfte am besten liefen. Da ließ es sich nicht vermeiden, dass die Männer mit ihr anbändeln wollten, ihr Worte hinterherriefen, sogar die eine oder andere Hand griff mitunter nach ihr. Sie ließ das mit Gleichmut über sich ergehen, nur dann, wenn einer zu zudringlich wurde, rief sie ihm das »Volete sposarmi?« der tugendhaften römischen Mädchen zu und die Sache war gut. Dieses »Willst du mich heiraten?« war natürlich die spöttische Abwehr gegen zu viel Aufdringlichkeit, es lag darin aber auch ein ganz ernst gemeinter Unterton, der die Verhältnisse der Geschlechter zu dieser Zeit in der Hauptstadt der katholischen Christenheit ins rechte Licht rückte. Es durfte und konnte alles nur immer auf das Heiraten hinauslaufen.

»Du kennst Filippo Müller, den Maler aus Deutschland?« Natürlich kannte Graziella ihn und sie wunderte sich ein wenig über die Frage Giacomos. Die Deutschen waren oft genug in der Schenke, sie waren nicht zu übersehen und nicht zu überhören. Schon gar nicht der hübsche, der mit dem schönen Mund und den dunklen Augen. Er führte das Wort bei den Deutschen und überhaupt schien er mehr zu sein als ein einfacher Maler. Oft zahlte er für den ganzen Tisch und ließ auch für sie etwas liegen. Er hatte die feineren Manieren und benahm sich ganz wie ein Herr und genau dies war es auch, weshalb Graziella Distanz hielt zu dem schönen Mann mit dem nordischen Akzent. »Er ist ein Maler, kein schlechter zwar, aber er könnte Besseres machen. Und dabei will ich ihm helfen. Und du, Graziella, musst mir dabei helfen.« Giacomo stellte die drei Flaschen Wein auf den Tisch. »Das ist ein besonderer Wein. Ein Wein, der Fähigkeiten, die in dir nur schlummern, zum Erwachen bringt. Kein Zaubertrank, keine Angst. Aber er hat schon bei vielen anderen Künstlern Wunder gewirkt. Wenn Filippo heute Abend kommt, gibst du ihm nur von diesem Wein. Und wenn du mitspielst, sollen ein paar Schlucke auch für dich übrig bleiben.«

Das Vorhaben durchzuführen, wie Giacomo es sich ausgedacht hatte, war gar nicht so leicht. Die Deutschen saßen an ihrem Tisch und ließen sich einen Krug nach dem anderen bringen. Graziella konnte es mit viel Aufmerksamkeit so einrichten, dass immer, wenn Filippo sein Glas geleert hatte, sie in seinem Rücken auftauchte und aus ihrem Krug ihm nachschenkte. Das war anstrengend, die anderen Gäste forderten auch ihr Recht und sie musste aufpassen, die Krüge nicht durcheinanderzubringen. Zwischendurch fand sie immer wieder Zeit, sich auf einen Schemel hinter der Theke zu setzen und, wenn der Vater nicht hinsah, selbst ein paar Schlucke aus dem Filippo zugedachten Krug zu nehmen.

Es fügte sich, dass nahezu bei jedem neuen Einschenken in Filippos Glas ihre Blicke sich trafen. Und je später der Abend wurde, desto länger wurden diese Blicke, desto unbefangener hielt Graziella ihnen stand, ja desto häufiger schenkte sie nach, auch wenn das Glas noch nicht völlig geleert war. Es war etwas in sie gefahren, einmal legte sie sogar die Hand auf Filippos Schulter, scheinbar um sich abzustützen, in Wahrheit aber dem folgend, was in ihr geschlummert hatte und jetzt langsam erwachte. Der Tisch neben den Deutschen war frei geworden und sie setzte sich so, dass Filippo sie sehen konnte. Mit einer Hand griff sie sich in die Haare und legte den Nacken frei. Sie spürte, dass er sie ansah und sie ließ ihn spüren, dass sie wusste, er sehe sie an. Sie nahm ein Glas und den Krug, blickte zurück zu ihm, goss und verfehlte das Glas. Wein floss über den Tisch und sie, mit ihren zierlichen Fingern, begann Figuren zu zeichnen, ein großes F, das sie mit einem großen G kunstvoll verschlang. Dass er begierig schaute, bemerkte sie wohl. Es folgte das Zeichen der römischen Fünf und ein Strichlein davor, also die Vier. Schnell und sobald er es gesehen hatte, schlang sie Kreise durch Kreise, um alles zu löschen, immer schneller, immer heftiger und dann stand sie mit erhitzten Wangen auf.

Es war schon spät, als Filippo Möller aus der Osteria trat, selber erhitzt, benommen, befeuert, halb aus Schalkheit und Lust, halb aus Begierde. Giacomo hatte auf der Straße auf ihn gewartet. Widerstandslos ließ er es zu, dass dieser ihn beim Arm nahm und durch die nächtlichen Gassen führte. Als sie auf den Corso einbogen, blieb Filippo stehen: »Um vier soll es geschehen. Sie will mich sehen. Der Barbar soll beherrschen römischen Busen und Leib! Doch wo? Giacomo! Wo?« Begütigend legte Giacomo seine Hand auf die Schulter Filippos: »Ich werde da sein.« In der Nacht, pünktlich um vier, nachdem Graziella und Filippo sich in die Arme gefallen waren, führte Giacomo sie zum Gartenhaus in den Weinbergen des Klosters San Silvestro al Quirinale.

Es gab keinen Grund für Giacomo, sich wegen seiner Kupplerdienste und der fragwürdigen Mittel mit schlechtem Gewissen zu plagen. In den nächsten Wochen entstand zwischen Graziella und Filippo eine große Liebe. Jahrzehnte später, als Filippo längst wieder in Deutschland unter seinem wirklichen Namen lebte, erweckte er jene Wochen noch einmal zum Leben, als er Giacomo im Arbeitszimmer seines Hauses am Frauenplan anvertraute: »Ich kann sagen, dass ich nur in Rom empfunden habe, was eigentlich ein Mensch sei. Zu dieser Höhe, zu diesem Glück der Empfindung bin ich später nie wiedergekommen; ich bin, mit meinem Zustande in Rom verglichen, eigentlich nachher nie wieder froh geworden.«

Sie sahen sich fast jeden Tag. Das Gartenhaus war ihr Liebesnest. Filippo war ganz außer sich vor Glück. Natürlich war ihm aufgefallen, dass Rom, dessen Marmor und Graziella zusammenhingen. »Weißt du«, berichtete er Giacomo atemlos, »tagsüber durchblättere ich die Werke der Alten. Aber die Nächte hindurch hält Amor mich anders beschäftigt. Indem ich des lieblichen Busens Formen erspähe, die Hand die Hüften hinab leite, verstehe ich den Marmor erst recht. Ich denke und vergleiche. Sehe mit fühlendem Auge, fühle mit sehender Hand.« So sprach er und Giacomo dachte sich seinen Teil. Graziella war aber nicht nur ein »Bettschatz«, wie Filippo sich mitunter ausdrückte, sie war auch eine geduldige Zuhörerin dessen, was der exaltierte Deutsche ständig von sich gab, sie war ihm Gesprächspartnerin und alles in allem in gewisser Hinsicht eine Muse. »Es wird doch nicht immer geküsst, es wird vernünftig gesprochen. Überfällt sie der Schlaf, liege ich und denke mir viel. Oftmals habe ich auch schon in ihren Armen gedichtet.«

Es ließ sich nicht vermeiden, dass Giacomo irgendwann den ganzen Schwärmereien Filippos die nüchterne Wahrheit von der Wirkung seines Weines an jenem ersten Abend entgegenhalten musste. Die Reaktion Filippos verblüffte ihn: »Das ist gut, Giacomo. Das ist sogar sehr gut. Ich habe das ja sofort gespürt. Der Wein war für mich wie ein Verjüngungstrunk, ein Zaubertrank, ein Hexengebräu. Das verwende ich. Das kommt hinein in das vermaledeite Haupt- und Magenstück. Das ist mein Faustrecht, da redet mir keiner hinein.« Dass er endlich wieder an diesem Haupt- und Magenstück zu schreiben begonnen hatte, war neben seinem Liebesrausch die wichtigste Veränderung, die an Filippo in diesen Wochen zu beobachten war. »Und Graziella kommt auch hinein! Ich werde sie Faustina nennen, natürlich! Nein, natürlich nicht! Sie muss deutsch werden, ein rechtes deutsches Mädchen, Gretchen vielleicht oder so. Faustina bekommt etwas Eigenes, etwas ganz Persönliches, nur über sie und Rom und den ganzen Kribskrabs.«

Zu allem Überfluss geschah etwas mit Filippo, das er sich selbst nie hätte träumen lassen. Er beschäftigte sich mit dem Gedanken, Graziella zu heiraten. Die Ehe war ihm immer verhasst gewesen, ein Ausbund des Biedersinns, eine Hölle der Gewohnheiten und der Gewöhnlichkeit. Jetzt aber überlegte er ernsthaft, in Rom zu bleiben mit Graziella und den legitimierenden Segnungen des Ehestandes, der so vieles erleichtern würde. Dichten könne er auch hier, die Einkünfte seiner Werke würden schon ausreichen, um eine Frau und ihren Mann zu versorgen. Nicht zu vergessen: Rom! Hier zu leben, zu dichten, zu lernen, zu zeichnen und zu lieben wäre wie ewige Jugend für ihn. Er überlegte, hin und her, und ging Giacomo langsam auf die Nerven.

Doch dann kam es erneut, wie es kommen musste. Sein Herzog rief nach ihm. Filippo hatte ja Giacomos Rat befolgt und jenen offenherzigen Brief geschrieben, in dem er Dispens von allen kleinteiligen Regierungsgeschäften sich erwünscht hatte, ohne die wohl gesonnene und gut dotierte Obhut seines Fürsten entbehren zu müssen. Jetzt war die Antwort eingetroffen. Der Herzog hatte zu allem ja gesagt. Mehr noch, er hatte das Gehalt Filippos um 200 Taler erhöht und ihm recht eigentlich einen Freifahrtschein ausgestellt, zu tun und zu lassen, was er für richtig halte. Nur zurückkommen möge er bitte sehr. Das war ein Angebot, von dem Filippo sehr schnell klar war, dass es in dieser Form kein Künstler und schon gar kein Dichter jemals in deutschen Landen erhalten hatte und so bald wahrscheinlich auch nicht wieder erhalten würde. Er würde ein freier Mann sein, er würde Künstler ohne Existenznöte sein können, er musste dazu nur wieder zurück in den nebligen Norden. Ohne Graziella.

Acht Tage weinte er. Dann reiste er ab. Ohne sich von Graziella zu verabschieden. Von Giacomo bekam sie Wochen später einen Umschlag überreicht, in dem sich 500 Scudi, eine Summe ausreichend genug für eine Aussteuer, befanden. Sie hat nie wieder etwas gehört von Johann Philipp Möller aus dem Hessischen.

Den letzten Abend in Rom verbrachte Filippo mit Giacomo. Mit verweinten Augen saß er ihm gegenüber. Giacomo versuchte zu trösten: »Du wirst auch daraus etwas machen. Das lieben die Leute. Geschichten von der Leidenschaft, die in den Lenden wohnt. Und dann ein ungutes Ende nehmen.« Filippo hob den Kopf: »Ja, sicher. Ich werde es Tragödie nennen. Obwohl es ein heiliger Spaß sein soll, ein Heidenspaß besser gesagt, eine Posse. Du wirst auch drin vorkommen. Mehr oder weniger.« Giacomo lachte: »Dann schließen wir jetzt einen Pakt. Du wirst jedes Jahr ein paar Kisten meines Sette bekommen. Und versprichst mir, noch ein paar hübsche Dinge zu schreiben.«

Ziemlich genau vierzig Jahre später, im August des Jahres 1827, traf in der kleinen Residenzstadt Weimar im Thüringischen ein Reisender ein und mietete sich im Gasthof »Zum Elephanten« ein einfaches Zimmer. Am nächsten Tag sprach er im Haus am Frauenplan vor und am Abend saßen Giacomo und Filippo, der auf die achtzig zuging, schon lange wieder Geheimer Rat war und unter seinem richtigen Namen berühmt und geachtet im ganzen Land und der gebildeten Welt, bei einer Flasche Wein. »Es wird einen zweiten Teil geben, Giacomo. Der Faust übt sein Recht aus. Ich bin noch lange nicht am Ende. Der Sette hat seinen Teil dazu beigetragen. Man darf dem Tod keine Macht geben über das Leben, solange es noch währt.« Giacomo sah ihn lange an: »Ich komme aus Rom. Graziella ist vor zwei Wochen gestorben. Ich habe ihr die Augen zugedrückt. In den letzten Stunden hat sie mehrmals deinen Namen geflüstert.« Der, der einmal Filippo geheißen hatte, stand auf und sah lange aus dem Fenster hinaus.

14

Seit dreieinhalb Stunden lag Marion Drygalski auf dem OP-Tisch der chirurgischen Abteilung des Wiener AKH, wo unter der fachkundigen Leitung von Primarius Siebzehnrübel alles darangesetzt wurde, das vom J-Wagen oberhalb des Knies glatt abgetrennte linke Bein seinem ursprünglichen Bestimmungsort wieder zuzuführen. »Tupfer«, forderte Siebzehnrübel soeben energisch, als zwei Stockwerke tiefer, am Krankenbett von Karl Breitenstein, eine SMS einging: »Du könntest dein altes Mütterlein ruhig mal wieder besuchen. Gruß, Mutter.« stand da auf dem Display von Karls Handy, der davon nichts mitbekam, denn er, in seinem Arm eine Infusionskanüle, schlief tief und fest, was nach Meinung des behandelnden Personals die beste Methode war, den Schock der Ereignisse vor dem Eiles aus seinen Gliedern zu bekommen.

Primarius Siebzehnrübel war eine ausgewiesene Kapazität in seinem Fachgebiet und als die Notaufnahme den Fall Drygalski seiner Abteilung gemeldet hatte, freute er sich auf die Aufgabe. Hilfreich dabei war, dass der Oberkellner des Café Eiles, von der kreischenden Straßenbahn aufgeschreckt, geistesgegenwärtig eine Plastiktüte mit Eis aus der Küche organisiert hatte, diese dem Krankenwagenfahrer in die Hand drückte, welcher wiederum das geborgene Bein darin verstaute und es dem Unfallopfer auf den Bauch legte.

Gaston Mugeaux bekam dies alles natürlich nicht mit, obwohl er mit einem dicken Verband an der linken Hand auf einem Stuhl im dritten Stock des AKH saß und in die Betrachtung der filigranen Musterung des hellgrünen Linoleums im Krankenhaus-Flur versunken war. Er wartete darauf, dass der Boden wieder zu zittern anfinge, er hörte das bösartige Geräusch der bremsenden Straßenbahnräder, den Schrei und das anschließende, fast lautlose Wimmern Marions und er sah wieder dieses Bein vor sich, wie es schaufensterpuppenhaft zwischen den Gleisen lag. Zum letzten Mal hatte er solche Dinge im Krieg erlebt, als den Kameraden ringsum die Gliedmaßen weggeschossen und weggesprengt wurden. Im Frühjahr 45 war der Krieg längst entschieden und er einem Kommando zugeteilt, das im Süden Deutschlands unter dem Befehl eines amerikanischen Offiziers namens James J. Rorimer operierte. Sie waren mit drei Jeeps unterwegs, ihr Ziel war das Schloss Neuschwanstein, ein friedlicher Ort in einer Gegend, in der der Krieg längst abgeschlossen schien. Auf der Straße von Füssen nach Schwangau zerriss eine Explosion die morgendliche Stille, der vorderste Wagen bäumte sich auf, drehte sich in der Luft um die eigene Achse, beschrieb eine Kurve, die einer Rolle nach rückwärts glich, brannte lichterloh und krachte zwischen den beiden anderen auf die Fahrbahn. Was Mugeaux damals nur durch einen Schleier wahrnahm, ihm jetzt auf dem Stuhl im Wiener AKH jedoch viel deutlicher vor Augen stand, waren zerstückelte, verstümmelte und zerschmetterte Körper, der des Fahrers war buchstäblich zweigeteilt.

In Neuschwanstein fanden sie, was sie gesucht hatten: Regale mit Aktenordnern, die pedantisch den Raub der Nazis an Werken der europäischen Kunst dokumentierten, insgesamt nicht weniger als 22 000 Objekte. In der Küche des Schlosses entdeckten sie hinter dem Herd die »Drei Grazien« von Rubens, im Keller Watteaus, Tiepolos, Picassos – alles Werke aus dem Besitz der Familie Rothschild. Als Monate später Baron Maurice de Rothschild im Pariser Stadtschloss der Familie in der Avenue de Marigny seinen Rubens zurückbekam, drückte er Mugeaux dankbar die Hand.

Gaston stand auf. Er war müde. Seine Hand schmerzte. Aus einer Schwingtür kam ein ganzer Schwarm an grün gekleideten Menschen auf ihn zu. An der Spitze ein kleiner Mann um die sechzig: »Sie sind Herr Mugeaux, nehme ich an. Siebzehnrübel, Primarius

Dr. Siebzehnrübel. Setzen wir uns.« Gaston sah auf den Garten hinaus, wo Patienten in Morgenmänteln spazieren gingen. Siebzehnrübel redete weiter: »Frau Drygalski wird durchkommen. Unsere ärztliche Kunst vermag heutzutage einiges, sogar vieles. Ob das Bein, wie soll ich mich ausdrücken, anspringt, wird die Zeit entscheiden.« Gaston sah den Doktor ruhig an: »Ich danke Ihnen. Wann kann ich Marion mitnehmen?« – »In acht bis zehn Wochen, frühestens.«

Mugeaux hatte keine Zeit. Er wollte weg. Er hatte genug von Wien. Seine Hand schmerzte. Er konnte diesen Siebzehnrübel nicht ausstehen. Und so brachte vier Tage später ein ungemein weich gefederter Krankenwagen der Marke Citroën Marion nach Frankreich. Mugeaux saß während der ganzen Reise neben ihr und hielt ihre Hand. Sie schlief. Einmal fragte sie: »Was ist passiert?« Einmal: »Wo bin ich?« Zweimal sagte sie: »Micky?«, dann »Charlie?«. Aber als sie zwischen provencalischen Zypressen auf die Hofeinfahrt zuglitten, spürte Gaston, dass sie seinen Händedruck erwiderte.

Die ersten Tage schlief Marion, unterbrochen von kurzen Wachminuten, orientierungs- und ahnungslos. Manchmal legte sich eine weiche Hand auf ihre fiebrige Stirn und sie schlief wieder ein. Die Hand gehörte Isabelle, der kleinen zierlichen Frau mit den vielen kleinen Falten im Gesicht und dem grauem Kurzhaargekräusel über dem kreolischen Teint. Jeden Tag kam Doktor Caullet. Ein weißhaariger Mann mit einer großen Tasche, der täglich die Wunde versorgte, die Drainage für den abfließenden Eiter erneuerte, den Streckverband überprüfte und die Spritzen setzte, die Marion in tiefen, heilenden Schlaf versetzen.

Nach einer Woche schlug sie die Augen auf und nahm zum ersten Mal das monströse Gestell aus Stangen, Verstrebungen und Schrauben wahr, das ihr linkes Bein stabilisierte. Neben ihr saß Isabelle, dunkle Schatten unter den Augen, und sagte: »Bon jour, Madame.« Marion bekam eine kräftige Bouillon und eine Stunde später brachte ihr Doktor Caullet langsam und sehr vorsichtig bei, was geschehen war: »Die Wiener Kollegen haben gute Arbeit geleistet. Sie müssen Geduld haben.« Sie weinte, und als sie zum ersten Mal die Wunde sah, die sich wie ein rotes Strumpfband um ihren Oberschenkel wand, starrte sie den Doktor heftig schluchzend an. Sie beruhigte sich ein wenig, als Mugeaux ihr berichtete, Micky sei wohlbehütet bei seinem Vater Bodo und die Schule habe zugesichert, dass er bereits zwei Wochen vor Beginn der Weihnachtsferien seine Mutter besuchen dürfe.

Tahar, der Marokkaner, den sie schon auf Mugeaux' Boot kennengelernt hatte, war auch da. Er hatte einen Rollstuhl umgebaut. Ein mächtiger Ausleger ragte über ihr, von dem eine lederne Gondel herunterhing, in die sie ihr Bein legen konnte. Tahar oder Isabelle, manchmal auch Maita, schoben sie durch den Garten oder sie saß mit einer Lammfelldecke stundenlang im Hof des alten Weingutes. Es war November in der Provence, gegen Abend stiegen Nebel aus dem Dorf den Hügel herauf, aber tagsüber war es warm, es roch nach Nadeln und Harz.

Nach drei Wochen kam die Krise. Mit über vierzig Fieber wacht sie auf und mit Schmerzen, die nicht aufhören wollen. Die Wunde ist feuerrot, feucht und mit dichten Perlen eitriger Flüssigkeit bedeckt. Ihr Puls geht schnell, sie wirft den Kopf hin und her, ist viel zu unruhig und redet und schreit. Der Doktor spritzt, sie schläft ein und am Abend ist der Puls kaum noch da und sie kreideweiß. Der Doktor setzt eine Infusion, aber die ganze Nacht über verändert sich ihr Zustand nicht. Ein bleicher Mensch mit einem Feuermal am Bein, das immer größer wird. Mugeaux sitzt seit Stunden bei ihr, schläft nicht, hält ihre Hand, kühlt ihre Stirn. Draußen treiben dichte Wolken über den Himmel, der Raum will gar nicht hell werden, und plötzlich ist Isabelle verschwunden. Marion atmet flach, ihre Augen sind weit geöffnet, rot gerändert, in tiefen dunklen Höhlen. Der Doktor misst Temperatur, fühlt den Puls, wechselt die Infusion, sieht Mugeaux stumm an. Nach zwei Stunden ist Isabelle wieder da. Der Rucksack der Kreolin ist vollgepackt mit Blättern, Wurzelwerk, Gräsern und Kräutern, ein paar Pilzen. Sie kocht alles im größten Topf der Küche. Aus dem Wasser wird Tee, aus den verkochten Pflanzen mit Hilfe zweier Eier, Schafwolle, zerkleinerten Palmblättern, Asche, ein wenig Milch und Honig eine Paste, die sie dick auf die Wunde streicht. Der Doktor, vor die

Entscheidung gestellt, einen Priester zu holen oder Isabelle zu vertrauen, sieht schweigend zu. Marion bäumt sich auf bei jedem Tupfer. Sie hechelt. Isabelle murmelt in einer unverständlichen Sprache und kaut an ihren Handballen. Drei Stunden später ist Marion so weit, in kleinen Schlucken den Tee zu trinken. Nach sechs Stunden, der Himmel klart gegen Abend auf, ist die Krise überwunden.

*

Als Karl mitten in der Nacht aufwachte, weil der Hubschrauber immer nähergekommen war, laut dröhnend dicht über seinem Kopf, stellte er zunächst beruhigt fest, dass es sein Zimmernachbar war, der röhrend schnarchte. Dann nahm er kleine rote und grüne Lichter wahr, ein Gestell mit einer Flasche neben seinem Bett und einem Schlauch, der zu seinem Arm führte. Zu müde, um dies alles einzuordnen, schlief er wieder ein und träumte sofort, in einem Sägewerk zu arbeiten.

Am Morgen, als er geweckt worden war und ein Tablett mit Krankenhausfrühstück neben ihm wartete, waren ihm, anders als Mugeaux, jegliche Erinnerungen an die Ereignisse vor dem Eiles abhandengekommen. Insofern war ihm rätselhaft, warum er in einem Krankenhausbett lag, eine Infusion bekommen hatte und Irina nicht da war. Er tastete sein Gesicht ab, er bewegte Beine, Hüften und Arme, alles in Ordnung, dachte er, als es klopfte und zwei ältere Herren die Köpfe hereinstreckten. Salem hatte einen Strauß Blumen in der Hand und Josip ein schlankes Tragetäschchen, in dem eine Flasche Wein Platz gefunden hatte. Sie sahen sehr ernst aus, die beiden Alten, und nach ein paar Minuten verstand Karl, warum das so war und warum er in diesem Bett lag. Die beiden erzählten auch, was sie über Marion erfahren hatten, dass die Operation gut verlaufen sei und sie zwei Stockwerke über ihm liege. »Und Irina?« Die beiden sahen sich an und zuckten die Achseln.

Noch vor dem Krankenhausmittagessen war Karl mit der Auflage, sich Ruhe zu gönnen, entlassen und die drei gingen ins Kaffeehaus. Das Weidinger am Lerchenfelder Gürtel bot sich an und sie bestellten

Schnittlauchbrot und Veltliner. Josip versicherte, seine gesamten osteuropäischen Kontakte zu aktivieren, um etwas über Irina herauszufinden. Salem schlug vor, zur Polizei zu gehen. Josip meinte: »Polizei kann mich mal, aber egal.« Karl entdeckte die SMS und rief seine Mutter an. Sie hatte etwas Dringliches in ihrer dünnen Stimme und wischte seine Einwände, er habe gerade wichtige Dinge in Wien zu erledigen, mit mütterlichem Erpressergestus beiseite: »Wenn ich dich einmal um etwas bitte!«

Er gab sich geschlagen, Josip und Salem erklärten mit fester Stimme, in der Zwischenzeit alle Hebel in Bewegung zu setzen. Karl nahm den Zug nach Baden, den Bus nach Bad Vöslau und stand am frühen Abend vor dem kleinen Haus am Stadtrand des Kurortes im Süden von Wien. Seit dem Tode von Karls Vater lebte Erna Breitenstein hier mit Schiwago, der bereits schwanzwedelnd, die Vorderpfoten auf der Gartentür, Karl begrüßte. Schiwago war seine Idee gewesen, sowohl was den Hund als solchen betraf, als auch den Namen. Im gleichnamigen Film gab es nämlich eine Szene, Karl liebte sie, in der Julie Christie Omar Sharif anherrscht: »Schweigen Sie, Schiwago!« Karl öffnete die Gartentür, Schiwago sprang ihn freudestrahlend an und bellte fröhlich. Karl rief sein »Schweigen Sie, Schiwago«, woraufhin der Hund vollends durchdrehte, Karl mit Höchstgeschwindigkeit umrundete, in vollem Lauf aberwitzige Haken schlug, ihn von hinten, vorne und der Seite ansprang und gar nicht mehr aufhörte mit dem Begrüßungsgekläffe. Karl versuchte, ihn am Halsband zu erwischen, was schließlich gelang, hob mit der anderen Hand die Hundeschnauze zu sich empor und sagte: »Peng!« Augenblicklich ließ Schiwago sich fallen, drehte sich auf den Rücken und Karl kraulte ihm den Bauch. »Guter, Hund, braver Hund«, murmelte er, während er von der Haustüre her die vertraute Stimme hörte: »Komm Karli, Essen ist gleich fertig.«

Als Karl seine Mutter umarmte, schien sie ihm seit ihrer letzten Begegnung noch kleiner und leichter geworden zu sein, die Haut um die Augen durchsichtiger, die Altersflecken an Schläfen und Hals dichter verteilt. Sie roch gut und aus dem Flur duftete es nach Sonntagsessen. Als er ins Haus wollte, hielt sie ihn zurück: »Ich habe Besuch.

Also benimm dich anständig.« – »Besuch? Ich dachte ...« – »Geh schon.« Gewohnheitsmäßig ging er die paar Schritte durch den Flur, dann nach rechts in die Küche. Am Tisch saß der Besuch. Karl sah ihn entgeistert an. Es war Irina.

Sie sah nicht auf. »Nicht böse sein«, sagte sie leise. »Ach was«, hörte er von hinten seine Mutter, »natürlich ist er nicht böse. Wir sind böse. In was hast du dieses arme Geschöpf nur hineingezogen, Karli. Das ist alles schrecklich, nicht wahr, Irina?« Sie war hinter Irina getreten und legte eine Hand auf ihre Schulter. »Und außerdem hättest du uns schon lange bekannt machen können. Wir verstehen uns nämlich, Irina und deine alte Mutter. Und jetzt setz dich endlich. Und häng die Jacke richtig auf, sie verkrumpelt sonst.«

Karl war natürlich erleichtert, aber nicht nur das, er war auch verblüfft und erstaunt und obendrein verärgert und ein wenig wütend. Das lag zum einen, das betraf den erstaunten Teil, am unverhofften Wiedersehen mit Irina, noch dazu hier, an einem der Ort, wo er das am wenigsten erwartet hätte. Viel mehr aber lag das an der Grundkonstellation dieser Begegnung mit Mutter, neuer Freundin und ihm selbst als verspätet und unfreiwillig Hinzugekommenen. Er hatte Irina seiner Mutter nicht vorenthalten wollen, im Gegenteil. Schon allein um den ewigen Vorhaltungen »Willst du dich nicht endlich binden«, »In deinem Alter sollte man längst eine Familie haben« oder der zartfühlenderen Variante »Das Schönste auf meine alten Tage wäre ein Enkelchen« wenigstens für einige Zeit den Wind aus den Segeln zu nehmen. Nein, er hatte sich richtiggehend darauf gefreut, Irina seiner Mutter mit allem gebührenden rituellen Pomp vorzustellen. Schließlich konnte er seine Mutter gut verstehen, er war ihr Einziger und seit dem Tode des Vaters – Schiwago einmal beiseitegelassen – alles, was ihr an Familie geblieben war. Sie hatten sich stillschweigend darauf geeinigt, dass er nicht widersprach, wenn sie ihn ihren Spätentwickler nannte, was auf dem Gebiet der Familienerweiterung immerhin Hoffnung Raum bot. Seine Heiterkeit bei diesem Thema erzeugte bei seiner Mutter eher Tränen. Seinen Einwand beispielsweise, er wolle ja nichts sagen, aber Caesar, Alexander der Große oder Jesus hätten auch keine

Nachkommen gehabt, beantwortete sie mit »So redet man nicht mit seiner alten Mutter« und einem Schluchzen.

Mit gemischten Gefühlen setzte er sich an den Küchentisch und nahm der Einfachheit halber Irinas Hände in die seinen. Was sie erzählte, unterbrochen von Kommentaren der Mutter wie »siehst du« oder »das solltest du dir mal zu Herzen nehmen«, war auf einen einfachen Nenner zu bringen: Sie hatte, nach den Ereignissen vor dem Eiles, von allem genug und sie war geflohen. Die Stadt war durch das kleine Erdbeben nicht weniger durcheinander als sie selbst und so war nicht weiter aufgefallen, dass eine junge Frau wie panisch durch die Straßen lief. Alles, was vor dem Eiles passiert war, hatte sie persönlich genommen. Die Schüsse – waren es Schüsse gewesen oder platzende Autoreifen oder das Knallen der Peitsche eines Fiaker-Kutschers? – hatten ihr gegolten, das Zittern der Erde und die gemeinen Geräusche der Straßenbahn waren gegen sie gerichtet gewesen. Wien als Ganzes schien sich gegen sie verschworen zu haben, eine große abweisende Stadt, in der es keine Aprikosenbäume gab, keine duftenden Erdhügel und keine Bachläufe, die sich durch satte Wiesen schlängelten. Sie empfand Wien nicht als weich und warm, sondern laut, scharfkantig und übellaunig. Kalter Brandgeruch wehte von der Hofburg her, hinter dem Schwarzenbergplatz wurde es ruhiger, und als sie dort eine Inschrift auf Russisch entdeckte, die von den Helden der Roten Armee erzählte und von ihrem Kampf gegen die deutsch-faschistischen Landräuber, wurde auch sie ruhiger. In der Prinz-Eugen-Straße lief sie gesenkten Hauptes an der langen Front der Arbeiterkammer vorbei, die sich dort breitgemacht hatte, wo einst der österreichische Zweig der Familie Rothschild ein Stadtpalais besessen hatte. Und wenig später fand sie sich vor dem Südbahnhof wieder, nahm den nächsten Zug und war zwei Stunden später bei Karls Mutter. »Ich möchte nicht mehr nach Wien, Charlie. Mir graut davor.«

Es gab Rouladen, natürlich gab es Rouladen mit Kartoffelknödeln, es hatte die letzten Jahre bei den Besuchen Karls im Haus seiner Mutter nie etwas anderes gegeben als Rouladen und es gab immer so viele Rouladen, dass Karl nie in die Verlegenheit kam, die letzte nehmen zu müssen. Es gab immer noch eine, diesmal gab er allerdings schon nach der vierten auf und die Mutter blickte erstaunt. Irina hatte zwei geschafft und sah wieder glücklich aus. »Können wir nicht einfach Urlaub machen? Irgendwo im Süden? Wo es ruhig ist, abgelegen? So wie in Heiligenkreuz. Das war schön.« Karl versuchte, die Vorteile Heiligenkreuzes in anderen als getrennten Schlafzimmern zu sehen, und rief Pater Maurus an. Eine halbe Stunde später rief dieser zurück: »Alles in Ordnung, Karl. Pater François erwartet euch morgen. Ihr könnt solange bleiben, wie ihr möchtet. Kloster Sénanque wird euch guttun. Die Ruhe, die Luft, das Klima. Die Provence ist in dieser Jahreszeit besonders schön. Und Bruder François hat versprochen, sich um dich zu kümmern. Du wirst schon sehen. Manchmal vollbringt er Wunder.«

Vor dem Schlafengehen ging Karl mit Schiwago eine Runde nach draußen. Der Hund zog und zerrte, schnüffelte an jedem Hauseck, beroch jeden Autoreifen und als sie offenes Feld erreicht hatten, wollte er spät in der Nacht noch Ball spielen. Als Karl, noch immer außer Atem, später im Bett lag, sagte er zu Irina: »Wir sollten uns ein bisschen bewegen da unten. Spazieren gehen, radeln, solche Sachen. Ist gut für die roten Blutkörperchen.«

*

Marion erholte sich. Dr. Caullet hatte ihr Ruhe verordnet, aber sie überzeugte Tahar, dass sie Abwechslung brauche und so schob Tahar sie den Weg ins Dorf hinunter und sie saßen in Decken eingehüllt vor dem Café des Sports und tranken Rosé. Danach bekam sie unter einem Platanendach ein Steak und Pommes Frites dazu, die schmeckten, als habe der Wirt am Morgen die Kartoffeln geerntet und danach jedes einzelne Stäbchen eigenhändig geschnitzt. Sie erweiterten den Aktionsradius und so feierte Marion ein Wiedersehen mit St. Sixte. Das bisschen Gras, das rings um das Kirchlein auf der Kuppe des Hügels wuchs, war jetzt braun und zudem abgefressen von den durchziehenden Schafherden. In der schlichten Vorhalle war Marion vor den Winden der Provence in dieser Jahreszeit geschützt, vor dem schlammfressenden Mistral aus Nordost und dem Wüstenwind aus dem Süden. Die Vorhalle wurde erneut Marions Lieblingsplatz. Einmal, als eine alte Frau das Kirchentor aufsperrte, um neue Kerzen aufzustellen, ließ sie sich in das Innere bringen und entdeckte in einem winzigen Seitenschiff ein Fresko. Sie sah Maria mit hellen Haaren, einem weißen Kopftuch, dünnem Mund und zarter, blasser Haut. Das Jesuskind ist nicht recht gelungen, es wirkt unbeholfen, schlecht proportioniert, dicklich und plump. Über die Umgebung, in die Mutter und Sohn gerückt sind, wunderte sich Marion am meisten: Maria und ihr Kind sitzen zwischen vollen Reben und herbstlich gefärbten Laub. Zu Marias Füßen ist eine lateinische Inschrift zu lesen, die ihr Tahar übersetzte: »Ich bin der wahre Weinstock, ihr seid die Reben.«

Fast jeden Tag ließ sich Marion hierherbringen. Sie saß vor dem Vorbau oder, wenn es regnete, unter seinem schützenden Dach mit freiem Blick auf die Alpilles, dem nicht hohen, aber wild gezackten Felsrücken, der schroff wie ein Riegel den Horizont begrenzte. Auf der anderen Seite konnte sie bis hinüber zum Dorf sehen, deutlich unterschieden die Altstadt auf der Anhöhe und der neuere Teil an deren Fuß geschmiegt, wo es Steak Frites gibt und Rosé. Wenn es ihr besser geht, will sie endlich auch dort einmal hinauf, in die nahezu unbewohnte, immer mehr verfallende Oberstadt. Unten auf der Landstraße fuhr ab und zu ein Auto vorbei und einmal, als ein Radfahrer sehr schnell und athletisch auf seinem Rennrad unterwegs war, den Kopf tief über den Lenker gebeugt, hatte sie einen seltsamen Gedanken, verwarf ihn aber ebenso schnell.

Zwei Wochen später humpelte sie auf zwei Krücken durch die alte Oberstadt. Sie sah verlassene Häuser, verfallene Mauern, Gras wuchs aus Ritzen, dicke Balken hingen schief hinter glaslosen Fensterhöhlen. Kein Mensch lebte hier mehr. Ein paar Katzen lagen in der schwachen Nachmittagssonne des Novembers und sie kam auf den alten Dorfplatz. Das Licht wurde schon schlechter und schaudernd sah sie sich um, ein seit ewigen Jahren verlassenes Dorf und in ihrer Phantasie begann es, sich mit längst vergangenem Leben zu füllen. Zahnlose

Weiber blicken sie aus den Fensterhöhlen an, zerlumpte Kinder hängen an den Rockschößen ihrer Mütter, ein Riese mit nacktem Oberkörper schmiedet ein Schwert, Schweine werden geschlachtet, Schafe geschoren und unter der Zypresse gebärt schreiend vor Schmerz eine Magd. Sie ging auf die Kirche zu und warf einen Blick durch das Portal, sah herabhängende Seile, Vogelnester im Gebälk, überall Spinnweben und ging hinein. Es war kaum etwas zu erkennen, aber das letzte Licht durch das winzige Fenster im Chor beleuchtete eine gewaltige Platte aus Stein am Boden, mit Staub bedeckt und fast völlig schmucklos. Einzig ein Schwert ist in die Platte gemeißelt, ein riesiges Schwert und sonst nichts.

Draußen wartete Tahar in seinem schwarzen Mantel, der sie mit dem Rollstuhl abholte. »Kennst du dieses Grab in der Kirche?«, fragte sie ihn. »Ja«, sagte Tahar und schob sie vorsichtig über die holprige Straße: »Es ist wirklich ein Grab und mit Sicherheit das eines Tempelritters. Nur die ließen sich anonym und nur mit dem Schwert auf der Grabplatte bestatten. In Originalgröße übrigens, das Schwert. Die Templer waren ungeheuer reich im dreizehnten Jahrhundert, weite Teile der heutigen Provence gehörten ihnen. Dies hier muss für sie ein wichtiger Ort gewesen sein und da das Grab das einzige in der Kirche ist, nimmt man an, dass es ein führender Templer ist, der hier begraben liegt. Es könnte zum Beispiel Roncelin de Fos sein, ein interessanter Mann, der Kontakte zu den ketzerischen Katharern hatte, zwischendurch Schatzkanzler beim König von England war und wie die meisten seiner Kameraden auch Kreuzritter im Heiligen Land. Dort hatte er Kontakte zum Islam und zum Judentum, woraus sich vielleicht erklärt, dass er in den Verhören im Laufe der großen Templer-Verfolgung die Kreuzigung und die Auferstehung bestritt. Er redete sich natürlich um Kopf und Kragen, Jesus sei nicht Gottes Sohn, sondern nur ein Mensch gewesen.« Marion hörte Tahar erstaunt zu. Die Tempelritter. Erinnerungen an Romane aus ihrer Jugend meldeten sich. Die Kreuzzüge, der Gral, König Artus, Richard Löwenherz, Parzival, Galahad. Tahar sprach weiter: »Das war schon eine Truppe, diese Tempelritter. Richtige Lebemänner, stolz bis zum Hochmut, wild und lebenslustig. In ganz Europa gab es damals eine stehende Redewendung ›Der säuft wie ein Templer‹. Nach der ersten großen Razzia, die der französische König 1307 veranstaltete, sollen viele nach Schottland entkommen sein. Mit samt dem sagenumwobenen Schatz der Pariser Templer. Na ja, das sind alles Legenden. Eine schöne ist noch die vom letzten Großmeister der Templer, Jacques de Molay, den der französische König letztendlich rösten ließ. Mit seinen letzten Worten verfluchte er König und Papst und prophezeite ihnen, innerhalb eines Jahres würden sie ihm nachfolgen. Und zwar vor Gottes Thron. Und selbstverständlich starben die beiden, der Papst und Philipp der Schöne, der französische König, binnen des angekündigten Jahres und das auf mysteriöse Weise.« Marion fragte nicht, woher Tahar das alles wusste.

Am nächsten Tag wollte sie nach Fontaine-de-Vaucluse. Sie fuhren über L'Isle-sur-la-Sorgue das weite Tal der Sorgue hinauf. Immer wieder zeigte sich der grüne Fluss hinter Kurven ganz nah an der Straße und sie sahen weiches Gras, das sich in der Strömung sanft hin und her bewegte.

In Fontaine parkte Tahar unter dem imposanten Platanendach des Hauptplatzes. »Lass uns erst zur Quelle hochgehen. Das wird dir gefallen. Die Sorgue entspringt da direkt aus dem Felsmassiv. Das ragt hundert Meter steil nach oben. Und unten am Fuß der Quelltopf. Ich schieb dich den Weg rauf die paar Meter.« Er öffnete die Fahrertür, die ihm im selben Moment aus der Hand gerissen wurde, weil ein Radfahrer mit einigem Tempo dicht an seiner Seite vorbei wollte. Der Lenker schlug gegen die Tür, das Vorderrad knickte weg, der Fahrer wurde aus dem Sattel gehebelt, landete auf dem Rücken, schleifte über die Straße, die Füße fest mit den Pedalen verbunden, sodass Mensch und Maschine schließlich gleichzeitig und eng verkeilt auf der gegenüberliegenden Straßenseite zum Halt kamen. Aus dem wirren Knäuel am Boden hörte Marion auf Deutsch eine Stimme brüllen: »Bist du deppert, du hirnverbranntes Arschloch!«

*

»Madame Breitenstein, Monsieur Breitenstein, herzlich willkommen in der Abtei Sénanque.« Entweder inszenierte Pater François auf eigene Faust eine kleine Schummelei oder Maurus hatte gute Vorarbeit geleistet: Auf alle Fälle hatte die Verwandlung von Irina in Madame Breitenstein ein Doppelzimmer für die beiden zur Folge. Es befand sich im Trakt des Klosters, der früher von den Laienbrüdern bewohnt worden war und jetzt in seinem oberen Stockwerk Gästezimmer beherbergte. Die Türen zum Erdgeschoss waren verschlossen, durch hohe Fenster sah man frisch gestrichene Wände und eine renovierte Decke, der Rest ließ sich nicht einmal erahnen.

Sie bekamen ein schlichtes Abendessen, eine dicke Gemüsesuppe, anschließend eine riesige Schüssel grünen Salat, dazu Pastete und Wurst, abschließend Käse. Als sie fertig waren, setzte sich Pater François zu ihnen. In der Zisterzienserkutte steckte ein Hüne von fast zwei Metern Größe, auf dem dazu passend ein kahl rasierter Schädel saß, dem man ansah, dass die Haare darauf, hätte man sie gelassen, sich in einem rötlichen Ton entfalten würden. »Bruder Maurus hat mir erzählt, Sie möchten bei uns ein wenig aktiv sein. Sehr gut. Was haben Sie sich denn vorgestellt, Monsieur?«

»Nun ja«, erwiderte Karl, »ein bisschen spazieren gehen, mit dem Rad durch die Gegend gondeln, die gute Luft genießen.« – »Und Sie Irina?« Karl kam ihr zuvor: »Sie sollte sich schonen, sie hat viel durchgemacht …« Irina unterbrach ihn: »Schon gut, Karl. Aber es stimmt, Pater. Ich würde gern lesen, vielleicht ein bisschen im Garten helfen, mir die Gegend ansehen, aber sonst nicht viel. Wenn das möglich ist.« François dachte nach. Dann sagte er zu Karl: »Haben Sie Turnschuhe dabei? Gut. Einen Trainingsanzug finden Sie in den Schränken vor Ihrem Zimmer. Wir sehen uns morgen um acht vor der Kirche. Irina, Sie schlafen aus.« Das war auf eine Weise gesagt, die Widerspruch nicht vorsah.

Es war noch nicht einmal richtig hell, als Karl sich am nächsten Morgen ein paar Minuten nach acht vor dem Kirchenportal einfand. Auch François hatte einen Trainingsanzug an und er begann ohne Vorwarnung loszutraben: »Kommen Sie, kommen sie, ganz langsam und entspannt. Das Atmen nicht vergessen. Und vergessen Sie Ihre Arme nicht. Armarbeit, ganz wichtig beim Laufen.« Frühnebel lag über den abgeblühten Lavendelfeldern. Das Kloster war, wie immer bei den Zisterziensern, tief in ein Tal gebettet, sodass schon nach wenigen hundert Metern der Weg den Hang hinauf führte in den feuchten Wald aus Buchen und Pinien. Karl blieb keuchend stehen: »Was wird das?« – »Die wunderbare Verwandlung des Karl Breitenstein«, antwortete François: »Arme nach oben, strecken, tief einatmen, nach vorne fallen lassen, ausatmen. Bis zur Kuppe dort oben, wo es wieder flacher wird. Und dann wieder leichter Trab.«

Vier Wochen später hatte Karl fast zwanzig Kilo abgenommen und das Gefühl, gewachsen zu sein. Wenn der Mensch abnimmt, bei gleichzeitigem Aufbau von Muskelmasse, hat er dieses Gefühl. Er glaubt, an Größe zu gewinnen, die Vertikalspannung nimmt zu. Natürlich maß Karl nach wie vor exakt einhundertneunundsiebzig Zentimeter, die aber waren anders sortiert. Die gestärkten Lendenmuskeln schoben das Becken nach vorne, die großen Schultermuskeln richteten den Rücken auf, trainierte Nackenmuskeln reckten das Kinn in die Höhe. Sein Gang war elastischer geworden, ein festes Schweben fast, der Schritt sicher und raumausgreifend, die Haltung aufrecht und doch geschmeidig.

Der Weg dorthin war kein leichter gewesen, er war fürchterlich. François war ein ehemaliger Boxer, Halbschwergewicht. Von fünfundzwanzig Profikämpfen hatte er vierundzwanzig gewonnen, siebzehn davon durch k.o. Den letzten allerdings, den um den Titel eines Europameisters, hatte er desaströs verloren. Ein Koloss aus Georgien zertrümmerte ihm erst das Jochbein und schickte ihn dann mit einem Leberhaken und einem anschließenden, genau auf die Kinnspitze platzierten Aufwärtshaken in ein zweiwöchiges Koma. Danach war Schluss mit Boxen. Es folgten diverse Erscheinungen und Erleuchtungen, die zu seinem Eintritt als Novize in den Orden führten. Mit den Erfahrungen seines früheren Lebens hatte er dem Kloster Sénanque schnell eine neue Einnahmequelle erschlossen. Die französische Olympia-Mannschaft im Rudern, die Équipe tricolore der Handballer und nicht zuletzt einige Fußballvereine der ersten und zweiten Liga profitierten von seinen Foltermethoden und nun also war Karl sein Opfer geworden.

François war ein guter Trainer. Machte die ersten Übungen mit, feuerte bei den schweren an. Zeigte, wie man die Arme beim Laufen einsetzt. Wie man die Füße setzt. Raufte sich die Haare, wenn Karl ruderte, ins Kreuz fiel, mit dem Kopf wackelte. Lobte. Und war unerbittlich. Keine Kompromisse. Weiter, immer weiter. Karl wusste die ersten Tage gar nicht, wie ihm geschah, er funktioniert bloß noch. François war aber nicht nur hart und kompromisslos, er war auch penibel und gewissenhaft. Dosierte richtig, übertrieb nicht, stellte beim Ausdauerprogramm von Waldlauf auf Fahrrad um, Karls Kniegelenke wegen. Ganz wichtig das ausgiebige Dehnen, das immer wieder spitze Schmerzen in Karls sich langsam verlängernde Muskulatur versenkte. Für die Schnellkraftübungen an den Geräten im Kraftraum legte François nur kleine Gewichte auf, steigerte dafür die Frequenz. Hier, im Erdgeschoss des ehemaligen Laienwohnhauses, standen Dutzende stählerner Kraftmaschinen. Jeden Morgen spürte Karl neue, bisher unbekannte Muskeln in seinem Körper. Er bekam Massagen, stieg ins Entmüdungsbecken, saß im Heißraum und jeden Abend entnahm François einen Tropfen Blut aus seinem Ohrläppchen. »Alles in Ordnung«, vermeldete der Trainer am nächsten Tag, »nur zu viel Restalkohol. Ich meine: jahrelanger Restalkohol. Da sollten wir etwas tun.« Das aber war das Erstaunlichste an der täglichen Schinderei: Karl hatte keine Lust mehr auf Wein. Er trank literweise Mineralwasser in sich hinein, er löffelte brav seine Suppen, kaute auf den täglichen Nudeln mit Unmengen an Salat und probierte ab und zu einen Saft oder einen Tee.

Immer, wenn er nach den Trainingseinheiten zerschlagen auf seinem Bett lag – zu müde, um einzuschlafen –, versuchte er, seine neue Lebensweise zu durchdringen. Sport an sich war ihm nicht fremd. Einen großen Teil seines Berufslebens hatte er als Redakteur im Ressort Sport eines Regionalblattes in der deutschen Provinz verbracht mit Schwerpunkt Höhen und Tiefen eines notorischen Zweitligisten.

Das hier aber war etwas völlig anderes und müßiggängerisch, kontemplativ, frei von Zwecken war diese Quälerei ganz offensichtlich nicht. Das war kein lässiges Spiel, es sollte etwas erreicht werden und wenn es nur in der Vermehrung seiner geliebten roten Blutkörperchen bestand. Und es war unabweisbar ein gewisser Stolz zu verbuchen. Stolz, den er sehr konkret in Metern, Sekunden oder Kilogramm bemessen konnte, den einfachen Maßeinheiten seines neuen Lebens. Die Apparaturen in François' Folterraum berechneten sogar aufgewendete Kilowatt oder verbrauchte Kalorien. Erstaunt vermerkte er, dass die allabendliche Mattigkeit ganz offensichtlich die physiologische Erscheinungsform des Stolzes war. Oder sollte man es nur schlichte Zufriedenheit nennen? So dachte und grübelte er und schlief dann doch letztendlich ein.

Nach zwei Wochen kam seine Krise. Wieder lag er auf dem Bett, acht Kilometer Waldlauf, vierzig Kilometer Fahrrad, anderthalb Stunden Kraftraum in den Beinen. Irina saß in einer Ecke und las. »Aus. Schluss. Was soll der Scheiß? Ich bin Müßiggänger, kein Leistungsfanatiker. Ab morgen beginnt wieder ein normales Leben. Mit Wein und allem.« Irina legte das Buch zur Seite: »Schade. Tut dir doch gut, das Ganze. Man sieht es sogar schon ein bisschen.« – »Ach? Ja? Muss ich jetzt auf Waschbrettbauch machen? Du hast mal gesagt, du fändest meine Wampe erotisch.« – »Ist doch egal. Aber du wolltest etwas für deine roten Blutkörperchen tun. Und außerdem: Wenn ich dich richtig verstanden habe, dann hat deine Idee vom Müßiggang doch nichts mit Faulenzen zu tun. Oder mit dick und bräsig in der Ecke sitzen.«

Karl schwieg. Kein gutes Thema für längere Diskussionen. Nach einiger Zeit fragte er: »Was hast du eigentlich den ganzen Tag gemacht?« Irina setzte sich zu ihm auf das Bett: »Ich war in Gordes. Ein bisschen bummeln, gucken, Kaffee trinken. War schön.« Er nahm ihre Hand: »Ich habe wirklich keine Lust mehr, Irina. Höchstens radikal reduziert.« – »Es gibt aber noch einen Grund, warum du weitermachen solltest.« – »Und der wäre?« – »Na, ein kleiner Breitenstein sollte doch mit seinem Vater Fußball spielen können, ohne dass der gleich zusammenbricht.«

Karl sah Irina eher ungläubig als euphorisch an. Sie beugte sich zu ihm: »In Gordes gibt es eine Apotheke. Ich hab mir einen Test besorgt. Es ist absolut sicher: Wir kriegen ein Sommerkind.« Er zog sie zu sich, auf sich, neben sich, unter sich. »Wahnsinn«, murmelte er. Und irgendwann zwischendurch, um einiges energischer: »Wenn es eine Mugaschwili wird, muss sie aber auch Fußball spielen. Mit ihrem topfitten Vater.«

Am nächsten Morgen nahm Karl das Rennrad und erklärte François, dass er eine längere Tour machen wolle. Er stieg in die Pedale wie nie zuvor, raste am Fuße des Luberon entlang, überquerte bei Cavaillon die Durance und ließ es dann über Orgon Richtung Saint-Rémy laufen. Stundenmittel knapp 30 km/h, wie ihm der Tacho zuverlässig anzeigte. Für die zackigen Alpilles im Süden hatte er einen kurzen Blick, an St. Sixte hingegen fuhr er vorbei, ohne Marion wahrzunehmen, die oben in ihrem Rollstuhl vor der Kirche saß. Dass gleich um die Ecke Mugeaux' Anwesen war, kam ihm überhaupt nicht in den Sinn, denn er dachte, wenn er überhaupt etwas dachte bei der Strampelei gegen den scharfen Seitenwind, an Irina und das Kind in ihrem Bauch. Karl Breitenstein fraß glücklich Kilometer auf Kilometer der Landstraße.

Als die vier Wochen vorbei waren, gab es ein Festessen mit glaciertem Hühnchen, Gratin und grünen Bohnen, es gab ausreichend Wein dazu und François meinte: »Du bist jetzt auf einem guten Level, Karl. Den solltest du halten. Regelmäßig etwas tun. Nicht jeden Tag, aber vier Mal die Woche. Dann wirst du steinalt.« Lachend schob er nach: »Oder stirbst früh.«

Irina hatte an diesem Abend ein Buch aus der Klosterbibliothek mitgebracht. Nach langem Suchen hatte sie endlich etwas auf Deutsch gefunden. »Eine Biografie. Schau mal, Karl. Francesco Petrarca. Sagt dir der etwas?« – »Ein wenig. Dichter, Philosoph aus dem 14. Jahrhundert. Mit ihm beginnt mehr oder weniger die Renaissance. Oder endet das Mittelalter, wie man's nimmt. Aber jetzt, wo du fragst, fällt es mir wieder ein: Der lebte hier eine ganze Weile. Drüben in Fontaine-de-Vaucluse. Und in Avignon, als die Päpste dort im Exil waren.« François ergänzte: »Petrarca hat übrigens den Mont Ventoux als Erster bestiegen. Auf die Idee konnte damals auch nur ein Dichter kommen. Die Leute hatten andere Sorgen. Fontaine kann ich euch nur empfehlen. Besonders jetzt, wenn kaum Touristen da sind.«

Am nächsten Tag nahm sich Karl den Mont Ventoux vor. François sah skeptisch drein, Karl entschlossen: »Wenn das ein Dichter kann, dann kann ich das schon lange. Und ich habe ein Fahrrad. Mit einundzwanzig Gängen.« Er packte die Satteltaschen mit Müsliriegeln, Bananen, Schokolade, Wasser, einer Regenjacke und dem Petrarca-Buch voll. Dann musste er entscheiden, die Route über Bédoin oder Malaucène zu fahren. Die erste war schwerer und die klassische Tour-de-France-Etappe, die zweite geringfügig leichter, dafür aber der Weg, den Petrarca gewählt hatte. Er entschied sich für Bédoin.

Die Novembersonne schien matt und es war windstill, als er losfuhr. Den ersten Kilometer hinter Bédoin ging es gemächlich aufwärts, er wusste, ab Kilometer drei würden die härteren Steigungen beginnen. Aus zahlreichen Tour-de-France-Übertragungen im Fernsehen hatte er gelernt, dass es darauf ankommt, seinen eigenen Rhythmus im Berg zu finden. Er schaltete einen Gang höher, es lief prächtig und als nach einer engen Kurve die Steigung scharf zunahm, schaltete er wieder zurück. Auch dies stellte sich rasch als vernünftige Maßnahme heraus, denn zwar wurde er langsamer, aber sein Tritt war regelmäßig, kraftvoll und ökonomisch. Die Straße war von Bäumen gesäumt, die Sonne drang hier nicht durch, es wurde kühler. Bei Kilometer fünf, das wusste er, kam eine flachere Passage, danach rund fünf Kilometer mit fast zehn Prozent Steigung, die erste Härteprobe. Er schaltete zurück. Schon nach wenigen hundert Metern in der steilen Rampe merkte er, dass er das Rad hin und her pendelte, er hörte seinen Atem und spürte, wie seine Oberschenkel heißer wurden. Er stieg aus dem Sattel, beugte sich tief über den Lenker und trat von oben in die Pedale. Der Wiegetritt wurde heftiger, die Umdrehungen langsamer. Er keuchte, er schnaufte und sah seine Atemwolken verdampfen. Ein Schild am Straßenrand verkündete 9,9 Prozent. Stechender Schmerz in den heißgelaufenen Oberschenkeln. Das rechte Bein steht oben auf dem Pedal, er will es niederdrücken, nichts geht mehr. Er steigt ab. Bei Kilometer acht, noch dreizehn bis zum Gipfel.

Wer sein Rad liebt, der schiebt, dachte er in sarkastischer Verzweiflung und ging los. Der Kopf war noch klar, er hatte so etwas eigentlich erwartet, aber erst viel später. Er atmete beim Gehen tief durch, schüttelte ab und zu die Beine. Zwei Kilometer ging er so, die Regenjacke hatte er längst angezogen, es wurde kalt. Er musste an Petrarca denken, er hatte dessen Brief gelesen, den der Dichter nach seiner Bergbesteigung geschrieben hatte, ein berühmter Brief mit einer für die damalige Zeit völlig neuen Art der Naturbetrachtung. Mehr noch als Naturbetrachtung war der Brief jedoch eine Innenschau, der Aufstieg zum Berg wurde dem Dichter zum Aufschwung der Seele, der Gipfel ist nicht allein der des Mont Ventoux, sondern viel mehr ein Zustand des Geistes, zu dem man durch Mühen gelangt. Karl stieg wieder auf die Maschine, legte den niedrigsten Gang ein und tastete sich vorsichtig in die Straße, acht Prozent Steigung waren es immer noch.

Nebel ist aufgezogen, er sieht vielleicht noch zehn Meter weit. Er versucht locker zu bleiben, nicht zu verkrampfen, regelmäßig zu treten. Es geht. Nasse Schneeflocken fallen. Ab und zu muss er über die Brille wischen, danach sieht er das trübe Grau wieder deutlicher. Er kämpft. Er spürt, wie tief aus dem Magen heraus eine Unruhe aufsteigt. Ist das die Einsamkeit, der Nebel, die Nässe? Langsam breitet sich diese kalte Welle in seinem Körper aus, sie steigt nach oben und in die Gliedmaßen und er denkt mit diesem flauen Gefühl an Tom Simpson, der 1967 bei einer mörderischen Etappe der Tour de France hier herauf, in Führung liegend, das Rad schwerfällig immer mehr nach links und rechts drückte, leeren Blickes, dicken, weißen Schweiß um die Lippen, das rechte Bein zwingt das Pedal ein letztes Mal herab, das linke steht oben und hat keine Kraft mehr, der Atem geht pfeifend, der Puls steht ihm bis zum Hals, er torkelt nach rechts, das Rad rutsch weg, es begräbt ihn unter sich, sein Blick geht nach hinten, nach unten, wo die Verfolger nahen und dann ist Tom Simpson, amtierender Rad-Weltmeister, tot, vollgepumpt mit primitiven Mitteln einer archaischen Epoche des Dopings. Karl wurde es schwarz vor Augen, er brachte das Rad gerade noch zum Stehen, beugte sich nach vorne über den Lenker, stieg aus den Pedalen und glitt auf den kalten, nassen Asphalt. Da lag er und wollte nicht mehr.

Als er die Augen wieder aufschlug, wusste er nicht, ob er ohnmächtig gewesen war, geschlafen hatte und wie lange das alles gedauert hatte. Er fror. Zitternd schob er sich Müsliriegel zwischen die Zähne, kaute auf einer Banane, trank Wasser. Es wirkte. Wieder schob er das Rad eine Weile, dann fuhr er ein Stück, schob und fuhr und dann war die Baumgrenze erreicht. Nichts als kahler, weißer Schotter, so weit das Auge reicht. Der Nebel war gleichzeitig verschwunden, der Himmel klarte auf. Dafür spürte er augenblicklich den Wind. Er blies von der Seite und es gab Biegungen, da hatte er ihn sogar im Rücken. Eine Dreiviertelstunde nach dem Hungerast zwang er sich und das Rad die letzten Meter der letzten Steigung hinauf und war auf dem Plateau. Am Observatorium legte er sich auf die Stufen und schloss die Augen. Lange lag er so, es diente keiner Meditation, sondern der blanken Erholung. Dann war er so weit, sich umzusehen. Es hatte aufgeklart.

Wenn er nach unten sah, lagerten letzte Wolken zu seinen Füßen, wenn er sich umdrehte, konnte er die schneebedeckten Alpen ausmachen, dahinter lag Italien. Vor ihm glänzte die Rhone geradezu vor seinen Augen. Zur Linken im Dunst des Horizonts der Golf von Marseille, die Küstenlinie verschwand irgendwo. Avignon war deutlich wahrzunehmen, sogar den Palast der Päpste glaubte er zu erkennen. Er stand eine ganze Weile so, drehte sich mehrmals langsam um die eigene Achse, um sich vom Panorama überwältigen zu lassen. Dann setzte er sich, holte das Petrarca-Buch aus der Tasche, blätterte und stieß auf eine Stelle aus dessen Schrift ›Über das Leben in Abgeschiedenheit‹. Er las: »Abgeschiedenheit ohne geistige Tätigkeit bedeutet tatsächlich Verstoßensein, Gefangenschaft und Qual, in Verbindung mit geistiger Tätigkeit dagegen Heimat, Freiheit und Freude. Über die Muße sagt Cicero bekanntermaßen: ›Was ist angenehmer als eine gebildete Muße?‹ Nicht weniger berühmt ist auch der Satz Senecas: ›Ruhestand ohne wissenschaftliches Streben ist geistiger Tod, die

Ruhestatt eines geistig Begrabenen.‹ Andererseits ist wohl wahr, dass Abgeschiedenheit und Muße auch gebildeten Menschen bisweilen sehr beschwerlich werden können. Der Grund liegt auf der Hand. So geht es nämlich denen, die an den Kerker des materiellen Genusses gefesselt sind, mit gewöhnlichen Handelsgeschäften oder gemeinen Beschäftigungen ihren Lebensunterhalt verdienen. Für sie – und das heißt heutzutage für die große Masse – bedeutet Bildung nicht geistige Erleuchtung und Freude des Lebens, sondern Werkzeug zum Erwerb von Reichtum.«

Na servas, dachte Karl. Petrarca, Cicero, Seneca, alles Geistesverwandte, alle in meinem Team. Nachdenklich stieg er aufs Rad und fuhr den Weg zurück. Beim Abendessen mit Irina und dem Pater sagte er: »Der Ventoux ist ganz schön happig und Petrarca gar nicht so blöd. Morgen fahr ich mal hinüber nach Fontaine-de-Vaucluse und schau mir das an. Und wenn das wirklich so schön ist, Irina, machen wir einen Ausflug, wir drei zusammen.« François sah erstaunt auf, Karl legte die Hand auf Irinas Bauch und der Zisterzienserpater segnete die drei.

Früh am nächsten Tag fuhr er los und sah sich am Vormittag Fontaine-de-Vaucluse an. Er spazierte unter den Platanen am Ufer der Sorgue, aß ein Eis aus der Tüte und gelangte bis an den Quelltopf. Ganz in der Nähe hatte Petrarca in seiner Klause gelebt, abgeschieden von den Menschen und umgeben nur von seinen Büchern. Lesend, schreibend und wandelnd am Ufer der Sorgue. Karl spürte, wie ihm der Mann zu imponieren begann. Von ›gebildeter Muße‹ hatte der geschrieben. Sie erschien ihm wie eine Steigerungsform der Muße, und er nahm sich vor, bei Gelegenheit darüber gründlicher nachzudenken.

Er hatte sich eine Rundstrecke vorgenommen, zuerst nach Westen die Sorgue entlang zum Örtchen L'Isle-sur-la-Sorgue und zur Teilung der Wasser, wie die uralte, zu Bewässerungszwecken von einem mittelalterlichen Herzog angelegte Aufspaltung der Sorgue in zwei Arme genannt wird. Dann ein Stück nordöstlich nach Saumane-de-Vaucluse, wo er einen kurzen Blick auf das Schloss der Familie de Sade warf. Er war also schon auf dem Rückweg und sehr schnell unterwegs, als er zurück nach Fontaine-de-Vaucluse kam und dort auf dem Hauptplatz ein deppertes Arschloch, ohne nach hinten zu sehen, die Fahrertür seines Autos öffnete.

*

In den Tagen und Wochen, in denen Marions Bein langsam wieder »ansprang«, wie Primarius Siebzehnrübel sich ausgedrückt hatte, war Gaston Mugeaux, wie er sich ausdrückte, »beschäftigt«. Marion wusste er in den besten Händen, Isabelle und Tahar kümmerten sich rund um die Uhr um sie. So kam es, dass Marion Mugeaux manchmal nur ein-, zweimal am Tag sah, manchmal tagelang überhaupt nicht. »Geschäfte, Nachforschungen, Vorbereitungen«, das war so ziemlich alles, was man aus ihm herausbrachte.

Ein paar Tage bevor Karl mit seinem Rad in Fontaine-de-Vaucluse mit Tahars geöffneter Autotür zusammengestoßen war, saß Marion am Kamin im Esszimmer des alten Weingutes. Das Feuer tat gut, es war kühl geworden an den Novemberabenden in der Provence. Mugeaux trat in das Zimmer, schloss sorgfältig die Tür und setzte sich neben den Kamin. Er wirkte aufgeräumt, entspannter als die Tage zuvor. »Ich muss mit dir sprechen, Marion. Auch ein paar Dinge erklären.« – »Ich bitte dich, Gaston, gar nichts musst du. Ich erkläre dir auch nicht alles.« – »Schon gut. Also zunächst einmal: Ich verreise morgen. Für längere Zeit, drei Wochen mindestens, vielleicht länger, kommt darauf an. Du bleibst natürlich hier. Tahar und Isabelle sorgen für dich. Micky kommt ja auch bald. Was macht das Bein überhaupt?« – »Balletttänzerin werde ich wahrscheinlich nicht mehr in meinem Leben. Aber danke der Nachfrage. Und danke überhaupt. Habe ich das schon mal gesagt?«

Er rückte seinen Stuhl näher: »Nein, nein, ist schon gut. Ich habe zu danken. Ohne dich wäre ich Irina wahrscheinlich niemals begegnet. Und Jakob Jünger nicht, Maurus nicht und natürlich auch nicht deinem Karl.« – »Mein Karl? Na ja. Hast du von Irina irgendetwas gehört. Und von Karl?« – »Nein. Wenn ich zurück bin, werde ich mich darum kümmern. Dann ist es auch sinnvoller.« Er sprach nicht weiter. Marion wartete eine Weile: »Und? Wohin geht's? Eines der sieben Weltmeere?« – »Das erfährst du, wenn ich wieder da bin. Tauchen werde ich nicht. In keine Meerestiefen, das jedenfalls nicht. In andere Tiefen, wenn man so will.« – »Es wird eine Geschichte, ich sehe schon, es wird eine Mugeaux-Geschichte. Abenteuer, Leidenschaften, gebrochene Herzen, Verrat, Versöhnung, ich liebe es! Aber bitte kein Mord und Totschlag.«

Mugeaux lachte: »Kein Mord und kein Totschlag, ich verspreche es. Die Vorbereitungen für die Reise haben ein wenig Zeit gekostet. Und die andere Sache auch. Jakob und Maurus haben mich neugierig gemacht. Also habe ich ein bisschen nachgeforscht über das Weingut hier und seine Geschichte. Hochinteressant.« – »Oh, hör mir bloß auf. Wenn ich daran nur denke. Der alte Wein vom Rothschild und die Kisten aus dem Schiff. Mir wird ganz schlecht. Wahrscheinlich kreisen bald Hubschrauber hier und Panzer fahren auf und wir müssen uns verteidigen wie in einem Fort im Wilden Westen. Ich kann nicht schießen, das sag ich dir gleich.« – »Ach was. Ich glaube, deren Pulver ist verschossen seit der Kapuzinergruft. Hier will niemand etwas von uns. Aber jetzt zu dem, was ich rausgefunden habe. Alte Kirchenbücher geben eine Menge her. Die älteste Eintragung, die ich gefunden habe, stammt aus dem Jahr 1330. Da wurde ein Chevalier de Sade als Landbesitzer eingetragen. – »De Sade? Der de Sade?« – »Vorfahren vom Marquis, genau. Es gab noch ein weiteres Mitglied der Familie, das berühmt wurde, Laura de Sade. Sie war die Geliebte und Muse des Dichters Francesco Petrarca. In genau dieser Zeit, so um 1330 herum. Ich nehme an, sie war die Tochter des Chevaliers, der das Weingut erwarb. Petrarca lebte damals in Fontaine. Und ab und zu auch im Palast der Päpste in Avignon. An deren Hof war der Chevalier de Sade wiederum so etwas wie der Gesandte oder der Botschafter des französischen Königs.« – »Philipp der Schöne. Der dann die Tempelritter abmurksen ließ. Und gleich darauf selber seinen Abgang machte.« – »Ach ja? Woher hast du das?« – »Tahar.« – »Sieh mal an. Er hat studiert. Geschichte und Germanistik, wenn ich es recht weiß. In Heidelberg. Aber eigenartig, was alles zu dieser Zeit passiert. Den de Sades gehörte also damals das Weingut und alles, was dazu gehört, also wahrscheinlich auch die ominöse Clos Gethseman. Die wird zwar nie erwähnt in den alten Büchern, aber ich gehe davon aus. Jahrhundertelang bleibt das Gut im Besitz der Familie des Sade. Ununterbrochen bis zur Französischen Revolution.« – »Jetzt kommt Robespierre. Und St. Just, der kalte Engel.« – »Ja, so ähnlich. Die de Sades fliehen aus Frankreich, sie gehören sogar zum Gefolge Ludwigs des XVI.« – »Der dann geköpft wird zusammen mit seiner Habsburger-Schlampe.« – »So ähnlich. Jedenfalls wird in den 1790er-Jahren Land frei verkäuflich und unser Gut kauft ein gewisser Maximilian de Bromortin. Und der ist zufällig Großmeister der Großen Loge der Freimaurer in Frankreich. In der viele der führenden Revolutionäre auch waren.« – »Freimaurer. So etwas in der Art habe ich mir schon gedacht. Bloß gut, dass Bodo nicht zuhört.« – »Mit dem Freimaurer-Chef geht es aber auch nicht lange gut, schon 1831, kurz nach der Juli-Revolution, wechselt schon wieder der Besitzer. Und jetzt beginnt die Ära Rothschild. Baron James de Rothschild, einer der fünf legendären Söhne von Amschel Mayer, dem Gründer der Dynastie, übernimmt das Kommando. Lange bevor die Rothschilds sich in Bordeaux einkauften. Das Weingut Mouton gehört ihnen seit 1853, Lafite sogar erst seit 1868. Und genau das ist seltsam. Mouton-Rothschild und Lafite-Rothschild, das bedeutete Prestige, Ruhm und nach und nach auch respektable Renditen. Aber hier, in einer Ecke der Provence mit ihren unspektakulären Weinen. Was wollten die hier? Und sie haben die Weine, weder die aus der Clos Gethseman noch aus den umliegenden Lagen, jemals unter ihrem Namen verkauft. Das machte für sie zuerst Philipp Gilles und dann sein Sohn Pierre. Der sich dann umbrachte wegen der Reblaus-Katastrophe. Aber das weißt du ja schon.«

Er stand auf: »Ich will morgen zeitig in der Früh los. Ich werde mich nicht melden und du wirst mich nicht erreichen können. Wenn ich in vier Wochen nicht zurück bin, frag Tahar. Er weiß Bescheid. Mach's gut.« Er küsste sie auf die Stirn. Dann war er weg.

*

Es war am frühen Nachmittag des 24. Dezember, als sich im großen Wohnzimmer des Weingutes eine größere Gesellschaft eingefunden hatte, um den Heiligen Abend vorzubereiten. In alphabetischer Reihenfolge waren anwesend: Irina, Isabelle, Josip, Karl, Maita, Marion, Micky, Salem und Tahar. Salem und Josip waren am Abend zuvor aus Wien angekommen zusammen mit Micky. Dessen Schule hatte im letzten Moment doch auf der Anwesenheitspflicht bis zu den Weihnachtsferien bestanden. Marion hatte nachgefragt, bei Micky, bei Bodo, in der Schule, und das Bild, das sich nach und nach herausschälte, bestand grob gesagt darin, dass Bodo seinen väterlichen Pflichten eher salopp nachgegangen war, sodass die Schule gegenzusteuern sich gezwungen sah. So ungefähr musste sie sich das vorstellen und umso erleichterter war sie, als Micky endlich eintraf. Maita blieb cool, was bei einem Mädchen in ihrem Alter auf einen gewissen Grad an Zuneigung schließen ließ.

Mugeaux hingegen war nicht da und Marion wusste, dass sie erst am folgenden Tag, am Ersten Weihnachtsfeiertag, von Tahar eine Antwort erwarten durfte. Dann wäre Mugeaux genau vier Wochen weg gewesen. Sie hatte natürlich schon x-mal gefragt, wohin Mugeaux gefahren sei, warum, weshalb, zu welchem Zweck, aber Tahar schwieg beharrlich, und jetzt fürchtete sie sich vor der Wahrheit am Weihnachtstag. Was für ein gottverdammtes bescheuertes Timing, dachte sie.

Draußen war es den ganzen Tag nicht richtig hell geworden, ein gleichförmiges Grau hüllte alles ein. Am Tag zuvor hatte es kurz geschneit und ein paar weiße Flecken hatten sich auf dem Vorplatz gehalten. Im Kamin prasselte es, ein paar Kerzen verbreiteten mehr Atmosphäre als Licht und Karl hatte ein schlechtes Gewissen, weil er zum ersten Mal seit Menschengedenken Weihnachten nicht mit seiner Mutter verbrachte. Ihre ersten Tränen am Telefon, es waren unüberhörbar Freudentränen, hatten noch seiner Ankündigung gegolten, das nächste Weihnachtsfest zu viert zu verbringen, inklusive Enkel also. Dann aber kam das unvermeidliche »Ob ich das noch erlebe?«, und schließlich der mit nur scheinbar fester Stimme vorgetragene Abschiedsgruß: »Lass nur. Ich werde Bridge spielen mit meinen

Freundinnen. Vier alte Weiber, das wird sicherlich lustig. Irina sollte jetzt auch nicht mehr so viel durch die Gegend reisen. Grüß sie von mir. Frohe Weihnachten.«

Isabelle und Josip saßen am Tisch und schälten Kartoffeln. Maita schmückte den Baum, eine gut zweieinhalb Meter hohe Douglastanne, gerade waren die roten Kugeln an der Reihe, die ihr Micky aus einer alten Pappschachtel reichte. Salem löste ein Kreuzworträtsel, Irina war mit einer Häkelarbeit beschäftigt, einer sehr bunten Decke, wo im Moment Donald Duck im Entstehen begriffen war, während Tahar mit Stöpseln in den Ohren vor seinem Notebook saß. Marion, die es sich in einem Sessel vor dem Kamin bequem gemacht hatte, das linke Bein auf einem weichen Schemel, sah zu Karl hinüber, der am Fenster ins Grau starrte. Irina hob den Kopf und fragte in Richtung Karl: »Hat Kobiaschwili sich schon gemeldet?« Karl drehte sich halb zu ihr um, schüttelte den Kopf und starrte weiter. Nein, Dr. Kobi hatte sich noch nicht gemeldet, die Aufgabe, die er vor sich hatte, war auch keine für von heute auf morgen.

Seit dem Wiedersehen in Fontaine-de-Vaucluse war zwischen dem Weingut und dem Kloster ein reger Besuchsverkehr entstanden. Irina und Karl fuhren oft hinüber, man kochte zusammen, unternahm Ausflüge, verbrachte die Abende gemeinsam und wenn es spät wurde, übernachteten die beiden im Seitenflügel des Gutes. Marion ließ sich das Kloster zeigen und Karl demonstrierte, dass zweihundertdreißig Kilo auf der Beinpresse noch lange nicht sein Limit waren. Irina hatte ihm die Haare geschnitten und sie beobachtete belustigt, wie Marion ihn einige Male wohlgefällig musterte.

An einem Abend Mitte Dezember waren Karl und Irina zur Abwechslung allein im Speisesaal des Klosters Sénanque. »Das habe ich heute in der Bibliothek gefunden«, sagte Irina, »ganz zufällig, versteckt hinter Büchern. Es war eingeklemmt zwischen der Rückwand und einem Regalbrett. Ist wohl irgendwann dahin gerutscht.« Es war eine Art Kladde, brüchiger, dünner Karton, an den Ecken mit Stoff verstärkt und mit einem dünnen Band verschnürt. Auf der rechten unteren Ecke war mit spitzer Feder in altertümlicher Handschrift eine Bibliothekssignatur zu sehen: FP/IV/372.

Karl schnürte das Paket vorsichtig auf. Er klappte den Deckel zur Seite und sie sahen ein hauchzartes Blatt, wie Seidenpapier. »Handschuhe wären nicht schlecht. Oder eine Pinzette. Egal«, flüsterte Karl. Behutsam legte er das Deckblatt zur Seite. Zum Vorschein kamen, auf den ersten Blick grob geschätzt, zwanzig bis dreißig Bögen, allesamt dicht beschrieben. »Ist das Pergament?« Irina klang andächtig. Karl strich mit den Fingern am Rand des ersten Blattes entlang: »Glaube ich nicht. Eher Papier. Aber echt altes Papier.« Sie legten die ersten Bögen nebeneinander auf den Esstisch. Unschwer waren zwei Handschriften zu erkennen. Sie waren gut zu erkennen, denn die Schrift war kaum verblasst und beide Schreiber besaßen eine schöne, klare Handschrift. »Ich glaube, das sind auf alle Fälle Briefe. Das hier könnte Italienisch sein, aber ein altertümliches. Ich versteh jedenfalls kein Wort. Doch, hier schau mal, grazie per il vino, danke für den Wein. Das unterschreibt, warte, hier steht es, ein Francesco.« – »Der andere heißt wohl Jacques. Sieh mal, hier unten.«

Sie stöberten weiter. Legten alle Blätter aus, einundzwanzig waren es genau. Karl war in Entdeckerlaune. »Wir brauchen ein Datum. Die müssen doch irgendwo ein Datum notiert haben. Wenn ich einen Brief schreibe, dann fange ich oben rechts mit dem Datum an, meine Herren. Na bitte, hier, mal am Anfang, mal am Ende!« Sie sahen genauer hin, sahen Jahreszahlen. 1336, 1347, 1356, 1374. »Sieh dir das an, Irina. Vierzehntes Jahrhundert. Mittelalter. Über 600 Jahre her. Ach du liebe Zeit.«

Plötzlich stieß Irina einen Schrei aus: »Sieh mal hier, Karl, was da steht.« Sie deutete auf eine Zeile aus einem Schreiben des unbekannten Jacques und Karl las deutlich die Worte »Clos Gethseman«.

Ohne dass François etwas davon mitbekam, kopierte Karl am nächsten Tag die Blätter, scannte sie und schrieb eine E-Mail an Dr. Igor Kobiaschwili: »Lieber Doktor, in der Anlage finden Sie etwas, das Ihr Gelehrtenherz höher schlagen lassen müsste. Wir, also Irina und ich (ach übrigens: Irina ist guter Hoffnung. Sie hatten gar nicht so unrecht vor ein paar Wochen, als wir Sie besuchten) haben hier im Kloster Sénanque einen offensichtlich sehr alten, vermutlich aus dem

14. Jahrhundert stammenden Briefwechsel gefunden. Die Briefpartner unterzeichnen mit Francesco und Jacques. Wir sind am Inhalt dieses Briefwechsels vor allem deshalb brennend interessiert, weil darin der Begriff »Clos Gethseman« vorkommt, eine Weinlage hier in der Provence, auf der ein mysteriöser Wein gewachsen ist, zuletzt wohl im Besitz der Rothschilds, bis ihn schließlich die Reblaus vernichtete. Ich weiß, dass es nichts gibt, was Sie nicht wissen und nicht können und deshalb wage ich meine Bitte: Können Sie die anhängenden Blätter übersetzen? Es ist, so weit ich das beurteilen kann, eine Art Altitalienisch und Latein. Für Sie also kein Problem. Und dann noch eine zweite Bitte: Geht das Ganze bitte recht schnell? Wir alle hier sind nämlich schon ziemlich gespannt und dementsprechend ungeduldig.

Ich grüße Sie, auch von Ihrer Musterschülerin Irina, und von unserem kleinen Dritten im Bunde.

Ihr Karl Breitenstein.

Karl starrte immer noch aus dem Fenster ins Grau. Er dachte an Franzl Jünger, diesen armen Mann, der vor der Reblaus geflohen und in den Tiefen des Meeres gelandet war. Er dachte an die Clos Gethseman, die offenbar allgegenwärtig war und jetzt auch noch in Briefen aus dem 14. Jahrhundert auftauchte. Wegen der höchstwahrscheinlich die Kapuzinergruft schief stand, der Papst tot war und noch ein paar andere Missgeschicke passiert waren. Er dachte, um sich auf weihnachtlichere Gedanken zu bringen, an die kleine Mugaschwili oder den kleinen Breitenstein, die in seiner kaukasischen Göttin heranwuchsen, und er überhörte bei all dieser Denkerei beinahe, dass von draußen ein leises Brummen langsam anschwoll.

Die meisten Anwesenden, Isabelle, Tahar, Maita und Micky vielleicht ausgenommen, hatten in den letzten Wochen genug erlebt, um zu spüren, dass ein anschwellendes Brummen, das auf Hunderte begehrenswerter alter Flaschen Wein in einem tiefen, wohlverborgenen Keller zukam, nichts Gutes zu bedeuten hatte. Sie sahen sich stumm an und traten an die Fenster. Das Brummen wurde lauter und bedrohlicher, ein gemeines Dröhnen, das nach starken Motoren klang.

Zwei gelbe Augen schälten sich aus dem Grau heraus, dann noch zwei und noch einmal zwei, starke Scheinwerfer, in deren Licht der Nebel glitzerte. Es waren schwere Militärlaster, fünfzehn, sechzehn Stück mittlerweile, die langsam in den Hof hereinfuhren. Bullige Fahrzeuge mit gewaltigen Schnauzen, achtachsig, mit hoch aufragenden Aufbauten, die von dunkelgrünen Planen bedeckt waren.

Im Halbkreis formierten sie sich vor der Hauptfront des Hauses, als plötzlich aus der Lücke zwischen dem letzten und dem vorletzten Laster ein Jeep hervorprescht, mit knirschenden Reifen einen rasanten Bogen beschreibt und direkt vor dem Haustor zum Stehen kommt. Die Fahrertür schwingt auf und heraus klettert ein schlanker Mann mit einer Militärhose, einem olivfarbenen Pullover und einem kunstvoll geschlungenem Freischärler-Kopftuch. Mit seinem faltengegerbten Gesicht sieht er aus wie ein Krieger, der seit dem Dreißigjährigen Krieg sämtliche Schlachten der Weltgeschichte siegreich geschlagen hat.

Marion erkennt als erste die Sachlage: »Mugeaux, aber so was von pünktlich!«, jauchzt sie, reißt die Tür auf, humpelt hinaus und fällt ihm um den Hals. Die anderen folgen ihr, begrüßen ihn, berühren ihn, umarmen ihn. So fällt zunächst gar nicht auf, dass aus dem Jeep noch jemand ausgestiegen ist, ein kleines, altes, dünnes Männchen. Diesmal ist Irina die Erste. Ihre Stimme ist nicht ganz so laut wie die Marions, sie zittert vielmehr vor ungläubiger Überraschung, Verblüffung und Freude: »Urgroßvater!?« Alle drehen sich zu Nestor um. Karl hört die wohlvertraute Fistelstimme: »Irina, mein Täubchen. Wie schön, dich zu sehen. Euch allen eine frohe Weihnacht, hihihihi.«

15

Maitas Augen leuchteten. Es war Weihnachten. Kerzen brannten, Lametta und Christbaumkugeln funkelten und sie saß unter dem Weihnachtsbaum und hielt einen Fußball in ihren Händen, Mickys Weihnachtsgeschenk für sie. Karl hatte von Marion ein Taschenmesser bekommen, von Irina ein Buch über Petrarca und eine Turnhose und von Isabelle eine Bob-Dylan-CD. Er wiederum hatte Isabelle ein Kopftuch geschenkt, Marion einen Strohhut und Irina eine Wollmütze. Salem hatte aus Wien einen ganzen Koffer Haselnuss-Waffeln mitgebracht, sein Geschenk für alle. Tahar war ähnlich verfahren, er hatte marokkanische Armreifen mit orientalischen Ornamenten verschenkt. Von Marion war er mit einer mantelartigen Strickjacke bedacht worden, hellbeige mit einem großen roten Kreuz auf dem Rücken. Josip hatte Hosenträger bekommen, Irinas Idee, ein Feuerzeug von Karl und von Marion die Memoiren Gorbatschows. Micky hatte von seiner Mutter einen Pullover bekommen, von Karl eine Biografie über Mathias Sindelar, den Mittelstürmer des österreichischen Wunderteams der 30er Jahre, und von Maita eine Angelschnur. Nestor freute sich am meisten über die Bescherung, strich die Geschenkpapiere glatt und sagte zu Maita: »Morgen, mein Täubchen, kicken wir eine Runde, hihihihi.«

Mugeaux hatte Obst mitgebracht, Obst aus Kachetien, Aprikosen, Pflaumen, Birnen und Orangen. Isabelle hatte daraus einen Obstsalat gezaubert mit Walnüssen und Trester-Schnaps und dazu gab es zum Nachtisch ihre selbst gebackenen Sacristains, mit Zucker gepuderte und mit Nüssen gefüllte Blätterteigstangen. Spätestens danach waren alle so weit, dass Schnaps kreisen musste.

Bei der Ente à l'Orange, Isabelles weihnachtlichem Hauptgang, das Messer durch krosse Haut säbelnd, die Gabel beladen mit Gratin, den Mund voll mit zartem Brustfleisch, hatte Mugeaux zu erzählen begonnen. Nestor unterstützte ihn kichernd.

Die Rückkehr nach Georgien nach über sechzig Jahren hatte Mugeaux aufwändig vorbereitet. Er kam mit Tamtam nach Nisi – im Hubschrauber. Mit Geratter und Getöse landete er auf dem Dorfplatz, aus allen Ecken kamen neugierig Leute. Der Großvater ließ sich standesgemäß ein wenig Zeit, aber als die Rotoren stillstanden und Mugeaux schwungvoll aus dem Helikopter stieg, war auch er da. Langsam, gemessenen Schrittes ging er auf den Ankömmling zu. Dieser blieb stehen, nahm die Sonnenbrille ab und sah dem Alten eine kleine Ewigkeit lang wortlos in die Augen. »Keine Ahnung«, ergänzte an dieser Stelle Nestor, »was mein Sohn sich in diesem Moment gedacht hat. Wahrscheinlich glaubte er, dass schon wieder neue Interessenten für seinen Wein gekommen wären. Grischa, ich meine Gaston, sah ja auch ganz so aus.« Der Großvater hielt dem Blick nicht stand, ungewöhnlich für ihn, er legte die Hand in den Nacken, wusste nicht recht, wohin mit den langen Armen.

Mugeaux ist im Vorteil, er hält die Sonnenbrille arrogant an einem Bügel und sagt in die Stille hinein im Dialekt der Kacheten: »Herr Mugaschwili, vermute ich.« Der Alte legt schlagartig den Kopf etwas schief, kneift die Augen zusammen und will etwas sagen. Er kennt diese Stimme, mehr als alle Physiognomie, die sich ändert in den Jahrzehnten, sind es die Stimmen, die Menschen wiedererkennbar machen, selbst nach sehr langer Zeit. Und dennoch weiß er nicht recht, wo er diese Stimme unterbringen soll. Mugeaux zieht derweilen langsam seine Jacke aus, knöpft den linken Ärmel seines Hemdes auf und krempelt den Stoff nach oben. Er setzt die Brille wieder auf und fragt fast spöttisch: »Du bist Mugaschwili, oder?« Im Alten keimt eine Ahnung, ein unglaublicher Gedanke. Mugeaux macht seelenruhig am anderen Arm weiter, als etwas mit dem Alten passiert, womit selbst

Gaston nicht gerechnet hat. Eine Träne rinnt aus dem linken Auge, der Alte faltet die Hände vor der Brust und sagt leise, aber so vernehmlich, dass es alle hören auf dem gut besetzten Dorfplatz: »Grischa?«

Mugeaux tritt einen Schritt nach vorn, und schlägt dem Alten mit voller Wucht krachend die Faust zwischen die Augen. Das Geräusch ist gemein, vor allem die Stille danach, in der alle wissen, wie höllisch weh das getan haben muss, und umso mehr fällt das klatschende Geräusch auf, das von hinten zu hören ist, wo sich ein kleiner alter Mann, der in einem bequemen Stuhl an der Hauswand sitzt, feixend auf den Oberschenkel haut. »Ich hab Grischa gleich erkannt, als er aus dem Hubschrauber stieg. Und ich wusste auch, was dann passieren würde.« Ausnahmsweise kicherte Nestor diesmal nicht.

Der Rest war schnell erzählt. Der Großvater erholte sich nicht mehr von dem Schlag. Weniger physisch, als vielmehr psychisch und sozial. Mugeaux übernahm das Regiment. Trotz seiner Jahre ist er der junge Mugaschwili und alle im Dorf sahen und akzeptierten es. Schweres Gerät kam aus dem Tal, Laster der georgischen Armee, Kräne, Bagger, Planierraupen. Mugeaux wusste genau, was er wollte, er teilte die Leute ein, er organisierte die Schichten, denn es wurde Tag und Nacht gearbeitet. Scheinwerfer und Fackeln beleuchteten das Gelände. Nach zwanzig Tagen und zwanzig Nächten war die Arbeit getan.

»Ich war auch am Grab deiner Mutter, Irina. Am Grab meiner kleinen Tamara.« Mugeaux kämpfte mit den Tränen. Karl nahm Irinas Hand in die seine. Nestor hatte seinem Enkel die Stelle auf dem kleinen Friedhof gezeigt. Es war ein einfacher Stein, grau mit goldenen Lettern: Tamara Mugaschwili 1926–1969. Gaston, den sie einst Grischa genannt hatte, stand lange vor dem Grab. Machte er sich Vorwürfe, dass er nach dem Krieg nicht zurückgekehrt war? Hasste er seinen Vater immer noch so sehr, wie er ihn bei seiner Ankunft in Nisi gehasst hatte? Er versuchte, ein Bild seiner Tamara herauf zu beschwören, aber es gelang ihm nicht. Er dachte an Irina, die Tochter seiner Tamara, legte die Blumen aufs Grab und ging.

Die Arbeit war getan. Es war die Woche vor Weihnachten, als er Nisi verließ. Der Großvater konnte schlecht atmen und kaum etwas sehen unter dem Verband in seinem Gesicht. »Ich nehme dir das Wichtigste«, sagte sein Sohn ihm zum Abschied, »so wie du mir das Wichtigste genommen hast. Mein Leben in der Heimat. Und mein Leben mit meiner Frau.« Der Urgroßvater strahlte schon, als Mugeaux sich zu ihm wandte: »Klar komme ich mit. Ich will doch noch was erleben.« Im Morgengrauen fuhren sie los. Ein Jeep und achtzehn Lastwagen. Unter den Planen der Weinberg der Mugaschwili. Die besondere Lage.

Am Morgen nach dem Weihnachtsessen war der Himmel blau und die Sonne wärmte zaghaft die Luft. Karl spielte mit Maita, Micky und Nestor im Hof Fußball. Der Urgroßvater agierte begreiflicherweise mehr aus dem Stand, überzeugte jedoch mit einigen technischen Kabinettstückchen, ganz im Gegensatz zum hüftsteifen Micky. Karl war beweglich und laufstark, er fluchte, wenn ihm die Bälle versprangen. Maita war ein Wirbelwind. Ebenso zierlich und grazil gebaut wie ihre Mutter, schien sie über unendliche Energien zu verfügen, sie sprang dem Ball hinterher wie ein junger Hund, schoss ihn gekonnt und laut jauchzend durch die Gegend und als er, ziemlich scharf getreten, auf Karls Nase landete, bog sie sich vor Lachen. Karl trat ihn unkontrolliert zurück, aber Salem stand vor der Tür, federte den Oberkörper zurück, sodass der Ball sich über seinem Bauch festsaugte. Dann ließ er den Ball von seiner Brust auf den Spann tropfen und lupfte ihn übergangslos in Maitas Arme. »Super«, rief Karl keuchend, »wo hast du das denn her?«

Gegen Mittag entdeckte Karl, dass eine Mail von Dr. Kobiaschwili eingegangen war. »Lieber Karl, Glückwunsch! Was für ein Fund! Ich habe einen Kollegen vom Institut für mittelalterliche Geschichte hinzugezogen und wir sind uns beide sicher: Der eine Briefpartner ist niemand anderes als Francesco Petrarca. Einer der größten Gelehrten des Mittelalters. In der Geschichte Österreichs spielte er eine nicht ganz unwichtige Rolle. Als die Habsburger im 14. Jahrhundert Ostarrichi als Lehen empfingen, wollten sie sich eine besondere Stellung gegenüber dem Kaiser sichern. Sie ließen das sogenannte Privilegium maius anfertigen, eine dreiste Fälschung von hinten bis vorne. Die aberwitzigste Passage war, dass Österreich ihnen, den Habsburgern, bereits von Caesar und dann noch einmal von Nero verliehen worden war. Der Kaiser sandte das Dokument an Petrarca, dem damals führenden Experten für antike Schriften, zur Prüfung. Der konnte nur müde lächeln über die plumpe Fälschung und der Kaiser war souverän genug, die Angelegenheit totzuschweigen, so wie man unbelehrbaren Zeitgenossen und ungezogenen Kindern oft am besten mit Nichtbeachtung begegnet. Die Habsburger selbst glauben wahrscheinlich heute noch an den Schmäh. Ich merke jedoch, ich schweife ab.

Über den anderen Briefpartner, er nennt sich Jacques, ist aus den Quellen nichts zu erfahren. Wir haben die wichtigsten Passagen übersetzt, ich habe mir erlaubt, an der einen oder anderen Stelle Kommentare einzufügen, da ich vermute, dass du nicht mit allen Gegebenheiten der Geschichte des 14. Jahrhunderts vertraut bist. Alles in allem ist der Briefwechsel eine Sensation, für die wissenschaftliche Welt eine fast ebenso große wie mein Fund aus London – :). Viel Spaß bei der Lektüre und wir sollten uns gemeinsam überlegen, welche Publikationsstrategie wir wählen. Die Historikerzunft gleicht bekanntermaßen bei der Veröffentlichung neuer unbekannter Quellen einem Haifischbecken. Ich wünsche euch eine frohe Weihnacht und grüße Irina und das Ungeborene von mir. Igor Kobiaschwili.«

Karl druckte die Anlage aus, nahm sich ein Glas Wein, setzte sich im Esszimmer zwischen Kamin und Weihnachtsbaum und begann zu lesen.

»Am 28. April a.D. 1336 zu Vallis Clausis.

Lieber Freund und Gefährte, dein Rat, den Ventosus zu besteigen, den Windigen, wie er nicht unverdientermaßen genannt wird, war einer, der mir, wie du es voraussagtest, die Seele erweiterte und meinem zerrissenen Innersten eine Wohltat war. Auch der Weg, den du, deinen eignen Erfahrungen folgend, mir geraten hast, derjenige nämlich von Malaucène ausgehend an der nördlichen Flanke empor, erwies sich als vortrefflich gewählt. Zwei Tage ist es jetzt her *(Anmerkung IK: Das bedeutet, dass Petrarca die Besteigung des Mont Ventoux am*

26. April 1336 unternahm, was in der Forschung auch bislang unstrittig war. Mir ist nur aufgefallen, dass dies auf den Tag genau 650 Jahre vor einem anderen epochalen Mensch-Natur-Ereignis stattfand. Am 26. April 1986 nämlich krachte in Tschernobyl der Atomreaktor zusammen und mit ihm ein menschlicher Naturbeherrschungswahn. Die Koinzidenz der Jahreszahlen bedeutet objektiv gesehen natürlich rein gar nichts, für uns Zahlenmystiker aber ist sie ein wahres Fest.), dass ich den Berg nicht ohne viel Beschwerde erklommen habe. Heute sitze ich wieder in meiner beschaulichen Klause nahe Fontaine im Vallis Clausis und möchte dir berichten, wie es ergangen ist. Ein langer Tag, schmeichelnde Luft, Lebensfeuer des Gemüts, Kraft und Gewandtheit des Leibes und was es sonst dergleichen geben mag, stand mir beim Wandern zur Seite; einzig widerstand mir die Natur des Ortes. Anfangs kletterte ich munter los. Aber wie es meist geschieht, folgt dem ungeheuren Unterfangen geschwind die Ermattung. So ließ ich mich denn, ermattet und enttäuscht, auf einem Wiesengrund am Hang nieder. Dort schwang ich mich auf Gedankenflügeln vom Körperlichen zum Unkörperlichen hinüber und wies mich selbst zurecht: Die Bewegungen des Körpers liegen zutage, die der Seele jedoch sind unsichtbar und verborgen. Das Leben, das wir das selige nennen, liegt auf hohem Gipfel, und ein schmaler Pfad, so sagt man, führt zu ihm empor. Auf dem Gipfel ist das Ende aller Dinge und des Weges Ziel, darauf unsere Pilgerfahrt gerichtet ist. Es ist nicht zu glauben, wie sehr diese Überlegung mir zu dem, was noch zu tun verblieb, Geist und Körper aufrichtete. Alsbald war der Gipfel da, der höchste von allen. Auf seinem Scheitel ist eine kleine Hochfläche. Dort stand ich, durch einen ungewohnten Hauch der Luft und durch einen ganz freien Rundblick tief bewegt, einem Betäubten gleich. Ich schaue zurück nach unten: Wolken lagerten zu meinen Füßen. Ich richte nunmehr meine Augen nach der Seite, wo Italien liegt, nach dort, wohin mein Geist sich so sehr gezogen fühlt. Die Alpen selber – eisstarrend und schneebedeckt –, über die einst der wilde Feind des Römernamens mit seinen Rüsseltieren zog, der, wenn wir dem Gerücht Glauben schenken wollen, die Felsen mit Essig sprengte – sie erschienen mir greifbar nahe, obwohl sie durch einen weiten Zwischenraum getrennt sind. Sodann wandte ich mich um und blickte zurück gen Westen. Der Grenzwall des gallischen Landes und Hispaniens, der Grat des Pyrenäengebirges, ist von dort nicht zu sehen, nicht dass irgendein Hindernis dazwischenträte – nein, nur infolge der Gebrechlichkeit des menschlichen Sehvermögens. Hingegen sah ich klar zur Rechten die Gebirge der Provinz von Lyon, zur Linken sogar den Golf von Marseille und den, der gegen Aigues-Mortes brandet, wo doch all dies einige Tagreisen entfernt ist. Die Rhone lag mir geradezu vor Augen und ich gewahrte deutlich die Stadt Avignon und die Paläste, in denen die flüchtigen Herren Roms jetzt hausen. Ich ermahnte mich, die Zeit drängte zum Abmarsche, denn schon neigte sich die Sonne und der Bergesschatten wuchsen in die Länge. Noch tief bewegt von den Eindrücken der mächtigen Natur in der aufgewühlten Brust gelangte ich in tiefer Nacht zurück zu der bäuerlichen Herberge, von wo ich vor Tageslicht aufgebrochen; und die mondhelle Nacht gewährte mir beim Gehen willkommenen Beistand.

Jacques, mein lieber Freund, es war mit einem Wort genauso, wie du prophezeit hast, wenn auch die geschilderten Empfindungen nur meiner Seele angehören. Oft musste ich daran denken, dass du, der du doch der weitaus Ältere bist, mir in deinen Erzählungen viel jünger vorkommst, plus jeune, wie die Einheimischen hier sagen. Eine altersweise Jugendlichkeit spricht aus dir und alles, was du zu mir gesprochen hast, in Sonderheit meine Liebe zu Laura, dem Spross der Familie de Sade betreffend, habe ich wohl bedacht. Der Chevalier de Sade ist notabene unter die Weinbauern gegangen, die Erzeugnisse seiner Clos Gethseman liefert er direkt an den Palast des Heiligen Vaters. Vittorio Colonna, mein Freund, steht im nah, und hat mir davon berichtet. Ob der de Sade'sche Wein es mit dem deinigen aufnehmen kann, mögen die Götter entscheiden, die dafür zuständig sind. Sei gegrüßt und bedankt, wackerer Jacques Plusjeune, von Francesco Petrarca.«

(Anmerkung IK: Hier, lieber Karl muss ich erklärend etwas ausführlicher werden. Die Gemeinde der Gebildeten kennt seit Jahrhunderten den berühmten Brief des Francesco Petrarca, den er nach seiner Besteigung

des Mont Ventoux an seinen Freund Francesco Dionigi geschrieben hat. Ohne äußeren Sinn und Zweck, rein aus innerem Antrieb auf Berge zu steigen, war in diesen Zeiten vollkommen neuartig und so gilt Petrarca in manchen Kreisen auch als Ahnherr des Alpinismus. Diese geistige Fährte, die dann über Luis Trenker, Edmund Hillary zu Reinhold Messner führt, ist sicherlich nicht falsch gelegt, man sollte sie gewissermaßen bis Neil Armstrong weiter führen, denn Petrarcas Blick von oben in die Weiten der Natur bietet eine ähnlich umwälzend neue und exklusive Perspektive auf die Welt, wie ihn die Weltraumfahrer erfahren haben, die vom kleinen, zerbrechlichen, blauen Planeten in den Weiten des Alls berichteten. Zwei Dinge sind nun bemerkenswert: Zum ersten tauchen in unserem Brief, der nur zwei Tage nach der Besteigung verfasst ist und nicht 17 Jahre später wie der berühmte Dionigi-Brief, entscheidende Passagen gar nicht auf. Dort, im Dionigi-Brief, gibt es die vielzitierte Stelle als Petrarca auf dem Gipfel die Landschaft betrachtet, er zu seinem Exemplar der »Bekenntnisse« des Kirchenvaters Augustinus greift und eine scheinbar völlig zufällig gewählt Stelle daraus liest. Sie lautet: Und es gehen die Menschen, zu bestaunen die Gipfel der Berge und die ungeheuren Fluten des Meeres und die weit dahinfließenden Ströme und den Saum des Ozeans und die Kreisbahnen der Gestirne, und haben nicht acht ihrer selbst. *Was dann folgt, ist eine Erweckung, die Erweckung Petrarcas zur eigenen Innenschau. Im Dionigi-Brief heißt es nämlich weiter:* ›Ich war wie betäubt, ich gestehe es und ich schloss das Buch im Zorne mit mir selbst darüber, dass ich noch jetzt Irdisches bewunderte. Hätte ich doch schon vorher – selbst von den Philosophen der Heiden – lernen müssen, dass nichts bewundernswert ist außer der Seele: Neben ihrer Größe ist nichts groß.‹ *Verstehst du, Karl! Diese Stelle, die in der Geistesgeschichte als eine der Urzellen der Zerrissenheit des Menschen zwischen Weltbezug und Innenschau gilt, seinem Blick nach außen und der Wendung nach innen, diese Stelle, die eigentlich den Rang des berühmten Petrarca-Briefes begründete, beruht gar nicht auf wirklichem Erleben, sondern wurde nachträglich von ihm eingefügt, aus welchen strategischen Überlegungen auch immer. Nach meinem bescheidenen Dafürhalten könnte man sogar einen Schritt weitergehen und mit dem Petrarca-Brief die ganze Innerlichkeitsscheiße und den neumodernen Seelenquark beginnen lassen, aber das spar ich mir.*

Karl legte die Seiten des Doktors zu Seite und nahm einen tiefen Schluck Wein. Er musste wieder an die ›gebildete Muße‹ denken, die ihn so schwer beeindruckt hatte, oben auf dem Mont Ventoux bei seiner Petrarca-Lektüre. Aber dann las er weiter.

Die zweite Sensation ist ja ganz ohne Zweifel dieser Jacques und die eher privaten Informationen, die Francesco ihm am Ende zukommen lässt. Mal ganz abgesehen davon, dass Jacques wohl kurz vor Petrarca den Mont Ventoux bestiegen hat und die Idee, das Gleiche zu tun, Francesco von unserem Jacques eingepflanzt bekam. Wenn du »Jacques Plusjeune« übrigens, wie er seinen Freund spielerisch und foppend nennt, ins Deutsche übersetzt, wird mir ganz schwindelig. Ich fahre zunächst aber fort mit der Übersetzung einiger ausgewählter Briefstellen.)

Karl nahm wieder einen Schluck Wein. Jacques Plusjeune, so viel Französisch brachte er auch ohne Wörterbuch zusammen, hieß wörtlich übersetzt Jakob Jünger. Er nahm sich vor, Jakob bei Gelegenheit zu fragen, wie weit die Geschichte seiner Familie in die Vergangenheit zurückreiche. Und wie weit verzweigt sie in Europa sei. Ob es da vielleicht auch noch einen James Younger, einen Giacomo Piugiovane oder einen Jaime Masjoven gäbe. Am Hofe Karls des Großen, als Legionär in Caesars Truppen oder als Priester bei den Pharaonen. Oder ob man die Reinkarnationslehre neu denken müsse. Dass ein James Younger ihm erst kürzlich als Weinlieferant von Karl Marx begegnet war, fiel ihm dabei gar nicht auf. Er nahm noch einen Schluck Wein und las weiter.

»Paris am Pfingstfest 1336

Lieber Freund Francesco, Überwinder der Mühen und Erklimmer der Höhen, dein Bericht über die Besteigung des Ventosus ist ein hübsches Stück Poesie, das mir die Tage in diesem lärmenden Strohdorf Paris ein wenig farbiger gestaltete. Die alternde Schule der Scholastik treibt hier ihr greises Spiel mit müßigen Axiomen und Syllogismen, sie ist in Wahrheit ein durch Nachtwachen und Fasten ausgemergeltes Geschlecht. Da lob ich mir die frischen Winde des Ventosus und preise dich, der den anderen heiligen Berg der Mark Kelgurien, den St. Victoire vor den Toren von Aix, zum Greifen nah vor sich findet. Ich kann dir nur raten, auch ihn zu ersteigen und bevor du dies tust, nimm den Zeichenstift zur Hand oder den Malerpinsel und halte die Ansicht fest, die er von Aix aus dem Betrachter bietet. *(Anmerkung IK: Hoppla! 550 Jahre später macht Paul Cézanne genau dies. Rührend schöne Bildnisse des Mont St. Victoire. Dieser Jacques wird einem allmählich unheimlich.)* Ein Fest für die Augen einer wahren Künstlernatur. Ja, sie ist unser Freund, die Natur, sie stammt vom gleichen Schöpfer, der auch uns gemacht hat, und sie hat mehr von seiner Weisheit und Herrlichkeit, als viele seiner beseelten Geschöpfe. Die Alten hatten noch ein Gespür dafür, während die Kirche, die sich die heilige und katholische nennt, allem Natürlichen, in Sonderheit so es im Menschen selbst sich regt und äußert, ein Feind geworden ist. Nun noch ein Wort zur Clos Gethseman, die jetzt dem Chevalier de Sade gehört. Gehört sie ihm wirklich oder ist er nur ein armer Knecht, der für die Herren Colonna und Orsini und wie die mächtigen Familien Roms alle heißen, die Arbeit nach Bauernart macht? Die Colonnas und die Orsinis, die Sforzas, Viscontis und neuerdings die Medici in Florenz, sie machen die Päpste und wenn sie es nicht selbst sind, dann ist es einer von ihren Gnaden, selbst wenn er Franzose ist. Und immer hat dieses ganze Pack die Hand auf der Clos Gethseman, von der sie glauben, dass ihr Herr Jesus … Genug! Ich schreibe mich in Zorn und Rage und vergesse darüber beinahe dir zu berichten, dass der Wein auf dem Wege zu dir ist und so wollen wir es halten noch viele Jahre. Dein Freund Jacques. PS: Den »Plusjeune« finde ich äußerst apart und werde ihn annehmen dir zu Ehren.« *(Anm. IK: Der Zusammenhang zwischen dieser Clos Gethseman und Jesus erschließt sich mir nicht, für wesentlicher halte ich, dass aus diesem Jacques ein Anti-Papist reinsten Wassers spricht und das ist für das frühe 14. Jahrhundert schon sehr außergewöhnlich. Es kommt aber noch besser! Das nächste Schreiben ist wieder von Petrarca und es enthält zusätzlich einen Anhang. Auch dies wieder etwas völlig Neues, das war in der Petrarca-Forschung bislang völlig unbekannt, dass der Dichter Anhänge verschickte. Aber lies selbst:)*

»Vallis Clausis, Mariae Himmelfahrt 1337

Lieber Freund Jacques, ziemlich genau auf den Tag ist es dreißig Jahre nun her, dass der König Frankreichs, Philipp, der Schöne, wie er nun oft tituliert wird, an einem einzigen Tag dem Orden der Ritter vom Heiligen Tempel den Garaus machte. Wir beide wissen zu gut, wie die Geschichte nach jenem Tag im Mai des Jahres 1307 ihren fürchterlichen Verlauf nahm, welche skandalösen und irrwitzigen Anschuldigungen gegen den Orden vorgebracht wurden, wie die Folterinstrumente der Heiligen Inquisition die abstrusesten Geständnisse hervorbrachte und wie schlussendlich Jahre später der Großmeister Jacques de Molay auf dem Scheiterhaufen seine arme Seele aushauchte. Ich schicke dies voraus, da die wunderliche Begegnung, die ich dir schildern will, mit diesen lange zurückliegenden Ereignissen auf das Innigste verwoben ist und, um deine Aufmerksamkeit noch zusätzlich zu schärfen, mit jener mehrmals erwähnten Clos Gethseman obendrein.

Wie dir bekannt sein dürfte, ist das Wandeln und Gehen eine der Beschäftigungen, welche die Seele erfrischt und mir daher zu einer der liebsten geworden ist. Vor einer Woche nun führten mich meine Schritte zu den Brüdern in die Abtei zu Sénanque, was von meiner Klause im Vallis Clausis in gut vier Stunden zu bewältigen ist. Der Abt, Bruder Regibaud, ist ein alter Freund von mir und bot mir Herberge für drei Tage. Am letzten Abend führte er mich in die Kammer eines Mitbruders, der jedoch, so stellte sich alsbald heraus, keineswegs dem Orden der Zisterzienser angehörte. Er, der mir als Bruder Guilhem von Charpes vorgestellt wurde, war vielmehr – ein Tempelritter. Einer, der offenbar an der letzten großen Schlacht um Akkon Anno 1291 teilgenommen hat und einer der wenigen, der den Verhaftungen im Jahr des Herrn 1307 entgangen war, um später dann, als die Wogen sich etwas geglättet hatten, Zuflucht bei den Brüdern von Sénanque zu finden. Die Zisterzienser sind, wie dir bekannt ist, ja mehr oder weniger der Zwillingsorden zu den Templern, das Schwert hier, der Geist dort. Bruder Guilhem ist ein alter Mann, er wird jenseits des achtzigsten Lebensjahrs stehen, und er hatte wohl das Bedürfnis, eine Art Lebensbeichte abzulegen. Mein Freund, Abt Regibaud, hatte mich bereits vorgewarnt und so saß ich mit Papier und Feder in der Klause des Templers, um seine Erzählungen zu hören und gleichzeitig meinem Gedächtnis mit Hilfe von Notizen Unterstützung zu gewähren. Denn aufschreiben sollte ich die Geschichte, das war der ausdrückliche Wunsch Bruder Guilhems. Er sprach stockend, der alte Mann, er stammt von jenseits des Pyrenäen-Gebirges, sodass seine Sprache nur entfernt dem Idiom gleicht, welches hierzulande gesprochen wird. Das, was ich auf den anhängenden Papieren notiert habe, ist der Versuch, seine Worte so getreulich wie möglich wiederzugeben. Es ist so um einiges lebendiger, wenn es auch mit meinem Verständnis von literarischer Sprache nur wenig zu tun hat. Ich bin gespannt, was du dazu zu sagen wirst haben und grüße dich herzlich. Francesco Petrarca.«

(Es folgt nun der »Anhang«. Diesen zu übersetzen, war, ehrlich gesagt, nicht leicht, ich hoffe aber, ihn in ein einigermaßen lesbares Deutsch übertragen zu haben. IK)

»Zu wenig Schiffe! Sie haben uns in der Zwickmühle, die malefitzigen Muselmanen, Mamelucken, Mohren, Mauren, Mistfinken. Haben die Mauern von Akkon in Stücke gehauen. Mit Steinschleudern und Wurfmaschinen, die groß wie Kirchentürme sind und gelbes Feuer speien. Griechisches Feuer, kein Kraut gewachsen. Hintendran sechzig mal tausend Reitersmann und hundertsechzig mal tausend Fußvolk. Kommen von allen Seiten, die Horden des Sultans El-Aschrafs mit den flinken Pferden, den kurzen Säbeln, dem gotteslästerlichen Geschrei auf den Lippen. Alle Christenmenschen fliehen, wir nicht. Templer fliehen nicht, Templer kämpfen, Templer sterben, Templer nie und nimmer niemals fliehen. Auch die Hospitalier halten sich tapfer, ein paar der Ritter aus dem Frankenreich hauen erst Muselmanen in Stücke, bevor sie selber massakriert werden. Die anderen Christenmenschen fliehen, so sie können. Zu wenig Schiffe. Sinken schon innerhalb der Mole wie das vom Patriarchen Nikolaus, dem Barmherzigen, der einen und noch einen Flüchtling ins Boot zieht, bis es überläuft und absäuft mit Mann und Maus. Überall ein Gedrücke und Gestolpere in den Gassen, Gewusel und Gedränge am Kai, rennen sich über den Haufen, zermalmen sich gegenseitig, jeder für sich, keiner fürs Christenkreuz. Dazwischen die Muselmanen mit Geifer vor dem Mund und Messer in der Hand, überall Blut, stinkendes Gedärm, Geschrei, Gewimmer, abgehauene Köpfe, durchschnittene Kehlen, zertretene Kinder, geschändete Jungfrauen, gemetzelte Frauen. Tohuwabohu, Armageddon. Gott schweigt und sieht zu. Wir waren vier, vier von den letzten Templern, vier von vielleicht dreißig im Templerhaus, gegürtet, kampfbereit, todesmutig, alle ein brüderliches Lachen im Gesicht. Der Großmeister lag derweilen aufgebahrt im Refektorium, durchbohrt und aufgeschlitzt vom Hals abwärts bis zum Gemächt. Wir vier und einer, der uns anführte, Roncelin genannt, ein Ritter aus der kelgurischen Mark. Er führte uns, den Schatz der Templer zu retten, wie sie uns hießen. Tief nach unten ins Gewölbe vom Templerhaus, wo es kalt war, ruhig, kein Schlachtenlärm, nichts. Zwölf Bottiche standen da, zwölf Weinstöcke darin, zwölf Kerzen davor. Roncelin bekreuzigte sich, wir taten dasselbe, dann trieb er uns an. Immer zu zween mit Stangen schleppten wir das Zeugs raus, sechs Mal die halbe Meile in eine dunkle Ecke im Hafen und wieder zurück, immer mit dem Schwert mittendurch. Alles auf ein Boot verladen, eine mickrige Schaluppe, die es mit Ach und Krach schaffte an der Küste entlang hinauf nach Sidon. Das Letzte, was wir sahen von Akkon, der glorreichen Hauptstadt von Outremer, war das Haus der Templer, wie es oben auf dem Fels wankte, schwankte, einstürzte, die Mauern fielen wie von Riesen bewegt, Staub, Steine, erschlagene Maultiere, zerquetschte Pferde, Menschen zermalmt. Die Angreifer selbst, johlend im Triumphgeschrei stürmten sie in die sterbende Burg, wurden zu Hunderten begraben von ihrem eigenen Werk. In Sidon gab es ein richtiges Schiff mit reichlich vierhundert Mann an Bord und den zwölf Bottichen im Bauch. Es ging nach Cypern, dann nach Marsalia an die Küste des Frankenreiches. Wieder laden und packen und tragen und rauf auf den Wagen, und dann am Rhonefluss aufwärts. Der Nordwind blies uns ins Gesicht, die Pferde standen mehr als sie gingen und schnaubten vor Last und Windsgebräu und schlammigem Dreck in der Luft. Das war Kelgurien, wo der Roncelin herkam, ein ödes Stück Land, trocken wie Filz, heiß wie die Wüste am Toten Meer und alles flach geduckt von den Winden aus Nord und aus Süd. Nach Osten ging's weg von der Rhone zum schrundigen Felsgebirg, das aussieht wie die Schulter des Satans, davor er hingeschissen hat, der Höllwart, trockener als Filz, so trocken wie ein Furz ist das Land da und grad so fruchtbar wie der Schoß von dem Teufel sin Frau, und seine Kötel liegen rings rum noch als Stein gewordner Höllenschiss. Da war ein Haus aus Stein, das ist das Fos, hat er gesagt, der Roncelin de Fos. Und dann wieder schuften und rackern und ackern. Immer im Schatten des Windes, heute bläst er so, morgen grad andersherum. Stein für Stein das Feld bestellen, Furchen ziehen und Erde drauf und untergraben und Gräben graben, damit das Wasser sich teile. Immer wieder Wasser, mal zu wenig, mal zu viel, mal überschäumend und alles ertränkend, mal wieder alles trocken wie eine welke Fut. Eine Heidenarbeit ein ganzes Jahr lang und noch viel mehr. Aber wohlgetan, der Weinacker wuchs und wuchs. Und obendrein noch ein Kirchlein bauen, oben auf dem Hügel mit klafterdicken Wänden und einem Vorbau, worin sich gut weilen ließ. Im Spätsommer Anno 1294 war es dann so weit. Die Stöcke trugen Trauben, die Trauben trugen wir zu den Fratres nach Sénanque und 1295 gab es Wein. Und dann kamen sie zum Fos. Zum steinernen Haus. Die Legaten des Papstes und seiner Kardinäle, die Abgesandten des Frankenkönigs und von dem aus den deutschen Landen. Der Herzog von Ostarrichi kam höchstpersönlich und die es nicht weit hatten aus dem Burgundischen und dem Aragonesischen. Von jenseits der See kamen sie, aus dem Engeland, und den weitesten Weg hatten die aus dem Norden, die vom Dänenkönig kamen und von dem aus Livland. Das war ein Getrappel und ein Hufeschlagen und ein pfingstliches Geschrei aus Zungen aller Herren Länder. Und viel Pfaffenpack war dabei, das waren die, welche die Bischöfe geschickt hatten, aus Salzburg und aus Cremona, aus Lyon, Köln, Mainz, Palermo und Mailand und weiß der Teufel woher. Alle wollten den Wein und der Acker musste weiterwachsen und es war Heidenarbeit das ganze Jahr lang und jedes Jahr und immer weiter. Zweimal im Jahr kam der Großmeister, der von Molay, und holte, was zu holen war für den Schatz der Templer in Paris. Das waren Truhen voll mit Gold und Dukaten und anderem Glitzerkrimskrams. Weiß der Henker. Der kam, der Henkersmann, im Dreizehnhundertsiebenerjahr. Zuerst der Sergeant des Königs und seine Gehilfen. Sie schlugen Roncelin in Ketten und meine drei letzten Gefährten tot. Ich floh. Versteckte mich in den Wäldern, lebte von Beeren, Nüssen und Vögeln, die ich erwürgte. Jetzt bin ich hier und selber bald tot. Gott sei's gedankt. Roncelin gestand, widerrief, widerrief und gestand, wie der von Molay. Was, weiß der Henker. Geholfen hat's nichts, wie auch. Der Wein sei verflucht wie der Papst und alle Könige und alles Fürstenpack, der Wein aber zuallererst, das Teufelsgebräu aus Satans verschissener Erde.«

(Anm. IK: Soweit also der Anhang. Jacques hat darauf, soweit ich sehe, nicht geantwortet. Das könnte die verschiedensten Ursachen haben, möglicherweise aber auch den ganz simplen, dass Briefe verloren gegangen sind. Der nächste Brief, der für dich von Interesse ist, datiert jedenfalls zwölf Jahre später, also 1349. Jacques hat wieder das Wort.)

»Lieber Freund und poeta laureatus!
Laura verloren und den Lorbeer gewonnen – in welche Höhen und Tiefen des Lebens Wechselspiel uns doch führt. Mein Mitgefühl zu jenem, meine demütige Verneigung zu diesem. *(Anm. IK: Ein schwer zu übersetzendes Wortspiel. Laura war die entsagungsvoll Geliebte und Besungene Petrarcas aus seiner Zeit im Vallis Clausis, Laurus ist lateinisch Lorbeer. Laura war ein Jahr zuvor in Avignon an der Pest gestorben, einige Jahre vorher hatte Petrarca in Rom den Lorbeer als Dichterfürst erhalten, Tausende hatten ihm auf dem Kapitol zugejubelt.)* Meine Geschicke haben mich nach Avignon geführt und da du seit Längerem nicht mehr in der Papststadt an den wilden Ufern der Rhone gewesen bist, *(Anm. IK: Petrarca lebt seit einigen Jahren nicht mehr in der Provence, sondern in Rom und in den Fürstenstädten Italiens)* will ich kurz anmerken, wie es zugeht in diesem angemaßten

Rom. Ich rede nicht einmal von der Prunksucht und der Verschwendung, die in den Palästen des Heiligen Stuhls gepflegt werden, die grenzenlose Schande in diesem übelsten Babylon von allen sind die Scharlatane, Hochstapler und Betrüger, die wie Motten um den Stuhl Petri schwirren. Mit einem Wort: der letzte Dreck des Erdkreises. Der widerwärtige Schmutz, der aus dieser usurpierten Cloaca tagtäglich heraus stinkt, hat mich nicht abgehalten, meine Schritte hierher zu leiten, wollte ich doch aus der Nähe erkunden, was aus der Clos Gethseman geworden ist. Der Weinberg wächst und gedeiht und bringt reichlich Früchte, was ich vor über fünfzig Jahren, als Roncelin de Fos ihn anlegen ließ, nicht erwartet habe. Der Lüstling, der sich Papst Clemens VI. nennt, lässt sich täglich einen oder noch mehr Liter daraus kredenzen, bekreuzigt sich bei jedem Schluck und meint, seine bacchantischen Gelage in seinen geliebten Bordellen im Kreise seiner Neffen, Nepoten und Günstlinge, die er allesamt zu Kardinälen gemacht hat, auf diese Weise ad ultimo ausdehnen zu können. Du kennst die Legende, die von den Templern über die Clos Gethseman in die Welt gesetzt wurde, und ich sage dir, mit den Legenden ist es wie mit dem Evangelium: Man muss sie nur glauben, dann wirken sie auch.

Ich schließe und will nur noch anmerken, dass der 48er Jahrgang gut geworden ist und deine Ration auf dem Weg nach Rom ist. Dein treuer Freund Jacques, immer noch der Plusjeune.«

Karl hatte sich nachgeschenkt und dachte über die Clos Gethseman nach. Ja, was nun, dachte er, Legende oder nicht? Von den Templern aus Palästina gerettet, wie ja auch die Bekenntnisse des Guilhem von Charpes nahelegten oder nicht? Leben verlängernder, Macht zeugender Wein oder nicht? Maurus war eindeutig gewesen, dieser Jacques nicht.

(Die weiteren Blätter, die den Zeitraum bis 1370 abdecken, sind eher für Spezialisten interessant. Ich gebe noch das letzte Blatt wieder, ein sehr kurzer Brief von FP.)

»Arquà di Padua, am 16. Juli 1374

Mein Freund, die ewige Muße kommt näher, das finito, Tor zum infinito. So vieles non finito. Es ist spät geworden, lieber Freund. Ich werde noch einen Becher deines Weines trinken, für den ich dir abermals meinen Dank sage. Wie ich dir für alles danke. Ohne dich … FP«

(Anm IK: Francesco Petrarca starb am 18. Juli 1374 in der Frühe.)

Karl legte die Blätter zur Seite und nahm den letzten Schluck Wein. Die Tür ging auf. Maita kam herein, ihren Fußball in den Händen. Im Hof war ein Knirschen im Kies zu hören. Als er ans Fenster trat, sah er eine Limousine in den Hof gleiten, schwarz, elegant und leise wie auf Samtpfoten. Ein junger Mann mit einer Mütze stieg aus, kam ans Haus und läutete. Karl öffnete die Tür. Der junge Mann nahm die Mütze ab und sagte: »Bonjour. Wir möchten gerne Gaston Mugeaux sprechen. Ist er zugegen?« Karl imitierte unwillkürlich den Tonfall des Fahrers: »Sind Sie angemeldet? Und wer, bitte sehr, ist ›wir‹?« – »Wir melden uns nie an. Baron Nicolas de Rothschild hat dringende Angelegenheiten mit Monsieur Mugeaux zu besprechen. Es wäre besser, Monsieur ließe den Baron nicht warten.«

Maita war die ganze Zeit neben Karl gestanden. Jetzt warf sie den Ball dem Boten des Barons de Rothschild zu. Der regte sich nicht. Von seiner Brust prallte der Ball zu ihr zurück. Maita schoss. Mit einem satten Schmatzen landete der Ball auf der getönten Scheibe der Beifahrertür. Karl sah dem Ball hinterher. Er kannte das Auto.

16

Isabelle hatte ihre letzten Sacristains geopfert. Wein- und Wasserkaraffen und Gläser standen auf dem großen Tisch im Esszimmer des alten Weinguts. Sieht ein bisschen aus wie bei Abrüstungsverhandlungen oder Übernahmegesprächen, dachte Karl. Er selbst gehörte zur Gastgeberdelegation, zusammen mit Mugeaux sowie Marion, die Gaston ein wenig vage als Leiterin seiner Kommunikationsabteilung vorgestellt hatte. Karl hatte er noch unbestimmter zum Berater des Unternehmens befördert.

Mugeaux trug wie immer seinen eleganten Anzug und die unvermeidlichen roten Turnschuhe, während Karl seinem neu erworbenen Titel in Jeans und Pullover nicht hundertprozentig gerecht wurde. Marions Aufzug im Trainingsanzug erfuhr durch die Krücken eine gewisse Berechtigung, ihr selbst war er ein wenig peinlich und wenigstens hatte sie noch Zeit gefunden, die Lippen nachzuziehen.

Baron Rothschild stutzte kurz, als er Karl sah, lächelte, begrüßte Marion mit einem angedeuteten Handkuss, drückte Mugeaux die Hand und sagte zu ihm ein paar Worte auf Französisch, von denen Karl nur das Wort Breitenstein verstand. Dann wandte er sich Karl zu und fuhr auf Deutsch fort: »Sie sehen, ich hatte recht, man trifft sich immer ein zweites Mal. Wie geht es Ihrem Bein? War Ihr Besuch im Vatikan erfolgreich? Danach ist ja so einiges passiert in der Welt.«

Nachdem Karl das Auto im Hof erkannt hatte, war ihm klar gewesen, was ihn hier erwartete. Nicht einmal die Tatsache, dass es sich bei seinem Unfallgegner aus Rom um einen Baron Rothschild handelte, konnte ihn sonderlich überraschen, schließlich hatte der Mann schon dort etwas Vornehmes ausgestrahlt. Er antwortete: »Zufälle gibt es. Mir geht es gut, danke, bestens. Im Vatikan war ich übrigens nicht, nur davor. Mit dem tragischen Ableben des Kardinals O'Hara habe ich insofern nichts zu tun. Aber setzen wir uns doch.«

Die drei von der Gastgeberfraktion setzten sich mit Blick auf die hohen Fenster zum Hof des Gutes und ihnen gegenüber an der anderen Längsseite nahmen die Gäste Platz. Der Fahrer, ein anderer als derjenige aus Rom, hatte seine Mütze abgenommen und fungierte jetzt als eine Art Assistent seines Herrn. Dieser hatte sich nun auch offiziell als Baron Nicolas de Rothschild vorgestellt und war, zumindest in Marions Augen, eine imposante Erscheinung. Schlank und hochgewachsen und mit langen Beinen, die ihm einen leicht verzögerten Gang ermöglichten, der wie ein schwebendes Schreiten anmutete. Karl schätzte ihn erneut auf Mitte fünfzig, das volle Haar war akkurat nach hinten gebürstet, die Augen hell und wach, die Nase markant geformt mit einem plateauhaft abgeflachten Höcker. Er trug ein hellblaues Einstecktuch im dunklen Anzug und am Revers war Karl sofort der Anstecker aufgefallen, der auf dunkelblauem Grund fünf zum Bündel geformte goldene Pfeile zeigte. Sie symbolisierten, wie Karl sich dunkel erinnerte, die fünf erfolgreichen Söhne des Firmengründers Mayer Amschel Rothschild aus dem Frankfurter Judenghetto des 18. Jahrhunderts.

Mugeaux bot Zigaretten an, der Baron lehnte dankend ab, gab Marion aber mit einer eleganten Bewegung Feuer. Mit dezent gehobener Hand unterbrach er Gastons Versuch, eine förmliche Begrüßung auszusprechen, und begann seinerseits: »Zunächst Monsieur Mugeaux, Madame Drygalski, Monsieur Breitenstein, möchte ich Sie um Vergebung bitten und meine Entschuldigung anzunehmen für diesen unangemeldeten Überfall, noch dazu an Ihrem Weihnachtsfest. Ich weiß es ungemein zu schätzen, dass Sie dennoch Zeit gefunden haben, mich zu empfangen. Ich schlage vor, wir führen unsere Unterhaltung auch weiterhin auf Deutsch, Ihre Mitarbeiter« (Karl überlegte kurz, ob da eine ironische Betonung auf dem Wort gelegen hatte) »sind damit sicherlich einverstanden.« Mugeaux machte eine Geste, die Zustimmung ausdrücken sollte, und der Baron fuhr fort. »Es ist eine alte Tradition in unserer Familie, dass jedes Mitglied wenigstens die Sprachen erlernt und beherrscht, die von den Söhnen unseres Ahnherrn Mayer Amschel gesprochen wurden. Wir sind, wie Sie sicherlich wissen, seit dem Ende des 18. Jahrhunderts eine europäisch verzweigte Familie und lange Zeit war das Jiddische das Medium der Familienkommunikation. Auf viele Außenstehende wirkte das fast wie ein Geheimcode, es war in der Tat auch manchmal ganz nützlich, aber ich bitte Sie, wer spricht das heute noch. Was in unserer Familie jedoch weiterlebt, ist das Verständnis für die Bedeutung von Kommunikation. Manche behaupten ja sogar, Kommunikation habe die Rothschilds erst groß werden lassen. Daran ist einiges, wenn nicht sogar vieles wahr, der Mythos von Waterloo hat daran gewiss seinen Anteil.«

Karl erinnerte sich. 1814 kämpft Napoleon bei Waterloo seine letzte Schlacht gegen Europa. Nathan Rothschild, zweitältester Sohn von Mayer Amschel und durch den Tuchhandel in Manchester zu Wohlstand gekommen, lehnt derweilen seelenruhig an seiner Säule in der Londoner Börse. Es steht angeblich nicht gut für die Alliierten unter der Führung Englands auf dem Schlachtfeld in Belgien. Die Aktien fallen. Rothschild allein weiß bereits, dass Napoleon besiegt ist und England, Preußen, Habsburg, Europa triumphieren werden. Brieftauben sollen im Einsatz gewesen sein. Die Börse jedoch ahnt von all dem noch nichts. Die Aktien fallen ins Bodenlose. Rothschild wartet ab. Die Aktien sind am Tiefpunkt. Dann kauft er. Alles. Erst jetzt trudeln die Siegesmeldungen ein, Napoleon ist am Ende. Die Aktien steigen. Nathan Rothschild ist reich, unermesslich reich.

Nicolas de Rothschild hatte längst weitergesprochen. »Liebe Madame Drygalski, wer, wenn nicht ein Head of Corporate Communications, könnte ermessen, welche grundlegende Relevanz der Kommunikation im menschlichen Zusammenleben zukommt, auch und gerade heute. Und ich bin felsenfest davon überzeugt: Die technischen Mittel mögen avancierter geworden sein, aber alle Kommunikation nimmt ihren Ausgang immer beim Hören. Kommunikation heißt zuerst und ganz einfach Ohren aufsperren und zuhören. Wer besser hört und wer mehr hört, ist schon im Vorteil. Alte Rothschild-Weisheit.«

Mugeaux fing den Ball auf: »Eine interessante Einleitung Baron, der wir gern zugehört haben. Was ich allerdings von Ihnen bislang gehört habe, war ein Brief mit einer Drohung von zwanzig Millionen Euro, die wir unter gütiger Mithilfe der österreichischen Justiz gerade noch einmal abwehren konnten. Ich muss also davon ausgehen, dass Ihr Besuch nach wie vor keine freundlichen Gründe hat. Oder was führt den Nachfahren des Barons Edmond de Rothschild auf das alte Weingut seines Pächters Pierres Gilles?«

Nicolas de Rothschild lächelte: »Der Brief unserer Wiener Kanzlei, Monsieur Mugeaux, war eine etwas übereilte Reaktion meiner Mitarbeiter. Normalerweise ist das nicht der Stil des Hauses Rothschild. Ich selbst habe dann, als ich davon erfuhr, sofort die Zügel angezogen. Sonst hätte die Wiener Justiz … Aber lassen wir das. Sie erwähnten den alten Pierre. Ein engagierter Mann. Den Vernichtungsfeldzug der Reblaus hat er wohl zu persönlich genommen, eine Beleidigung seiner Winzerehre. Mein Großvater hat ihn sehr geschätzt. Sie waren Partner, der Winzer und der Gutsbesitzer. Ich wandle hier gewissermaßen auf den Spuren meines Großvaters Edmond, der, wie Sie wissen, oft und gerne das Gut besuchte. Und weil wir gerade bei Familiengeschichten sind: Ich soll Sie grüßen. Von meinem Onkel. Er ist schon einige Jahre tot, aber er hat mir immer wieder aufgetragen: Wenn du irgendwann diesen kleinen französischen Leutnant wieder triffst, der uns den Rubens zurückgebracht hat, dann bedanke dich bei ihm. Wir stehen in Ihrer Schuld, Monsieur Mugeaux, das war sein letzter Gruß an Sie. Aber zurück zu meinem Großvater und seinem Freund Pierres Gilles. Darf ich mit einer Gegenfrage antworten: Haben Sie vor, die Clos Gethseman zu reaktivieren? Mit Importreben aus dem Kaukasus?«

Jetzt war Mugeaux an der Reihe zu lächeln: »Der Respekt ist ganz auf meiner Seite. Ihre Kommunikationssysteme scheinen in der Tat nicht schlecht zu funktionieren.« – »Das wiederum ist maßlos übertrieben. Mit 18 Lkws durch halb Europa zu donnern, ist schwer zu übersehen. Und schon gar nicht zu überhören. Ich frage mich aber viel mehr, was Sie antreibt, Mugeaux. Einen ganzen Weinberg über Tausende von Kilometer zu verpflanzen, ist nicht ohne Risiko. Anderes Klima, anderer Boden, anderer Breitengrad. Was um alles in der Welt ist in Sie gefahren? Nisi ist doch im Besitz Ihrer Familie. Und das war kein schlechter Wein, wie man mir erzählte. Fast so gut wie der aus der alten Clos Gethseman.«

Mugeaux schenkte dem Baron Wein nach, sah sich fragend um, Marion legte ihre Hand aufs Glas, Karl nickte. Der Assistent war Wassertrinker. »Dass ich den Wein aus Nisi weggebracht habe«, antwortete Mugeaux, »hat private Gründe, darüber will ich nicht sprechen und das muss Sie nicht weiter interessieren. Dass ich ihn hier wieder anbauen will, das hat, wie soll ich mich ausdrücken, Gründe, die mit Ihrem Großvater zusammenhängen, mit Pierres Gilles, mit Legenden, mit Neugier letztendlich.« – »Der Mythos Gethseman, ich weiß. Etabliert von den Templern, gepflegt und gefördert von dunklen Kräften in der katholischen Kirche, nicht unbedingt dementiert von den Freimaurern, die ja auch eine Weile an der Legende stricken durften, und weitergesponnen durch den Namen Rothschild, wodurch gleich auch ein bisschen jüdische Weltverschwörung hineingemischt wurde. Mythen sind unsterblich, Legenden führen ihr Eigenleben. Man muss sie nur glauben, dann wirken sie auch.«

Karl hatte plötzlich eine Idee: »Entschuldigen Sie Baron, dass ich mich so unvermittelt einschalte. Sagt Ihnen der Name Jacques Plusjeunes etwas?« Der Baron de Rothschild blickte Karl offen an: »Nein, bedaure. Ein drolliger Name. Wer sollte das sein?« – »Egal. Tut eigentlich nichts zur Sache. Und Jakob Jünger? Kennen Sie einen Jakob Jünger?« – »Ich verstehe. Ein international ausgerichteter Mann. Sagt mir aber auch nichts. Und wenn Sie jetzt noch nach einem Giacomo Piugiovane fragen, bedaure, Fehlanzeige.« Der Wassertrinker hatte mitgeschrieben.

Mugeaux ergriff wieder das Wort: »Es ist eigentlich ganz einfach, werter Baron. Ich habe das Areal gekauft, das früher einmal Clos Gethseman hieß. Darauf werde ich Wein anbauen. Alle Genehmigungen liegen vor. Fertig. Wo ist das Problem?« Rothschild beugte sich nach vorne, legte die Arme auf den Tisch und führte die Fingerspitzen zueinander. Schöne Hände, dachte Marion, lange Finger, sehr gepflegt. »Kein Problem, Monsieur Mugeaux, ganz im Gegenteil. Ich möchte Ihnen ein Angebot machen. Eines, das Sie ablehnen können oder annehmen. So ist das im Geschäftsleben. Wobei die Geschäfte sich immer dann zum gegenseitigen Vorteil entwickeln, wenn Angebote angenommen werden.« – »Ein Angebot. Bitte. Gerne. Immer. Ich höre.« Mugeaux verschränkte die Arme und schlug die Beine übereinander. Coole Socke, dachte Marion. Draußen vor dem Fenster kauerte Maita auf dem Boden und band sich die Schnürsenkel.

»Ich möchte, dass wir Partner werden, Monsieur Mugeaux. Partner bei der Entwicklung von Nouveau Clos Gethseman. Ich biete Ihnen über unsere Finanzholding Paris-Orléans Kapital und darüber hinaus das Know-how von Mouton Rothschild und Lafite Rothschild. Wir könnten zusammen aus Clos Gethseman eines der führenden Weingüter der Welt machen. Spitzenweine zu Spitzenpreisen. Sie kennen den Markt. Asien boomt. Die Oberschichten der arabischen Erdölstaaten werden ihre islamisch geprägten Konsumgewohnheiten mehr und mehr über Bord werfen. Russlands Oligarchen und ihre Sippen gieren nach Luxus und Statussymbolen. In Mexiko, in ganz Südamerika gibt es neue Schichten, in denen Geld keine Rolle spielt. Wenn es lukrative Expansionsmöglichkeiten gibt, dann in diesen Segmenten. Dafür brauchen Sie Kapital. Allein bleiben Sie nur ein kleiner, feiner Regionalwinzer.«

»Interessant, Baron, sehr interessant. Und was springt dabei für Sie heraus?«

»Das sind Details, Mugeaux, das regelt mein Assistent Ernest hier mit Ihrem CEO International Relationship. Im Grundsatz faire Gegenseitigkeit. Die Rechtsform unseres Unternehmens stelle ich anheim. Rothschild bleibt im Hintergrund. Die Story ist entscheidend, 360°-Kommunikation, Präsenz auf allen Kanälen, viral gesteuert. Madame Drygalski korrigieren Sie mich, aber Templer, Zisterzienser, Kaukasus, Wiege der europäischen Weinkultur, der Name Clos Gethseman, das hat Momentum, das schreit doch geradezu nach ›Tell a story!‹. Dazu eine kühl kalkulierte Verknappungsstrategie, exklusive Vertriebswege. Ich schwöre Ihnen, das wird der begehrenswerteste Wein auf der ganzen Welt. Ein Riesenpotenzial.«

Karl fand es an der Zeit, sich wieder einmal einzuschalten: »Sagen Sie einmal, Baron, an wen verkaufte eigentlich Ihr Großvater die Weine der alten Clos Gethseman?« Rothschild blieb ungerührt: »An Leute, die bezahlen konnten. Reiche Leute. Das war schon damals der teuerste Wein der Welt.« – »Und als die Reblaus alles vernichtet hatte, was machten dann diese ganzen reichen Leute? Einflussreiche Leute, nehme ich an, Leute, die Macht hatten, oben standen, Geschichte schrieben. Denen dieser Wein, nun ja, ein Lebenselixier war.«

Nicolas de Rothschild zündete sich eine Zigarette an. Ich muss mir diese Bewegungen merken, dachte Marion, das hat etwas, da wird sogar Rauchen vornehm. Die Stimme des Barons war etwas leiser geworden: »Ich weiß, worauf Sie hinauswollen, Monsieur Breitenstein. Wir Rothschilds sind schon für vieles verantwortlich gemacht worden, sogar für Kriege. Meine, Moment ich muss immer mitzählen«, nacheinander ausgestreckte Finger begleiteten die nächsten Worte, »Ur-, Ur-, Urgroßmutter Gutel Rothschild, die Frau des Amschel Mayer, hat einmal gesagt ›meine Söhne entscheiden, wer in Europa Krieg führt‹. 95 Jahre ist sie geworden, wie überhaupt die Rothschilds ein langlebiges Geschlecht sind. Ein missverständlicher Satz der Großmama mit den vielen Urs. Denn glauben Sie mir: Man verdient in Friedenszeiten à la longue immer besser als im und am Krieg. Was unsere Kunden nach der Reblaus-Katastrophe machten? Eine Zeit lang bedienten wir sie mit unseren Vorräten. Dann stritten sich diejenigen, die größere Kontingente erworben hatten, untereinander. Manche spielten regelrecht verrückt. Was soll man machen? Es war eben so, wie es war.«

»Haben Sie noch alte Bestände der Clos?«, ließ Karl nicht locker. »Nein. David wird noch die eine oder andere Flasche haben. Seine Familie hat sich immer am besten versorgt.« – »David? Doch nicht David Rockefeller? – »Ja sicherlich. David hat schon immer mit Geld erreicht, wofür andere primitive Gewalt anwendeten. Ich soll Sie von ihm grüßen, Monsieur Mugeaux. Er ist sehr interessiert an Ihrem

Fund. Es gibt sie doch noch, die alten Flaschen Clos Gethseman, die Sie kürzlich annonciert haben. Ich nehme an, Sie waren nicht so unvorsichtig, sie neben der Kapuzinergruft zu deponieren.«

Mugeaux schüttelte den Kopf: »Es gibt bereits ein paar Angebote von hochkarätigen Interessenten. Da wird sich Ihr Herr Rockefeller ganz schön strecken müssen, um da mitzuhalten. Allerdings: Ich habe derzeit gar nicht die Absicht zu verkaufen.« – »Hochkarätige Interessenten? Ich denke, das wird David ein müdes Lächeln kosten. Aber machen Sie das mit ihm selbst aus. Ich bin weder Konsument noch Käufer, ich bin Produzent. Der Produzent blickt nach vorne, in die Zukunft, er erschafft und etabliert etwas. Der Konsument ist eher an der Vergangenheit orientiert, an der Flüchtigkeit eines schnell vergehenden Moments.«

Du liebe Zeit, dachte Marion, so kann man es natürlich auch sehen. Karl dachte seltsamerweise das Gleiche, spürte jedoch eine gewisse Sympathie für Rockefeller, denn das Konsumieren von Wein war ihm doch um einiges näher als die Unsicherheiten und Ungewissheiten eines Unternehmers. Winzer hin oder her. Der Baron nahm derweilen seelenruhig aus seiner Brusttasche einen Block, schlug ihn auf, nahm aus der anderen Tasche eine Füllfeder und begann zu schreiben. »Außerdem aber, Monsieur Mugeaux bin ich ein unverbesserlicher Romantiker. Und um Ihnen zu beweisen, dass ich nichts Feindseliges im Schilde führe: Hier ist ein Scheck. Ich möchte eine der alten Flaschen aus den Beständen von Pierre Gilles kaufen. Aus rein nostalgischen Gründen. Romantische Motive, der Familientradition verpflichtet. Tragen Sie die Summe ein, die Sie für richtig halten.« Er schob den Scheck über den Tisch.

Man sah, dass Mugeaux überlegte. Er stand auf: »Entschuldigen Sie mich einen Moment.« Nach wenigen Minuten kehrte er zurück und stellte eine Flasche Wein auf den Tisch. Angestaubt, bauchig, mit einem zerfledderten Etikett. Der Baron setzte sich eine Brille auf, nahm die Flasche in beide Hände, vorsichtig und ehrfürchtig, betrachtete sie eingehend von allen Seiten, las das »Mis en Bouteille par Pierre Gilles pour Baron Edmond de Rothschild« und zeigte sie dann seinem

Assistenten. Der zog eine Lupe aus der Tasche, untersuchte das Etikett und bewegte das Kinn zwei Millimeter nach unten. Mugeaux hatte sich gesetzt, griff nach dem Scheck und zerriss ihn: »Damit Sie sehen, dass auch ich Ihnen nichts Feindseliges entgegenbringe: Die Flasche ist ein Geschenk an Ihre Familie. Was die Clos Gethseman angeht, oder vielmehr die Nouveau Clos Gethseman, wie Sie sich ausdrücken, so lehne ich Ihr Angebot dankend ab. Gaston Mugeaux möchte ein kleiner Regionalwinzer bleiben. Ob er ein feiner wird, wird sich zeigen. Ich hoffe, meine Herren, Sie bleiben zum Abendessen.«

Baron Rothschild nahm seine Brille ab und sah Gaston nachdenklich an: »Dann, Monsieur, sollten wir uns kurz unter vier Augen unterhalten. Vielleicht dort in der Ecke an Ihrem Weihnachtsbaum.«

Der Baron, über einen Kopf größer als Gaston, redete, so schien es Karl, sehr ernsthaft auf Mugeaux ein. Verstehen konnte man nichts, aber Karl kam es so vor, als ob aus Mugeaux die Vertikalspannung weichen würde. Die Schultern hingen herab, das Kreuz krümmte sich. Sie kamen zurück an den Tisch. »Ich habe mit Monsieur Mugeaux soeben vereinbart«, erklärte Rothschild in einem offiziellen Ton, »dass wir alle uns am 21. März hier noch einmal zusammenfinden, um das Weitere zu besprechen. Der Frühlingsanfang ist, wie ich finde, ein schöner Termin für dieses Gespräch.«

Es klopfte und Isabelle kam herein mit einem Tablett, auf dem fünf gefüllte Kaffeetassen standen und ein großer Krug Milch. Als sie hinter Ernest stand, um den Kaffee zu servieren, passierte es. Es krachte, Glas splitterte, Scherben klirrten. Der Ball hatte so viel Fahrt, dass er das Tablett Isabelle aus den Händen schleuderte und Milch und Kaffee sich auf die Rücken der beiden Gäste ergossen. Ernest nahm einen Schluck Wasser, der Baron lächelte: »Wir wollten ohnehin gerade gehen.« Karl lachte: »Und ich wollte ohnehin gerade lüften.« Die Tür ging auf und herein kam Nestor. Er sah vor allem Isabelle an: »Das war ich. Nicht Maita. Oder Micky. Entschuldigung.«

Es wurde aufgeräumt, Anzüge wurden gesäubert, Scherben aufgekehrt. Als der Baron Karl zum Abschied die Hand drückte, sagte er: »Ich bin Ihnen noch eine Einladung schuldig, Herr Breitenstein.

Besuchen Sie mich, wenn ich in Wien bin. Ich steige im Imperial ab, wir besitzen dort ja nichts mehr. Anfang März bin ich da, fragen Sie einfach nach mir.« Karl nickte: »Gerne. Und wenn Sie schon in Wien sind, dann greifen Sie der Vienna unter die Arme. Der älteste Fußballclub Wiens. Die spielen mittlerweile drittklassig. Immerhin eine Gründung Ihrer Familie.«

Marion bekam wiederum einen angedeuteten Handkuss: »Ich wünsche Ihrem Bein alles Gute, Madame Drygalski. Siebzehnrübel ist ein Kauz, aber gut.« – »Bei Ihnen scheint ja nicht einmal das Arztgeheimnis eine Chance zu haben. Aber vielen Dank. Es war sehr inspirierend.«

Auch Nestor wurde verabschiedet: »Herr Mugaschwili, nehme ich an. Genießen Sie Frankreich. Und leben Sie wohl.« Nestor hielt seine Hand fest: »Sie sind Ihrem Großvater Edmond wie aus dem Gesicht geschnitten. Ich habe ihn einmal kurz kennengelernt. Auf der Krim. Da war er auf der Durchreise nach Palästina, hihihi. Honoriger Mann. Sind Sie sicherlich auch. Oder?« Der Baron legte den Kopf leicht schräg, der Wassertrinker zog seine Mütze wieder auf und dann glitt die Limousine geräuschlos, wie sie gekommen war, aus der Hofeinfahrt.

Alle bedrängten Mugeaux: »Was habt ihr besprochen? Was war das? Wieso 21. März?« Mugeaux setzte sich und nahm einen Schluck Wein: »Er hat mich in der Hand. Gewissermaßen. Er glaubt, mich in der Hand zu haben. Im Moment hat er die besseren Karten. Aber mir fällt schon noch etwas ein.« Marion stampfte mit den Krücken auf den Boden: »Wieso in der Hand? Was für Karten?« Mugeaux winkte ab: »Schon wieder eine lange Geschichte, Marion. Oder eigentlich eine kurze. Die paar Wochen zwischen Grischa Mugaschwili und Gaston Mugeaux, Ende 44. Kriegsende, Chaos, eine wirre Zeit. Lange her, aber er ist gut informiert, der Herr Baron.« – »Was war da, Gaston? Sag es mir!« – »Später, Marion, irgendwann einmal. Jetzt muss ich nachdenken.« Karl schaltete sich ein: »Nachdenken, genau. Wenn ich das alles überblicke, dann sieht es doch so aus: Rothschild weiß ziemlich viel über die Clos Gethseman und über die Rote Lage von Nisi. Das alles ist ihm wichtig und er scheint mit aller Macht da mitmischen zu wollen. Aber ist euch aufgefallen, dass die Kisten aus dem Meer, dass Franzls Wein gar keine Rolle spielte? Und was mir fast noch wichtiger ist: Jakob scheint er wirklich nicht zu kennen.« – »Dafür hat er ja dich. Jetzt kennt er den Namen und der Wassertrinker hat alles notiert«, meinte Marion. »Ach was, google doch mal Jakob Jünger. Da findest du einen Kaminkehrer in Brandenburg und sonst nur noch den Jakobus vom Jakobsweg nach Compostela. Von unserem Jakob keine Spur. Da beißt sich der Wassertrinker die Zähne aus. Und das ganze Kommunikationsgedöns der Rothschilds auch.«

Maita stand in der Tür. Isabelle schickte sie nach oben in ihr Zimmer, stille Beschäftigung. Nestor bekam einen strafenden Blick. Zwei Stunden später gab es die Weihnachtsgans. In das Esszimmerfenster hatte Karl ein Brett genagelt.

Es waren ruhige Tage, die folgten. Für Karl war es das erste Mal, dass er im Winter im Süden war. Die Wintersonne schien ausgiebig aus einem unglaublich klaren, blauen Himmel und um die Mittagszeit wurde es angenehm warm. Mit Maita und Micky unternahm er Streifzüge durch die Umgebung. Sie hatten Schnüre und Angelhaken besorgt, aus Ruten primitive Angeln gebastelt und so standen sie stundenlang erfolglos in der Sonne am nahen Bach. Josip und Salem spielten den ganzen Tag über Schach oder gingen ins Dorf, um den einen oder anderen Aperitif zu trinken. Zu den Fußballspielern Karl, Nestor, Micky und Maita hatten sich Tahar und Salem gesellt, sodass sie auf einer Wiese hinter dem Haus gut drei gegen drei spielen konnten. Karl wunderte sich über die Ballbehandlung von Salem und seine No-Look-Pässe. Unter der Platane im Hof lagen weiche Gymnastikmatten, auf denen Irina und Marion Übungen absolvierten, Marion für das Bein, Irina für den Bauch. Abends kochte Isabelle kreolisch-provencalische Gerichte, froh, ihre Künste endlich mehr Mündern als dem üblichen Drei-Personen-Haushalt zeigen zu können. Danach wurde geplaudert und getrunken und eines Abends, als das Gespräch ins Stocken geraten war und Marion Mugeaux fragend ansah, erzählte Mugeaux tonlos und übergangslos, wie er im Herbst 1944 am Tode eines Menschen schuldig geworden war. Nicht innerhalb von Kriegshandlungen, sondern auf einer Landstraße in der Nähe von Nîmes auf der anderen Seite der Rhone. Er war mit einem kurz zuvor gestohlenen Fahrrad aus einem Waldweg auf die Straße gebogen, ohne nach links oder rechts zu schauen, und der Kleinlaster, der versuchte ihm auszuweichen, landete mit voller Wucht an einem Baum. Der Fahrer lebte noch, er hing blutüberströmt und mit verdrehten Augen in seinem Führerhaus. Grischa, so hieß Mugeaux damals noch, gab ihm zu trinken, aber dann setzte er sich ein paar Meter entfernt ins Gras. Er konnte dem Todeskampf des anderen nicht zusehen, er hörte nur das Röcheln und die Schmerzenslaute und nach zwei langen Stunden war es still. Der andere war ungefähr in seinem Alter und aus Grischa wurde Gaston Mugeaux. Der wirkliche, ursprüngliche Gaston Mugeaux stammte aus der Bretagne, hatte keine Familie und so hatten Geburtsstunde und das weitere Leben des neuen Gaston Mugeaux in den Wirren der Kriegs- und Nachkriegszeit ohne Nachfragen und Bedenken ihren Lauf genommen. Bis Baron Nicolas de Rothschild aufgetaucht war. Und der ihn nun mit dieser dunklen Episode seines Lebens mehr oder weniger erpresste.

Es war erstaunlich wenig von Moral, Schuld und Sühne die Rede gewesen nach dem Geständnis Gastons. Selbst Marion, die täglich vertrauten Umgang mit Gaston pflegte, konnte dem jetzigen Mugeaux das Handeln oder besser: Nicht-Handeln des jungen verzweifelten Kacheten aus der Zeit am Ende des Krieges nicht zum Vorwurf machen. Im Übrigen verstanden sich alle als Schicksalsgemeinschaft, unter Druck gesetzt von Baron Rothschild, ausgesetzt gefährlichen Begehrlichkeiten auf vierhundert alte Flaschen Wein.

Fast jeden Tag wanderten Karl und Gaston gemeinsam die zwei Kilometer Richtung Les Alpilles, um die Fortschritte im neuen kaukasisch-provencalischen Weinberg zu begutachten. Dort wurde gepflügt, gegraben und gedüngt und schon nach zwei Wochen standen die Rebstöcke aus der Roten Lage von Nisi sauber aufgereiht in der klaren Winterluft. »Der Rest ist Natur«, sagte Mugeaux andächtig, »jetzt hilft nur noch beten.« Sie gingen zurück zum Gut und Karl hatte das

Gefühl, sich allmählich anzufreunden mit diesem rätselhaften älteren Herrn, der jugendlich genug war, um seiner Ex-Freundin zu gefallen. Es war früher Abend, das ganze Haus duftete schon nach etwas Unbeschreiblichem aus Isabelles Küche. Karl checkte vor dem Abendessen seine E-Mails. Im Eingang war Post vom Max-Planck-Institut für die Biologie des Alterns in Köln. Mitzi Prohaska hatte geschrieben: »Lieber Karl, entschuldige, dass es so lange gedauert hat. Du weißt ja: Wissenschaft braucht Zeit. Deine vier Fläschchen Wein sind dafür jetzt gründlich untersucht und die Ergebnisse liegen vor. Was soll ich sagen: sensationell ist noch untertrieben. Du musst unbedingt nach Köln kommen. Dringend, schleunigst. Alles Weitere mündlich. Liebe Grüße, Mitzi.«

17

Karl sah zum Fenster hinaus. Dicht vor seinen Augen schossen Bäume vorbei, Gebüsch, Signalmasten, erdfarbene Bodenwellen, graue Schallschutzwände mit wilden Graffiti. Stürzten auf ihn zu und verschwanden rasend schnell. Es kam ihm vor, als ob die Zukunft auf ihn zurase, eine Nanosekunde bei ihm Halt mache, um dann sich zu verflüchtigen in ein Nichts, das hinter ihm lag. Wenn er den Blick auf fern stellte, sah er vierkantige Bauernhöfe und bezwiebelte Kirchtürme, Wiesen und Äcker von kraftlosem Braun und nebelumhüllte Wäldchen. Die Welt war aufgeteilt in mindestens zwei Geschwindigkeiten, er selbst lehnte bequem und mehr oder weniger bewegungslos in seinem Sessel, während er gleichzeitig mit über 200 km/h fortbewegt wurde. Ihm gegenüber im Speisewagen des deutschen ICE von Wien nach Köln saß Bodo. Gute acht Stunden würden sie hier sitzen, acht Stunden mit Bodo auf engstem Raum, acht Stunden, was, wenn es so weiterging und nichts sprach dagegen, dass es so weitergehen würde, dazu führen musste, dass sie ziemlich betrunken in Köln gegen 19 Uhr ankommen würden. Das störte Karl aber wenig, er hatte Hotelzimmer gebucht und das ominöse Treffen mit Mitzi sollte erst am nächsten Vormittag stattfinden. »10 Uhr? Ist das in Ordnung für dich?«, hatte sie am Telefon gefragt und er hatte das routiniert bestätigt, immerhin kam er sich vor wie auf einer Art Dienst- oder Geschäftsreise, da waren solche nachtschlafenden Zeiten selbstredend zu akzeptieren.

Dass Bodo dabei war, war natürlich Bodos Idee gewesen: »Die Mitzi. Von der hab ich ewig nichts gehört. Auf die war ich mal scharf, in der Neunten schon. Oder noch früher. Hey, ich glaube, ich komm mit.« Da war wenig zu machen für Karl, Bodo war sein ältester Freund und Mitzi eine gemeinsame Schulfreundin. »O.k., dann treffen wir uns übermorgen in Köln.« – »Das geht nicht.« – »Und wieso geht das nicht?« – »Ich kann nicht allein Zug fahren, Fliegen schon gar nicht. Geht nicht. Phobie.« – »Dann lassen wir es eben.« – »Aber du könntest doch nach Wien kommen. Mich praktisch abholen. Dann fahren wir zusammen. So wie früher. Interrail, erinnerst du dich?« – »Bodo, das ist doch Schwachsinn. Ich flieg doch nicht durch halb Europa wegen deiner Phobie.« – »Nicht wegen der Phobie. Wegen der Mitzi. Karl, bitte.« Am nächsten Tag nahm Karl einen Flieger von Marseille nach Wien und am folgenden Morgen trafen sie sich im Westbahnhof. Dass allerdings die lange, dürre, strenge Mitzi zu Schulzeiten einmal begehrenswert erschienen war – wenn auch nicht ihm, sondern Bodo–, darauf zurückzukommen, nahm Karl sich ernsthaft vor.

Sie waren in Wien sofort in den Speisewagen gegangen und nach einer Tasse deutschen Automatenkaffees sogleich zum Wein übergegangen. Der kam in kleinen 0,375-Fläschchen und als sie kurz hinter Passau, auf deutschem Boden also, zum dritten Mal »Königsteiner Samtrot« bestellten, bemerkte Karl ein Lächeln im Gesicht der jungen Kellnerin, die irgendwo aus dem Südbalkan zu stammen schien.

Kurz hinter Passau waren ungefähr auch der Ort und der Zeitpunkt, als Karl mit seiner Erzählung fertig war. Irgendwie musste er Bodo ja erklären, was er bei Mitzi wollte, und da hielt er es angesichts der Länge der Zugfahrt für angebracht, die ganze Geschichte der letzten Wochen zu erzählen. Also erzählte er von den Mugaschwilis, von Mugeaux und Maurus und von Jakob.

Als er fertig war sah Karl Bodo erwartungsvoll an. Mein ältester Freund, dachte er, vielleicht der beste, vielleicht sogar der einzige, wenn man den Begriff Freund seriös auffasste. Bodo hatte während Karls Erzählungen kein Wort gesagt, das eine oder andere Mal eine Braue gehoben, was immerhin darauf deuten ließ, dass er zuhörte. Jetzt sah auch er aus dem Fenster, drehte sich dann zu Karl und sagte: »Und der Micky war richtig besoffen, hab ich das richtig verstanden?« Karl hob halb bestätigend, halb entschuldigend die Schultern und sah sich im Speisewagen um. An einem kleinen Tisch schräg über den Gang las eine junge Frau mit roten Haaren, roten Backen und einem bunten Wollpullover in einem Taschenbuch. Ganz am Ende des Wagens ein Geschäftsreisender Mitte vierzig im dunkelgrauen Anzug, der einen Laptop bearbeitete.

»Wann hatten wir unseren ersten Rausch?« Bodos Gedanken kreisten offensichtlich immer noch um seinen Sohn, die Frage war auch nicht so gestellt, dass sie eine Antwort erwartete, sie hing eher im Raum wie eine Stimmung, eine Mischung aus Resignation und Verständnis. Karl antwortete dennoch: »Erinnerst du dich an das Klassenfest in der Siebten? Da waren wir dreizehn, höchstens. Mein erster Rausch. Und mein erster Kuss.« – »Mitzi?« Karl lachte: »Ach was, Susanne hieß die, erinnerst du dich, die war schon etwas entwickelter.« Bodo drehte den Kopf wieder zum Fenster. Nach einer Pause sagte er: »Ich fand die Mitzi toll. Schon seit der Fünften.« Dann rutschte er in seinem Sitz nach hinten, straffte sich, legte die Arme auf den Tisch und sagte triumphierend: »Also irgendwie riecht mir das Ganze nach Bilderberg. Mindestens.«

Karl sah Bodo fragend an, darauf hatte Bodo nur gewartet: »Noch nie was von Bilderberg gehört? Typisch. Gibt es seit über fünfzig Jahren. Eine Art Konferenz, die sich einmal im Jahr trifft. Drei- bis vierhundert Leute. Wirtschaft, Politik, Militär, Geheimdienst, ein paar Medienmenschen. Alles, was wichtig und einflussreich ist auf der Welt. Ein bisschen wie der Weltwirtschaftsgipfel in Davos. Aber der ist öffentlich. Bilderberg ist geheim, konspirativ. Keine Protokolle, keine Dokumente, keine Interviews, nichts dringt nach außen. Bis auf das, was man weiß.«

»Und das wäre?« – »Na ja, dort werden so Dinge wie die internationale Währungspolitik festgelegt, Zugriff auf weltweite Energieressourcen, Freihandelsabkommen, Steuerung der Migrationsströme, solche Dinge. Noch wichtiger ist die Trilaterale Kommission, eine Art Unterausschuss der Bilderberger. Eigentlich, wenn du so willst, die Weltregierung. Gegründet und nach wie vor maßgeblich beeinflusst, und das wird dich jetzt nicht wundern, von David Rockefeller.«

»Da bin ich jetzt aber beruhigt. Also doch R&R.« – »Wie man's nimmt. Rockefeller-Rothschild erklärt viel, was auf der Welt passiert, ist in gewisser Hinsicht aber auch unterkomplex. Suggeriert Ordnung. Ordnung ist selten, fast schon unwahrscheinlich. Viel wahrscheinlicher ist Komplexität. Die ist dafür entsprechend kompliziert und vielschichtig. Pass auf, ich will dir das mal erklären.« Während Bodo in seinem Rucksack kramte und ein großformatiges Notizbuch hervorholte, fiel Karl auf, dass sein Freund Bodo einen Tonfall in der Stimme hatte, der ihn irritierte. Es lag etwas Fachmännisches darin, etwas Überzeugungsgesättigtes, so als ob er längst Bekanntes zum x-ten Mal einem komplett Ahnungslosen erläutern müsse. Handwerker, das fiel Karl dazu ein, sprachen so mit einem. Oder Ärzte. Und Rechtsanwälte. Bodo blätterte in seinem Buch und Karl nahm dicht beschriebene Seiten wahr, unterbrochen von dicken Pfeilen, Kreisen und Kringeln, fetten Ausrufezeichen und gezackten Blitzen. Bodo schlug eine leere Seite auf und malte sieben, acht, neun Ovale darauf. »Wenn man ein bisschen hinter die Kulissen schaut und akzeptiert, dass Sein und Schein nicht dasselbe sind, gibt es natürlich die immer gleichen Verdächtigen.« Er schrieb in das erste Oval ›Freimaurer/Illuminaten‹. »Immer gern genommen, immerhin die Organisatoren der Französischen Revolution und die Begründer der USA.« In das zweite Oval schrieb er ›Bilderberg/Trilaterale Kommission‹ und sagte: »Könnte man auch als die moderne Version der Freimaurerei betrachten.« Die weiteren Ovale füllten sich. Karl las:

Tempelritter ff.

CIA/P2/Cosa Nostra

Opus Dei/Vatikan/Jesuiten

R&R

Während er dieses Oval beschriftete, lachte Bodo: »Muss sein. Geht nicht ohne«. In das letzte schrieb er »Prieuré de Sion«. Zufrieden betrachtete er sein Werk, hob den Kopf und fragte: »Fällt dir noch jemand ein? IOC und FIFA hab ich weggelassen, lachhaft. Die Habsburger und das Goldene Vlies gehören zu Bilderberg. Zurzeit jedenfalls und in Teilen zumindest.«

Karl schüttelte den Kopf. Ihm fiel sonst niemand ein. Er deutete auf das letzte Oval: »Wer sind die denn? Nie gehört?« Bodo lehnte sich zurück: »Prieuré de Sion? Die Nachfahren der Maria Magdalena. Und damit die Nachkommen von Jesus. Ziemlich komplizierte Geschichte. Maria Magdalena flüchtete nach Südfrankreich, wahrscheinlich zusammen mit Maria, der Mutter Jesu. Nach Saintes-Maries-de-la-Mer, daher der Plural, angeblich mit einem Kelch, in dem das Blut ihres Gatten oder Liebhabers aufbewahrt wurde, also Heiliger Gral. Die Nachkommen verschwägern sich dann irgendwie mit den Merowingern, der Doderer hat darüber, glaube ich, sogar einen Roman geschrieben, und dann mit den französischen Königen und daraus entsteht dann die Prieuré, die ihre schützende Hand über Gral und die Nachfahren von Jesus hält. Einer der letzten Obervorsteher der Prieuré soll übrigens Jean Cocteau gewesen sein. Jetzt frag mich nicht, warum ausgerechnet der, aber so ist nun mal die Faktenlage. Ganz abgesehen davon: Je unwahrscheinlicher etwas ist, desto eher kannst du davon ausgehen, dass es nicht erfunden ist. Gesetz praktisch, Axiom.«

»Axiom«, murmelte Karl und betrachtete die ovalen Kringel mit Bodos etwas schludriger Handschrift darin. Credo, quia absurdum, ging ihm durch den Kopf, ich glaube, auch wenn es noch so blödsinnig ist. Bodo witterte Zweifel: »Kann ich dir beweisen. Konstantinische Schenkung. Dass der Kaiser Konstantin seiner geliebten Katholischen Kirche halb Italien zum Geschenk macht, ist hochgradig wahrscheinlich. Deshalb glaubt das lange Zeit auch die ganze Welt. Dann aber setzt sich durch: Weil wahrscheinlich, deshalb höchstwahrscheinlich gefälscht. Und so war es dann auch.« Karl nickte nachdenklich mit dem Kopf: »Ein Briefwechsel zwischen Marx und Nietzsche ist extrem unwahrscheinlich. Wenn man ihn finden würde, wäre er also aller Wahrscheinlichkeit nach echt.« – »Genau. Gutes Beispiel.«

Karl hatte verstanden: »Dass in Dallas einer in einem Hochhaus sitzt und auf den Kennedy schießt, ist ja einigermaßen wahrscheinlich. Dass der CIA, die Mafia und die Kubaner dahinterstecken, noch dazu alle zusammen, schon weniger. Verstehe. Also doch Komplott.«

Bodo streckte einen Daumen nach oben: »Oder der andere Klassiker: Mondlandung. Heutzutage bei unseren technischen Möglichkeiten ist eine Mondlandung hochgradig wahrscheinlich. 1969, das ist fast ein halbes Jahrhundert her, war sie erheblich weniger wahrscheinlich, fast schon unwahrscheinlich.« – »Moment. Das würde bedeuten, du gehst davon aus, sie waren wirklich oben.« – »Logisch. Hohe Unwahrscheinlichkeit gleich Fakt. Sie können ja nicht einfach gegen das Axiom verstoßen, nicht mal die Amis. Armstrong war wirklich auf dem Mond.«

Zur Abwechslung war Karl jetzt verunsichert. Er deutete auf Bodos Zeichnung: »Und das hier? Ich meine, du malst da Kringel und schreibst was hinein, das kann doch jeder.« – »Das ist natürlich nur der Werkzeugkasten. Damit müssen wir jetzt arbeiten. Kreativ, verstehst du. So musst du denken.«

Wieder begann er zu malen. Die neun Ovale wurden konzentrisch angeordnet, sodass sie sich an ihren Spitzen überlappten und eine mittige Schnittmenge erzeugten. Sieht aus wie eine Margeritenblüte, dachte Karl, aber bevor er das äußern konnte, schwärzte Bodo die Schnittmenge energisch ein, tippte mit dem Stift mehrmals darauf und flüsterte Karl über den Tisch hinweg zu: »Merkst du was? Hier liegt der Hund begraben. Da sitzt das Herz der Finsternis, das Auge des Bösen. Hier, genau hier, ich schwör's dir.« Karl winkte der Südbalkanesin, in dem er zwei Finger hob. Müde sagte er »Schnittmenge. Verstehe. Alle hängen mit allen zusammen. Hat was. Komplex, aber ordentlich. Fast sogar schön. Ist so etwas wahrscheinlich?«

Die Kellnerin brachte den Wein und fragte: »Wie weit fahren Sie?« Als sie ›Köln‹ zur Antwort bekam, nickte sie zufrieden: »In Frankfurt bekomm ich neue Ware. Nicht, dass Sie mir auf dem Trockenen sitzen.« Bodo sah ihr interessiert hinterher: »Gute Frau, denkt mit. Klar ist das wahrscheinlich. Und zwar auf den zweiten Blick. Das ist ganz entscheidend. Auf den ersten Blick ist es unwahrscheinlich, also nicht ausgedacht, erstes Axiom. Jetzt aber: Unwahrscheinlichkeit, weil nicht ausgedacht, hat immer Potenzial für Tatsächlichkeit, weil real möglich. Deshalb wahrscheinlich auf den zweiten Blick, verstehst du? Logik, reine Logik praktisch.«

Verwirrt legte Karl den Zeigefinger auf die Margeritenblüte: »Und wer genau ist jetzt die Schnittmenge? Wo sitzen die? In Rom? In New York? Hier?«

»Wahrscheinlich überall.«

»Wahrscheinlich. Traiskirchen, nur mal als Beispiel.«

»Kann sein. Aber vergiss Langley nicht.«

»Langley?«

»CIA Hauptquartier.«

»Ah.«

»Langley hat 1945 unter Führung von Lucky Luciano Sizilien erobert. Corleone. Alte Connection.«

»Das war die Geschichte mit Dutch Shultz.«

»Genau. Und von dort über Havanna und Miami nach Silicon Valley. Die fünf Familien, weiß eh jeder.«

»Echt? Silicon Valley?«

»Logisch. Google. Facebook. Instagram. Alle mafiös, tendenziell jedenfalls.« Bodo fügte in den Kringel mit den Jesuiten ›Google etc.‹ hinzu.

»Etcetera. Verstehe.«

»Und die Hedgefonds.«

»Sowieso. Finanzkapital. Jessas, darauf hätten wir längst kommen müssen. Also doch die Juden.«

»Überschätzt. Völlig überschätzt. Als Finanzkapital eigentlich eher Versager, insgesamt, historisch gesehen. Und dann, überleg mal: Finanzkapital plus Bolschewismus gleich Ober- und Hauptverschwörung. Das musst du dir mal geben.«

»Du meinst: total unwahrscheinlich.«

»Total. Völliger Quatsch. Weiß schon, was du meinst, raffiniert. Muss man flexibel bleiben. Also neues Axiom, unumstößlich praktisch. Totale Unwahrscheinlichkeit ist gleich Quatsch und scharf zu unterscheiden von wahrscheinlicher Unwahrscheinlichkeit mit hohem Realitätspotenzial. So läuft's, ich schwör dir's.«

»Unterschreib ich. Sofort.«

»Danke. Juden sind unterkomplex. Und außerdem: der Onkel!«

»Onkel Fritz, das Nazischwein, ungenießbar. Höchstens in einer Cuvée.«

»Zweigelt Fritz. Arischgesicht mit dem angemaßten I.«

»Der war gut.«

»Hab ich mal gelesen. Passt.«

»Wo waren wir?«

»Ich glaube Bilderberg. Und Jesuiten.«

»Stimmt. Bilderbergjesuiten. Eh klar.«

»Und China.«

»Wieso denn China auf einmal?«

»Wegen der Saudis. Strategisch.«

»Strategisch. Dann aber auch die Russen.«

»Eher historisch. Meine Meinung.«

Der Zug hatte in Frankfurt die Fahrtrichtung gewechselt. Es begann zu dämmern, das, was an Karls Fenster vorbeischwirrte, waren immer noch Masten und Wände, Erdwälle, Gebüsch und Gesträuch. Es tauchte in seinem Rücken auf, ließ sich blitzartig sehen und verschwand in ein Nichts, das sich anfühlte wie etwas, das es noch nicht gab.

Beide, Karl und Bodo, hatten müde Augen und lange geschwiegen. Karl raffte sich: »Hast du eigentlich mal was gehabt mit der Mitzi. So richtig?« Bodo hatte Schwierigkeiten, die Lider zu heben: »Was meinst du mit ›so richtig‹?« – »Frag ja nur.« – »Einmal Stehblues. Meine Hand unter ihrem Pullover. Aber hinten, am Rücken. War richtig muskulös. Oder angespannt, keine Ahnung. Ihre Haare rochen gut.« – »Und dann?« – »Nix. Ein paar Briefe, also so Zettelchen im Klassenzimmer, aber keine Reaktion. Obwohl ich richtig poetisch war, damals. Lyrisch praktisch.« – »Und jetzt?« – »Was jetzt?« – »Wenn du sie jetzt wiedersiehst, morgen?« – »Keine Ahnung. Mich interessiert das einfach. Was aus den Menschen wird. Wenn man sie lange nicht gesehen hat. Interessiert mich einfach.«

Von Frankfurt nach Köln sprintete der ICE geradezu. Es reichte gerade für zwei Fläschchen der neuen Ware und die Südbalkanesin schien enttäuscht, als sie kurz vor Köln bezahlten und ihre Sachen packten. Auf dem Bahnsteig sah Karl am Absatz der Treppe, die zum Ausgang hinabführte, eine Frau, die einen Arm erhoben hatte und heftig winkte. Es war Mitzi. Karl hob die Schultern und versenkte seinen Kopf darin. Mitzi war noch nicht vorgesehen an diesem Abend und Mitzi war ihm jetzt gar nicht recht. Aber dann stand er schon vor ihr, Bodo war vielleicht zwei Meter hinter ihm.

»Breitenstein, Mensch, willkommen in Köln. Schön dich zu sehen.« – »Servus Mitzi. Ich dachte, wir sehen uns erst morgen. Ich habe übrigens jemanden mitgebracht.« Er machte einen halben Schritt zur Seite und Mitzi konnte Bodo sehen und Bodo Mitzi. Mitzi sah Karl an und sagte halblaut: »Das ist der Bodo, stimmt's?« Dann machte sie einen Schritt nach vorne, streckte die Rechte starr geradeaus, was Bodo richtigerweise als Aufforderung interpretierte, ihr die Hand zu drücken. »Hallo Bodo. Lange nicht gesehen.« – »Hallo, Mitzi. Stimmt.« Dann drehte sich Mitzi wieder zu Karl und sagte: »Sagt mal, seid ihr beide eigentlich betrunken?« Wie auf Kommando legten sich beide einen Zeigefinger auf den Mund, nahmen ihre Taschen und Mitzi in die Mitte und gingen zum Ausgang Richtung Dom.

Sie überquerten den Domplatz. Mitzi marschierte, die beiden kamen kaum hinterher. »Links, bitte sehr, der Kölner Dom. Euer Hotel ist gleich um die Ecke, ich bring euch hin. Im Restaurant hab ich einen Tisch bestellt.« Dann wandte sie sich Karl zu: »Das ist eigentlich blöd. Ich wollte unbedingt allein mit dir sprechen, vor unserem Termin morgen. Da werden nämlich noch ein paar andere Leute dabei sein. Was machen wir denn mit dem Bodo so lange?« – »Bodo weiß alles, Bodo ist eingeweiht, praktisch. Den nehmen wir mit, der freut sich. Was ist das denn da vorne?«

Sie standen vor der Fassade des Römisch-Germanischen Museums. Durch die hell erleuchtete Fensterfront konnte man in die Tiefe blicken und Karl sah ein großes Bodenmosaik, vielleicht zehn auf sieben Meter, mit zehn, fünfzehn Bildvignetten darin, auf denen Menschen, Tiere, Pflanzen zu sehen waren. Das größte Bild, quadratisch und genau in der Mitte, zeigte zwei nackte Männer, der eine mit heller, der andere mit dunkler Haut, beide mit Weinlaub im Haar, eine umgestürzte Amphore lag am Boden. Die beiden stützten sich gegenseitig, mussten sich stützen, waren nicht ganz mehr bei Sinnen. »Die habe ich extra für euch zur Begrüßung herbestellt. Dionysos und sein Gefährte Silen. Beide sturzbesoffen, sieht man ja. Römisch, 230 nach Christus. Das bedeutendste Römermosaik nördlich der Alpen. Willkommen in Colonia Agrippina, ihr Suffköppe.« Karl und Bodo sahen sich an, schoben anerkennend die Unterlippe hervor, nickten bedächtig und hielten unausgesprochen fest: »Die kennt sich aus, die Mitzi aus der Zehnten.«

Eine Stunde später saßen sie im Hotelrestaurant. Karl hatte heiß geduscht, Bodo kalt, was beide, vorläufig wenigstens, abgenüchtert hatte. Verstohlen musterte Karl Mitzi. Fesch, dachte er, eigentlich fesch. Groß, schlank, gar nicht dürr, halblange blonde glatte Haare, ein feines, zartes Gesicht, dem eine große Brille einen Schuss Strenge hinzufügte. Streng und forciert war die Stimme, das Wienerische hatte sich ausgewaschen. »Um auf den Punkt zu kommen: Deine vier Weine sind eine wissenschaftliche Sensation. Deshalb interessieren sich jetzt eine ganze Menge wichtiger Leute bei uns im Institut dafür. Da war nichts zu machen, Karl, mit Geheimhaltung. Du wirst morgen Margret Osborne von der Queen-Mary-University in London kennenlernen und Dr. John Bridgewater von der Rockefeller-Foundation. Und ein paar weitere, die ich selber persönlich gar nicht kenne, sie sollen irgendwas mit Google zu tun haben.«

»Sag ich doch«, murmelte Bodo, aber Mitzi beachtete ihn gar nicht. »Mir ist, ehrlich gesagt, ziemlich unbehaglich bei der ganzen Sache, aber dazu muss ich dir wahrscheinlich erst mal erklären, was ich, was wir an unserem Institut den ganzen Tag so treiben.« Mitzi sprach eigentlich nur mit Karl, Bodo war für sie nur dabei, nebenbei. »Grob gesagt befassen wir uns mit dem Leben. Und demzufolge mit dem Tod. Und wie das eine mit dem anderen zusammenhängt. Man nennt das Altern.« Bodo murmelte wieder etwas: »Leben ist das Unwahrscheinlichste im Kosmos überhaupt. Deshalb existiert es ja auch.« Der Satz war eigentlich zu lang, um ihn völlig zu ignorieren, aber Mitzi schaffte auch dies. »Altern ist nicht gesund. Es führt zum Tod. Wir wissen aber, dass in jedem Organismus biochemische Prozesse ablaufen, die sowohl die zeitliche Abfolge von Entwicklungsprozessen als auch die Langlebigkeit steuern. Dies legt nahe, dass sich das Uhrwerk der Entwicklung auf die Lebensdauer auswirkt und dass biologische Zeit moduliert werden kann.«

»Biologische Zeit modulieren.« Karl dehnte die Worte. »Das muss man sich auf der Zunge zergehen lassen.« Er sah sich im Restaurant um und entdeckte drei Tische weiter den Geschäftsmann aus dem Speisewagen, der jetzt einen Pullover trug und in einer Zeitung las. Er saß so, dass er Mitzi quasi ins Gesicht blickte, Karl von der Seite und Bodo von hinten sah. Allerdings tat er das gar nicht, er las Zeitung. Mitzi sprach weiter: »Die landläufige Auffassung war immer die, dass das Leben einer Gattung, einer Art sich durch Fortpflanzung insgesamt erhält. Das Einzelexemplar stirbt, das Gattungswesen überlebt. Ein Leben vergeht, alles Leben nicht. Die alten Griechen hatten dafür sogar zwei unterschiedliche Begriffe, Zoe und Bios. Und damit sind wir bei der Reproduktion. Das ist der gemeinsame Nenner. Du, Karl, lebst, weil sich deine Zellen identisch reproduzieren. Meistens jedenfalls. Andernfalls kriegst du Krebs. Aber selbst die identische Zellenreproduktion ermüdet irgendwann, die Reproduktionsfähigkeit nimmt ab. Das nennt man Altern und ist das ganze Geheimnis des individuellen Todes.«

»Logisch«, murmelte Bodo, »Übermüdung. Ganz schlecht.« Karl fügte nickend »je älter desto müder, kenn ich« hinzu. Mitzi beachtete diesmal weder den einen noch den anderen: »Es geht bei den Forschungen in unserem Institut und an ein paar anderen Einrichtungen ähnlicher Art auf der Welt, die sind aber an einer oder höchstens zwei Händen abzuzählen, letztlich um Materialverbesserungen der Zellen. Wenn die Menschheit es schafft, Materialien zu erfinden, die länger leben, dauerhaft funktionsfähig sind und weniger schnell ermüden, dann müsste das doch bei der Zelle auch möglich sein. Vielleicht versteht ihr es am besten so: Es ist wie bei einem Auto. Das braucht Wartung, Pflege, Ersatzteile müssen ausgetauscht werden. Dann kann das ewig laufen.«

Bodo setzte sein Autoschrauberlächeln auf: »Eh klar. Meine Giulietta hat knapp Vierhunderttausend drauf. Baujahr 67. Läuft 1A.« Mitzi fuhr fort: »Es gibt im menschlichen Körper genau genommen sieben Baustellen, um die man sich kümmern muss. Die körperinterne Energieversorgung durch die Mitochondrien beispielsweise oder Verschmutzungen innerhalb der Zellen, aber ich will euch nicht mit den Details langweilen. Über die sieben Baustellen gibt es gar keinen großen Streit. Wie man eingreifen kann, darüber schon eher. Ich würde es wie beim Auto machen: Ersatzteile, da kann die Stammzellenforschung helfen, bessere Schmiermittel, Stoffe, die verhindern, dass Rost um sich greift. Dann kann der Mensch tausend Jahre alt werden.«

»Tausend Jahre?« Bodo und Karl waren so laut, dass sogar der Geschäftsmann drei Tische weiter den Kopf hob. »So um den Dreh. Und wenn ihr die nächsten dreißig Jahre überlebt, wird die Forschung so weit sein, dass ihr selbst sogar noch davon profitieren könnt.« Karl sah Bodo an und versuchte, sich etwas vorzustellen: »Ich kenn dich ja schon lang, Bodo, aber hundert, zweihundert, dreihundert Jahre. Dich kennen. Ich weiß nicht.« Bodo grinste, Mitzi sprach weiter: »Das ist, grob gesagt, der neue Forschungsansatz: Materialoptimierung. Ich hab persönlich übrigens noch einen ganz anderen.« Karl sah Mitzi an, die auf einmal wie die Mitzi aus der Zehnten wirkte, und sagte: »Echt? Erzähl.«

«Ich bereite gerade einen Artikel für ›Nature‹ vor. Da gebe ich dem Ansatz noch einen weiteren Dreh. Warum sollte das Einzelwesen nicht können, was die Gattung vormacht. Reproduktion der Gattung durch den Akt der Fortpflanzung hat eine Tendenz zur Unendlichkeit, in der Regel kann sie nur durch äußere Umstände unterbrochen oder beendet werden.«

»Meteoriten«, war Bodos kurzgefasster Kommentar, der ihm diesmal erstaunlicherweise einen kurzen Blick aus Mitzis grauen Augen einbrachte: »Oder sagen wir ganz allgemein: die Umwelt. Wie auch immer: Man könnte das Ganze so auffassen, dass man dem Einzelwesen implementiert, was die Gattung durch den Fortpflanzungsakt schafft. Und zwar in Permanenz. Die Zellen des Einzelwesens zu einem ständigen, dauerhaften Akt der Fortpflanzung zu veranlassen. Die Vorgänge, die bei der Vereinigung von Samenzelle und Eizelle stattfinden, als Blaupause zu nehmen für die Steuerung der Zellenreproduktion. Quasi ein permanenter Orgasmus im Innern des Einzelwesens und seiner Zellen, Coitus permanens interior cellae. COPERMICA. Das wird der Titel des Aufsatzes sein, die copermicanische Wende. Und deine Weine, Karl, sind der Schlussstein des Gebäudes. Sie bieten den Schlüssel zum orgiastischen Fest der Reproduktion und Regeneration. Passt irgendwie, dass wir vorhin an Dionysos vorbeigelaufen sind.«

Mitzis Wangen hatten sich leicht gerötet, sie winkte dem Kellner und entschied sich auf Anraten des Obers für einen italienischen Rotwein. Bodo und Karl, beide im freundschaftlichen Gleichschritt, waren jetzt wieder hellwach, was Bodo mit den Worten unterstrich: »Das klingt interessant Mitzi, sehr interessant sogar. Orgiastische Reproduktion. Muss ich mir merken.«

Karl hob ein wenig die Stimme und beobachtete dabei unauffällig den Zeitungsleser: »Meine Weine. Hätte ich fast vergessen. Kannst du mir eigentlich sagen, was die von mir wollen? Diese ganzen Herrschaften morgen? Wein kaufen? Länger leben?« Der Zeitungsleser nahm einen Schluck aus seinem Glas, in dem sich so etwas wie Cola zu befinden schien, und las weiter. »Erkenntnisse«, antwortete Mitzi, »Erkenntnisse, woher du dein ganzes Zeug hast. Vor allem der eine, der mit dem J. An dem sind sie am meisten interessiert. Was ich gut verstehen kann.« Bodo hob den Kopf und sah Karl an. Karl sah Mitzi an: »Die können mich mal. Das geht doch die nichts an. Also bitte, wo sind wir denn?« Mitzis Stimme wurde leiser: »Dieser J, Karl, ist die eigentliche Sensation. Die anderen drei sind ähnlich gebaut, auch hochinteressant, aber der J könnte den Durchbruch bedeuten.« – »Durchbruch? Durchbruch zu was?« – »Lebensverlängerung. Und zwar signifikant. Weltweit.«

Der Zeitungleser las weiter Zeitung. Bodo blickte zu Mitzi und dann zu Karl und dann wieder retour. Karl war gereizt. Er hatte Mitzi um Hilfe gebeten, um herauszubekommen, was das Besondere an den Weinen von Jakob und Franzl, den Mugaschwilis und der Clos

Gethseman sei. Jetzt aber fühlte er sich wieder in Fahrwassern, wo tote Kardinäle, zusammenstürzende Kapuzinergrüfte und entgleisende Straßenbahnen lauerten. Schon allein um seine eigene Gemütslage zu beruhigen, versuchte er abzuwiegeln: »Hör mir doch auf! Der Siebener ist ein netter kleiner Wein, der dir beim Schreiben oder Malen ein bisschen auf die Sprünge hilft, aber welcher Wein tut das nicht? Lebensverlängerung. Tausend Jahre womöglich. Mit dem Siebener. Dass ich nicht lache.« – »Siebener?« Mitzi sah Karl fragend an und er bemerkte sofort, einen Fehler begangen zu haben: »Siebener oder J, J oder Siebener. Ist doch egal.«

»Von wegen. Der J-Wein«, Mitzi sprach das J nicht wie ein deutsches Jott, sondern wienerisch wie Jeh aus, »der J-Wein ist entscheidend. Jetzt tu doch nicht so. Von wem hast du denn den? Und wieso heißt der Siebener?« – »Das sag ich dir doch nicht. Das sag ich überhaupt niemandem. Und überhaupt: Ich geh da morgen nicht hin. Ich bin doch nicht verrückt.«

Es folgte ein längeres Schweigen. Dann sagte Mitzi: »Karl.« – »Ja?« – »Das kannst du mir nicht antun.« – »Wieso antun? Ich tu dir doch nichts an.« – »Doch. Du ruinierst mich. Du ruinierst meine Karriere. Meine wissenschaftliche Reputation.« – »Ach hör doch auf. Doch nicht wegen dem Siebener.« – »Doch. Bridgewater und Osborne sind meine Geldgeber. Und praktisch meine Vorgesetzten. Bei diesem Projekt jedenfalls. Die anderen sind nur wegen dir aus aller Welt eingeflogen. Wenn ich morgen ohne dich auftauche, fliege ich. Oder kann mir die Kugel geben. Oder beides. Wahrscheinlich beides.«

Bodo sagte auch etwas: »Ich finde, Mitzi hat recht. Was soll dir denn passieren? Du sagst nur das, was du sagen willst. Basta. Könnte doch interessant werden sogar. Ich meine Komplexitätsreduzierung, so was in der Art. Verstehst du, Karl. Ich würde hingehen, ich schwör's. Schon allein wegen Mitzi.« Mitzi sah ihn dankbar an. Karl sah die beiden an. Er dehnte sich: »Dann von mir aus. Irgendwie habe ich das Gefühl, dass das morgen wirklich ziemlich komplex wird. Noch dazu in aller Herrgottsfrüh. Ich geh jetzt schlafen. Kommst du mit?« Bodo blickte nicht auf. Er murmelte wieder: »Nö, ich glaub, ich bleib noch. Du auch

Mitzi?« Mitzi sagte etwas, das wie »von mir aus« oder »warum nicht?« klang, aber Karl hörte kaum noch die Worte, sondern bloß noch die Färbung ihrer Stimme und die empfand er, anders als es der Sinn der Worte vermuten ließ, als wohlgesonnen, ja fast schon warm und so verließ er gemessenen Schritts auf hochflorigem Teppichboden lautlos und ohne zurückzublicken das Restaurant, um wachsender Komplexität entgegenzuschlafen.

Am nächsten Morgen fand sich Karl pünktlich um 10 Uhr im Max-Planck-Institut für Biologie des Alterns ein, bekam an der Pforte ein Plastikschildchen mit seinem Namen und einer Klemme, die er am Tiefpunkt des V-Ausschnittes seines Pullovers fixierte. Ein junges Mädchen, das ausweislich eines gleichartigen Plastikschildchens, das allerdings an der Brusttasche ihres weißen Kittels befestigt war, Melanie von Trottenburg hieß, nahm ihn in Empfang. Sie fuhren Lift in den sechsten Stock, was Melanie zu allerlei Fragen animierte, ob die Reise aus Wien angenehm gewesen sei, er gut geschlafen und gefrühstückt habe, schon etwas von Köln gesehen habe, den Dom, insbesondere die weltberühmten Glasfenster dürfe man nicht versäumen, was Karl mehr oder weniger stumm über sich ergehen ließ, während er im Spiegel des Aufzuges bemerkte, dass sein Namensschild wie ein Kinderlätzchen vor seiner Brust hing. Es folgten endlos erscheinende Flure und Gänge, bei denen Melanie auf den Rhein kam, das Siebengebirge, den Karneval, den FC und Lukas Podolski und dass jetzt immer mehr Besucher in das Institut kämen, die Forschungen hier seien ja so interessant und wertvoll und neulich wäre sogar eine Schriftstellerin dagewesen, die sich schlau gemacht habe, und mit der habe sie sich lange unterhalten dürfen, was für beide Seiten ein Gewinn gewesen wäre, bis schließlich aus ihrem Mund ein fröhliches »da wären wir« ertönte und er in einen Raum trat, in dem sechs Augenpaare erwartungsvoll auf ihn gerichtet waren. Der Tisch, an dem die Augenpaarbesitzer saßen, war ungedeckt. Nur vier kleine Flaschen standen darauf mit gelben Zettelchen, auf denen die Buchstaben »F«, »G«, »M« und »J« zu lesen waren. Die Flaschen waren leer.

Mitzi stand auf und gab Karl die Hand. Sie trug einen dunkelblauen Hosenanzug, die Haare hochgesteckt, das Namensschild lässig an der Seitentasche befestigt, die Brille baumelte an einer Kette vor ihrer Brust, die Augen waren leicht umschattet, was ihr alles in allem nach Karls Empfinden einen ungeheuer wissenschaftlichen Anstrich gab. »Guten Morgen, Karl. Ausgeschlafen? Ich darf dir die Herrschaften vorstellen.« Geflüstert schob sie nach: »Den einen kennst du ja schon. Gestern Abend, drei Tische weiter.« Karl drückte nacheinander Hände, jeweils mit einem genuschelten »Karl Breitenstein, nice to meet you«. Die Namensschilder waren hilfreich:

Margret Osborne, Queen-Mary-University London (korpulent, lange dunkle Haare, um die 50), Dr. John Bridgewater, Rockefeller-Foundation (groß, rotblonde Bürstenhaare, mindestens 60), Laurent Desailly, California Life Company CALCO (der Mann aus dem Speisewagen und dem Hotelrestaurant, vielleicht 45), Edwin G. Greene, Mount Sinai School of Medicine, New York (dicker Afro-Amerikaner, Glatze und dunkler Vollbart, höchstens 35), Giovanni di Santo, AncestryDNA (Nerd, Brille Kassengestell, Dreitagebart, unter 30).

Karls Platz war an der Stirnseite des Tisches vorgesehen. Bridgewater, der rechts von ihm saß, ergriff das Wort: »Mr. Breitenstein, first of all, many thanks for your coming. We would …« Karl unterbrach ihn: »Können wir Deutsch sprechen?« Mitzi schaltete sich hörbar verlegen ein: »Karl, das ist ein internationales Meeting von hochrangigen Wissenschaftlern. Die Wissenschaftssprache ist Englisch.« – »Ich bin aber kein Wissenschaftler. Schon gar kein hochrangiger. Und das Meeting hier scheint mir eher ein Verhör zu sein. Den Eindruck hab ich wenigstens. Dann aber so, dass ich auch alles kapiere. Dass ich beschattet wurde, habe ich jedenfalls schon kapiert.« Desailly hob abwehrend die Hände: »Gleicher Zug, gleiches Hotel, mon ami. Reiner Zufall.«

Bridgewater lachte: »Herr Breitenstein, ich bitte Sie. Das ist doch kein Verhör. Im Gegenteil. Wir sind Ihnen unendlich dankbar für Ihren Beitrag zu unserem Forschungsgebiet. Und wenn Sie möchten, bitte sehr, dann auf Deutsch. Frau Dr. Prohaska wird uns sicherlich hilfreich zur Seite stehen.« Dabei lächelte er Mitzi, die ihm gegenübersaß, süffisant an. »Ich muss gestehen, dass ich nicht genau weiß, wo ich anfangen soll. Sind Sie mit den biochemischen Vorgängen des Alterns einigermaßen vertraut?« – »Null.« – »Gut. Dann fange ich am besten mit dem Rost an. Eisen rostet, wie Sie wissen, überhaupt diverse Metalle, sogar Gestein und – man glaubt es kaum – auch die Zellen von Lebewesen. Immer ist es nichts anderes als Oxidation. Und Oxidation ist im Prinzip der Austausch von Elektronen, Elektronenklau, genauer gesagt. Diejenigen, die in den lebenden Organismen auf Elektronenklau gehen, also Zellenrost verursachen, nennen wir freie Radikale. Normalerweise ist im Körper genug Polizei unterwegs, um die Diebesbande dingfest zu machen. Irgendwann im Laufe eines biologischen Lebens allerdings kippt das Verhältnis, die freien Radikale werden immer dreister, klauen hemmungslos und die bestohlenen Zellen werden immer hilfloser. Sprich: Sie können sich nicht mehr identisch reproduzieren, die DNA bekommt einen Knacks, der Mensch wird krank, altert und stirbt. Und jetzt kommt das Resveratrol ins Spiel.« – »Kenn ich.« – »Schön. Man sieht Ihnen den Rotweinkenner an. Resveratrol ist eine biologische Vielzweckwaffe, manche sagen, es sei das Schweizer Offiziersmesser der Natur. Giovanni ist unser Spezialist: Vielleicht kannst du für Herrn Breitenstein kurz zusammenfassen.«

Der Nerd hielt sich an einem Blatt Papier fest und referierte ohne aufzublicken: »Polyphenole wie Resveratrol sind bekannt für ihre hohe antioxidative Potenz, sind also ideale Radikalenfänger. Für Resveratrol wurde eine ausgeprägte antioxidative Wirksamkeit nachgewiesen. Ähnlich wie Coenzym Q10 dichtet es direkt an den Mitochondrien die sogenannten Protonenleaks ab und neutralisiert gleichzeitig reaktive Sauerstoffradikale. Darüber hinaus besitzt es offensichtlich die Fähigkeit, körpereigene antioxidative Enzymsysteme wie die Superoxiddismutase und einige Katalasen … « – »Danke Giovanni, ich unterbreche nur ungern«, schaltete sich Bridgewater ein, »das war sicherlich sehr erhellend. Kurz gesagt: Resveratrol ist ziemlich super, was die Verzögerung des Alterungsprozesses anbelangt und genauso super, was die Qualität des Alterungsprozesses anbelangt.« – »Mir bekannt.« – »Umso besser. Was Ihnen aber möglicherweise nicht bekannt ist, lieber Herr Breitenstein, sind die Quantitäten an Resveratrol, die in den dafür am höchsten einzustufenden Rotweinen der Welt aufzufinden sind. Nämlich 10 Milligramm. Pro Flasche.«

»Bei einem ADI von 120 bis 360 mg.« – »Was Giovanni meint, ist der Acceptable Daily Intake für einen Durchschnittsmann von 70 Kilogramm. Also das, was Sie oder ich brauchen, um die gewünschte Wirkung zu erzielen. Und jetzt frage ich Sie: Sind Sie bereit, zwölf, fünfzehn oder noch besser dreißig bis vierzig Flaschen Rotwein am Tag zu trinken, um länger und gesünder zu leben?« Karl lachte: »Sie kennen mich nicht. Aber machen Sie weiter. Es fehlt noch die Pointe.«

»Richtig. Um es kurz zu machen.« Er nahm eine Fernbedienung zur Hand, klickte und an der Karl gegenüberliegenden Wand erschien ein Chart:

Max-Planck-Institut für die Biologie des Alterns
Molekularbiologisches Labor
Resveratrolgehalt von vier Proben unbekannter Provenienz, hochgerechnet auf eine Flasche mit 0,7 l Inhalt

Probe M	128 mg
Probe F	119 mg
Probe C	118 mg
Probe J	126 mg

»Was sagten Sie? 10 ist schon viel, normalerweise?« – »Richtig. Sie sehen, mehr als das Zehnfache. Einfach unglaublich. Was aber noch wichtiger ist, darüber wird Sie jetzt Mrs. Osborne unterrichten.« Er übergab der Engländerin die Fernbedienung und ein neues Chart erschien. Zwei Sechsecke, durch drei gezackte Linien verbunden. An sie durch einen kurzen Strich angeheftet einmal die Buchstaben HO, zweimal ein OH. »Was Sie hier sehen, ist die molekulare Struktur des Resveratrol, so wie wir sie kennen. Wir haben zwei aromatische Ringe und die angehefteten Hydroxylgruppen. Da es mehrere sind, ist es nicht nur ein Phenol, sondern ein Polyphenol. Anyway.« Sie klickte. Das Molekül wurde kleiner, rückte nach links, daneben kam ein zweites zum Vorschein, fast identisch. »Hier sehen Sie die Struktur von J.« So kann man es auch aussprechen, dachte Karl, nämlich Dschäih. »Sehen Sie das neue Hydroxyl. Eines mehr als üblich. Das ist das eigentlich interessante. Die neue Struktur. Bei J voll ausgebildet. Bei F und C hatten wir den Eindruck, dass es ursprünglich vorhanden war, sich durch einen überlangen Lagerungsprozess jedoch zurückgebildet hat. Unsere Schlussfolgerung ist, dass es sich bei C und F um die Weine handelt, die vor Kurzem von einem gewissen Gaston Mugeaux angeboten wurden. Sehr alte Weine, wie er behauptete. M ist eine Sonderbarkeit, deren wahrer Charakter sich uns jetzt erst erschlossen hat. M weist nämlich an der Stelle, wo J das zusätzliche Hydroxyl voll ausgebildet hat, so etwas wie eine Knospung, eine Vorahnung von Js vollständiger Ausprägung auf. Wir kennen M aus Nisi, das ist der Wein der Mugaschwili. Was wir aber erst jetzt erkennen können, ist das Verwandtschaftsverhältnis zu J. M ist so etwas wie der Vorfahre, der Ahnherr von J. Jedenfalls, meine summary: J ist nicht nur durch seine Quantität an Resveratrol, sondern vor allem durch die neuartige molekulare Beschaffenheit eine wissenschaftliche Sensation. Und das ist keine Vermutung, sondern in vivo verifiziert. Die Mäuse leben immer noch.«

»Die letzte Bemerkung sollte ich vielleicht erläutern.« Diesmal war es Mitzi, die Karl ansprach. »Unsere Mäuse leben normalerweise nicht sehr lange. Deswegen sind sie auch gut geeignet als Versuchsobjekte. Diejenigen, die den Jeh injiziert bekommen haben, haben ihre normale Lebensdauer bereits um das Doppelte überschritten. Voller Wissbegierde, Lebhaftigkeit, Tatendrang übrigens, einfach süß.« – »Ihr habt den Siebener Mäusen zum Saufen gegeben?«

Karl hätte sich am liebsten selbst die Lippen vernäht. Fünf Augenpaare sahen ihn erwartungsvoll an, eines, das von Mitzi, blickte verlegen zur Seite. Bridgewater fragte, was alle dachten: »Siebener? Ist das der Name des Winzers? J aus dem Weingut Siebener?« – »Nein, um Gotteswillen, nein. Siebener, das ist so eine Art Code von mir, ein privater Joke. Ich hab den Wein zum Geburtstag geschenkt bekommen, siebter Juli, siebter Siebter, deswegen Siebener. Mit dem Winzer hat das gar nichts zu tun.« – »Gut, wie auch immer. Herr Breitenstein, ich will Ihnen nicht in extenso die wissenschaftliche, medizinische, pharmazeutische Bedeutung Ihres Geburtstagsgeschenkes erläutern. Lassen Sie mich es so sagen: Ein kleiner Schritt für Karl Breitenstein, ein großer für die Menschheit. Wir können hier und heute Geschichte schreiben. Ein neues Kapitel in der Geschichte des Menschen und seiner Natur.« – »Ein Tausendjähriges Reich.« – »Wie?« – »Entschuldigung. Das ist mir rausgerutscht. Was genau wollen Sie von mir?« – »Nichts als eine kleine Information. Woher stammt der J. Wer erzeugt ihn?« – »Sag ich nicht.« – »Herr Breitenstein. Ich appelliere an Sie. Die Welt der Wissenschaft wird es Ihnen danken. Noch einmal: Es geht um die Verbesserung des Menschengeschlechts. Für Sie bedeutet es nur die Weitergabe einer kleinen Information.« – »Eine kleine Information. Soso. Die Geschichte schreibt, das Menschengeschlecht verbessert. Wie das schon klingt. Wissen Sie, ich bin ja kein hochkarätiger Wissenschaftler. Aber ich kann mir lebhaft vorstellen, wie das läuft. Sie möchten etwas auf den Markt bringen, Geld verdienen. Leben verkaufen, Lebenszeit, Lebensdauer. Da kann man schon etwas dafür verlangen. Ein paar Tausender die Flasche? Mindestens. Dazu Verknappungsstrategie. Nur kleine Mengen, für die, die es sich leisten können. Soll ich Ihnen etwas sagen: Ich finde das einfach zum Kotzen. Da sträubt sich alles in mir. Lebensverlängerung für ein paar Tausend Superreiche auf dieser Welt. Und ihr, diese Google, Rockefeller, die Pharmaindustrie, wer auch immer, ihr macht euren Schnitt. Oder, könnte natürlich auch passieren, ihr setzt auf die Aspirin-Schiene. Marge durch Masse. Aber dann wird es noch komplizierter mit diesen vielen Menschen, die nicht sterben können oder wollen oder sollen. Ich meine, es könnte eng werden auf der Welt, oder seh' ich das falsch?«

Edwin G. Greene von der Mount Sinai School of Medicine in New York ergriff zum ersten Mal das Wort. Karl mochte sofort die Stimme, dunkel und tief aus einem dicken Bauch heraus: »Karl, you're a fuckin bastard, aren't you. I love guys like you. Mit a lot of Hirn an a lot of

Herz as well. So cool. But listen: Eine scientific idea, wie sagt man, Erkenntnis, ist eine Macht, most powerful. Wenn sie in der Welt ist, you can't remove it, you can't stop it. No chance. Und wenn da sogar ist ein benefit, ein Nutzen, dann, oh my god, wer will das stoppen? Und Leben verlängern, gibt es einen besseren benefit? What we want? Good question, easy answer. Wir wollen den Wein. Den fuckin J. Die Reben, den Winzer. Wir, das ist die scientific community all over the world. Erstens. Und zweitens all human beings. Du bist Österreicher, stimmt's? Wie Freud, wie Popper, wie Falco, wie Einstein, no? Einstein not? Ups, Wittgenstein, sorry, that's the man, fuckin' stones. Shitegal. Du hast responsibility, that's the word, Verantwortung. Du, du ganz allein. Das ist viel, das ist sehr viel auf dieser Welt. Come on. What's the problem? I love you, man. Come on brother.« Er hatte sich richtig hineingesteigert in sein Kauderwelsch vom Mount Sinai in der Bronx oder sonstwoher und Karl dachte diesmal nur, er sprach es nicht aus, fuck you, man, kennst du überhaupt die Smith-Sisters vom Katharinenkloster auf dem Berg Sinai, aber da war schon der Franzose am Reden: »CALCO, die California Life Company, ist eine Organisation, die unter der Kontrolle von Google steht. Ich sage dies nur, verehrter Monsieur Breitenstein, damit Sie die globale, die interdisziplinäre, ja auch die makroökonomische Dimension unseres Zusammentreffens annähernd begreifen können. Google repräsentiert dies alles. Das neue Denken in einer neuen Welt. Das Denken nach vorne. Dort, wo wir sind, ist vorne, ist oben. Ich bin befugt, über Geld zu reden. Ihre Informationen wären uns sehr viel wert. Ich lege Ihnen hier einen Scheck auf den Tisch. Tragen Sie die Zahl selbst ein. Für den Winzer, den Besitzer, den Züchter, was auch immer er ist, fügen wir eine Null hinzu. Sie sehen, wir meinen es ernst.« – »Den Nobelpreis könnten wir auch organisieren«, bekräftigte Bridgewater, »Medizin oder Frieden. Oder beides.« Margaret Osborne war aufgestanden, ans Fenster getreten und sagte: »Die Mugaschwilis übrigens arbeiten schon mit uns zusammen. Sie wären in guter Gesellschaft.« Karl wollte etwas einwenden in der Art, dass offensichtlich nicht nur die Wissenschaft Zeit brauche, sondern auch der Informationsfluss von Georgien nach

Köln, aber dann ließ er es und freute sich lieber darüber, dass Mugeaux' Fähigkeit, Weinberge zu versetzen, hier offensichtlich unbekannt geblieben war. Mitzi saß mittlerweile ein wenig heruntergerutscht in ihrem Sessel.

Eigentlich war Karl so weit, ein schlichtes »Nein, danke« zu sagen und dann einfach aufzustehen und hinauszugehen. Es kam anders. Hinterher wusste er selbst nicht mehr, warum ihm das plötzlich eingefallen war. Jedenfalls fragte er in die Runde, ganz beiläufig, als alle ihn erwartungsvoll ansahen und der Blankoscheck mitsamt einem teuren Füllfederhalter vor ihm lag: »Wer steckt eigentlich hinter euch? Rockefeller sowieso. Aber auch Rothschild? Bilderberg? Die Paulus-Männer?«

Margaret Osborne drehte sich langsam um und sah zu Bridgewater. Der wiederum sah Karl unverwandt an und sagte: »Frau Dr. Prohaska, Ed, Giovanni, Laurent, würdet ihr so freundlich sein und Margaret und mich mit Herrn Breitenstein kurz allein lassen?« Kurz darauf waren sie nur noch zu dritt im Konferenzraum für Biologie des Lebens. Mitzi hatte Karl einen letzten Blick zugeworfen, der Resignation ausdrückte, Bedauern, Sorge und Schuldgefühl. Bridgewater wirkte ernst, fast streng. Die Stimme klang scharf: »Was sollte diese Frage eben, Herr Breitenstein?« – »Und was soll das, dass wir jetzt plötzlich so intim sind? So selbdritt?« – »Das müssen Sie schon mir überlassen. Also?« – »Keine Ahnung. Ist mir schon wieder so rausgerutscht. Ich hätte aber nicht gedacht, dass Sie das gleich so nervös macht.« Bridgewater lachte leise: »Genauso wenig wie Sie mir mit Informationen helfen wollen, werde ich es mit meinen tun.« – »Ach, Sie schlagen mir einen Deal vor? Ich gebe ihnen den J und Sie sagen mir, wer hinter dem Ganzen steckt. Davon hätten Sie aber deutlich mehr als ich.« Karl fühlte sich plötzlich wie ein souveräner Unterhändler beim Atomabrüstungsprogramm.

»So kommen wir nicht weiter, Herr Breitenstein. Wir sind Wissenschaftler, das dürfte Ihnen klargeworden sein. Aber vielleicht denken Sie einmal darüber nach, dass Google bei uns mit im Boot sitzt. Sie haben es eben selbst gehört. Und Sie können sich vorstellen, dass

Google weiß, was Sie in den letzten Wochen und Monaten gemacht haben, wo Sie waren, mit wem Sie sich austauschten. Ich will damit sagen: Wir können auch anders, und insofern ist unser Angebot mehr als großzügig.«

Karl fühlte sich plötzlich gar nicht mehr souverän. Er überlegte fieberhaft: Hatte er sein Handy dabeigehabt, als er bei Jakob auf dem Berg gewesen war? Was genau hatte er Nestor geschrieben, wie mit Pater Maurus kommuniziert? Seinen Besuch bei Jakob, da war er sich sicher, hatte er nicht ohne Handy unternommen, richtig, während des Abstiegs hatte er sogar eine SMS an Marion geschickt. Ob das von Belang war oder nicht, war ihm nicht klar, aber wenn irgendwelche finsteren Mächte sein Handy orten und sogar nachträglich nachvollziehen konnten, wo er damit gewesen war, dann hatte er jetzt ein Problem. Und Jakob erst recht. Zumal im Umkreis von Jakobs Haus weit und breit keine andere menschliche Ansiedlung zu finden war. Wahrscheinlich ein Kinderspiel für die finsteren Mächte. Jetzt half nur noch Bluff: »Ach, du liebe Zeit, ich bin gerührt. Aber manchmal ist es doch vorteilhaft, hoffnungslos altmodisch zu sein. Isch abe nämlich gar kein Handy. Mit einem wie mir, tut selbst Google sich schwer.«

Bridgewater zuckte mit den Schultern und hob resigniert die Hände in Richtung Margret Osborne. Die hatte bislang geschwiegen und Karl musste feststellen, dass auch oder gerade eine mütterliche Stimme scharf werden konnte: »Dann machen wir jetzt Folgendes, Herr Breitenstein. Wir lassen Sie jetzt eine oder auch zwei Stunden allein, damit Sie sich alles noch einmal genau überlegen können. Dann kommen wir beide wieder und hoffen, dass Sie sich besonnen haben. Wenn nicht, müssen wir Sie leider an einen anderen Ort bringen lassen in die Obhut ganz anderer Leute. Das liegt dann alles nicht mehr in unserer Gewalt.« Die beiden standen auf, verließen den Raum und Karl hörte, wie ein Schlüssel herumgedreht wurde. Karl ging zur Tür, sie war verschlossen, er ging zum Fenster und sah, was er ohnehin wusste, dass er im sechsten Stock gefangen war. Er setzte sich und dachte: Das wird böse enden.

Die berühmte Inka-Folter schoss ihm durch den Kopf, bei der man festgebunden war, der Kopf bewegungsunfähig, an einer kleinen Stelle kahl geschoren, und von oben tropft alle zehn Sekunden Wasser auf die nackte Kopfhaut. Nach einer Stunde glaubt man, ein Hammer schlage einem auf den Schädel, nach zwei, der Kopf explodiere. Waterboarding ging ihm durch den Kopf, wovon er allerdings eine vagere Vorstellung hatte als von der Inka-Methode, über die er viel gelesen hatte. Er erinnerte sich an einen James-Bond-Film, in dem Daniel Craig nackt auf einem Stuhl gefesselt war, der Stuhl mit einer runden Öffnung wie bei einem Klo und von unten peitschten die Bösen gegen das frei hängende Gemächt. James Bond hatte das natürlich irgendwie überstanden, aber er, Karl Breitenstein?

Er ballte die Fäuste, um sich zu vergewissern, dass er Jakob um keinen Preis verraten wollte, er nahm sich vor, stark zu sein, er dachte an Jeanne d'Arc und Jacques de Molay, den Tempelritter auf dem Scheiterhaufen, zuletzt sogar an Jesus, als er ein Geräusch von der Tür her hörte. Es war der Schlüssel, der sich vorsichtig drehte. Die Tür ging langsam einen Spalt auf.

Melanie von Trottenburg war sichtlich erstaunt, ihn hier zu sehen: »Ja hat man Sie denn vergessen? Ich wollte bloß den Beamer holen, wir brauchen ihn für die Präsentation um elf. Delegation aus Brüssel, EU, Sie wissen schon, lauter wichtige Leute. Ich mach auch ganz schnell, lassen Sie sich nicht stören. Abgeschlossen, also wirklich. Bin gleich wieder weg.«

Als Karl aus dem Institut heraustrat, warf er zunächst sein Plastikkärtchen in einen Abfalleimer und nach kurzem Zögern sein Handy hinterher. Er begann zu laufen und merkte schnell, dass François' Training immer noch Wirkung zeigte. Er stürmte die Straße entlang, winkte nach geschätzten zwei Kilometern dem ersten Taxi, das er sah, und sagte atemlos: »Nach Bonn bitte, Hauptbahnhof.« Mit dem Handy des Taxifahrers rief er Bodo im Hotel an. »Lass dir meine Tasche geben und nimm den nächsten Zug Richtung Frankfurt. Ich steig in Bonn dazu. Frag nicht, mach!« – »O.k. Aber du kommst wirklich, versprochen. Du weißt, Phobie. Bis Bonn ist eine Station, ich probier's mal.«

In Frankfurt bekamen sie mit knapper Not den TGV Richtung Marseille. Am Abend waren sie in Avignon, Mugeaux holte sie ab. Am nächsten Morgen saßen Karl und Irina, Gaston und Marion im Esszimmer und hielten Kriegsrat. »Ich blick bald nicht mehr durch«, fing Karl an: »Erst stürzen sich alle auf Nisi, dann auf die Clos Gethseman und den Franzl-Wein und jetzt ist auch noch Jakobs Siebener im Visier. Und einmal haben wir es mit den immer Gleichen zu tun und dann sind es wieder ganz andere. Und irgendwie wird es immer gefährlicher.« Mugeaux lehnte am Fenster und beobachtet die Zypressen, die regungslos standen, kein Wind heute. »Es ist doch so: Die vierhundert Flaschen da unten im Keller sind nach meinem Gefühl aus dem Rennen. Da hat der Baron schon recht: Man trinkt sie leer und dann ist das Spiel vorbei. Vielleicht kommt irgendwann noch ein Angebot von diesem David Rockefeller und ich werde Mehrheitsaktionär von Standard Oil. Aber soll ich euch etwas sagen: Es ist mir egal. Vierhundert Flaschen uralter Wein, ja und? Und wenn noch so viel Resveratrol drin ist und wenn noch so viel Mythos und Legende darum herum sind: alles in allem die pure Vergänglichkeit. Verkauft, verhökert, verschenkt, getrunken und weg.« Mugeaux setzte sich, Marion sah ihn bewundernd an. »Das also erstens. Zweitens unser Mugaschwili-Wein. Ganz einfach: Ich werde die Kooperation mit Rothschild eingehen. Zum einen, weil mir gar nichts anderes übrig bleibt. Zum anderen, weil dann dieser Wein wenigstens aus der Schusslinie gerät. So würdest du das doch ausdrücken, Karl?« Karl war skeptisch und nach wie vor verunsichert und beunruhigt, gleichzeitig wollte er Zustimmung signalisieren, was im Gesamtergebnis einen nicht übermäßig intelligenten Gesichtsausdruck hervorbrachte. Mugeaux lachte: »Optimismus, mon ami! Rothschild ist stark, er hat Einfluss, man kann ihm sogar, vermutlich, vertrauen. Ganz abgesehen davon, dass ich eigentlich keine Wahl habe. Bleibt als letztes Problem Jakob und sein Siebener. Und das ist wirklich eines.«

Marion sah Karl triumphierend an: »Siehst du. Knallharte Analyse. Nicht rumjammern, machen. Was machen wir mit Jakob, Gaston?« – »Nach allem, was Karl in Köln erlebt hat, sollten wir davon ausgehen, dass Jakobs Berg nicht mehr sicher ist.« – »Seh ich auch so«, sagte Karl: »Und deswegen wäre das Nächste, dass wir Jakob über alles informieren, was wir bisher wissen. Ohne ihn geht gar nichts. Aber mir ist gerade etwas anderes eingefallen, eine Idee praktisch. Weil Gaston ja in allem fürchterlich recht hat.« Alle sahen ihn fragend an. Karl sagte feierlich: »Wir geben dem Wein, also den vierhundert Flaschen da unten im Keller, was des Weines ist.« Unverwandt sahen in alle weiterhin fragend an. »Ja einfach weg damit, wegsaufen, austrinken, leermachen. Einen kräftigen Schluck Vergangenheit konsumieren, wie der Baron gesagt hat.« – »400 Flaschen? Wer soll denn das trinken?« – »Wir laden Freunde ein. Die sollen Freunde mitbringen. Das muss natürlich unter uns bleiben. Aber mal als Anhaltspunkt: Hundert Leute für vierhundert Flaschen. Das ist locker machbar. Und das wird ein Heidenspaß, glaubt mir.« Es dauerte ein paar Sekunden, aber dann stellte sich bei allen ein träumerisches Lächeln ein und dann sogar ein befreites Lachen.

Die anderen waren sofort dafür, ja regelrecht begeistert. Isabelle stellte Spanferkel und Ochs am Spieß in Aussicht, Josip und Salem wollten Zelte mit Feldbetten organisieren, Maita zu Beginn ein kleines Fußball-Turnier veranstalten. Einig waren sie sich, dass dies auch eine gute Gelegenheit sei, Jakob einzuladen, zumal die Franzl-Weine eine tragende Rolle spielen sollten. Karl rief Maurus an. Nach einer halben Stunde kam die Antwort: »Super Idee. Jakob ist begeistert. Wir kommen beide. Und bringen ein paar Freunde mit.«

Am meisten freute sich Nestor: »Jakob Jünger kommt? Na prima, endlich bin ich mal nicht der Älteste.«

18

»Hast du ihn auch gesehen? Ich hab ihn gesehen. Von hinten. Aber er war's. Eindeutig. Ganz nackig war er. Mit Efeu im Haar und mit Lichtern. So schön. Und Weiber liefen hinter ihm her. Fast nackig. Er muss es gewesen sein. «

»Nun sag doch endlich, wen du gesehen hast. Wen du meinst, gesehen zu haben.« Karl war eindeutig weniger betrunken als Dr. Kobiaschwili. Der hielt sich mit einer Hand an Karls Schulter fest, mit der anderen an einer halb vollen Flasche Wein. »Du glaubst es mir ja doch nicht. Aber ich hab ihn gesehen. Er ist da. Ist doch klar. Sein Revier, seine Zeit, Februar. Und jetzt hab ich ihn aus den Augen verloren. Muss ihn suchen. Hab so viele Fragen. Hilfst du mir?«

»Wen, Kobi! Wen sollen wir suchen, verdammt noch mal! Du siehst doch schon Gespenster, Geister, Dämonen, was weiß ich.« Der Doktor kam näher an Karl heran, versuchte ihm etwas ins Ohr zu flüstern. Ein Donnerschlag unterbrach ihn, gefolgt von einem Zischen und Prasseln. Pünktlich um Mitternacht hatte Mugeaux begonnen, das Feuerwerk zu zünden.

Sie hatten sich die Vollmondnacht ausgesucht für das Große Besäufnis, wie Karl die finale Vertilgung von 400 Flaschen alten Weins getauft hatte. Dutzende Fackeln illuminierten den Hof und wetteiferten mit dem Mondlicht, wer die phänomenaleren Schattenbilder hervorzubringen wusste. Die Luft war immer noch mild, ein stabiles Hoch schob seit Tagen aus der Sahara den Frühling über das Mittelmeer nach Südfrankreich. Und würzig war sie, was nicht nur von dem Ochsenspieß, dem Spanferkel und dem großen Lagerfeuer im Hof herrührte, in dem Spieße mit Würsten brieten und Kartoffeln garten. Die Zypressen, der Lavendel, der Rosmarin und all die anderen provencalischen Wohlgerüche waren aus ihrem Winterschlaf erwacht.

Alles, was im Haus oder in den Schuppen an Sitzgelegenheiten, an Tischen oder Ablagen zu finden war, hatten sie im Hof verteilt. Sofas und tiefe Sessel, Stühle und einfache Holzbänke, der lange Tisch aus dem Esszimmer und der ovale aus Isabelles Küche, Kaffeetischchen, Gartentische, eine Werkbank und einige alte Weinfässer bildeten Sitzgruppen und Stehtische. In der Mitte des Hofes stand ein Traktor mit Hänger, dessen holzbeplankte Ladefläche als Theke fungierte. Isabelle hatte den Wagen mit Blumen und Kränzen geschmückt und die ersten hundert Flaschen warteten darauf, geleert zu werden. Mugeaux hatte Baumstämme organisiert, auf denen weiche Kissen lagen, davor waren Teppiche ausgelegt, Decken und weitere Kissen darauf drapiert, es gab zwei Hollywood-Schaukeln und einige Liegestühle. Im Schuppen hatten sie ein altes Messingbett entdeckt, das jetzt, abgeschliffen und neu lackiert, in einer hinteren Ecke stand, ausgestattet mit Matratze und Kissen. Alles war wild durcheinander gewürfelt und sah auf den ersten Blick wie die Freiluftausstellung eines Altwarenhändlers aus, entpuppte sich aber auf den zweiten Blick und im Verlauf des Großen Besäufnisses als ein der allgemeinen Geselligkeit äußerst zuträgliches Ensemble. Einen einzigen Zeltpavillon hatten sie im Dorf besorgt, darin wurden neben Brot und Käse in riesigen Schalen Isabelles Salatkreationen präsentiert, deren Provenienz durch kleine Fähnchen gekennzeichnet war: Costa Rica, Indien, Italien, Kenia, Marokko, Dänemark, Griechenland, Vietnam und natürlich Georgien und die Provence waren da vertreten. Ein Nudelsalat trug die deutschen Farben.

Um die Mittagszeit waren die ersten Gäste angekommen. Dr. Kobiaschwili hatte vier Schüler seiner Deutschkurse mitgebracht, zwei Türken, eine junge Dame aus Ghana und eine aus Eritrea. Pater Maurus war in Begleitung zweier Mitbrüder erschienen, Karl erkannte seine Entführer aus dem Adlerhof. Sie begrüßten besonders herzlich Pater

François aus Sénanque. Ferdi Simonowitsch aus Marions Redaktion war angereist und mit ihm zwei Redaktionsassistentinnen, der Sportredakteur Virneisl und zwei Kollegen aus der Druckerei. Bodo war natürlich da, im Arm zwei junge Damen aus der Werbebranche und im Schlepptau zwei Kollegen aus der Taxifahrerzunft, die er aus Wien herbeitelefoniert hatte. Mitzi war aus Köln gekommen, zur großen Freude Bodos, während Karl sich mindestens ebenso freute, dass sie Melanie von Trottenburg mitgebracht hatte, Karls unfreiwillige Retterin aus größter Gefahr. Salem hatte alle seine Bekannten aus der Villengegend hinter den Gleisen eingeladen, drei waren gekommen, zwei alterslose Herren und eine energische Dame. Tahar hatte aus der marokkanischen Kolonie in Arles einige Freunde und Freundinnen mobilisiert, »die trinken Wein, keine Sorge«. Josip hatte in seinem georgischen Stammcafé am Wiener Karmelitermarkt angerufen und so war die kaukasische Fraktion durch zwei kräftige Frauen und eine zierliche vertreten, begleitet von zwei Mitarbeitern der georgischen Botschaft. Am frühen Nachmittag schließlich war Jakob aufgetaucht, an seinem Arm die Gräfin von Marczinsky, die Karl seit ihrer Begegnung im Café Bräunerhof nicht mehr gesehen hatte. Sie trug ein langes elfenbeinfarbenes Kleid mit einem dunkelblauen Jäckchen darüber, die apart-grauen Haare kunstvoll frisiert, darin eine neue Sonnenbrille steckte, und Karl deutete zu seiner eigenen Überraschung einen Handkuss zur Begrüßung an. Jakob war bester Laune: »Ich freu mich, ich freu mich wirklich. Das war eine grandiose Idee. Das Beste, was dem Franzl-Wein passieren kann. Ist mein neuer Freund schon da? Nein? Er hat eine lange Anreise, kommt sicher später.«

Überschlägig hatten sie schon Tage vorher festgestellt, dass sie auf diese Art und Weise an die fünfzig Personen zusammenbringen würden. »Das macht im Schnitt acht Flaschen pro Person. Das geht sich nicht aus. Beim besten Willen nicht«, sagte Karl. Am nächsten Tag ging er mit Salem und Josip ins Dorf und hängte in den Cafés, in der Bäckerei und in der Post Zettel aus: »Weinprobe im alten Pierres-Gilles-Gut von Gaston Mugeaux. Ausgesuchte alte Weine. Samstag, 26. Februar, ab 18 Uhr. Eintritt frei. Mindestalter 18 Jahre.« Sie unterhielten sich ein wenig mit den Wirten, den Kellnerinnen, der Bäckerin. Und das Dorf kam.

Als die Dämmerung einsetzte, ging Karl ins Haus und überflog von einem Fenster des ersten Stocks die Szenerie. Hundert, hundertzwanzig Leute schätzte er, das passt, dachte er. Aus dem Dorf war eine gute Mischung gekommen, Alte, Junge, Männer, Frauen, in einer der Hollywood-Schaukeln drängte sich eine Gruppe von jungen Dorfschönen, kichernd, aufgebrezelt mit knallengen Leggins und bunten gekreppten Futterals oben drüber. Der Bürgermeister war gekommen, er stand mit Mugeaux und Pater François am Theken-Hänger, ein Hemdzipfel hing vorne über dem kräftigen Bauch aus der Hose, er schenkte seinen Gesprächspartnern die Gläser voll und nahm den letzten Tropfen direkt aus der Flasche. Karl entdeckte Irina, die mit den Georgiern aus Wien an einem Tisch saß, die Hände auf dem Bauch verschränkt, der vor Lachen bebte. Salems Freunde hatten sich mit Ferdi Simonowitsch und Virneisl verbrüdert, drei leere Flaschen standen schon auf ihrem Weinfass. Die Mädchen aus der Werbebranche tuschelten mit den jungen Mitbrüdern von Pater Maurus, Mitzi hatte sich bei Bodo untergehakt und dessen Taxler stießen mit den Redaktionsassistentinnen an. Melanie von Trottenburg saß zu Füßen der Gräfin Marczinsky, die Bürgermeistergattin trat soeben mit drei neu gefüllten Gläsern hinzu. Überall saßen, standen Gruppen und Grüppchen, tranken, aßen und redeten. Das sind die besten Feste, dachte Karl, trinken, essen, reden. Sonst nichts. Die Gäste sind sich selbst genug, sie sind das Fest und sie feiern sich selbst. Ganz hinten, in der orientalischen Ecke mit den Teppichen auf dem Boden, den Decken und Kissen, saß einer lässig gegen die Hofmauer gelehnt, einen Hut tief ins Gesicht gezogen, mit einer Gitarre. Eine kleine Zuhörergruppe hatte sich um ihn gebildet, Karl konnte nicht hören, was er spielte. Na gut, dachte er, eine Gitarre geht in Ordnung.

Er ging wieder hinunter, nahm sich eine Flasche Gethseman-Wein und trank. Er hatte sich vorgenommen, immer abwechselnd zu trinken, Franzl-Wein und Gethseman-Wein. Immer eine Flasche, dann die andere. Die andere Variante wäre gewesen, bis Mitternacht den einen Wein, danach den anderen. Die Methode mit den Flaschen im Wechsel versprach mehr Spannung, bessere Vergleichsmöglichkeiten. Bloß nicht durcheinanderkommen, dachte er.

Kobiaschwili kam auf ihn zu, die vier Schüler wie ein Rudel junger Hunde hinter sich. »Karl, du siehst blendend aus. Das ist Malu und hier haben wir Missy. Und die beiden Herren sind Bülent und Ahmed. Wenn wir morgen noch leben, will ich ihnen den Mont Ventoux zeigen. Mit dem Auto natürlich, nicht zu Fuß. Den Petrarca-Brief, du weißt schon, haben wir in meiner Stunde durchgenommen. Hast du Jakob eigentlich schon mal gefragt, ob ihm dieser Jacques Plusjeunes etwas sagt?« Karl spürte einen Arm auf seiner Schulter, es war Marion: »Ich muss mit dir reden.« Sie setzten sich auf einen Baumstamm. »Wie findst du eigentlich Mugeaux. Ich meine, du als Mann. Ihn als Mann.« – »Mach mal langsam, Marion, der Abend ist noch lang. Hast du eigentlich was mit ihm?« – »Nö. Deswegen frag ich ja.« – »Ich mag ihn. Manchmal ein bisschen undurchsichtig. Willst du was von ihm?« – »Weiß nich. Grad schon. Bin ein wenig außer Kontrolle. Pass auf mich auf, Charlie, Guter.« Ein paar Meter weiter standen Nestor und Jakob. »Karl!«, rief der Urgroßvater, »komm mal her und senk den Altersdurchschnitt.« Nestors dünne Haut glühte an den Wangen. »Wir haben uns lange nicht gesehen, Jakob und ich. Über hundert Jahre ist das her, in Wien beim Thronjubiläum von Franz Joseph, 1908 muss das gewesen sein. Großartiges Fest. Im Café Central hat Jakob uns angesprochen, eigentlich ja meinen Vater, ich war ja noch ein Jungspund. Fragte uns, ob wir Kaukasier seien. Stimmt's, Jakob?« Der zog nur vielsagend die Augenbrauen nach oben. Karl nahm ihn zur Seite: »Dann ist Franzl also doch dein Sohn, nehme ich an. Egal jetzt. Was ich dich fragen wollte: Sagt dir der Name Jacques Plusjeunes etwas?« Jakob war nicht aus der Ruhe zu bringen. »Jacques Plusjeunes, sieh mal an. Ein französischer Jakob Jünger. Was es nicht alles gibt. Woher hast du den Namen?« – »Der hat im 14. Jahrhundert gelebt. Hier in der Nähe, in Avignon übrigens auch. Tauschte Briefe mit Francesco Petrarca.« – »Da müsste ich mal nachforschen. Das wäre natürlich sehr interessant, ein französischer Zweig unserer Familie. Was für Briefe sind das denn?« – »Die hab ich in Sénanque gefunden, Irina hat sie gefunden. Manchmal, ich weiß nicht, ich werde aus dir nicht schlau.« Sein Blick fand Pater François, der mit den drei georgischen Frauen vom Karmelitermarkt unter einer Fackel stand, die ein malerisches Licht auf seinen entblößten Oberarm warf. Die Zierliche prüfte respektvoll den Bizeps. Die Gräfin hakte sich bei Jakob ein und prostete Karl zu: »Ein herrliches Fest! Wissen Sie, woran mich das erinnert? Ich war erst kürzlich im Burgtheater. Die Bakchen von Euripides, kennen Sie sicherlich.« – »Bedaure. Der Name sagt mir natürlich etwas. Griechische Tragödie, richtig?« – »Exakt mein Lieber. Es geht um Dionysos, den Gott des Weines. Ein herrliches Stück. Er bringt die Frauen zur Raserei und den König von Theben zum Wahnsinn. Der Chor der Mänaden, die ausgeflippten Weiber also, bringt es auf den Punkt.« Ihre Augen waren auf einen imaginären Punkt am Himmel, vielleicht aber auch auf die deutlich sichtbare Milchstraße gerichtet, Ihre Stimme bekam einen singenden Klang, es tönte entrückt, gute, alte Burgtheater-Schule:

»Der göttliche Zeussohn
Liebt die frohen Gelage,
Schenkt dem Armen, dem Reichen
Die erlösende Gabe,
Gleiche Freuden des Weins.
Und er hasst die Verächter
Der festlichen Tage
Hasst die Feinde der nächtlichen Feiern,
Hasst den Klugen, der nie sich befreit
Von der Macht der Großen des Geistes.«

Kobiaschwili, noch einigermaßen nüchtern, war hinzugekommen und hatte die letzten Worte gehört: »Oh, wir sprechen von Dionysos. Einer der besten Götter, die sich die Menschen jemals ausgedacht haben. Die Griechen haben ihn gern als kleines Kind dargestellt, den Dionysos, im Schoß von Jungfrauen, man glaubt das Jesuskind zu sehen. Und in

Pompeji hat man ein Wandgemälde entdeckt, auf dem steht er ganz mit Weintrauben bekleidet und seinem Götterstab in den Händen da wie Christus der Erlöser.« Karl nickte versonnen. Die nächste Stimme, die er erkannte, war eine näselnde. Pater Maurus hielt in der rechten Hand ein Glas Wein in der linken eine voluminöse Zigarre. Er zwinkerte Karl zu: »Tod und Wiederauferstehung, der gute Hirte, Blut und Wein, alles schon bei Dionysos vorgebildet.« Jakob legte einen Arm um den Pater und zog ihn sanft zur Seite. Karl schlenderte weiter. Die Marokkaner hatten sich Missy und Malu geschnappt und kifften gemeinsam. Die Gräfin saß auf dem Schoß von einem der Wiener Sandler, während der andere ihr die Füße massierte. Bodo suchte Mitzi. Karl griff sich eine Flasche Franzl-Wein und setzte sich auf den blumenbekränzten Wagen. Irina kam zu ihm und lehnte ihren Kopf an seinen Schenkel. »Ein Glas von dem einen Wein und eines vom anderen, das kann den beiden doch nicht schaden, oder?« – »Was? Kriegen wir Zwillinge?« – »Nein, keine Ahnung. Ich meinte, ein Glas für die kleine Mugaschwili und eines für den kleinen Breitenstein. Oder umgekehrt.« »Egal«, sagte Josip, der seine Hand auf Karls anderen Schenkel hieb. Ganz in der Nähe standen drei Damen um die fünfzig, englische Touristinnen offenbar, die die Wintermonate im Süden verbrachten und den Zettel im Café des Sports entdeckt hatten. Sie trugen lange, bunte, wallende Gewänder, eine hatte eine Margeritenblüte im Haar, die andere ein Indianerstirnband. »The wine tastes a little bit grumpy or stuffy. Musty or something like that. Fine stuff, anyway. But look, it's such a nice place here, so cute. Very typical for this region, I guess.«

Draußen auf der Straße waren Autoscheinwerfer zu sehen, die sich der Einfahrt näherten. Karl und Irina hörten, wie der Motor ausgeschaltet wurde, eine Wagentür zugeschlagen und Schritte auf das Tor zukamen. Fackellicht und Mondschein ließen nur erkennen, dass es ein Mann war, ein groß gewachsener, der sich in der Einfahrt suchend umsah. Als er gefunden hatte, wen er suchte, nämlich augenscheinlich Mugeaux, der neben dem Salatzelt stand, lenkte er seine langen schwebenden Schritte in dessen Richtung und Karl wusste mit einem Mal, wer da so spät sich noch eingefunden hatte. Er sprang vom Wagen und steuerte von der anderen Seite auf Mugeaux zu.

Baron Nicolas de Rothschild war die Liebenswürdigkeit selbst: »Sie verzeihen, Monsieur Mugeaux, dass ich hier so eindringe, aber als ich von Ihrem Fest, von Ihrer Weinprobe erfuhr, da sagte ich mir: Da musst du dabei sein, das bin ich meinem Großvater schuldig. Die letzten Flaschen des Gethseman-Weines, ich bitte Sie. Wenn Sie nicht ohnehin so freundlich gewesen wären, mir die eine Flasche zu schenken, dann hätte ich von diesem Wein immer nur gehört oder gelesen und ihn nie selbst getrunken. Und jetzt in dieser Hülle und Fülle. Ihre Idee, nehme ich an, Herr Breitenstein.« Karl reichte ihm ein Glas und schenkte aus seiner Flasche ein. Der Baron roch und trank und sagte: »Interessant, Sie probieren auch noch andere Weine?« Karl wechselte einen kurzen Blick mit Gaston und antwortete: »Da sieht man doch sofort den Kenner, Kompliment Baron. Ja, das ist auch ein alter Wein. Direkt aus dem Meer sozusagen. Herr Mugeaux war mal wieder tauchen. Wie finden Sie ihn?« – »Ausgezeichnet. Nein, mehr als das, außergewöhnlich. Das Linoleum ganz zum Schluss, sehr ungewöhnlich. Wissen Sie mehr über seine Geschichte, Monsieur Mugeaux? Dass er aus dem Meer stammt, stand ja schon in Ihrer Annonce.« – »Ein Tipp von einem Freund, einem Taucherfreund, alte Geschichte.« – Karl und Gaston war es nicht unrecht, dass in die Unterhaltung die drei Georgierinnen vom Karmelitermarkt platzten, die den Baron in die Mitte nahmen: »Kommen Sie, schöner Mann, trinken wir zusammen.« Karl und Mugeaux setzten sich auf die Stufen vor dem Hauseingang. »Ich kann ihn ja schlecht hinauswerfen«, sagte Mugeaux. »Ach was, der ist gut versorgt, der stört uns nicht. Und morgen ist er weg, der Wassertrinker wartet sicher im Auto.« Mugeaux lehnte sich zurück. »Kann ich dich etwas fragen, Karl, etwas Privates?« Karl lachte leise: »Klar. Marion hat mich gerade das Gleiche gefragt.« – »Ach. Was hat sie gefragt?« – »Na das, was du auch fragen willst. Oder wissen willst. Ob das was wird mit euch.« – »Und?« – »Wenn es um die kaukasisch-österreichische Völkerverständigung geht, bin ich nun wirklich der Letzte, der etwas dagegen hätte. Obwohl, eine richtige Wienerin wird aus Marion nie.

Aber sonst ist sie in Ordnung.« Mugeaux schwieg. Karl hatte endlich Zeit, die Ecke mit den Teppichen und dem Gitarrenspieler genauer in Augenschein zu nehmen. Zwanzig, dreißig Leute saßen und standen da mittlerweile, Ferdi und seine Redaktionskollegen erkannte er, Melanie von Trottenburg, Mitzi und Bodo, der sie offenbar wiedergefunden hatte, die Bäckerin und zwei Kellnerinnen aus dem Café des Sports, die englischen Touristinnen, die Lehrerin aus der Grundschule und die Tierärztin und sogar die Frau des Bürgermeisters. Ganz am Rand stand Jakob. Karl erhob sich, nahm im Vorübergehen eine Flasche Gethseman mit und stellte sich neben Jakob. Der Gitarrenspieler saß immer noch an die Wand gelehnt, er war zierlicher, als Karl vom Fenster aus wahrgenommen und älter, als er erwartet hatte. Unter dem Hut sah man ein dürres, wirres Bartgeflecht und aus dem Mund kamen gerade, untermalt von ganz leisen melodiösen Kadenzen, rau und nasal die Worte: »Lay Lady lay, lay across my big brass bed.« Karl sah Jakob an. Der beugte sich zu ihm: »Zufrieden?« Karl sah den Ring mit der Knospe am Finger des Meisters und als »Lay Lady Lay« zu Ende war, leiser Applaus ertönte, flüsterte Jakob: »Er kennt dich. Sag Hallo zu ihm. Er wird sich freuen.« Karl nahm allen Mut zusammen, kauerte sich nieder und sagte: »Hello, Sir. I'm Karl from Vienna. I'm so glad to see you tonight.« – »Hi Karl, that's Charlie, isn't it? Nice to meet you, Charlie. I'm Bob. What's your favourite song?« Karl musste nicht lange überlegen und flüsterte dem Sänger etwas ins Ohr. Der lächelte: »Oh, that's gonna be a kind of Newport-feeling. Wait a minute.« Er kramte hinter seinem Gitarrenkoffer und brachte einen kleinen Verstärker zum Vorschein, den er mit der Gitarre verband. Dann kramte er noch einmal und holte eine Bongo hervor: »I need a rhythm-section. Your turn, Charlie.« Bob war aufgestanden, Karl stand neben ihm, die Bongo ungelenk in seinen Händen. Aber da begannen schon die bekannten Eröffnungsakkorde, der Verstärker war leistungsstark, plötzlich war richtig Lärm im Hof des alten Weingutes von Pierres Gilles und die Stimme röhrte los: »Once upon a time you dressed so fine, threw the bums a dime in your prime, didn't you?« Karl hatte noch nie in seinem Leben eine Bongo bedient, aber er glaubte einmal gesehen zu haben, dass es ganz nützlich war, sie unter den einen Arm zu klemmen und mit der anderen Hand zu trommeln. Das tat er und vorsichtig versuchte er, dem Vorwärtstreiben der Gitarre hinterherzuspüren. Es ging. Es ging immer besser. Er trommelte, als ob er sein ganzes Leben nichts anderes gemacht hätte. Bevor der Refrain einsetzte, machte er einen Wimpernschlag Pause, Bob hatte das registriert und mit einem Kopfnicken gab er das Zeichen loszulegen. Er neigte leicht den Kopf zu Karl, als ob sie beide vor einem imaginären Mikrophon stünden und Karl verstand dies als Aufforderung, den berühmten Refrain zusammen mit Bob zu singen: »How does it feel / How does it feel / To be without a home / Like a complete unknown / Like a rolling stone?«

Das Erstaunlichste neben Karls versiertem Bongo-Spiel war das Publikum. Bei den ersten Akkorden hatten einige begonnen, hin- und herzuwippen, den einen oder anderen Tanzschritt zu wagen. Die Engländerinnen drehten sich langsam im Kreis, die Arme beschrieben Schlangenlinien. Als der Refrain einsetzte, riss es erst einigen, vor allem den georgischen Damen vom Karmelitermarkt, die sich nach vorne gedrängt hatten, Rothschild immer noch in ihrer Mitte, die Hände nach oben, die Zeigefinger bewegten sich im Takt und bei der letzten Zeile sangen, brüllten, kreischten, grölten alle, aber wirklich alle lauthals »Like a rolling stone«.

Bob war zufrieden, Karl glücklich. Der Meister raunte Karl zu: »Let's go over there to the wagon. Better stage for us.« Fast die gesamte Festgesellschaft umstand den Wagen, als sie mit dem nächsten Song loslegten. Karl hatte diesmal ein Tamburin bekommen. Nach den ersten Akkorden war ihm völlig schleierhaft, wohin die Reise gehen sollte, der Meister machte sich offensichtlich einen Spaß daraus, seine bekanntesten Lieder erst einmal völlig zu verfremden. Bei der ersten Textzeile allerding war er wieder auf Augenhöhe und begriff vor allem, warum er dieses alberne Schellenschlagwerk zu bedienen hatte: »Hey, Mr Tambourine Man, play a song for me/I'm not sleepy and there is no place I'm going to.« Bob gab eine wild stampfende, hart rhythmisierte Version zum Besten und diesmal ging alles viel schneller. Die Frauen, allen voran die Engländerinnen, drehten sich wie die Brummkreisel, taumelten mit wild bewegten Armen, schüttelten die Köpfe oder sprangen in die Höhe. Bei der Zeile »We wanna dance beneath the diamond sky with one hand waving free« taten alle das Nämliche und ließen ihre Hände wie Lassoschwinger in den Nachthimmel kreisen.

Bob ließ nicht locker. Alles, was er spielte, spielte er hart, schnell, mit ungeheurem Drive. Karl kam kaum nach. Aus den Augenwinkeln sah er, dass eigentlich nur Marion und Mugeaux sich nicht an dem Treiben beteiligten. Die saßen auf der Treppe zum Haus, Marion hatte den Kopf an Gastons Schulter gelehnt, ihre Hände um sein Knie gelegt und schien zu schlafen. Auch Jakob stand etwas abseits, die Hände in den Hosentaschen, mit einem Bein wippte er zur Musik. Irina hatte sich bei ihm eingehakt. Alle anderen hatten längst ihre Gläser gegen Flaschen ausgetauscht, Kobi fuchtelte sogar mit zwei Flaschen herum. Die Körper kreisten, die Glieder tobten, die Engländerinnen warfen mit heftigen Bewegungen ihre Köpfe nach hinten, Hüften schwangen nach vorne, zur Seite, ein tumultuöser Taumel hatte alle ergriffen.

Es war hinterher nicht mehr festzustellen, wer damit angefangen hatte. Auf einmal öffneten sich Blusen, Oberteile wurden fortgeworfen, Hemdchen in der Mitte auseinandergerissen. Spärlich bedeckte oder gänzlich entblößte Brüste wogten, schaukelten und wippten, drängten sich an Männerrücken, rieben sich gegenseitig. Die Engländerinnen waren die Ersten, die ihre Kleider rafften, sie hoch über den Bauch hoben und die Becken kreisen ließen. Unter dem elfenbeinfarbenen Kleid der Gräfin kam ein perlmuttfarbener Slip zum Vorschein, dessen Inhalt heftig vor- und rückwärts bewegt wurde. Das war der Moment, als auch die Dorfschönen sich die gekreppten Wurstpellen vom Leibe rissen, sich kreischend gegenseitig umwarfen und eng umschlungen im Staub wälzten. Missy und Malu und sogar Melanie von Trottenburg waren bald splitternackt, während die Grundschullehrerin, die Apothekerin und die Werbemädchen wenigstens noch ihre Höschen anhatten. Die Frau des Bürgermeisters hielt ihren gewaltigen Busen mit beiden Händen fest, ohne allerdings aufzuhören, ebenso gewaltig in die Höhe zu springen. Die energische Sandlerin und zwei der Georgierinnen begannen, mit den Händen im Staub zu wühlen und wirre Zeichen der Wollust auf ihren eigenen und den anderen nackt tobenden Körper zu hinterlassen.

Karl, dem allmählich die Hände wehtaten, beobachtete verblüfft, dass die Männer auf den Wein und die Musik ganz anders reagierten. Sie schienen die Raserei der Frauen kaum wahrzunehmen, tanzten und bewegten sich vielmehr wie in Trance. Die Marokkaner, wahrscheinlich in Kenntnis des Gebarens der Derwische, in einer rasanteren Weise, die Georgier, allesamt mit ordentlicher Leibesfülle ausgestattet, in eher gemessener Form. Ferdi Simonowitsch und Pater François spielten ein intimes Luftgitarrenduett, ohne zu bemerken, dass dies die Redaktionsassistentinnen zu Anfeuerungstänzen mit wehenden Slips und BHs animierte, während Bodos Taxler eine Mischung aus Stehblues und Slowfox versuchten, was dennoch und zwangsläufig zu Kontakten mit Schenkeln, Schößen und Pobacken führte. Der Sportreporter Virneisl war völlig unbeeindruckt, als die Bürgermeistergattin seinen Kopf zwischen ihre Brüste nahm, Karl glaubte, einen Anflug von Panik in seinen Augen zu bemerken, dann tanzte er aber seinen Moonwalk ungerührt weiter. Maurus, um ein anderes Beispiel zu nehmen, das Karl besonders interessiert beobachtete, musste doch eigentlich die Stöße an seinem Hintern bemerken, die vom Becken der Gräfin ausgingen. Keine Spur davon jedoch, er hielt ein Glas in der einen Hand, die Weinflasche in der anderen und die Augen verzückt gen Himmel gerichtet. Die anderen beiden Patres aus Heiligenkreuz hatten sich an den Händen gefasst und hopsten fröhlich zwischen den exaltierten Leibern hindurch. Auf Salems Schultern saß die Zierlichere der Georgierinnen vom Karmelitermarkt, die nackten Schenkel fest an seine Wangen gepresst, aber der Alte ließ ungerührt den Wein weiter in seine Kehle laufen. Der Baron Rothschild, um auch diesen nicht zu vergessen, wiegte sich die ganze Zeit mit geschlossenen Augen von einer Seite zu anderen. Sein Hemd stand bis zum Nabel offen und Missy aus Eritrea leckte ihm die Brustwarzen, was er nicht zu bemerken schien. Einzig Josip schien auf die orgiastischen Weiber aufmerksam geworden zu sein. Wie ein Springteufel tauchte er vor der einen oder anderen auf, schnitt Grimassen, streckte die Zunge heraus oder versuchte ein kaum Schrecken hervorrufendes »HuihBuh«. Kobi wiederum, so kam es Karl zumindest vor, war auf der Suche. Mit Schwung lief er durch die Reihen, den Oberkörper in die Kurven legend und mit seinen beiden Weinflaschen die Balance wahrend. Der Bürgermeister im Übrigen lag bereits mit dem Bauch nach oben auf dem Messingbett und schnarchte.

Bob spielte übergangslos, ließ keine Pausen entstehen. Selbst seinen langsameren Balladen trat er kräftig in den Hintern, wenn nötig, indem er ihnen einen Reggae-Rhythmus unterlegte. Es war an einer derartigen Stelle, er sang gerade die Zeilen »Mama, put my guns into the ground / I can't shoot them anymore. / That long black cloud is comin' down / I feel I'm knockin' on heaven's door«, als wie auf ein Kommando die Weiber innehielten, ganz plötzlich einen gemeinsamen hohen Heulton ausstießen, der nicht enden zu wollen schien und insofern umso furchterregender war, sich wie sie waren, nackt oder halbnackt, zu einem Menschenknäuel zusammen ballten, das sich alsbald zu einer polonaiseähnlichen Formation ausbildete, dergestalt dass sie, was noch das wenigste war, die Hände auf die Vorderfrau legten, sich aber auch gegenseitig huckepack nahmen, sich von hinten an den Brüsten der vorderen festhielten, menschliche Schubkarren, soweit es die Gewichtsverhältnisse zuließen, formten, allesamt jedenfalls einen riesigen Bogen durch den Hof beschrieben, ununterbrochen an ihrem Heulton festhaltend, um schließlich einen dichten Kreis um die verbliebenen Männer zu bilden. Bob sah wohl kommen, was jetzt kommen musste, er spielte ein straffes Crescendo aus blanken Akkorden, Karl wirbelte mit beiden Händen auf der Trommel zwischen seinen Beinen auf einen Höhepunkt zu, und mit einem markerschütternden Schrei stürzten sich die Weiber auf die Männer. Ein Gewimmel aus Leibern und Gliedern entstand, das sich in der Dunkelheit wie eine Anhäufung von riesigen Würmern ausnahm. Karl dachte kurz an den Nudelsalat mit dem deutschen Fähnchen. Auch die Bewegungen des kollektiven Gewürms hatten etwas Vegetatives oder Vegetabiles, es sah aus wie wogendes Seegras im Wasser, unterbrochen durch die eine oder andere Zuckung, eine Aufbäumung hier, ein Zurücksinken dort. Bob untermalte das Machen und Tun der verknäulten Leiber mit einem furiosen Sololauf, den Karl noch nie von ihm so gehört hatte, knallte einen Schlussakkord heraus und sagte zu Karl: »Good act. I liked it. Come on, let's drink some wine.« Das wiederum war Karl nicht ganz unrecht.

Als die Musik verstummt war, entzerrte sich die Lage. Allerdings nur im landläufigen Sinn, denn aus dem massenhaften Gewimmel schälten sich Zweier- und Dreiergruppen heraus, die intensiv auf die unterschiedlichsten Weisen zu kopulieren begannen. Selbst zu viert mancherorts. Karl versuchte, auf keine Details zu achten, er hörte Bodos Stimme, die jubilierend »orgiastische Reproduktion« in die Nacht keuchte, als er Mitzi von hinten umfing. Karl sah nicht hin, als sich der Baron, die Gräfin und die von Trottenburg selbdritt im Staube wälzten. Marokkaner begatteten Dorfschöne, Priester Kellnerinnen, die Engländerinnen erfreuten sich an Wiener Taxifahrern, Virneisl feuerte Fredi Simonowitsch an, der die Bäckerin bestiegen hatte, während gleichzeitig eine Georgierin das Gemächt des Sportreporters liebkoste. Maurus machte es sich selbst. Es begab sich ein einziges Stoßen und Stöhnen, ein Greifen, Packen, Reiben und Saugen, ein kollektives konvulsivisches Heben und Senken der geilen Leiber. Phallus und Vulva thronten als Göttin und König der Nacht. Oder als Gott und Königin, wie man es nimmt.

Als auch dies endete und verebbte, als in die Gemüter wieder Ruhe einkehrte und allgemeine Ermattung sich einstellte, wurden Kleider eingesammelt, Blößen bedeckt. Wo etwas zerrissen war, hielten Hände fest, was festzuhalten war. Josip stand wieder am Ochsenspieß und säbelte große saftige Mahlzeiten aus der Hüfte des Opfertieres. Isabelle, die das ganz Treiben vom Küchenfenster aus betrachtet hatte, stellte neue Weinflaschen auf die ehemalige Bühne, Salem sammelte leere Flaschen ein. Das Trinken ging weiter, als ob nichts gewesen wäre. Karl machte sich auf die Suche nach Irina, da zupfte ihn von hinten Dr. Igor Kobiaschwili: »Hast du ihn auch gesehen? Ich hab ihn gesehen … Ganz nackig war er. Mit Efeu im Haar und Lichtern. So schön …«

*

Ein Jahr später, als Karl Taufpate für Marions und Gastons kleine Tochter war, traf er im Dorf im Café des Sports auf die Apothekerin. Sie erzählte ihm, dass das Altersheim des Dorfes wegen mangelnder Nachfrage geschlossen sei, dafür aber die Entbindungsstation vor zwei Monaten mit der Versorgung der Frischgeborenen nicht mehr nachgekommen wäre. Die Bäckerin habe drei Hilfen einstellen müssen, da ihr Brot bis nach Avignon und Arles zu einiger Berühmtheit gelangt war. Die Grundschule hatte den Preis des Präsidenten der Republik für die Schule mit den besten musischen Ergebnissen erhalten, die Dorfschönen bei einem Jazz-Dance-Festival in Helsinki den ersten Platz belegt. Eine der Engländerinnen habe einen achtundzwanzigjährigen Automechaniker aus dem Nachbardorf geheiratet und sei guter Hoffnung. Sie selbst schreibe an einem Roman, Gallimard habe bereits einen guten Vorschuss bezahlt. Sie könne sich das alles nicht erklären, aber irgendwie hätten alle im Dorf, zumindest diejenigen, die dabei gewesen waren, das Gefühl, jene Nacht der Weinprobe mit dem unbekannten Gitarristen sei an all diesen Entwicklungen nicht unbeteiligt. Als sie fragte: »Geben Sie eigentlich auch Unterricht im Trommeln oder am Schlagzeug?«, verabschiedete sich Karl. Einerseits, dachte er, einerseits könnte das alles zusammenhängen. Mit Resveratrol und solchen Dingen. Andererseits spielte Maita seit einem halben Jahr in der U 15 des FC Saint-Rémy und war auf dem Sprung in die entsprechende französische Nationalauswahl. Und sie hatte an jenem Abend, genauso wie Micky, natürlich weder von den Weinen getrunken, noch Bob erlebt. Sie waren gar nicht dabei gewesen, die beiden Kinder, Isabelle hatte sie ahnungsvoll bei ihrer Großmutter untergebracht.

In jener Nacht saßen Karl und Irina, Marion und Mugeaux gegen vier Uhr in der Früh auf den Stufen vor der Haustüre. Die meisten Besucher aus dem Dorf waren nach Hause gegangen, der Baron hatte sich überschwänglich bedankt – »ein unvergesslicher Abend« – und war in seinem Wagen in die Nacht entglitten. Auf dem Messingbett schliefen Bodo und Mitzi, Kobi und Salem, Ferdi und die beiden jungen Zisterzienser, dazwischen hatten sich Missy und Malu und eines der Werbemädchen gedrängt und am Fußende schnarchte die energische Sandlerin, zusammengeschnurrt wie eine Katze, vor sich hin. Josip saß vor dem Ochsenspieß, kratzte mit seinem Messer die letzten Fleischreste aus dem Hinterlauf des Rindes und unterhielt sich leise mit Melanie von Trottenburg. Alle anderen waren zu Bett gegangen, die meisten in ein Zelt auf einer Anhöhe hinter dem Haus, in dem Matratzen lagen und Feldbetten standen.

»Wir werden heiraten«, sagte Mugeaux in die Nacht, »hab ich noch nie gemacht.« – »Schönes Schlamassel«, meinte Marion und nahm einen Schluck Wein, »ein Anfänger.« Karl sah Irina an. Sie sagte: »Von mir aus jederzeit.« Karl nahm einen kräftigen Schluck Gethseman, er hatte den Überblick behalten, und sagte zur Milchstraße hinauf: »Aber getrennt. Doppelhochzeiten bringen Unglück.«

Ganz in der Nähe saß Bob in einem Liegestuhl und spielte vor sich hin. Karl kannte das Stück, one of my favourites, dachte er seltsamerweise. Als Bob zum Refrain kam, sang Karl leise in die Nacht: »She takes just like a woman, yes she does / She makes love just like a woman, yes she does / And she aches just like a woman / But she breaks just like a little girl.« Bob nickte ihm anerkennend zu und klimperte weiter. So saßen sie noch eine Weile, während Jakob an der Hofeinfahrt lehnte, die Hände tief in den Hosentaschen, und die Sterne am nächtlichen Himmel über der Provence zu zählen schien. Im Osten konnte man am Horizont einen schmalen Saum farbloser Helligkeit erahnen.

Am Morgen, als die meisten Gäste wieder abgereist waren, fand Karl endlich Zeit und Gelegenheit, Jakob seine Erlebnisse in Köln zu erzählen. Sein zerknirschter Ton war nicht zu überhören, er machte sich Vorwürfe und Jakob spürte das: »Es ist immer alles so, wie es ist. Sei froh, dass du da unbehelligt rausgekommen bist. Der Siebener ist nicht ganz so wichtig, wie sich das die Bridgewaters und Osbornes dieser Welt einbilden. Mir fällt schon was ein. Mach dir keine Sorgen.«

Karl war also erleichtert, als er seine E-Mails durchging. Eine war vom Krankenhaus der Barmherzigen Schwestern in Wien: »Sehr geehrter Herr Breitenstein, gestern Abend wurde Ihre Frau Mutter Erna Breitenstein mit einem akuten Schlaganfall in unsere

Klinik eingeliefert. Sie befindet sich derzeit auf der Intensivstation, ihr Zustand ist stabil, aber kritisch. Wenn es Ihnen möglich ist, wäre Ihre Anwesenheit mit hoher Wahrscheinlichkeit eine große Hilfe.«

Am Abend war Karl in Wien.

19

Karl war mit dem 13er bis zur Esterhazygasse gefahren und von dort mit dem 57er stadtauswärts die Gumpendorferstraße bis zur Stumpergasse. In Hausnummer 29 lebte Maria Zakreys schon lange nicht mehr, die einst zwei jungen Männern Quartier geboten hatte, dem Studenten August Kubizek und seinem Freund, dem Beinahestudenten Adolf Hitler. Ein paar Häuser weiter, in Hausnummer 13, lag Erna Breitenstein auf der Intensivstation der Barmherzigen Schwestern zwischen Leben und Tod.

Ihr Sohn sah aus dem Fenster hinaus. Ein kleiner Park schloss sich an die Rückseite der Klinik an und gegenüber war St. Katharina zu sehen, das Altenheim der Barmherzigen Schwestern. Irgendwo dort im 3. Stock hatte der Wiener Erzbischof Kardinal Franz König seine letzten Jahre verbracht. Ein honoriger Vertreter der Katholischen Kirche, dachte Karl, was hätte der wohl zu einer Gestalt wie dem verblichenen Kardinal O'Hara gesagt. Karl drehte sich um und betrachtete seine Mutter.

Sie schlief. Der Mund war einen Spalt geöffnet, aber das Kinn lag nicht friedlich auf der Brust, sondern war unnatürlich starr in die Höhe gereckt. In der Nase steckten die dünnen Schläuche eines Beatmungsgerätes. Um die Einstichstelle einer Kanüle hatte sich in der welken weißen Haut des Unterarms ein dunkelblauer Hof gebildet. Weitere Schläuche, die irgendwo am Körper unter der Bettdecke verschwanden, führten zu Apparaten, die lautlos blinkten. Auf dem Klapptisch des Krankenbettes stand ein Glas Wasser, über dem Bett hing ein Kruzifix. Karl nahm ihre schlaffe kleine Hand in die seine, mehr gab es hier nicht zu tun, nur warten, hoffen, vielleicht beten.

Eine Ärztin klärte ihn im Flur des Krankenhauses auf: »Sie hat im Gefolge des Schlaganfalls Wasser in der Lunge und eine leichte Lungenentzündung. In zwei, drei Tagen wissen wir mehr. Derzeit ist schwer zu beurteilen, in welchem Ausmaß Hirnfunktionen dauerhaft beeinträchtigt sind.«

Am nächsten Tag war die Mutter wach. Als er ans Bett trat, begann sie zu sprechen, aber was er hörte, war einzig ein brabbelndes Lallen. Sie merkte es selbst, hob die Hand und schlug sich mehrmals mit den Knöcheln gegen die Stirn, brabbelte weiter und mit viel gutem Willen konnte Karl die vertrauten Worte »Scheiße, Scheiße, Scheiße« identifizieren. Er blieb lange, fütterte sie mit geschnittenem Butterbrot und Vanillepudding.

Einen Tag später holte er Schiwago aus Vöslau, wo der Hund bei einem Nachbarn Unterschlupf gefunden hatte, nach Wien. Die Steintreppen in den zweiten Stock nahm er mit Bravour, den Parkettboden akzeptierte er sofort als Rutschbahn für übermütige Kapriolen und in den drei Stunden, die Karl im Krankenhaus verbrachte, döste er allem Anschein nach vor sich hin. Die Mutter saß aufgerichtet im Bett, immer noch beängstigend verkabelt und beschlaucht. Sie winkte ihm zu, allerdings nicht in der üblichen Weise mit seitwärts wedelnder Handfläche, sondern in dem sie die geschlossenen Finger auf und ab bewegte. Huldvoll und greisenhaft zugleich, dachte Karl. Sie sprach auch, artikulierter als am Tag zuvor, jedoch leise und erst als Karl sehr nahe getreten war verstand er, was sie sagte: »Ti, ta, toto, hinten ist der Popo.« Dann drehte sie sich, hob das Becken und ließ einen langen, lauten Furz unter der Bettdecke ertönen. Als die Schwester um halb fünf das Abendbrot gebracht hatte, ein Butterbrot und Pfirsichkompott, reimte sie weiter: »Dumme Kuh, macht immer muh.« Karl spielte mit und schnitt der Krankenschwester Grimassen hinterher.

Wieder einen Tag später war die Mutter noch einmal verändert. Das lag zum einen daran, dass sie von der Intensivstation in den normalen

Betrieb verlegt worden war. »Normalvollzug«, dachte Karl unwillkürlich, ein Dreibettzimmer mit zwei weiteren alten Damen, die wie tot lautlos vor sich hindämmerten. »Das sind Flaschen. Denen zeig ich's«, kommentierte die Mutter die neue Situation und knetete dabei einen kleinen Gummiball in der rechten Faust. Zum anderen hatte sich der Tonfall der Mutter geändert. Als Karl erzählte, dass Irina bald nach Wien nachkommen würde, dass sie vorhatten zu heiraten, er sich schon freue auf den Tanz mit ihr, kommentierte sie: »Du und Walzer? Du bist doch stocksteif wie ein Ziegenbock!« Von der Ärztin mit dem griechischen Namen wurde er aufgeklärt, dass die Fortschritte erfreulich seien, einzig die Lähmung des rechten Armes sei besorgniserregend. Zum Abschied warf ihm die Mutter mit der linken Hand den Gummiball hinterher.

Am vierten Tag, als Irina ihn ins Krankenhaus begleitete, war Karl gespannt, in welchem Stadium der Menschwerdung seine Mutter nunmehr angelangt sei. Sie war, zu seiner Überraschung, in ihrem biologischen Alter angekommen und verhielt sich dem aktuellen Zustand entsprechend. Liebevoll strich sie ihm über das Haar, fragte, ob sie ihm eine gute Mutter gewesen sei, erzählte Irina mit feinem Alterslächeln Anekdoten aus seiner Kindheit. Ihre Stimmung schwankte, im einen Moment wollte sie sterben, im anderen fragte sie, ob sie Vermögen oder bloß Ersparnisse besäße, schließlich ginge das Leben ja weiter. Als sie von dem Konfekt, das Irina mitgebracht hatte, ein zweites nahm, sagte sie augenzwinkernd: »Auf einem Bein kann man nicht stehen, stimmt's, Schwester Barbara« und legte dabei ihre Hand auf den Arm der Krankenschwester, die das Abendbrot gebracht hatte. Sie fragte, ob sie ihr lästig falle, um kurz danach, als die Schwester wieder gegangen war, Karl wütend aufzufordern: »Bring mich hier raus aus dieser Verblödungsanstalt.« Nach dem Nachtmahl um halb fünf mit Wurst- und Käsebrot wurde sie müde, die Augen fielen von allein zu und Karl lernte, dass im Normalvollzug die Schlaftablette, anders als auf der Intensivstation, zum Abendbrot gehörte.

Zehn Tage blieb sie in der Klinik. Sie war schwach, der rechte Arm blieb gelähmt und von Karl und Irina ließ sie sich im Rollstuhl durch den Park hinter dem Klinikgebäude fahren. Als Karl vom Kardinal König erzählte und seinem letzten Domizil im 3. Stock von St. Katharina, ergriff sie mit ihrer linken, gesunden Hand Karls Handgelenk so fest, dass es schmerzte, und sagte: »Nein. Niemals.«

Es war März geworden und Karl rief eines Tages im Hotel Imperial an, ob der Baron Rothschild im Hause sei. Er wurde sofort durchgestellt und der Baron schien wirklich erfreut: »Wunderbar, dass Sie sich melden, lieber Herr Breitenstein. Haben Sie Zeit? Morgen? Hier im Café des Hotels, da ist es ruhig und wir können zusammen zu Mittag essen.«

Im Café Imperial war er noch nie gewesen, es hatte bislang außerhalb seiner Reichweite gelegen, es spielte sozusagen in einer Liga, die ihn gar nicht interessierte, und umso überraschter war er, dass es sich als geradezu klassisch geschnittenes und gediegen ausgestattetes Kaffeehaus entpuppte, in dem nur wenige Tische besetzt waren. In einer Ecknische erwartete ihn Baron Nicolas de Rothschild.

»Setzten Sie sich, Monsieur Breitenstein. Was nehmen Sie? Das Schnitzel ist eines der besten in der ganzen Stadt.« Den Unterschied zu seinen üblichen Kaffeehäusern bemerkte Karl spätestens bei den Gläsern. Die waren langstielig und teuer und gaben einen schönen Klang, als sie anstießen: »Ein herrliches Fest. Mit großartigen Weinen. Sie müssen mir unbedingt von dem anderen Wein erzählen, diesem Fund von Mugeaux aus dem Meer. Hochinteressante Geschichte, stand dem Gethseman in nichts nach. Auf Ihr Wohl, mein Lieber.« Karl fand, dass der Baron etwas zu schnell, zu laut und zu viel redete. So hatte er ihn gar nicht in Erinnerung. Aus seiner Brusttasche holte er drei Umschläge heraus. Es waren die Briefe, die Gaston Mugeaux vor dem Anschlag auf die Kapuzinergruft von IOC, Päpstlichen Stuhl und Hause Habsburg erhalten hatte. »Die Geschichte von dem Wein aus dem Meer erzähl ich Ihnen später. Zuerst möchte ich, dass sie das hier lesen. Drei Briefe, die kurz vor dem Chaos rund um die Kapuzinergruft und dem anschließenden Tod des Kardinals O'Hara bei Gaston Mugeaux eintrafen. Hier, lesen Sie. Lassen Sie sich Zeit.«

Rothschild setzte die Brille auf und las. Als er fertig war und die Brille wieder abgenommen hatte, sah er Karl ruhig an und sagte: »Dann sind wir ja mitten im Thema. Aber bitte, wir sollten erst in Ruhe essen.« Der Tafelspitz war weich und schwamm in einer warmen, gut gewürzten Suppe, das Wiener Schnitzel des Barons war von vollkommener Schönheit.

»Gehe ich recht in der Annahme«, nahm Rothschild den Faden wieder auf, als die Teller abgeräumt waren, »dass diese Briefe mit dem furiosen Fest kürzlich in der Provence in Zusammenhang stehen? Dass Sie diesen haarsträubenden Angeboten die Geschäftsgrundlage entzogen haben, indem Sie und Ihre Freunde den Wein, nun ja, schlicht weggesoffen haben? Wenn ja, dann findet dies meine lebhafte Zustimmung. Dieses Fest wird mir immer sympathischer. Aber ich denke, Ihnen geht es um etwas ganz anderes und ich erinnere mich an eine Ihrer Fragen am Weihnachtsnachmittag. Was in aller Welt macht diesen Gethseman-Wein so begehrlich. Das ist es doch, Herr Breitenstein, was Sie umtreibt.« Karl nahm einen Schluck und nickte: »Das, und die Rolle Ihrer Familie dabei.« Er hätte auch sagen können, die Rolle der Templer, der sogenannten Paulus-Männer, der Kurie in Rom, der Freimaurer, der Bilderberger, der Rockefeller und wessen auch sonst noch immer. Aber er verkniff sich das, vorläufig. Schließlich hatte er einen leibhaftigen Rothschild vor sich und der schien erstaunlich auskunftsfreudig.

»Die Rothschilds, ich verstehe. An Ihrer Stelle würde mich das auch interessieren. Mich langweilt es mittlerweile ein wenig. Wir sind ein Mythos, gewiss, aber ein doch arg verblasster. Wenn da nicht heute zwei der berühmtesten Weine der Welt wären, Lafite und Mouton, würde kaum ein Hahn nach uns krähen, die Gesellschaftspresse am allerwenigsten. Aber gut, Mythen haben ein anderes Verfallsdatum. Was wollen Sie wissen? Der reichste Mann von Paris hatte einen Bruder, der war der reichste Mann von London, und einen zweiten, der war der reichste Mann von Wien. Klingt wie ein Märchen, aber das ist Rothschild im 19. Jahrhundert. Und weil der Urahn, der, Moment lassen sie mich zählen«, er nahm wieder die Finger zu Hilfe, »der Ur-, Ur-, Ur-Großvater aus der Frankfurter Judengasse kam, vermählte sich Reichtum mit Judentum. Ein ganz gefährlicher Mythos. Man muss da gar nicht die Nazis bemühen, für die waren wir natürlich ein gefundenes Fressen.«

Rothschild winkte dem Oberkellner, flüsterte ihm ein paar Worte ins Ohr und kurz darauf stand ein Aschenbecher auf dem Tisch. »Zumindest in einem Wiener Kaffeehaus hat ein Rothschild noch Einfluss. Möchten Sie hören, wofür meine Familie in der Geschichte verantwortlich war? Ich gebe Ihnen die Kurzfassung: Beherrschung der Bank of England und der Federal Reserve, das ist ja nun das Naheliegendste. Ermordung Abraham Lincolns, der Burenkrieg, Gründung des Staates Israel als erster Schritt zur Kontrolle des Öls im Nahen Osten, russische Revolution, Nixons Einführung des flexiblen Dollars, Monopolisierung der Energieressourcen der Welt, alles verzahnt mit Mafia, CIA und Vatikanbank. Hab ich etwas vergessen? Ach ja, die Finanzierung Hitlers. Die natürlich auch.« Der Baron bot Karl aus einem Etui eine Zigarette an. Karl lehnte dankend ab, fingerte seine eigene Schachtel aus der Jackentasche, legte diese dann aber auf den Tisch und nahm doch eine der angebotenen. Rothschild nahm einen tiefen Zug: »Damit muss man leben. Ich will aber auf etwas ganz anderes hinaus. Die Familie Rothschild ist im 19. Jahrhundert reich geworden durch ein ganz entscheidendes finanzpolitisches Instrument. Die Staatsanleihen. Das ist so, das ist mittlerweile auch gut erforscht und das ist natürlich der Kern all dieser Theorien. Wer Staaten finanziert, hat Einfluss. Keine Frage. Und natürlich waren die Rothschilds auch immer auf einer sehr persönlichen Ebene verbunden mit Teilen der politischen Elite Europas. Sie sehen schon, wir nähern uns wieder Ihrer Fragestellung.«

Sie saßen am Fenster und draußen fiel letzter, nasser März-Schnee. Die Menschen waren dick eingehüllt und schützten sich mit Schirmen. Karl beobachtete eine Dame in einem schweren Pelzmantel mit hochgestelltem Kragen und einer wollenen Mütze, wie auch seine Mutter eine besaß. »Genau, meine Fragestellung«, sagte Karl, »und um sie noch ein wenig komplizierter zu machen: Können Sie mir erklären, wie der Tod des letzten Papstes und vor allem der des Kardinals

O'Hara mit dem Gethseman-Wein zusammenhängen? Das ist ja keine Spinnerei von mir, selbst der Kardinalstaatssekretär sieht in seinem Brief eine Verbindung. Oder verstehe ich da etwas falsch? Sie sprechen von Begehrlichkeiten, wenn es um diesen Wein geht. Ich sage, es geht bei diesem Wein ständig um Mord und Totschlag und letztlich wohl auch um Kriege und Kreuzzüge, und um Macht und Herrschaft und solche Dinge.« Der Baron winkte dem Oberkellner. »Wir nehmen doch noch eine Flasche, lieber Karl, oder? Sagen Sie Nicolas zu mir. Noch mal das Gleiche? Wo fange ich an?« Durch die geöffnete Tür des Cafés konnte Karl einen Blick in die Eingangshalle des Hotels Imperial werfen. Die Dame im Pelzmantel stand an der Rezeption.

»Sind Sie interessiert an schlichten Fakten? Ich hoffe doch. Nach allem, was wir heute wissen, brachte Clos Gethseman einen außergewöhnlichen Wein hervor. Wir, also Rothschild Paris-Orléans, betreiben in Toulouse ein biogenetisches Institut mit Schwerpunkt Stammzellenforschung. Den Inhalt der Flasche, die mir Monsieur Mugeaux freundlicherweise überlassen hat, haben wir eingehend untersucht. Ersparen Sie mir die fachlichen Einzelheiten, da verstehe ich so wenig wie Sie davon, aber es handelt sich wohl um Inhaltsstoffe, die beim Menschen den Alterungsprozess verzögern oder einschränken können. Das deckt sich übrigens mit Untersuchungen, die schon mein Großvater Ende des 19. Jahrhunderts an der Pariser Universität zum Thema Arterienverkalkung hat durchführen lassen. Ich habe die entsprechenden Dokumente erst kürzlich in unserem Familienarchiv entdeckt. Also ganz einfach gesagt: Wer diesen Wein trank, hatte die Chance, älter zu werden als andere. Ich betone: die Chance. Der Haken dabei ist nämlich: Welche Mengen bei ganz unterschiedlichen Menschen welche Wirkungen hervorbrachten, darüber wissen wir nichts. Dafür hätte man aufwändige Langzeitstudien machen müssen und die liegen begreiflicherweise nicht vor.«

Der Baron schenkte ein und Karl hatte Zeit zu überlegen. Er entschloss sich für Offensive: »Na ja, das spezifische Polyphenol im Gethseman-Wein, das gleiche übrigens wie im Mugaschwili-Wein und in dem aus dem Atlantik, Resveratrol nämlich, ist schon gut untersucht in seiner antioxidativen Wirkung. Und in den drei Weinen ist es mit einem Faktor mal 10 vertreten. Plus einem zusätzlichen Hydroxyl.« – »Ah, Sie haben sich schlau gemacht.« – »Ich habe mich schlau machen lassen. In Köln. Im Institut für die Biologie des Alterns. Kennen Sie sicherlich.« – »Die Kölner, aber natürlich. Und, wie hat es Ihnen dort gefallen?« – »Mittelprächtig. Man hat mich eingesperrt und wollte mich foltern.« – »Bridgewater! Das klingt sehr nach John Bridgewater. Aber warum denn einsperren und foltern um Himmels Willen?« – »Die wollten eine Information von mir und ich wollte sie ihnen nicht geben. Sie kennen Dr. Bridgewater?« – »Kennen ist zu viel gesagt. Wir sind uns das eine oder andere Mal begegnet. Allerdings als Konkurrenten, als Wettbewerber, wenn man so will. Es ist so: Die Kölner, insoweit sie von David beeinflusst sind oder unter Davids Fuchtel stehen …« – »David Rockefeller?« – »… ja, natürlich, also über Bridgewater übt David dort seinen Einfluss aus, als Geldgeber. Der Forschungsansatz erscheint uns allerdings etwas einseitig auf Wein, grünen Tee und all die anderen Jäger der freien Radikale ausgerichtet. Wir sind da in Toulouse etwas breiter aufgestellt. Vor allem interessiert uns die Substanz, die schon die Alten als Lebenssaft erkannt hatten. Das Blut.« – »Blut«, sagte Karl ehrfürchtig und dachte: Blut und Wein, Wein und Blut, Rebenblut, Dialektik, Wahnsinn. Rothschild lächelte: »Blut. Eigentlich naheliegend. Denken Sie an Blut-Doping, gibt es schon seit Jahren. Wir haben das Blut junger Mäuse sehr alten, gebrechlichen Mäusen injiziert. Unglaublich. Die reinste Verjüngungskur. Die alten Mäuseriche waren plötzlich springlebendig, topfit, unternehmungslustig. Glauben Sie mir, ich bin fast so weit, das Blut eines jungen Menschen in meinen alten Adern pulsieren zu lassen. Gerne auch einer jungen Frau. Aber ich muss noch mal auf Bridgewater zurückkommen. Ein wenig kenne ich ihn ja, aber foltern und einsperren? Hätte ich nicht für möglich gehalten. Was genau wollte er denn von Ihnen wissen?« – »Egal. Ist ja auch gut gegangen. Dank Melanie von Trottenburg übrigens, die haben Sie kennengelernt auf dem Fest, eine junge Frau.« Das schob Karl ganz bewusst hinterher, denn seit der letzten Bemerkung des Barons phantasierte er sich diesen mit spitzen Zähnen am Hals einer jungen Frau, blutsaugend und das Weiß seiner Augen glotzte böse hervor. Er nahm sich zusammen: »Blut also. Dann ist der Wein in puncto Lebensverlängerung für Sie eher eine Nebensache.«

»Nicht ganz richtig. Warum nicht Blut und Wein. Kann man durchaus dialektisch sehen. Unsere Experten aus Toulouse waren auch schon in Nisi, haben Proben untersucht und das Ergebnis ist in der Tat verblüffend. Die beiden Weine sind eng miteinander verwandt. Eine Art Vater-Sohn-Verhältnis, Nisi der Vater, Gethseman der Sohn.« Fehlt nur noch der Heilige Geist, dachte Karl und fragte: »Aber wenn das so ist, wieso interessieren Sie sich erst jetzt für den Nisi-Wein. Jetzt, wo er in der Provence angepflanzt wird. Und nicht schon vorher, als er noch im Kaukasus stand.«

»Sagt Ihnen der Name Lewan Galaschwadurniladadse etwas? Wahrscheinlich nicht, ich habe Wochen gebraucht, bis ich mir diesen Namen merken konnte. Lewan ist der führende Weinhändler Georgiens und Rothschild ist seit einigen Jahren mit dreißig Prozent an seinem Unternehmen beteiligt. Sehr still beteiligt, wir wollten da nicht öffentlich präsent sein. Jedenfalls, über Lewan hofften wir, uns an der Vermarktung des Nisi-Weines beteiligen zu können. Aber dann kam Grischa Mugaschwili alias Gaston Mugeaux aus der Versenkung und wir mussten umdenken. Vielleicht verstehen Sie jetzt besser, warum ich an Weihnachten Ihre kleine Gesellschaft in der Provence aufsuchte. Der Nisi-Wein und das Terroir der Clos Gethseman, was für ein Zusammentreffen. Ich bin Geschäftsmann und ich kann Ihnen nur noch einmal versichern, in dieser Verbindung liegt ein enormes wirtschaftliches Potenzial. Aber wir sollten endlich auf O'Hara kommen.«

Karl hatte die ganze Zeit schon das Gefühl gehabt, die Dame im Pelzmantel zu kennen. Obwohl es jetzt eigentlich richtig spannend zu werden versprach, stand er auf und sagte: »Darf ich mich kurz entschuldigen. Bin gleich wieder zurück.« Er ging in Richtung Toiletten, zu denen man durch das Foyer des Hotels gelangte, sah sich um, ging die große Treppe in den ersten Stock hinauf, wo auf riesigen Gemälden der Kaiser Franz Joseph und seine Sisi auf ihn herabblickten, sah auch dort um einige Ecken in endlose Flure. Die Frau im Pelzmantel war verschwunden. Zurück im Café zündete er sich eine von seinen eigenen Zigaretten an: »O'Hara. Jetzt bin ich aber gespannt.«

»Ich bin ihm nur einmal persönlich begegnet. Aber ich denke, ich kann mir ein ganz gutes Bild von ihm machen. Ein Mann des Glaubens. Das heißt in seinem Fall vor allem: Er will glauben. Kennen Sie die Menschen, die nicht nur lieben, sondern lieben wollen? Unbedingt und mit aller Kraft? Die gehen manchmal über Leichen, glauben Sie mir. Er hat die alten Geschichten, diese ganzen Legenden und Mythen, die sich mit der Clos Gethseman verbinden, gehört, wie Sie ja anscheinend auch, und er glaubt sie, weil er sie glauben will. Nehmen wir nur als Beispiel die Templer-Geschichte. Sie wissen schon, Akkon 1291. Die letzte Schlacht der Templer, bevor sie mit ihrer Flotte fliehen. Und der Schatz, den sie retten, ist natürlich der Wein aus dem Garten Gethsemane in Jerusalem. Gute Geschichte. Es gibt nur leider keinen einzigen Beweis, dass es so war. Dafür aber Dutzende Theorien, was der Schatz der Templer noch alles gewesen sein könnte. Von ordinärem Gold bis hin zum Gral. Diesmal also Weinstöcke, die von Palästina in die Provence verfrachtet werden. Ich bitte Sie, wie soll das gehen?« – »Na ja, Mugeaux hat etwas Ähnliches vor einigen Wochen sauber hingekriegt.« – »Im 21. Jahrhundert. Wir sprechen hier vom 13. Jahrhundert.« – »Jetzt aber langsam, verehrter Herr Baron …« – »Nicolas, bitte« – »… da wurden Kathedralen gebaut, die stehen heute noch. Und wie! Rein technisch sehe ich da überhaupt kein Problem.« – »Gut. Lassen wir das so stehen. Sie können es mir nicht beweisen und ich Ihnen nicht das Gegenteil. Was bleibt, ist also Glaube. Wobei es eigentlich fast ohne Belang ist. Lassen wir die Templer meinetwegen Wein aus dem Heiligen Land nach Europa importieren. Aber hanebüchen ist doch die Geschichte davor. Dass die Kreuzzüge angezettelt wurden, um diesen Wein für die Katholische Christenheit vor den Moslems zu retten. Oder die Geschichte danach. Dass nach der Reblaus-Katastrophe, als Clos Gethseman nicht mehr existierte, der Wettlauf nach den Restbeständen die darauffolgenden Kriege in Europa ausgelöst habe.«

»Jetzt haben wir aber O'Hara schon wieder aus den Augen verloren.«

»Ja. Entschuldigung. O'Hara. Der Fanatiker des Glaubens, seines Glaubens. Es kommt etwas hinzu bei ihm, zu seinem Willen zum Glauben. Die Angst, lieber Karl, die nackte Angst vor dem Tod. Dass Macht und Einfluss wie eine Droge wirken und dass Alter und Tod wie ein finaler Drogenentzug drohen, das ist nachvollziehbar. O'Hara und viele andere vor ihm haben die sozusagen aggressive Konsequenz daraus gezogen. Wir, so denke ich, die angemessene.«

Nicht dass ihn das nicht interessiert hätte, welche Konsequenzen die Familie Rothschild aus der Reblaus-Katastrophe gezogen habe, noch dazu eine angemessene, aber plötzlich hatte Karl eine Eingebung. Er erhob sich: »Entschuldigen Sie Baron, pardon, Nicolas, ich glaube fast, ich habe mir die Blase verkühlt. Bin gleich wieder da.« Er ging ins Foyer und steuerte auf die Rezeption zu: »Entschuldigung, können Sie mir helfen? Ich bin mit der Gräfin Marczinsky verabredet und habe mich um ein paar Minuten verspätet. Hat sie irgendeine Nachricht für mich hinterlassen?« Der Portier sah ihn langsam von oben bis unten an und antwortete: »Bedaure. Ich kann Ihnen keine Auskünfte über unsere Gäste geben.« – »Nein, nein, die Gräfin ist nicht Gast Ihres Hauses, wir waren hier nur verabredet. Ich sitze da drüben im Café mit Baron Rothschild und wir haben uns ein wenig verplaudert, Nicolas und ich. Und jetzt ...« – »Ich verstehe. Die Gräfin lässt ausrichten, dass sie im Appartement von Baron Rothschild im ersten Stock auf ihn wartet.« – »Auf ihn, ah ja, vielen Dank. Seltsam, trotzdem vielen Dank.«

Er ging zurück. Die Gräfin und der Baron, sieh mal einer an. Beim Großen Besäufnis war ihm nichts aufgefallen, aber da war das Durcheinander auch gewaltig gewesen. »Bei den angemessenen Reaktionen waren wir gewesen«, sagte er, nachdem er sich wieder gesetzt hatte, »im Gegensatz zu den aggressiven eines O'Hara und seinesgleichen. Da bin ich jetzt gespannt.« – »Der wissenschaftliche Weg. Ganz einfach: Was kann man tun, um das menschliche Leben zu verlängern. Genau genommen ist das ja der elementare Sinn und Zweck von

Medizin und Pharmazie und in den letzten Jahrhunderten sind auf diesem Gebiet ohne Zweifel fundamentale Fortschritte erzielt worden.« – »So ähnlich haben die Kölner auch argumentiert. Mit der Geschichte. Der Menschheit. Da fällt mir gerade etwas auf. Beziehungsweise ein. Gab es da nicht am Tag nach dem Selbstmord von O'Hara einen Sprengstoffanschlag auf das Kölner Institut? Und genau, jetzt erinnere ich mich wieder, am selben Tag ist doch auch bei Ihnen in Paris, am Firmengebäude von Paris-Orléans in der Avenue de Messine, eine Bombe hochgegangen. Bei der der Pariser Erzbischof schwer verletzt wurde.«

Täuschte sich Karl, oder war da eine kleine Verunsicherung des Barons zu spüren? Betont langsam jedenfalls nahm er eine Zigarette aus seinem Etui und verband das Entzünden mit einem langen Blick aus dem Fenster. »Den Bischof lassen wir mal aus dem Spiel. Das Erzbistum Paris ist ein ganz normaler Kunde bei Rothschild. Dass der Arme an diesem Tag an diesem Ort war, ist ein Zufall und war sein Pech. Mit den beiden Bomben jedoch haben Sie schon recht. Da kommen wir mit der Zufallsthese nicht weiter. Dass sie mit den Vorgängen im Vatikan am Tag zuvor zusammenhängt, vor allem mit O'Haras Tod, scheint evident. Ich betone – scheint: Denn nicht alles, was an jenem Tag passierte, hat seinen ursächlichen Ausgangspunkt im Vatikan. So funktioniert die Welt nicht.« – »Ah, das hat mich schon immer interessiert. Wie funktioniert sie denn?«

Der Baron lächelte: »Auf alle Fälle nicht wie ein riesiges Arrangement von Dominosteinen, bei dem Sie den ersten antippen und dann fallen Tausende schön der Reihe nach um. Eine Ursache und dann säuberlich Wirkung auf Wirkung. Ich neige eher der Vorstellung zu, eine kleine schwarze Katze scharwenzelt durch unser Dominoarrangement, wirft dort einen Stein um, streift hier mit ihrem Schwanz einen anderen Stein, erzeugt lauter neue unvorhergesehene Ursachen und das Ganze endet zwangsläufig in einem herrlich chaotischen Trümmerhaufen. Der pure Zufall kommt uns im Leben und in der Geschichte immer verdächtig vor. Die Wahrscheinlichkeit aber, dass immer nur das Wahrscheinliche passiert, ist so gering, dass ein

Ausbleiben von Unwahrscheinlichem selbst am allerunwahrscheinlichsten ist.« – »Könnte man fast ein Axiom nennen, ein Gesetz«, grübelte Karl laut vor sich hin.

»Möglich, ja. Wo waren wir? Bei den Bomben, richtig. Das mag O'Haras Handschrift sein oder die seiner Nachfolger. Für mich ist das aus der Zeit gefallen, vorsintflutlich, altmodisch. Ich setze auf Wissenschaft und Kapital. Das meinte ich mit angemessener Reaktion.«

Karl wollte etwas erwidern, aber der Baron blickte auf seine Uhr. »Ein andermal mehr, lieber Karl. Wir haben uns ein wenig verplaudert, meine nächste Verabredung wartet schon seit einer halben Stunde. Bleiben Sie ruhig sitzen und trinken Sie die Flasche leer. Und lassen Sie uns im Gespräch bleiben, ich fand es sehr interessant. Meine Wissbegierde für Ihren zweiten Wein bei dem Fest ist ja noch ungestillt.« Sie standen auf und verabschiedeten sich. Karl wollte noch etwas loswerden: »Nur eine Frage noch, Baron. Sagt Ihnen bei all diesen Geschichten und Legenden rund um den Gethseman-Wein der Begriff ›Paulus-Männer‹ etwas?« Er versuchte, den Baron genau zu beobachten. Der blieb völlig ruhig und unbeeindruckt: »Paulus-Männer? Nie gehört. Klingt nach Geheimgesellschaft. Da bin ich nicht zuständig. Tut mir leid, ich muss los.« Er ging. Zur Gräfin, dachte Karl.

Als er wieder zu Hause war, erwartete ihn Irina. Sie erzählte ihm, dass seine Mutter beschlossen habe, keine Rehabilitationsmaßnahme, »noch eine Altenverblödungseinrichtung«, in Anspruch zu nehmen, und lieber Urlaub machen wolle in der Wachau. Er solle sie morgen im Krankenhaus abholen und nach Unterloiben bringen. »Zur Verwandtschaft, hat deine Mutter gesagt. Habt ihr Verwandtschaft in der Wachau? Wusste ich gar nicht«, beendete Irina ihren Bericht. »Entfernt, weitläufig, ich erinnere mich«, antwortete Karl, »über Urgroßeltern oder Urur sogar, ein paar Ecken jedenfalls.«

Als er seine Tasche packte für ein paar Tage Wachau und eine Hose hineinlegen wollte, fiel aus der Hosentasche ein kleiner Gegenstand heraus. Es war der USB-Stick, den ihm Maurus in Rom vor seinem Besuch beim Papst überlassen hatte. An den hatte er überhaupt nicht mehr gedacht, zu viel anderes war inzwischen passiert. Er setzte sich an seinen Laptop, steckte den Stick ein und klickte auf das Symbol. Ein Word- und mehrere PDF-Dokumente erschienen. Er öffnete das Word-Dokument:

»Lieber Karl, herzlich willkommen!!
Ich habe mir es schon gedacht: Du bist neugierig. Nicht die schlechteste Eigenschaft. Das meiste in den hier gespeicherten Dokumenten kennst du bereits. Wie gesagt: Wenn mir beim Papst heute etwas passieren sollte, besprich dich mit Marion, was ihr daraus macht. Neu für dich ist das PDF mit dem Titel ›Petrus‹. Es enthält eine Fotografie des Original-Dokuments, mit dem ich den Papst heute konfrontieren werde. Zuerst in griechischer Sprache und auf Seite zwei die Übersetzungen in Deutsch, Englisch und Französisch.

Das Original ist alt, sehr alt. Gefunden wurde es von den Smith-Sisters im Katharinen-Kloster auf dem Sinai (du erinnerst dich: diejenigen, die dort auch das syrische Evangelium gefunden haben, wo festgehalten ist, dass Jesus von Joseph gezeugt wurde). Es wurde von unterschiedlichsten wissenschaftlichen Instituten in aller Welt physikalisch, chemisch und philologisch untersucht und geprüft. Deren übereinstimmende Auffassung deckt sich mit meiner Gewissheit: Es handelt sich um das Fragment eines Briefes, verfasst ca. im Jahr 45 n. Chr., der an eine frühe Christengemeinde in Judäa ging. Autor des Briefes ist der Hl. Petrus, der älteste Jünger Jesu und später der erste Bischof von Rom, der Ahnherr aller Päpste und damit das Fundament, auf dem die Katholische Kirche bis heute gebaut ist. ›Du bist Petrus, und auf diesem Felsen werde ich meine Kirche bauen, und die Mächte der Unterwelt werden sie nicht überwältigen. Ich werde dir die Schlüssel des Himmelreichs geben.‹ So sagt es Jesus nach dem Matthäus-Evangelium, so legitimiert seit zweitausend Jahren die Kirche ihren Alleinvertretungsanspruch. Dass Jesus dies so nie gesagt hat, sondern vom Evangelien-Autor erfunden wurde, das ist vielen schon lange klar. Dass Jesus aber in Wirklichkeit ganz etwas anderes, genau genommen das pure Gegenteil gesagt hat, dafür ist Petrus selbst der beste Zeuge.

Bete für mich, dass bei meiner Begegnung mit dem Papst heute alles gut läuft. Ich hoffe, wir sehen uns gesund und munter wieder. Pater Maurus«

Karl klickte auf das PDF-Symbol. Ein gelbliches Blatt erschien, fleckig und an den Rändern eingerissen, beschrieben mit griechischen Buchstaben, akkurat in zwei Spalten angeordnet. Er scrollte eine Seite weiter nach unten und las:

»... soll ich euch grüßen, liebe Brüder, von Jakobus, unserem Vorsteher zu Jerusalem und Bruder unseres Meisters. Er ist in tiefer Sorge. Wie ihr wisst, legte mir unser Meister in seiner letzten Nacht im Garten Gethsemane das Folgende ans Herz: Du bist Petrus der Fels und auf diesem Felsen will ich ruhen, wenn meine Seele müde ist. Alles aber, was in meiner Nachfolge geschieht, soll nicht auf einem Felsen ruhen, der doch bloß totes Gestein ist, sondern es soll aus unserem Weinberg des Lebens entspringen und dessen Hüter soll Jakobus sein, mein geliebter Bruder, und ihm sollen nachfolgen alle, die meines Geistes sind und vom heiligen Rebenblut trinken, damit sie an Körper und Geist des Lebens voll werden. So sprach unser Meister und in seinem Sinne ist es, wenn wir Jakobus folgen und nicht dem Paulus, dem Narbengesichtigen, der Unruhe bringt in die ...«

Das wird Kobi interessieren, dachte Karl. Vielleicht auch Jakob. Eigentlich die ganze Welt. Auf der anderen Seite, dachte er weiter, irgendwann taucht noch die Gründungsurkunde auf, nach der Gott die Welt erschuf. Dann packte er weiter seine Tasche.

Am Spätnachmittag des nächsten Tages saß er mit seiner Mutter im Garten des Loibner Donaugasthofes unter Apfelbäumen, deren Knospen kurz davor waren, in der warmen Frühlingssonne aufzublühen. Gegenüber auf der anderen Straßenseite bewirtschaftete die Familie Koller ein kleines Weingut, das seit Generationen Manninger-Hof hieß. Diese Familie Koller, zwei Brüder um die dreißig und deren Eltern, waren Karls Verwandtschaft. Er wurde mit »der Karli. Endlich lernt man ihn auch mal kennen« begrüßt und wusste nicht recht, ob er Sie oder Du sagen sollte. Die Kollers vermieteten ein paar

Gästezimmer, die Mutter bekam das schönste mit Blick auf die Donau und Karl, der nur eine Nacht bleiben wollte, eines, das auf den Innenhof mit seinem alten Nussbaum blickte.

Am Nachmittag waren sie ganz langsam durch die Weinberge geschlendert, die Mutter eingehakt bei ihrem Sohn, die strahlende Sonne der Wachau über ihnen. Sie wärmte immer noch im Garten des Donaugasthofes und die Schnitzel sahen vorzüglich aus. »Jetzt bin ich dem Tod gerade noch mal von der Schippe gesprungen«, begann die Mutter. Karl hätte sich beinahe verschluckt. »Von der Schippe in die Wachau, ist doch nicht schlecht«, antwortete er, »und da bleibst du jetzt erst mal. Und schonst dich, verstanden.« – »Schonen kann ich mich, wenn ich tot bin.« Sie aßen schweigend ihre Schnitzel. »Wie bin ich denn eigentlich mit den Kollers verwandt?«, fragte Karl. »Ich steig da nicht durch bei diesen Verästelungen und Verzweigungen.«

»Ganz einfach. Immer mütterlicherseits. Fast wie bei den Juden«, antwortete die Mutter. »Die Mutter meiner Mutter, meine Großmutter, deine Urgroßmutter, war eine geborene Kopfensteiner, sie heiratet dann den Koller Ferdinand. Ihr Vater, der Kopfensteiner Richard, mein Urgroßvater, dein Ururgroßvater, war Dorflehrer drüben in Dürnstein. Ich war zehn, als er starb. Ein feiner Mann, gebildet, liebevoll, ein Opapa, wie man ihn sich als Kind nur wünschen kann. Seine einzige Tochter war die Franzi. Wegen ihr sitzen wir hier.« Karl sagte nichts, schaute nur fragend. »Die Großmutter Franzi hat kurz vor ihrem Tod meiner Mutter etwas erzählt, was sie wiederum von ihrer Mutter vor deren Tod erfahren hat. Und meine Mutter hat es dann mit mir genauso gemacht und ich mache es heute mit dir so. Obwohl du nicht meine Tochter bist. Aber halt der Einzige. Und du musst es dann bei deiner Tochter so machen, das ist Bestandteil der Geschichte, das große Versprechen.« Karl nickte nur. »Also, pass auf. Der Kopfensteiner-Opapa war also verheiratet mit der Marie. Die Marie war eine geborene Manninger aus der Familie, die den Hof drüben begründet hat. Die Tochter Franzi aber, die Tochter von der Marie und vom Kopfensteiner Richard, dem Opapa, die war …« Die Mutter stockte und Karl ergänzte intuitiv: »… gar nicht von ihm. Soll vorkommen.

Sogar damals. Wann war das ungefähr?« Erna Breitenstein sah ihren Sohn erstaunt an. »Die Franzi, die Franziska Kopfensteiner war Jahrgang 1877. Ein dreiviertel Jahr zuvor, kurz vor der Hochzeit vom Kopfensteiner-Opapa mit der Manninger-Marie, war hier ein junger Mann auf der Durchreise. Und die Marie, die noch ganz jung war und sich wahrscheinlich auch ein wenig gefürchtet hat vor der Hochzeit, hat sich wohl verliebt in den jungen Mann. Und sich ihm hingegeben. Angeblich nur für eine Nacht, so wird es jedenfalls erzählt in unserer Familie.«

»Und wie hieß er, mein ominöser Ururgroßvater, gibt es da einen Namen?« – »Ja, natürlich. Er nannte sich Franz Jünger. Niemand weiß, was aus ihm geworden ist.«

20

Yaakov war spät dran. Die Villa des Senators lag ein paar Meilen außerhalb der Stadtmauern und in der Stadt wurden die Vinalia rustica gefeiert, das sommerliche Weinfest zu Ehren Jupiters. Sein Wagen war schwer vorwärtsgekommen durch die Volksmenge, die auf den Straßen lärmte und feierte. Die achte Stunde, zu der er sich beim Senator einfinden sollte, war bereits angebrochen.

Ein dunkelhäutiger Diener öffnete ihm das Tor und führte ihn über den Hof ins Atrium, wo drei Männer es sich auf den Bänken bequem gemacht hatten. Der Gastgeber stand auf und begrüßte ihn: »Willkommen, mein lieber Yaakov Ben Youssef. Ich freue mich, dass Ihr die Zeit gefunden habt, in mein bescheidenes Heim zu kommen. War die Fahrt beschwerlich?« Gaius Valerius Pullus war nicht ganz so groß wie Yakoov, aber er war ein stattlicher Mann in den besten Jahren, der dunkelbraune Vollbart war kurz geschnitten, über der Stirn begannen die Haare sich zu lichten. Er trug als Einziger eine leichte Toga, die beiden anderen hatten lediglich Tuniken an, angesichts der sommerlichen Wärme, die selbst zu dieser abendlichen Stunde noch zu spüren war, eine weise Entscheidung. Pullus stellte Yakoov die beiden anderen vor: »Ihr kennt sicherlich Quintus Aurelius Symmachus, einer der besten Rhetoren, welche die alternde Roma hervorgebracht hat, vielleicht ihr glanzvollster seit Ciceros Tagen. Und dies hier ist Gaius Verginius Galbio, mein Arzt und ein Kundiger der Natur, wie ich keinen zweiten kenne. Und dies, meine Freunde, ist Yakoov Ben Youssef, von dem ich hörte, dass er uns in den anstehenden Fragen verständig beraten wird können. Er stammt aus Galiläa, hängt aber weder dem mosaischen Glauben seines Volkes an, noch dem neuen der Christianói, der von dort seinen Ausgang nahm und jetzt sich anschickt, Rom und die Welt zu beherrschen.«

Yaakov neigte zur Begrüßung seinen Kopf und sagte: »Nennt mich Jacobus. Es ist leichter für Euch zu sprechen und ich habe schon lange keinen Verkehr mehr mit dem Land meiner Väter. Ich bin Bürger Roms mit Namen Jacobus.«

Pullus nickte und die vier Männer ließen sich auf den Bänken nieder. Vom nahen Meer her wehte eine leichte Brise und brachte Seeluft in die Gemäuer. Es gab Wein und Nüsse und Pullus ergriff erneut das Wort: »Ihr wisst, Jacobus, was gestern geschehen ist, nur wenige Stadien entfernt von hier. Auf Befehl des Römischen Kaisers wurde der Altar der Römischen Siegesgöttin aus der Kurie entfernt. Was für ein absurder Vorgang! Das Jahr 1148 nach Gründung der Stadt* wird als ein trauriges in die Annalen eingehen. Victoria war dem Senat und dem Volk von Rom wohlgesinnt über die Jahre, wie sonst wäre Rom zum Beherrscher des Erdkreises geworden. Sie hat Hannibal von den Mauern der Stadt und die Gallier vom Kapitol abgewehrt. Jetzt hat sie ausgedient, sie hat abgedankt.«

Er hatte sich, während er sprach, immer weiter aufgerichtet, war aufgestanden und schritt mit heftigen Handbewegungen die Diagonalen des Atriums ab. Es schien, als ob er zu einer viel größeren Zuhörerschaft sprechen wollte, ein Eindruck, der dadurch noch verstärkt wurde, dass Symmachus und Galbio immer wieder halblaut ein »genau«, »sehr richtig« oder »unglaublich« hinzugaben. Pullus hob das Kinn, seine Stimme wurde schneidend: »Nicht durch die Gewalt von Waffen ist die alte Roma besiegt. Nicht durch einen kühneren, mutigeren oder tapferen Gegner. Nein, allein durch das langsame, unaufhaltsame Einsickern und Eindringen einer unrömischen Geisteshaltung, eines gegen die ehrwürdigen Götter gerichteten Aberglaubens. Die

* 1148 ab urbe condita entspricht 394 n. Chr. unserer Zeitrechnung

Christianói haben auf allen Ebenen gesiegt. Sie sind der einzige zugelassene Kult im Staate, die Tempel, Altäre und Monumente der althergebrachten Religion werden zerstört und zertrümmert, unsere Statuen und Bildnisse demoliert, die Auguren, die Wahrsager, Astrologen, Traumdeuter und Priester sind nicht nur entlassen, sondern werden verfolgt als Feinde des Menschengeschlechtes und Fremde der menschlichen Ordnung. Von Deportation und Todesstrafe sind alle bedroht, die es wagen, sich öffentlich zu versammeln, seien es Manichäer, Häretiker, Schismatiker, Mathematiker oder irgendeine andere den Katholiken feindliche Sekte. Zu guter Letzt wurden sogar die Olympischen Spiele verboten.«

»Skandal!«, rief Galbio, während Pullus sich erschöpft niederließ. Dann nahm er einen neuen Anlauf: »Die Bischöfe und Diakone der katholischen Christianói sind die neuen Berater des Kaisers, die neuen Herren der Welt. Und was das Allerwichtigste ist: Bald wird ihnen die Welt auch gehören in einem ganz profanen Sinn. Sie sind reich und werden immer reicher, sie haben ungeheure Mittel, ihre Kirchen und Basiliken wachsen wie Pilze aus dem Herbstboden. Und glaubt mir, verehrter Jacobus, unter all diesen Beleidigungen und Demütigungen ist eine die schlimmste: Wir sind Heiden geworden, so zumindest nennen uns die Christianói. Pagani sagen sie zu uns, das ist nicht unklug gewählt: die vom Dorf, die Bauern vom Land, die Landeier mit einem Wort. So nennen uns Leute, deren Väter und Großväter nicht einmal lesen und schreiben konnten, während meine Familie seit über fünf Jahrhunderten zum Patriziat gehört, ununterbrochen dem Senat angehörte und, wenn ich recht gezählt habe, dreizehn Konsuln gestellt hat.«

Jacobus hatte interessiert und aufmerksam zugehört, teilweise auch amüsiert. Er kannte die Denkweise des alten römischen Adels, ihre Gefühle für Ehre, Würde und Stolz und ihren tiefen Hass auf die christlichen Emporkömmlinge. Gleichzeitig fühlte er sich unwohl, er glaubte aus dem Ton und der Redeweise des Pullus entnehmen zu können, dass dieser ihn verantwortlich machen wollte für die Entwicklungen der letzten Zeit und das wollte er nicht auf sich beruhen lassen.

Er war nicht hierhergekommen, um die Christianói zu verteidigen, geschweige denn sich selbst zu rechtfertigen.

Symmachus, dessen Augenlider die Angewohnheit hatten, sich beständig und ohne Anlass zu senken, kam ihm zuvor: »Noch ein weiteres Wort, lieber Jacobus. Ein Römer, ein Bürger Roms, vergisst nie, politisch zu denken. Unser Kaiser Theodosius hat die alte Roma und das neue Rom im Osten, das Konstantinopel genannt wird, zum ersten Mal seit vielen Jahrzehnten wieder zur Einheit gebracht. Ein Römisches Reich, ein Römischer Kaiser. Über achtzig Jahre ist es her, dass der große Constantin dies zum letzten Mal vollbracht hat. Der große Constantin, der den Christianói die Gleichberechtigung verschaffte. Jetzt, unter Theodosius, sind sie der herrschende Kult. Der Zusammenhang ist evident. Ein Reich, ein Kaiser, eine Religion. Unter Constantin begonnen, unter Theodosius vollendet. Eine politische Idee, wie sie stringenter und konsequenter nicht sein könnte. Ich fürchte nur, sie ist nicht minder kurzsichtig. Die Barbaren stehen an allen Grenzen des Reiches, der Ausgleich mit den Persern ist fragil. Die Christianói aber sind keine Helden. Sie kämpfen für ihre Sache, dafür gehen sie sogar in den Tod. Oder vielmehr: gingen, denn jetzt haben sie dies nicht mehr nötig. Für das Wohl des Staates, für die Ehre Roms aber fehlt es ihnen an Mut und Überzeugung und an Respekt vor der Tradition der weltbeherrschenden Roma. Das sind nicht die Männer, die uns gegen die Hunnen, gegen die Goten, gegen all diese wilden Völker aus den Sümpfen und Wäldern und Steppen verteidigen werden. Sie sind ein willfähriges Staatsvolk, aber kein tapferes.«

Auch er war während seiner Rede aufgestanden und unterstrich die Worte mit lebhaften Gesten. Nun setzte er sich wieder, lehnte sich zurück, die Lider senkten sich augenblicklich.

Jacobus richtete sich auf: »Ich kann Euch gut verstehen, ehrwürdiger Symmachus, und Euch bitte ich zu verstehen, dass ich nicht gekommen bin, das Wort für die Christianói einzulegen. Ich kenne nur zu gut den Geist der Unduldsamkeit, der unter ihnen herrscht und der die Menschenwelt einteilt in Gläubige und Ungläubige. Das war schon in den Anfängen so, das könnt ihr mir glauben, und seit ihre Kirche eine triumphierende ist und keine verfolgte mehr, ist alles noch viel schlimmer geworden. Was ihrem Gott im Götterhimmel gelungen ist, der alleinige und einzige Herrscher zu sein, das vollziehen sie auf Erden nach. Auf der anderen Seite: Ihr müsst verstehen lernen, warum sie triumphieren. Und da sind Leute wie Ihr, verehrter Symmachus, und auch Ihr, hochverehrter Pullus, nicht ganz unschuldig.« Galbius war an dieser Stelle mit einem »hört, hört« zu vernehmen. »Eure Geisteshaltung, die Haltung des alten römischen Adels, hat ein Vakuum entstehen lassen, einen Leerraum im Fühlen und Empfinden der Menschen. Eure Götter sind für das Schicksal des Staates zuständig, für die Geschicke der öffentlichen Angelegenheiten. Der Gott der Christianói kümmert sich um die Seelen der einzelnen Menschen, an ihn kann sich jeder wenden, er bietet Trost in der persönlichen Zwiesprache, im Gebet. Ihr besitzt keine fromme Begeisterung, keine Hingaben der Seele. Bei Euch ist der Staat fromm, bei den Christianói der Mensch.«

»Dass ich nicht lache.« Galbio, der Arzt, mischte sich zum ersten Mal mit einem vollständigen Satz ein. Ein kleiner Mann mit einem runden, fröhlichen Gesicht. »Verzeiht, Jacobus, dass ich mich so direkt ausdrücke. Sie sind doch selber schon ein Staat im Staate, die Christianói. Und verschmelzen immer mehr mit den Institutionen und den Strukturen der Ewigen Roma. Der Bischof von Rom, der da oben im Lateran sitzt in einem Palast und in einer Kirche, die er vom Kaiser Constantin geschenkt bekam, spielt sich schon auf, als sei er selbst der Pontifex Maximus und nicht der Kaiser.«

»Ich gebe Euch recht, ehrenwerter Galbio«, gab Jacobus zu, »die Kirche der Katholischen ähnelt immer mehr dem Schoß, in dem sie zu wachsen begann. Sie drängt sich gewissermaßen zwischen den Einzelnen und seine persönliche Beziehung zu seinem Gott. Sie muss das wohl tun, um die Stabilität zu wahren in diesen verworrenen Zeiten, um Rechtgläubigkeit vom Aberglauben zu scheiden und nicht zuletzt um den weltlichen Mächten ebenbürtig gegenüber zu treten. Ich will kein Prophet sein, aber ich bin mir sicher, dass dereinst, über kurz oder lang, eine Art reformatio dieser Kirche bevorsteht. Wo Gott und

Mensch ohne die Dazwischenkunft eines römischen Bischofs und seines Gefolges wieder in intimer Beziehung zu einander stehen.«

Galbio gab sich nicht zufrieden: »Wollt Ihr noch ein direktes Wort hören, Jacobus? Sie gehen mir auf die Nerven, die Christianói. Kaum etwas ist neu unter der Sonne, was sie predigen. Wir, die Römer, haben schon immer den Göttern aller Völker der Welt Heimstatt und Wohnung geboten. Das hat nun dazu geführt, dass Rom überschüttet und überflutet wird mit neuen Göttern aus dem Osten und ihrem Alleinvertretungsanspruch. Sol invictus, Isis und Osiris, Kybele und Attis, Mithras und wie sie alle heißen. Tod und Auferstehung haben sie allesamt in ihrem Repertoire, da ist der jüngste Spross, dieser Jesus von Nazareth, ein rechter Spätankömmling. Die alte Götterwelt mit Jupiter an der Spitze lacht sich doch heimlich ins Fäustchen, wenn wieder einmal einer dieser Usurpatoren durch die Straßen Roms getrieben wird und das Volk ihm jubelnd hinterherläuft. Das ist übrigens der große Unterschied zu all den verbiesterten, unduldsamen, nervtötenden Neu- und Super-Göttern: Unsere Götter können wenigstens lachen.«

Jacobus lächelte: »Eine Weise der Betrachtung, verehrter Galbio, die vieles für sich hat. Ich gebe jedoch zu bedenken: Neu und ganz offensichtlich überzeugend ist die Erzählung der Christianói über eine Kleinigkeit unseres Daseins, und das ist die Sterblichkeit, unser aller bevorstehender Tod. Die Christianói haben keine Angst davor, ihr Gott nimmt ihnen ihre Angst. Das ist nicht wenig und mehr, als alle Bemühungen der großen Philosophen in Griechenland und in Rom je erreicht haben.«

»Ich möchte Euch etwas fragen, Jacobus«, schaltete sich der Senator Pullus wieder ein. »Es geht mir um das Konzil von Nicäa, auf dem Constantin den Streit mit den Arianern um das Wesen des Gottessohnes Jesus …« – »Ha, die Wesensgleichheit, dass ich nicht lache«, Galbio war schon wieder nicht zu bremsen, »Wesensgleichheit oder Wesensähnlichkeit des Jesus mit seinem Gottvater, geschaffen oder gezeugt, was für ein Streit um des Kaisers Bart. Endlos und uferlos, an jeder Ecke zu hören. Gehe ich in einen Laden und frage, wie viel ich zu zahlen habe, dann bekomme ich zur Antwort einen philosophischen Vortrag über den gezeugten oder nicht gezeugten Sohn des Vaters.«

Symmachus öffnete die Augen und nahm den Faden auf: »So ist es. Erkundige ich mich in einer Bäckerei nach dem Brotpreis, so antwortet mir der Bäcker: Der Vater ist ohne Zweifel größer als der Sohn. Und frage ich in den Thermen, ob ich ein Bad bekommen kann, dann versucht mir der Bademeister zu beweisen, dass der Sohn ohne Zweifel aus dem Nichts hervorgegangen sei. So reden die Leute. Ja, sind denn alle verrückt geworden?«

Galbio nickte Symmachus dankbar zu. Dann formte er mit den Daumen und den Zeigefingern ein Dreieck, hielt es vor sein rechtes Auge, mit dem er heftig zwinkerte: »Und zu allem Überfluss noch der Heilige Geist, damit die Dreiheit vollendet ist. Reine Zahlenmystik. Einer als Drei, drei als Einer, wer soll das verstehen. Den einen und einzigen Gott propagieren sie und hinten kommen gleich drei heraus. Soll ich Euch etwas verraten? Ein Kollege von mir, ein griechischer Arzt aus Korinth, unternahm kürzlich eine Studienreise nach Arabien. Er erzählte mir davon. Dort, auf den Marktplätzen, in den Gebetshäusern wird fleißig gelesen und noch fleißiger diskutiert. Man kennt die alten Schriften der Juden, die neuen der Christianói, die Philosophie im Gefolge Platons, die Stoa und die Weisheiten des Orients aus Persien und sogar dem fernen Indien. Alles wird dort studiert und erwogen, hin und her gewälzt und unter der heißen Sonne der Wüste verschmolzen. Jahwe, den einen Gott der Juden und der Christianói, nennen sie Allah. Und damit hat es sich auch schon. So etwas Kompliziertes wie die katholische Trinitas, das kommt ihnen nicht in den Sinn. Von dort werden wir noch hören, glaubt mir und meinem griechischen Freund: Der nächste Gott aus dem Osten, der auf seinem Siegesross durch Rom und den ganzen Erdkreis geritten kommt, stammt aus Arabien.«

Der Senator hatte Galbio mit großen Augen zugehört. »Allah. Aha. Interessant. Aus Arabien. Eine ganz neue Orientierung. Aber Ihr werdet mir verzeihen, liebenswerter Galbio, wenn ich erneut versuche, auf meine Frage an unseren ehrenwerten Freund Jacobus zurückzukommen. In Nicäa waren wir, auf dem Konzil der Christianói, das der große Constantin als Pontifex Maximus leitete. Stimmt es, dass dort eine Menge Wein geflossen sein soll? Wein aus Galiläa? Wein, der Constantin letztlich umstimmte gegen die Arianer und für die Katholischen? Wisst Ihr etwas darüber, Jacobus?«

Dies war eine Frage, zu der Galbio ausnahmsweise nichts beitragen konnte. Er schwieg. Auch Jacobus schwieg. Er dachte nach. Meinte der Senator den Wein aus dem Jordan-Tal, den einst Joseph von Arimathäa, der Onkel des Jesus von Nazareth, angebaut hatte? Dass dieser oder ein anderer Wein eine Rolle auf dem Konzil von Nicäa gespielt haben sollte, das war sogar ihm gänzlich neu. Er beschloss, auszuweichen und auf Zeit zu spielen: »Wie Ihr wisst, hochverehrter Pullus, hat der Wein eine hohe sakrale Funktion in der Glaubenswelt der Christianói. Bei seinem letzten Abendmahl verwandelte, nach dem Glauben der Christianói, Jesus von Nazareth Brot in seinen Leib und Wein in sein Blut.« Galbio witterte schon wieder eine Chance: »Bedeutet der Wein nur das Blut oder ist er es wirklich?« – »Eine schwierige Frage, lieber Galbio, daran werden sich noch viele Theologoi die Zähne ausbeißen. Aber zurück zum Wein. Insofern ist es durchaus vorstellbar, dass in Nicäa Wein getrunken wurde. Auch in größeren Mengen. Und wenn er aus Galiläa stammte, umso besser. Sakraler geht es ja kaum.«

Symmachus, der nun wirklich geschlafen zu haben schien, beteiligte sich wieder an dem Gespräch: »Hat er denn jemals wirklich gelebt, dieser Jesus von Nazareth? Unsere Historiker erwähnen ihn mit keinem Wort und doch war er laut dem Zeugnis der Schriften der Christianói ein berühmter Wunderheiliger in Judäa.«

Jacobus sah durch die Bögen des Atriums die Sonne im Meer versinken. War Jesus von Nazareth, der Sohn von Joseph dem Zimmermann und seiner Frau Maria, ein Mensch aus Fleisch und Blut gewesen? Er hätte dies seinen Gesprächspartnern aus vollem Herzen bestätigen wollen, aber wie es beweisen diesen drei Römern, dreihundert Jahre später als jene Zeit. Er sagte nur: »Ich denke, wir sollten davon ausgehen, dass er wirklich gelebt hat. Denn alles, was über ihn geschrieben steht, ist zwar nachträgliche Erhöhung und Überhöhung, er selbst aber keine blanke Erfindung, das wäre denn doch zu einfach.«

Pullus griff unter seine Toga und zog ein Stück Etwas heraus, nicht ganz so groß wie ein Ziegelstein, Deckel und Boden aus Holz, an der Seite durch Kalbsleder zusammengehalten. »Sie schreiben viel, die Christianói. Und sie haben ganz neue Aufschreibsysteme, ihre Botschaften unter Vielen zu verbreiten. Seht, das ist einer der neuen Codices. Viel handlicher als unsere Schriftrollen, viel leichter unter die Leute zu bringen, ein sozusagen soziales Medium. Es gehört meiner Frau und nahezu jede ihrer Freundinnen hat ein ähnliches. Sie ziehen sich zurück in ihre Gemächer und lesen still vor sich hin. Helena, die Mutter des großen Constantin, war nur eine von ihnen. Sie hat alle Codices gelesen und mit entflammter Begeisterung alles geglaubt, was darin stand. Das war sicherlich nicht leicht für den großen Kaiser. Mütter können manchmal sehr fordernd sein.« Er reichte das Buch an Jacobus weiter: »Seht es euch an. Kennt ihr es?«

Jacobus nahm den Band in die Hand und schlug den Deckel auf. Angezeigt wurde ein Brief an die Gemeinde der Christianói in Rom. Sein Verfasser war Paulus.

Erinnerungen stiegen in Jacobus empor. Erinnerungen an lange vergangene Zeiten, bewegte Zeiten, entscheidende Zeiten. Er wollte antworten, er kenne die Schrift, er habe sogar den Verfasser persönlich gekannt, nur zu gut sogar, aber er hielt sich zurück und sagte nur: »Ich kenne es.«

Er kannte den Römerbrief. Eine der wichtigsten Schriften, mit denen der Narbengesichtige seinen Anspruch, das geistige Haupt der Gemeinden zu sein, durchgesetzt hatte. Wie all die berühmten Briefe des narbengesichtigen Sichelmanns an die Gemeinden war der an die Römer etliche Jahre nach dem angeblichen Kreuzestod des Bruders und seinem endgültigen Verschwinden geschrieben worden. Fast aus dem Nichts war dieser Paulus erschienen mit Narben im Gesicht, die den Wechsel der Identitäten ebenso verschleierten wie bezeugten. Nicht nur ein Namenswechsel, nein, eine Umwandlung der ganzen Persönlichkeit, ein Charaktertausch hatte stattgefunden, der als finales, narbenbezeugtes Ergebnis einen neuen Apostel hervorbrachte, einen, der angeblich direkt vom himmlischen Vater und seinem Sohn erwählt und berufen worden war und somit derjenige, der die Zwölferzahl wieder vollständig machte. Viele in den Gemeinden sahen darin eine Rückkehr, ja sogar eine Rückverwandlung, und in einem gewissen Sinn konnte, wer wollte, dies so sehen. Wenn er, der Narbengesichtige, schon nicht der Erste der Berufenen sein konnte, so war er nun wenigstens der Letzte, und so gering dieses Pfund zu veranschlagen war, so kräftig begann er damit zu wuchern.

Ihm selbst, Jacobus, war solches Denken fremd gewesen. Sein Rang und seine Stellung in jener Zeit begründeten sich auf andere Art. Herrenbruder nannten sie ihn, schließlich hatte er den gleichen Vater und die gleiche Mutter wie der jüngere, der am Kreuz gelitten hatte und dann aufgefahren war in den Himmel oder sonst wohin. Diese allzu weltlichen Familienbeziehungen waren der erste Dorn im Auge des Narbengesichtigen. Der Bruder musste einen anderen Erzeuger als den gemeinsamen leiblichen Vater bekommen. Nicht Joseph, Zimmermann von Beruf, wohnhaft in Nazareth, sondern ein göttlicher Geist sollte die Vaterschaft über den Jüngeren erhalten. Doch damit fingen die Probleme schon an, denn dass da einer sowohl gezeugter Gottessohn und zugleich Mensch sein sollte, das mussten die Juden, ihr eigenes gottesfürchtige Volk, aus dem sie alle stammten, unter dem sie lebten und dem sie in erster Linie vom Leben und Wirken des Verschwundenen Zeugnis abgeben wollten, als Provokation, ja als Blasphemie empfinden.

Wobei das nicht einmal das Wichtigste war. Die Hauptsache war die Vision des Narbengesichtigen, eine Botschaft für alle Völker der Welt zu formulieren. Er konnte darauf bauen, dass die gesamte Welt rund um das Mittelmeer mehr oder weniger beeinflusst war von griechischen Vorstellungen und alle ihren Zeus kannten mit seinen zahllosen Söhnen und Töchtern in Menschengestalt und viele den Platon mit seiner dreigliedrigen göttlichen Vernunft. Das war geschickt gedacht vom Narbengesichtigen. Die Botschaft vom Mensch gewordenen Gottessohn fiel in der ganzen hellenisierten Welt auf fruchtbaren Boden und war dennoch so ganz anders als alles, was die Menschen je gehört hatten. Den Absolutheitsanspruch seines Gottvaters lieh er sich vom Jahwe der Juden, die Dreiheit der Göttlichkeit von den Griechen. Der universelle Anspruch, dass allen das neu formulierte Wort Gottes versprochen sei und jedermann, selbst der Geringste, Aufnahme finden könne in diesem demokratisch konstituierten Reich Gottes, diese Kühnheit war die ureigene Schöpfung des narbengesichtigen Sichelmanns, genannt Paulus.

An all dies dachte Jacobus im Atrium des Senators Pullus und erinnerte sich an seine Ahnung in jener lange zurückliegenden Zeit, als der Narbengesichtige die führenden Männer der Gemeinden in Antiochia zusammengerufen hatte. Der Narbengesichtige nannte es Apostelkonzil und sein Vertrauter, der Arzt Lukas, wurde Protokollant und Berichterstatter. Er selbst, Jacobus der Gerechte, wie ihn die Jerusalemer Gemeinde damals auch nannte, war der unangefochtene Führer der Jerusalemer. Zunächst ging es bei der Versammlung um die vordergründige Frage, ob Unbeschnittene Mitglied der Gemeinde werden dürften. Ob also nur beschnittene Juden sich Christianói nennen durften, oder alle und jedermann, die sich durch Taufe zum neuen Glauben bekannten. Der Narbengesichtige warb natürlich für die universale Lösung. Er selbst, der Herrenbruder, war für die kleine, die judenbezogene Variante gewesen. An seiner Seite war der Dritte unter den Angesehenen in der Gemeinde, das war Kephas, der dann viel später Petrus der Fels genannt werden sollte. Kephas war der Älteste und der Würdigste unter denen, die Jesus auserwählt hatte. Und er vor allem bekam den Zorn und die heilige Wut des Narbengesichtigen zu spüren. Das ›Nein‹, das der Paulus dem Kephas mit schaumverzerrtem Mund entgegenschrie, dieses dreifache gespuckte ›Nein‹ gegen die kleine Lösung, es dröhnte und hallte noch jetzt in seinen Ohren. Schon damals, an jenem Tag von Antiochia, hatte er geahnt, dass dies ein welthistorisches Nein sein würde. Ein Ja zur weltmächtigen Religion des Narbengesichtigen. Er selbst hatte sich ja nicht deshalb für die reinjüdische Version eingesetzt, weil er besonders stolz auf sein Judentum gewesen wäre, oder sein Volk als ein auserwähltes betrachtet hätte, sondern vielmehr, weil er schon damals diese Ahnung hatte.

Eine Vorahnung dessen, warum er heute mit diesen drei Römern zusammensaß. Eine Vorahnung, dass die liebenswürdigen Botschaften, die der Narbengesichtige in die Welt senden wollte, eine Kehrseite hatten, die die Welt nicht friedlicher machen würde. Und diese Ahnung schloss einen Gedanken ein, der ihn ganz persönlich betraf. Denn wenn die Gottessohnschaft seines jüngeren Bruders sich wie vom Narbengesichtigen beabsichtigt durchsetzen würde, dann war für ihn, den Herrenbruder, den leiblichen und natürlichen Bruder des von allen Verehrten und Verklärten, kein Platz mehr. Dann musste ihrer gemeinsamen Mutter eine vom Heiligen Geist inspirierte Jungfrauengeburt angedichtet werden und ihr gemeinsamer Vater, der Zimmermann Joseph aus Nazareth, in den Hintergrund gedrängt werden. So wie er selbst.

Das alles hätte Jacobus seinen römischen Gesprächspartnern erzählen können, aber er schwieg immer noch und erinnerte sich an die glücklichen Zeiten an der Seite seines Bruders. Der jüngere Bruder war damals von einer seiner vielen Reisen zurückgekehrt, Jahre vor den dramatischen Ereignissen in Jerusalem. Weit im Osten war er gewesen und ganz verändert zurückgekommen. Sie hatten sich getroffen auf einer der Anhöhen in der Nähe ihres Heimatortes Nazareth. Im Westen konnten sie die mäßig hohen Hügel erkennen, die sich bis ans Mittelmeer erstreckten, dessen blaues Wasser in der Sonne wie Silber glänzt. Im Süden sahen sie die Jezreel-Ebene, von kahlen Bergen umrahmt, die mit ihrem Reichtum an Blumen und Bäumen wie ein grüner See aussah. Jacobus deutete auf den Berg Gilboa, wo König Saul gefallen war, und weiter im Osten auf den Berg Tabor mit seiner runden, von spärlichem Wald bewachsenen grünen Kuppe. Wenn sie sich nach Südwesten wandten, sahen sie den bewaldeten Karmel, der sich beinahe ins Mittelmeer zu stürzen schien. Weiter östlich in Transjordanien erschienen die gelben, kahlen Berge von Gilead. Im Norden schließlich waren die Berge Naphthalia und die von Obergaliläa zu sehen und am Ende des nördlichen Horizontes schimmert der eisgraue Gipfel des Hermon und in weiter Ferne die Spitze des Libanon.

Hier in dieser lieblichen Umgebung Nazareths, die bei aller Größe vor allem weich, sanft und friedvoll wirkte, hier nahe Nazareth, das friedlich in den Bergen eingebettet liegt, hier kam ihm der Bruder beseelter, sanfter und unbefangener vor. Hier sprach er von den »Lilien des Feldes« und ihren prächtigen Farbengewändern, hier hörte Jacobus zum ersten Mal die wunderbaren Parabeln auf das Säen und Pflanzen, auf Feigenbäume und Senfpflanzen, auf Weizen und Unkraut. Hier spürte er, wie sehr der Sinn des Bruders auf die Felder und Weinberge und die ganze prachtvolle Natur um Nazareth mit ihrem bunten Blumenreichtum gerichtet war. Und daraus, so empfand es Jacobus, aus der Liebe zur Natur entwickelte sich die Zuwendung des Bruders zu den Armen und Beladenen, zu den Kranken und auch zu den Frauen.

Von seiner Reise damals hatte er den Wein mitgebracht, den der Onkel dann pflegte, anbaute und dessen Wirkung sie alle, der innere Kreis, schnell erkannten. So konnte aus dem jüngeren Bruder ein Wunderheiler werden, der viel Gutes tat, der Anhänger fand, die sich von ihrem charismatischen Lehrer ein erneuertes Leben versprachen. Aber der Narbengesichtige hatte Größeres vor. Er webte die Geschichte vom gekreuzigten Menschensohn und auferstandenem Gottessohn. Und trug sie hinaus in die Welt, bis sie nach langen Verfolgungen, Kämpfen und Irrungen die Hauptstadt der Welt siegreich erobert hatte. Die große Lösung hatte die kleine Lösung besiegt. Für ihn, den Herrenbruder gab es nichts mehr zu tun, es kümmerte ihn auch nicht mehr. Er beschloss, sich unsichtbar zu machen. Dem Narbengesichtigen war dies nicht unrecht, er unterstützte das Vorhaben und zog zum Abschied noch einmal alle Register.

Der Welt ließ er erzählen, der Herrenbruder sei von den römischen Besatzern gesteinigt worden. Das verwischte endgültig dessen Spur und so konnte Jacobus sich eines Nachts ungestört davonmachen. Zwei Jahre lang zog er dahin. Eines musste er dem Narbengesichtigen lassen: Die Idee des Universellen hatte auch seine Vorteile. Auf seiner Reise durch Kleinasien, Griechenland, dann durch den italischen Stiefel nach Norden war er immer wieder auf das Fische-Zeichen gestoßen. Man gab ihm zu Essen, man trank mit ihm und wenn er sich als Anhänger und Zeuge der Lehren seines Bruders zu erkennen gab, wurden die Menschen ehrfürchtig und beteten mit ihm. Er war ein Jude auf Reisen, er sprach Griechisch, was die Gebildeteren in den Städten auch verstanden, und nach und nach lernte er sogar Latein. Es war noch Cisalpina, wie die Einheimischen sagten, aber jenseits der Baumgrenze, als er das Gefühl hatte, angekommen zu sein. Er legte dem Esel eine Hand zwischen die Ohren. Das Tier lief noch zwei Schritte und hielt dann an. Aufmunternd klatschte er auf den Hals des Esels, lief nach hinten und holte unter der blau-weiß gestreiften Decke, die den zweirädrigen Karren überspannte, einen Tonkrug hervor. Er trank in langen Zügen. »Hier ist es gut«, sagte er mehr zu sich als zu seinem Tier, »hier werden wir bleiben.« Er blickte zur Sonne, kniete nieder und mit nach oben gerichteten Handflächen murmelte er lange vor sich hin. Vor ihm lag eine sanfte Senke mit einer hochaufragenden Wand im Hintergrund. Die sieben Rebstöcke grub er als Erstes in den Boden. Dann baute er ein Haus. Einige Wochen später ging Yaakov Ben Youssef, im Jahr 68 nach der Geburt seines jüngeren Bruders Jesus von Nazareth, ins Dorf hinunter, wo keltische Bauern lebten. Er suchte sich eine Frau. Sie hieß Lea. Und Jakob fühlte sich jünger denn je.

»Jacobus? Seid Ihr noch bei uns?« Pullus' Stimme war nicht ungeduldig, vielmehr fürsorglich. »Ja natürlich, verehrter Pullus, ich habe nur nachgedacht«, antwortete Jacobus leise, »nachgedacht darüber, was Wahrheit ist. Erkannte Wahrheit, geglaubte Wahrheit, erzählte Wahrheit. Ein weites Feld. Paulus und viele seiner Nachfolger glauben, den Schlüssel dafür in der Hand zu halten. Sie glauben, um zu erkennen, und erkennen, um zu glauben. Das erscheint wie eine dialektische Spielerei, es ist aber überaus wirksam. Ihr Römer hattet für die Wahrheit die Philosophen und für den Glauben die Priester. Die Christianói sind brillant darin, alles zu vermischen. Die höchste Tugend des Wahrheitssuchenden, den Zweifel, haben sie durch ihre Glaubenswahrheiten ersetzt. Sie wollen glauben. Das macht sie so überzeugend. Und gleichzeitig so gefährlich.«

Die Dämmerung hatte eingesetzt. Galbio bemerkte noch, dass Kaiser Julian, Nachnachfolger des großen Constantin und Vorvorgänger des jetzigen Theodosius, ein letzter echter Römer, Paulus als den größten Gaukler und Scharlatan aller Zeiten und aller Gegenden bezeichnet hatte, doch dann klatschte Pullus in die Hände und die Diener brachten gebratene Fasane, in Öl eingelegtes Gemüse und gebackenen Maisbrei. Galbio unterhielt die Gefährten während des Essens mit seiner Sammlung gotteslästerlicher Ansichten bei griechischen und römischen Autoren und selbst Symmachus war erstaunt, dass von Euripides über Ovid und Cicero bis zu dem scharfsinnigen Lukian von Samosata kaum einer der Großen fehlte.

Es war Nacht geworden und Pullus verabschiedete seine Gäste. Vor dem Tor, wo die Wagen warteten, nahm Symmachus Jacobus beim Arm: »Vorhin, als Pullus Euch nach dem Wein von Nicäa fragte, als es darum ging, ob der große Constantin mit Wein bestochen worden war, als er sich für die Christianói entschied und dann für die Katholischen gegen die Arianer, da habt Ihr nicht alles gesagt, was Ihr wisst. Habe ich recht?« Jacobus ging schweigend zu seinem Wagen und holte unter einer Decke eine Amphore hervor. Sie war nicht groß, aber groß genug, einen kräftigen Trinker ein paar Wochen zu versorgen. Er reichte die Amphore Symmachus und sagte: »Nehmt diesen Wein als Geschenk von mir. Er ist eine bessere Antwort als viele Worte.« Im Mondlicht konnte Symmachus unterhalb des Halses der Amphore, dort, wo die Wölbung des Bauches begann, vier eingeritzte Striche erkennen. Sie bildeten eine römische VII.

21

Der Weg gabelte sich. Rechts ging es den jähen Anstieg zu Jakobs Haus hinauf, der Weg, den Karl vor Monaten beim ersten Mal gewählt hatte. Links lockte die leichtere, dafür längere Route, der Pfad, den er damals abwärts genommen hatte. Karl wandte sich nach rechts, gut trainiert wie er war.

Vier Stunden später sah er die Senke im Sonnenlicht vor sich liegen, das Haus, das sich an die Bergwand duckte, und den Mann, der es bewohnte. Karl war angespannt und nervös, als er klopfte und eintrat.

Jakob hatte Kaffee gekocht, legte die letzten Handgriffe an, während Karl an den Bücherschrank trat und Darwins »Entstehung der Arten« in die Hand nahm. Natürlich die Erstausgabe. »Der auch?«, fragte er und zeigte Jakob das Buch. »Du meinst: Siebenerkunde? Nicht, dass ich wüsste. Englischer Biertrinker. Aber vielleicht war er ja mal bei den Marxens zu Besuch.«

Sie tranken schweigend ihren Kaffee. Dann fragte Jakob: »Nun sag schon, warum du mich unbedingt sprechen wolltest. Hier oben noch dazu. Was ist los?«

Karl hatte sich einige Varianten überlegt, wie er das Thema ansprechen sollte. Dramatische, verklausulierte, rührselige, ironische. Jetzt kam ihm das alles zu inszeniert vor. Er nahm den direkten Weg: »Ich habe kürzlich mit meiner Mutter gesprochen. Ihr geht es nicht gut, wahrscheinlich stirbt sie bald. Jedenfalls, bei der Gelegenheit hat sie mir ein wenig aus unserer Familiengeschichte erzählt. Und über ein Detail solltest du Bescheid wissen. Es geht um Franzl. Kurz vor seiner letzten Fahrt muss er noch in der Wachau gewesen sein, wo meine Familie mütterlicherseits herstammt. Er ist dort einer Marie Manninger begegnet. Franzl hat der Marie ein Kind gemacht. Es wurde Franziska genannt. Und diese Franziska Kopfensteiner ist meine Urgroßmutter.«

Jakobs Augen waren ein wenig schmaler geworden: »Der Franzl. Eine Tochter. Meine Enkelin, deine Urgroßmutter«, murmelte er, die Tatsachen mehr sich selbst bestätigend, denn er sah Karl dabei nicht an. Er sah nichts und niemand an, er saß da und schwieg. Dann stand er auf, trat ans Fenster und sah nach draußen, die Hände in den Hosentaschen. Karl hatte eigentlich etwas in dieser Art erwartet, ihm selbst war es vor einigen Wochen im Donaugasthof mit seiner Mutter nicht anders ergangen, Jakob jedoch schwieg extrem lange. Als er wieder am Tisch saß, lächelte er müde: »Dann sind wir also verwandt, du und ich. In direkter Linie. Du bist mein Ururenkel, richtig?« – »Ein Ur mehr. Urururenkel. Vorausgesetzt, du bist Franzls Vater. Aber das haben wir eigentlich schon abgehakt.« – »Urururenkel. Das ist mir zu kompliziert. Ich bleib beim Urenkel. Ist ja auch was. Also Karl, Urenkel, das sollten wir feiern.« Er stand auf und ging hinter die Tür mit dem dunklen Vorhang. Nach einiger Zeit kam er mit einer Flasche Wein zurück.

Karl kannte das Etikett. Drei Knospen und eine Acht. Diesmal stand sie aufrecht. »Der Achter, wusste ich's doch«, sagte er.« – »Der Achter, genau. Der Familienwein. Und jetzt sind wir ja einer mehr.« – »Wir?« – »Alles zu seiner Zeit. Jetzt trinken wir erst mal ein Glas zusammen. Auf den Urenkel. Und den Franzl, wenn du erlaubst.«

Gut drei Wochen war es jetzt her, dass Karl davon wusste, ein Nachkomme Jakobs zu sein. Das Wort kam ihm eigenartig vor, es klang irgendwie biblisch, aber irgendwie passte es auch. Nur führte ihn weder der Begriff Nachkomme noch das Ungetüm Ururgroßvater näher, um nicht zu sagen: inniger oder intimer an den Sachverhalt heran. Die freundschaftliche Beziehung zu Jakob war ihm wichtig, die verwandtschaftliche hingegen blieb abstrakt und das hatte sich auch nicht in den letzten Minuten geändert und schon gar nicht durch die Anrede Urenkel.

Sie stießen an und Karl lag einiges auf der Zunge: »Ich weiß, meine Fragerei geht dir auf die Nerven. Aber das hängt vielleicht damit zusammen, dass du mir ständig Fragen aufgibst. Das fängt doch schon bei diesem Wein hier an. Ist er dafür zuständig, dass du so alt bist? Bevor ich den in mich hineinschütte, wüsste ich gerne Bescheid. Ich habe nämlich, ehrlich gesagt, überhaupt keine Ahnung, ob ich so alt werden will wie du. Wobei ich die Frage, wie alt du eigentlich wirklich bist, dabei noch nicht einmal stelle. Obwohl das die nächstliegende wäre. Und wenn das hier der Familienwein ist, dann ist die Frage wohl angebracht, wer diese Familie ist. Außer dir und mir.« Jakob stand auf: »Ich sag doch: Alles zu seiner Zeit. Du hast doch Zeit? Lass uns spazieren gehen. Der erste schöne Tag in diesem Jahr. Ich zeig dir was.«

Sie gingen aufwärts über blühende Wiesen an hell strahlenden Felsen entlang. Unten sah man Jakobs Haus als kleinen schwarzen Fleck. Karl fühlte sich wohl hier, hoch oben auf dem Berg. Heiter und beseelt, sanft und unbefangen. Nach einer halben Stunde wurde der Anstieg steiler, die Blumen weniger, das Gras dunkler und feucht. Jakob steuerte auf eine Felswand zu, die nicht hoch erschien, aber fast senkrecht emporwuchs. Hier kam man nicht weiter. Jakob hielt sich nach links, am Fuß der Wand entlang, er war etwa zwei Meter vor Karl und plötzlich verschwunden. Karl trat näher und aus einem schmalen Spalt in der Wand ragte auffordernd Jakobs Arm heraus. Seine Hand griff zu und Karl wurde in den Spalt gezogen. Eng und dunkel war es hier, er musste mit der Schulter vorangehen, um überhaupt vorwärtszukommen. Nach wenigen Minuten wurde der Gang etwas breiter und weiter oben weiteten sich die Felsen, sodass sogar ein Stück blauen Himmels zu sehen war. Sie waren am Fuß einer Felsspalte angelangt, der Boden war fest und lehmig und beschrieb einen Kreis mit einem Durchmesser von vielleicht drei Metern. Jakob trat an den Felsen und sagte: »Hilf mir kurz. Zu zweit geht das einfacher.« Jakob fasste an den Felsen und als Karl näherkam, sah er, dass hier ein Vorsprung war, nur wenige Zentimeter tief. Karl packte an und der Felsvorsprung entpuppte sich als Steinplatte, die sie zur Seite schoben. Jakob nahm sein Feuerzeug, bückte sich, zwängte sich durch die Öffnung und dann sah Karl im Licht einer Fackel die Höhle vor sich.

»Mein Schlafgemach«, sagte Jakob, »ab und zu jedenfalls. Gemütlich, oder?« Gemütlich war nicht unbedingt das Wort, das Karl als Erstes in den Sinn gekommen wäre, aber der Raum sah auf alle Fälle nicht wie eine Höhle aus, eher wie ein aus dem Stein gehauenes Zimmer. Der gleiche hart gestampfte Boden wie draußen, glatte Wände. In einer Ecke erhob sich ein etwa zwei Meter langer und ein Meter breiter Sockel aus dem Boden. »Einbettzimmer«, deutete Jakob darauf, »und sogar fließend Wasser.« Karl sah in Kniehöhe einen Tropfen Wasser aus dem Fels entspringen und darunter auf dem Boden eine feuchte Stelle. »In der Dordogne in Südwestfrankreich gibt es eine Höhle«, erzählte Jakob, der sich auf sein Bett gesetzt hatte, »mit einem ähnlichen Phänomen. Die Höhle dort ist eigentlich ein kilometerlanger Schlauch ohne große Hallen. Da gehst du gebückt eine Ewigkeit entlang, ab und zu mal ein Fußabdruck oder eine verwaschene Zeichnung an der Wand, zehntausende Jahre alt, nichts Aufregendes. Und dann plötzlich, an einer Biegung, ein, man möchte fast sagen: ewiger Wassertropfen wie dieser hier. Und vor Abertausenden von Jahren hat irgendein Steinzeitkünstler hunderte Meter tief im dunklen Fels neben den Tropfen einen Hirsch gemalt und zwar so, dass der Tropfen genau auf die Zunge des Hirschs fällt. Tropf, tropf, tropf. Er wird nie verdursten dieser Hirsch, seit Jahrtausenden trinkt er aus dieser Quelle. Eines der größten Kunstwerke, das ich in meinem Leben gesehen habe.« Karl hatte sich neben Jakob gesetzt und der sagte: »Wir können hier rauchen. Die Lüftung ist perfekt.« – »Diesmal frage ich nichts«, sagte Karl.

Sie saßen, schwiegen und rauchten. Lange Minuten. Als Jakob seine Zigarette ausdrückte, lachte er auf: »Jetzt frag halt. Aber frag richtig.« – »Du schläfst hier oben?« – »Ja, manchmal. Dafür aber umso länger. Immer dann, wenn ich denke, einen langen Schlaf zu tun.«

Karl war vorsichtig. Er sollte richtige Fragen stellen. Nur gut, dass er im Deutschunterricht wenigstens einmal aufgepasst hatte: »Ich denke einen langen Schlaf zu tun, denn dieser letzten Tage Qual war groß. Meinst du das?« Jakob hob amüsiert die Augenbrauen: »Bravo, Urenkel. Schiller, Wallenstein. Kurz bevor er stirbt. Und siehst du, der Wallenstein vom Schiller sagt diesen Satz bis heute. In jeder Aufführung. Der Schauspieler sagt den Satz, stirbt, und am nächsten Tag spricht er ihn wieder. Das ist fast wie eine Auferstehung. Die Aufführung als Auferstehung. Besser jedenfalls, als die Auferstehung als Aufführung.« Den letzten Satz hatte er mehr zu sich gesagt.

Karl hatte das Gefühl, dass er sich fragend in schwierigem Gelände bewegte. Er probierte es dennoch: »Sterben und Auferstehung. Ist es das, was hier oben mit dir passiert?« – »Nein, natürlich nicht. Das wäre ja noch schöner. Das mit dem Wallenstein war eine Metapher, mein Lieber.« – »Und wie lange? Ich meine, wie lange liegst du da in deinem Winterschlaf?« – »Mal länger, mal kürzer. Sehr unterschiedlich.«

Das Gelände wurde immer unwegsamer. Die nächstliegende Frage wäre gewesen, wie lange das Ganze schon ging, aber Karl war unwohl bei dieser Frage, was daran lag, dass er die Antwort gar nicht hören wollte. Ihm war unbehaglich. Lieber konkretere Dinge fragen: »Und das hängt alles mit deinem Achter zusammen?« Eine Frage, die nicht dazu angetan war, Jakobs lässigen Plauderton zu verändern: »Das ist wahrscheinlich so. Wahrscheinlich gibt es eine ganze Menge an Ursachen und Bedingungen und Voraussetzungen und Dispositionen und dergleichen, aber der Achter spielt schon eine Rolle. Wahrscheinlich. Sicherlich.«

»Der Siebener ist dann also die schwächere Variante, der Achter ist der …« – »Der Siebener ist der Freundschaftswein. Und der Achter der Familienwein. Der Siebener ist dazu da –, wie soll ich dir das jetzt erklären? Früher habe ich mir die Leute angesehen und wenn ich etwas entdeckt habe, das mir gefallen hat, dann hab ich das gefördert. Meistens hatte es den kleinen Nebeneffekt, dass die Leute ziemlich alt wurden und auch im hohen Alter noch Gutes hervorgebracht haben. Heute gehe ich ein wenig anders vor. Ich warte eher ab. Schau mir die Alten an. Liegt vielleicht an meinem eigenen Alter. Und an den Jungen heute. Die letzten Jungen, die was bekommen haben, waren das Wunderteam. In den 30ern, du bist doch der Fußballfachmann.« – »Das

Wunderteam? Sindelar und Co.? Ach, du liebe Zeit.« Karl wurde ganz ehrfürchtig. Das österreichische Wunderteam. In den 30er Jahren das Beste, was in der Welt an Fußball zu bestaunen war. Besiegten jeden Gegner, wie sie wollten, und spielten dabei virtuosen, walzergleichen Fußball. Jakob sprach ungerührt weiter: »Daran kannst du sehen, dass der Siebener nichts Neues hervorbringt, sondern nur das verstärkt, was ohnehin schon in dir steckt. Lebensverlängernd hat er bei den Burschen leider nicht gewirkt. Alle tot. Mit einer Ausnahme, den kennst du. Der Salem hat da auch mitgespielt.«

»Der Salem war im Wunderteam?!« In Karls Frage lag der ganze Unglaube dieser Welt. »Ja, ein paar Mal nur, dann hat er sich böse verletzt und aus war's mit dem Fußball. Aber er ist ein Freund geblieben.« Karl war immer noch ganz wunderteambegeistert und salemüberwältigt. »Der Salem. Warum hat er mir das nie erzählt? Was hat er gespielt? Verteidiger wahrscheinlich, knochenhart, kompromisslos. Obwohl, er hat technisch was drauf, immer noch. Mein Gott der Salem, ich fass es nicht. Und ich kenne jetzt einen, der im Wunderteam gespielt hat.« Jakob schlug vor, nach Hause zu gehen. Auf dem Rückweg traktierte Karl jeden Stein in passender Größe. Meist mit dem Innenrist, manchmal salemmäßig. Außenrist.

Zurück im Haus hatte Jakob zum Abendessen Nudeln mit Speck, Parmesan und Eigelb gemacht. Als Karl den dritten Teller vor sich hatte, sagte Jakob unvermittelt und mit eiseskalter Ruhe: »Mit dem Siebener ist es jedenfalls vorbei. Den kriegt keiner mehr. Niemand.«

Karl sah Jakob entgeistert an und wusste im selben Moment, dass es gar keinen Anlass gab, entgeistert zu schauen. Das war ja der zweite Grund, warum er überhaupt hier war. Der Siebener. Bridgewater und Osborne. Das Kölner Institut. Und wer sonst noch resveratrolverrückt war. Deshalb nickte er bloß und sagte: »Verstehe. Und das Ganze habe ich dir eingebrockt.« – »Wahrscheinlich. Aber die Zeiten sind wohl so, dass auf Dauer mein kleines Geheimnis ohnehin nicht mehr lange funktioniert hätte. Sogar die Gräfin ist schwach geworden.« – »Frau von Marczinsky?« – »Ich habe Post bekommen. Von einem Baron Rothschild. Er redet ein bisschen drumherum, aber es wird schon klar, woher er weiß, dass es einen Siebener gibt und wo er zu finden ist. Sehr höflich, der Brief, sehr verbindlich, sehr kooperativ. Aber auch sehr eindeutig, was den Siebener anbelangt. Geld scheint bei diesen Leuten keine Rolle zu spielen. Ein Grund mehr: Schluss, Ende, aus. Finito.«

Jakob sagte das alles in einem unverändert ruhigen und beiläufigen Ton. Bestürzt sind immer die anderen, dachte Karl. Er versuchte den Gedanken zu unterdrücken, dass Jakob gerade davon sprach, sein Lebenswerk zu vernichten, das Werk eines sehr langen Lebens, und sagte: »Und wie? Wie willst du das machen?«

»Vorschläge?«

»Ausgraben. Kleinhacken.«

»Vergiss es. Der Siebener steht auf einem dreiviertel Hektar. Schätzungsweise dreitausend Rebstöcke. Sehr alte Rebstöcke. Und ich habe keine Maschinen dafür. Viel Vergnügen.«

»Gift. Pflanzengift. So etwas wird es doch geben.«

»Schwierig. Außerdem versaut es mir die restlichen sechs Lagen. Und von irgendwas muss ich ja leben.«

»Verstehe. Beziehungsweise: ich versteh nicht. Wie verkaufst du denn deinen normalen Wein?«

»Der Heiligenkreuzer Stiftswein wächst zu großen Teilen hier oben. Außer Maurus und mir weiß das aber niemand.«

»Die Reblaus.«

»Daran habe ich auch schon gedacht. Das wäre eine feine Pointe. Aber wenn man sie einmal braucht, ist sie nicht da. Und außerdem: Sie ist zwar gefräßig, für unseren Zweck aber doch zu langsam. Um es kurz zu machen: Ich hab schon eine Idee. Und ich hab auch schon ein paar Sachen besorgt. Lass uns schlafen gehen. Morgen wartet Arbeit auf uns.«

Es war später Nachmittag am nächsten Tag, als sie sich ihr Werk betrachteten. Das Beste daran war, dass nichts zu sehen war. Die Rebstöcke des Siebeners, schräg unterhalb des Hauses, standen da, wie sie immer dagestanden hatten. Sie setzten sich in die Abendsonne vor das Haus.

Jakob stellte die angebrochene Flasche Achter vom Vortag auf den Tisch. Karl schenkte ein: »Wusstest du eigentlich, dass der Nisi-Wein der Mugaschwili, der Wein aus der alten Clos Gethseman und der deinige genetisch miteinander verwandt sind? Wie Vater und zwei Söhne, hab ich mir sagen lassen.« – »Ach ja? Was du nicht sagst. Zwei Seitenlinien gewissermaßen. Wenn ich ehrlich bin – so viel Winzerstolz muss sein –, ist meiner, unserer eigentlich die Hauptlinie. Clos Gethseman ist eher ein Bastard. Wurde schlecht behandelt über die Jahrhunderte.« – »Von den Paulus-Männern?« – »Hat Maurus wieder seine Geschichten erzählt? Er übertreibt gern, er war ja nicht dabei. Der Apostel Paulus war ein Stratege, ein genialer Kopf, das muss man ihm lassen. Was danach kam, ist Geschichte. Ich kann mich nur wiederholen: mit einer Menge an Ursachen, Bedingungen, Voraussetzungen, Dispositionen. Und noch mehr Zufällen. Vielleicht hat auch der Wein eine Rolle gespielt. Vielleicht auch nicht.« – »Dein Wein stammt also ursprünglich aus Palästina?« – »Aus Galiläa. So hieß das damals.« – »Vor zweitausend Jahren hieß das so, grob gerechnet.« – »Grob, ja.« – »Und du? Stammst du auch aus Galiläa?« – »Ungefähr, grob, ja.«

Jakob schenkte Achter nach: »Also jetzt pass mal auf, Urenkel. Du gehörst zur Familie. Muss mich selbst erst daran gewöhnen. Das hier ist der Familienwein, die eigentliche, die wahre Hauptlinie. Er gehört jetzt dir, genauso wie er mir gehört. Und Josh.«

»Josh? Wer ist Josh?«

»Mein Bruder.«

»Du hast einen Bruder?«

»Soll vorkommen.«

»Und ist der auch so, so … alt wie du?«

»Nicht ganz. Er ist mein jüngerer Bruder. Das bleibt man sein ganzes Leben lang.«

Fast gleichzeitig hoben sie die Köpfe und lauschten. Vom Tal her war ein Brummen zu hören, das schnell lauter wurde. Sehr laut sogar, unangenehm laut und obwohl nichts zu sehen war, war ihnen klar, was da auf sie zukam. Plötzlich tauchten von unten wild kreiselnde Flügel auf, dann eine Schnauze, die innehielt, nach rechts und nach links schwenkte und sie dabei böse anglotzte wie eine gefräßige Hornisse. Dann stieg das Ungeheuer weiter auf, beschrieb eine anmutige Kurve und der Hubschrauber landete nur wenige Meter neben dem Haus.

John Bridgewater und Margret Osborne waren nicht allein. Drei kräftige Männer in grasgrünen Overalls waren mit ausgestiegen. Jeder von ihnen trug einen schweren silbrigen Koffer. Karl stand auf: »Guten Abend zusammen. Wir haben Sie schon erwartet. Darf ich vorstellen: John Bridgewater, Margret Osborne. Und das ist Jakob Jünger, der Besitzer des hiesigen Weingutes.« – »Ah, Dschäih«, sagte Mrs. Osborne und reichte Jakob die Hand, »Dschäih, Dschäih sogar. Sehr erfreut, Herr Jünger.« Auch Bridgewater gab Jakob die Hand und legte dabei den anderen Arm auf Karls Schulter: »Wie schön, Herr Jünger, dass wir Sie endlich persönlich kennenlernen. Unser Freund Karl Breitenstein hat uns ja schon so viel von Ihnen erzählt.« Dabei tätschelte er aufmunternd Karls Schulter. Jakob sagte: »Darf ich Sie zu einem Glas Wein einladen?« – »Siebener?«, fragte Bridgewater. »Fangen wir lieber mit einem Sechser an«, lachte Jakob, »auf die Zusatzzahl müssen Sie noch warten« und verschwand im Haus.

»Schön haben Sie es hier, Herr Jünger«, begann Bridgewater, als die Gläser vollgeschenkt waren: »Einsam, abgelegen, mitten in unberührter Natur. Ich beneide Sie. Das war ein gutes Stichwort vorhin: Unser Besuch muss Ihnen vorkommen wie ein Sechser im Lotto. Mit Zusatzzahl. Und der Jackpot ist randvoll. Wenn Sie verstehen, was ich meine.«

»Nicht ganz und nicht so richtig. Ich bin ein alter Mann. Was ist denn ein Jackpot?«

»Lieber Herr Jünger, ich bitte Sie. Wir sind hier, um Ihnen ein Angebot zu machen. Das wissen Sie doch. Wir möchten Ihren Wein kaufen. Den Siebener. Komplett, die Rebstöcke, das Terroir, alles. Sagen Sie uns einen Preis, wir zahlen.«

»Den Siebener. Ein Stück Land, auf dem ich einen Wein anbaue, den ich meistens verschenke. Was soll der wert sein? Keine Ahnung: 1000 Schilling? 10 000 Dukaten? 100 000 Gulden? 30 Silberlinge. Ich kenne mich nicht besonders gut aus mit Geld. Ich bin ein alter Mann.« Karl grinste in sich hinein. Nach einer kleinen Kunstpause fügte Jakob im selben Tonfall hinzu: »Rothschild hat drei Millionen geboten.«

»Rothschild?«

»Baron Rothschild, genau. Kennen Sie nicht? Ehrenwerter Mann. Die Währung hieß, glaube ich, Dollar.«

»Vier, Herr Jünger. Wir bieten vier Millionen.«

»Auch Dollar? Sicherlich, Dollar, was sonst. Entschuldigen Sie, aber da müsste ich zunächst Baron Rothschild fragen, ob er fünf bietet.«

»Müssen Sie nicht. Die bieten wir. Fünf Millionen, sofort. Plus 100 Flaschen Ihres Weines jedes Jahr für Sie.«

»Hundert? Also wirklich. Allein mein Freund Karl hier …«

»Tausend. Tausend Flaschen für Sie und Ihre Freunde. Und sechs Millionen Dollar. Mein letztes Wort. Von mir aus zweitausend Flaschen.«

Jakob drehte sich zu Karl und sah ihn fragend an. Der nickte stumm und Jakob sagte: »Rauchen Sie, Mrs. Osborne?« Die Wissenschaftlerin sagte erfreut: »Gerne, warum nicht.« Jakob bot ihr aus einem Etui eine Zigarette an, entzündete ein langes Kaminstreichholz und gab ihr und sich selbst Feuer. Dann ließ er den Arm lässig nach unten hängen, sodass das brennende Streichholz den Boden berührte. Ein letzter Schimmer Dämmerung hüllte das Haus und den Fels in ein silbrig-weißes Licht. Alles andere, die Senken mit ihren Rebstöcken, die Anhöhen ringsum mit ihren dazwischen gestreuten Bäumen, waren nur noch tiefblaue Silhouetten, die sich mühsam gegen die schwärzer werdende Nacht behaupteten.

Dort, wo das Streichholz den Boden berührte, ertönte ein feines Zischen. Dann sah man ein weißes Glitzern, fadendünn, das sich rasend schnell auf dem Boden vorarbeitete, weg vom Haus hin zur Senke. Nach wenigen Metern teilte es sich, wurde dreifaltig, teilte sich wieder und noch einmal und dann schossen knapp dreißig dünne, helle, glitzernd zischende Bänder über den Boden dorthin, wo der Siebener wuchs. Kein menschlicher Laut war zu hören, die Ankömmlinge waren gebannt vor Erstaunen, die beiden Gastgeber gespannt, auf das, was noch kommen sollte.

Als die Zündschnüre die Rebstöcke erreicht hatten, schienen sie zu versiegen, sie verschwanden im Weinberg und in der Nacht und für kurze Zeit passierte nichts. Dann war ein Zischen und Sirren zu hören, das in den nächtlichen Himmel wollte und dann, kurz nacheinander, explodierten vier riesige Sternenfontänen hoch über der Siebener-Senke, die eine weiß-gelb, die zweite blau-weiß, die dritte rot-grün und die vierte, die größte und höchste, in Silber und Gold. »Oh«, rief Mrs. Osborne, »ein Feuerwerk«, fügte Bridgewater an und schon wieder sirrte und zischte es, lauter und schneller als beim ersten Mal, weiter nach oben und dann ertönte ein ohrenbetäubender Knall, der sich dutzendfach brach an den Bergwänden. Fast gleichzeitig und mit einem Mal standen auf einem knappen dreiviertel Hektar alle dreitausend Rebstöcke in Flammen. Dreitausend lodernde Fackeln, die züngelnd und prasselnd die Nacht dunkelrot färbten. Der Siebener brannte lichterloh und Karl dachte, irgendwie brennt er fröhlich.

»Was machen Sie da! Sind Sie wahnsinnig? Jünger, Sie Idiot! Holt die Feuerlöscher!« Die drei grünen Overall-Männer hasteten zum Helikopter, während Jakob, ohne die Stimme zu erheben, sagte: »Ach, lassen Sie das doch. Das ist Griechisches Feuer. Erdöl und ein wenig Schwefel und Salpeter. Da ist kein Kraut gewachsen. War es noch nie. Davor, das Feuerwerk, das war übrigens ordinäres Schwarzpulver.« Und zu Karl gewandt ergänzte er leise: »Ich hab das Zeug mal bei Dschingis Khan erlebt. Der hatte das von den Chinesen. Ich habe es dann Roger Bacon erzählt. War vielleicht keine so gute Idee.«

Zwei Stunden später startete der Helikopter. Die drei Männer hatten Rebstöcke aus den anderen Lagen ausgraben müssen und in die silbrigen Koffer gepackt. Osborne und Bridgewater saßen die ganze Zeit im Cockpit, telefonierten, gestikulierten, schwiegen. Zum Abschied hob Jakob die Hand: »Seien Sie nicht zu enttäuscht. Es ist besser so, glauben Sie mir. Für alle. Vor allem für alle.«

Danach saßen Karl und Jakob vor dem Haus und sahen den glimmend brennenden Weinstöcken zu. Karl knüpfte irgendwann dort an, wo sie vor Stunden durch den Besuch unterbrochen worden waren. »Was bedeutet das? Dass mir der Achter jetzt auch gehört?«

»Ich weiß es nicht. Wir können es nicht wissen. Es gibt keine Erfahrungswerte. Nur die von Josh und mir. Was der Achter aus dir macht, das wird sich zeigen.« – »Aber es könnte bedeuten, dass ich …, sei mir nicht böse, aber das klingt so absurd, dass ich nicht sterbe?« – »Langsam Karl. Ich lebe, also sterbe ich. Das ist ein Naturgesetz. Dass sich das bei mir immer wieder hinauszögert, ändert nichts am Naturgesetz. Ich bin nicht unsterblich, wenn du das meinst. Das mit der Seele steht auf einem anderen Papier. Das lassen wir lieber.« – »Aber trotzdem. Der Achter verändert doch alles. Ich meine, vor allem alles, was mit dem Tod zusammenhängt.« – »Graduell, lieber Karl, graduell, nicht grundsätzlich. Ich bin ein alter Mann. Alte Leute leben damit, dass der Tod näher rückt. Mit welcher Haltung sie damit leben, ist eine ganz andere Frage. Eine der besten ist übrigens, dass sie froh sein sollten, nicht jung gestorben zu sein. Jetzt wirst du sagen, der hat gut lachen, der weiß ja, dass er wieder aufsteht aus seiner Höhle. Das ist falsch. Das ist einmal falsch, weil ich keine Gewissheit und keinerlei Garantie habe, dass es beim nächsten Mal wieder so sein wird. Und es ist zweitens falsch, weil ich nicht zum Ausruhen oder zum Ausschlafen in die Höhle gehe, sondern zum Sterben. Ich gehe dorthin, wenn ich das Gefühl habe, es ist genug. Du kannst mir glauben, es gab schon viele gute Tage zum Sterben.«

Karl hörte sich sagen: »Ich hasse den Tod.« Jakob antwortete gleichmütig: »Kann man etwas hassen, was eine Selbstverständlichkeit ist? Man kann sich nicht mit ihm abfinden, das ist schon richtig. Aber er verdient eigentlich keine großen Gefühle. Er ist banal.« Karl schüttelte den Kopf: »Das ist mir alles zu viel. Ich geh schlafen. Ich muss nachdenken. Morgen bin ich vielleicht schlauer.«

Es war die gleiche Stube wie beim ersten Mal. Er legte sich schlafen. Diesmal war er nicht betrunken. Er war sich sicher, dass der Jacques Plusjeunes aus den Petrarca-Briefen Jakob selbst war. Als er versuchte nachzurechnen, wie alt Jakob somit mindestens sein musste, drehte es sich in seinem Kopf. Jakob hatte schon recht. Alter ist relativ und der Tod banal. Keiner Rede wert. Nichts, was sonst auf der Welt sterben muss, verliert einen Gedanken darüber, keine Pflanze, keine Katze und kein Schiwago. Bloß der Mensch müht sich damit ab. Als er zu denken begann und wenn er zu denken beginnt, ist der erste ernsthafte Gedanke der an den Tod. Woraus alles Weitere folgt. Alles Schwere, alles Ernste. Nicht die Sterblichkeit ist das Problem, die Fähigkeit vielmehr, sie zu denken. Denn das war nicht vorgesehen im Bauplan der Natur. Sie macht einen meschugge, diese Fähigkeit zum Nachdenken, bei der man verrückt wird zwischen dem unabänderlichen finito und dem undenkbaren infinito. Eine Zumutung. Tiefgründig und banal, großartig und lächerlich. Vielleicht ist die einzige Kraft dagegen die Heiterkeit.

Über Gedanken dieser Art schlief er ein. Und so entging ihm, was durch den Spalt im Dielenboden auch in dieser Nacht zu sehen war. Jakob saß bei einem letzten Glas Achter, nicht weinend diesmal, sondern sinnierend, mit einem kleinen Lächeln um die Augen.

Am nächsten Morgen erwartete Jakob ihn schon in der Küche mit frischem Kaffee. Nach der zweiten Tasse nahm Karl innerlich Anlauf und sagte: »Jakob, habe ich mich jemals bedankt bei dir, dass ich den Siebener von dir bekommen habe? Mit dem Siebener hätte ich alt werden wollen. Alt und weise. Jetzt muss ich das eben selbst versuchen. Der Achter aber, vor dem Achter fürchte ich mich. Ich will das nicht, kann es nicht. Mir ist unheimlich dabei.« Jakob sagte nichts, hob nur die Augenbrauen. Karl sprach weiter: »Den Tod zu hassen, ist Quatsch. Mir ist gestern Nacht und heute Morgen wieder aufgefallen, dass ich lieber einschlafe, als aufwache. Vielleicht ist das der Grund. Ich glaube, ich will irgendwann einen ganz normalen langen Schlaf tun, wie alle.«

Jakob schwieg lange. Dann sagte er mit seiner tiefen Stimme, die an diesem Morgen sogar noch eine halbe Oktave tiefer klang: »Ich verstehe. Wir brauchen auch nicht länger darüber reden. Eines aber solltest du mir beantworten: Bin ich dir unheimlich?« Karl wollte schon ein abwehrendes Neinnein ausstoßen, aber dann sagte er: »Ja.« Jakob stand auf und als er die Kaffeetassen vom Tisch nahm, fragte er: »Wie lange willst du noch bleiben?« – »Ein, zwei Tage, geht das?« – »Klar, Urenkel. Kannst mir beim Aufräumen da draußen helfen.«

EPILOG

I muass im frühern Lebn eine Reblaus gwesen sein …
Und wonn i stirb, bitteschön, möcht ich a Reblaus wieda werdn.
Hans Moser

Karl saß im Flugzeug, Jakob neben ihm. Irgendwann während der zwei Tage, die Karl auf dem Berg geblieben war, hatte er Jakob gefragt: »Wo baust du den Achter eigentlich an? Draußen sind nur sieben Lagen. Waren.«

»Nicht hier. Anderswo. Wo niemand es vermutet.«

»In Palästina?«

»Nein, ganz andere Richtung. Im Norden. Auf einer Insel.«

»Helgoland? Spitzbergen? Färöer?«

»Red' keinen Blödsinn, Karl. Auf der Isle of Wight. Im Ärmelkanal. Alte Weingegend, gutes Klima, gute Böden.«

»Und wer baut den Achter dort an? Du doch nicht?«

»Nein, mein Bruder. Du solltest ihn kennenlernen. Ist ja schließlich dein was?«

»Ururgroßonkel.«

Seither waren drei Monate vergangen und jetzt überflogen sie gerade den Rhein Richtung London. Karl war es schwergefallen, die Zwillinge zu verlassen, aber Irina hatte ihn bestärkt: »Ich komme gut zurecht. Die Franzi und der Josef freuen sich umso mehr, wenn du zurückkommst. Wirst sehen.«

Die Stewardess reichte ihm eine Tageszeitung. Er mochte sich nicht recht konzentrieren, blieb aber dann an einer Überschrift hängen: »Die Rückkehr der Reblaus. Weingut in der Provence betroffen.« Er las weiter: »Saint-Rémy, Dort, wo vor 150 Jahren Professor Planchon aus Montpellier den mörderischen Weinvernichter des 19. Jahrhunderts identifizierte, hat die Reblaus jetzt wieder zugeschlagen. Eine alte Lage 20 Kilometer östlich von Saint-Rémy, die der renommierte Weinhändler

Gaston Mugeaux neu beleben wollte, ist bereits im ersten Jahr von der Phylloxera vastatrix weitgehend vernichtet worden. Mugeaux, so konnte unser Korrespondent erfahren, hatte erst im letzten Jahr das Experiment gewagt, importierte Weinstöcke aus dem Kaukasus in der Provence anzubauen. Dieses Wagnis hat nun sein schnelles Ende gefunden.

Die Reblaus hatte Ende des 19. Jahrhunderts weite Teile Europas befallen und vor allem in Frankreich nahezu zwei Drittel der Rebflächen vernichtet. Erst durch die Verwendung von resistenten Unterlagsreben aus Amerika konnte die Seuche eingedämmt werden. Bis heute ist die Reblaus in Europa nach wie vor aktiv, allerdings mit längst nicht so verheerenden Folgen. Der Fall in der Provence ist der erste seit geraumer Zeit, dem eine ganze Lage komplett zum Opfer fiel.

Für einiges Aufsehen hat gesorgt, dass sich in der Angelegenheit auch die von der Familie Rothschild dominierte Finanzholding Paris-Orléans in einer Presseerklärung zu Wort meldete. Dort heißt es, man habe die Ereignisse in der Provence mit großem Bedauern zur Kenntnis genommen, da man sich von der Entwicklung und Vermarktung der sogenannten ›Nouveau Clos Gethseman‹ viel versprochen habe. Das Haus Paris-Orléans und auch die Familie Rothschild hätten sich stark für die Zukunftsfähigkeit der Clos engagiert, zumal die Lage in früheren Zeiten im Besitz der Rothschilds gewesen sei.«

Wortlos reichte Karl die Zeitung Jakob. Als dieser fertig gelesen hatte, sagte er bloß: »Sie hätten pfropfen müssen. Hätte man eigentlich wissen können. Mir tut es leid um Nestor. Sein schöner alter Wein.«

In London mieteten sie ein Auto, kamen nach Portsmouth, nahmen die Autofähre nach Ryde und fuhren an der Ostküste der Insel entlang nach Shanklin. Am Ortsrand hielten sie vor einem kleinen Haus mit dunklem Schilfdach, hinter dem ein großer Garten anstieg. Josh stand in der Tür und hatte die Arme zur Begrüßung weit ausgestreckt.

Die Ähnlichkeit mit Jakob war nicht zu übersehen, genauso wenig wie die Tatsache, dass er der jüngere der beiden Brüder war. Er war fast genauso groß, schlank gewachsen, mit ähnlich großen Händen und dem lang geschnittenen Gesicht, das aber weichere Züge trug, nicht die kantige Knochigkeit Jakobs. Der auffälligste Unterschied waren jedoch der braune Vollbart, der am unteren Ende spitz geschnitten war, und die langen braunen Haare im Gegensatz zu Jakobs Graugekräusel.

Josh nahm Karl in die Arme, hielt ihn lange fest, blickte ihm dann in die Augen und sagte feierlich: »Hi, young man. Wahrlich, ich sage dir, willkommen in meinem kleinen Reich.« Auch seine Stimme klang melodiös wie die seines Bruders, wenn auch eine Spur heller in der Färbung. Josh zeigte Karl das Haus, das einfach eingerichtet war, den Garten, in dem zwölf Weinstöcke standen, und den Keller, der alles barg, was man für Weinerzeugung in kleinen Mengen brauchte.

Beim Abendessen saß Josh an der Stirnseite des Tisches, Karl und Jakob an den Seiten, und zu Beginn brach Josh ein Brot entzwei, murmelte dabei ein paar Worte, bei denen Jakob seinen Kopf neigte. Es gab Eintopf und Jakob erzählte, ab und zu von Karl unterstützt, die Geschehnisse des letzten Jahres. Als sie vom Großen Besäufnis erzählten, lachte Josh und sagte »wohl getan«. Beim Bericht über das Ende des Siebeners legte Josh seinen Arm auf die Schulter des Bruders und meinte: »Eher geht ein Ochs durch ein Mauseloch, als dass diese Leute glauben, das ewige Leben zu erringen.« Josh gratulierte Karl zu den Zwillingen und nahm dabei Karls Hand in die seine. »Schöne Namen. Franzi wahrscheinlich wegen Franziska, der Tochter vom Franzl. Und Josef nach deinem Freund Josip, nehme ich an. Schon ein Zufall. Wenn du dein Mädchen nach der Mutter der Franziska getauft hättest, dann hätten wir wieder eine Maria und einen Joseph in der Familie.« Er lachte: »Sie müssen mich mal besuchen kommen, die beiden. Einen Stall hab ich auch hinter dem Haus. Leider keinen Ochs und keinen Esel.«

Karl stand auf und entschuldigte sich. Er ging hinaus in die sternenklare Nacht. Gegenüber hatte ein Pub geöffnet. Er trat ein und stellte sich an den Tresen. Es war voll und laut und Karl lehnte an der Bar, schweigend und gedankenverloren, vor sich Gläser, Flaschen, bunte Ansichtskarten, Emailleschilder, Zapfhähne. Der Wirt hob den Kopf und Karl hörte sich sagen: »A pint of Boddingtons, please.« Das Bier kam, warm und mit weichem Schaum.

Nachschlag

Vieles in diesem Buch ist erfunden, Phylloxera vastatrix, die Reblaus, natürlich nicht. Über ihre Geschichte, die Geschichte einer der größten ökologischen Katastrophen des 19. Jahrhunderts, die beinahe zur Vernichtung des europäischen Weines geführt hätte, sind wir im deutschen Sprachraum nur schlecht unterrichtet, am ehesten noch im entsprechenden Kapitel von Hugh Johnsons *Geschichte des Weins*. Ausführlicher informieren George Ordish, *The Great Wine Blight* (London 1972) und Christy Campbell, *Phylloxera. How wine was saved for the world* (London 2004). Hier wie dort bleibt die Rolle Friedrich Heckers, des badischen 48er-Revolutionärs, in der Reblaus-Krise unerwähnt. Hecker beschäftigte sich intensiv mit dem Problem, sein Brief an Pierre Gilles ist eine dem Romanzweck anverwandelte Fassung eines Originals, das er an den Önologen Adolph Blankenhorn, damals Präsident des Deutschen Weinbau-Vereins, sandte. Der Briefwechsel Heckers mit Blankenhorn ist 2007 im Carlesso Verlag erschienen (Adolph Blankenhorn/Friedrich Hecker: *Briefwechsel 1872–1880*. Brackenheim 2007).

Zum Verhältnis von Fakten und Fiktion ein paar weitere Anmerkungen: Dass Dr. Fritz Zweigelt ein unverbesserlicher Nazi war, seine grandiose Züchtung, die er selbst Rotburger nannte, erst in den 70er Jahren seinen belasteten Namen bekam, ist erstens gut belegt, zweitens geschmacklos und somit drittens eine korrigierbare Blödheit. Dass Nietzsche hingegen der große Unbekannte bei Marxens Begräbnis in London Highgate gewesen sei, ist – leider – historisch nicht nachweisbar. Das Sinai-Fragment des Matthäus-Evangeliums, das von den Smith-Sisters gefunden wurde und in dem Joseph als leiblicher Vater Jesu genannt wird, existiert wirklich, wohingegen von einem Brief des Apostels Petrus mit kritischen Bemerkungen über Paulus in der Forschung nichts bekannt ist. Aber man weiß ja nie.

Verleger und ihre Lektoren sind, wie jedermann weiß, die natürlichen Feinde des Autors. Ihre Maxime heißt Kürzung, ihr Credo Straffung, ihr Gott ist der Leser. Im vorliegenden Fall ist die Rede von Wolf-Rüdiger Osburg, dem Verleger, und Bernd Henninger, dem Lektor. Sie haben energisch darauf gedrungen, dieses Buch zu straffen, zu kürzen und dem Leser freundlicher zu gestalten. Dafür danke ich. Dafür danke ich sogar sehr. Als Autor, der ihnen fast immer recht geben musste, und im Namen jener Leser, die Gefallen finden an diesem Buch. Für das Missfallen aller anderen ist allein der Autor verantwortlich.

Eine ganze Reihe von Freundinnen und Freunden, deren Geduld ich oftmals über Gebühr strapazierte, haben diverse Fassungen des Manuskriptes gelesen und wertvolle Anregungen gegeben. Dass diese in der Regel in dem Vorschlag bestanden, Kürzungen und Straffungen vorzunehmen, sei nicht verschwiegen. Ich bedanke mich bei: Christoph Albrecht-Heider, Fred Brand, Ariane Braunbehrens, Kerstin Büchner, Herbert Hönigsberger, Christine Jindra, Anja Jung, Regine Knaus, Henning Lemke, Harald Loft, Eva Luippold, Karin Märker, Petra Pfänder, Kurt Schreiner, Iris Schröder, Peter Sehringer, Herta Seibt-de-Zinser, Helmut Sieber, Julia Sieber, Horst Steffens, Karin Uhl, Dirk Vaihinger, Karin Wieland, Michael Zimmermann, Klaus Zinser.

Da Bücher der Warenform unterliegen, ist all jenen besonders zu danken, die an der Wertschöpfungskette uneigennützig beteiligt waren: Ulrich Eißler, Christine Jindra, Andreas Koschmider, Thomas Möller, Simone Quill.

Mein letzter Dank gilt naturgemäß meiner Frau. Daniela Hestner war die kritischste Leserin, die man sich wünschen kann, und die konstruktivste obendrein. Vieles an diesem Buch verdanke ich ihr. Vor allem den immerwährenden Zuspruch und ihre unendliche Geduld. Es ist mehr als folgerichtig, nämlich eine Herzenssache, ihr dieses Buch zu widmen.

Walter Hönigsberger | Januar 2018

Mark Mulholland
Eine wahnsinnige und wundervolle Welt
Roman
Aus dem Englischen
von Ilka Schlüchtermann
379 Seiten
Gebunden, mit Schutzumschlag
€ 20,00 (D) / € 20,60 (A)
SBN 978-3-95510-127-5

Irland – satte grüne Wiesen und wuchernder Weißdorn entlang der Gräben und Steinwälle. Hier wächst John Donnelly auf. Was kaum einer weiß, Johnny ist im Verborgenen als Scharfschütze für die IRA im Einsatz. Den Regeln des seit Generationen vererbten Konflikts in Nordirland folgend, ist er hierzu von seinem Lehrer Ignatius Delaney ausgebildet worden. Johnny ist überzeugt, das Richtige für sein Land zu tun, bis die bezaubernde Cora Flannery in sein Leben tritt. Ihre leuchtend grünen Augen spiegeln Irland wider – sein Irland. Die beiden verbindet eine innige Liebe, und Cora teilt Johnnys Leidenschaft für Musik und vor allem für ihr Heimatland Irland, seine Mythen, Legenden und seine Poesie. Dass Johnny für seine Überzeugung Menschen tötet, davon weiß Cora nichts.

Vigdis Hjorth
Bergljots Familie
Roman
Aus dem Norwegischen
von Gabriele Haefs
385 Seiten
Gebunden, mit Schutzumschlag
€ 20,00 (D) / €20,60 (A)
ISBN 978-3-95510-139-8

Was zunächst wie eine unangenehme Erbangelegenheit aussieht, bei der es um zwei Sommerhäuser auf einer idyllischen Insel im Oslofjord geht, entpuppt sich schon bald als etwas weitaus Tiefgreifenderes. Nach dem Tod ihrer Eltern muss Bergljot, eine Frau in den Vierzigern, feststellen, dass der aufkommende Geschwisterstreit nur die Spitze des Eisberges ist.

Das Testament fördert verdrängte und unausgesprochene Konflikte zutage, die Bergljot dazu zwingen, über ihre Familiengeschichte nachzudenken. Warum schwieg ihre Mutter so eisern zu allem, was zwischen Bergljot und ihrem Vater vorgefallen war? Wie konnte er so viel Macht über seine Familie erlangen? Wie tief sitzen die Verletzungen, die er seiner Tochter zugefügt hat? Kann man die Vergangenheit überhaupt vergessen? Und warum leben Lügen so beharrlich fort?

Simon-Pierre Hamelin
101, rue Condorcet, Clamart
Roman
Aus dem Französischen
von Regina Keil-Sagawe
117 Seiten.
Gebunden, mit Schutzumschlag
€ 14,00 (D) / € 14,50 (A)
ISBN 978-3-95510-143-5

101, rue Condorcet, Clamart – an der Pariser Peripherie. In den 30er Jahren, in einer engen Küche, an einem winzigen Tisch beugt sich die große russische Dichterin Marina Zwetajewa (1892–1941) über ihr blaues Heft. Draußen der graue, wolkenverhangene Himmel von Clamart, in ihr die Sehnsucht nach der fernen Heimat. Und vor dem Haus, in dem Marina Zwetajewa mit ihrer Familie im Exil lebt – ein Gerichtsvollzieher. Aber wo leben, wenn es die alte Heimat nicht mehr gibt, die Revolution sie bis zur Unkenntlichkeit verändert hat?